ENRIQUILLO,

LEYENDA HISTÓRICA DOMINICANA,

(1503-1533)

POR

MANUEL DE J. GALVAN.

> Demos siquiera en los libros algun lugar á la justicia, ya que por desgracia suele dejársele tan poco en los negocios del mundo.
> QUINTANA.

SANTO DOMINGO.
IMPRENTA DE GARCIA HERMANOS.
1882.

Es propiedad literaria, al amparo de las leyes.

Al Eminente Orador y Publicista

D. RAFAEL MARIA DE LABRA,

PRESIDENTE DE LA SOCIEDAD ABOLICIONISTA ESPAÑOLA.

Mi buen amigo:

Entre los recuerdos más gratos de mi vida descuella el de una memorable fecha, en que la plaza mayor de la capital de Puerto Rico no bastaba á contener la multitud de gente de todas las clases, que ademas de cubrir el pavimento se apiñaba en los balcones y las azoteas circunvecinas. Desde el balcon central del palacio de la Intendencia un hombre arengaba con ademan solemne, con sonoro acento, aquella innumerable cuanto silenciosa multitud. Aquel hombre estaba investido de todos los atributos del poder ; ejercia la autoridad absoluta en la Isla, era el gobernador capitan general Don Rafael Primo de Rivera, y en aquel momento cumplia un bello acto de justicia proclamando en nombre de la Nacion Española la abolicion de la esclavitud en la hermosa Borinquen; y ademas se mostraba prudente y esperimentado hombre público, practicaba un acto de cristiana caridad, inculcando las sanas ideas de órden y deberes, espíritu de fraternidad, respeto á las leyes y amor á sus semejantes, en el ánimo de los conmovidos libertos, que escuchaban aquel inspirado lenguaje derramando lágrimas de viva gratitud.

Ruidosos y entusiastas vivas á España terminaron aquella escena sublime.

A impulsos de la profunda impresion, del júbilo indecible que en mí causó tan espléndido triunfo de la justicia sobre una iniquidad secular, recorrí con el rápido vuelo de la imaginacion la historia de América, y buscando analogías morales en los primeros dias de la conquista, mi mente se fijó complacida en las grandes figuras de un compatriota de usted, el ilustre filántropo fray Bar-

DEDICATORIA.

tolomé de Las Casas, y un compatriota mio, Enriquillo, último cacique de la Isla de Haití ó Española, hoy Santo Domingo.

Desde entónces formé el atrevido propósito de escribir este libro, y dedicarlo á la insigne Sociedad Abolicionista Española.

Pero despues de borronear su primera parte, me convencí de que la obra, para responder á su objeto, exijia dotes y competencia muy superiores á las mias, y el manuscrito durmiera sueño de olvido, á no intervenir la eficacia de mi bondadoso amigo, el reverendo presbítero Don Francisco Xavier Billini, que no solamente me exhortó á publicarlo, sino que tomó á su cargo la edicion de esa primera parte de ENRIQUILLO.

Me alentó á proseguir este trabajo la benevolencia de amigos inteligentes y de reconocida ilustracion que, como los discretísimos literatos y periodistas Don José Joaquin Perez y Don Manuel Fernández Juncos, y el culto escritor, hijo ilustre de Venezuela, general Don Jacinto R. Pachano, me dirijieron por medio de la prensa escitaciones tan laudatorias para el comenzado libro, que ni me permito reproducirlas, ni puedo atribuirlas sino á pura generosidad de parte de aquellos distinguidos señores, ó bien á la simpatía que sin duda inspira á todo corazon bien templado el interesante asunto que por suerte escojí para ejercitar mi ociosa péñola.

Esta última conviccion está firmemente arraigada en mi conciencia, al dar á luz pública el ENRIQUILLO, *aparte toda fingida modestia: el libro, literariamente considerado, puede ser detestable; su tema es bueno, su moral pura y escelente; de esto respondo con seguridad absoluta.*

Por lo mismo, si no me atrevo á llevar su dedicatoria hasta la benemérita Sociedad que en nuestro siglo positivista ha recojido todo el aliento y ha reflejado la ardiente caridad del virtuoso Las Casas, para combatir la mas abyecta de las iniquidades sociales hasta en sus últimos atrincheramientos, la amistad particular y á toda prueba con que me favorece usted, que hoy dignamente preside aquella filantrópica Asociacion, es título suficiente para autorizarme á ofrecer en un solo rasgo la síntesis de mi humilde libro, colocándolo bajo la éjida de su respetable nombre, emblema de todas las grandes ideas, y acreedor, como pocos, á la admiracion y el aplauso de los buenos.

Acoja usted con indulgencia esta demostracion de los sentimientos afectuosos con que siempre se complace en recordarlo

Su adicto y leal amigo,
MANUEL DE J. GALVAN.

Santo Domingo, 15 de julio de 1882.

PRÓLOGO.

Audacia será, pero que el afecto y la admiracion excusan, eso de solicitar nosotros el honor de escribir unas cuantas palabras, á guisa de prólogo, al frente de la obra de uno de nuestros más conocidos literatos.—Y bueno es protestar que de ningun modo entra en nuestro propósito formular un juicio crítico, pues nos faltan los alcances y la autoridad que demanda tarea tan peligrosa y delicada.

No vamos á hacer sino traducir en mal hilvanado lenguaje las impresiones que en nuestro ánimo ha hecho la lectura de lo que modestamente ha querido llamar su autor una leyenda histórica, y que puede muy bien aspirar á título mas alto.

Muy dados nosotros al estudio de nuestros oríjenes históricos; encantándonos lo que de aquella época se inquiere y forma el génesis fecundo de la pobre raza indígena, admiramos y aplaudimos á quienes emprenden trabajos de tal naturaleza, por lo meritorios y encaminados á que resalten en la lucha de la conquista, en la lucha de la libertad contra la tiranía, esa razon suprema y esa justicia augusta ultrajadas en todos los siglos, á despecho de los sentimientos de humanidad grabados por Dios en la conciencia de los hombres.

Nuestra tierra, la tierra que fué maravilla para los primeros ojos estraños que la contemplaron dormida, en inocente abandono, á la espumante ribera del no surcado mar Caribe, guarda en sus montes y en sus valles, en sus rios y en sus torrentes, en cada piedra y en cada tronco y en cada gota de agua, alguna historia de dolor y de tribulaciones, que debemos evocar para que el mundo sepa los secretos de cosas no imaginadas en todo el trascurso de las edades históricas. La leyenda no tiene que ser exajerado parto de la fantasía cuando se contrae á narrar sucesos de aquella que fué cuna de tantos héroes y tantos mártires. Parece como que al más inesperado y estupendo de los hechos, al descubrimiento de un mundo, á la obra propia sólo de un semidios, debia corresponder en todo, en la esfera de la vida real, lo maravilloso y lo legendario.

Nada hay que no pueda presentarse como explicacion de lo que era el espíritu de aquel tiempo en cuanto abarcan las manifestaciones de la existencia; pero de un modo tal, que nos parece asistir á algo que no está en los límites de lo razonable, ni en lo que el mero instinto humano vé como propio de la naturaleza, con la cual se está en íntimo contacto.

Tiempos eran aquellos en que á quien se sobreponia al predominio de las ideas reinantes se le miraba con recelo como á mónstruo salido del fondo oscuro de los antros infernales.—De ello darán testimonio Colon, el sér mas grande de todos los siglos, y Bartolomé de las Casas, el filántropo más eximio y que llena con su nombre los anales del mundo.

En el cuadro de aquella época, y con la sombra de todos esos episodios inconcebibles que le daban una fisonomía especial, ha hecho el autor de esta obra resaltar la figura culminante de Enriquillo, del cacique de la sierra del Bahoruco, del noble indio que parecia llamado á ser el civilizador de los que vinieron con la idea de infiltrar su civilizacion en el espíritu libre y generoso de una raza rústica y salvage.

Enriquillo es un símbolo y una enseñanza. Es el símbolo perfecto de los oprimidos de cuantas generaciones han venido batallando trabajosamente contra ese inmenso océano de tempestades que se llama la vida; es la encarnacion de todo ese cúmulo de desgracias que pesa como una maldicion del cielo sobre la frente de los desheredados de la tierra. Paciente y digno, devorando en silencio las horas amargas de la angustia más insoportable, sufriendo por él, y más que por él por los hermanos en quienes se cebaban la codicia, la ambicion, la ruindad de todas las pasiones que engendra el egoismo, es la imágen de la humanidad que viene derramando lágrimas y sangre, en cada etapa de la sucesion de los tiempos, para levantarse un dia y otro dia á conquistar sus derechos, á ceñirse la corona del ideal de la redencion suprema. Diríjase una mirada al vastísimo campo de la historia, y desde Espartaco hasta John Brown y Lincoln, en cada una de esas figuras iluminadas por la luz de la conciencia de la personalidad humana, se verá reflejado el espíritu que animó al infortunado último cacique de la extinta raza de Haytí.

Enseñanza grande y fecunda es la que se da probando que, al fin, donde quiera que una de esas explosiones de la voluntad aherrojada se deja sentir, tiene toda la omnipotencia que le presta el cumplimiento de una ley natural,—la que proclama que todos los hombres en todos los tiempos han nacido para ser iguales como hijos de una misma fuerza creadora.

Así, pues, este libro no está escrito por el único placer de escribir sin objeto y sin intencion. Lleva en todas sus páginas el sello nobilísimo de la idea que ha predominado donde quiera que el hombre ha visto en el fondo de su miseria humana brillar esa luz intensa, destello fulgurante del inagotable foco divino.

Rasgos hay en ENRIQUILLO que parecen condensar todo lo que el autor se propuso por medio de la bien urdida trama de su excelente libro.

En cada uno de los personajes que surjen, se mira tambien cuánto individualmente contribuyó á preparar los acontecimientos finales de ese drama que tuvo por escena la tierra vírgen é inocente que dormia sosegada á la sombra de sus palmas en los remotísimos confines del Atlántico.

Y, como sucede siempre, los más pequeños é insignificantes hechos van dilatando su accion hasta producir graves conflagraciones. Una mirada furtiva de dos amantes contiene luego el rayo que despues incendia de súbito los espacios.

Improba tarea sería ir hojeando este libro para señalar las bellezas sustanciales que contiene. Ábrase al acaso, léase y dígase si en él hay algo de más. Por el contrario, hallamos mucho de ménos; pero mucho de eso que en otros habría llegado á ser necio y empalagoso. Hallamos que la fantasía, la desordenada fantasía inventiva, no se ha dejado arrastrar en los pasajes que naturalmente como que lo estaban pidiendo. Ha habido esquisita prudencia en ello, concretándose tanto el autor á la verdad de los hechos, que más bien que una leyenda, parece su libro una narracion puramente histórica.

Sin embargo, no deja de correr la elegante pluma de nuestro amigo con esa facilidad y dulzura que le son características en aquellos episodios que así lo requerian. Hay capítulos que valen una epopeya.

De un simple párrafo de Herrera y de Las Casas acerca de las bodas de Diego Velázquez con la noble María de Cuéllar ha sacado el autor materia para bellísimas y deliciosas pinceladas sobre los amores de ésta con Juan de Grijalva y la rivalidad del Adelantado.

¿Y hay nada más poético que esa adorable union de aquellas dos almas, hecha la una para la otra, Enriquillo y Mencía, que desde los albores de la adolescencia vislumbraron el porvenir de su ventura?

¿Y puede darse escena mas significativa y de mayor realce que la de los neblíes cazadores traidos de Jaragua que ensaya el cacique en el palacio del Almirante?

Todos estos episodios de carácter íntimo, alternados con otros de pública influencia y de rasgos de distinta naturaleza, ya heróicos, ya infames, en las altas regiones del poder ó en las luchas de los conquistadores entre sí ó con los indios, dan á este libro un interés creciente; y se quiere devorarlo hasta el fin para saber cómo los sucesos han preparado la felicidad ó la desgracia de los seres simpáticos ó detestables que se mueven á la voz del destino.

El lector sufre, se indigna, se alegra, desea, teme por cada uno ó con cada uno de los personajes que ve pasar ante su imaginacion en esa serie de acontecimientos que forman la leyenda.

¿Quién no se siente dominado por el furor, quién no deja jerminar en el alma un involuntario sentimiento de ódio invencible hácia aquel don Pedro de Mojica, el instigador incansable, la famélica hiena que donde quiera aparece para servir de sombra y llenar de oprobio y oponer sus planes á los inocentes oprimidos y á sus libertadores?

¿Quién no abomina al mozo hipócrita, libertino y perverso, hijo del noble anciano protector de Enriquillo, don Francisco de Valenzuela?

¿Quién no admira y adora á Las Casas, á ese ángel de redencion de la pobre raza tiranizada? ¿Y á Diego Colon, ese hombre que llevaba como un anatema lo que debia haber sido su timbre de gloria mas excelso—el inmortal apellido de su padre?

¿Quién no experimenta la más viva simpatía hácia doña María de Toledo, la vireina que extiende su abnegacion por los que sufren hasta el punto de comprometer su nombre en los amores de Velázquez y María de Cuéllar?

¿Y, por último, quién no se halla como queriendo salvar el círculo de hierro que le oprime, al contemplar á Enriquillo, al libre Guarocuya, al señor de sus montañas y dueño de su tierra, siendo víctima de tantas atrocidades, de tantas injusticias y de tanto y tantísimo ardid fraguado por la trailla grosera, sensual, abominable, de rabiosos canes que trajo la conquista contra estas indefensas tribus?

¿Quién no teme por él, quién no desea con él tener fuerzas de titan, aliento de fuego para destruir de un soplo á todos esos mónstruos de ambicion desenfrenada?

¿Y quién no se identifica con esa hija de los amores de Guevara é Higuemota, de esa flor modesta y purísima nacida al calor del fuego del trópico y de la union de dos razas vigorosas; con Mencía, la que debia representar la fusion de los elementos antagónicos, la paz perpétua entre los victimarios y las víctimas?

El señor Galvan ha prestado un gran servicio á las letras dominicanas, escribiendo y publicando su libro. Es una adquisicion valiosa, pues en ella se aprende á conocer el espíritu de aquellos tiempos, á amar más la libertad por los sufrimientos que acarrea la servidumbre, á perseverar en la obra santa de quitar á tantos millares de seres que jimen aun en las ergástulas la argolla vil que destroza su cuello, á proclamar el imperio de los derechos del hombre, á ver al prójimo, cual que sea su orígen i condicion, de la manera que conviene para que el mundo avance, para que la obra de Dios llegue á su perfeccion.

El señor Galvan pertenece á esa luminosa pléyade de hombres que predican cada dia, á cada hora, el evangelio de la humanidad, en la cual España, la tierra de donde salieron los opresores de aquellos calamitosos tiempos, cuenta al gran abolicionista don Rafael M.

de Labra, Francia á Víctor Schoelcher, y América á Wendell Phillips y á Federico Douglass.

Halle, pues, este libro buena acojida, la acogida que merece, por todos aquellos á cuyas manos llegue; estúdiese la solucion de un gran problema social que aun se mantiene de pié en algun pueblo rezagado, y bendígase la hora en que la pobre América, la hija de Colon, la llamada á los grandes destinos del porvenir, alcance á ver borrado de su suelo el postrer vestigio de sus dias de tribulaciones.

Pongamos, pues, punto final á estas incompletas y desaliñadas líneas escritas sin el necesario reposo y sin disponer del tiempo que exige esta clase de trabajos.

Hemos cumplido la promesa que espontáneamente hicimos al amigo, y debemos felicitarle por el triunfo que va á obtener en el mundo literario; triunfo mas espléndido que el alcanzado por nuestros implacables conquistadores con la destruccion de los habitantes primitivos de este nuevo y hermoso paraiso, en que Dios consumó la maravilla de que sirviese de cuna á los demas pueblos del hemisferio descubierto por el inmortal Colon.

JOSÉ JOAQUIN PÉREZ.

Santo Domingo, julio 25 de 1882.

ENRIQUILLO.

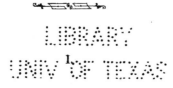

INCERTIDUMBRE.

El nombre de Jaragua brilla en las primeras páginas de la historia de América con el mismo prestigio que en las edades antiguas y en las narraciones mitológicas tuvieron la inocente Arcadia, la dorada Hesperia, el bellísimo valle de Tempé, y algunas otras comarcas privilegiadas del globo, dotadas por la Naturaleza con todos los encantos que pueden seducir la imaginacion, y poblarla de quimeras deslumbradoras. Como ellas, el reino indio de Jaragua aparece ante los modernos argonáutas que iban á conquistarlo, bajo el aspecto de una region maravillosa, rica y feliz. Regido por una soberana hermosa y amable; (1) habitado por una raza benigna, de entendimiento despejado, de gentiles formas físicas; su civilizacion rudimentaria, por la inocencia de las costumbres, por el buen gusto de sus sencillos atavíos, por la graciosa disposicion de sus fiestas y ceremonias, y mas que todo, por la expansion generosa de su hospitalidad, bien podria compararse ventajosamente con esa otra civilizacion que los conquistadores, cubiertos de hierro, llevaban en las puntas de sus lanzas, en los cascos de sus caballos, y en los colmillos de sus perros de presa.

Y en efecto, la conquista, poniendo un horrible borron por punto final á la poética existencia del reino de Jaragua, ha rodeado este nombre de otra especie de aureola siniestra, color de sangre y fuego;—algo parecido á los reflejos del carbunclo. Cuando se pregunta cómo concluyeron aquella dicha, aquella paz, aquel paraiso de mansedumbre y de candor; qué fué de aquel régimen patriarcal, de aquella reina adorada de sus súbditos; de aquella muger extraordinaria, tesoro de hermosura y de gracias; la historia responde con un eco lúgubre, con una relacion espantosa, á todas esas preguntas. Perecieron en aciago dia, miserablemente abrasados entre las llamas, ó al filo de impla-

---

[1] Anacaona, viuda del valeroso Caonabó, cacique de Maguana, era la hermana de Behechio, cacique de Jaragua; pero por su talento superior era la que verdaderamente reinaba, hallándose todo sometido á su amable influencia, incluso el cacique soberano.

cables aceros, mas de ochenta caciques, los nobles gefes que en las grandes solemnidades asistian al pié del rústico sólio de Anacaona; y mas tarde ella misma, la encantadora y benéfica reina, despues de un proceso inverosímil, absurdo, muere trágicamente en horca infame; á tales extremos puede conducir el fanatismo servido por eso que impropiamente se llama razon de estado.

Los sucesos cuya narracion va á llenar las fojas de este pobre libro tienen su orígen y raiz en la espantosa tragedia de Jaragua. Fuerza nos es fijar la consideracion en la poco simpática figura del adusto comendador Frey Nicolas de Ovando, autor de la referida catástrofe. En su calidad de gobernador de la Isla Española, investido con la absoluta confianza de los reyes católicos, y depositario de extensísimas facultades sobre los paises que acababa de descubrir el genio fecundo de Colon, los actos de su iniciativa, si bien atemperados siempre á la despiadada rigidez de sus principios de gobierno, están íntimamente enlazados con el génesis de la civilizacion del Nuevo Mundo, en la que entró por mucho el punto de partida trazado por Ovando como administrador del primer establecimiento colonial europeo en América, y bajo cuyo dilatado gobierno adquirió Santo Domingo, aunque transitoriamente, el rango de metrópoli de las ulteriores fundaciones y conquistas de los españoles. (1)

Contemplemos á este hombre de hierro despues de su feroz hazaña, perpetrada en los indefensos y descuidados caciques de Jaragua. Veinte dias han trascurrido desde aquella horrible ejecucion. El sanguinario comendador, como si la enormidad del crímen hubiera fatigado su energía, y necesitara reponerse en la inercia, permanecia entregado á una aparente irresolucion, impropia de su carácter activo. Tal vez los remordimientos punzaban sordamente su conciencia; pero él explicaba de muy distinta manera su extraña inaccion á los familiares de su séquito. Decia que el sombrío silencio en que se encerraba durante largos intérvalos, y los insomnios que le hacian abandonar el lecho en las altas horas de la noche, conduciendo su planta febril á la vecina ribera del mar, no eran sino el efecto de la perplejidad en que estaba su ánimo, al elejir en aquella costa, por todas partes bella y peregrina, sitio á propósito para fundar una ciudad, en cuyas piedras quedara recomendado á la posteridad su propio nombre, y el recuerdo de sus grandes servicios en la naciente colonia. (2) Ademas, se manifestaba muy preocupado con el destino que definitivamente debiera darse á la jóven y hechicera hija de Anacaona, la célebre Higuemota, ya entónces conocida bajo el nombre cristiano de Doña Ana, y viuda con una hija de tierna edad del apuesto y desgraciado Hernando de Guevara. (3) El comendador, que desde su llegada á Jaragua trató con grandes miramientos á la interesante india, redobló sus atenciones hácia ella despues que hubo despachado para la ciudad de Santo Domingo á la infortunada reina, su madre, con los breves capítulos de acusacion que debian irremisiblemente llevarla á un atroz patíbulo.

Fuera por compasion efectiva que le inspiraran las tempranas desdichas

[1] La ciudad de Santo Domingo, originariamente fundada por los Colones en la márgen oriental del rio Ozama, fué trasladada por Ovando al sitio que hoy ocupa, despues del ruinoso huracan de 1502.
[2] Que el pensamiento de vincular su propia memoria en el nombre de alguna poblacion no era ageno del Comendador de Lares, lo prueba el hecho de haber fundado poco despues un pueblo que llamó Lares de Guahava [Hincha]. Recuérdese que ya Colon habia denominado San Nicolas, á uno de los principales cabos ó promontorios de la Isla en honor del santo del dia en que lo reconoció. Por esto sin duda no se impuso à otro lugar el nombre de pila del comendador.
[3] Todos los autores antiguos y modernos que han escrito sobre la conquista hacen mencion de los románticos amores de Guevara con la hija de Anacaona, y los graves disgustos á que dieron lugar en la colonia. V. á W. Irwing-Vida y viajes de Cristóbal Colon.

de Higuemota; fuera por respeto á la presencia de algunos parientes de Guevara que le acompañaban, y los cuales hacian alarde de gran consideracion hácia la jóven viuda y de su consanguinidad con la niña Mencía, que así era el nombre de la linda criatura; cifrando en este parentesco aspiraciones ambiciosas autorizadas en cierto modo por algunas soberanas disposiciones; lo cierto es que Ovando, al estremar su injusto rigor contra Anacaona, rodeaba á su hija de las mas delicadas atenciones. De otro cualquiera se habria podido sospechar que el amor entrara por mucho en ese contraste; pero el comendador de Lares jamás desmintió, con el mas mínimo desliz, la austeridad de sus costumbres, y la pureza con que observaba sus votos; y acaso no sería infundado atribuir la aridez de su carácter y la extremada crueldad de algunas de sus acciones á cierta deformidad moral que la naturaleza tiene en reserva para vengarse cuando siente violentados y comprimidos, por ideas convencionales, los afectos mas generosos y expontáneos del alma. (1)

Higuemota, ó sea Doña Ana de Guevara, como la llamarémos indistintamente en lo sucesivo, disfrutaba no solamente de libertad en medio de los conquistadores, sino de un respeto y una deferencia á su rango de princesa india y de señora cristiana que rayaban en el énfasis. Su morada estaba á corta distancia del lugar que habia sido corte de sus mayores y era á la sazon campamento de los españoles, miéntras Ovando se resolviera á señalar sitio para la nueva poblacion. Tenia la jóven dama en su compañía ó á su servicio los indios de ambos sexos que bien le parecia; ejerciendo sobre ellos una especie de señorío exclusivo: cierto es que su inexperiencia, léjos de sacar partido de esta prerrogativa, solo se inclinaba á servir de amparo á los infelices á quienes veia mas aflijidos y necesitados; hasta que uno de los parientes de su hija se constituyó en mayordomo y administrador de su patrimonio, con el beneplácito del Gobernador; y gracias á esta intervencion eficaz y activa, desde entónces hubo terrenos acotados y cultivados en nombre de Doña Ana de Guevara, y efectivamente explotados, como sus indios, por los parientes de su difunto marido; ejemplo no muy raro en el mundo, y en todos los tiempos.

La pobre criatura, abrumada por intensísimos pesares, hallaba muy escaso consuelo en los respetuosos homenajes de la cortesía española. Los admitia de buen grado, sí, porque la voz secreta del deber materno le decia que estaba obligada á vivir, y á consagrarse al bienestar de su Mencía, el fruto querido y el recuerdo vivo de su contrariado amor. Mencía, de tres años de edad, era un fiel reflejo de las bellas facciones de su padre, aquel gallardo mancebo español, muerto en la flor de sus años á consecuencia de las pérfidas intrigas de Roldan, su envidioso y aborrecible rival. Tan tristes memorias se recargaban de un modo sombrío con las angustias y recientes impresiones trágicas que atormentaban á la tímida Higuemota, habiendo visto inmolar á casi todos sus parientes por los guerreros castellanos, y separar violentamente de su lado á su adorada madre, al sér que daba calor y abrigo á su enfermo corazon. La incertidumbre de la suerte que aguardara á la noble cautiva en Santo Domingo, aunque no sospechando nunca que atentaran á sus dias, era el mas agudo tormento que martirizaba á la jóven viuda, que sobre este particular solo obtenia respuestas evasivas á sus multiplicadas y ansiosas preguntas.

El pariente mas cercano que tenia consigo Doña Ana, era un niño de siete años, que aun respondia al nombre indio de Guarocuya. No estaba to-

---

[1] El Comendador pertenecia á la Orden de Alcántara, cuyos estatutos imponian la observancia del celibato.

davía bautizado, porque su padre, el esquivo Magicatex, cacique ó señor del Bahoruco, y sobrino de Anacaona, evitaba cuanto podia el bajar de sus montañas desde que los extrangeros se habian enseñoreado de la isla; y solamente las reiteradas instancias de su tia, deseosa de que todos sus deudos hicieran acto solemne de sumision á Ovando, lo habian determinado á concurrir con su tierno hijo á Jaragua, donde halló la muerte como los demas infelices magnates dóciles á la voluntad de Anacaona. El niño Guarocuya fué retirado por una mano protectora, la mano de un jóven castellano, junto con su aterrada pariente Higuemota, de aquel teatro de sangriento horror; y despues quedó al abrigo de la jóven india, participando de las atenciones de que ella era objeto. La acompañaba de contínuo, y con especialidad al caer la tarde, cuando los últimos rayos de luz crepuscular todo lo impregnan de vaga melancolía. Doña Ana, guiando los pasos de su pequeñuela, y seguida de Guarocuya, solia ir á esa hora al bosque vecino, en cuyo lindero, como á trescientos pasos de su habitacion, sentada al pié de un cahobo de alto y tupido follaje, se distraia de sus penas mirando juguetear sobre la alfombra de menuda grama á los dos niños. Aquel recinto estaba vedado á toda planta extraña, de español ó de indio, por las órdenes del severo Gobernador.

Este habia hecho solamente dos visitas á la jóven; la primera, el dia siguiente al de la matanza, con el fin de consolarla en su afliccion, ofreciéndole amparo y proveyendo á lo necesario para que estuviera bien instalada y asistida; la segunda y última, cuando despachó á la reina de Jaragua prisionera para Santo Domingo. Doña Ana le estrechó tanto en esa entrevista, con sus lágrimas y anhelosas preguntas sobre la suerte reservada á su querida madre, que el comendador se sintió conmovido; no supo al fin qué responder, y avergonzado de tener que mentir para acallar los lúgubres presentimientos de aquella hija infeliz, se retiró definitivamente de su presencia, encomendando á sus servidores de mayor confianza el velar sobre la jóven india y colmarla de los mas asíduos y obsequiosos cuidados.

Trascurrieron algunos dias mas sin alteracion sensible en el estado de las cosas, ni para Ovando, que continuaba en su perplejidad aparente, ni para Doña Ana y los dos pequeños séres que hacian llevadera su existencia. Una tarde, sin embargo,—como un mes despues de la cruel tragedia de Jaragua;— á tiempo que los niños, segun su costumbre, triscaban en el prado, á la entrada del consabido bosque, y la triste jóven, con los ojos arrasados en lágrimas, contemplába los caprichosos giros de sus juegos infantiles;—cuadro de candor é inocencia que contrastaba con el angustioso abatimiento de aquella hiedra sin arrimo;—oyó cerca de sí, con viva sorpresa, á tres ó cuatro pasos dentro de la espesura del bosque, una voz grave y apacible, que la llamó, diciéndole:

—Higuemota, óyeme; no temas.

La interpelada, poniéndose instantáneamente en pié, dirijió la vista asombrada al punto de donde partia la voz; y dijo con entereza:

—¿Quién me habla? ¿Qué quiere? ¿Dónde está?

—Soy yo,—repuso la voz,—tu primo Guaroa; y vengo á salvarte.

Al mismo tiempo, abandonando el rugoso tronco de una ceiba que lo ocultaba, se presentó á la vista de Doña Ana, aunque permaneciendo cautelosamente al abrigo de los árboles, un jóven indio como de veinte y cinco años de edad. Era alto, fornido, de aspecto manso y mirada espresiva, con la frente marcada de una cicatriz de herida reciente; y su trage consistia en una manta de algodon burdo de colores vivos, que le llegaba hasta las rodillas, ceñida á la cintura con una faja de piel; y otra manta de color oscuro, con una abertura al medio para pasar la cabeza, y que cubria perfectamente toda la parte superior del cuerpo: sus brazos, como las piernas, iban completamente desnudos; calzaban sus piés, hasta arriba del tobillo, unas abarcas de piel de iguana; y sus armas eran un cuchillo de monte que mal encubierto y en vaina de cuero pendia de su cinturon, y un recio y nudoso baston de madera de ácano, tan dura como el hierro. En el momento de hablar á Doña Ana se quitó de la cabeza su toquilla ó casquete de espartillo pardo, dejando en libertad el cabello, que abundante, negro y lácio le caia sobre los hombros.

II.

SEPARACION.

Higuemota lanzó una exclamacion de espanto al presentársele el indio.

No estaba exenta de esa supersticion, tan universal como el sentimiento religioso, que atribuye á las almas que ya no pertenecen á este mundo la facultad de tomar las formas corpóreas con que en él existieron, para visitar á los vivos. Creyó, pues, que su primo Guaroa, á quien suponia muerto con los demas caciques el dia de la prision de Anacaona, venia de la mansion de los espíritus; y su primer impulso fué huir.

Dió algunos pasos, trémula de pavor, en direccion de su casa; pero el instinto maternal se sobrepuso á su miedo, y volviendo el rostro en demanda de su hija, la vió absorta en los brillantes colores de una mariposa que para ella habia cazado el niño Guarocuya; miéntras que éste, en actitud de medrosa curiosidad, se acercaba al aparecido, que se habia adelantado hasta la salida del bosque, y dirijia al niño la palabra con benévola sonrisa. Este espectáculo tranquilizó á la tímida jóven: observó atentamente al indio, y despues de breves instantes, vencido enteramente su terror, prevaleció el antiguo afecto que profesaba á Guaroa; y admitiendo la posibilidad de que estuviera vivo, se acercó á él sin recelo, le tendió la mano con afable ademan, y le dijo:

—Guaroa, yo te creia muerto, y habia llorado por tí.

—Nó, Higuemota;—repuso el indio,—me hirieron aquí en la frente; caí sin saber de mí al principiar la pelea, y cuando recobré el sentido me hallé rodeado de muertos; entre ellos reconocí á mi padre, á pocos pasos de distancia, y á mi hermano Magicatex, que descansaba su cabeza en mis rodillas.

"Era ya de noche; nadie vigilaba, y salí de allí arrastrándome como una culebra. Me fuí á la montaña, y oculto en casa de un pariente, curé mi herida. Despues, mi primer cuidado fué mandar gente de mi confianza á saber de tí, de mi tia Anacaona; de todos los mios. Tamayo se huyó pocos dias despues, me encontró y me dió razon de todo. He venido porque si tú sufres, si te maltratan, si temes algo, quiero llevarte conmigo á las montañas, á un lugar seguro, que tengo ya escojido como refugio contra la crueldad de los blancos, para todos los de mi raza.

"Espero, pues, tu determinacion. Dos compañeros me aguardan cerca de aquí."

—Buen primo Guaroa,—dijo Higuemota,—yo te agradezco mucho tu cariñoso cuidado; y doy gracias al cielo de verte sano y salvo. Es un consuelo para mis pesadumbres; estas son grandes, inmensas, primo mio; pero no se pueden remediar con mi fuga á los montes. Yo solo padezco males del corazon; en todo lo demas, estoy bien tratada, y me respetan como á la viuda de Guevara; título que me impone el deber de resignarme á vivir, por el bien de mi hija Mencía, que llevará el apellido de su padre, y que tiene parientes españoles que la quieren mucho.

"Yo creo que no te perseguirán; pero debes ocultarte siempre, hasta que yo te avise que ha pasado todo peligro para tí.

Guaroa frunció el entrecejo al escuchar las últimas palabras de su prima.

—¿Piensas,—le dijo,—que yo he venido á buscar la piedad ó el perdon de esos malvados? Nó; ni ahora, ni nunca! Tú podrás vivir con ellos; dejaste de ser india desde que te bautizaste y te diste á Don Hernando, que era tan bueno como solo he conocido á otros dos blancos, Don Diego y Don Bartolomé, (1) que siempre trataban bien al pobre indio. Los demas son malos, malos! Querían que nos bautizáramos por fuerza, y solo éstos dijeron que no debia ser así; y quisieron que nos enseñáran letras y doctrina cristiana. Y ahora que todos estábamos dispuestos á ser cristianos, y creíamos que las fiestas iban á terminar con esa ceremonia, nos asesinan como á hutías; nos matan con sus lanzas y sus espadas á los unos, miéntras que á los demas los asan vivos...... No creo en nuestros cemíes, (2) que no han tenido poder para defenderse; pero tampoco puedo creer..........

—No hablemos mas de eso, Guaroa,—interrumpió la jóven:—me hace mucho daño. Tienes razon; huye á los montes; pero déjame á mí cumplir mi deber y mi destino. Así me lo ha dicho otro español muy bueno, que tambien se llama Don Bartolomé. (3) Soy cristiana, y sé que no debo aborrecer ni aun á los que mas mal nos hacen.

—Yo no lo soy, Higuemota,—dijo con pesar Guaroa;—y no por culpa mia; pero tampoco sé aborrecer á nadie; ni comprendo cómo los que se llaman cristianos son tan malos con los de mi raza, cuando su Dios es tan manso y tan bueno. Huyo de la muerte, y huyo de la esclavitud, peor que la muerte. (4) Quédate aquí en paz, pero dáme á mi sobrino Guarocuya, para que se crie libre y feliz en las montañas. Para él no hay excusa posible: no es todavía cristiano; es un pobre niño sin parientes ni protectores blancos, y mañana su suerte podrá ser tan desgraciada entre esta gente, que mas le valiera morir desde ahora. ¿Qué me respondes?

Higuemota, que habia bajado la cabeza al oir la última proposicion de

---

[1] Los dos hermanos de Colon.
[2] Dioses indios.
[3] Las Casas, á quien mas adelante verá el lector figurar en esta narracion.
[4] Se puede notar en estos discursos de Guaroa cierta inconexion, y hasta ciertas contradicciones que denotan la nebulosidad de ideas y la lucha de afectos indefinidos, propios de un hombre de buen juicio á medio civilizar.

Guaroa, miró á éste fijamente. Su rostro estaba inundado en llanto, y con acento angustiado y vehemente le dijo:

—Llevarte á Guarocuya! ¡Imposible! Es el compañero de juegos de mi Mencía, y el sér que mas amo despues de mi madre y la hija de mis entrañas. ¿Qué sería de ésta y de mí si él no estuviera con nosotras?

—Sea él quien decida su suerte;—dijo Guaroa con solemne entonacion.—Ni tú ni yo debemos resolver este punto. El Gran Padre de allá arriba hablará por boca de este niño.

Y tomando á Guarocuya por la mano, lo colocó entre sí y la llorosa Doña Ana, y le interrogó en los términos siguientes:

—Dínos, Guarocuya, ¿te quieres quedar aquí, ó irte conmigo á las montañas?

El niño miró á Guaroa y á Doña Ana alternativamente; despues dirijió la vista á Mencía, que continuaba entretenida con las flores silvestres á corta distancia del grupo, y dijo con decision:

—No me quiero ir de aquí!

Guaroa hizo un movimiento de despecho, miéntras que su prima se sonreia al través de sus lágrimas, como suele brillar el íris en medio de la lluvia. Reinó el silencio durante un breve espacio, y el contrariado indio, que á falta de argumentos volvia la vista á todas partes como buscando una idea en auxilio de su mal parada causa, se volvió bruscamente al niño, y señalando con la diestra extendida á un hombre andrajoso, casi desnudo,—que cruzaba la pradera contígua con un enorme haz de leña en los hombros, y encorvado bajo su peso,—dijo con ímpetu, casi con rabia:

—Díme, Guarocuya, ¿quieres ser libre y señor en la montaña, tener vasallos que te obedezcan y te sirvan; ó quieres cuando seas hombre cargar leña y agua en las espaldas como aquel vil naboria (1) que vá allí?

Pasó como una nube lívida por la faz del niño; volvió á mirar profundamente á Mencía y á Higuemota, y dirijiéndose con entereza á Guaroa:

—Quiero ser libre!—exclamó.

—Eres mi sangre,—dijo el gefe indio con orgullo. ¿Tienes algo que decir, Higuemota?

Esta no contestó. Parecia sumida en una reflexion intensa, y sus miradas seguian tenazmente al pobre indio de la leña, que tan á punto vino á servir de argumento victorioso á Guaroa. Luego, como quien despierta de un sueño, puso vivamente ambas manos en la cabeza de Guarocuya, imprimió en su frente un prolongado y ternísimo beso, y con rostro sereno y convulsivo ademan le entregó á Guaroa diciéndole estas palabras:

—Llévatelo: más vale así.

El niño se escapó como una flecha de manos de Guaroa, y corriendo hácia Mencía la estrechó entre sus bracitos, y cubrió su rostro de besos. Despues, enjugando sus ojos llorosos, volvió con paso firme adonde su tio, y dijo como Higuemota:

—Más vale así.

Guaroa se despidió tomando la mano de su prima y llevándosela al pecho con respetuoso acatamiento. No sabemos si por distraccion ó por otra causa, ninguna demostracion cariñosa le ocurrió dirijir á la niña Mencía; y guiando de la diestra á su sobrino, se internó en la intrincada selva. A pocos pasos se perdió de vista entre los añosos y corpulentos árboles, en cuya espesura le aguardaban sus dos compañeros, indios, como él, jóvenes y robustos.

[1] Así se denominaba á los indios destinados á la servidumbre doméstica.

III.

LOBO Y OVEJA.

El intendente ó mayordomo de Doña Ana era un hombre como de cuarenta años de edad; llamábase Pedro de Mojica (1) y tenia efectivamente parentesco próximo con el difunto Guevara, y por consiguiente con la hija de Higuemota.

Muy avara de sus dones se habia mostrado la naturaleza con aquel individuo, que á una notable fealdad de rostro y cuerpo unia un alma sórdida y perversa. En su fisonomía campeaba un carácter grotesco, del cual trataba de aprovecharse, para mitigar con chistes y bufonadas que escitaban la risa, el desagradable efecto que á todos causaba su pésima catadura, sus espesas y arqueadas cejas, nariz corva como el pico de un ave de rapiña, boca hendida casi hasta las orejas, y demas componentes análogos de toda su persona. Tenia grande esmero en el vestir; pero sus galas, el brocado de su ropilla, las vistosas plumas del sombrero, la seda de sus gregüescos y el lustre de sus armas, todo quedaba deplorablemente deslucido por el contraste de unas carnosas espaldas que parecian agoviarle bajo su peso, inclinándole hácia adelante, y un par de piernas que describian cada cual una curva convexa, como evitándose mútuamente. Una eterna sonrisa, que el tal hombre se esforzaba por hacer benévola, y solo era sarcástica y burlona, completaba este tipo especial, y lo hacia sumamente divertido para quien consiguiera vencer la repugnancia instintiva, primera impresion que hacia en los ánimos la presencia del buen hidalgo Pedro de Mojica.

Su entendimiento era despejado; trataba los negocios de interés con grande inteligencia, y su genio especulador y codicioso lo conducia siempre á resultados seguros y á medros positivos. Así, miéntras que todos sus amigos y compañeros de la colonia se dejaban mecer por ilusiones doradas, y rendian el bienestar, la salud y la vida corriendo desalados tras los deslumbra-

---

[1] La Historia refiere que á consecuencia de la prision de Hernando de Guevara, se sublevó contra el Almirante Colon Adrian de Mojica, primo de aquel, y pagó con la vida su rebelion, siendo ahorcado, por órden del Almirante, en las almenas del fuerte de la Concepcion.

dores fantasmas que forjaba su imaginacion, soñando siempre con minas de oro mas ricas las unas que las otras; nuestro hombre tomaba un sendero mas llano y cómodo; veia de una sola ojeada todo el partido que podia sacarse de aquellos feraces terrenos y de la servidumbre de los indios, y, como el águila que acomete á su presa, se disparaba en línea perpendicular sobre la viuda Doña Ana de Guevara, cuyo rango y posicion especial abrian inmenso campo á las especulaciones codiciosas de Mojica, á favor de su precioso título de pariente y protector nato de la niña Mencía.

Reclamó, pues, la tutela de Doña Ana, cuya inexperiencia, segun él, la hacia incapaz de velar por sí y por sus intereses; pero Ovando, aunque decidido favorecedor de Don Pedro, que le habia ganado la voluntad con su trato ameno y la lucidez de sus discursos, no quiso concederle la cualidad de tutor, temiendo investirle con una autoridad que pudiera degenerar en despótica, y producir nuevos cargos para su ya asendereada conciencia.

No creyó que la altivez del hidalgo se aviniera al título de mayordomo, y su sorpresa fué grande cuando al contestar á Mojica que, en su sentir, Doña Ana debia gobernarse y gobernar su casa ni mas ni ménos que como una dama de Castilla, y que para esto le bastaba con un buen intendente, Don Pedro le manifestó su deseo de llenar las funciones de tal, en obsequio á la fortuna y el porvenir de su tierna sobrina.

Accedió gustoso el gobernador á tan honrada y modesta solicitud, y desde ese punto Don Pedro entró en campaña, desplegando los grandes recursos de su ingenio para lograr mas cumplidamente su objeto.

Su principal empeño era apoderarse del ánimo de Doña Ana, y á este fin tentó las vías del amor, con un arte y una audacia dignos de mejor éxito que el que obtuvo; pues la jóven á todas sus tentativas correspondió con un desden tan glacial, con unas demostraciones de antipatía tan francas ó inequívocas, que por fuerza tuvo que reconocer muy pronto el contrahecho galan lo ineficaz y absurdo de su pretension.

Un momento pensó en proponer á su protector Ovando que le diera la viuda por esposa; pero recordaba el tono grave, la alta consideracion con que el gobernador habia hablado de la jóven señora, y desistió de su intento, temeroso de echarlo todo á perder descubriendo la ambicion que era el móvil oculto de todas sus acciones.

Se resignó, pues, á su papel de intendente, y lo desempeñó con rara habilidad. Prodigaba los agasajos y caricias á *su amada sobrina* Mencía; hablaba constantemente de sus propósitos de educarla brillantemente, de hacer fructificar su fortuna, y llevarla un dia á Castilla para enlazarla con algun señor principal: era celosísimo defensor de los derechos y prerogativas de Doña Ana, bajo el doble concepto de princesa india y señora cristiana; y tanto hizo, que consiguió captarse el aprecio y la confianza de la agradecida madre, convencida al fin de que aquel pariente le habia llovido del cielo, y que, despues de ella, nadie podria tomar un interés mas sincero por la suerte de su Mencía; y al calor de esta conviccion, olvidó completamente los pruritos amorosos de su intendente, que solo habian durado el espacio de tres ó cuatro dias, al entrar en funciones cerca de la bella Higuemota; la que por otra parte estaba muy avezada á mirar con indiferencia los efectos de la admiracion que generalmente causaba su peregrina hermosura.

Pero el señor Mojica distaba mucho de los sentimientos benévolos que magistralmente afectaba. La repulsa que sus primeras pretensiones obtuvieran habia herido vivamente su amor propio; y si por un momento las gracias de la jóven habian impresionado su alma y encendido en ella alguna chispa de verdadero amor, el despecho de la derrota habia convertido esa chispa en hoguera de odio, y nada le hubiera sido tan grato como exterminar á aquella infeliz criatura, á quien las circunstancias y sus cálculos egoistas le obligaban á tratar ostensiblemente con la solicitud de un padre, y á velar cuidadosamente por su existencia y bienestar, como los filones de cuya explotacion debia él recoger grandes y prontos medros.

Y así, miéntras acotaba terrenos é inscribia en sus registros vasallos indios al servicio de Doña Ana, y establecia en diversos puntos del territorio de Jaragua hatos y grangerías de todo género, un pensamiento fijo ocupaba su mente; un propósito siniestro se asentaba en su ánimo; un problema tenazmente planteado ocupaba su imaginacion: hallar el modo de perder á Doña Ana de Guevara, apropiándose todos los bienes de que él, Mojica, era mero administrador.

IV.

AVERIGUACION.

--*

Ya las sombras de la noche tendian su manto de gasa sobre los montes, y oscurecian gradualmente la llanura, cuando Higuemota, con su niña de la mano, regresaba de su paseo triste y reflexiva, habiéndola abandonado aquella fugaz entereza que acababa de ostentar en su brusca despedida de Guarocuya.

Salió á recibirla en el dintel de la habitacion el oficioso Don Pedro, quien, segun su costumbre, le dirijió su mas agradable sonrisa con un "buenas tardes, prima;" y tomó en seguida á la niña Mencía en sus membrudos brazos, prodigándole los mas cariñosos epítetos.

De repente, Don Pedro revolvió su mirada escrutadora en todas direcciones, y como hablando consigo mismo, hizo por lo bajo esta observacion.

—Pero es extraño! ¡Dónde está ese rapaz de Guarocuya?

Al oir este nombre, Doña Ana se estremeció, saliendo de la distraccion de que no acertaba el intendente á sacarla con sus zalamerías y exagerados elogios á las gracias de la niña.

El arte de mentir era totalmente desconocido á la sencilla y candorosa Higuemota; y así, ni siquiera intentó disimular su turbacion al verse en el caso de explicar la ausencia de su sobrino. Por de pronto, comprendió la parte crítica de la situacion, que hasta entónces no se habia presentado á su poco ejercitada perspicacia. No le habia ocurrido, al despedir á Guarocuya, que este incidente debia ser notado y ejercer alguna influencia en su posicion respecto de la autoridad española. Estaba acostumbrada á mandar en su casa y en los que la rodeaban, con entera libertad, y la intervencion de Mojica estaba tan hábilmente velada por formas afables y discretas, que apénas se hacia sentir, ni dejaba entender á la viuda que alguien pudiera tomarle cuenta de sus acciones.

Su natural despejo, sin embargo, al oir el nombre de Guarocuya en los lábios de Mojica, le advirtió que la situacion salia de los términos ordinarios, y que el hecho de la desaparicion del niño debia ofrecerse á interpretaciones enojosas. Vaciló un momento; repitió el nombre de su sobrino, y luego dijo con la mayor naturalidad:

—Un hombre se lo llevó.

—Se lo llevó! ¡A dónde?—repuso con extrañeza Don Pedro.

—A ver á sus parientes de la montaña;—contestó tranquilamente Doña Ana.

—Sus parientes?...... ¿Qué hombre es ese?—insistió vivamente Mojica, que encontraba gran motivo de alarma en esta aventura.

Higuemota balbuceó algunas palabras ininteligibles, y ya entónces, perdiendo la serenidad real ó fingida que hasta ese punto habia conservado, se desconcertó visiblemente, y guardó silencio.

Don Pedro tambien calló, y permaneció muy preocupado durante la cena, que se sirvió á breve rato. Una vez terminada esta, rompió el tétrico silencio que habia reinado en la mesa, y volvió á interpelar á Doña Ana, con acento de mal comprimido enojo, en los términos siguientes:

—Preciso es, Señora prima, que me digais con toda franqueza, adónde ha ido el niño Guarocuya, y quién se lo llevó.

—Ya os he dicho que un hombre se lo llevó á la montaña,—respondió con resolucion la jóven;—y creo que basta, pues no estoy obligada á daros cuenta de lo que yo hago.

—Es verdad,—dijo conteniéndose trabajosamente Don Pedro;—mas yo debo estar al corriente de todas vuestras relaciones, para cumplir las obligaciones de mi cargo como es debido.

—¿Soy yo prisionera acaso, y vos mi alcaide, señor? Decídmelo sin rodeos.

—Nó, señora; pero debo dar cuenta de todo al Gobernador, y lo que está pasando es muy grave para que no se lo refiera con todos sus pormenores.

Doña Ana reflexionó ántes de dar respuesta: en la réplica de Mojica habia una revelacion: aunque rodeada de respeto y señora de su libertad y de su casa, sus acciones estaban sujetas á la vijilancia de la autoridad, y podrian, al par que las de su infortunada madre, ser acriminadas hasta lo infinito, como trascendentales á la tranquilidad y el órden de la colonia. Ademas, Guaroa no podria ir muy léjos: hacia poco mas de dos horas que se habia despedido de ella; y cuatro ginetes bien montados podrian fácilmente, á juicio de la jóven, darle alcance y traerle preso; y tal vez darle muerte, que todo podia ser. Estas consideraciones inspiraron á Doña Ana la contestacion que debia dar á Don Pedro, que con la torva mirada fija en el rostro de la jóven parecia espiar sus mas recónditos pensamientos.

—Señor primo,—dijo Higuemota, no hay nada malo en esto: nada que pueda ofender ni al Gobernador, ni á nadie. Mañana os diré quien fué que se llevó á Guarocuya, y dónde podreis encontrarle.

Don Pedro se conformó muy á su pesar con este aplazamiento; pero él tambien necesitaba madurar su resolucion en una noche de insomnio, ántes de dar paso alguno que pudiera comprometer y desbaratar todo el artificio de sus aspiraciones positivistas; y haciendo un esfuerzo, dirijió á su prima una horrible mueca con pretensiones de sonrisa afable, y se despidió de ella diciéndole:

—Está bien; buenas noches, y mañana temprano me lo contaréis todo.

V.

SINCERIDAD.

Cuando el sol esparció su primera luz, el dia siguiente al de los sucesos y la plática que acabamos de recapitular, ya el hidalgo Don Pedro de Mojica habia concebido y redondeado un plan diabólico.

Cualquiera que fuese la explicacion que Higuemota le diera de la aventura de la víspera, el rencoroso intendente estaba resuelto á no dejar pasar la ocasion de perder la jóven en el concepto del Gobernador, revindicando al mismo tiempo la tutela de la niña Mencía, como su mas próximo pariente, y entrando así mas de lleno en la propiedad de los bienes que administraba; hasta que el diablo le proporcionara los medios de quitar tambien de su camino aquel débil obstáculo á su codicia; cuando no pudiera llegar á su objeto utilizando sagazmente la inocencia de aquella criatura, que ya creia sujeta á su poder discrecional, como la alondra en las garras del gavilan.

Se vistió apresuradamente, y fué á ver á Doña Ana. Esta acostumbraba dejar temprano el lecho, para sus penas angosto y duro, y salir á la pradera acompañada de una vieja india, á recojer la consoladora sonrisa del alba.

Recibió sin estrañeza á Mojica, que se le presentó al regresar ella de su paseo, y entró desde luego en materia, como quien tiene prisa en zanjar un asunto desagradable.

—Nunca os habia visto tan temprano, señor primo: ¿venís á saber lo que pasó con Guarocuya?

—Segun lo convenido, señora prima, espero que me lo contaréis todo.

—Es muy sencillo,—repuso Higuemota. Ayer tarde á la hora de paseo se me presentó mi primo Guaroa; me propuso llevarse á Guarocuya á la montaña, y no ví inconveniente en ello. Esto es todo.

—Pero, señora,—dijo con asombro Mojica,—¿vuestro primo Guaroa no murió en la refriega de los caciques?

—Eso mismo pensaba yo,—contestó Higuemota,—y me asusté mucho al verle; pero quedó vivo, y me dió mucha alegría verlo sano y salvo.

Y así prosiguió el diálogo; con fingida benevolencia por parte de Don Pedro;—con sencillez y naturalidad por parte de Higuemota, que, como hemos dicho, no sabia mentir, y considerando ya en salvamento á Guaroa, no veia necesidad alguna de ocultar la verdad.

Cuando Mojica acabó de recojer los datos y las noticias que interesaban á su propósito, se despidió de Doña Ana con un frio saludo y se encaminó aceleradamente á la casa en que se aposentaba el Gobernador.

VI.

EL VIAGE.

Seguido Guaroa de sus dos fieles compañeros, que alternativamente llevaban, ora de la mano, ora en brazos, al pequeño Guarocuya, segun los accidentes del terreno, se internó desde el principio de su marcha en direccion á la empinada cordillera de montañas, por la parte donde mas próximamente presentaba la sierra sus erguidas y onduladas vertientes.

Caminaban aquellos indios en medio de las tinieblas y entre un intrincado laberinto de árboles con la misma agilidad y desembarazo que si fueran por mitad de una llanura alumbrada por los rayos del sol. Silenciosos como sombras, quien así los viera alejarse del camino cautelosamente, no hubiera participado de los recelos que tuvo Higuemota de que pudieran haberles dado alcance los imaginarios ginetes que salieran en su persecucion.

Hácia las doce de la noche la luna vino en auxilio de aquella marcha furtiva; y el niño Guarocuya, cediendo al influjo del embalsamado ambiente de los bosques, se durmió en los robustos brazos de sus conductores. Estos redoblaban sus cuidados y paciente esmero, para no despertarlo.

Así caminaron el resto de la noche, en direccion al Sud-Este; y al despuntar la claridad del nuevo dia llegaron á un caserío de indios, encerrado en un estrecho vallecito al pié de dos escarpados montes. Todas las chozas estaban aun cerradas, lo que podia atribuirse al sueño de los moradores, atendido á que un resto de las sombras nocturnas, acosadas de las cumbres por la rosada aurora, parecia buscar refugio en aquella hondonada. Sin embargo, se vió que la gente estaba despierta y vigilante, saliendo en tropel de sus madrigueras tan pronto como Guaroa llevó la mano á los labios produciendo un chasquido desapacible y agudo.

Su regreso era esperado por aquellos indios: él les refirió brevemente las peripecias de su excursion, y les mostró al niño Guarocuya, que habia despertado al rumor que se suscitó en derredor de los recien llegados. Los indios manifestaron una extremada alegría á la vista del tierno infante, que todos á porfía querian tomar en sus brazos, tributándole salutaciones y homenages afectuosos, como al heredero de su malogrado cacique y señor natural. Guaroa observaba estas demostraciones con visible satisfaccion.

Allí descansaron los viajeros toda la mañana, restaurando sus fuerzas con los abundantes aunque toscos alimentos de aquellos montañeses. Consistian estos principalmente en el pan de yuca ó casabe, maiz, batatas y otras raíces; bundá, platanos, huevos de aves silvestres, que comian sin sal, crudos ó cocidos indistintamente, y carne de hutía.

Despues de dar algunas horas al sueño, Guaroa convocó á su presencia á los principales indios, que todos le reconocian por su gefe. Les dijo que la situacion de los de su raza, desde *el dia de la sangre,*—que así llamaba á la jornada funesta de Jaragua,—habia ido empeorando cada dia mas; que no habia que esperar piedad de los extrangeros, ni alivio en su miserable condicion; y que para salvarse de la muerte, ó de la esclavitud que era aun peor, no habia otro medio que ponerse fuera del alcance de los conquistadores, y defenderse con desesperacion si llegaban á ser descubiertos ó atacados. Les recomendó la obediencia, diciéndoles que él, Guaroa, los gobernaría mientras Guarocuya su sobrino llegara á la edad de hombre; pero que debian miéntras tanto reverenciar á este como á su único y verdadero cacique; y por conclusion, para reforzar con el ejemplo su discurso, hizo sentar al niño al pié de un gigantesco y copudo roble; le puso en la cabeza su propio birrete, que á prevencion habia decorado con cinco ó seis vistosas plumas de flamenco, y le besó respetuosamente ambos piés; ceremonia que todos los circunstantes repitieron uno á uno con la mayor gravedad y circunspeccion.

Terminada esta especie de investidura señorial, Guaroa acordó con sus amigos el plan de vida que debian observar los indios libres en lo sucesivo; y se ocupó con esmerada prevision de los mil y mil detalles á que era preciso atender para resguardarse de las irrupciones de los conquistadores. Todo un sistema de espionage y vigilancia quedó perfectamente ordenado; de tal suerte, que era imposible que los españoles emprendieran una excursion en cualquier rumbo, sin que al momento se trasmitiera la noticia á las mas recónditas guaridas de la sierra. Guaroa, hechos estos preparativos, indicó en sus instrucciones finales á los cabos de su confianza el Lago dulce, al Nordeste de aquellas montañas, como punto de reunion general, en caso de que el enemigo invadiera la sierra; y determinó fijamente el lugar en que iba á residir con su sobrino, á la márgen de dicho lago. En seguida emprendió su marcha, acompañado de un corto séquito de indios escojidos, que llevaban á Guarocuya cómodamente instalado en una rústica silla de manos, formada de recias varas y

flexibles mimbres, y mullida con los fibrosos y rizados copos de la guajaca.
El niño todo lo miraba y á todo se prestaba sin manifestar extrañeza. Tenia siete años, y á esta tierna edad ya entreveia y comenzaba á experimentar todo lo que hay de duro y terrible en las luchas de la existencia humana. Sin duda ráfagas de terror cruzarían su infantil ánimo, ya cuando viera la feroz soldadesca de Ovando dar muerte á los séres que rodeaban su cuna, incluso su propio padre; ya mas adelante, cuando el grito agudo del vigía indio, ó el remoto ladrido de los perros de presa alternando con los ecos del clarin de guerra, anunciaban la aproximacion del peligro, y los improvisados guerreros se aprestaban á la defensa, ó respondian con fúnebre clamor á la voz de alarma, creyendo llegada su última hora.

¡Qué tristes impresiones, las primeras que recibió aquel inocente en el albor de su vida! Profundamente grabadas quedaron en su alma benévola y generosa, templada tan temprano para la lucha y los grandes dolores, así como para el amor y todos los sentimientos elevados y puros.

VII.

LA DENUNCIA.

El diligente Don Pedro de Mojica se puso en dos zancadas, como suele decirse, en casa del Gobernador. Este acababa de vestirse, y estudiaba tres ó cuatro planos topográficos que tenia en una mesa. Su preocupacion capital y constante era la fundacion de *su villa*, segun se ha dicho al principio de nuestra historia; y los oficiales y caballeros de su séquito, con febril emulacion, trazaban cada dia un plano, segun su buen gusto ó su capricho; ó bosquejaban un espacio de la costa, el que mas adecuado les parecia al efecto; y escribian memorias y descripciones infinitas, que todas merecian la mas prolija atencion del comendador, deseoso del mejor acierto en tan árdua materia.

Estaba, pues, en esta su ocupacion favorita, cuando le anunciaron la presencia de Don Pedro.

Este era tratado por Su Señoría como un amigo de confianza, y tenia sus entradas francas en el gabinete; pero en la ocasion que referimos, renunció estudiadamente á tal prerrogativa, á fin de dar la conveniente solemnidad á su visita. Ovando, que se habia incorporado al oir la voz de su fámulo anunciándole á Don Pedro, esperó buenamente á que éste entrara en seguida, y tornó á absorberse con gran cachaza en sus estudios topográficos.

Cinco minutos despues volvió el ayuda de cámara diciendo:

—Don Pedro Mojica espera las órdenes de Vuestra Señoría, y dice que tiene que hablarle de asuntos muy graves.

—Que entre con mil diablos!—contestó el comendador.—¡A qué vienen esos cumplimientos!

Don Pedro creyó apurado el ceremonial, y entró haciendo á Ovando una mesurada cortesía.

—¡Qué mala cara traeis hoy, señor hidalgo!—exclamó en tono chancero el Gobernador.—¡Habeis descubierto algun nuevo derecho desatendido de vuestra interesante prima, y venís á reclamarme su validez?

—Léjos de eso, Señor,—contestó Mojica;—vengo á daros una nueva muy desagradable. Esa Doña Ana que en tanta estima teneis, es indigna de vuestra proteccion; y siguiendo las huellas de la mala hembra que la dió á luz, paga con traiciones los obsequios que le tributamos, y celebra conferencias con los indios alzados de la montaña.

Y despues de este exordio, refirió la aventura de la víspera, torciendo á su antojo la relacion de Higuemota, y afeando el cuadro con los mas siniestros toques, á fin de llenar de recelos y alarmas el ánimo de Ovando.

Oyó éste al denunciador con profunda atencion: su semblante contraido y ceño adusto no prometian nada bueno para la pobre acusada, y Mojica no podia dudar del pleno éxito de su intriga, en lo que interesaba á sus sentimientos vengativos.

Cuando hubo terminado su relato, el Gobernador le preguntó en tono severo:

—¿No teneis mas que decir?

—Concluyo, Señor,—dijo Mojica,—que Doña Ana es culpable; que como tal merece las penas que la ley reza contra los reos de traicion, inclusa la pérdida de bienes; mas como tiene una hija de caballero español, la cual es inocente de las culpas de su madre, y el deber de la sangre como pariente me impone la obligacion de velar por el bien de esta niña, pido á Vuestra Señoría que al proceder contra la madre, adjudique todos sus bienes á la hija, y me nombre su universal tutor, como es de justicia.

—Será como deseais,—respondió Ovando, poniéndose en pié;—siempre que resulte cierto y verdadero todo lo que me habeis dicho: en otro caso,—y aquí la voz del comendador se hizo tonante y tomó una inflexion amenazadora; —aprestaos á ser castigado como impostor, y á perder cuanto teneis, inclusa la vida.

Dichas estas palabras, llamó á sus oficiales y les dictó varias órdenes breves y precisas. Fué la primera reducir á prision á Don Pedro de Mojica, que lléno de estupor se dejó conducir al lugar de su arresto, sin poder darse cuenta de tan inesperado percance. La segunda disposicion de Ovando fué hacer comparecer á su presencia á Doña Ana, recomendando toda mesura y el mayor miramiento al oficial encargado de conducirla; y por último, Don Diego Velazquez, capitan de la mas cumplida confianza del gobernador, recibió órden de aprestarse y disponer lo conveniente para marchar en el mismo dia á las montañas, al frente de cuarenta infantes y diez caballos.

Media hora no habia trascurrido cuando se presentó en la morada del Gobernador la tímida Higuemota, acompañada del oficial que habia ido en su demanda, y seguida de una india anciana que llevaba de la mano á la niña Mencía. Ovando recibió á la madre con señalada benevolencia, y se dignó besar la tersa y contorneada frente de la pequeñuela, que respondió al agasajo con plácida sonrisa. La inquietud de Higuemota cedió el puesto á la mas pura satisfaccion al ver un recibimiento tan distinto del que sus aprensiones la hicieran prometerse; y cuando el gobernador le dirijió la palabra, habia recobrado su habitual serenidad.

—Decidme, Doña Ana de Guevara,—dijo Ovando con cierta entonacion ceremoniosa y afable al mismo tiempo;—¿qué objeto habeis tenido al conferenciar en secreto con el rebelde Guaroa, y al entregarle vuestro sobrino, en la tarde de ayer?

—Guaroa, señor,—respondió Higuemota,—se me apareció sin que yo esperara su visita; hasta ignoraba que viviera. No le tenia por rebelde, pues solo me dijo que huia por evitar la muerte; y consentí en que se llevara á Guarocuya, mi querido sobrino, por temor de que éste, cuando fuera mas hombre, se viera reducido á esclavitud.

—Os creo sincera, Doña Ana,—repuso el comendador;—pero estraño que temierais nada contra el porvenir de vuestro sobrino, que vivia á vuestro lado, y participaba del respeto que á vos merecidamente se tributa.

—Mi intencion ha sido buena, señor,—dijo con hechicera ingenuidad la jóven:—habré podido incurrir en falta por ignorancia; pero ni remotamente pensé causaros disgusto, pues de vos espero que, así como me dispensais vuestra proteccion y haceis que todos me traten con honor, tambien llegue el dia en que pongais el colmo á vuestras bondades, devolviendo á mi adorada madre la libertad, y con ella, á mí la tranquilidad y la alegría.

A estas últimas razones, el comendador balbuceó algunas palabras ininteligibles; invadióle una grande emocion, y con voz trémula dijo al fin á la jóven:

—No hablemos de eso por ahora....Lo que mi deber me ordena, Doña Ana, es evitar que volvais á tener ninguna relacion con los indios rebeldes; y como no quiero mortificaros con privaciones y vigilancia importuna, he resuelto que paseis á residir en la ciudad de Santo Domingo, donde vivireis mucho mas agradablemente que aquí. Podeis, pues, retiraros, y preparar tado lo que necesiteis para este viaje. Yo cuidaré de vuestra suerte y la de vuestra hija.

Diciendo estas palabras se despidió con un amable saludo, y Doña Ana salió de la casa, acompañada como ántes, sin saber si debia felicitarse por su nuevo destino, ó considerarlo como una agravacion de sus desdichas. La idea de que iba á ver á su madre en la capital de la colonia, al cabo se sobrepuso á todos los demas afectos de su alma; y hasta acusó de tardo y perezoso al tiempo, miéntras no llegaba el instante de decir adios á aquellas peregrinas riberas, testigos de sus ensueños de vírgen, de sus breves horas de amor y dicha; de sus acerbos pesares como esposa, y, en último lugar, confidentes de sus dolores y angustias, por la sangre y los sufrimientos de la raza india; por la crueldad y los malos tratamientos de que eran víctimas todos los seres que habian cubierto de flores su cuna, y embellecido los dias de su infancia. La pobre criatura no podia prever que al mudar de residencia, en vez de encontrar el regazo materno para reclinar su abatida frente, iba á recibir el golpe mas aciago y rudo que al corazon de la amante hija reservaba su hado adverso é implacable.

2

VIII.

EXPLORACION.

Don Pedro de Mojica fué puesto en libertad el mismo día; volvió á entrar aparentemente en la gracia del comendador, y recibió de éste el encargo, hecho con el dedo índice hácia arriba y el puño cerrado, de administrar con pureza los bienes de Doña Ana de Guevara. El solapado bribon se deshizo en protestas de fidelidad, y salió al trote como perro que logra escapar de la trampa donde su inadvertencia le hiciera caer. Reinaba cierta confusion en sus ideas, y su pensamiento andaba con inútil afan, en pos de un raciocinio sosegado y lógico, sin lograr encontrarle; á la manera de un timonel que, perdida la brújula, no acierta á dirijir su rumbo en el seno de la tempestad, y pone la proa de su barco á todos los vientos. Él estaba libre, es verdad; pero Doña Ana lo estaba tambien; él conservaba la intendencia de los bienes de su prima; pero ésta continuaba tan señora y respetada como ántes, miéntras que el terrible dilema del Gobernador ofrecia en último término una horca; para Doña Ana, si Don Pedro justificaba su acusacion; para Don Pedro, si Doña Ana era inocente.

—¿He triunfado? ¿he sucumbido?—se preguntaba ansiosamente el contrahecho hidalgo. ¿Quedan las cosas como estaban ántes? Pues ¿por qué me prendió el Gobernador? ¿por qué me puso en libertad? ¿Por qué Doña Ana está tranquila? ¿Por qué sigo siendo su intendente? ¿Por qué........? Qué diablos! Ya que ella no me pone mala cara, preguntémosle lo que ha pasado, y ella me dará la clave de este enigma.

Y diciendo y haciendo, Mojica, que en medio de su soliloquio habia llegado jadeante á la presencia de Higuemota, y se había sentado maquinalmente mirándola de hito en hito, le dirijió en tono manso y melífluo esta pregunta:

—¿Cómo os recibió el Gobernador, señora prima?
—Con la bondad de un padre,—respondió sencillamente Higuemota.
—¿Y qué le declarásteis?
—Todo.
—Y él, qué dijo entónces?
—Nada.

Don Pedro se quedó estupefacto.

Sin duda Doña Ana habia penetrado su perfidia, y se vengaba burlándose de él. Esto fué lo que le ocurrió al hidalgo; pero se equivocaba: la jóven, cándida y sencilla, creia que las preguntas de Mojica envolvian el recelo de que el Gobernador hubiera mostrado alguna severidad en la entrevista, y concretándose á este concepto, satisfacia á su entender la curiosidad de su oficioso pariente, á quien suponia enterado de la órden de viaje, porque ignoraba absolutamente el percance de su prision, y la subsiguiente reserva del Gobernador.

Estaba acostumbrada á la intervencion activa de Don Pedro, y en este caso creia que el tenor de su conferencia con Ovando era el único incidente que habia escapado á esa intervencion.

La perplejidad del hidalgo subió, pues, de punto con este *quid pro quó*. No sabia qué pensar, y ya iba á retirarse en el colmo de la incertidumbre, cuando Higuemota, que tambien permanecia pensativa, volvió á mirarle, y le dijo:

—Supongo que nos acompañaréis á Santo Domingo.

—¡A Santo Domingo!—exclamó con un sacudimiento de sorpresa Mojica.

—Pues ¿que no lo sabiais?

—Nó, señora; es decir......, estaba en duda...... Algo me dijeron de esto......—murmuraba casi entre dientes Mojica, temeroso de comprometerse mas con el Gobernador, ó de perder su autoridad en el concepto de Doña Ana si descubria su ignorancia en la materia de que se trataba.

Reflexionó un momento, y cruzó por su frente un rayo de infernal alegría: ya veia claro. Su intriga no habia sido estéril. Doña Ana iba á Santo Domingo en calidad de prisionera, sin sospecharlo, y él se quedaria al frente de sus bienes como tutor de Mencía;—esto no era dudoso.

—Sí, señora;—dijo esta vez con voz segura:—iréis á Santo Domingo; pero yo no puedo acompañaros, porque debo quedarme hecho cargo de vuestra hija.......

—¡De mi hija!—¡qué decís?—interrumpió vivamente Doña Ana;—mi hija no se aparta de mí; vá donde yo fuere, y yo no voy sin ella á ninguna parte.

Mojica no replicó; cualquier palabra suya podia ser indiscreta, y él se consideraba como un hombre de pié sobre un plano inclinado, terso y resbaladizo, cuyo extremo inferior terminara en el borde de un abismo.

Se despidió mas tranquilo, y á poco rato fueron á buscarle de parte del Gobernador. Acudió al llamamiento, y Ovando le dijo en tono imperativo y áspero:

—Disponed todo lo necesario para que Doña Ana se embarque mañana en la noche.

—¿Vá en calidad de prisionera, señor?

—Vá libre!—le dijo el Gobernador con voz de trueno:—cuidad de que nada le falte á ella ni á su hija; que la acompañen los criados que ella escoja, sin limitarle número; que se la trate con tanto respeto y tanta distincion, como si fuera una hija mia; ¿estais?

Don Pedro bajó la cabeza, y se fué á cumplir las órdenes del Gobernador.

Entretanto, Diego Velazquez, al frente de su corta hueste, emprendia marcha aquella misma tarde, y pernoctando al pié de los ciclópeos estribos de *la Silla*, (1) entraba al amanecer del dia siguiente en los estrechos y abruptos desfiladeros de las montañas. Guaroa y sus indios iban á ser tratados como rebeldes, y reducidos por la fuerza al yugo de la civilizacion.

---

(1) Montaña elevada de Haití, cerca de Léogane. La Selle.

IX.

LA PERSECUCION.

El espionaje de los indios no era un accidente anormal, que se efectuara por virtud de consignas especiales, y sujeto á plan ú organizacion determinada. Era un hecho natural, instintivo, expontáneo, y no ha faltado quien suponga que estaba en la índole y el carácter de aquella raza. Pero esto no era sino una de tantas calumnias como se han escrito y se escriben para cohonestar las injusticias; porque es muy antigua entre los tiranos la práctica de considerar los efectos de su iniquidad como razonables motivos para seguir ejerciéndola. El indio de Haití, confiado y sencillo al recibir la primera visita de los europeos, se hizo naturalmente arisco, receloso y disimulado en fuerza de la terrible opresion que pesaba sobre él; y esta opresion fué haciéndose cada dia mas feroz, á medida que los opresores iban observando los desórdenes morales que eran la necesaria consecuencia de sus procedimientos tiránicos.

El indio á quien extenuaba el ímprobo trabajo de lavar oro en los rios, guardaba cuidadosamente el secreto de los demas yacimientos auríferos que le eran conocidos, y aplicaba todo su ingenio á hacer que permanecieran ignorados de sus codiciosos verdugos: si tenia hambre, estaba obligado á refinar sus ardides para hurtar un bocado, á fin de que el látigo no desgarrara sus espaldas, en castigo de su atrevimiento y golosina; y así aquella raza infeliz, de cuyo excelente natural habia escrito Colon que "no habia gente mejor en el mundo," degeneraba rápidamente, y se hacia en ella ley comun la hipocresía, la mentira, el robo y la perfidia. Cuando los cuerpos se rendian á la fatiga y los malos tratamientos, ya las almas habian caido en la más repugnante abyeccion. Tanto puede la inexorable ferocidad de la codicia.

Los recientes sucesos de Jaragua, al refugiarse Guaroa en las montañas, habian aguzado, como era consiguiente, la predisposicion recelosa de los indios. Ningun movimiento de los españoles, ninguna circunstancia por leve é insignificante que fuera, pasaba inapercibida para su atenta y minuciosa observacion. Desde las riberas del litoral marítimo donde tenian su asiento los establecimientos y nuevas poblaciones fundadas por los conquistadores, hasta el riñon mas oculto de las montañas donde se albergaba el cacique fugitivo, los avisos funcionaban sin interrupcion, como las mallas de una inmensa red; partiendo del *naboria* que con aire estúpido barria la casa del gefe español, y corriendo de boca en boca por un cordon perfectamente continuado de escuchas y mensageros; del aguador al leñador, del leñador al indio viejo y estropeado, que cultivaba al pié de la montaña un reducido conuco; y del indio viejo á todos los ámbitos del territorio.

Esto hacia que la faena impuesta por Ovando á Diego Velazquez ofreciera en realidad más dificultades de las que á primera vista podian esperarse. El capitan español llevaba por instrucciones capturar ó matar á Guaroa á todo trance, debiendo recorrer las montañas con el ostensible propósito de reorganizar el servicio de los tributos, interrumpido y trastornado por la muerte trágica de los caciques. Mientras que la hueste española hacia el primer alto á la entrada de los desfiladeros de la Silla, la noticia de su expedicion cundia con rapidez eléctrica por todas partes, y llegaba á los oidos del prudente y precavido Guaroa, en la mañana del dia siguiente. El gefe indio, que habia fijado su residencia en la ribera del lago más distante del camino real, se aprestó inmediatamente á recibir y aposentar los fugitivos que desde el mismo dia, segun las órdenes é instrucciones que de antemano habia comunicado á su gente, no podian ménos de comenzar á afluir en derredor suyo. Como se vé, el plan de campaña de los indios tenia por base principal la fuga; y no podia ser de otro modo, tratándose de una poblacion inerme y aterrada por recientes ejemplares. Despues de diez años de experiencia, los indios de la Española, á pesar de su ingénito valor, no podian proceder absolutamente como salvajes sin nocion alguna suficiente para comparar sus débiles fuerzas con las de sus formidables enemigos. El periodo de combatir dando alaridos y ofreciéndose en muchedumbre compacta al hierro, al fuego de la arcabucería y á las cargas de caballería de los españoles, habia pasado con los primeros años de la conquista, y su recuerdo luctuoso servia esta vez para hacer comprender á Guaroa que debia evitar en todo lo posible los encuentros, y fiar mas bien su seguridad al paciente y penoso trabajo de huir con rapidez de un punto á otro, convirtiendo sus súbditos en tribu nómade y trashumante, y esperándolo todo del tiempo y del cansancio de sus perseguidores.

No quiere esto decir que estuviera enteramente excluido el combate de los planes de Guaroa; nó. Él estaba resuelto á combatir hasta el último aliento, y de su resolucion participaban todos ó los mas de sus indios; pero solamente se debia llegar á las manos cuando no hubiera otro recurso; ó cuando el descuido ó la fatiga de los españoles ofreciera todas las ventajas apetecibles para las sorpresas y los asaltos. Fuera de estos casos, la estratégia india, como la de todos los grandes capitanes que han tenido que habérselas con fuerzas superiores, debia consistir en mantenerse fuera del alcance de los enemigos, mientras llegara el momento mas favorable para medirse con ellos. Los extremos siempre se confunden, y la última palabra de la ciencia militar llegará á ser probablemente idéntica al impulso más rudimentario del instinto natural de la propia conservacion.

Segun lo habia supuesto el caudillo indio, al caer la tarde del mis-

cojido por Guaroa para mudar su campo. Esta fortaleza natural solo tenia un descenso practicable, aunque sumamente disimulado por la maleza, del lado del Sud-Oeste, y daba paso por un angosto y profundo barranco hasta el pié de otra montaña contigua, no ménos fragosa y abrupta que la que podemos llamar segundo campamento de Guaroa.

Cuando Velazquez llegó á la orilla del Lago Dulce halló los vestigios de la reciente presencia de los indios, y no pudo ménos de admirar la previsora inteligencia con que aquellos infelices habian elejido aquel pintoresco y ventajoso refugio. Hasta se arrepintió por un buen movimiento involuntario de su alma, de haberles perturbado en su pacífico retiro. Como que por lo visto solo se trataba de perseguir á pobres fugitivos agenos á todo pensamiento de agresion, dormia en los españoles esa fiebre de exterminio que solia despertarse con trágico fracaso desde que recelaban cualquier intento sanguinario contra su existencia. Y por tanto, seguian la pista á los indios estimulados mas bien por el deber y por el amor propio, y dando rienda á su espíritu aventurero, que ganosos de derramar la sangre de los que casi era un sarcasmo llamar rebeldes. Así, desde que llegaron al guanal del Lago y se hallaron agradablemente instalados, Velazquez quiso descansar unos dias en tan bellos sitios, y se limitó á enviar diariamente pequeñas rondas de exploradores á las montañas vecinas.

La que ocupaba Guaroa con su gente solo era adecuada para servir como reducto de guerra; pero á esta única ventaja se habia limitado con aquella mole escarpada el favor de la Naturaleza. Los depósitos de agua potable en los canjilones de la granítica meseta eran reducidos y escasos. No habia allí sembrados ni cultivos de ninguna especie, y en dos ó tres dias quedaron consumidos los víveres que se habian llevado del lago, y las pocas frutas silvestres que se pudieron encontrar. Desde entonces el hambre comenzó á hacerse sentir entre los refugiados de la inhospitalaria montaña; despacharon las mugeres y los niños (escepto Guarocuya) á sus respectivas casas, y fué preciso organizar cuadrillas de merodeadores que, buscando el rumbo opuesto á la zona que ocupaban los enemigos, fueron extendiendo gradualmente sus excursiones famélicas hasta los valles del rio Pedernales, al Sur. Ignoraban que en la embocadura de este rio se hallaba apostado hacia poco tiempo, con el fin de vigilar y custodiar aquella costa, un destacamento español, cuyos ociosos soldados tambien vivian del merodeo por los alrededores. Un dia, á tiempo que los exploradores de Guaroa, en número de ocho, despojaban un lozano maizal de sus rubias mazorcas, se vieron rodeados de repente por varios soldados españoles, los cuales logran aprisionar á tres de los indios: los demas emprendieron la fuga para sus montañas, y los presos son conducidos á la presencia de un anciano capitan español que los trata benignamente, les inspira confianza, é interrogándoles con destreza llega á adquirir todos los datos necesarios para saber el paradero de Guaroa y el género de vida que llevaba con su gente. Al saber que los fugitivos eran en tan crecido número, el oficial español se alarma vivamente, y presuroso acude, con la mayor parte de sus soldados y conducido por los indios prisioneros al través de los montes, á participar su descubrimiento á Diego Velazquez.

No tarda el gefe español en emprender operaciones activas para sojuzgar ó destruir aquellos indios alzados. Su tropa, dividida en tres destacamentos, penetra por distintas partes en la sierra, llevando por objetivo la escarpada montaña que sirve de asilo á Guaroa.

Pero la vigilancia de este caudillo provee á la defensa con una oportunidad y buen concierto admirables. No bien comienzan á subir los soldados españoles por la áspera eminencia, cuando una lluvia de gruesas piedras derriba á varios de ellos sin vida; tres veces acometen denodados, y otras tantas ruedan revueltos con enormes rocas por aquella empinada ladera.

Esta defensa se hacia en absoluto silencio por parte de los indios: su gefe así lo habia ordenado; pero el aviso de que por otro lado de la montaña se presentaban nuevos enemigos puso la consternacion en los ánimos, y prorumpieron en lastimeras exclamaciones.

Solícito Guaroa acude á todos; los exhorta á la esperanza; los tranquiliza, y les señala el punto de retirada que su prevision ha reservado para el trance final, y que los enemigos ignoran. Esto restituye el ánimo á sus hombres, que vuelven á la lucha á tiempo de rechazar el asalto simultáneo de los españoles, y lo consiguen una vez mas.

Las sombras de la noche vienen á terminar aquella jornada, y á su favor los indios operan su retirada por el barranco, internándose en las vecinas montañas. Al amanecer del dia siguiente, Diego Velazquez ordena nuevamente el asalto de las posiciones disputadas la víspera, y esta vez, sin mas resistencia que la opuesta por los obstáculos naturales de la áspera subida, llega á la cumbre de la montaña, quedándose estupefactos los agresores al encontrar su altiplanicie en la mas completa soledad.

X.

CONTRASTE.

Muchos dias de activas pesquisas son necesarios para llegar á descubrir el nuevo paradero de los indios: otros tres asaltos con igual éxito resiste Guaroa, y logra evadirse con todos los suyos como la primera vez.

Pero no consiguen escapar de igual modo á la persecucion, cada vez mas apremiante y activa, del hambre. Entre aquellas breñas hay pocas siembras: las frutas silvestres, el mamey, la guanábana, la jagua y el *cacheo* escasean de mas en mas; las *hutías é iguanas* (1) no bastan á las necesidades de la tribu, y es preciso buscar otra comarca mas provista de víveres, ó morir.

(1) HUTIA era el único cuadrúpedo que se halló en la isla al tiempo del descubrimiento: su tamaño era el de un perro pequeño.—IGUANA, especie de gran lagarto, cuya carne era muy estimada de los indígenas.

El gefe indio no vacila: los merodeadores que pocos dias ántes habian logrado huir de las manos de los españoles en el campo de maiz, en las inmediaciones del rio Pedernales, reciben órden de ir á explorar aquel mismo contorno, para determinar el punto preciso que ocupan los conquistadores en esa parte de la costa, y el número de sus soldados.

Las prudentes instrucciones de Guaroa, fielmente ejecutadas, dan por resultado el regreso feliz de los exploradores al cabo de tres dias: hácia la boca del rio, segun lo que refieren, los españoles tienen una guardia como de veinte hombres: de estos una ronda de ocho individuos sale todas las mañanas á recorrer los contornos; pero al anochecer regresan á su cuartel para pasar la noche todos reunidos.

El campo indio se puso en marcha aquella misma tarde con direccion á los maizales, adonde llegaron hácia la media noche. El maiz fué brevemente cosechado hasta no quedar una mazorca; y los indios, cargados de provision para algunos dias, volvieron á internarse en las montañas, hácia el Este de Pedernales, aunque acamparon mucho mas cerca de las siembras que cuando levantaron su campo la víspera.

La ronda española echó de ver el despojo al dia siguiente. Los pacíficos indios del contorno, interrogados por los españoles sobre la desaparicion del maiz, no sabian qué responder, y, en su afan de justificarse contra toda sospecha, ayudan á los soldados á practicar investigaciones activas, que muy pronto hacen descubrir las huellas de los nómadas nocturnos.

El oficial que tenia á su cargo el puesto de Pedernales despachó inmediatamente un correo á Diego Velazquez para advertirle lo que ocurria; pero este emisario, que era un natural del pais, tardó muchos dias en atravesar las montañas para llegar al campamento de los españoles, de nuevo instalados en las orillas del Lago.

Diego Velazquez habia regresado á este último sitio por mas fértil y cultivado, con su tropa diezmada, hambrienta y extenuada por sus penosas marchas por aquellas casi inaccesibles alturas. Dió cuenta de su situacion á Ovando que permanecia en Jaragua, habiendo hecho al fin eleccion de sitio y trazado el plan para la fundacion de la Villa de *Vera Paz*, á corta distancia del Rio Grande, y en las faldas de *la Silla*. El buen comendador creyó sin duda desagraviar la Magestad Divina y descargar su conciencia del crímen de Jaragua echando los cimientos de una iglesia y un convento de frailes Franciscanos, al mismo tiempo que colocaba la primera piedra de la casa municipal de la futura villa, y ordenaba la construccion de una fortaleza, que debia dominar la poblacion desde un punto mas escarpado, al Nordeste.

En estas ocupaciones le halló la misiva de su teniente Diego Velazquez, causándole extraordinaria indignacion la audacia de los rebeldes indios. Mandó al punto reforzar con cincuenta hombres al capitan español, y que fueran por mar á Pedernales otros veinticinco, para que reunidos á la fuerza que allá estaba, cooperáran enérgicamente á la nueva campaña que Velazquez emprendería entrando en la sierra por el lado del Norte. Estas fuerzas van perfectamente equipadas, y provistas de víveres, que se embarcan en la carabela destinada á la costa del Sur una parte, miéntras que la otra acompaña al destacamento de tierra, llevada en hombros de los indios de carga.

Cuando todo estaba listo, y la carabela acababa de recibir su cargamento, un hombre, jóven aun, de porte modesto al par que digno y magestuoso, un español del séquito de Ovando, se presentó en el alojamiento de éste. Al verle, el gobernador manifestó grata sorpresa y exclamó en tono familiar y afectuoso:

—Gracias á Dios, Licenciado, que os dejais ver despues de tantos dias. ¿Ha pasado ya vuestro mal humor y tristeza? Mucho lo celebraré.

El individuo tan benévolamente increpado contestó:

—Dejemos á un lado, señor, mis melancolías: de este mal solo puede curarme la conviccion de hacer todo el bien que está á mi alcance á mis semejantes. Y pues que, loado sea Dios, Vuestra Señoría está de acuerdo conmigo en que espiritual y materialmente conviene atraer con amor y dulzura estos pobres indios de Jaragua, que todavía andan llenos de terror por los montes, más bien que continuar cazándoles como bestias feroces, contra toda ley divina y todo derecho humano............

—¿Volveis á vuestro tema, señor Bartolomé? ¿Qué mas quereis? Los indios meditaban nuestro exterminio; su inícua reina trata de adormecernos pérfidamente para que sus vasallos nos degüellen en el seno de su mentida hospitalidad; ¿y quisiérais que hubiéramos tendido el cuello á los asesinos como mansos corderos?

—Hablemos sériamente, señor: me parece que solo en chanza podeis decir eso que decís; y esa chanza, cuando aun humean las hogueras de Jaragua, es mas cruel todavía que vuestro juego del herron, y el signo sacrílego de tocar vuestra venera para comenzar la matanza en aquella tarde funesta.

—Basta, señor las Casas,—dijo el Gobernador frunciendo el ceño;—os estais excediendo demasiado. Ya os he dicho que me pesa tanto como á vos la sangre vertida, la severidad que he debido desplegar; pero si os hallaseis en mi puesto, á fé mia, Licenciado, que haríais lo mismo.

Bartolomé de las Casas se sonrió, al oir esta suposicion, de un modo original; el Gobernador pareció advertirlo, y repuso con impaciencia:

—Al cabo, ¿qué deseais? ¿Qué objeto trae vuestra visita?

—Deseo, señor, acompañar la expedicion á Pedernales: allí debe haber crímenes que prevenir, lágrimas que enjugar, y mis advertencias tal vez eviten muchos remordimientos tardíos.

—Estais bueno para fraile, señor Bartolomé.

—Ya otra vez os he dicho, señor, que pienso llegar á serlo, con la ayuda de Dios, y hago en la actualidad mi aprendizaje.

Ovando miró á su interlocutor, y algo de extraordinario halló en aquella fisonomía iluminada por una ardiente caridad; pues le dijo casi con respeto:

—Id con Dios, señor Bartolomé de las Casas, y no creais que tengo mal corazon.

El hombre ilustre que mas tarde habia de asombrar hasta á los reyes con su heróica energía en defensa de la oprimida raza india, se inclinó ligeramente al oir esta especie de justificacion vergonzante, y contestó gravemente:

—El Señor os alumbre el entendimiento, y os dé su gracia!

Formulado este voto salió con paso rápido, y dos horas despues navegaba con viento favorable en direccion á la costa del Sur.

XI.

EL CONSEJO.

Tan pronto como Diego Velazquez recibió los refuerzos que aguardaba en Lago Dulce, emprendió su nueva expedicion al centro de las montañas, concertando su movimiento con el comandante de Pedernales, segun las instrucciones de Ovando, para que siguiendo el curso del rio, aguas arriba, con las debidas precauciones, fuera ocupando cuantos víveres y mantenimientos hallara al paso en aquellas riberas, que eran precisamente las mas cultivadas; tanto para aumentar las provisiones de los expedicionarios, cuanto para privar de ese recurso á los indios. De este modo contaba Velazquez con que, marchando con rumbo directo al Sur desde el Lago, hasta llegar al rio, y siguiendo aguas abajo, no podria ménos de encontrarse á los dos ó tres dias con la tropa procedente de la costa; y ya reunidas sus fuerzas, penetraría en lo alto de la sierra, para impeler los indios hácia la parte ménos escabrosa, en direccion á la boca del rio, donde lograría desbaratarlos fácilmente.

La primera parte de este plan salió conforme á los cálculos del gefe español, por cuanto al tercer dia de su marcha se encontró con los de Pedernales acampados en un recodo del rio, al pié de la montaña, en un punto en que ésta se iergue brusca y casi perpendicularmente desde la misma ribera, mientras que las límpidas aguas fluviales sirven de orla á la verde y amenísima llanura que se extiende á la márgen occidental. Pero en lo que del plan respectaba á los alzados indios no salió tan acertado; porque al empezar el ojeo (1) despues de algunas horas de descanso, se hallaron señales ciertas de que habian abandonado su último campamento, inmediato á las siembras del Pedernales, y volvian á esconderse en las inacesibles alturas.

He aquí lo que habia sucedido. Mientras la tropa reposaba, algunos de los indios que llevaban en hombros las provisiones se evadieron con su carga en busca de sus compatriotas, á quienes prestaron el doble servicio de proveerles de alimentos para muchos dias, y de advertirles la proximidad de los perseguidores.

[1] Término de caza: equivale á exploracion.

La exasperacion de Diego Velazquez llegó al colmo cuando se convenció de que los indios se le escurrian de entre las manos, despues de tan penosas diligencias para dar con ellos; pero con esa constancia invencible que fué el carácter distintivo de los hombres de hierro que acometieron la conquista del mundo revelado por el genio de Colon, el gefe español dió nuevas órdenes y disposiciones para llegar al objeto que hacia ya casi tres meses estaba persiguiendo inútilmente.

Disponíanse, pues, los españoles á levantar el campo, cuando Bartolomé de las Casas, que acompañaba al comandante de la costa, sin armas, vestido con jubon y ferreruelo negros, (lo que le daba un aspecto extraño entre aquellos hombres equipados militarmente), y llevando en la mano un nudoso baston rústico, que le servia de apoyo en los pasos difíciles del rio y las montañas, se acercó familiarmente á Velazquez y le dijo sonriendo:

—Señor Diego, *fustrè laboras*; en vano'trabaja vuestra merced: los indios se escaparán de vuestras manos en lo sucesivo, como vienen haciéndolo hasta aquí, y nuestras armas ván á quedar deslucidas en esta campaña contra un adversario invisible, que no nos ataca, que evita hasta las ocasiones de resistirnos, y no hace mas guerra que huir, para salvar su miserable existencia.

—¿Qué quereis decir, señor Bartolomé?

—Quiero decir que si en vez de proseguir vuestra merced organizando cacerías contra esos infelices seres inofensivos, procurarais hacerles entender que no se trata de matarlos, ni de hacerles daño, ellos se darían á partido, con grande gloria vuestra y salud de vuestra ánima.

Diego Velazquez no era un malvado: impresionable, como todos los de su raza; imbuido en las falsas ideas religiosas y políticas de su tiempo, seguia el impulso fatal que movia á todos los conquistadores, queriendo someter á fuego y sangre los cuerpos y las almas de los desgraciados indios; pero su generosidad se manifestaba tan pronto como una ocasion cualquiera, una refleccion oportuna detenia sus ímpetus belicosos, y la razon recobraba su imperio. El lenguaje de las Casas, diestramente impregnado de sentimientos compasivos, disipó las prevenciones sanguinarias del guerrero español, como la luz solar disipa las nieblas de una mañana de otoño.

—Pero ¿quién persuadirá á los indios de que pueden entregarse bajo seguro?—preguntó Velazquez á las Casas.

—Yo;—respondió éste sencillamente:—iré con guias indios; veré á Guaroa, y espero reducirlo á buenos términos.

Velazquez se admiró de esta resolucion, que revelaba una intrepidez de género desconocido para él, la intrepidez de la caridad; y como la fé es contagiosa, llegó á participar de la que alentaba el magnánimo corazon de las Casas: avínose al buen consejo de éste, y desde entónces vislumbró un éxito completo para la pacificacion que le estaba encomendada.

XII.

PERSUASION.

Veamos entretanto cuál era la situacion del campo de Guaroa. Su gente, regularmente provista de subsistencias para algunos dias, gracias á la desercion de los indios de Pedernales del campo español, comenzaba á avezarse á la vida nómade y azarosa que habia emprendido. Ya sabian aquellos hijos de las selvas, gracias á las lecciones y el ejemplo de su caudillo, improvisar barracas con ramas de árboles, para resguardarse de la intempérie: ya cada uno de los fugitivos, además del récio arco de mangle con cuerda de cabulla y saetas de guaconejo (1), sabia manejar con destreza y agilidad una pesada macana, ó estaca de ácano, madera tan dura y pesada como el hierro; y los mas atrevidos hablaban de no permanecer más tiempo á la defensiva, sino asechar á sus perseguidores, y causarles todo el daño posible.

Pero el prudente Guaroa no aspiraba á tanto: su plan, como ya dijimos, se reducia á irse sustrayendo con su tribu de la persecucion, cambiando contínuamente de sitio, y no pelear hasta no verse en el último aprieto; contando con la posibilidad de hallar un escondite en aquellas breñas, bastante oculto é inaccesible para que los españoles perdieran hasta la memoria de que habia indios alzados. (2)

Esto ofrecia varias dificultades, y principalmente la de no abundar los *jagüeyes*, ó charcas de agua en aquellas alturas. El indio previsor, cada vez que mudaba de sitio, se aplicaba á hacer cavar hondas fosas en los vallejuelos ó barrancos que separaban una eminencia de otra, en aquella intrincada aglomeracion de montañas; logrando así reforzar sus defensas, y en las frecuentes lluvias que atrae la sierra, estancar crecidas cantidades de agua.

Guarocuya seguia siendo el objeto de todos los cuidados, y el ídolo de aquella errante multitud de indios. Su gracia infantil, su hu-

---

(1) MANGLE, árbol de madera muy dura y flexible: CABULLA, fibras de gran resistencia que se extraen del cáctus llamado MAGUEY ó PITA, y de la que se hacen cuerdas muy sólidas. GUACONEJO, es otra especie de madera durísima.

[2] No era absurdo el propósito de Guaroa. En 1860 se capturaron en las montañas del Bahoruco tres BIEMBIENES, pertenecientes á una tribu de salvajes de raza africana, que aun existe allí alzada, y de que solo dan noticias incoherentes y tardías algunos monteros extraviados.

mor igual y benévolo; sus juegos, todo interesaba altamente á los pobres fugitivos, que cifraban en aquel niño esperanzas supersticiosas. Corria, saltaba con imponderable agilidad; seguia á pié, sin fatiga ni embarazo á su vigoroso tio, por los caminos mas ásperos; hasta que admirado de tanta fortaleza en tan tiernos años, Guaroa lo hacia llevar en hombros de algun récio indio, sin que el niño mostrara en ello satisfaccion ó alegría.

Un jóven jaragüeño, de 24 años de edad, que habia estado al servicio del célebre alcalde mayor Roldan, cuando éste se rebeló contra Colon en Jaragua, era el que con mas frecuencia llevaba sobre sus espaldas al infantil cacique. Su amo le habia impuesto el nombre español de Tamayo, por haber encontrado semejanza entre algunos rasgos de la fisonomía del indio con los de otro criado de raza morisca que tenia ese nombre, y se le habia muerto á poco de llegar de España á la colonia. El antiguo escudero de Roldan parecia haber heredado el aliento indómito de aquel caudillo, primer rebelde que figura en la historia de Santo Domingo. Manejaba bien las armas españolas; llevaba espada y daga que logró hurtar al escaparse á las montañas, y hallaba singular placer en hacer esgrimir esas armas á su pupilo Guarocuya, que por esta causa, y por conformarse Tamayo á todos sus gustos y caprichos de niño, lo amaba con prediccion.

Siendo el único que podia decirse armado entre los indios, Tamayo era tal vez por lo mismo el mas osado y mas fogoso de todos. Un dia, seguido del niño Guarocuya, descendió de la montaña un buen trecho alejándose del campamento: vagaba á la ventura buscando iguanas, nidos de aves y frutas silvestres, cuando advirtió que se acercaban haciéndole señas dos indios, precediendo á un hombre blanco, uno de los temidos españoles. Este, sin embargo, nada tenia de temible en su aspecto ni en su equipo. Iba vestido de negro, y su única arma era un baston, que le daba el aire pacífico de un pastor ó un peregrino.

Tamayo miró con sorpresa á los viajeros; pero sin inmutarse, desenvainó su espada, se puso en guardia y preguntó á los indios qué buscaban.

La respuesta le tranquilizó completamente, y más el rostro afable, para él muy conocido, de las Casas, que no era otro el compañero de los guias indios. Estos contestaron á Tamayo indicándole al emisario español, y diciéndole en su lengua que venia á hablar con el gefe de los alzados.

Antes que acabáran de explicarse, Guarocuya, reconociendo á las Casas, habia corrido á él con los brazos abiertos, dando muestras del más vivo júbilo: el español lo recibió con bondadosa sonrisa, se inclinó á él, le besó cariñosamente en la mejilla, y le dijo:

—Mucho bien te hace el aire de las montañas, muchacho.

Volvió á la vaina Tamayo su aguzada tizona, y quitándose el sombrero que á usanza española llevaba, se acercó á las Casas y le besó la mano.

Este lo miró como quien evoca un recuerdo:—¿Quién eres? me parece conocerte;—le dijo.

—Sí, señor;—contestó el jóven indio:— vuestra merced me ha visto primero en Santo Domingo, hace un año, sirviendo á mi señor Roldan; cuando lo embarcaron para España. Poco despues mi nuevo amo me trataba muy mal, y me vine á mi tierra á servir á mi señora Anacaona, hasta el dia de la desgracia.

—Cierto;—repuso las Casas.—Guíanos adonde está tu gefe.

En el camino Tamayo explicó á las Casas la razon del respeto afectuoso que manifestaba hácia su persona. Siempre le vió sonreir y consolar á los pobres indios: en Jaragua presenció su dolor y desesperacion al ver la matanza de los caciques.

En cuanto al niño, la alegría que experimentó al ver á aquel hombre de ojos expresivos, de semblante benévolo, se explica por los agasajos y pequeños regalos que recibiera de las Casas en los cortos dias que mediaron entre la llegada de éste con Ovando á Jaragua, y la sangrienta ejecucion de los caciques. El niño se hallaba á su lado, en la plaza, en el acto de la salvaje tragedia, y fué el bondadoso las Casas quien lo tomó en brazos, y arrastrando á Higuemota, helada de terror, puso á ambos en momentánea seguridad, velando despues sobre ellos, hasta que Ovando dió cabida á un sentimiento compasivo;—oyó quizás la voz del remordimiento;—y les acordó proteccion y asistencia. La criatura pagaba al filantrópico español los beneficios que su inocencia no alcanzaba á comprender, demostrándole la mas afectuosa y expontánea simpatía.

Las Casas fué recibido con respeto y cordialidad por el gefe indio. Habló á éste largamente; le pintó con vivos colores la miseria de su estado actual, lo inminente de su ruina; el daño que estaba causando á los mismos de su raza, y la bondad con que Velazquez se ofrecia á recibirlo otra vez bajo la obediencia de las leyes, cuyo amparo le aseguraba, prometiéndole obtener para él y los suyos un completo perdon del gobernador Ovando. Al oir este nombre aborrecido, Guaroa contestó estas palabras: *"Pero yo no perdono al Gobernador, y si he de vivir sometido á él, mejor quiero morir."* ¡Notable concepto, que denotaba la irrevocable resolucion de aquel generoso cacique! Bien es verdad que los sentimientos heróicos eran cosa muy comun en los indios de la sojuzgada Quisqueya, raza que se distinguió entre todas las del Nuevo Mundo, por sus nobles cualidades, como lo atestiguan Colon y los primitivos historiadores de la conquista; y como lo probaron Caonabó, Guarionex, Mayobanex, Hatuey y otros mas, cuyos nombres recojió cuidadosamente la adusta Clío. (1)

De los argumentos de las Casas hubo sin embargo uno que hizo gran fuerza en el ánimo del cacique; tal fué el reproche de estar causando la ruina de su raza. La recta conciencia de aquel indio se sublevó al ver delante de sí erguida la responsabilidad moral de tantas desdichas. Al punto reune en torno suyo á todos sus compañeros; les dice lo que ocurre; les trasmite las observaciones de las Casas, y los exhorta á acojerse á la benignidad y la clemencia de los conquistadores. Todos ó los mas están convencidos; bajan la cabeza, y aguardan la señal de partir. Una voz pregunta á Guaroa—Y tú, ¿qué harás?—Permaneceré solo en los bosques;—dice sencillamente el caudillo; y mil gritos y sollozos protestan contra esa inesperada resolucion.

Tamayo el primero se obstina en acompañarle; otros cien siguen su ejemplo, y pronto el efecto de los discursos de las Casas y del mismo Guaroa vá á perderse ante el exceso de abnegacion de los indios, y su adhesion al honrado gefe que les enseñó el amor á la libertad.

El español dice entónces con entereza:

—Pues bien; teneis el derecho de vivir como las fieras; de compro-

---

(1) Musa de la Historia.—Suplicamos al lector que no nos crea atacados de la manía INDIÓFILA. No pasarémos nunca los límites de la justa compasion á una raza tan completamente extirpada por la cruel política de los colonos europeos, que apénas hay rastro de ella entre los moradores actuales de la isla.

meter vuestra existencia, de haceros cazar de dia y de noche por estos montes; pero no teneis el derecho de sacrificar á vuestros caprichos este pobre niño, que no sabe lo que hace; ni tiene voluntad propia. Yo me lo llevaré para que sea feliz, y algun dia ampare y proteja á los que de vosotros queden con vida en su temeraria rebelion contra los que solo quieren haceros conocer al verdadero Dios.

Este lenguaje arroja la confusion en las filas. Tamayo y otros muchos juran que no dejarán ir al niño cacique, y las Casas deplora el mal éxito de su mision, cuando Guaroa interviene, diciendo:—Tiene razon el español; no debemos sacrificar á Guarocuya: que se vaya con él, y que le acompañen todos. Así conviene, porque entonces no será difícil que me permitan permanecer en paz en mis montañas; pero si somos muchos, no me lo permitirán.

Presentando así bajo una nueva fase el asunto, el generoso Guaroa solo se propone determinar sus compañeros á abandonarle y salvarse sin él. Y realmente lo consigue: las Casas emprende el regreso al campamento español seguido de Tamayo, que confía sus armas á Guaroa, y toma en brazos al niño: en pos de éste vá la mayor parte de los indios alzados: unos pocos se quedan con su gefe, ofreciendo presentarse al dia siguiente, lo que no cumplieron, sin duda por mas desconfiados, ó por causas de ellos solos sabidas.

Al percibir la multitud de los rendidos, Velazquez, en la embriaguez del entusiasmo, estrechó en sus brazos á las Casas, felicitándole por el buen resultado de su empresa, y besó afectuosamente á Guarocuya, diciendo que desde aquel momento se constituia su padrino y protector: los indios sometidos fueron tratados con agasajo y dulzura, y durante tres dias la paz y el contento reinaron en la vega afortunada que el Pedernales riega y fertiliza con sus rumorosas corrientes: el triunfo de los sentimientos humanos sobre las pasiones sanguinarias y destructoras parecia que era celebrado por la madre naturaleza con todas las galas y magnificencias de la creacion, en aquellos parages privilegiados del mundo intertropical.

XIII.

DESENCANTO.

En medio de la pura alegría que experimentaba el capitan español, saboreando el insólito placer de practicar el bien, y de convertir en mision de paz y perdon su mision de sangre y exterminio, una inquietud secreta persistía en atormentarle. Las instrucciones que Ovando le remitiera á Lago Dulce eran tan terminantes como severas. El rigoroso Gobernador solo había previsto un caso: el de forzar á los indios en sus posiciones; perseguirlos sin tregua ni descanso, y castigar ejemplarmente á todos los rebeldes. Nunca admitió la hipótesis de una rendicion á partido, ni ménos de una gestion pacífica por parte de su teniente. Esto último, en las ideas dominantes de Ovando, no podia ser considerado sino como una monstruosidad. Los naturales ó indígenas eran numerosos; los españoles, aunque armados y fuertes, eran muy pocos, y su imperio solo podia sustentarse por un prestigio que cualquier acto de clemencia intempestiva habia de comprometer. Este era el raciocinio natural de los conquistadores, y Diego Velazquez estaba demasiado imbuido en la doctrina del *saludable terror*, para poder sustraerse al recelo de haber cometido, al transigir con los indios, una falta imperdonable en el concepto del Gobernador.

Las Casas, á quien comunicó sus escrúpulos, le tranquilizó con reflecciones elocuentes, sugeridas por su magnánimo corazon; y tal era su confianza en que Ovando no podría ménos de darse por satisfecho del éxito obtenido con los rebeldes, que se ofreció á llevarle personalmente la noticia, aun no comunicada por el indeciso Velazquez. El expediente pareció á este muy acertado; escribió sus despachos al comendador en términos breves, refiriéndose absolutamente al relato verbal que de los sucesos debia hacer las Casas. Partió, pues, el buen Licenciado contento y seguro de dejar en pos de sí la paz y la concordia en vez de la desolacion y los furores de la guerra.

De acuerdo con Velazquez se llevó á Tamayo y el niño, á fin de que no se demorara el bautizo de éste: Velazquez reiteró su propósito de protejer al agraciado caciquillo, sintiendo que el deber le privara de servirle de padrino en el acto de recibir la iniciacion en la fé del Cristo.

Hízose la travesía por mar con próspero tiempo y muy en breve. Tan pronto como puso el pié en la ribera de Yaguana, acudió el celoso Licenciado á la presencia de Ovando, á cumplir su comision. Fué recibido con perfecta cortesía por el Comendador, que de veras le estimaba; pero en la reserva de su actitud, en el ceño de su semblante, echó de ver las Casas que no era dia de gracias. Efectivamente, Ovando estaba de pésimo humor, porque hacia dos dias que el heróico y honrado Diego Mendez, el leal amigo del Almirante Don Cristóbal Colon, habia llegado á Jaragua, enviado por el ilustre descubridor desde Jamaica, en demanda de auxilios por hallarse náufrago y privado de todo recurso en aquella isla. El viaje de Mendez y sus cuatro compañeros, en una frágil canoa desde una á otra Antilla, tiene su página brillante y de eterna duracion en el libro de oro del descubrimiento, como un prodigio de abnegacion y energía.

Ovando, resuelto á no suministrar los socorros pedidos, sentia sin embargo dentro del pecho el torcedor que acompaña siempre á las malas acciones, á los sentimientos malignos. Mordíale como una serpiente el convencimiento de que su proceder inícuo, abandonando á una muerte cierta al grande hombre y sus compañeros en la costa de un pais salvage, le habia de atraer la execracion de la posteridad. La presencia de Mendez, el acto heróico llevado á cabo por aquel dechado de nobleza y fidelidad, era á sus propios ojos un reproche mudo de su baja envidia, de su menguada y gratuita enemistad hácia el que le habia dado la tierra que pisaba, y la autoridad que indignamente ejercia. En medio de esta mortificacion moral y de tan cruel fluctuacion de ánimo le halló las Casas cuando fué á darle cuenta de la pacificacion del Bahoruco, y así predispuesto contra todo lo bueno, vió en la benéfica intervencion del Licenciado y en la clemencia de Diego Velazquez el mas punzante sarcasmo, la condenacion mas acerba de sus malos impulsos, y por lo mismo una violenta cólera se apoderó de él, estallando como desordenada tempestad.

—A esto fuísteis, señor retórico, al Bahoruco?—dijo encarándose con las Casas—¿Qué ideas teneis sobre la autoridad y el servicio de Sus Altezas los Reyes? ¿Habeis aprendido en vuestros libros á ir como suplicante á pedir la paz á salvajes rebeldes, á gente que solo entiende de rigor, y que de hoy mas quedará engreida con la infame debilidad que ha visto en los españoles? ¡Esto es fiar en letrados! ¡Oh! Yo os aseguro que no me volverá á acontecer; y en cuanto á Velazquez, ya le enseñaré á cumplir mejor con las instrucciones de sus superiores!

—Señor Gobernador,— dijo en tono firme las Casas:—Diego Velazquez no tiene culpa alguna: prestó el crédito que debia á mis palabras, á la recomendacion con que Vuestra Señoría se sirvió honrarme; y sea cual fuere el concepto que os merezcan á vos, hombre de guerra, mis letras y mis estudios, ellos me dicen que lo hecho, bien hecho está; y solo el demonio puede sugeriros ese pesar y despecho que demostrais por que se haya estancado la efusion de sangre humana.

—Retiraos en mal hora, Licenciado,—repuso el irritado Gobernador;— y estad listo para embarcaros para Santo Domingo mañana mismo. No haceis falta aquí!

Las Casas se inclinó ligeramente, y salió con paso tranquilo y continente sereno.

En cuanto Ovando quedó solo, escribió una vehemente carta á Diego Velazquez, reprendiéndole por haberse excedido de sus instrucciones, y ordenándole que sin demora se pusiera en campaña para exterminar los indios que hubieran permanecido alzados. Un correo llevó aceleradamente esta carta á Pedernales, atravesando las montañas.

El mismo dia, las Casas condujo al niño Guarocuya al naciente convento de Padres Franciscanos, un vasto barracon de madera y paja que provisionalmente fué habilitado por órden de Ovando en la Vera Paz, mientras se construia el monasterio de cal y canto. Los buenos franciscanos recibieron con grandes muestras de amistad á las Casas, y gustosos se encargaron del niño con arreglo á las recomendaciones del Licenciado hechas por sí y á nombre de Diego Velazquez, quien proveería á todas las necesidades del caciquillo. En el mismo acto procedieron á administrarle el bautismo, y, por eleccion de las Casas, se le puso el nombre de ENRIQUE, destinado á hacerse ilustre y glorioso en los anales de la Española.

Tamayo quedó tambien en el convento al servicio del caciquillo, á quien amaba con ternura.

Cumplidas estas piadosas atenciones, el Licenciado las Casas hizo sus cortos preparativos de viaje, y al amanecer del siguiente dia, impelida su nave por las auras de la tierra, se alejó de aquella costa siempre hermosa y risueña, aunque manchada con los crímenes y la feroz tiranía del comendador Frey Nicolas de Ovando.

XIV.

UN HÉROE.

Diego Velazquez recibió la terrible órden del Gobernador cuando ménos la esperaba. Inmensa pesadumbre embargó su ánimo al ver que habia incurrido en el enojo de su gefe; y atento solo á desagraviarle, puso en pié su gente, y al favor de la luna entró otra vez en las montañas, muy de madrugada, en busca de Guaroa y los demas indios que aun no se le habian sometido personalmente.

El capitan español llevaba guias indios expertos, á quienes se habia ofrecido una gran recompensa si se lograba capturar á los alzados, prometiéndose á dichos guias que no se quería otra cosa que apoderarse de aquellos obstinados rebeldes, para tratarlos tan bien como á los que se habian presentado voluntariamente.

Creyeron los pobres indios esta engañosa promesa, juzgando por su propia experiencia de la bondad y mansedumbre de Velazquez y sus soldados; y á las tres horas de marcha advirtieron al gefe español que habian llegado al pié de la montaña que servia de albergue á Guaroa.

Amanecia plenamente: de los ranchos ó cabañas cubiertas de ramas de árboles, que servian de viviendas á los confiados y perezosos indios, se escapaba ese humo azulado y leve que denuncia los primeros cuidados con que el hombre acude á las mas imperiosas necesidades de su existencia: algunos vagaban con aire distraido alrededor de la ranchería, ó *yucuyagua*, (1) llevando en la boca el grosero túbano. (2) Distinguíase á primera vista la figura escultural de su caudillo, que abismado en honda meditacion, se reclinaba, con el abandono propio de las grandes tristezas, en el tronco de un alto y robusto córvano, de cuya trémula copa, que el sol hacia brillar con sus primeros rayos, enviaba el ruiseñor sus trinos á los ecos apacibles de la montaña: los árboles, meciendo en blando susurro el flexible follage, respondian armónicamente al

---

(1) Así llamaban los indios á sus agrestes caseríos, de los que, segun docto testimonio de una carta escrita en latin por los frailes domínicos y franciscos de la isla en aquel tiempo, al Gobierno de España, no querían salir.

(2) Hojas de tabaco retorcidas.

sordo rumor del mar, cuyas olas azules y argentadas se divisaban á lo léjos desde aquellas alturas, formando una orla espléndida al extenso y grandioso panorama.

Aveníanse con tan magnífica escena aquella quietud, aquel absoluto descuido de los indios: es de presumir que, cerciorados por sus espías de que no se hábia hecho daño alguno á los presentados con las Casas, los rezagados estuvieran meditando llevar tambien á efecto su completa sumision, y de aquí proviniera su confianza y negligencia.

De improviso, el estridente sonido de un clarin rasga los aires, partiendo de un ángulo de la meseta; y apénas se extingue la última nota de su bélica tocata, otro clarin y otro contestan desde los dos ámbitos opuestos, apareciendo por los tres puntos á la vez la hueste española, precedida del fragor de sus arcabuces, del áspero ladrido de sus perros de presa, y al grito, en Granada poco ántes glorioso, de *¡cierra España!;* intempestivo y profano en aquel monte, cargando con ciega furia á salvajes inofensivos é indefensos.

Atónitos, sorprendidos y aterrados los infelices indios con la brusca acometida de los guerreros españoles, prorrumpen en clamores lastimeros y tratan de huir; pero la muerte les sale al paso por todas partes, en el filo de los aceros castellanos: la sangre de las víctimas enrojece el suelo: el incendio no tarda en asociarse á la obra de exterminio, y las pajizas cabañas, convertidas en ardiente hoguera, abrasan los cuerpos de los que paralizados por el terror permanecen á su pérfido abrigo: los que medio chamuscados ya huyen del fuego, son rematados por el furor de los hombres, y solo consiguen una muerte mas pronta en las puntas de las lanzas. Por todo aquel campo reinan la desolacion y el estrago.

Un guerrero indio, sin embargo, uno solo, hace frente con ánimo varonil á la ruda embestida de los desatados agresores, y esgrimiendo una fulgurante espada castellana sorprende á su vez, por el extraordinario arrojo y la fuerza de sus golpes, á los soldados, que no esperaban hallar un ánimo tan brioso en medio de tantos consternados fugitivos; un leon formidable entre aquellos tímidos corderos.

Tres muertos y cinco heridos yacian en tierra, al rigor de los golpes del bizarro indio, y los soldados cargaban nuevamente sobre él, resueltos á exterminarlo, cuando una voz imperiosa los contuvo diciendo:—¡Tenéos! No le mateis!

Era Diego Velazquez, que acudia con la espada desnuda. Desde léjos habia visto al denodado combatiente defender su vida del modo heróico que se ha dicho; y su índole generosa volvió á preponderar, inspirándole el deseo de salvar aquel valiente.

—Ríndete,—le dijo;—y yo seré tu amigo, y nadie te hará mal.

—¡Quién crée en tus palabras?—contestó con desprecio Guaroa (que no era otro el esforzado indio.)—Cuando nos habias ofrecido la paz, y contábamos con ella, vienes con los tuyos á asesinarnos á traicion: sois falsos y malvados!

—¡Ríndete!—repuso Velazquez, haciendo un rápido movimiento de avance, y dirijiendo la punta de su espada al pecho de Guaroa.

Este retrocedió vivamente, descargando al mismo tiempo un tajo furioso que el capitan español paró con magistral habilidad. El combate se trabó entónces entre los dos, no permitiendo el caballeroso Velazquez que ninguno de los suyos le ayudara. Llovian las cuchilladas de Guaroa como atropellado granizo; pero todas se estrellaban en el arte y la imperturbable sangre fria de su adversario, el cual cien veces pudo atravesar el corazon del impetuoso indio, pero que no aspiraba sino á desarmarlo; como lo consiguió al cabo, mediante un diestro movimiento de desquite.

Precipitóse Guaroa á recobrar su espada, y habiéndose adelantado á impedírselo un español, el contrariado guerrero sacó la daga que llevaba pendiente de la cintura, y despues de haber hecho ademan de herir con ella al que estorbaba su accion, viéndose cercado por todas partes, se la hundió repentinamente en su propio seno. *¡Muero libre!* dijo; y cayó en tierra exhalando un momento despues el último suspiro.

Así acabó gloriosamente, sin doblar la altiva cerviz al yugo extrangero, el noble y valeroso Guaroa; legando á su linaje un ejemplo de indómita bravura y de amor á la libertad, que habia de ser dignamente imitado en no lejano dia. El caudillo español, movido á respetuosa compasion ante aquel inmerecido infortunio, derramó una lágrima sincera sobre el cadáver del gefe indio, al que hizo dar honrosa sepultura en el mismo sitio de su muerte. La semilla del bien, depositada por el ilustre las Casas en el ánimo de Diego Velazquez, no podia ser ahogada, y comenzaba á germinar en aquel jóven militar, de índole bondadosa, aunque extraviada por las viciosas ideas de su tiempo, y por los hábitos de su ruda carrera.

XV.

CONSUELO.

Llegó felizmente á la metrópoli colonial el Licenciado las Casas, once dias despues de su partida de Jaragua. Su notable talento, la amenidad de su trato y la bondad de su carácter, le habian captado todas las simpatías de los moradores, grandes y pequeños de la naciente ciudad del Ozama; y así, fué recibido con generales demostraciones de afecto y alegría al desembarcar en el puerto. Su alojamiento estuvo constantemente lleno de amigos que iban á oir de su boca noticias relativas al Gobernador Ovando y á los sucesos que habia presenciado en Jaragua. Los pobres indígenas, empleados en los trabajos públicos, y los que mas sufrian la opresion de los colonos, acudian como atraidos instintivamente por aquel ser benéfico, que los trataba con amor y liberalidad, preludiando de este modo los cien y cien actos heróicos que mas tarde le grangearan el hermoso dictado de *protector de los indios.*

Las impresiones que el Licenciado habia traido de Jaragua se manifestaban enérgicamente en sus conversaciones, y la vehemencia de su lenguaje, alzándose contra las tiranías y crueldades de que habia sido testigo, le atrajo desde entónces enemistades y animadversion de parte de todos aquellos que se habian acostumbrado á considerar el Nuevo-Mundo como una presa, y á sus naturales como bestias domesticables y de explotacion usual, ni mas ni ménos que el asno ó el buey. Muchos de los colonos que fueron á visitarle salieron hondamente disgustados de la extremada libertad de sus invectivas, que herian de lleno sus intereses y contrariaban sus ideas favoritas. Las Casas decia altamente que no queria que los lobos lo tuvieran por amigo.

Uno de sus primeros cuidados fué visitar y consolar á Higuemota, cuyo viaje desde Jaragua á la capital se habia efectuado hacia mas de dos meses, sin incidente digno de mencion. Llegó la infeliz hija á su destino; supo el fin atroz y afrentoso de su madre, y pensó morir de dolor al ahogarse en su pecho la quimérica esperanza que habia abrigado de volver á verla y vivir en su compañía. Recordemos el ingenioso recurso de aquel celebrado pintor griego (1), que no hallando el medio de espresar suficientemente los afectos de un padre que vé inmolar á su amada hija, lo presentó en su cuadro cubierto el rostro con un velo. De igual modo debemos renunciar al propósito de describir la situacion en que quedó el ánimo de la pobre Higuemota, al saber que la infortunada reina de Jaragua habia perecido en horca infame.

Cuando las Casas la vió, apénas podia conocerla; tal era la demacracion de sus facciones, el trastorno y la descomposicion de su ántes tan bella y agraciada fisonomía. Ella se reanimó un tanto al percibir á las Casas, y una fugaz sonrisa, mas triste que las lágrimas, iluminó como un rayo crepuscular su abatido semblante.

—Ánimo, señora;—le dijo con voz conmovida las Casas.—El mal que los hombres os hacen, Dios Nuestro Señor os lo recompensará un dia.

—La muerte sería el mejor bien para mí, señor Bartolomé, si no tuviera esta hija;—contestó la doliente Doña Ana.

—Por ella debeis vivir, señora, y sufrir con resignacion vuestras desdichas. No perdais, por la desesperacion ó la inconformidad, el rico galardon que vuestros sufrimientos os dan el derecho de prometeros en un mundo mejor; y esperad tranquilamente á que el Todo-poderoso quiera poner fin á tantas pruebas.

Para la desamparada jóven era un consuelo este lenguaje, y las respetuosas demostraciones de interés compasivo que le prodigaba las Casas. Su corazon se desahogó en el llanto, y desde entónces recobró el valor necesario para tolerar la existencia, consagrándola exclusivamente al amor de su angélica Mencía.

Ovando habia dispuesto que se proveyese con amplitud á las necesidades materiales de Doña Ana; pero sus órdenes, dictadas á distancia, fueron obedecidas parcimoniosamente en esta parte, pues los oficiales encargados de cumplirlas, no estando al cabo de la solicitud especial que las inspiraba, tampoco creian empeñada su responsabilidad en descuidar el cumplimiento de ellas; y por lo mismo, no habia quien se ocupara en someter las operaciones del codicioso administrador Mojica á una eficaz intervencion, provechosa á los intereses de la viuda de Guevara. Felizmente, las Casas no era hombre que se conformára con ser espectador mudo de los daños causados por la iniquidad, sin aplicarse con todas sus fuerzas á procurar la reparacion ó el reme-

---

[1] Timantes: El sacrificio de Ifigenia, fué el asunto de su cuadro.

dio. Vió á la bella india sumida en honda tristeza, indiferente á todo, y si nó privada de recursos y asistencia, careciendo de aquellas decorosas comodidades que requerían su rango y sus condiciones personales. El licenciado, con su actividad y eficacia características, tomó á su cargo la proteccion de aquella desgraciada jóven; instó, reclamó, proveyó á todo, y obtuvo que las autoridades, avergonzadas de su descuido y temiendo el enojo de Ovando, dedicaran su atencion y su celo al bienestar de Doña Ana, colmándola de cuantos obsequios permitian los recursos de la colonia, al mismo tiempo que redujeran á Mojica á la obligacion perentoria de rendir cuentas de su administracion.

XVI.

EL SOCORRO.

No tuvo tiempo las Casas, al despedirse de Yaguana, de ver á Diego Mendez, enviado desde Jamaica por el náufrago y desamparado Colon en demanda de auxilios. Los dos eran muy amigos, pero ya se sabe que el licenciado tuvo que disponer en breves horas su viaje en cumplimiento de las estrechas órdenes del irritado Gobernador. Siete meses estuvo el leal emisario del Almirante instando en vano al duro y envidioso Ovando, para que enviara los ansiados socorros á los náufragos de Jamaica. Bajo un pretexto y otro, el comendador diferia indefinidamente el cumplimiento de un deber tan sagrado como importante. Por último, el infatigable Mendez obtuvo licencia para retirarse á Santo Domingo á esperar barcos de España, á fin de asistir á aquel importante objeto. Despues de un penoso viaje á pié, desde Jaragua hasta el Ozama, llegó por fin Mendez á la capital, donde fué cariñosamete recibido y hospedado por las Casas.

Lo que estas dos almas generosas y de tan superior temple experimentaron al comunicarse recíprocamente sus aventuras, sus observaciones y sus juicios; la indignacion en que aquellos dos corazones magnánimos ardieron al darse cuenta de la ingratitud y dureza con que era tratado el grande hombre que habia descubierto el Nuevo Mundo; como de la crueldad que iba diezmando á los infelices naturales de la hermosa isla Española, sería materia muy ámplia, y saldría de las proporciones limitadas de esta narracion. Baste decir en resúmen que aquellos dos hombres, ambos emprendedores, enérgicos y de distinguida inteligencia, no se limitaron á deplorar pasivamente las maldades de que eran testigos, sino que resolvieron combatirlas y correjirlas por los medios mas eficaces que hallaran á la mano, ó en la órbita de sus facultades materiales é intelectuales.

Desde entónces el nombre de Don Cristóbal Colon resonó por todos los ámbitos de Santo Domingo, acompañado de amargos reproches al Gobernador Ovando. En todas las reuniones públicas y privadas, en la casa municipal y en el átrio del templo como en la taberna y en los embarcaderos de la marina; á grandes y pequeños, láicos y clérigos, marineros y soldados, hombres y mugeres; á todos y á todas partes hicieron llegar las Casas y Mendez la noticia del impío abandono en que Ovando dejaba á Colon y sus compañeros en Jamaica, privados de todo recurso y rodeados de mil peligros de muerte. Esta activa propaganda conmovió profundamente los ánimos en toda la colonia, y cuando Ovando regresó al fin, de Jaragua, encontró la atmósfera cargada de simpatías por Colon, y de censuras á su propia conducta; pero altivo y soberbio como éra, léjos de ceder á la presion del voto general, se obstinó más y más en su propósito de dejar al aborrecido grande hombre desamparado y presa de todos los sufrimientos imaginables.

Tal era la disposicion de los ánimos en la capital, cuando llegó la noticia de que los indios de Higüey se habian rebelado. El terrible Cotubanamá,—el bravo indio que, sublevado anteriormente, fué reducido á la obediencia por el valor y la sagacidad política de Juan de Esquivel, tomó en señal de amistad el nombre de su vencedor, y cumplia los capítulos pactados con estricta fidelidad,—habia vuelto á dar el grito de guerra contra los españoles, porque Villaman, teniente de Esquivel, contra los términos estipulados por éste al celebrar la paz, exigia de los indios que llevaran los granos del cultivo obligatorio á Santo Domingo. Los soldados españoles vivian ademas muy licenciosamente en aquella Provincia, y á su antojo arrebataban las mugeres á los pobres indios, sus maridos. Estos, despues de mil quejas inútiles, colmada la medida del sufrimiento con las exijencias arbitrarias de Villaman, se armaron como pudieron, y con su caudillo Cotubanamá al frente, atacaron un fuerte que habia construido Esquivel cerca de la costa, lo quemaron, y mataron la guarnicion, de la que no se escapó sino un soldado que refirió en Santo Domingo los pormenores del trágico suceso.

Ovando creyó buena la oportunidad para ocupar poderosamente la atencion pública y desviarla del vivo interés que la atraia hácia el náufrago Colon. Pero se engañaba. Al mismo tiempo que Juan de Esquivel volvia á salir contra los sublevados indios de Higüey, los vigilantes amigos del Almirante, Casas y Mendez, no dejaban adormecerse los compasivos sentimientos que habian logrado suscitar en su favor.

Casi dos años hacia que los frailes franciscanos, en número de doce, habian pasado al Nuevo-Mundo con Ovando, instalándose en la naciente ciudad de Santo Domingo. En su convento, modestísimo al principio, recibieron la instruccion religiosa muchos caciques de la isla, sus hijos y allegados, con arreglo á las próvidas órdenes comunicadas por la Reina Isabel al Gobernador.

De este mismo plantel religioso salieron para ejercer funciones análogas los buenos frailes que ya hemos mencionado, en Jaragua, encargados por las Casas de la educacion del niño Enrique, ántes Guarocuya, señor del Bahoruco.

El licenciado y Diego Mendez fueron solícitos á hablar con el Prior de los franciscanos, el Padre Fray Antonio de Espinal. Era éste un varon de ejemplar virtud y piedad, muy respetado por sus grandes cualidades morales, más aun que por el hábito que vestia. Recibió placenteramente á los dos amigos, siéndolo muy afectuoso de las Casas, en cuya compañía habia venido de España en la misma nave. Convino con ellos en que era infcuo el proceder de Ovando respecto de Colon, y se ofreció á hablarle, para reducirlo á mejores sentimientos.

Así lo hizo en el mismo dia. Ovando recibió al buen religioso con las mayores muestras de veneracion y respeto, y cuando supo el objeto de su visita, se mostró muy ofendido de que se le juzgara capaz de abrigar malas intenciones respecto del Almirante.

—Mientras aquí se me acrimina,—dijo,—y se supone que miro con indiferencia la suerte de un hombre á quien tanto respeto como es Don Cristóbal, ya he cumplido con el deber de mandarle un barco, el único de que pude disponer en Jaragua, despues que su emisario Mendez se vino para aquí, á encender los ánimos con injustas lamentaciones.

Ovando, con esta declaracion equívoca, lograba salir del paso difícil en que se hallaba. Cierto era que, despues de la partida de Diego Mendez de Jaragua, habia enviado á Diego de Escobar con un pequeño bajel, que por todo socorro conducia para Colon un barril de vino y un pernil de puerco, (1) fineza irónica del Gobernador de la Española para el Descubridor del Nuevo-Mundo; pero por lo demas, Escobar no llevaba á los tristes náufragos otro consuelo que la expresion del supuesto pesar con que Ovando habia sabido sus infortunios, y la imposibilidad de mandarles un barco adecuado para conducirlos á Santo Domingo, por no haber ninguno entónces en la colonia; aunque ofreciendo enviarles el primero que llegara de España.

Cumplido este singular encargo á calculada distancia de los barcos náufragos, Escobar se hizo nuevamente á la vela, dejando al infortunado Almirante y á sus subordinados en mayor afliccion que ántes de tener semejante prueba de la malignidad del Comendador. Este, sin embargo, se referia equívocamente á la comision de Escobar, cuando hizo entender á Fray Antonio *que habia mandado un barco á Don Cristóbal.* El buen religioso se retiró muy satisfecho con esta nueva, que momentáneamente tranquilizó á Casas y Mendez, quienes jamás pudieron figurarse el cruel sarcasmo que la tal diligencia envolvia.

Esperaron pues, mas sosegados, el regreso del barco, en el que contaban ver llegar á los náufragos; pero su asombro no tuvo límites, ni puede darse una idea de su indignacion, cuando á los pocos dias regresó Escobar con su bajel, y, por confidencia de uno de los marineros tripulantes, supieron la verdad de lo sucedido. Volvieron á la carga con mas vigor; revolvieron todas sus relaciones en la ciudad, que eran muchas, y refirieron el caso á Fray Antonio, que participó del enojo y la sorpresa de los dos amigos.

Entónces se empleó contra el malvado gobernador un resorte poderoso, terrible, decisivo en aquel tiempo. El primer domingo siguiente al arribo de Escobar con su barco, los púlpitos de los dos templos que al principio eran los únicos en que se celebraba el culto en la capital de la colonia, resonaron con enérgicos apóstrofes á la caridad cristiana olvidada, á los deberes de humanidad y gratitud vilipendiados en las personas

[1] Histórico: casi todos los hechos de este capítulo están ajustados á la verdad histórica.

del ilustre Almirante y demas náufragos abandonados en las playas de Jamaica. (1) Hasta se llegó á amenazar á los responsables de tan criminal negligencia con la pena de excomunion mayor, como á impíos fratricidas. El golpe fué tan rudo como irresistible; el sentimiento público estaba profundamente excitado, y el perverso Gobernador, vencido y avergonzado, expidió el mismo dia las órdenes necesarias para que saliera una nave bien equipada y provista de toda clase de auxilios en busca de los náufragos.

Al mismo tiempo hizo Ovando facilitar á Diego Mendez las cantidades que habia recaudadas de las rentas del Almirante, creyendo que el fiel emisario las llevaría consigo á España ántes del arribo de aquel á la colonia; pues sabia que el mayor deseo de Mendez era cumplir en todas sus partes las instrucciones de Don Cristóbal, pasando á la corte á ventilar sus asuntos con los soberanos; y no le pesara al maligno gobernador que Colon, hallándose sin aquellos recursos á su llegada á Santo Domingo, acelerase el término de su residencia en la colonia, que era lo que más convenia á la ambicion de Ovando, siempre alarmado con los legítimos derechos del Almirante al gobierno de que él estaba en posesion por efecto del injusto despojo ejercido contra aquel grande hombre por los celos políticos de Fernando el Católico. Diego Mendez usó mejor de aquel dinero: con la menor parte de él compró una carabela de buena marcha, que cargada de provisiones y cuanto podia necesitar Colon, fué despachada en horas con rumbo á Jamáica, desluciendo así el tardío socorro enviado por Ovando; y el resto lo entregó á Fray Antonio para que lo pusiera en manos del Almirante á su arribo á las playas de Santo Domingo. Solo entónces emprendió el valeroso y leal amigo de Colon su viaje á España.

---

(1) "Quejábase mucho el Almirante del Comendador, &., y dijo que no lo proveyó, hasta que por el pueblo de esta ciudad se sentia y murmuraba, y los predicadores en los púlpitos lo tocaban y reprendian." Las Casas, Historia de Indias. Cap. XXXVI, libro II.

XVII.

LA PROMESA.

Las Casas por su parte, no estando ya retenido en la capital por el noble interés de ayudar á Mendez en su árdua empresa de hacer entrar en razon al comendador, pidió á éste licencia para ir á Higüey á compartir los trabajos de la expedicion contra los indios sublevados. Bien recordó Ovando la solicitud idéntica que le hizo el licenciado en Jaragua, cuando quiso asistir á la guerra del Bahoruco; pero esta vez estaba completamente seguro de que los esfuerzos caritativos de las Casas serían estériles, y que sus sanguinarias instrucciones á Esquivel tendrían puntual ejecucion al pié de la letra. Por consiguiente, concedió de buen grado y con sarcástica sonrisa, la licencia que se le pedia, contento en su interior de los trabajos que el generoso jóven iba á arrostrar en Higüey, para recoger el amargo desengaño de que nadie le hiciera caso. Efectivamente, Casas no hizo en aquella guerra de devastacion y exterminio sino el papel nada grato para su compasivo corazon, de espectador y testigo de las mas sangrientas escenas de crueldad, contra las que en vano levantaba su elocuente voz para evitarlas ó temperar el furor implacable de Esquivel y sus soldados. Todo se llevó á sangre y fuego: la espada y la horca exterminaron, á porfía, millares y millares de indios de todas clases y sexos. Inútilmente se ilustró aquella raza infeliz con actos de sublime abnegacion inspirados por el valor y el patriotismo. (1) El caudillo español, con sus cuatrocientos hombres cubiertos de acero, y algunas milicias de indios escogidos en la sumisa ó inmediata provincia de Icayagua, no ménos valerosos y aguerridos que los higüeyanos, todo lo arrolló y devastó en aquel territorio que ofrecia ademas pocas escarpaduras inaccesibles y lugares defensivos. El gefe rebelde Cotubanamá, cuya intrepidez heróica asombraba á los españoles; reducido al último extremo; habiendo visto caer á su lado á casi todos sus guerreros, se refugió en la isla Saona, contígua à la costa de Higüey; permaneció allí oculto por algunos dias, y al cabo fué sor-

---

(1) En esa guerra cruel en vano quisieron los conquistadores servirse de guias indios para sus operaciones. Los higüeyanos, con espartana abnegacion, se precipitaban por los derriscos y morian voluntariamente, ántes que prestarse á ayudar al exterminio de sus hermanos. Abundan los testimonios históricos de esos hechos de alta virtud.

prendido y preso por los soldados de Esquivel, á pesar de la desesperada resistencia que les opuso. Conducido á Santo Domingo, no valió la empeñada recomendacion de su vencedor, movido sin duda por un resto de la antigua amistad que profesaba al valeroso cacique, para que se le perdonara la vida; y el inexorable Ovando lo hizo ahorcar públicamente. Las Casas habia regresado á la capital, no bien terminó la campaña, con el alma enferma y llena de horror por las atrocidades indecibles que habia presenciado en la llamada guerra de Higüey.

—Buenas cosas habréis visto, señor las Casas,—dijo el comendador con cruel ironía al presentársele el licenciado.

—Ya las contaré á quien conviene;—respondió el filántropo.

—¡A quién?—repuso altivamente Ovando.

—¡A la posteridad!—replicó mirándole fijamente las Casas.

XVIII.

SALVAMENTO.

Al cabo de un año de angustias y esperanzas constantemente defraudadas, vieron llegar los tristes náufragos de Jamáica los deseados bajeles salvadores. No es de este lugar la narracion minuciosa de los trabajos y las peripecias que experimentó el magnánimo Colon en aquel período de durísimas pruebas. Él y su esforzado hermano Don Bartolomé habian tenido que luchar contra la insubordinacion y la licencia de la mayor parte de sus compañeros; se habian visto expuestos á morir de hambre, á causa de negarse los indios, agraviados por los españoles rebeldes, á proveerles de víveres; los que al cabo obtuvo Colon, recobrando al mismo tiempo la veneracion de aquellos salvajes, gracias al ardid de pronosticarles un eclipse de luna próximo como señal del enojo divino, por haberle ellos desamparado. La realizacion del eclipse, y acaso más aun, la resolucion con que los dos ínclitos hermanos tuvieron que castigar al fin los desmanes de su gente, le atrajeron las mayores muestras de adhesion de parte de los indios, que le ofrecieron sus toscos alimentos en abundancia.

La salud del Almirante quedó profundamente quebrantada con los innumerables padecimientos físicos y morales que le abrumaron en aquella desdichadísima expedicion.

Cuando llegó el momento de despedirse de los indios, derramaron éstos lágrimas de pesar por la ausencia de Colon, á quien creian un sér bajado del cielo; tanto se recomienda, aun en el ánimo de ignorantes salvajes, la práctica de los principios de humanidad y de justicia.

La adversidad que incesantemente acompañó al Almirante en todo el curso de este su cuarto viaje de descubrimientos, persistió en contrariarle durante la travesía de Jamáica á la Española. Vientos recios de proa, las fuertes corrientes entre ambas islas y la mar siempre tormentosa le hicieron demorar cuarenta y seis dias en esa navegacion que se hacia ordinariamente en ocho ó diez. Anclaron los dos bajeles en el puerto de Santo Domingo el 13 de Agosto de de 1504.

XIX.

EL PRONOSTICO.

Conmovidos como estaban todos los ánimos á favor de Colon, cuyos grandes trabajos é infortunios eran en aquel tiempo el tema favorito de los discursos y las conversaciones en la Española, la noticia de su arribo al puerto fué sabida con universal regocijo. A porfía acudieron solícitos á recibir al grande hombre todos los moradores de la ciudad primada de las Indias, así personas constituidas en autoridad, como los simples particulares; y tanto sus mas íntimos amigos, como los que con mayor fiereza le habian hostilizado en los dias de su poder. Ovando el primero, sea por efecto de disimulo y de su política cortesana, ó bien porque realmente se sintiera conducido por el torrente de la simpatía general, á sentimientos más dignos y elevados de los que antes dejara ver respecto del ilustre navegante, se apresuró á prodigarle las mas rendidas muestras de respeto y deferencia. Un oficial de su casa fué á la rada en un bote ricamente equipado, á invitar á Colon en nombre del Gobernador á entrar con sus naves en el puerto del Ozama. La fresca brisa del medio dia era favorable á esa entrada, que los dos bajeles efectuaron á todas velas, y con tal celeridad y gallardía que se les hubiera creido animados del deseo de responder á la impaciencia de los numerosos espectadores que guarnecian toda la ribera derecha del caudaloso Ozama. Cuando los bajeles arriaron sus velas y detuvieron su marcha, una inmensa aclamacion llenó el espacio, victoreando al Descubridor y Almirante; víctores que Ovando sancionó, subyugado por las circunstancias, alzando de la cabeza el birrete de terciopelo negro con lujosa presilla, en señal de cortesía, al glorioso nombre de Colon. Apareció éste sobre la alta popa de su nave, apoyándose trabajosamente en el brazo de un jóven adolescente de simpática fisonomía, su hijo natural y mas tarde su historiador, Fernando Colon, el cual le habia acompañado á despecho de su juvenil edad, en todas las rudas pruebas de aquel terrible viaje. Muy en breve recibió la falúa del gobernador, decorada con gran magnificencia, á los dos hermanos, el Almirante y Don Bartolomé Colon, y al jóven Fernando. El entusiasmo de la multitud llegaba á su colmo; pero al desembarcar el Almirante, la espresion de ese entusiasmo cambió de súbito, y de regocijada y ruidosa que era, se tornó en silenciosa y patética. Los trabajos, las privaciones y las angustias del alma habian impreso su devastadora huella en aquel semblante venerable, y encorvado penosamente aquel cuerpo macilento que todos habian conocido erguido y recio como un busto de antiguo emperador romano: su frente, acostumbrada á recibir la luz del cielo investigando los secretos del horizonte ó interrogando la marcha de los astros, se inclinaba ahora tristemente hácia la tierra, como aspirando ya al descanso del sepulcro.... Las lágrimas brotaron de todos los ojos y rodaron por todas las mejillas al contemplar la viviente ruina, y muchos sollozos se oyeron entre la multitud. Las Casas acudió el primero á estrechar profundamente conmovido la diestra del grande hombre, y Ovando se adelantó entónces vivamente á recibirle, celoso en esto, como en todo, de la primacía de su cargo. Colon correspondió con afectuosa sonrisa á esta demostracion, y el gobernador le estrechó entre sus brazos, compungido y lloroso como si fuera el mejor amigo de aquel hombre, cuyos sufrimientos é infortunios habia él agravado con su maligna y estudiada indolencia. Así, la hipocresía y la ambicion han caminado siempre juntas.

Los Colones se alojaron en la misma casa del Gobernador, que á nadie quiso ceder la honra de hospedarles; colmó de agasajos al Almirante, y todo marchó en paz y armonía durante los dias que éste destinó al descanso y á restaurar sus fuerzas; pero cuando despues llegó el caso de arreglar y dirimir las cuestiones de intereses y de atribuciones jurisdiccionales de las autoridades respectivas, hallándose muy confusas y mal definidas por las ordenanzas é instrucciones de la corona las que competian á Colon como Almirante de las Indias, y á Ovando como Gobernador de la Española, ocurrieron desde luego quejas y disidencias profundas entre ambos. El gobernador puso en libertad á Porras, el mas culpable de los sediciosos de Jamáica, y quiso formar causa á los que, peleando por sostener la autoridad de Colon, habian dado muerte á los rebeldes cómplices de aquel traidor. Para proceder así invocaba Ovando sus perrogativas, que se extendian expresamente á Jamáica; mientras que Colon alegaba títulos mucho mas terminantes, que le daban mando y autoridad absoluta sobre todas las personas que pertenecian á su expedicion, hasta el regreso á España. Su firmeza impidió la formacion del mencionado proceso.

Halló en el mayor desórden y abandono sus rentas é intereses de la Española. Lo que con mucho trabajo pudo recojer alcanzaba á penas para equipar los buques que debian conducirlo á España. No menor pesadumbre le causó el estado de devastacion en que halló la raza india, en su mayor parte exterminada, y lo que de ella quedaba sometido á dura servidumbre. Para evitar ó correjir tan lamentables desórdenes habian sido ineficaces los esfuerzos de la magnánima reina Isabel la Católica en favor de Colon, instada por las quejas de Antonio Sanchez de Carvajal, su apoderado y administrador; y en favor de los indios, escitada su indignacion por la noticia de las crueldades de Ovando, y especialmente por la matanza de Jaragua y la ejecucion de la desdichada Anacaona. Colon vertió lágrimas sobre el fin de esta princesa y sobre la suerte de la isla que era objeto de su predileccion. Horrorizado de cuantos testimonios se acumulaban á sus ojos para convencerle del carácter feroz y sanguinario que fatalmente habia asumido la conquista, llegó á arrepentirse de su gloria, y á acusarse, como de un desmesurado crímen contra la naturaleza, de haber arrebatado sus secretos al Océano; sacrílega hazaña que habia abierto tan anchos espacios al infernal espíritu de destruccion y de rapiña.

El Licenciado las Casas, cuya amistad se estrechó íntimamente con el Almirante y su hermano Don Bartolomé en aquel tiempo, les hizo saber que Higuemota residia en Santo Domingo, y los dos hermanos quisieron ver por última vez á aquel vástago de la desgraciada familia real de Jaragua. Recibióles la jóven india con el afecto de una hija, acostumbrada como estaba desde la niñez á la festiva afabilidad del Adelantado. Al ver á este recordó la infeliz los dias de su pasada prosperidad, cuando inocente y dichosa, en el regazo materno y rodeada del cariño de Behechio y sus súbditos, conoció á Don Bartolomé, que por primera vez conducia la hueste española á aquellas deliciosas comarcas. Lloró amargamente, como lloraba todos los dias, sobre la memoria de su infortunada madre, sobre su amor desgraciado y sobre el porvenir incierto de su tierna hija. Los ilustres viajeros se esforzaron en consolar á aquella interesante víctima de tantas adversidades, y Colon, elogiando el desvelo de las Casas por el bienestar de la madre y la hija, no solamente le exhortó á continuar ejerciendo sus benéficos cuidados, sino que se ofreció á ayudarle con todas sus fuerzas y su poder en tan buena obra, haciendo obligacion de su casa y herederos la alta proteccion sobre aquella familia de caciques, y especialmente respecto de la suerte y estado de la niña Mencía, cuya ideal hermosura se realzaba con la plácida espresion de su agraciado semblante, al recibir las paternales caricias de los venerables extrangeros, como si su infantil instinto le revelara todo el precio de aquella tutelar solicitud. El Adelantado, con su carácter franco y jovial, decia á su hermano:—Si yo tuviera un hijo, le destinaría esta linda criatura por esposa.

—Es muy hermosa, Bartolomé; será muy desdichada!—respondió á media voz el Almirante, con el acento de profunda conviccion que le era habitual.

XX.

ASTROS EN OCASO.

No pasaron muchos dias mas sin que Colon, enfermo de cuerpo y de espíritu, cansado de las continuas discusiones que tenia que sostener con Ovando para hacer valer sus derechos y restablecer sus mal parados intereses, concluyera sus preparativos de viaje y se embarcara con rumbo á España.

Esta última navegacion no fué mas feliz que las demas de todo su cuarto viaje de descubrimientos. La tempestad furiosa se obstinó en acompañar y maltratar las naves en que iban él y su familia, como si las olas del Océano quisieran vengarse del que doce años ántes habia vencido su resistencia y desgarrado triunfalmente el velo que ocultaba la existencia del Nuevo-Mundo.

Invirtiéronse casi dos meses en este viaje de Santo Domingo á San Lúcar, adonde llegaron los buques desmantelados y amenazando hundirse, el 7 de Noviembre. Colon fué conducido á la ciudad de Sevilla, que miraba como su puerto de descanso, y los últimos dias de su cansada existencia los pasó dirijiendo á la Corona sentidas representaciones en favor de los indios, cuya desgraciada suerte pintaba con los mas vivos colores, y reclamando sus derechos y prerogativas para su hijo Don Diego, paje de los soberanos. Todo su empeño por que se le hiciera justicia resultó inútil. Postrada su protectora la magnánima Isabel en el lecho de muerte, Colon se vió ingratamente desatendido por Fernando el Católico, que á fuer de político calculador y egoista, interesado ademas por sistema en la extension del poder real, veia con celos el engrandecimiento de la familia del Descubridor, y se entregaba á las rastreras inspiraciones de sus émulos.

Murió Isabel en el mismo mes de Noviembre del año 1504, y las últimas recomendaciones que hizo á su real esposo fueron en favor de la raza india, pidiendo perentoriamente el relevo y castigo de Ovando, por sus hechos atroces y sanguinarios. Estas generosas voluntades de la noble reina por de pronto quedaron sin cumplimiento; pero no deja de ser castigo terrible para un malvado ver sobre su nombre el perdurable anatema de sus crímenes, legado á la posteridad en los postreros instantes de una soberana grande y célebre en la Historia.

Colon no tardó mucho tiempo en seguir al sepulcro á su augusta protectora. La lucha moral á que su noble espíritu estaba entregado, viendo sometidas á discusion y á evasivas pérfidas sus mas legítimas reclamaciones; recojiendo por todo premio de sus gloriosos afanes la ingratitud de un monarca infiel, envuelta, como por sarcasmo, en vacías demostraciones de aprecio y cortesía, que, segun escribió despues las Casas, *nunca le fueron escaseadas por el rey Fernando*; tantos disgustos y desengaños aceleraron el fin de sus dias; y trasladado á Valladolid últimamente, el 20 de Mayo de 1506 se extinguió aquella ilustre y fecunda existencia. Tuvo el consuelo de morir rodeado de sus hijos Diego y Fernando; y de varios amigos leales, entre los que se distinguian el fiel y valeroso Mendez, y su compañero en la heróica travesía de Jamáica á Española, Bartolomé Fiesco.

XXI.

EL CONVENTO.

Tres años habian trascurrido desde la muerte de Colon. Durante ese trienio, ningun suceso público que interese á nuestra narracion hallamos en las crónicas é historias de aquel tiempo. Ovando continuó gobernando á la isla Española, y dando diversion á sus remordimientos,—si algunos experimentaba por la ferocidad de sus pasados actos contra los pobres indios,—en el ensanche y embellecimiento de la ciudad de Santo Domingo; en la construccion de templos y edificios piadosos, y en la fundacion de diversas poblaciones, de las que unas subsisten todavía, como son Puerto-Plata y Monte-Cristo, y otras han desaparecido sin dejar el menor rastro ó vestigio de su existencia: esta última suerte cupo á Santa María de la Vera Paz.

Allí prosperaba, mas que ningun otro instituto de religion y utilidad pública, el convento de Padres franciscanos que tenian á su cargo la educacion de los caciques del antiguo reino de Jaragua; y entre ellos, mimado y atendido más que ninguno, el niño Enrique.

Varias causas concurrian á la prediccion de los reverendos frailes hácia el infantil cacique: en primer lugar, la gracia física y la feliz disposicion intelectual del niño, que aprendia con asombrosa facilidad cuanto le enseñaban, y manifestaba una extraordinaria ambicion de conocimientos literarios y científicos superior á su edad. Todo llamaba su atencion; todo lo inquiría con un interés que era la mas sabrosa distraccion de los buenos franciscanos. En segundo lugar, las recomendaciones primitivas del Licenciado las Casas, frecuentemente reiteradas en cartas llenas de solicitud é interés por el niño que habia confiado á aquellos dignos religiosos, de quienes en cambio se habia él constituido procurador y agente activo en la capital de la colonia, para todas las diligencias y reclamaciones de su convento ante las au toridades superiores; al mismo tiempo que, bajo la direccion de religiosos tambien franciscanos hacia los ejercicios preparatorios para abrazar el estado eclesiástico, al que de veras se habia aficionado por el hastío y repugnancia que le inspiraban las maldades que diariamente presenciaba. Por último, Diego Velazquez, teniente de Ovando en Jarágua, seguia por su parte atendiendo solícito al infante indio, y proveyendo con cariñosa liberalidad á todas sus necesidades, como si fuera su propio hijo; no dejando adormecer su celo en este punto las frecuentes misivas del eficaz y perseverante las Casas, con quien tenia establecida la mas amistosa correspondencia.

De esta manera, Enrique recibia la mejor educacion que podia darse en aquel tiempo: desde la edad de ocho años aprendia la equitacion con el diestro picador que tenia à su cargo el hato (1) de su padrino y protector, situado á media legua del convento. Dos años mas tarde comenzó á ejercitarse en el arte de la esgrima, al que manifestaba la mayor aficion; llegando poco tiempo despues á merecer los aplausos del mismo Velazquez, cuya habilidad y maestría en la materia no reconocian superior.

Para esta parte de la instruccion de Enrique estaban señalados dos dias á la semana, en que el muchacho, discurriendo libremente hasta el hato, seguido de su fiel Tamayo, respiraba con placer el puro ambiente de los bosques. Sin embargo, cuando terminados sus ejercicios volvia por la tarde al convento, al cruzar por la cumbre de una verde colina que cortaba el camino, sus ojos se humedecian, y su semblante, contraido por un pesar visible, tomaba la espresion de la•mas acerba melancolía. Desde allí se divisaba la casita que habia sido de Higuemota, la pradera y el cahobo de los paseos vespertinos; y este recuerdo, hiriendo repentinamente la imaginacion del niño, le infundia el sentimiento intuitivo de su no comprendida orfandad.

Bien habia preguntado á las Casas primero, y á los frailes franciscanos despues, por el paradero de Doña Ana y su tierna hija, habiéndose lisonjeado con la esperanza de volver á encontrarlas cuando el licenciado le tomó consigo para regresar á Yaguana. Se le habia dicho y se le repetia siempre que estaban en Santo Domingo, y que algun dia se veria á su lado; y las Casas, que de todo sabia sacar partido para el bien, le mandaba razon de ellas, estimulándole al estudio y á hacerse un hombre de provecho para que pudiera acompañarlas pronto, y servirles de apoyo. Esta idea echaba naturalmente hondas raíces en el ánimo de Enrique, y es de creer que influyera mucho en su aplicacion y en la temprana seriedad de su carácter.

Entre los religiosos que con mas placer se dedicaban á la noble ta-

[1] Así se denominaron en la Española, desde el principio de su colonizacion, las dehesas destinadas á la crianza de toda clase de ganado.

rea de cultivar la inteligencia de los educandos en el convento de Vera-Paz, era fray Remigio el que obtenia la predileccion de Enrique, y el que con más infatigable paciencia contestaba á sus innumerables preguntas, y resolvia cuantas cuestiones proponia el niño. El padre Remigio era un religioso natural de Picardía en Francia, y su ciencia y la santidad de su vida lo hacian justamente venerable para sus compañeros, que lo trataban con tanto ó mas respeto que al buen superior de la comunidad. En cuanto á éste, era un fraile muy anciano y taciturno, de quien se decia que en el siglo habia sido un personaje rico y poderoso; lo que nada tenia de extraño, pues era muy frecuente en aquellos tiempos que príncipes y grandes señores acudieran á encerrar en el cláustro, como á un puerto de refugio, la nave de su existencia, combatida y averiada por las borrascas de la vida; ó á expiar acaso con las mortificaciones ascéticas algun crímen sugerido por la ambicion y las demas pasiones mundanas. (1) Este padre superior conservaba de su real ó conjeturada grandeza pasada una aficion decidida al estudio de la Historia, y su rostro melancólico y adusto solo se animaba con la lectura que en las horas de refectorio hacian por turno los jóvenes educandos, de algunos de los altos hechos de la antigüedad griega y romana, alternando con trozos de la sagrada Escritura, que de rigor estaba prescrita por la regla conventual.

Cuando la vez tocaba al jóven Enrique, era fácil observar la profunda impresion que en su ánimo causaban los rasgos de abnegacion, valor ó magnanimidad. Miéntras que los demas niños escuchaban con igual indiferente distraccion las animadas narraciones de Quinto Curcio, Valerio Máximo, Tito Livio y otros célebres historiadores, el precoz caciquillo del Bahoruco sentia los transportes de un generoso entusiasmo cuando leia las proezas ilustradas en aquellas páginas inmortales. Fray Remigio usaba de este medio como el mas á propósito para inculcar en el alma de sus alumnos el amor al bien y á la virtud.

Habia un episodio histórico que conmovia profundamente á Enrique, y sobre el cual prolongaba sus interminables interrogatorios al paciente profesor. Era la sublevacion del lusitano Viriato contra los romanos. ¡Cómo pudo un simple pastor, al frente de unos hombres desarmados, vencer tantas veces á los fuertes y aguerridos ejércitos romanos? ¿Quién enseñó á Viriato el arte de la guerra? ¡Por qué el general romano no lo desafió cuerpo á cuerpo, en vez de hacerlo matar á traicion? Estas preguntas y otras muchas por el estilo formulaba aquel niño extraordinario; y el buen padre Remigio, entusiasmado á su vez, las satisfacia con el criterio de la verdad y de la justicia, depositando en el alma privilegiada de su discípulo gérmenes fecundos de honradez y rectitud.

De tan plausibles progresos intelectuales y morales se complacia el sábio preceptor en dar cuenta minuciosa, con harta frecuencia, á sus amigos el licenciado las Casas y Diego Velazquez. En todas las acciones del jóven cacique se reflejaban los nobles sentimientos que tan excelente educacion iba desarrollando en su magnánimo pecho. Manso y respetuoso para con sus superiores, compasivo para todos los desgraciados, solo llegaba á irritarse cuando en su presencia era maltratado algun condiscípulo suyo por otro mas fuerte; ó cuando veia azotar algun infeliz indio,

---

[1] En prueba de que no es inverosímil este episodio, cónsta que el año 1516 pasó á la isla Española en compañía de otros religiosos franciscanos un fraile, hermano del rey de Escocia. HERRERA: Década 2.ᵃ

sobre el que al punto ejercia la proteccion mas enérgica y eficaz, increpando la dureza del injusto agresor, y, en los casos extremos, acudiendo á las vías de hecho con la valentía de un halcon. Siendo considerado por todos como si fuera hijo de Diego Velazquez, que gobernaba por delegacion casi absoluta de Ovando aquella dilatada comarca, el celo impetuoso, y á veces imprudente, del audaz jovencillo, en vez de proporcionarle riesgos y enemistades, le grangeaba el respeto de los opresores, que admirando tanta energía en tan pocos años, acataban sus reproches llenos de razon, y dictados por un espíritu de justicia y caridad.

Mojica, á quien hemos olvidado un tanto, iba tambien al convento una vez por semana á visitar á Enrique, á quien manifestaba mucho afecto por lisonjear á su padrino, el teniente gobernador. Una vez que fué á la capital, con objeto de rendir las cuentas de su mayordomía, volvió con recados de Doña Ana y algunos regalillos para el muchacho, que desde entónces sintió borrarse la antipatía que le inspiraba el meloso hidalgo. Este era buen músico, tañía la guzla morisca con mucha habilidad, y llevó su complacencia hasta dar á su *amiguillo*, como llamaba á Enrique, varias lecciones que fueron pronto y bien aprovechadas. Sin embargo, habiendo oido un dia al escudero de Diego Velazquez ejecutar en la trompa de caza un aire marcial, Enrique se aficionó á este instrumento que en poco tiempo tocaba con singular maestría, dándole la preferencia sobre el laud árabe.

Por mas que parezcan triviales todos estos pormenores sobre el que primitivamente se llamó Guarocuya, ninguno de ellos es indiferente para el curso de nuestra narracion; pues segun los testimonios históricos de mas autoridad, este esmero con que era educado el infante indio, en los dias de la adversidad *debia hacer mas dolorosa su infeliz condicion*. (1) Así creemos justificada la amplitud que nos hemos complacido en dar á este capítulo.

---

[1] Moreau de Saint Méry, siguiendo al Padre Charlevoix. Este escribió de Enrique. "Et personne ne méritait moins le malheureux sort où il se trouvait réduit."

XXII.

CAUSA DE ODIO.

Un dia,—era en el verano de 1509;—la religiosa quietud del convento franciscano de Vera-Paz fué interrumpida hácia las dos de la tarde por un estruendoso tropel de caballos, que se detuvo en el patio exterior del monasterio. Un momento despues anunciaban al padre superior la visita del teniente gobernador Diego Velazquez, que en equipo de viaje iba á despedirse de los frailes, y á incorporar en su séquito á *Enriquillo*, como todos llamaban familiarmente al cacique del Bahoruco.

Habia recibido Velazquez aquel mismo dia la noticia de la llegada á Santo Domingo del nuevo gobernador, el Almirante Don Diego Colon, que reemplazaba al comendador Frey Nicolas de Ovando; y este cambio exijia imperiosamente la presencia del comandante español de Jaragua en la capital de la isla; tanto por el deber de ofrecer sus respetos al nuevo gefe de la Española, cuanto por la obligacion de despedir á Ovando, que le habia favorecido con su confianza; y por la conveniencia de definir personalmente con el gobernador Almirante su propia situacion en lo sucesivo. Queria, por último, llevar á Enrique, no solamente por dar lucimiento á su comitiva con aquel simpático y distinguido mancebo indio; sino tambien por razones políticas que no carecian de fundamento. La administracion de Ovando habia sido despótica y cruel para con la poblacion iudígena, que decrecia rápidamente al peso de los malos tratamientos; y todos sabian en la isla cuál habia sido la última voluntad de la Reina Doña Isabel sobre que se castigara al comendador de Lares por sus actos sanguinarios, y las anhelosas recomendaciones de la ilustre moribunda al Rey su marido, á la princesa Doña Juana su hija, y al esposo de ésta, por que se enseñara religion y sanas costumbres á los indios, se les protejiera y educara solícitamente, y "no se consintiera ni diese lugar á que los indios e "vecinos e moradores de las Indias e Tierra firme ganada e por ganar, "reciban agravio alguno en sus personas e bienes. E mas mando que "sean bien e justamente tratados; e si algun agravio han recibido, lo reme- "dien e provean." (1)

---

[1] Testamento de Isabel la Católica.

Los adversarios de Colon, los primitivos rebeldes de la colonia, apoyados y amparados por Ovando, formaban un partido privilegiado, que venia disfrutando desde hacia mas de siete años todas las gracias y concesiones de la colonizacion, en detrimento de los que habian permanecido fieles á la autoridad del Almirante, y adictos á su persona en los dias de su adversidad. La brutal explotacion de los indios era el tema favorito de las quejas que estos partidarios de la justicia hacian llegar contínuamente á la Corte, clamando contra la tiranía de sus afortunados antagonistas, y contra su propio disfavor. Su regocijo, pues, no tuvo límites al saber que un hijo del gran Colon llegaba á ejercer el primer mando del Nuevo-Mundo, como gobernador de la Española.

Estas circunstancias despertaron en el ánimo de Velazquez el recelo de verse envuelto en las sérias responsabilidades que era consiguiente pesaran sobre Ovando y sus tenientes al efectuarse el cambio de gobernador. Miéntras más tardío habia sido el cumplimiento de las piadosas voluntades de la Reina Católica, más severo se dibujaba el aspecto de esa responsabilidad; porque, desde que los colonos se convencieron de que el frio egoismo del Rey Don Fernando en nada pensaba ménos que en desagraviar la memoria de su noble esposa, creyeron asegurada para siempre la impunidad de su infame tiranía contra la desamparada nacion india, y extremaron su destructora opresion, por el afan de lucrarse más pronto, siguiendo el no olvidado consejo del impío Bobadilla. (1)

Al ver ahora llegar al hijo del Descubridor, cuyos generosos sentimientos guardaban perfecta armonía con los de la difunta reina, los malvados opresores tenian forzosamente que estar amedrentados; alzándose contra ellos para hacerles esperar el castigo de sus crímenes el grito aterrador de su propia conciencia. Natural era, por lo mismo, que todos los que en medio de aquel general olvido de los sentimientos humanos habian guardado algun respeto filantrópico y honesto, acudieran á proveerse de los testimonios que habian de acreditar su conducta á los ojos del nuevo gobernador. Por eso Diego Velazquez llevaba á Santo Domingo en su compañía al jóven cacique, para cuya horfandad habia sido en efecto una providencia tutelar, y que debia servirle ahora como prueba elocuente de sus sentimientos humanitarios. Complacíase, pues, doblemente en las perfecciones que adornaban á su protejido, y una vez mas experimentaba la profunda verdad del adagio vulgar que dice: *hacer bien nunca se pierde*.

Media hora mas tarde los preparativos concernientes al viaje de Enrique estaban terminados, y éste, en traje de montar de aquel tiempo, se despedia de la comunidad entera en presencia de Diego Velazquez y los oficiales de su séquito. A todos los buenos religiosos iba el jóven estrechando afectuosamente la mano. El prior y el padre Remigio bajaron hasta el portal acompañando á su pupilo, y por hacer honra al comandante Velazquez. Ambos abrazaron con efusion al conmovido mancebo, dándole el ósculo de paz y deseándole toda clase de prosperidades. Enrique correspondió con lágrimas de sincera gratitud á estas espresivas demostraciones de paternal cariño.

En seguida montó en un brioso caballo andaluz que le aguardaba enjaezado vistosamente: su fiel Tamayo, conduciendo una mula que llevaba las maletas del jóven, se reunió con los fámulos y equipages de Diego Velazquez, y la abigarrada comitiva partió á buen paso por el camino de Santo Domingo.

---

[1] "Aprovechad cuanto podais este tiempo, porque nadie sabrá cuanto durará."

Un ginete de mala catadura se acercó á poco andar á Enriquillo, que continuaba triste y cabizbajo; y tocándole familiarmente en el hombro le dijo:

—Anímate, mocoso; vás á ver á tu tia Higuera-rota.

Enrique detuvo su caballo, y mirando con ceño al que así le apostrofaba, respondió:

—Como os vuelva á tentar el diablo desfigurando el nombre de mi tia, señor don Pedro, tened cuenta con vuestra joroba, porque os la romperé á palos.

Don Pedro de Mojica,—que no era otro el bromista,—al oir esta amenaza, en vez de mostrarse ofendido, soltó una ruidosa carcajada: todos los circunstantes incluso Velazquez, rompieron á reir de buena gana, y lo mas extraño es que el mismo Enrique acabó por asociarse al buen humor de los demás, mirando sin enojo á Mojica.

La razon de este cambio súbito en sus disposiciones iracundas es muy llana: ademas de que en su bondadosa índole los movimientos coléricos eran muy fugaces, lo que el hidalgo burlon le habia dicho en sustancia era *que iba á ver á su tia Higuemota;* y si le habia ofendido la forma irrespetuosa empleada para hacer llegar á su oido este grato recuerdo, no por eso dejaba de inundarle en júbilo inmenso el corazon.

Por lo que respecta á Mojica, la espresa alusion hecha á una de sus mas visibles imperfecciones físicas le habia herido en lo mas vivo de su amor propio, y desde entónces juró un odio eterno al jóven indio; aunque disimulando sus sentimientos rencorosos cuanto lo exijian las circunstancias y su conveniencia personal, que era en todos los casos su principal cuidado y el punto concreto de su mas esmerada solicitud. Por eso pudo ahogar en una carcajada hipócrita, si bien convulsiva é histérica, el grito de rabia que se escapó de su pecho al escuchar la injuriosa réplica que en un rapto de pasajera indignacion le lanzó al rostro Enriquillo.

XXIII.

RECLAMACION.

Retrocedamos ahora un tanto, y narremos las interesantes peripecias por que hubo de pasar el advenimiento del jóven Almirante Don Diego Colon á los cargos de Virey y gobernador de la Isla Española y de las otras tierras del Océano descubiertas hasta entónces en las Indias de Poniente; como al goce de las demas dignidades y prerogativas legítimamente heredadas de su glorioso padre; á cuya posesion le habian suscitado innumerables obstáculos la ingratitud y la codicia, que tanto como la envidia y la calumnia se aposentan habitualmente, desde las mas remotas edades, en los palacios de los poderosos.

Educado Don Diego en el de los Reyes Católicos, su carácter leal y sin doblez le habia preservado de la corrupcion ordinaria de las córtes: sus cualidades morales al par que su despejado talento y la distincion de toda su persona, dotada de singular gracia y apostura, hacian de él un cumplido caballero, digno por todos conceptos del grande apellido que llevaba y de sus altos destinos. Fué el suyo, sin embargo, como habia sido el de su padre, luchar perpétuamente con la injusticia y la calumnia, herencia funesta que recojió como parte integrante de su vasto patrimonio.

Continuó el hijo las instancias y reclamaciones que dejó pendientes el ilustre Almirante al morir; y continuaron las dificultades y torpes evasivas que habian acibarado los últimos dias de aquel grande hombre. Dos años, dia por dia, con incansable perseverancia estuvo el despojado heredero instando al Rey y al consejo de Indias por la posesion de los bienes y títulos que le pertenecian; siempre infructuosamente.

La historia ha registrado una frase enérgica y feliz del jóven reclamante á su soberano. Acababa éste de regresar de Nápoles en 1508, y Don Diego volvió á la carga con nuevo ardor, invocando la equidad del Monarca, á quien dijo "que no veia la razon de que Su Alteza le nega-"ra lo que era su derecho, cuando lo pedia como favor; ni de que du-"dara poner su confianza en la fidelidad de un hombre que se habia "educado en la misma casa real."

El Rey contestó que no era porque dudara de él que diferia satisfacerle, sino por no abandonar tan grande cargo á la ventura, á sus hijos y sucesores; á lo que replicó Diego Colon oportunamente: "No es justo, Señor, casti- "garme por los pecados de mis hijos, que están aun por nacer."

El impasible Fernando persistió en su infundada negativa, y lo único á que accedió fué al permiso que el alentado mancebo le pidió praa entablar pleito contra la Corona por ante el Consejo de Indias, que de este modo pronunciaría sobre la legitimidad de sus derechos. El astuto monarca no podia desear medio mas adecuado á sus deseos de demorar indefinidamente y echar por tierra las razonables pretensiones de Don Diego.

Entónces principió un largo é intrincado proceso, que costó á Diego Colon mucho dinero y no pocas pesadumbres. No hubo sutileza que no saliera á luz, promovida por la malignidad y la envidia, ó bien por el deseo servil de agradar al soberano á expensas del atrevido súbdito. Se rechazaba la pretension de Diego al título de Virey, arguyendo que la concesion hecha por los reyes al Almirante Don Cristóbal de ese título á perpetuidad, no podia continuar, por ser contraria á los intereses del Estado y á una ley de 1480 que prohibia la investidura hereditaria de ningun oficio que envolviera la administracion de justicia. Más léjos aun fué el atrevimiento de los enemigos de Colon, quienes declararon que el Descubridor habia perdido el vireinato como castigo *de su mal proceder.*

Diego Colon, á fuer de buen hijo, volvió resueltamente por el buen nombre de su padre: desmintió en términos categóricos la imputacion depresiva á la memoria del Almirante, que se asignaba como causa á la pérdida de la dignidad de Virey. Acusó de criminal la audacia del juez Bobadilla que le envió prisionero á España en 1500 con el inícuo proceso formado en la Española, cuyos cargos y procedimiento fueron espresamente reprobados por los soberanos en 1502, en cartas que dirijieron al ilustre perseguido espresándole el sentimiento que su arresto les habia causado, y prometiéndole cumplida satisfaccion. No menos victoriosamente deshizo Don Diego la mendaz alegacion de que su padre no habia sido el primer descubridor de tierra firme en las nuevas Indias; y las numerosas pruebas testimoniales que adujo para sostener la gloria de ese descubrimiento fueron de tanta fuerza y tan concluyentes, que llevaron el convencimiento de la verdad á todos los ánimos. El Consejo Real de Indias, contra las protervas esperanzas del Rey Fernando, inspirándose en la dignidad é independencia que tanto enaltecieron en aquel siglo las instituciones españolas, falló unánimemente en favor de los derechos reclamados por Don Diego, reintegrando en todo su puro brillo el mérito de Colon.

Sin embargo de este glorioso triunfo del derecho contra el poder, estaba muy léjos de haber llegado al cabo de sus pruebas la energía y la paciencia del jóven Almirante. Esperó todavía algun tiempo que el monarca, sin mas estímulo que el deseo de mostrarse respetuoso con la justicia, le daría posesion de sus títulos y prerogativas; pero cuando despues de muchos dias, consumido en la impaciencia de su inútil esperar, habló por fin al Rey pidiendo el cumplimiento del fallo á su favor, oyó con penosa sorpresa nuevas escusas y pretextos fútiles, sobre su estremada mocedad, la importancia del cargo de virey, y la necesidad de meditar y estudiar el asunto; razones todas que hicieron convencer á Don Diego de que jamás obtendría de su soberano el goce real y efectivo de sus derechos hereditarios, por mas incontrovertibles que fueran.

XXIV.

EL ENCUENTRO.

Este gran retroceso en sus legítimas esperanzas exasperó al jóven, que en muchos dias no se presentó en la corte. Fernando, en cuanto notó su ausencia, se informó de él con vivo interés, porque apesar de las sugestiones de su política egoista no podia ménos de profesarle afectuosa estimacion, por sus distinguidas cualidades. Un paje fué de órden del mismo Rey á preguntar por Don Diego á su alojamiento, y volvió con la contestacion de que se hallaba en cama con calentura.

A esta nueva, el monarca espresó altamente su sentimiento y cuidado: tal vez la conciencia le remordia como culpable, por su injusticia, de la enfermedad del mancebo. Ante el interés que por éste manifestaba el rey, los cortesanos, que en todo tiempo y en todas partes se parecen, empezaron á porfía á dar muestras de gran cuidado por la salud del jóven Almirante. La inquietud y la emocion llegaron á su colmo cuando el soberano, dirijiéndose á Don Fernando de Toledo, Comendador mayor de Leon y hermano del duque de Alba, le dijo estas palabras:

—Primo mio, ved de mi parte á Diego Colon, y decidle cuánto siento su enfermedad, y cuán de veras le estimo.

El comendador se inclinó respetuosamente, y se dispuso á cumplir el real encargo, á tiempo que el monarca volvió á llamarle, y le dijo en secreto algunas palabras.

Cuando llegó á la casa de Don Diego, el régio emisario fué recibido por Fernando Colon, que quiso escusar á su hermano de la visita, diciendo que habia dormido muy mal la noche anterior, y que en la actualidad descansaba; pero el comendador insistió en ver al enfermo, afirmando que creia llevarle el alivio con su visita.

Conducido al aposento de Don Diego, le hallaron efectivamente en su lecho; pero al tomarle la mano el comendador observó que no tenia alteracion su calor natural, ni ofrecia ningun otro síntoma de enfermedad que un tinte de sombría tristeza esparcida en el semblante.

—¿Qué teneis, Don Diego?,—le preguntó en tono amistoso;—¿cual es vuestro mal?

—Mi mal, Señor, está en el corazon, que ya sangra y desfallece ante la injusticia del rey.

—No hableis en tales términos de vuestro señor y el mio,—dijo el de Toledo frunciendo ligeramente el entrecejo.—Creed mas bien que tendrá sus razones graves, ligadas con el bien del Estado, al no acceder á vuestros deseos.

—Es, señor,—repuso Don Diego,—que no puedo conformarme con que la razon de Estado ahogue mis legítimos derechos; ni veo qué males pueden sobrevenir al Rey ni al Estado, de que se me haga justicia, siendo como soy un fiel vasallo.

—Pues bien, Don Diego, no dejeis de serlo con vuestras impaciencias; ved que perderéis mucho en ello. El Rey, mi primo y señor, os quiere y estima, y en prueba de esta verdad, aquí me teneis que vengo de órden suya á aseguraros su aprecio y cariño.

—Mucho agradezco á su Alteza y os agradezco á vos el cuidado, ilustre Comendador.

—Hay mas todavía, señor Don Diego;—continuó Don Fernando de Toledo:—traigo encargo del Rey de deciros que enteramente convencido de vuestra fidelidad, os propone el título de duque, con una cuantiosa renta sobre los beneficios de la corona, con tal que cedais á esta vuestros derechos y títulos heredados de Don Cristóbal vuestro ilustre padre, que son incompatibles con las prerogativas reales.

A estas palabras se incorporó Diego Colon, miró fijamente al comisario régio, y le dijo con voz sonora y ademan altivo:

—Dignáos decir al Rey, que yo, su fiel súbdito, consentiré gustoso en que me despoje de todo haber, de toda dignidad y preeminencia, y en servirle como el último de sus soldados ó como su mas humilde vasallo, mas bien que sacrificar voluntariamente, por pacto de vil interés, ninguno de los dictados que como testimonio de su gloria me legó mi inmortal progenitor.

Don Fernando de Toledo, profundamente conmovido, tendió la diestra al generoso mancebo, diciéndole:

—Teneis razon, Don Diego; mucha razon. Adios.

Tan pronto como el enviado del Rey le dejó solo, Diego Colon se levantó con vivacidad febril, se vistió, y dispuso salir de paseo á caballo con su hermano Don Fernando. Este le objetaba la inconveniencia de presentarse en público cuando habia hecho anunciar en palacio que estaba enfermo, y á esa circunstancia habia debido la visita del noble Comendador, en nombre del Rey; pero el jóven Almirante acalló los reparos de su buen hermano diciéndole que él no sabia fingir; que habia dicho la verdad á Don Fernando de Toledo, y que su partido estaba tomado ya, conformándose con su suerte; y por consiguiente, que la tristeza y el abatimiento lo habian abandonado, como sucede siempre que el hombre acepta con ánimo resignado los reveses de la fortuna.

Era Fernando Colon, por la superioridad de su talento, así como por la nobleza y generosidad de sus sentimientos y su educacion filosófica, muy capaz de apreciar esta resolucion varonil de Don Diego, y así no hizo mas que aplaudirla, y confirmarle en ella con elocuentes reflecciones. Departiendo de esta manera los dos nobles hermanos, su paseo fué ameno y se prolongó hasta muy avanzada la tarde. Al regreso, ambos ginetes, lleno el ánimo de ideas plácidas y el semblante iluminado con los reflejos de su pura conciencia, conversaban todavía animadamente, miéntras que sus dóciles corceles marchaban airosos al paso regular y contenido, como cuidando de no interrumpir aquella agradable y discreta conversacion. Iban así, atentos el uno al otro, por la vasta alameda que conducia á la puerta principal de Valladolid, cuando se cruzaron con varios escuderos que precedian una jóven dama, acompañada de tres ó cuatro señores, todos á caballo.

Los Colones saludaron cortésmente al pasar junto á la brillante comitiva, uno de cuyos ginetes, el comendador mayor Don Fernando de Toledo, detuvo su caballo al contestar el saludo de los hermanos, y dijo:

—Parad todos, señores: ¿cómo así, Don Diego, tan lozano y arrogante, cuando suponia que estábais aun con vuestra calentura?

Recojieron los dos hermanos las bridas de sus caballos, y Don Diego contestó á la interpelacion del comendador:

—Señor; vuestra visita me hizo tanto bien, que mató como por encanto la melancolía que me atormentaba, y me sentí bueno en el acto.

—¿Sabeis, Don Diego, que el Rey está muy enojado con vos? Le he dicho palabra por palabra vuestra respuesta. Pero ¿qué hago? ¿Cómo os impido acercaros á saludar esta amazona, que no me perdonará tamaña descortesía?

Y el buen caballero invitaba con el gesto á sus interlocutores á acercarse á la jóven y bella dama, que habia detenido su caballo á algunos pasos de distancia.

Llegáronse á ella los tres, y miéntras los hermanos dirijian sus cumplidos á la dama, el comendador le dijo:

—María, mi amada hija, felicita al Almirante Don Diego por su dignidad y entereza. Hoy ha dado gran prueba de sí. El rey mismo se ha quedado maravillado, y en vez de enojarse, Don Diego, desea volveros á ver, y espera que al fin quedaréis satisfecho de él.

Dichas estas palabras, Don Fernando saludó afectuosamente á los dos hermanos, y la jóven al despedirse dirijió una sonrisa candorosa, que espresaba de un modo inequívoco la mas franca simpatía.

Alejáronse el uno del otro los dos grupos, narrando al pormenor el Comendador á su hija la escena de la mañana en casa de Don Diego; miéntras que éste repetia dos y tres veces, como hablando consigo mismo:—¡Qué hermosura tan espléndida!

Fernando Colon movió la cabeza maliciosamente, y guardó silencio respetando la preocupacion de su hermano.

XXV.

LA DEMANDA.

Trascurrieron tres dias desde la tarde del paseo y el encuentro de los dos hermanos con el Comendador Mayor y su bella hija. Efectivamente lo era la jóven Doña María, hija única de aquel gran señor, que tenia próximo parentesco con el rey Don Fernando, y era hermano menor del poderoso Duque de Alba. Criada con gran recato en la casa de este último, y á la vista de la bondadosa duquesa, á cuyos cuidados habia tenido Don Fernando de Toledo que confiar la infancia de su hija, por haber quedado viudo prematuramente; solo hacia tres meses que, acabada de formar, y completada su distinguida educacion, el Comendador habia presentado en la córte aquel lozano boton de rosa, cuyo donaire y gentileza atrajeron inmediatamente la admiracion y simpatía de la nueva reina, Doña Germana de Fox, y de la gente cortesana. Don Diego Colon no habia tenido ocasion de verla: asistia diariamente, por mero deber, á la antecámara del rey; pero consagrado en cuerpo y alma á sus reclamaciones, viendo tal vez con secreto disgusto el sólio que habia sido de su bienhechora, la grande Isabel, ocupado por otra princesa, al persuadirse de que nunca obtendría justicia, su mal humor y su despecho lo mantenian alejado de las recepciónes solemnes de palacio, y de todo lo que tuviera aires de fiesta ó diversion.

El momento en que se ofreció á su vista la amable y hechicera criatura, era el mas oportuno para que sus sentidos, predispuestos con el bienestar de una reaccion repentina de su ánimo,—hasta aquel dia presa de la irritacion y la impaciencia,—trasmitieran á lo mas íntimo de su sér la plácida impresion que en un pecho juvenil y sensible no podia menos de causar tan soberana belleza. El corazon humano tiene horror al vacío, y miéntras que el hielo de los años no llega á enfriar su ardimiento, necesita de objetivos que ejerciten su febril actividad: á una ilusion frustrada sigue una ilusion nueva; y un bien en perspectiva no tarda en compensar la pena del bien perdido, cuando la resignacion se toma el trabajo de abrir la puerta á la esperanza.

Subordinado á esta ley constante, Don Diego, el mismo dia en que, exagerando las intenciones del rey Fernando, tomaba su partido y decia. adios á sus brillantes destinos como heredero del gran descubridor, daba entrada en su franco y generoso pecho á un sentimiento gratísimo, á un dulce cuanto vehemente afecto, que venia á ocupar el puesto á que su legítima ambicion, defraudada por la injusticia de los hombres, acababa de renunciar con mas desden que pesadumbre. Necesitaba un cuidado que lo distrajera, preservando de los embates del desaliento su resignacion desinteresada; y el amor, númen fecundo de todas las inspiraciones magnánimas, presentaba á sus ojos, en hora feliz, un objeto digno de su adoracion, al que debia ofrecer como tributo la efusion entera de su alma, consagrándole todos los altos pensamientos, los sueños de oro y los castos deseos de su ardiente fantasía.

Quedó, pues, Diego Colon deslumbrado por la hermosura y la gracia de Doña María de Toledo, y rendido al tiránico poderío del amor. Al tercer dia de insomnio, de preocupacion pertinaz y de indecisos antojos, el jóven caballero, como quien al fin recoje las riendas á la vagarosa imaginacion, entabló con su hermano Don Fernando el siguiente diálogo, á tiempo que les servian el desayuno.

—¿Sabes, Fernando, en lo que pienso?
—Lo adivino;—respondió Fernando con su sonrisa benévola y sutil.
—No puedes adivinarlo,—replicó Don Diego.
—Me atrevo á afirmarlo;—repuso Don Fernando.
—Pues dílo desde luego, que probablemente vas á hacerme reir.
—Piensas,—dijo con lentitud y gravedad Don Fernando,—en casarte con Doña María de Toledo.

El pobre Don Diego palideció, y con voz entrecortada repuso:
—Hombre, no hay tal.....; yo si.....; pudiera ser.....; no del todo. Vamos, Fernando, francamente: has adivinado mi pensamiento.
—No era preciso ser hechicero para dar con el acertijo, Diego,—dijo Don Fernando riéndose del aspecto sorprendido de su hermano.—Ése pensamiento te punza como una jaqueca desde la tarde del encuentro, y me apercibí de ello en el acto.
—Bueno, ¿y qué dices de esto? ¿Apruebas mi eleccion? Porque te declaro, mi querido Fernando, que, ó me caso con Doña María, ó renuncio al mundo y me hago fraile.
—¿Quieres que te diga mi parecer, Diego? Vamos esta tarde á visitar al Comendador Mayor de Leon, como es nuestro deber, y le pides la mano de su hija.

Don Diego se quedó aturdido: le pareció exorbitante la frescura con que su hermano afrontaba el asunto, y le dijo:
—¿Estás loco, muchacho? Cómo voy yo á salir así, *hóspite insalutato*, con esa pretension al Comendador?
—Mira, Diego; los matrimonios, ó vienen de Dios, ó vienen del diablo. Los de Dios, se vienen por el camino real, y andan á la luz del dia; los de Satanás buscan las veredas y escondrijos, y escojen tiempo y hora, como quien anda en acecho... No te encojas de hombros, ni te impacientes, óyeme: he refleccionado mucho en estos tres dias sobre tu pasion por Doña María, y sus consecuencias probables. El recado del rey, la visita del Comendador, el encuentro casual, todo me dice que es inspiracion divina tu súbito amor; y que ni debes ocultarlo, ni temer repulsas, ni diferir tu enlace con la ilustre casa de Alba. Si en vez de irte en derechura á tu objeto, te pones á imitar á los ena-

morados de mala ley, y andas tanteando el terreno, y andas buscando circunloquios, te pierdes, Diego, te pierdes! Es imposible que Doña María no tenga pretendientes á porrillo; y ¡ay de tí, si te dejas tomar la delantera por otro que la merezca!

—Razon tienes, Fernando; esta tarde irémos á visitar al Comendador, pero tú serás quien aborde el asunto del pedimento; yo no me siento con el ánimo necesario.

—Allá verémos, Diego; si tú mismo en el momento crítico no puedes valerte, no tengas cuidado; me sobra decision para sacarte del empeño.

Diego Colon abrazó á su hermano, y estuvo muy alegre el resto de la mañana. Enviaron un criado á anunciar su visita al Comendador para las tres de la tarde; y media hora despues un lacayo de éste llegó á decirles que su señor los recibiría gustoso á la hora indicada.

Discutieron los dos todavía largamente su plan de conducta; y tanto hizo el jóven Fernando, tan buena maña se dió en sus elocuentes y sagaces inducciones, deducciones y conclusiones, que logró convencer al medroso Don Diego de que el padre de su adorada accederia de buen grado á la proposicion matrimonial, como sumamente ventajosa para las dos casas.

Llegó la hora de la visita, y por mas que al ser introducidos los dos hermanos en el suntuoso salon de recibimiento del Comendador mayor, el enamorado mancebo estuviera todavía vacilando sobre cuáles fueran los términos mas convenientes para formular su demanda, la acojida que les hizo el noble señor disipó inmediatamente sus temores.

Al ver á sus huéspedes, Don Fernando de Toledo se adelantó, y extendiéndoles ambas manos, dijo:

—Mucho me complace, ilustres caballeros, vuestra visita, y esta casa se honra con ella.

—Gracias, señor Don Fernando, — dijo Don Diego, miéntras que su hermano se inclinaba cortésmente. — Vuestra amable bondad nos atrae, y nos dá aliento para mirar á vuestra altura sin vértigo....

—Tratadme con toda llaneza, amigos mios; — interrumpió el Comendador, temiendo sin duda que el *discreteo*, segun la moda de aquel tiempo, remontara tan alto que se perdiera de vista.

—Tal vez, señor, — dijo entónces con su habitual sonrisa Fernando Colon,—llegue el caso de que os parezca demasiado familiar nuestra visita.

—¿Por qué? — repuso con naturalidad el Comendador.

—Porque ademas de cumplir el grato deber de saludaros, el objeto de nuestra visita es tratar de un asunto de familia.

—Nada puede serme mas satisfactorio, amigos mios, — volvió á decir el Comendador, — que vuestra confianza, y que llegueis á persuadiros de que todo lo que pueda interesaros, me interesa.

Fernando Colon miró de un modo espresivo á su hermano, y éste tomó la palabra, exento ya de todo temor ó aprension.

—Pues bien, señor Don Fernando; hablaré con la franqueza que hablaría á mi padre; os someteré el proyecto que he formado: si no mereciere vuestra aprobacion, me lo significaréis lisa y llanamente, sin necesidad de esplanarme razon alguna. Aceptaré sumiso lo que decidiéreis, dando por mi parte estimacion, sobre todo, á vuestra benévola amistad.

Este exordio modesto causó en el ánimo bondadoso de Don Fernando de Toledo una impresion altamente lisonjera, que acabó de predisponerle del todo en favor de D. Diego.

—Hablad, hijo mio; — respondió con acento blando y conmovido.

—Aspiro á ese dulce nombre, — prosiguió vivamente Don Diego.—Amo á vuestra hija, y deseo ingresar en vuestra ilustre casa. Esta aspiracion podrá tacharse de desmedida; pero Cristóbal Colon me dió el sér, y si mis timbres son nuevos, los simboliza todo un mundo, nuevo tambien, descubierto por mi heróico progenitor.

—Guárdeme el cielo, señor Almirante, — dijo Don Fernando, — de desconocer los prominentes y extraordinarios méritos de vuestro padre, así como soy el primero en apreciar vuestras prendas personales. No hallo, pues, escesiva vuestra pretension; ni será mi voluntad el obstáculo en que pueda estrellarse. Tengo, no obstante, que llenar otros deberes; que pesar otras consideraciones, y consultar otras voluntades, antes de daros una contestacion definitiva.

—Lo comprendo, señor; y estoy dispuesto á aguardar sin impaciencia todo el tiempo que creyéreis necesario para vuestras deliberaciones: os debo ya gratitud, por haberos dignado considerar mi pretension, en vez de rechazarla desde luego.

—Dentro de tres dias, Don Diego,— concluyó el Comendador levantándose de su sitial, — os comunicaré mi decision.

Los Colones se despidieron, recibiendo nuevas demostraciones de cordial cortesía de parte de Don Fernando de Toledo.

Ya en la calle, Don Diego dijo con aire compungido á su hermano:

—¡Deshauciado estoy, Fernando; no hay esperanza para mí!

—Antes de tres dias, — contestó Don Fernando,— podrás llamar tuya á Doña María de Toledo.

Diego Colon cerró los ojos con un estremecimiento nervioso, como enagenado á la sola idea de alcanzar tan codiciada ventura.

XXVI.

APOGEO.

Despues.... No hemos de inventar, por el único interés de dar colorido novelesco á nuestra narracion, peripecias que, alejándose de la verdad de los hechos, compliquen la sencilla trama de los amores del jóven Almirante. La historia dice que su pretension no halló obstáculos, y hemos de respetar la historia, aunque palidezca nuestro verídico relato, antes que recargar la accion principal y real de nuestros personajes con incidentes fabulosos y de grande efecto dramático, que solo darían por resultado irritar nuestra pobre imaginacion, y cansar la paciencia del benévolo lector.

Creemos, sí, indispensable poner á prueba esa paciencia, consagrando algunas líneas más al prosáico y monótono asunto de las fáciles bodas de Don Diego Colon.

Han trascurrido los tres dias señalados por el Comendador Mayor Don Fernando de Toledo, para dar su contestacion definitiva á la demanda del enamorado jóven. En el mismo salon de artesonado techo y resplandeciente de lujo donde hemos visto á los dos hermanos benévolamente recibidos por el ilustre magnate, se hallan reunidos los principales deudos, parientes y amigos de la casa de Toledo. El astro cardinal de aquella deslumbrante constelacion es Don Fadrique, el gefe de la familia, el ilustre y poderoso duque de Alba, primo y valido del rey Fernando, que le debia gratitud por recientes y muy importantes pruebas de acrisolada lealtad. Allí está tambien la duquesa su bella esposa, jóven aun, cubierta de rico brocado y brillante pedrería. La acompaña un vistoso enjambre de gallardísimas y elegantes damas, prez y ornamento de la corte de Castilla; mas entre todas aquellas beldades atrae las miradas, y fascina con los celestiales y puros resplandores de su incomparable hermosura, la hija de la casa, la encantadora María de Toledo.

Acaba de cerrar la noche; pero sus tinieblas están vencidas y humilladas. En los salones y ámplios corredores del gótico palacio del Comendador, numerosos blandones centellean en bruñidos candelabros, y la luz que proyectan puede competir victoriosamente con la del dia. Fuera, en los jardines, poblados de magníficas estátuas, y en la calle, reina la fascinadora claridad de la luna, que se destaca limpia y serena en un cielo azul, tachonado de millones de fúlgidas estrellas. La primavera, coronada de rosas, adulada por el céfiro, que en su honor llena el ambiente con los perfumes robados á las flores, ostenta risueña sus mas preciados atavíos.

Diego y Fernando Colon se presentan debidamente anunciados, y conducidos por Don García, hijo del duque de Alba, y otros dos apuestos jóvenes de la familia, que han ido á recibirles hasta la puerta principal del salon. Un murmullo general reina por algunos instantes á la vista de los dos simpáticos hermanos, y todos los semblantes se animan con una espresion de agrado sumamente lisonjera para los recien llegados.

Don Fernando de Toledo, despues de las ceremonias del recibimiento y presentacion de los Colones al duque y á los demas convidados; despues de un breve rato de cumplidos galantes tributados por Don Diego y su hermano á la duquesa y á las damas, toma la palabra, y elevando la voz en medio del silencio general, dice al duque de Alba:

—Hermano mio: yo os ruego que, como cabeza de nuestra casa, os digneis declarar nuestro acuerdo al señor Don Diego Colon, y á los demas señores y ricas-hembras aquí presentes.

Don Fadrique se puso inmediatamente en pié, asintiendo á la invitacion de su hermano; saludó con una inclinacion de cabeza á Don Diego y á la concurrencia; sentóse en seguida, y habló en estos términos:

—Señor Don Diego Colon: sometida vuestra demanda matrimonial á consulta mia y de la familia, por mi muy amado hermano Don Fernando, aquí presente, la consideramos detenidamente, y concluimos por calificarla de digna y aceptable. No era nuestro ánimo sin embargo, violentar en lo mas mínimo la voluntad de mi amada sobrina Doña María, y cumplimos con el deber de explorarla, escitándola á manifestar sus disposiciones respecto de vuestra persona, con absoluta libertad é independencia. Obtuvimos su declaracion, que os fué enteramente favorable.... En seguida acudimos á impetrar la vénia de nuestro muy reverenciado primo y soberano, como era nuestro deber, y nos es grato deciros que el régio consentimiento ha sido acordado graciosamente por su Alteza. Podeis por tanto, considerar como vuestra prometida á Doña María de Toledo.

"Vais, pues, señor Don Diego Colon, á ingresar en nuestra familia; á ligar vuestra sangre con la sangre casi real de la casa de Toledo. No tenemos por desigual este enlace, y más bien lo creemos por todos títulos digno y honroso; pero sois jóven; vuestra carrera personal va á principiar ahora; hasta el dia solo habeis tenido ocasion de manifestar vuestro carácter noble y pundonoroso. Por nuestra parte, nunca dimos cabida á la necia presuncion de que las proezas de nuestros antepasados, el heredado lustre de nuestro linaje, habian de bastar á nuestra gloria y nuestro orgullo como grandes de Castilla; antes al contrario, creimos que aquellas ventajas fortuitas, hijas del acaso, agenas de nuestro esfuerzo y de nuestra eleccion, solo debian servirnos de acicate para no ser, en servicio de la Patria y de la Fé, ménos que nuestros ilustres ascendientes; y estas manos, como las de mi hermano el Comendador Mayor, han sabido ganar á lanzadas, contra infieles y franceses; y este pecho ha podido obtener á fuerza de valor y fidelidad, timbres y preséas que han renovado y mantenido refulgente el brillo de los blasones de nuestra casa.

"Sois hijo del gran Cristóbal Colon, y sabeis, por consiguiente, á lo que estais obligado. Esperamos de vos que seais siempre, por la virtud y el esfuerzo, digno de vuestro glorioso padre; y que el cielo os haga tan feliz como todos los presentes deseamos."

Si el discurso del noble duque pareciere al discreto lector un tanto ampuloso y difuso, tenga la bondad de recordar que en aquel tiempo, las reminiscencias de la Edad media, que apénas acababa de pasar, se confundian con los primeros destellos de la civilizacion moderna; que el incomparable Miguel de Cervántes no habia nacido todavía; ni, por lo mismo, estaba en la mente de ningun hombre el engendro feliz de aquel ingénio inmortal, que habia de echar por tierra las sublimes fantasías caballerescas, á una con las abigarradas y enfáticas formas literarias que servian de marco á tan heróicos desvaríos y románticas locuras.

El comendador confirmó con un signo de asentimiento lo dicho por su hermano Don Fadrique: el Almirante dió las gracias á ambos con sencillas frases y acento conmovido, y recibió las entusiastas felicitaciones de los circunstantes. Poco despues se adelantó el Comendador con paso mesurado y magestuoso; tomó de la mano á Don Diego y lo condujo donde estaba su prometida, toda ruborizada y temblorosa. Algunas discretas frases de Don Diego la tranquilizaron gradualmente; al cabo de media hora los afortunados novios se contemplaban con éxtasis, se confiaban en voz baja sus castos deseos y deslumbradoras esperanzas; los demas concurrentes hacian como que no veian la encantadora escena, y planteaban en animados grupos conversaciones distintas. Hubo sarao, profusion de delicadas golosinas, y reinó la alegría hasta la media noche, hora en que terminó la fiesta de los esponsales, señalándose el plazo de veinte dias para la conclusion y celebracion del matrimonio.

Estos veinte dias fueron sin duda los mas felices de la vida de Don Diego, que tenia franquicia absoluta para visitar á su prometida, y los aprovechaba pasándose las horas, para él brevísimas, en familiar conversacion con su adorada María, en casa de los duques. Llegó en esta época á su apogéo la fortuna de los Colones, á quienes la Corte entera tributaba aplauso y homenage, habiéndose fundido la frialdad glacial del rey al calor de la proteccion que hallaban en el duque los intereses de Don Diego. Desde entónces el soberano prodigó favor y agasajo á los hijos del gran Colon, y se complació en ser justo *al fin*. Tal es por lo comun la justicia de los reyes.

XXVII

DERECHOS HEREDITARIOS.

Decir que las bodas de Diego Colon y María de Toledo fueron celebradas con soberbia pompa; estendernos á reseñar minuciosamente los pormenores de este fausto acontecimiento, sería, lo uno, esponernos á ser tachados de superfluidad; porque tratándose de personajes de tan elevada alcurnia, próximos parientes del monarca el padre y el tio de la novia, no es necesario sino la asistencia del simple sentido comun de nuestros lectores, para dar por supuesto que nada habia de omitirse para revestir al suceso con todo el esplendor y lucimiento que la etiqueta española y el carácter ceremonioso de aquella época imponian á todos los interesados en el asunto; y lo otro, es decir, la narracion de los incidentes de aquella fiesta, nos parece materia de muy pueril sustancia para distraer por mas tiempo la atencion de esos mismos lectores, á quienes, sobre el natural sentido comun, creemos asistidos de algo mas raro, que es el buen sentido; para distraer su atencion, repetimos, de los hechos concretamente relacionados con los episodios mas interesantes de esta verídica historia, que todavía está en el caso de consagrar algunas páginas mas á aquellos prolegómenos, sin cuyo conocimiento sería muy difícil ó imposible apreciar en su verdadero valor el carácter de los protagonistas y la índole moral de sus actos y su conducta.

Abreviarémos, pues, cuanto sea posible, nuestra revista retrospectiva de los acontecimientos, para seguir narrando concisamente las peripecias que aun nos separan de la accion prominente y el asunto principal de este desaliñado libro.

Los veinte dias que transcurrieron entre los esponsales ó la promesa matrimonial, y el acto solemne de pronunciar los cónyuges el juramento de pertenecerse recíprocamente por toda la vida, no fué tiempo perdido para los intereses de la naciente casa de Colon. El duque de Alba, que gozaba de absoluta privanza con el rey, no era hombre que hacia las cosas á medias, y corriendo por su cuenta la fortuna de su nuevo sobrino, los autos en favor de éste, acordados por el Supremo Consejo de las Indias,—que hasta entónces habian permanecido sin cumplimiento, como letra muerta— recibieron la sancion del régio *exequatur*, ó sea la real vénia, como entónces se decia. El rey Don Fernando solamente regateó el título de virey para Diego Colon; aunque si bien se examina, lo que regateó su Alteza no fué el título, que al cabo se concedió *pro forma ó in nómine*, frase que en el indigesto lenguaje de los letrados de aquel tiempo significaba lo mismo que mera decoracion, ó vano adorno; lo que el rey no solo regateó, sino que negó obstinadamente, fué la efectividad de las funciones de virey, que apesar de su real firma y palabra empeñada con el gran Cristóbal Colon, encontraba siempre exorbitante para el legítimo heredero de sus bien y préviamente definidos derechos como descubridor.

Don Fernando el Católico convenia de buen grado en que el Almirante Don Diego fuera el primer personaje del Nuevo Mundo; pero en punto á autoridad, el profundo político que habia sabido fundar en España la preponderancia del poder real sobre las sediciosas pretensiones de los grandes, nunca podia desistir de amenguar las prerogativas hereditarias del hijo de Colon. Una cosa habia sido prometer, cuando el mundo cuya existencia afirmaba el oscuro navegante se conceptuaba generalmente como el sueño de una imaginacion calenturienta; y otra cosa era cumplir, falseando los principios inflexibles de todo un sistema de gobierno, cuando ese mundo surjia con el esplendor de una realidad victoriosa, de las profundidades del Océano.

Por eso el rey Fernando, al mismo tiempo que conferia á Diego Colon la autoridad de Gobernador de la Isla Española y sus dependencias, en reemplazo del Comendador Ovando; contra cuyas crueldades surjian, al cabo de tanto tiempo, en un rincon de la real memoria las apremiantes recomendaciones que hiciera al morir Doña Isabel la Católica; procuraba restringir disimuladamente esa autoridad, y meditaba la creacion de la Real Audiencia de Santo Domingo, que se llevó á efecto un año despues; y por la misma causa los émulos de Diego Colon en su gobierno, hallaron en la Corte oidos complacientes para sus torpes calumnias, acojidas mas de una vez por la injusta suspicacia del monarca....; pero no anticipemos unos sucesos á otros, que acaso tendrémos que mencionar esas miserables intrigas en el discurso de nuestra narracion.

Todo estaba previsto y arreglado para la partida al Nuevo Mundo del Almirante Don Diego y su bella consorte, desde el dia siguiente de su enlace. Un brillante y escojido acompañamiento de damas y caballeros distinguidos por su noble estirpe, tanto de la corte de Castilla como de las primeras casas de Andalucía, quedó formado en la ciudad de Sevilla, donde pasaron algunos dias los vireyes, como se les denominaba por todos, dando la última mano á los preparativos de viaje. Los tios del Almirante, Don Diego y Don Bartolomé, cuya esperiencia consumada en los asuntos de gobierno de las Indias se consideraba indispensable para la inauguracion del mando de su sobrino, habian asistido junto con él á las últimas audiencias del monarca, y recibido las reales instrucciones, por las que debian regular sus consejos y los actos del jóven gobernador.

En cuanto á Fernando Colon, sus gustos modestos y su aficion á los estudios le traian remiso á la idea de atravesar otra vez el Atlántico, de que tan ingratos recuerdos conservaba, habiendo esperimentado los grandes trabajos y peligros del cuarto y último viaje de su padre; pero el mismo rey Fernando, que estimaba su carácter y sus distinguidos talentos de un modo extraordinario, le instó por que tambien acompañara á su hermano á la Española, y pidiera para sí lo que mejor estuviera á sus deseos. Nada quiso el desinteresado jóven, y solo se determinó á hacer el viaje cuando Diego Colon le manifestó que, " sin él, su dicha habría de ser incompleta, porque de ella habian sido artífices principales la perspicacia y vivaz inteligencia con que él habia alentado sus pretensiones matrimoniales."

Embarcáronse todos estos ilustres personajes con su brillante y numeroso séquito, en el puerto de San Lúcar, donde los aguardaba una lucida escuadra de veinte y dos velas, el dia 9 de Junio de 1509, y despues de mes y medio de próspera navegacion, saludaron con indecible júbilo las verdes costas de la isla Española, arribando á Santo Domingo al finalizar el mes de Julio.

XIX.

MUTACION.

No estaba el gobernador Ovando en la capital de la colonia en aquellos dias. Hallábase en Santiago, lugar muy ameno y salubre, á orillas del caudaloso rio Yaque, cuya posicion central le permitia atender á los negocios de todo el Cibao cómodamente; y vivia muy ageno á la idea de ser relevado del gobierno de la Isla. En igual descuido yacian todos los empleados y demas colonos, al estremo de que un sobrino del gobernador, que éste habia hecho alcaide de la fortaleza de Santo Domingo, llamado Diego López, faltando á sus deberes, se encontraba ausente de su puesto, y atendiendo á una granja ó estancia que tenia, distante como dos leguas de la ciudad.

Al divisarse la escuadra compuesta de tan crecido número de bajeles, se cubrió de curiosos toda la ribera del mar, y algunos botes provistos de bastimentos salieron á cual mas léjos á hacer su tráfico segun solian cada vez que se avistaban naves en el horizonte. A poco rato una de estas embarcaciones regresó á tierra despues de haber vendido sus víveres á una fusta que se habia adelantado á los otros buques de la escuadra; y entónces supieron los curiosos la noticia del arribo del nuevo gobernador, la cual cundió por toda la ciudad con rapidez eléctrica. Los oficiales reales y el Ayuntamiento, aturdidos con tal novedad, se decoraron aceleradamente, corrieron á la marina, y embarcándose en una falúa de gala salieron á la rada á ofrecer sus respetos á los ilustres viajeros; pero por mucha diligencia que desplegaron, cuando los remeros se abrian por los pechos haciendo volar la embarcacion oficial por fuera de la boca del puerto, ya la escuadra toda habia echado anclas, y los barcos parecia que aguardaban con impaciencia, balanceados por las gruesas olas de la rada, el cumplimiento de las etiquetas de ordenanza.

Los regidores y oficiales abordaron á la galera capitana; fueron recibidos con agrado por Don Diego Colon y su familia, y formularon su voto ferviente de que cuanto ántes hicieran su desembarco los insignes huéspedes.

Preguntó el almirante por el gobernador y el gefe de la fortaleza, y fué informado de su ausencia. Una hora despues se dió la órden de levar anclas la nave capitana y las demas en que iban los equipages mas precisos: entraron con viento favorable en la ria, y se efectuó el desembarco en medio de un numeroso gentío, que al estruendo de los cañones de la escuadra haciendo las salvas de ordenanza, prorrumpió en víctores á los Colones con ese frenético entusiasmo á que tan fácilmente se entrega en todas partes, por motivos y razones más ó ménos fundadas, la ciega é impresionable multitud.

Brindaron los regidores al Almirante y su familia con un alojamiento tan conveniente cuanto las circunstancias de la colonia y la ninguna preparacion del momento podian permitir; pero Don Diego les contestó que agradecia su ofrecimiento, no aceptándolo por razones políticas; y despues de haber estado en el templo principal dando gracias á Dios cristianamente por su feliz arribo, se dirijió á la fortaleza, de la cual tomó inmediata posesion sin mas ceremonias ni cumplimientos de ningun género.

A esta sazon ya los correos devoraban la distancia en todas direcciones, llevando la noticia de tan gran novedad á todos los ámbitos de la isla. Ovando se puso en marcha para la capital sin demora, y su contrariedad y enojo fueron grandes cuando supo la falta en que habia incurrido su sobrino, el alcaide de la fortaleza de Santo Domingo, no hallándose en su puesto al llegar el nuevo gobernador.

Tal fué al ménos el desahogo que dió á su desabrimiento, cohonestándolo con el indicado motivo. El Almirante y su esposa le hicieron el mas amable recibimiento; pero el irascible comendador insistia en deplorar con acritud la indisciplina de su jóven pariente, y en su propósito de castigar el desórden de un modo ejemplar. Fué preciso que Don Diego interpusiera cortésmente su ruego en favor del delincuente, y Ovando hubo de deponer al fin el ceño, y encubrir del todo su mal humor, para entregarse en cuerpo y alma á los deberes de la etiqueta cortesana.

Inauguráronse, pues, grandes fiestas, convites, saraos, cabalgatas á los campos vecinos, y cuanto puede sugerir á los ingenios aduladores la riqueza desocupada. La colonia reunia todos los elementos de una pequeña corte, en la que resplandecian los mas delicados refinamientos de la época. Los seis años de paz tiránica que Ovando llevaba en el gobierno habian elevado la isla Española al apogeo de su grandeza; los brazos de los indios aplicados á las construcciones civiles, bajo la direccion de entendidos arquitectos, habian convertido la humilde nereida del Ozama en una hermosa ciudad, provista de edificios elegantes y vistosos, con calles tiradas á cordel y casas particulares de aspecto imponente y gran suntuosidad interior; y el lujo se habia desarrollado á tal estremo, que el adusto rey Fernando, cuya mirada perspicaz todo lo veia en la vastísima estension de los reinos y dominios sometidos á su cetro, hubo de dictar mas de una vez pragmáticas severas, especialmente encaminadas á restringir la refinada ostentacion á que estaban entregados los opulentos moradores de la isla Española. (1)

Los vireyes por su parte, jóvenes, reciencasados y ricos, habian hecho las mas ostentosas prevenciones para instalarse con el decoro de su rango en la opulenta colonia. Las damas de su séquito, "aunque mas ricas de belleza que de bienes de fortuna," segun la espresion usual de los historiadores de aquel tiempo, se ataviaban con todo el esmero y bizarría que sus altas aspiraciones y los ilustres apellidos que llevaban exigian de ellas; y los caballeros lucian análogamente los mas de ellos los ricos trajes que el año anterior se habian hecho en Italia, cuando regresaron á España acompañando al Gran Capitan Gonzalo de Córdoba, que se retiraba cubierto de gloria de su vireinato de Nápoles.

Se esplica, pues, que el tren y boato de las fiestas y ceremonias públicas en la capital de la Española, justificaran el dictado de *pequeña corte*, que, siguiendo á mas de un escritor de fama, hemos dado á la magnífica instalacion de los vireyes en su gobierno. Ovando trató de poner pronto término á la mortificacion que sin duda debia experimentar, participando de unos festejos que, sobre celebrar su propia caida, eclipsaban los mejores dias de su finado poder en la colonia. Ya aceleraba sus preparativos de marcha, cuando un terrible huracan desató su furia sobre la isla, maltratando lastimosamente la lucida escuadra que habia conducido á Diego Colon, y en que debia embarcarse el comendador. La nave capitana, que era muy hermosa, se fué á pique, cargada de provisiones y de otros efectos de valor, que aun no se habian desembarcado. Cuando al siguiente dia salió el sol, sus rayos alumbraron un cuadro de sombría desolacion, tanto en la costa como en el mar. Miserables despojos, fragmentos flotantes, árboles descuajados, casas de madera sin puertas ni techumbre, se ofrecian á la vista por todas partes. Afortunadamente, en la ciudad del Ozama era ya muy considerable el número de las casas y fábricas de cal y canto. Por fuerza hubo de demorarse la partida de Ovando, hasta rehabilitar los barcos que necesitaba para su regreso á España.

Este retardo dió lugar á otra mortificacion mayúscula para el orgulloso comendador, cual fué presenciar las publicaciones y apertura del juicio de residencia á que debian someterse sus actos de gobierno y los de sus alcaldes mayores. Llamóse á son de trompa á los agraviados y quejosos, y en los lugares mas públicos y concurridos se fijaron carteles ó edictos declarando que se recibirían por espacio de treinta dias las denuncias é inscripciones en demanda contra el que poco tiempo ántes era omnipotente y gobernaba como señor absoluto las cosas de la colonia y del Nuevo-Mundo;— de donde conocian, segun el historiador Herrera, *que no es bueno ensoberbecerse en la prosperidad.* (2)

---

(1) HERRERA.—Dòcadas.
(2) Década 1ª—L. VII. Cap. X.

XXIX.

INFORMES PERSONALES.

Todo el empeño de Diego Velázquez y su séquito por hacer con rapidez el viaje desde Vera Paz á Santo Domingo resultó inútil. El huracan, obstruyendo los caminos y engrosando las aguas de los rios y torrentes, hizo sumamente penosas y lentas las jornadas de los viajeros, que al cabo de doce dias llegaron á la capital molidos, hambrientos, y muy despojados ya del lucimiento y gallardía con que salieron de Jaragua.

Aposentóse Velázquez con su gente en una de las casas del comendador Ovando, que habia hecho construir varias muy hermosas durante su gobierno. Hizo pasar respetuoso aviso de su llegada aquella misma tarde al nuevo gobernador, pidiendo ser admitido á su presencia en la mañana del siguiente dia, y excusándose de no hacer su visita de homenage inmediatamente, por el mal estado de todo su equipage. El virey contestó defiriendo á la demanda, y absolviendo á Velázquez de los rigores de la etiqueta oficial.

Aquella noche se habló ámpliamente de los recienllegados viajeros en los salones de la fortaleza, donde residia Don Diego Colon con toda su familia. Desde España venia sabiendo el jóven almirante cuánta era la importancia de Diego Velázquez en la colonia; como que éste y Juan Esquivel eran los tenientes de Ovando que sobresalieron en habilidad y fortuna habian domado la fiereza de los indios rebeldes de la isla, aunque con notoria diferencia en sus procedimientos; pues Velázquez, mas sagaz y buen político que Esquivel, habia realizado la pacificacion del Oeste haciendo todo lo posible por conservar la raza india; y en sus campañas de Baoruco y Haniguayaga no habia dado cabida á la ferocidad que desplegara el famoso capitan de la guerra de Higüey.

Escuchaba el Almirante con vivo interés los informes que sobre todas aquellas personas, conocidas en la Española, le suministraba un señor anciano, de aspecto respetable por su blanca y luenga barba y fisonomía benévola. Era éste Don Francisco Valenzuela, hidalgo y colono principal, que habia pasado á la isla con el descubridor en su segundo viaje, y avecindado eu San Juan de la Maguana, donde poseia ricos hatos de ganado vacuno y caballar, se habia mantenido fiel y consecuente amigo de la familia de Colon, en su buena como en su mala fortuna. Se hallaba en la capital casualmente, á la sazon que llegó el nuevo gobernador. Habló de Diego Velázquez con encomio, y luego pasó revista uno por uno á los individuos mas distinguidos de las comarcas meridionales y occidentales que acompañaban al vencedor de Guaroa y de Hatuey; intercalando en sus disertaciones sobre cada uno curiosas noticias relativas al estado de la isla y á los pasados sucesos.

—Con el capitan Don Diego, decia, viene Valdenebro, uno de los dos caballeros que mas corridos quedaron en la guerra de Higüey, cuando el primer alzamiento de Cotubanamá. Ni él, ni su compañero Pontevedra volvieron á presentarse en esta ciudad desde aquel suceso, á consecuencia del cual se fué Valdenebro á vivir á la Maguana, y Pontevedra se embarcó para España, huyendo de la rechifla de sus compañeros de armas. Figúrense vuesas mercedes que esos dos hidalgos, muy preciados de valientes y diestros en toda suerte de esgrima, al comenzarse una faccion en aquella guerra, estando los dos á caballo, vieron á un indio que estaba contemplándolos á campo raso, con aire desdeñoso y de desafío.

—"Dejadme ir á matarle", dijo Valdenebro á su amigo; y lanzó su caballo en la direccion del indio. Este se enfrenta al ginete y le dispara una flecha, á tiempo que el castellano le pasa por el cuerpo con su lanza; y el herido, sin dar muestras de dolor, se corrió por la misma lanza hasta asir las riendas de manos de Valdenebro. Viéndose éste sin su lanza, saca la espada y tambien la mete por el cuerpo al indio, que de igual modo se la quitó de las manos, teniéndola envasada en el cuerpo: sacó entónces el caballero su puñal, y lo hundió en el pecho al indio, que se lo quitó de las manos igualmente, quedando Valdenebro completamente desarmado. Acude Pontevedra, que veia el caso, á herir al prodigioso indio con la lanza, y punto por punto repitió el herido la proeza, quitando al segundo combatiente lanza, espada y puñal, y dejando á ámbos desarmados y confusos á la vista de todo el campo castellano: el heróico indio, como si desdeñara tomar venganza de sus agresores, se retira entónces con todas las armas que tan esforzadamente conquistara, y vá á caer exángüe entre los suyos, que le aplauden con entusiastas alaridos. Pocos instantes despues rindió el espíritu, orgulloso y satisfecho. (1)

—Notable caso,—dijo Don Diego Colon;—y valor digno de los mejores dias de Esparta. Mas, decidme: no se averiguó el nombre de aquel bizarro higüeyano?

—Se hicieron diligencias infructuosas. Supe el caso de boca del mismo capitan Esquivel, que deploraba la terquedad ó estupidez de aquellos salvajes, de quienes nunca pudo obtener noticia sobre un nombre tan digno de eterna memoria.

"Volviendo á Valdenebro, jamás ha podido consolarse de haber perdido feamente sus armas, á vista de los dos campos fronteros; ni habia querido salir de la Maguana, adonde lo condujo su vergüenza, hasta ahora que, segun acaba de decirme Don Diego Velázquez, ha conseguido éste vencer sus escrúpulos y reducirlo á que venga á besar las manos á los señores vireyes.

"Ademas, trae consigo el capitan Velázquez á un mozo notable por su

---

(1) Histórico: copiamos el hecho casi al pié de la letra de la narracion de Herrera, Década I. Libro V. cap. IV.

despejo y travesura, llamado Don Hernando Cortés, que se incorporó á la comitiva en Compostela de Azua, donde reside ha mas de cinco años desempeñando la escribanía de aquel Ayuntamiento. Es hombre de gran talento y que promete ser de mucho provecho, aunque mani-roto, pendenciero á véces, y muy atrevido con las mujeres agenas. Ejerce gran predominio en cuantos llegan á tratarle de cerca, y parece nacido con un sello de superioridad, como si toda su vida hubiera acostumbrado mandar á los demas.

"Tambien verán ucedes un sujeto de cara y talle muy extraños, de esos que vistos una vez no pueden olvidarse nunca. Este es un hidalgo que se ha enriquecido administrando los bienes de una señora india viuda de Hernando de Guevara....

—Conozco la viuda y la historia,—interrumpió Diego Colon:—mi buen padre me recomendó mucho al tiempo de morir, la proteccion de esa señora y su hija: Don Bartolomé de las Casas me ha hecho saber interesantes pormenores de ese asunto, y de qué pié cojea el tal administrador, Mojica de apellido, si mal no recuerdo.

—Precisamente. Pues entónces solo me falta hablaros de un muchacho indio ahijado de Velázquez, que lo trae muy mimado, y tiene por nombre Enriquillo.

—Tambien tengo noticia de ese jóven cacique, y lo veré con mucho gusto,—repuso Don Diego.—Me han dicho que es pariente de la viuda de Guevara, y que ámbos pertenecen á la familia que reinaba en Jaragua. Deseo conocer esos lugares y la gente que los puebla, que se asegura es la mas hermosa y distinguida de estos indígenas. Por lo que respecta á Enriquillo, Don Bartolomé dice que sus preceptores, los frailes franciscanos, escriben de él que su inteligencia extraordinaria hace honor á la raza india. Pronto lo veré por mí mismo, y compartiré gustoso con Velázquez la obligacion de protejerle.

—Me alegro de que tenga Usía tan buenas disposiciones para con él: ese muchacho, como el indio que desarmó á Valdenebro y Pontevedra, como Cotubanamá, y otros muchos, es la prueba mas concluyente de que la raza indígena de estas regiones es tan aventajada en razon y facultades morales como cualquiera de las mas privilegiadas de Europa ó de Asia.

—Lo creo como vos, señor Valenzuela;—dijo gravemente Don Diego,—y me propongo proceder en mi gobierno con arreglo á tan juicioso y bien fundado dictámen.

XXX.

EFECTO INESPERADO.

Miéntras que Don Francisco Valenzuela daba cuenta circunstanciada en la Fortaleza de la vida y hechos de Diego Velázquez y sus compañeros de viaje, estos recibian en su alojamiento la visita de Don Bartolomé de las Casas.

Apresuróse Velázquez á recojer noticias sobre los cambios recientes ocurridos en el personal del gobierno de la colonía, y supo con satisfaccion y regocijo que el nuevo Gobernador estaba muy altamente predispuesto en su favor. Decia las Casas modestamente que el Almirante habia salido de España animado de esas favorables disposiciones; pero el capitan se obstinó en dar gracias al licenciado con la mas cordial efusion, atribuyendo á sus informes y á su influencia los buenos auspicios bajo los cuales iba á presentarse al nuevo árbitro de la fortuna y la riqueza en el mundo occidental.

Es indecible la emocion con que Enriquillo correspondió á su vez á las cariñosas frases que le dirigió las Casas, al ser presentado á éste por Diego Velázquez. "Ved aquí vuestra obra y la mia," habia dicho éste á su antiguo consejero del Baoruco; y fijando el licenciado un momento su mirada de águila en las facciones del jóven indio,—¡Enriquillo!,—exclamó;—¡Bendito sea Dios! ¡Cómo ha crecido este muchacho, y qué apostura y fortaleza está mostrando! . Abrázame, hijo mio. ¿Eres feliz? ¿Estás contento?

—Mí padrino es muy bueno para mí, señor licenciado;—dijo Enriquillo, —y estoy contento porque os veo á vos, mi protector, y porque creo que vos me haréis ver muy pronto á la familia que aquí tengo....

—Ahora mismo, muchacho, si tu padrino lo permite. ¡De cuánto consuelo va á servir tu presencia á tu pobrecita tia! Mira, ella está enferma, muy delicada; pero no vayas á hacer pucheros y á amargarle el gusto de verte.

—No temais flaqueza de mi parte,—repuso el jóven con tono firme y severo.—Me habeis escrito mas de una vez que yo debo ser el apoyo de mi tia Higuemota y mi prima Mencía, y esa idea está clavada aquí,— —concluyó, llevándose la mano al pecho.

Diego Velázquez prestó gustoso su vénia á la escursion de Enrique con el licenciado, y ámbos se dirigieron con planta rápida á la morada de Higuemota.

Esta yacia reclinada en un ancho sitial de mullido asiento, y las sombras del sepulcro se dibujaban ya con lúgubre espresion en su semblante pálido y demacrado. Su hija, bella y luminosa como el alba de un dia sereno, estaba á sus piés, en un escabel que daba á su estatura la medida necesaria para apoyar los codos blandamente en las rodillas de la enferma, reposando en ambas manecitas su rostro de querubin, con la vista fija en los lánguidos ojos de su madre.

Llegó Enrique, conducido por las Casas, á tiempo de contemplar por breves instantes aquel cuadro de melancólica poesía; y luego adelantaron ambos hasta la mitad del salon. Al percibirlos Doña Ana de Guevara hizo un movimiento, incorporándose lentamente.

—¿Sois vos, mi buen señor licenciado?—dijo con su voz siempre armoniosa, aunque velada por la debilidad de la tísis que la consumia.— Muy á tiempo venís, y me parece que hace un siglo desde vuestra última visita.

—Es, señora, que en cuanto de mí depende, me propongo hacerme acompañar siempre que llego á veros de algun lenitivo á vuestra tristeza. El otro dia creí traeros un consuelo con la visita del señor virey y su buena esposa; hoy vengo con algo que creo ha de seros mas grato.

—Difícil es, señor las Casas, que nada pueda complacerme más que aquella bondadosa visita de los señores vireyes, de quienes tan ardientes protestas de amistad y proteccion recibí para mí y para mi amada hija.

—Pues bien: aquí está una persona que va á proporcionaros muchos momentos parecidos; pues tiene para con vos grandes obligaciones, y hasta... bastante próximo parentesco.

A estas palabras, el licenciado tomó del brazo á Enriquillo y lo presentó á Doña Ana. El jóven dobló una rodilla y dijo con voz balbuciente:

—Mi buena tia Higuemota, dádme vuestra bendicion.

—Guarocuya!—exclamó con trasporte súbito Doña Ana,—¡oh, Dios mio! Señor las Casas, ¡cuánta gratitud debo á vuestros beneficios! Me parece que recobro mis fuerzas.... Sobrino de mi corazon, acércate; deja que yo bese tu frente....

É inclinándose Enriquillo hácia su tia, recibió efectivamente un ósculo de aquellos lábios incoloros y frios, con el mismo recojimiento religioso que se apoderaba de su sér cuando solia recibir la comunion eucarística en el monasterio de Vera Paz.

—Mira, Guarocuya,—prosiguió la enferma, en una especie de acceso febril:—besa á tu prima; á la que, si Dios oye mis ruegos, ha de ser tu esposa.

Y diciendo estas palabras, Doña Ana reclinó la cabeza en el respaldo del sillon, cerró los ojos y guardó silencio. Las Casas y Enrique creyeron por breve espacio que dormia: la niña removió dos ó tres veces la diestra de su madre, llamándola á media voz, con este dulce dictado: *¡Madrecita mia!* Inútilmente: prolongándose demasiado el silencio y el sueño, las Casas se decidió á tomar el pulso á la enferma, y reconoció con espanto que aquel era el silencio de la muerte y el sueño del sepulcro. Doña Ana de Guevara, ó sea Higuemota, habia dejado de existir. Su corazon, desgarrado por todas las penas, connaturalizado con la adversidad, no pudo resistir la violencia de un arranque momentáneo y expansivo de alegría, una brusca sensacion de júbilo; y su alma pura, acostumbrada á la afliccion y al abatimiento, solo se reanimó un breve instante para volar á los cielos.

XXXI.

IMPRESIONES DIVERSAS.

El recibimiento que se hizo á Diego Velázquez en la mansion de los vireyes, el siguiente dia, á las nueve de la mañana, fué tan cordial como distinguido. El almirante, acompañado de sus tios, acojió al comandante de Jaragua como á un antiguo amigo; lo presentó á la vireina y sus damas, y le retuvo á almorzar en la Fortaleza.

Velázquez hizo á su vez la presentacion de los individuos de su séquito, para cada uno de los cuales tuvo el gobernador un cumplido afable ó una frase cortés.

Echó de ménos en aquel acto á Enriquillo:—Me habian dicho, señor Don Diego, que con vos habia venido un jóven indio, vástago de los caciques de Jaragua.

—Efectivamente, señor:—contestó Velázquez.—Traje conmigo á Enriquillo, que así es llamado por todos, y á quien amo como á un hijo; pero un triste acaecimiento lo ha afectado de tal modo, que está en el lecho con una fuerte calentura.

Y Velázquez refirió la muerte de Higuemota, segun se la habia participado las Casas.

—Mucho siento ese suceso,—dijo el almirante Don Diego;—y aquí comienza el cumplimiento de un deber que me impuso mi buen padre Don Cristóbal.... Esposa mia, vos cuidaréis de la horfandad de la niña que tanta impresion os hizo con su rara belleza el otro dia. Yo tomaré á mi cargo la salud del jóven Enrique, pues considero, señor Don Diego Velázquez, que vuestra instalacion de viajero recien-llegado no os ha de permitir holgura para esa atencion.

—A ella ha provisto desde el principio mi excelente amigo el licenciado Las Casas, que por el motivo que discretamente ha anticipado Vueseñoría, hizo conducir anoche mismo á Enriquillo al convento de padres franciscanos, con quienes reside ahora el licenciado, y en donde mi ahijado estará perfectamente asistido.

—No importa,—repuso Diego Colon:—le enviaré mi médico, y cuidaré de que nada le falte.

Y dió las órdenes correspondientes en seguida.

Por su parte la vireina, con esa solicitud caritativa que convierte en ángeles las mujeres, fué en persona á separar á la huérfana del cadáver de su madre, sugiriéndole su compasion ingeniosa y tierna el mas delicado artificio para conseguir su objeto sin desgarrar el corazon de la interesante criatura. Dictó ademas Doña María, de concierto con Las Casas, disposiciones perentorias para que los funerales de Higuemota se hicieran con el decoro y lucimiento que correspondian á su rango; y así se efectuó en la tarde de aquel mismo dia.

El almuerzo fué servido, y se resintió al principio de la tristeza que como una nube envolvia los ánimos por efecto de aquella muerte, que habia venido á remover los sentimientos compasivos de la concurrencia. El único que estaba preocupado y triste por causa distinta era nuestro antiguo conocido Don Pedro Mojica, refleccionando que las cosas podian venir de modo que se viera constreñido á entregar la administracion de los bienes de la difunta con estrecha cuenta de sus operaciones. El vivo interés que manifestaban los vireyes por la suerte de la niña heredera, parecia al codicioso hidalgo de pésimo augurio para sus intereses.

Poco á poco, sin embargo, y á pesar de estos preliminares, la buena sociedad y los vinos generosos hicieron su efecto, desatando las lenguas é introduciendo el buen humor en la bien servida y suntuosa mesa de los vireyes. Diego Velázquez, sometido á la influencia de aquella atmósfera donde se confundian y combinaban los misteriosos efluvios de la juventud, la belleza y la opulencia delicada y sensual, sentia la impresion de un bienestar que no gustados por él hacia mucho tiempo. Pasaban por su imaginacion, como ráfagas de luz y de armonía, las reminiscencias de los encantados cármenes de Granada, en donde se habian deslizado entre risas y placeres, como las corrientes juguetonas de límpido arroyuelo entre las flores de ameno prado, los dias de su feliz adolescencia.

Estas dulces y gratas memorias, á una con la mágia de unos ojos negros como el azabache, que vertian el fuego de sus fascinadoras pupilas sobre la arrogante y simpática figura de Velázquez, causaron en el pecho del impresionable comandante súbito incendio de amor. María de Cuéllar, amiga y confidente íntima de la vireina, hija única del contador Cristóbal de Cuéllar, poseia, con una belleza peregrina, ese encanto irresistible, ese inefable hechizo que todo lo avasalla, esparciendo en torno suyo inspiraciones celestes y el tranquilo embeleso de la felicidad. Contemplábala extasiado, indiferente á cuanto lo rodeaba, un jóven dotado de rara hermosura, de tez morena y sonrosada, y cuyos lábios rojos como la amapola apénas estaban sombreados por el naciente bozo. La linda doncella, despues de satisfacer su femenil curiosidad analizando las facciones y el traje severo, al par que rico y elegante, de Diego Velázquez, volvió su rostro al susodicho jóven, y le dirijió una sonrisa que encerraba todo un poema de ternura.

Velázquez se contristó visiblemente: habia visto la espresiva demostracion de la doncella, y no era dudoso que aquellos dos séres, que parecian hechos el uno para el otro, se adoraban recíprocamente.

Concluido el almuerzo, se formaron grupos que discurrian por la sala en conversacion familiar. El comandante de Jaragua aprovechó la oportunidad para tomar del brazo á Hernan Cortés, diciéndole:

—Vos, que conoceis á todo el mundo, decidme: ¿quién es ese mozo de aire afeminado que os ha apretado la mano hace un instante?

—¿Aquel?—preguntó Cortés, señalando al consabido mancebo.

—El mismo,—contestó Velázquez.

—Ese es Juan de Grijalva, natural de Cuéllar,—dijo Cortés sonriendo:—le conozco hace mucho tiempo....; cuatro horas á lo sumo.

—¿Dónde y cómo?—replicó Velázquez admirado.

—Esta mañana, vos dormíais aun, cuando yo salí á brujulear por la ciudad. Me dirijia á la marina; pero topé en el camino con Don Francisco Valenzuela, que me invitó á visitar las caballerizas del virey, á lo que accedí de buen grado; y con tan buena fortuna, que llegamos á tiempo de ver á este mozo, que vos teneis por afeminado, cabalgando en un endiablado potro cordobés, negro como la noche y fogoso como una centella.... Me dió tentacion de montar el impetuoso bruto, y Grijalva, muy complaciente, se avino á ello, haciéndome despues grandes cumplidos por lo que llamaba mi destreza. En suma, quedamos íntimos amigos, como habeis podido observar; que yo no necesito mucho tiempo para conocer si un hombre merece mi amistad; y este jóven hidalgo, á ménos que yo me equivoque mucho, tiene gran corazon.

Velázquez oyó el animado relato de Cortés, y guardó silencio quedándose pensativo.

Llegó á este tiempo el médico del virey. Interrogado sobre el estado de Enriquillo, el grave doctor dió cuenta de su encargo con toda la solemnidad que requeria el prestigio de la ciencia en aquel tiempo.

—Llegué al convento,—dijo,—y con la vénia del padre prior, á quien requerí en nombre de vueseñoría, fuí conducido á la celda que ocupa el jóven enfermo. Es un doncel admirablemente constituido, de rico y generoso temperamento. La calentura, *febris acuta*, ha encontrado material abundante en que hacer presa, —*abundantia sanguinis*; y el delirio me indicó un peligroso agolpamiento á la cabeza, *congestio imminens*. Siguiendo las indicaciones de Avicena en estos casos, apliqué dos buenas sangrías en ambos brazos, y un *pediluvium*, baño de piés, hirviente, *férvidus*. Permanecí en observacion por espacio de mas de una hora, y ví el reposo apoderarse del paciente; *restauratio causa requietionis*. Ahora le he dejado profundamente dormido, con los piés envueltos en paños de aceite tibio, *óleum calefactum*; y certifico que, si los frailes que lo asisten le hacen guardar el régimen que he prescrito, á saber: dieta y tisana de ruibarbo, ántes de un mes habrá recobrado la salud, *præsanabit*. Pero debo decir á vueseñoría que lo dudo; porque entre aquellos padres vive un láico que sin miramiento alguno se ha atrevido á contradecirme y á llamarme cara á cara ignorante... *stultus*.

Y el doctor dijo esto último con un ademan cómicamente trágico.

—¿Quién ha tenido esa osadía, doctor?—exclamó el almirante, sin poder contener la risa.

—Un *quidam*,—respondió el médico,—que he visto venir mas de una vez á visitaros, y á quien oí que los frailes apellidaban licenciado Casas. En todo caso, si realmente es licenciado, debería respetar un poco mas la ciencia.

—Ciertamente,—repuso Don Diego Colon,—es sujeto que goza de merecido aprecio, y me admira que os haya ofendido sin motivo.

—Pretendió que la tisana de ruibarbo,—prosiguió el resentido pedante,—no valia para el caso lo que el jugo de la piña, y fué hasta á porfiarme que, para la calentura, Avicena hacia mayor recomendacion del tamarindo que del ruibarbo.... Califiqué de heregía la audacia de aquel intruso, y entónces, citándome textos en latin de no sé qué autores, inventados en su caletre, acabó por decirme con gran desvergüenza que yo era un doctor indocto, un mentecato.

—No tengais cuidado,—mi excelente doctor,—concluyó el almirante;—yo pondré buen órden para que el desacato no se repita.

Diego Velázquez habia asistido á todo este diálogo, manifestando el mas vivo interés por lo que se referia á su protejido. Cuando el grave Galeno se retiró, el convidado, seguido de Cortés y su comitiva, se despidió del anfitrion y de las damas, diciendo que iba á cumplir el deber de velar por la salud de Enriquillo.

—Tened presente nuestro deseo de verle por acá tan pronto como convalezca;—le dijo el virey, estrechándole cordialmente la mano.

XXXII.

LUCHA SUPREMA.

—¿Por quién tañen tan tristemente esas campanas?—preguntó en la tarde del mismo dia el ex-gobernador Don Nicolás de Ovando á su sobrino Diego López.

—Por la dama india viuda de Guevara, señor tio, que murió anoche;—respondió López.

—¡Válgame Dios, sobrino!... Y esas galeras ¿cuándo estarán repuestas y listas á emprender viaje? Témome que si tardo aquí algunos dias mas, tambien por mí lancen esas campanas á los aires su fúnebre tañido.

Este melancólico augurio no se realizó; pero Ovando, minado por una secreta y cruel pasion de ánimo, se despidió de la isla un mes despues de la muerte de Higuemota, haciendo donacion de sus casas y heredades á los conventos de la colonia y al hospital de San Nicolás, que habia fundado el mismo comendador en Santo Domingo. (1) El resto de sus dias lo pasó en contínuas molestias que le suscitaban las reclamaciones contra actos de su gobierno. Fueron estas en tan crecido número, que el rey tuvo al fin que intervenir, declarando que era transcurrido el término fatal de la residencia. (2)

(1) Edificio grandioso que existe aun en pié, aunque muy deteriorado.
(2) Véase el apéndice. Nota 1.ª

No gustó mucho tiempo el célebre ex-gobernador de la Española el reposo que la bondad de su soberano quiso proporcionarle, y murió á los dos años de haber regresado á España.

Figúrasenos que para el inexorable tirano de Hispaniola, como para todos los déspotas que, abusando de una autoridad ilimitada, han legado cien crímenes á la memoria de la posteridad, los últimos instantes de la existencia transcurrieron entre las angustias de un combate moral, librado en los profundos antros de su espíritu.—*¿Por qué no pude mas?*—grita la soberbia humillada é impotente; *¿por qué pude tanto?*—clama sobrecojida la conciencia.

ENRIQUILLO.

SEGUNDA PARTE.

I.

ALIANZA OFENSIVA.

La ambicion deprava el ánimo, y como que se nutre á espensas de los demas afectos que exaltan y embellecen el corazon humano. Noble ó rastrera; ya la escite un objeto grande y elevado, ya tomando el carácter vil de la avaricia sea provocada por un fin puramente sórdido y material, el primer efecto de la ambicion es subordinar y avasallar á su imperio todos los sentimientos del hombre que llega á aceptarla como el móvil de sus acciones; arrollando sin piedad ó abandonando con desden cualquier consideracion generosa que pueda servir de obstáculo á las aspiraciones preconcebidas.

No era vulgar la ambicion de Diego Velázquez, de muy temprano acostumbrado á empresas árduas, á cargos de representacion é importancia. Habia sido Velázquez, bajo el gobierno de Ovando, el verdadero fundador de las villas y poblaciones del Sud-Oeste de la Española; era el más rico de los conquistadores, y el que mas renombre habia adquirido como organizador y administrador de los territorios que su pericia y su esfuerzo habian pacificado en pocos meses. En rededor suyo, á su vista, Juan de Esquivel solicitaba del jóven Almirante el cargo de poblar y gobernar la isla de Jamáica; Ponce de Leon, protejido del ex--gobernador Ovando, obtenia el gobierno de la bella isla de Puerto--Rico; Alonso de Ojeda y Diego de Nicuesa organizaban en el puerto de Santo Domingo sus tan ruidosas cuanto desgraciadas expediciones al continente; miéntras que otros hombres de corazon igualmente intrépido y de imaginacion ardiente, un Vasco Núñez, un Hernan Cortés y muchos mas, rumiaban en sus proféticos ensueños de gloria y de grandezas, proyectos inverosímiles, brillantes quimeras con que entretenian sus ócios, esperando la ocasion propicia para ejercitar su espíritu aventurero en las empresas que debian conducirles á la muerte, ó al pináculo de la fortuna.

¿Habia de permanecer Velázquez ajeno á este órden de ideas, conformándose con la fama y los laureles adquiridos, y dando por terminada su carrera como conquistador? Ni lo permitian sus años, que no llegaban á la edad madura, ni mucho ménos el temple de su carácter, ya avezado á las emociones de la lucha, y á los goces del éxito, tan á propósito para desarrollar esa hidropesía del alma que se denomina la ambicion.

Era, pues, ambicioso Diego Velázquez, por mas que, como acabamos de decir, sus pensamientos se alzaran á no vulgares esferas. Pero de cualquier modo, esa pasion bastaba para desnaturalizar los buenos impulsos del corazon de Velázquez, y el amor llegaba algo tarde á tocar á sus puertas.

Fué esto una desgracia: si ese amor se hubiera enseñoreado como soberano de aquel pecho varonil, ahogando ó excluyendo todo otro afecto que pudiera oponérsele, indudablemente la abnegacion habría compartido su dominio, matando al nacer cualquier proyecto encaminado á destruir la felicidad de la hermosa é inocente María de Cuéllar. Pero el egoismo despiadado estaba en vela, y la voz de las especulaciones positivas se dejó oir. Para eso estaba allí el odioso Pedro de Mojica, siempre astuto, siempre en acecho y á caza de favor ó de lucro. Él tomó á su cargo combinar el amor y la ambicion en los planes y proyectos de Velázquez. La posicion, las riquezas del codicioso hidalgo estaban en juego; le era preciso asegurar la tutela de su sobrina Mencía, continuar con la provechosa administracion de sus bienes patrimoniales: la influencia del comandante de Jaragua le interesaba por todo extremo; ¿qué le importaba lo demás? A todo trance queria grangearse un poderoso protector.

Conoció á primera vista, con su mirada perspicaz y penetrante, la naciente pasion de Velázquez por María de Cuéllar: vió el partido que de este incidente podia sacar para sus intereses, é inmediatamente se puso en campaña con la actividad que lo caracterizaba. En pocos dias improvisó estrecha amistad con Don Cristóbal, el contador real, padre de la linda doncella; sedujo diestramente la imaginacion del incáuto viejo con la perspectiva de un enlace por todos títulos adecuado y ventajoso, entre la jóven dama y un hombre de tan magnífica posicion y carrera como era Don Diego; y consiguió, á fuerza de maña y artificio, la vénia paterna, y casi una comision espresa para sondear los sentimientos de Velázquez y abrir camino á una negociacion matrimonial.

Así provisto de una facultad tan estensa, Mojica se fué en derechura á Velázquez, que le acordaba alguna distincion amistosa, y le dijo con familiar volubilidad:

—Señor Don Diego: vuestra merced es rico; es valiente, bien reputado, de todos bien quisto, guapo mozo....; y sin embargo, no es feliz. ¿Qué le falta para serlo? Lo que le faltaba á Adan cuando estaba solo en el paraiso; una compañera.

—Puede que tengais razon, Don Pedro,—respondió Velázquez sonriendo.

—Estoy segurísimo, señor;—repuso Mojica;—y en vuestra mano está el remedio. Podeis hacer eleccion entre las bellas damas que rodean á la vireina, (1) y yo os respondo que cualquiera que sea la escojida, será vuestra.

—Voy á haceros ver, señor Mojica, que no es eso tan fácil como lo pintais;—dijo lentamente Velázquez:—mi eleccion está hecha; y sin embargo, la elejida no será mia: su corazon pertenece á otro.

—¿De quién se trata, señor?—insistió con vivacidad Mojica.—Quiero ser vuestro confidente; soy todo vuestro, y de antemano os respondo del éxi-

---

(1) "Llamaban universalmente á su consorte (de Diego Colon) *La Vireina*."—W. Irwing.

to de vuestras pretensiones.

—Pues bien, amigo mio, os lo diré todo: hace dias que suspiro por la bella, la hechicera, la divina María de Cuéllar: la amé desde el dia que la ví por primera vez en la Fortaleza; pero ella ama á otro: su corazon pertenece á Juan de Grijalva; tengo de ello la triste certidumbre.

—Tranquilizaos, señor: no es posible que ese mozalvete imberbe, sin nombre ni porvenir, sea el rival de un hombre como vos, ni se atreva á aspirar á la mano de la hija del contador real, el mejor partido de toda la Española. Dejadme obrar, y os repito que Doña María de Cuéllar será vuestra esposa.

—Sin embargo,—objetó Don Diego;—yo no querría la mano de esa niña sin su corazon; y ya os dije que ella lo ha dado á ese mozalvete imberbe que os parece tan insignificante.

—¿Qué decís? ¡Señor Don Diego!—exclamó con vehemencia Mojica.
—A los diez y ocho años una niña no tiene voluntad séria, sino caprichos....
¿En qué fundais vuestra creencia de que Grijalva sea el posesor afortunado del amor de esa jóven? Tomad la mano y estad seguro de que, en pos de la mano, el corazon será vuestro.

—Yo los he visto mirarse de un modo tan espresivo....., sonreir el uno al otro con aire tal de inteligencia, que....—insistió Don Diego como destilando las palabras, y en tono de vacilacion y de duda, en el que evidentemente se notaba su deseo de ser derrotado por la vivaz argumentacion de su interlocutor.

—En suma,—concluyó Mojica;—con un poco de astucia todo se arreglará, y por meras sospechas y aprensiones basadas en apariencias engañosas tal vez, no debeis renunciar á la posesion de la criatura mas bella y agraciada de toda la colonia, y á la alianza de familia con un hombre como el contador, cuyas riquezas, unidas á las vuestras, os han de hacer el mas poderoso de todos los pobladores de Indias, poniéndoos en aptitud de levantar vuestro nombre á la esfera de los mas celebrados en las historias....

—Bien está, Mojica;—interrumpió Velázquez con resolucion:—cedo á vuestra elocuencia. Si tan fácil os parece que Doña María llegue á ser mi esposa, os confio mi suerte; emplead los medios que vuestra discrecion os sugiera como mas oportunos, y logrado el éxito, contad con que no soy un ingrato.

Así, el pacto quedaba hecho: los escrúpulos de delicadeza hacian lugar en el ánimo del enamorado Velázquez á la vanidad y á las especulaciones ambiciosas, que falseando su carácter, le habian de empeñar en una vía donde le aguardaban no pocas espinas y remordimientos.

Desde aquel punto, la pretension amorosa del comandante de Jaragua descendió á la categoría de un negocio: se calcularon friamente las probabilidades en pró y en contra, se hizo cuenta de los obstáculos que podrían presentarse, y se trazó el modo de eliminarlos, arrollarlos ó suprimirlos..... Por supuesto, que Mojica, cuyo espíritu de intriga y travesura hacia de él un precioso confidente para casos tales, se calló lo que ya sabia sobre las excelentes disposiciones que abrigaba el padre de Doña María de Cuéllar respecto de Velázquez. En cambio proveyó á todos los detalles del plan de campaña que tenia por objeto la conquista de la mano, con, ó sin el corazon, de la interesante doncella.

II.

ANSIEDAD.

Pertenecía el contador real Don Cristóbal de Cuéllar, por sus principios y sus ideas, al siglo en que había nacido; ese fecundo siglo décimo quinto, que cierra la tenebrosa Edad Media con la caída del Imperio de Oriente, la conquista de Granada y el descubrimiento del Nuevo Mundo. Mitad sombra y mitad luz, aquella centuria, al espirar, preludiaba dignamente al gran siglo del Renacimiento de las letras y las artes, á que tanto contribuyó la emigración á Italia de los mas ilustres sabios y literatos de la ya mahometana Constantinopla. Los últimos destellos del feudalismo, los postrimeros resplandores de una civilización grosera, que tenia por base el despotismo de los señores, y el envilecimiento de los vasallos, aparecían más lívidos y siniestros al confundirse con los primeros albores de la Edad Moderna, cuando despertaba de su letargo secular el espíritu humano, y se acojía á la concentración del poder real como á un puerto de refugio contra la bestial opresión de los múltiples tiranos.

Imponíase entónces á la conciencia de los pueblos la idea de la real potestad, como hoy se impone la idea democrática bajo la forma racional de la República, consecuencia del mayor adelanto de las ciencias morales y políticas. Y por un efecto natural del horror que inspiraban las reminiscencias del feudalismo, los entendimientos vulgares se inclinaban á convertir en culto apasionado y fanático el cumplimiento de los deberes de súbdito; extremo á que se vé llegar aun en nuestros días á muchos hombres de mérito, que creen encontrar en la exageración del principio de autoridad el precioso talisman que ha de preservar las sociedades modernas de la invasión de las ideas demagógicas; lo que no es sino un error funesto que tiende, aunque inútilmente, á hacer retroceder la historia, deteniendo el carro triunfal de la civilización y el derecho.

Inteligencia vulgar era la del señor de Cuéllar, cuyo monarquismo idólatra iba hasta hacerle repetir con frecuencia que " por el servicio del rey daría gustoso dos ó tres tumbos en el infierno." (1) Hombre leal y

---

(1) Histórico.—Las Casas en su *Historia de las Indias* censura severamente esta frase desdichada del contador Cuéllar.

honrado por lo demas, profesaba con entera buena fé sus principios y opiniones, llevándolos hasta las últimas consecuencias; y de aquí que sus ideas sobre la autoridad, y mas que todo la autoridad paterna, lo condujeran, como era el comun sentir en aquella época, hasta el punto de negar toda voluntad, y toda personalidad, ante el supremo deber de la obediencia. Se concebirá pues, fácilmente, la conclusion que de semejantes premisas debia derivarse para la pobre corderilla que daba el tierno dictado de padre al señor de Cuéllar.

Una jóven decente y bien educada, segun el código social de aquel tiempo, nunca se casaba por su eleccion, sino por la voluntad de sus padres. En cuanto á la inclinacion, las simpatías y las antipatías, eran asunto que nada tenian que ver con el matrimonio. No entraban en cuenta.

Pronto llegó el dia en que, con la activa intervencion de Mojica, Don Diego Velázquez obtuvo del Contador real la solemne promesa de que la jóven María de Cuéllar seria su esposa.

La inocente criatura oyó con estupor la notificacion del acuerdo paterno, que para ella equivalia á una sentencia de muerte.

—¡Padre mio!—balbuceó apénas, y sus lábios trémulos se negaron á dar paso á las palabras.

Viendo su palidez mortal, el temblor de todo su cuerpo, Don Cristóbal la contempló con asombro.

—¿Qué te pasa, hija?—le preguntó con afectuoso interés.—¿Estás enferma? ¿Quieres que llame á las criadas?

—Nó, padre mio,—dijo María penosamente.—Quiero hablaros á solas.... Esa noticia...., esa promesa de matrimonio que habeis hecho..... No estaba yo preparada á eso.... Yo no quiero casarme!—añadió con vehemencia, y ya repuesta de su primera impresion—No quiero dejar vuestro lado. —¡Ay! por qué no está viva mi madre?

Y la pobre criatura prorrumpió en sollozos.

Su padre la miró conmovido; pero disimulando sus impulsos de sensibilidad, nubló el ceño y dijo con acento ligeramente irritado:

—Vamos, señorita! Se me figura que no estais en vuestro juicio. ¿A qué viene ese lloriqueo? ¿Se trata de hacerte algun daño, ó de unir tu suerte á la de un caballero jóven, rico, de claro renombre y gran porvenir? Esa repugnancia por el matrimonio es un acto de rebelion de tu parte, y nada mas! ¿Qué sabes tú lo que te está bien? Obedece á tu padre, como es tu obligacion, y serás dichosa..... Mi palabra está empeñada, y no hay más que decir.

—Pero....—repuso como concibiendo una idea súbita la atónita y azorada María;—¿y la Vireina? ¿y el Almirante? ¿Habeis consultado la voluntad de ellos?

—No tengo ese deber, niña:—dijo secamente Don Cristóbal.—Me basta con hacerles saber lo acordado y resuelto cuando llegue el tiempo oportuno, y lo haré de un modo que los deje satisfechos.

Un rayo de esperanza templaba la consternacion de la doncella, que apénas escuchaba ya á su padre. Los vireyes la salvarían. Esto pensaba la infeliz; y se aferraba á su pensamiento como el náufrago al frágil leño en que confia llegar á la ribera deseada.

Estaba resuelta á confiar su secreto á la vireina; á decírselo todo. Todo en este caso no era mucho, pues que se reducia á hacer la confesion franca de sentimientos que ya la vireina habia traslucido, haciéndolos objeto de uno que otro delicado y gracioso epígrama, contra cuyo alcance la doncella, ruborizada y confusa, protestaba siempre.

Esta vez, tan pronto como pudo ir, segun su diaria costumbre, á la Fortaleza, y se vió á solas con la vireina, se arrojó toda llorosa en sus brazos, y le manifestó en frases entrecortadas por la emocion el estado de angustia en que se hallaba su ánimo, con el anuncio que le habia hecho su padre de haberla prometido en matrimonio á Velázquez.—Vos sabeis, señora, añadió, que yo no puedo consentir en ese enlace, cuya sola idea me horroriza, porque mas fácil me sería morir, que borrar de mi pecho la imágen del que adoro....

—¡Grijalva?—se apresuró á concluir la vireina.

—Sí, señora;—continuó la jóven;—os lo negaba no sé por qué; os lo negaba con el extremo de los lábios, aunque no me pesaba que estuviérais penetrada de la verdad. Mi fé en vos, eu vuestra cariñosa amistad, me impulsaba á declararos todos mis sentimientos; pero me contenia no sé qué importuna vergüenza de que ahora me arrepiento, pues quizás con más franqueza de mi parte, vos hubiérais tenido medio de proteger mi inocente amor, haciéndolo autorizar por mi padre, y así se hubiera evitado este contratiempo.

Doña María de Toledo contempló con vivo interés á su amiga: amábala con fraternal ternura, y hubiera conquistado la felicidad de ella aun sacrificando una parte de la suya propia.

—Pero vuestro padre os ha dicho, segun lo que me habeis referido, que habia hecho formal ofrecimiento de vuestra mano á Don Diego Velázquez?—preguntó á la doncella.

—Oh! Sí, señora, y eso es lo que me angustia. Conozco á mi padre, y sé que solo un grande empeño de parte vuestra y del señor Almirante pudiera hacerle desligarse de su compromiso.

La vireina movió la cabeza con aire de tristeza y desconfianza.

—No es ese el medio, querida mia:—dijo.—Mi esposo es demasiado fiel guardador de sus propios compromisos; muy esclavo de su palabra cuando la empeña, para poder esperar de él ningun paso en el sentido que vos indicais. Ademas, él y yo no podríamos, sin faltar á todos los miramientos que nos impone nuestro rango, ofender á Don Diego Velázquez atravesando bruscamente nuestra influencia en el camino de sus aspiraciones; mucho ménos cuando se trata de aspiraciones amorosas rectamente dirijidas.

María de Cuéllar sintió el frio de la muerte en el corazon al escuchar las juiciosas observaciones de la vireina. Esta notó el efecto de sus palabras, y repuso con viveza:

—No quiere esto decir que todo esté perdido; nó, mi querida María. Medios habrá para.... Estoy refleccionando..... Ea!—añadió despues de una breve pausa,—creo hallar el camino.

Y con la decision de quien está seguro de la lucidez de su idea, la noble señora ajitó la campanilla de plata que descansaba sobre un velador de mármol negro, allí contíguo. A la vibracion sonora y argentina acudió un escudero, y recibió esta órden de lábios de la vireina.

—Buscad en el acto á Enriquillo, y decidle que deseo hablarle.

El criado hizo una profunda reverencia, y salió presuroso de la estancia.

III.

PRESENTACION.

La convalescencia de Enrique fué rápida; mucho mas rápida de lo que podia preverse á juzgar por el informe del doctor Gil Pérez, que así llamaban al médico que por órden del almirante fué al convento de los Franciscanos, y tuvo aquella acalorada disputa con Don Bartolomé de las Casas. Este, que vijiló asíduamente la asistencia del enfermo, segun todas las probabilidades llevó adelante su rebelion contra la autoridad del docto facultativo, y el resultado fué que ántes de tres semanas Enrique, completamente libre de fiebre, aunque pálido y débil, salia de su aposento y discurria por los patios del convento á su entera satisfaccion. El pronóstico del doctor habia señalado un mes, segun se recordará, como *máximum* de tiempo para que el enfermo, siguiendo fielmente sus prescripciones científicas, recobrara la salud. Sea, pues, como fuere, salió cierto y victorioso el fallo de la ciencia.

Lleno de pesadumbre el mancebo, que no podia conformarse con haber visto desaparecer en un breve minuto á su tia Higuemota, á quien consideraba como al ser á quien debia mayor tributo de cariño y gratitud, solamente se consoló cuando Las Casas, siempre compasivo y eficaz, le hizo recordar el legado que encerraban las últimas palabras de la jóven é infeliz viuda al morir. Segun el filántropo, aquel voto debia tener mas fuerza que un testamento escrito, para los tres únicos testigos de la triste escena; á saber: Enrique, la niña Mencía, y el mismo Las Casas. Enrique, concluia el próvido licenciado, tenia doble obligacion de resignarse y ser fuerte, para velar sobre el porvenir de su tierna prima, y cumplir las sagradas recomendaciones de la moribunda madre.

Es indecible el efecto de las oportunas representaciones de Las Casas en el ánimo de Enrique. Desde aquel punto, juzgando vergonzoso é indigno el abatimiento que lo dominaba, compuso el semblante, se mostró dispuesto á arrostrar todas las pruebas y los combates de la vida, y solamente un vago tinte de tristeza que caracterizaba la espresion habitual de su rostro permitia traslucir la profunda melancolía arraigada en su espíritu, á despecho de su esfuerzo por disimularla.

El licenciado Las Casas, en vista de tales progresos, concertó con Velázquez para de allí á pocos dias la presentacion de su protegido á los vireyes. Hicieron proveerse al efecto de vestidos de luto á Enrique, cuya fisonomía, naturalmente grave, realzada por la palidez que su pasada enfermedad y la emocion del momento le imprimian, ostentaba un sello de distincion sobre manera favorable al jóven cacique. Diego Velázquez, con aire de triunfo, lo hizo notar á Las Casas. Su vanidad estaba empeñada en que el muchacho pareciera bien á todos.

Cuando llegó Enrique á la presencia de los vireyes, estos lo acojieron con singular afabilidad y agasajo. Alentado por la bondad de los ilustres personajes y por la destreza con que las Casas estimulaba su confianza, Enrique no tardó en manifestar el deseo de ver á su prima. Inmediatamente fué conducido por la misma vireina á sus aposentos, y de allí á un bello jardin situado en el patio interior de la Fortaleza, donde la niña, triste y silenciosa, escuchaba con indiferencia la conversacion de las camareras de Doña María.

Al reconocer á Enrique, se levantó con vivacidad, y corriendo hácia él, lo abrazó candorosamente y lo besó en el rostro. El jóven, contenido por la delicadeza de su instinto, no correspondió al saludo tan expansivamente, y se limitó á tomar una mano á la encantadora niña, mirándola con blanda sonrisa y no sin lágrimas que apesar suyo rodaban por sus mejillas. La vireina, conmovida, quiso distraerle diciendo:

—Vamos, Enrique, besa á tu prima.

El jóven dirijió una mirada indefinible á la bondadosa gran señora, y repitió, meditabundo y como hablando consigo mismo:

—*Besa á tu prima!* Así me dijo *ella* á punto de espirar; y ni siquiera me dió tiempo para cumplir su recomendacion....

—¿De quién hablas, Enrique?—preguntó con interés Doña Maria.

—De la que no existe ya: de mi querida tia Higuemota, que al morir me dijo como vos: "besa á tu prima," en presencia del señor Bartolomé de las Casas; y añadió, como última despedida: *á la que un dia, si Dios oye mis ruegos, ha de ser tu esposa.*

Y Enrique tomó con ambas manos la linda cabeza de Mencía, besó con ternura su frente, y prorrumpió en sollozos.

La compasiva señora no pudo ver con ojos enjutos aquel acerbo pesar, y haciendo un esfuerzo para vencer su emocion, trató de distraer al jóven diciéndole:

—¿Luego, Mencía será tu esposa, cuando ambos esteis en edad de casaros?

—Si yo no tuviera el propósito,—respondió con acento profundo Enrique, —de cumplir esa última voluntad de mi tia, ¿qué interés tendría en vivir? Debo servir de apoyo en el mundo á mi pobre prima, y solo por eso quiero conservar la vida.

—¡Solo por eso, niño!—dijo la vireina en tono de afectuoso reproche.— ¿No amas á nadie mas que á tu prima en el mundo?

—¡Oh sí, señora!—replicó Enrique vivamente.—Amo á mis bienhechores; á Don Bartolomé de las Casas, á mi padrino Don Diego, á mi buen preceptor el padre Remigio....

—Y espero,—interrumpió Doña María,—que nos has de amar tambien á mi esposo y á mí, como nos ama ya Mencía. ¿Es cierto, hija mia?

—Sí, señora,—contestó la niña.—Os amo con todo mi corazon!

Doña María la acercó á sí, besóla cariñosamente, y la retuvo estrechando aquella rubia cabecita contra su mórbido seno, como pudiera hacerlo una madre con el fruto de sus propias entrañas.

Miéntras que estas tiernas escenas pasaban en el patio interior de la Fortaleza, en medio de los floridos arbustos del jardin, Don Diego Velázquez, preocupado con la idea de su matrimonio, que en aquella mañana misma habia concertado con Don Cristóbal de Cuéllar, y procediendo siempre bajo la inspiracion de los consejos de Mojica, aprovechaba el tiempo para notificar al almirante y á las Casas que habia pedido formalmente y obtenido del contador real la mano de la hermosa María de Cuéllar.

—¡Que me place, Don Diego!—exclamó el almirante con franca alegría:—justo es que el mejor caballero se lleve la mejor dama.... No hay en esto, Don Bartolomé, vejámen para vos, que me habeis dicho que no pensais casaros....

—Oh señor! Yo estoy fuera de combate, —dijo el licenciado con afable sonrisa.—Y pues que estamos de confidencias, os diré que ya se acerca el dia de que yo tome estado. Antes de tres meses, con la ayuda del Señor, seré, aunque indigno, ministro de sus altares; y vos, ilustre almirante, en memoria de mi venerado amigo, vuestro insigne padre, seréis el padrino que me asista en mi primera misa, si no lo habeis á enojo.

—Por la Vírgen santísima! licenciado,—respondió Diego Colon,—que na.·· da pudiera serme mas grato y honroso.... Cierto es,—repuso riéndose,—que segun mi parecer, mejor os hubiera estado imitar al Teniente Velázquez eligiendo esposa entre tantas pobrecitas, cuanto hermosas damas, que á eso han venido al Nuevo Mundo; pero ninguna de ellas, supongo, se atreverá á tener celos de nuestra Santa Madre Iglesia.

—Ah! señor almirante;—dijo entre grave y risueño las Casas:—solo esta esposa me conviene; creedlo: solo con ella, ayudado del divino espíritu que la alienta, podré dedicarme á consolar á *los que lloran*, como es mi vocacion y mi deseo.

—Pues digo *Amen* de todo corazon, querido licenciado;—repuso alegremente el almirante.

Prosiguió por el estilo y con tan buen humor la plática de los tres personajes amigos, hasta que regresó al salon doña María, enteramente sola.

—¡Qué has hecho de Enriquillo?—le preguntó su esposo riendo—¿Sin que te lo haya yo dado en encomienda, tratas de quedarte con él?

—Por hoy, seguramente, con permiso de estos señores,—contestó en igual tono la vireina.—Él y Mencía han manifestado tanto placer al encontrarse, que seria inhumano privarlos de estar juntos siquiera medio dia.

—¡Y por qué no mas tiempo?—insistió Don Diego Colon.—Si eso consuela á las dos pobres criaturas ¿por qué separarlos? Bien puede Enriquillo quedarse como paje en nuestra casa.

—Algo así le propuse; pero tanto cuanto fué su regocijo al decirle que iba á permanecer hoy con Mencía, así fué el disgusto que espresó ante la idea de vivir en la Fortaleza. Prefiere el convento, porque dice que no quiere dejar al señor las Casas, á quien tiene mucho amor; como al señor Diego Velázquez y á no recuerdo quien mas. Revela esa criatura un corazon bellísimo.

—De mí puedo asegurar, señora,—dijo con aire sentimental Velázquez,—que lo amo como si fuera hijo mio.

—Nada hay que estrañar en que Enrique,—agregó á su vez las Casas, deseoso de recomendar más y más su protejido á los vireyes,—prefiera la monotonía del convento á esta suntuosa morada. De muy niño le he visto melancólico por natural carácter; y luego, el hábito de sus estudios ha desarrollado en él tal aplicacion, que solo se halla bien escuchando las disputas filosóficas y teológicas que á la sombra de los árboles son nuestro único entretenimiento en las horas francas del monasterio.

—Convengamos, pues, — dijo Doña María, — en un arreglo que á todos dejará satisfechos. Siga Enrique al cuidado inmediato del señor licenciado en San Francisco, y véngase á pasar los dias de fiesta en esta casa al lado de su novia.

—De su novia! ¿Quién es su novia?— preguntó el almirante.

—¡Quién ha de ser? Su prima Mencía, nuestra hija de adopcion. Este es asunto consagrado y sellado por la muerte.—Y la vireina refirió lo que Enrique le habia comunicado en el jardin.

Las Casas, como testigo principal de lo ocurrido al morir Doña Ana de Guevara, confirmó en todas sus partes el relato del jóven cacique, y formuló su indeclinable propósito de tomar á su cargo el estricto cumplimiento de las últimas voluntades de la difunta.

Todos hicieron coro al buen licenciado en su generosa resolucion, y desde aquel dia pareció que la dicha y el porvenir de los dos nobles huérfanos estaban asegurados. No se justificaron despues, en el curso fatal de los acontecimientos, esas halagüeñas cuanto caritativas ilusiones; que los empeños de la voluntad humana encuentran siempre llano y fácil el camino de la maldad; mas, cuando se dirijen al bien y los inspira la virtud, es seguro que han de obstruirles el paso obstáculos numerosos, sin que para vencerlos valga muchas veces ni la fé en la santidad del objeto, ni la mas enérgica perseverancia en la lucha.

IV.

EL BILLETE.

Eran las tres de la tarde cuando Las Casas y Velázquez se retiraron de la Fortaleza. Doña María de Toledo regresó á sus aposentos despidiéndose de su esposo hasta la hora de comer, y poco despues ocurrió la escena que hemos narrado con la jóven María de Cuéllar, dejándola en el punto en que la vireina hizo llamar á su presencia á Enriquillo.

No tardó el jóven cacique en presentarse á las dos damas. Miró con curiosidad á la doncella; saludó, y esperó en actitud tranquila á que se le dijera el objeto de su llamamiento.

—Deseo saber de tí, Enrique, — le dijo la vireina — si has de ver á tu padrino el señor Don Diego Velázquez esta misma tarde.

—Mi intencion es llegar á su posada ántes de regresar al convento, señora, —contestó Enrique.
—En ese caso, aguarda.
Y la jóven señora se dirijió con paso rápido á su escritorio, trazó algunas líneas en una hoja de papel, y doblándola minuciosamente la entregó á Enrique.
—Vas á probar hoy mismo, —le dijo —,esa discrecion que todos los que te conocen elogian en tí. Entrega este papel á Don Diego, y díle solamente que es de parte de Doña María de Cuéllar.
Al oirse nombrar, la doncella hizo un movimiento de sorpresa.
—¿Qué haceis, señora?, —dijo á la vireina:—Don Diego vá á pensar mal de mí.
—No tal, querida; —replicó Doña María de Toledo.—Don Diego es caballero; lo que ese papel lleva escrito no puede comprometer á ninguna dama, y Velázquez vendrá á la conferencia á que se le convida, en la cual se convencerá de que debe desistir de su pretension.
—¿Creéis?—... objetó dudosa María de Cuéllar.
—Te repito que Diego Velázquez es caballero, y que lo mas acertado es contar con su hidalguía en este caso,—concluyó la vireina.
—Permitidme ver la misiva,—dijo la doncella. Y tomándola de manos de Enrique leyó estas palabras:
"Conviene que oigais de mi boca explicaciones que interesan á vuestra "dicha, ántes de proseguir en vuestro comenzado empeño. Esta noche á las "nueve os aguardaré en el jardin de la Fortaleza. La puerta que dá á la "marina estará abierta."
—¡Una cita, señora!—exclamó la doncella cuando hubo terminado la lectura.—¿Estais en vos? ¡A fé mia que no os reconozco! Vos, tan tímida, tan corta de génio ántes de casaros.... Y os parece ahora tan sencillo que yo reciba un hombre á solas, en la noche, en el jardin....
—Nada hay que temer,—insistió la vireina. —Mi marido lo sabrá todo, y estoy segura de que aprobará lo que yo disponga, pues que se trata de conjurar lo que consideras como tu mayor desdicha.
—Y ¿qué habré de decir á Don Diego? El susto no me vá á permitir hablar!; —dijo la pobre niña con acento de terror.
—Es preciso ser valerosa, criatura; y así evitarás mayores males. Dí á Don Diego pura y simplemente la verdad; que no puedes amarle; que tu corazon pertenece á otro.... Su orgullo no le permitirá continuar en el empeño de casarse contigo.
—Puede ser....— murmuró la jóven, como vencida por las vehementes conclusiones de su amiga.
La vireina se volvió á Enrique, que lo escuchaba todo con aire asombrado. — Toma,—le dijo — lleva esto á tu padrino Don Diego; díle que se lo envía Doña María de Cuéllar; ¿entiendes bien, hijo? Doña María de Cuéllar. No me mientes á mí para nada.
—¿Y si me interroga mi padrino? Yo no sé mentir, señora, —dijo muy formal Enriquillo.
—¡Esta es otra! Y ¿quién te dice que mientas, muchacho? Entrega el papel; dí quién lo envía, y te vas sin esperar á que te pregunten nada.
Inclinóse Enrique, é hizo ademan de salir de la estancia.
—Oye, Enriquillo! ¿te vas de ese modo, sin despedirte de mí? Ven, besa mi mano.—Y la vireina ajitó al mismo tiempo la campanilla.
Enrique se aproximó y besó la mano que la gentil y bondadosa dama le

ofrecia. En el mismo instante apareció el escudero que ya se ha mencionado, y la vireina le dijo:

—Mira, Santa Cruz, acompaña á Enrique; llévalo á despedirse de su prima Mencía; despues te vas con él, le dejas llegar *solo* á donde se hospeda su padrino Don Diego Velázquez. ¿Sabes dónde es?...

—Sí, señora vireina,—respondió el escudero.

—Aguarda á que salga de ver á su padrino, — prosiguió la dama—y lo conduces al convento de franciscanos. Haz que le lleven ahora mismo una caja de frutas y dulces de España al convento. Adios, hijo mio; —añadió volviéndose á Enriquillo—cuida de mi encargo, y el domingo volverás á pasar el dia con nosotros.

Enriquillo salió con aire apesadumbrado; el lacayo fué acompañándole, y ámbos cumplieron punto por punto las instrucciones de la vireina.

V.

EL CONSEJERO.

No poco sorprendido quedó Don Diego Velázquez al recibir el papel y el recado que le dió Enrique. "Tomad esto de parte de Doña María de Cuéllar," le dijo el mancebo; "y permitidme besaros las manos; que tengo prisa de llegar al convento." El nombre de su amada, de la que reinaba en sus pensamientos y desde aquel mismo dia le estaba prometida, resonó en los oidos del enamorado Velázquez como la detonacion inesperada de un disparo de cañon. Quedó por un momento aturdido, con el papel en la mano, y cuando quiso procurar á Enrique para cerciorarse de que no habia entendido mal sus palabras, ya el ágil mensajero habia desaparecido.

—¡Qué prisa lleva ese muchacho!— exclamó el Teniente;—pero veamos lo que dice este papel.—Y desdoblándolo aprisa, leyó dos ó tres veces su contenido.

—¡Demonios!—exclamó.—¿Qué significará esto? Habia convenido con Don Cristóbal en que mañana tuviera yo las *vistas* de ceremonia con mi novia; y ahora me vienen con una cita para esta noche....; y en el jardin de la Fortaleza! ¿Qué misterio habrá en esto....?

Y Don Diego llamó en alta voz al criado que le servia.

—Ferrando, — le dijo cuando se presentó: — corre, vuela; búscame á Don Pedro Mojica donde quiera que esté: díle que venga á verme en el instante.

El criado salió á escape, y Don Diego volvió á engolfarse en un mar de conjeturas sobre el billete que tenia en las manos.

—Es letra de mujer: en esto no cabe duda, — se decia.—Y solo una persona de rango elevado escribe así. Pero ¿ será efectivamente María de Cuéllar la que me llama; ó será alguna que tome su nombre para enredar mis cosas? Esta gente de corte es capaz de todo; y me dá mas miedo que todos los indios bravos que he combatido.

Y siguió así, poco á poco, dejando correr la imaginacion á su antojo, y yendo tan léjos que llegó á convencerse de que algun envidioso le tendia una celada con ánimo de asesinarlo.

Compareció al fin Mojica, á tiempo que ya Diego Velázquez habia decidido resueltamente no acudir á la cita.

Dió á leer el papel á su confidente, y le refirió cómo se lo habia entregado Enriquillo.

El señor Mojica, tan pronto como se hubo enterado de todo, movió la cabeza con malicia y dijo:

—Sin duda, señor Don Diego, que aquí hay gato encerrado; pero no es lo que vuesa merced se figura. Es positivamente su prometida novia la que le convida á esa cita, y su objeto se reduce á haceros desistir del matrimonio.

—¿Lo creéis así?—dijo Velázquez con un brusco estremecimiento de sorpresa.

—¡Pardiez!—respondió Mojica.—Estoy seguro de ello: es más; la intentona está autorizada, cuando no preparada por los vireyes: sin eso la jovencilla no se atrevería á daros cita para el jardin de la fortaleza.

—Mucho me pesaría que el Almirante me hiciera tamaña deslealtad;—observó Velázquez con acento de duda;—pero sea lo que fuere, decidme vos, buen Mojica, qué resolucion debo tomar.

—Ir á la cita, señor,—respondió el astuto consejero.—Este lance conviene jugarlo de frente. Si el Almirante se anda con tretas, es bueno que vos exploréis su terreno: si es trampa que han armado mujeres solamente, veamos qué partido podeis sacar para vuestros proyectos, dejándoos cojer como un inocente en esas redes, que al cabo no han de ser peligrosas para vos. Si os proponen algun partido, no concluyais nada, y dad respuestas evasivas para ganar tiempo.... No aceptéis nada sin deliberar conmigo ántes.... Ved que soy perro viejo y tengo los colmillos gastados á fuerza de esperiencia.

—No tengais cuidado, amigo mio; á nada me comprometeré sin tratarlo préviamente con vos. Pero decidme; y si el Almirante no entra por nada en esto, ¿no se ofenderá cuando sepa, si llega á saberlo, mi atrevimiento en celebrar citas dentro del recinto de su casa con una dama de tan alta gerarquía y tan querida de su esposa?

—Abandonad ese escrúpulo, señor Don Diego. El Almirante sabe ya, por vos mismo, que María de Cuéllar va á ser vuestra esposa. ¿Por qué habria de llevar á mal el que vos acudiérais á una cita, si es que llega el hecho á su conocimiento? Id, pues, y aprovechemos la ocasion para ver si nos desembarazamos del barbilindo de Grijalva.

—No os comprendo;—dijo Don Diego con estrañeza.

—Pues yo me entiendo, y Dios me entiende, señor;—replicó Mojica.—Grijalva sabrá oportunamente que vais á conversar con Doña María de Cuéllar esta noche. Por precaucion llevad vuestra buena espada de Toledo; y ademas quedaré yo con un escudero guardándoos las espaldas.

—Me parece que adivino vuestro pensamiento,—dijo Velázquez—pero ¿y si se me tiende un lazo ya de acuerdo con Grijalva?

—No puede ser; no ha habido tiempo para tanto;—respondió Mojica con seguridad.—No he perdido de vista á ese mozo desde que fuísteis á hablar con el contador real esta mañana. Por fortuna, Hernan Cortés lo ha tomado por su cuenta hoy; lo ha hecho almorzar con él; esta tarde han salido juntos á caballo á ver una huerta que yo les ponderé mucho; y la cual, acá *inter nos*, aunque fué del comendador Ovando, no vale dos cominos. Ya veis que estoy en todo: cuando regresen de su paseo, tendré buen cuidado de entretener al bobalicon de Grijalva, hasta que llegue la hora de hacerle tragar su purga, y curarlo radicalmente de su importuno amor.

—No tengo con qué pagaros, mi buen Mojica!—exclamó con transporte Velázquez.—Veo claro vuestro proyecto: esa cita nos va á ser muy útil. Procuraré desempeñar bien la parte que me toca, y si fuere anzuelo....

—Pescarémos con él al pescador;— concluyó el corrompido confidente, prorrumpiendo en una estrepitosa carcajada, que á Velázquez le pareció el graznido de un ave de mal agüero.

—Quisiera dar aviso á mi prometida de que acudiré á su llamamiento: ¿qué os parece Mojica?

—De todo punto innecesario, señor: si tratárais de negaros á la amable invitacion de vuestra dama, estaría en su lugar ese aviso; mas no así cuando ella debe aguardaros en el lugar señalado, y en ello no hay incomodidad de su parte: oh! estad seguro de que no faltará la tortolilla á ese deber. En estas materias la mujer mas tonta sabe más que Séneca.

El dócil Don Diego se dió por satisfecho con las lúcidas esplicaciones de su confidente, que ya habia conseguido apoderarse de su ánimo y conducirlo como á un corderillo.

—Ahora, — agregó Mojica, — me voy á tomar un bocado, y á aguardar á Grijalva para entretenerlo hasta la noche; no sea que Satanás, que no duerme, vaya á hacer una trastada. Es preciso evitar que el doncel y vuestra prometida se entiendan antes que se verifique vuestra conferencia con ella. Estad listo á las ocho y media que os pondréis en marcha: os repito que vayais bien armado, por lo que pueda acontecer. Grijalva ha de tener noticia de vuestra buena fortuna; esto entra en el plan; y no sabemos si sus extremos de celoso pueden conducirle hasta algun desafuero.... Para tal caso todo lo tendré apercibido. Adios.... Ah! me olvidaba de algo importante para mí. Ese demonio de licenciado Las Casas está siempre enredando con la sucesion de Doña Ana de Guevara. Pretende que me quiten la administracion de los bienes, y esto no lo debeis consentir, porque sería un vejámen injusto á este vuestro leal amigo y servidor. Confío en que sabréis defender mi buen nombre llegado el caso.

—Descuidad, Mojica, vuestra causa es la mia,—respondió Velázquez.— Yo hablaré al licenciado para que no os moleste, y haré cuanto pueda por que no se os cause pesadumbre por ese lado.

—Guárdeos mil años el cielo, señor!—dijo el codicioso intrigante con no disimulada alegría;— y disponed de mí como de un fiel esclavo. ¡Hasta la vista!

VII.

ALARMA.

Como lo habia dicho Mojica á Velázquez, andaban de paseo por el campo Cortés y Grijalva, ya íntimos amigos. Su excursion á la granja ó huerta del ex-gobernador Ovando fué mas penosa que entretenida: despues de recorrer dos leguas de un camino lleno de lodazales, nada llegaron á ver de provecho. La tal huerta estaba punto ménos que abandonada hacia algun tiempo: un esclavo africano y tres indios apénas se cuidaban de desyerbarla á trozos. Cuatro jumentos flacos, dos yeguas éticas y algunas gallinas fué cuanto vieron en aquel sitio los futuros adalides de la conquista de Méjico. Grijalva se echó á reir, sobrellevando el chasco sin impaciencia: su carácter modesto y sufrido no podia alterarse por causas fútiles. Cortés no lo tomó con tanta frescura, y al ver la hilaridad de su compañero, exclamó:

—Admiro vuestra flema, señor Juan de Grijalva. ¡Por la Vírgen! Ese tuno de Mojica, ese contrahecho mentiroso se ha querido burlar de nosotros!

—Nécia burla sería ésta, señor Cortés. Prefiero creer que Mojica no habrá visto esta heredad sino hace algunos años; cuando el comendador la miraba con algun cuidado: como en los últimos tiempos no le agradaba sino residir en el Bonao, ó en Santiago....

—¿Y por qué asegurar ese galápago lo que no le constaba con seguridad? Como si ayer mismo hubiera estado en este breñal, arqueó aquellas cejas tenebrosas, y me dijo: "Sabed, señor Cortés, ya que deseais dejar á Azua y venir á fijaros aquí cerca, que nada puede conveniros tanto como la hermosa granja del comendador.... Id á verla, y estoy cierto de que quedaréis encantado."—¡Vaya un encanto! Ganas me dan de cortar al embustero aquellas descomunales orejas....

Grijalva seguia riendo de la mejor gana al oir los chistosos desahogos de su irritado compañero. Pronto recobró éste su serenidad y buen humor, y emprendieron el regreso á la ciudad sin hablar mas de Mojica, ni de la famosa huerta del comendador.

—Cuando determiné acompañar desde Azua al Teniente Velázquez,—dijo Hernan Cortés reanudando la conversacion,—no pensaba permanecer léjos de mi casa y oficio sino una semana á lo sumo: ya va corrido un mes largo, y héteme vuestra merced tratando de echar raíces por acá. Yo mismo me asombro de esta facilidad en cambiar de propósitos.

—Eso es propio y natural de hombres de imaginacion viva, señor Cortés,—respondió Grijalva.— Por mi parte os certifico que solo una idea tiene fijeza en mí; las demas retozan como unas loquillas en mi cabeza: nacen, corren..... y pasan.

—¿Y puede saberse cuál es esa vuestra idea fija, señor Grijalva?

—Mi amor;—replicó lacónicamente el interpelado.

—Me lo figuraba, amigo mio; porque estoy en el mismo caso. Todas esas damas recien llegadas de Castilla con los vireyes, no parece sino que fueron adrede escojidas para trastornar el seso á los que por aquí estábamos, medio olvidados ya de que hay ojos que valen mas que todas las minas de oro, y que todas las encomiendas de indios. ¿Qué os parece la Catalina Juárez? (1)

—Graciosa y honesta granadina en verdad, señor Cortés. Aunque pobre y modesta, merece un esposo de altas y nobles cualidades.

—Preso estoy en sus cadenas,—repuso Cortés;—pero con risueñas esperanzas. ¿Y nada tendréis vos que comunicar al amigo, sobre el capítulo de vuestro amor, Don Juan?

—Mi amor,— dijo el doncel á media voz, como recatándose aun de la soledad del bosque;— mi amor es un sentimiento tan grande y tan santo; de tal modo embarga todo mi ser, y absorbe todas las aspiraciones de mi alma, que solamente de él quisiera hablar, á todas horas y en todas partes. De él vivo; él llena y embellece todos los instantes de mi existencia, y á fuerza de dedicar mis pensamientos á la beldad que adoro, he llegadoá identificar mis afectos con los suyos hasta el extremo de que si ella me aborreciera, yo me aborrecería.

—Mucho amor es ese, Grijalva;— dijo Cortés gravemente, mirando á su compañero con profunda atencion.

—Tanto, Don Hernando, que el dia que llegara á faltarme, me faltaría el calor, la luz y la vida;— repuso con ardorosa animacion el jóven;— y nada en el mundo tendría valor para mí.

—¿Ni las riquezas? ¿Ni la gloria?— preguntó Cortés.

—Ni la gloria, ni las riquezas;— contestó Grijalva.—Solo ese amor puede estimularme á desearlas, y á hacer grandes cosas para adquirirlas.

—Pero ¿sois correspondido?

—Sí por cierto; y ese es mi orgullo!

—¿Os pesará completar vuestra confidencia, y decirme el nombre de vuestra amada?

—Quisiera decirlo á voces, pero no me es permitido; que soy pobre y no sé cuándo podré unirme á ella ante los altares. A vos, pues, Don Hernando, en toda confianza, os diré que mi cielo, mi luz, mi ídolo tiene por nombre.... María de Cuéllar.

—Hermosísima es, á fé mia!—dijo Cortés con entusiasmo;— y os felicito por vuestra dicha en poseer el corazon de tan peregrina criatura.

En esta conversacion siguieron los dos jinetes entretenidos hasta hallarse en las calles de la ciudad, seguidos á corta distancia del escudero que les habia servido de guia en su poco afortunada excursion.

Se acercaba la noche cuando pasaron por la plaza principal, en direccion á la posada de Cortés: en su camino casi tropezaron con tres sujetos bien vestidos, que saludaron á los dos caballeros. Reconocieron éstos á Pedro de

---

(1) La que fué despues en Cuba esposa de Cortés.

Mojica, acompañado de García de Aguilar y Gonzalo de Guzman, hidalgos los dos de la primera nobleza de España; ámbos jóvenes de gallarda figura y distinguidas prendas morales. Cortés se encaró con Mojica y le dijo entre adusto y chancero:

—Ea! contemplad vuestra obra; reíos de nosotros; pero os aconsejo que no repitais la gracia, si en algo estimais vuestras hermosas orejas.

—No os entiendo, Don Hernando, —respondió Mojica con alguna inquietud.—No creo que mis pobres orejas os hayan hecho ningun desaguisado.

—Nó; ¿ eh ? Cuidadlas, Mojica; os lo repito!

Don García de Aguilar intervino en esta sazon, diciendo á Grijalva:

—Te aguardaba impaciente: anda á desmontarte, y sin tardanza te espero en mi alojamiento: tengo que comunicarte cosas de mucho interés para tí.

El tono misterioso en que pronunció Aguilar estas palabras hizo estremecer instintivamente á Grijalva. Espoleó su caballo, seguido de Cortés, á quien se volvió á poco andar para decirle:

—Presiento alguna mala noticia. No he nacido con buen sino, Don Hernando!

VIII.

LA SOSPECHA.

Salió el buen Tamayo muy gozoso á recibir á Enrique al portal del monasterio. Aun no habia entrado Don Bartolomé de Las Casas, por quien se apresuró á preguntar el jóven cacique.

—Temí que no volveríais mas al convento, Enriquillo. ¿ Cómo os ha ido de visita y paseo ?—exclamó Tamayo.

—Bien y mal, —contestó con algun desabrimiento Enrique.

—¿ Cómo puede ser eso ?

—Te haces pesado, amigo Tamayo! Déjame llegar á cumplir mis deberes con los padres, que tiempo quedará para que hablemos de todo lo que quieras. Toma esa caja y entra conmigo: la llevarémos al padre Prior, ya que él es tan bueno para nosotros: Don Bartolomé ha de alabarme la accion; estoy de ello seguro! Amigo, — dijo volviéndose al mozo indio que de órden del criado de la vireina le habia precedido llevando la caja de golosinas; —siento no tener que daros.... Ah, sí! Mira, Tamayo, de aquellos dineros que te dí á guardar el otro dia, regalo de mi padrino Don Diego, tráeme para este buen amigo la mitad.

—Oh! nó, señor Enrique; no tomaré de vos nada: yo nací en el Baoruco, y vos sois mi señor. Adios!— Y el mozo se fué á todo andar. Enrique hizo un movimiento de sorpresa, y luego, tras una breve pausa dijo en voz baja: Su señor! Nó; no quiero ser señor de nadie; pero tampoco siervo: ¿qué viene á ser un paje....? —agregó con gesto desdeñoso.

Y se entró en el convento seguido de Tamayo, dando muestras de estar mas tranquilo y sereno, desde que la vista de su alojamiento habitual borró las impresiones desagradables de su primera excursion á la Fortaleza.

Vió al padre prior que tomaba el fresco en la espaciosa huerta del monasterio: fuése á él, le besó la mano con respetuoso comedimiento, y el buen religioso le recibió muy complacido; pero no quiso aceptar el obsequio que le presentaba Enrique.

—Guarda eso para tí y para mi amigo el señor licenciado; pero no dejes de compartir tus golosinas con los otros muchachos del convento; y sobre todo, cómelas con moderacion, pues pudieran hacerte daño, y te volverian las calenturas.

—Estoy de desgracia con vuestra merced, padre; — replicó visiblemente picado Enrique: — desairais mi regalo, y luego me amonestáis para que no sea egoista ni coma mucho. Siento que vuestra merced tenga tan mala opinion de mí.

—Nó, hijo mio; no pienso mal de tí: ahora es cuando echo de ver que eres un poquillo soberbio: ten cuidado con la soberbia, muchacho, que empaña el brillo de todas las virtudes.

—Vuestra bendicion, padre.

—El Señor te conduzca, hijo mio.

Y el cacique se retiró al departamento donde estaba su dormitorio y el de Tamayo, contiguo á la celda que ocupaba el licenciado Las Casas.

—Este Fray Antonio — iba diciendo entre dientes el jóven, — es muy santo y muy bueno; pero sale con un sermon cuando ménos viene á cuento, y se desvive por hallar que reprender en los demas. ¡Paciencia, Enrique, paciencia! Acuérdate de los consejos del señor Las Casas! Este sí que es hombre justo, y que sabe tratar á cada cual como merece! ¿Qué sería de mí si me faltara su sombra? ¡Dios no lo permita!

Llegó á su cuarto, y entabló con su fiel Tamayo una larga y animada conversacion, cuyo tema principal fué Mencía. Enrique estaba muy entusiasmado con la idea de ir todos los dias de fiesta á visitar á su prima; y ofreció á su interlocutor que procuraría con empeño el permiso de ser acompañado por él, á fin de que tuviera tambien la satisfaccion de ver á la niña, á quien Tamayo tenia grande amor, como á todo lo que le recordaba á Anacaona, Guaroa é Higuemota; de quiénes, como de Enrique, tenia mucho empeño en ser considerado como pariente, y acaso lo fuera en realidad; llegando á acreditarlo en todo el convento á fuerza de repetirlo.

—Y qué otra cosa os agradó en la Fortaleza, Enrique? — preguntó Tamayo en el curso de la conversacion.

—Me agradó mucho la vireina al principio, pero despues....

—¿Qué sucedió? — volvió á preguntar Tamayo.

—Nada, hombre; nada! — respondió Enrique con impaciencia. — Lo que me disgustó fué ver en el camino, cerca de la fortaleza, muchos pobres indios que cargaban materiales y batian mezcla para las grandes casas que se están construyendo, y los mayorales que para hacerlos andar aprisa solian golpearlos con las varas.

—De poco os alteráis, Enrique!, —dijo Tamayo con voz y gesto sombríos.—Acostumbrad, si podeis, los ojos á esas cosas, ó no viviréis tranquilo.

—Eso no podrá ser, Tamayo;—contestó Enrique.—Miéntras los de mi nacion sean maltratados, la tristeza habitará aquí;—concluyó tocándose el pecho.

En este punto del coloquio la noche cerraba, y sus sombras cubrian gradualmente el espacio, disipando los últimos arreboles de la tarde: la campana mayor de la Iglesia del monasterio resonaba con grave y pausado son, dando el solemne toque de oraciones: Enrique y Tamayo se dirijieron al corredor ó dilatado cláustro á que correspondia su dormitorio, y allí encontraron congregada una parte de la comunidad. El licenciado Las Casas acababa de llegar, y repetia con los religiosos devotamente la salutacion angélica.

Terminado el rezo, Las Casas tomó á Enrique de la mano y comenzó á pasearse á lo largo de la estensa galería.

—¿Estás contento, Enrique?—fueron las primeras palabras que salieron de los lábios del licenciado: esta era su pregunta habitual siempre que llegaba á platicar con Enriquillo.

El jóven respondió, como lo habia hecho á Tamayo:—Sí y nó, señor Las Casas.

—¿No te trataron bien?

—Mejor de lo que podia yo esperar, señor.

—Pues ¿por qué me dices que no estás del todo contento, muchacho?

—No os debo ocultar el motivo, y mi mayor deseo era decíroslo: yo estaba contentísimo con ver á mi prima; con la acojida que los señores vireyes me dispensaron; y sobre todo, con la bondad de la vireina, que llegó á parecerme más que una persona de este mundo, una santa vírgen, un ángel de los cielos, cuando la ví tan buena y tan cariñosa, tratando á la pobrecita Mencía como si fuera hija suya; pero á tiempo que mas embelesado me hallaba y mas olvidado de mis penas, aquella gran señora me dirijió estas palabras, que me dejaron frio, y me llenaron de pesadumbre:—"¿Quieres quedarte á vivir aquí, y ser paje de nuestra casa?"—No recuerdo en qué términos le respondí; pero le dije que nó, y desde aquel momento, no sé por qué, todo me pareció triste y odioso en aquel rico alcázar.

—Y ¿por qué te hizo tanta impresion la pregunta bien intencionada de la vireina?—preguntó Las Casas, que examinaba con ahincada atencion el semblante de Enrique.

—Proponerme ser paje!—contestó el jóven.—¡Servir como un criado; llevar con reverencia la cola de un vestido; aproximar y retirar sitiales y taburetes! Estos son los oficios que yo he visto hacer en aquella casa á los que se llaman pajes; y los que no creo propios de ninguno que sepa traer una espada.

Las Casas movió la cabeza con aire pesaroso, al oir el discurso de su protejido.

—Volverémos á tratar de eso—le dijo;—y ahora cuéntame: ¿cómo recibió la vireina tu negativa, muchacho?

—Con la mayor bondad del mundo: se rió de mi respuesta, y no volvió á hablar mas del asunto.

—Pues de qué estás quejoso?

—Ya me habia olvidado de la proposicion de ser paje, y conversaba distraido en el jardin con Mencía, cuando un criado, un tal Santa Cruz, me fué á llamar en nombre de la señora vireina: fuí corriendo, deseoso de complacerla, y me quedé sin saber de mí, oyendo que tan noble señora me ordenaba mentir.

—Mentir! ¿Qué estás diciendo, Enrique? Ten cuenta contigo, que me parece imposible eso que cuentas!

—A mí me parecia tambien estar soñando; pero por mi desdicha nada era mas cierto: la vireina me ordenó que entregara un papel, escrito por ella, á mi padrino Don Diego Velázquez, recomendándome le dijera que ese papel se lo enviaba Doña María de Cuéllar.

—Poco, á poco, muchacho!—exclamó Las Casas sorprendido de lo que acababa de oir.—Baja la voz, y sígue diciéndome todo lo que te aconteció en la visita.

El jóven narró todos los sucesos y accidentes de la tarde, concernientes á su persona, con naturalidad y franqueza. Acabado de enterar Las Casas, discurrió por el cláustro con planta inquieta, yendo y viniendo por espacio de tres ó cuatro minutos, presa de visible agitacion, y al cabo exclamó como hablando consigo mismo:—¡Esto no debe ser lo que parece; no puedo creer nada malo de esa noble señora! Mañana aclararé este misterio.—Y se retiró á la espaciosa celda que le servia de aposento.

VIII.

EL AVISO.

Juan de Grijalva, despues de haberse despedido de Cortés, se dirijió á su casa á todo el correr de su brioso y veloz caballo, y desmontándose á la puerta, dejó las riendas del bruto en manos del criado indio que salió á recibirlo; pareciéndole al mancebo siglos los minutos que empleaba en mudarse la ropa, con objeto de ir á conferenciar con su amigo Don García.

Los dos jóvenes caballeros tenian gran conformidad en su carácter y sus inclinaciones; y así, se amaban como hermanos, haciendo comunes sus penas y alegrías. Don Gonzalo de Guzman, que aunque de alguna más edad que ámbos, tenia su misma índole noble y generosa, se acompañaba de ellos con frecuencia, y Mojica habia procurado trabar amistad con aquellos tres brillantes y cumplidos caballeros, obedeciendo tal vez á esa ley tan misteriosa como artística, de los contrastes, establecida por la sábia naturaleza en sus múltiples combinaciones de luz y sombra, de armonías y discordancias, en todos los aspectos del ser, corpóreo ó de razon; cuando no fuera guiado por el instinto positivista y especulador que inspiraba todas sus acciones, y que en las circunstancias del momento le imponia la necesidad de asestar sus mortales tiros á la pasion de Grijalva, de un modo indirecto al par que certero.

Y este era, como se verá muy pronto, su objeto real y efectivo; el fin que se proponia al entablar relaciones de amistad con los tres jóvenes caballeros; entre los cuales hacia el deforme hidalgo la misma figura que un dromedario en medio de tres ágiles y gallardos corceles de batalla.

En aquella sociedad estaba seguro de tocar, cuándo y cómo quisiera, las fibras del corazon de Grijalva, haciéndolas vibrar á su antojo, como si fueran las dóciles cuerdas de su vihuela morisca. Y así fué que, interesado en hacer llegar á los oidos del enamorado jóven la noticia de su desgracia, acudió á la plaza principal, que era el punto en que habitualmente daban su paseo de la tarde los dos amigos íntimos de Grijalva; y á vuelta de las generalidades de costumbre, les dijo:

—Voy á participaros una interesante nueva: os recomiendo el secreto, porque se me ha comunicado por parte interesada, en toda confianza.

—Descorred los velos del misterio, Mojica, y contad con nuestra discrecion;—contestó Guzman.

—Pues sabed que el teniente-gobernador Diego Velázquez se casa con Doña María, la hija de Don Cristóbal de Cuéllar.

—Qué decís!—exclamó con sorpresa García de Aguilar.

—Lo cierto,—continuó Mojica;—hoy por la mañana ha obtenido la solemne promesa, hecha por el contador, de que la bella María será suya.

—Y ella?—dijo vivamente Don García.—¿Consiente María de Cuéllar en ese enlace?

—¡Vaya si consiente!—respondió con su sonrisa, feroz, á fuerza de ser sarcástica, el confidente de Velázquez.—¿Creéis posible que un hombre tan rico y galan, con las demas buenas partes que adornan al Teniente gobernador, sea partido despreciable para ninguna dama?

—Con todo eso,—repuso Don García—no creo que María acepte ese brillante partido.

—No lo creeis, eh?—replicó Mojica en tono irónico y socarron.—Pues yo sé más todavía; y es que esta misma noche, á las nueve, los prometidos novios tendrán una entrevista íntima en el jardin de la fortaleza.

—¡Mentís, infame Mojica!—dijo fuera de sí Don García.—¡Eso no puede ser!

Gonzalo de Guzman contuvo el impetuoso movimiento con que su amigo acompañó estas palabras, y dirijiéndose á Mojica le dijo con voz alterada, aunque reprimida por un evidente esfuerzo de moderacion.

—Lo que decís es muy grave, señor hidalgo; y si no lo probais plenamente, seréis tratado por mí como un vil impostor.

—Id á las nueve á observar con cautela quiénes llegan á ocupar los escaños del jardin;—contestó tranquila y pausadamente Mojica,—y creeréis al testimonio de vuestra propia vista.

En este instante fué cuando Cortés y Grijalva aparecieron á caballo, apostrofando el primero á Mojica, y anunciando García de Aguilar al segundo su comunicacion interesante, en los términos que hemos relatado á pocas páginas atrás.

Aguilar se despidió inmediatamente de su compañero, y se fué á su casa deseoso de hablar con Grijalva. Este apénas se hizo esperar diez minutos, pues tenia casi la certeza de que iba á saber algo concerniente á su adorada María; por ser aquel el amigo predilecto con quien se complacia diariamente en desahogar su corazon, hablando sin embozo del objeto de su puro amor.

Don García le refirió en pocas palabras lo que Mojica habia revelado á él y á Guzman respecto de Velázquez y Doña María de Cuéllar. Cuando acabó de enterar á su amigo de aquella gran novedad, observó en él que una palidez mortal cubria su rostro, y el cárdeno matiz que cercaba sus ojos daba á toda su fisonomía una espresion de espanto y de dolor. Por buen espacio guardó silencio.

—No puedo creer que mi desventura sea tanta;— balbuceó al fin Grijalva haciendo un esfuerzo para desembargar sus lábios;— pero veré por mí mismo la verdad.

Su amigo le preguntó con vivo interés:

—¿Qué piensas hacer?— Y Grijalva contestó:

—Iré al jardin, poco ántes de la hora indicada: conozco perfectamente aquel recinto: sus ángulos estan decorados con espesas enredaderas á propósito para que al través de sus verdes festones puedan uno ó dos hombres observar, sin ser vistos, cuanto pase en el jardin. Voy, contra mi gusto y mi carácter, á rebajarme hasta el papel de espía; pero se trata de una prueba decisiva para mi suerte futura; de la dicha ó la desgracia de toda mi vida, y debo saber la verdad, cualquiera que ella sea, para morir de pena ó castigar de muerte al impostor, segun lo exija el resultado.

—Te acompañaré, Grijalva,— dijo Don García tristemente;— pero mucho me temo que aquel Mojica nos haya dicho la verdad.

—Oh, Aguilar! No estoy yo, á fé mia, exento de temor; pero la duda me está haciendo ahora mas daño que puede hacerme el adquirir la certidumbre de mi desdicha. En mi situacion, morir vale mejor que dudar.

—Y ¿qué harás si nuestros recelos se justifican en mal hora?

—En ese caso,— dijo el jóven con profundo abatimiento,—no sé lo que haré, pero de ningun modo pienso entregarme á indignos arrebatos. Solo que se trate de violentar la voluntad de María la defenderé contra el mundo entero.

—Bien, Grijalva; yo estaré á tu lado en todo caso;—dijo aun más conmovido el generoso Aguilar.—Si tuvieres necesidad de un brazo y una espada, me tendrás dispuesto á todo por tí; pero creo, como tú, que lo mas digno y heróico será vencerte á tí mismo, si María falta á la lealtad que te debe.

—No la culpes ni la acuses, Aguilar,—replicó vivamente Grijalva.—Si llego á ver mi desgracia, la falta será mia, que no merezco ser dichoso; y debo resignarme á los decretos del destino: si ella no me ama ya, debo atribuirlo á que el cielo no me hizo amable, ni digno del tesoro de su amor. ¡Nó, amigo mio! Yo no quiero ver culpa en esa criatura, que es luz y norte de toda mi existencia, y ántes cesará de latir mi corazon que condenarla porque deje de amarme á mí, y ame á otro.

—¡Eso es delirar, amigo Don Juan!—dijo Aguilar mirando severamente á su amigo:— Lo que dices no tiene sentido comun. No creo que debas enfurecerte ni hacer extremos de celoso por la versatilidad de tu dama; pero vería con mucho pesar que le celebraras la gracia; porque eso tambien sería indigno de tí.

—No me comprendes, Aguilar, y lo siento;—respondió con amargura Grijalva.—Sería preciso que amaras como yo amo para comprenderme. Pero, ¡si no fuera cierto el aviso de ese Mojica! Si fuera una infame calumnia!.... Ah! creo que nos hemos dejado llevar demasiado léjos por la facilidad de creer el mal: siendo así; ¡qué mayor prueba de que no merezco el amor de aquel ángel!

—Bueno es que lleguemos á verlo, amigo mio,—insistió Don García.—No abandones tu propósito de templanza á todo evento, y vamos á las nueve al jardin.

—Sí por cierto! Pero entre tanto, no atreviéndome á ver el rostro peregrino de la que ya vacilo en llamar mi amor, no iré al salon de los vireyes esta noche, y hasta las nueve, las tres horas que faltan me van á parecer una eternidad!

—Quédate á cenar conmigo, Grijalva. En verdad, que he debido pensar ántes en que no habrás comido desde esta mañana; á ménos que lo hicieras con Cortés en el campo.

—Nó; á fé mia; pero no me hace falta. Ni podría tomar un bocado, segun la inquietud que me acongoja. ¡Oh, mi buen Aguilar, soy un cobarde, y voy á sucumbir en esta prueba!

Y el pobre jóven, perdiendo toda la serenidad que á costa de grande esfuerzo venia aparentando, dió espansion á su dolor, y se arrojó convulso en los brazos de su afectuoso amigo.

IX.

NUBE DE VERANO.

Otro diálogo interesante, casi al mismo tiempo que los referidos de Enrique con el padre prior de los franciscanos, y de Grijalva con García de Aguilar, sostenia la candorosa y benévola María de Toledo con el Almirante su esposo.

Dominada por el anhelo de salvar á su angustiada amiga y de enjugar el llanto, cuyo tibio rocío habia impregnado su compasivo seno, la noble vireina no pudo advertir que habia entrado desde sus primeros pasos encaminados á aquel fin, en un derrotero falso, en el que iba comprometiendo imprudentemente el propio decoro y olvidando los miramientos de su rango; lijereza muy disculpable en ella, si se atiende á su inexperiencia, y á la generosidad del móvil á que obedecia.

Diego Colon prestó atento oido á la narracion que le hizo su esposa, enterándole del conflicto en que estaba María de Cuéllar, y de la diligencia que ella, la vireina, habia juzgado oportuna para evitar la desgracia de su amiga.

Contaba la vireina con la plena aprobacion de su marido, á quien habia hallado siempre complaciente y propicio á todas sus voluntades, pronto á acatar como imperiosas leyes sus mas insignificantes deseos; por lo que fué extraordinaria su sorpresa al ver que el Almirante, una vez enterado de todo, la miraba con sañudo semblante, y le dirijia, trémulo de ira, estas duras palabras:

—No os reconozco, señora, en esa accion inconsiderada; y loca creo que debeis estar, cuando habeis llegado á comprometer vuestra dignidad y vuestra fama en una intriga de semejante naturaleza, haciéndoos protectora de agenos amoríos. ¡Cómo! ¡Una cita en nuestra casa! ¡Y vos habeis escrito de vuestra mano el papel en que se convida á un hombre, que nos debe obediencia y respeto, á que venga en son de inferir una ofensa á nuestra honra! ¡Y me habeis creido bastante débil é inepto, para autorizar cosas tales....?

La pobre señora, abrumada bajo el peso de tan severos reproches, aturdida por la inesperada acojida que hallaban sus inocentes propósitos, no acertaba á justificarse, ni sabia lo que le pasaba. Era la primera vez que veia nublarse el cielo de su conyugal amor. Las lágrimas acudieron en tropel á sus hermosos ojos, y cubriéndose el rostro con las manos, exclamó:

—¡Diego! ¡jamás pude creerte tan cruel é injusto conmigo! Mi yerro ha sido grande, sin duda, pero no merezco tan terrible pena.....

Toda la ira de Diego Colon se desvaneció tan pronto como hirió su oido el timbre melodioso de aquella voz trémula y casi apagada por el llanto. Acudió vivamente á tomar ámbas manos á su esposa, y por una transicion rápida del enojo á la ternura, la atrajo hácia su pecho diciéndole con solícito afan:

—¡Ah, perdona, bien mio! No he tenido tiempo de reflexionar lo que te he dicho. He debido comprender que de tu parte no podia haber sino santas y puras intenciones, que han equivocado el camino por falta de experiencia. ¡Culpa en tí? ¡Imposible, luz de mis ojos! Has sido un tanto imprudente, y nada mas: tratemos de remediar el yerro.

Tranquilizada con este blando lenguaje, María de Toledo convirtió sus pensamientos al interés principal de complacer á su amado esposo; procurando borrar con su docilidad y asentimiento absoluto á todas las observaciones y reflecciones del Almirante hasta el recuerdo de la momentánea borrasca que acababa de pasar.

Ella no sabia sentir á medias, ni friamente; y como sucede á todos los carácteres apasionados é impresionables, los puntos de vista del asunto que la preocupaba habian cambiado para ella radicalmente, desde que el severo razonamiento del Almirante habia sofrenado los ímpetus de su generosidad. Entregada á la abnegacion de la amistad, incapaz de cálculo como de egoismo, la vireina se habia olvidado de sí, por pensar demasiado en la afliccion de su amiga. Don Diego Colon, procediendo fundadamente como hombre celoso de su honra y del buen órden de su casa, evocó rudamente los respetos personales de que no habia hecho cuenta su inexperta esposa, y convencida ésta de la razon y justicia con que era censurada su inadvertencia, su principal deseo fué ya expiarla á costa de cualquier sacrificio.

—¿Qué debo hacer, querido esposo, para enmendar mi disparate?—decia con cariñosa insistencia á Don Diego.

—Déjame reflexionar un poco;—respondió el Almirante.—Yo, como tú, desearía encaminar las cosas de esa pobre María de Cuéllar por el sendero de su mas cumplida satisfaccion y felicidad; pero poner en juego para conseguirlo la dignidad de tu nombre y tu persona; eso nó. En semejante alternativa primero tú que nadie; y que Dios ayude á la prometida de Velázquez, si nosotros no podemos ayudarla.

—Pero ¿crées tú que no podamos hacer nada por la pobrecita? ¡Ay, Diego! Si á mí me hubieran querido casar con otro que no fuera tú....

—Acaso habrías accedido á ello sin pena, María. Siempre le queda á uno esa mortificacion en el pensamiento, cuando las relaciones amorosas se entablan prévio el paterno permiso.

—¡Ingrato! ¿A qué viene eso ahora? Bien sabes que mi corazon no ha conocido otro amor que el tuyo.

El Almirante besó riendo la frente casta y serena de su esposa, por toda contestacion.

—¿Qué será de la pobre María de Cuéllar, Diego, si la abandonamos á su suerte? No olvidemos este punto,—volvió á decir la vireina.

—Harémos por ella lo que se pueda, contestó el Almirante.—En primer lugar, es indispensable que Diego Velázquez nos devuelva el papel escrito de tu mano que tiene en su poder; y de eso me encargo yo. Despues, es necesario ganar tiempo, para ver de conseguir que el matrimonio no llegue á realizarse, sin que Velázquez pueda quejarse de desaire ó negativa. Es un hombre cuya amistad necesito conservar á todo trance: el poder tiene esta clase de exijencias; y no es la ménos punzante de sus espinas esta obligacion de finjir afectos y encubrir sentimientos, á que se vé constreñido un hombre franco y leal, constituido en autoridad pública. Conformémonos por ahora con que el matrimonio se fije á un año de plazo; lo que no creo que Velázquez repugne, si su misma prometida novia le escribe en ese sentido, dejándole creer que no hallará otros obstáculos á sus aspiraciones. Esta es la parte que á tí te corresponde; es decir: hacer que tu jóven amiga escriba de su mano esas cuatro líneas, que me traerás sin tardanza. El tiempo urge; la noche está cercana, y tengo que adoptar otras disposiciones. Hasta luego.

Y el Almirante volvió á imprimir otro beso en la tersa frente de María de Toledo, que se retiró pensando en la mejor forma de cumplir el encargo de su esposo, á quien queria dejar completamente satisfecho.

X.

GOLPE MORTAL.

Los caballeros acreditaron su puntualidad, y apénas se extinguió en los aires la última vibracion de la campana que tañia las nueve desde la almenada torre de la fortaleza, cuando entraron en el jardin, por la puerta que daba al Ozama, Diego Velázquez y su inseparable Pedro de Mojica, envueltos ámbos en sendas capas conforme á la usanza de aquel tiempo. Dirijiéronse sin precaucion ni rodeos al punto céntrico del recinto; una especie de templete ó cenador, circundado de arbustos odoríferos y de vasos de arcilla primorosamente labrados, que tambien contenian plantas aromáticas y flores de Europa, conservadas á fuerza de esmerado cultivo. Dos escaños de piedra, uno frente al otro, se destacaban en mitad del circuito, alumbrado por seis ú ocho fanales cuya luz se difundia débilmente por los espacios del jardin, dejándolos sumidos en esa semi-oscuridad que espone el sentido de la vista á todos los estravíos de las apariencias fantásticas.

Mojica habia dicho á Diego Velázquez, á punto de salir con éste acompañándole desde su alojamiento: "Grijalva no faltará á la cita." Y al entrar en el jardin de la Fortaleza, abarcando con su mirada perspicaz todos los ámbitos de aquel espacio, volvió á decir en voz baja á su patrono: "Grijalva está en su puesto."

—¿Y cuál es su puesto?—le preguntó Velázquez en el mismo tono.

—Aquel rincon oscuro que está en direccion de nuestra izquierda. Mirad con disimulo; ¡vive Dios! que si nó, lo echais todo á perder.

—Está bien;—dijo Velázquez sentándose con tranquilidad. Mojica, que siguió escudriñando, volvió á decir:

—Grijalva no está solo: le acompaña sin duda algun amigo. Voy á tratar de acercármeles para observarlos mejor.

Y se retiró.

Apénas quedó solo Velázquez en el centro del jardin, cuando una puerta de la fortaleza que le quedaba casi al frente se abrió con violencia, y apareció en su dintel, alumbrado por dos pajes con hachones, el Almirante Don Diego: al mismo tiempo entraron por la puerta que daba á la marina hasta ocho guardas armados de relucientes partesanas, que se colocaron en correcta formacion delante de dicha puerta, como cubriéndola para impedir el paso á los que intentaran salir de aquel recinto.

Diego Colon se adelantó con desembarazo, sin precipitacion ni recelo, hácia el lugar que ocupaba Velázquez. Éste se puso en pié, y trató de encubrir con su actitud respetuosa y el ademan cortés con que se quitó el sombrero, la turbacion que repentinamente habia embargado su ánimo al percibir al dueño de la casa.

—Buenas noches, señor Don Diego Velázquez;—dijo el Almirante con la mayor naturalidad.—A estas horas no es lo mas sano el aire que corre en este vergel.

—Señor,—contestó afectando tranquilidad Velázquez;—no he venido meramente por tomar el fresco, sino á cumplir con un llamamiento que no podia desatender.

—¿Y no teneis inconveniente en decirme quién os llamó á este sitio y en tal hora?—preguntó Diego Colon, dejando traslucir alguna ironía en su acento.

—Ningun inconveniente,—respondió Velázquez,—puede haber para mí tratándose de satisfacer la justa curiosidad de vuestra señoría. Mi prometida, Doña María de Cuéllar, me escribió que tenia que comunicarme algo importante; y yo he venido sin reserva ni misterio de ninguna especie; porque, habiendo recibido los plácemes de vuestra señoría por mi concertado enlace, no he creido faltar al respeto que os debia con obedecer la indicacion de mi prometida esposa. De otra suerte jamás hubiera puesto los piés en este recinto, que por ser vuestro es un santuario para mí.

—Don Diego,—dijo gravemente el Almirante,—sincero sois, y esto me place. Sabia todo lo que me habeis dicho, y es exacto. He aquí mi mano: ahora tengo interés en trocar ese papel, que recibísteis esta tarde conteniendo el llamamiento á este sitio, por el billete que aquí os presento, que contiene la espresion de los deseos de vuestra prometida, y la escusa de no poder venir personalmente á recibiros.

—Diego Velázquez vaciló un tanto: le sorprendia ver á todo un potentado como el Almirante y Gobernador de la colonia tan avenido á desempeñar un papel nada airoso por cierto, ni digno de su persona.

—¿Dudais, Don Diego?—añadió el Almirante con alguna severidad.

—No dudo nada de vos, señor,— respondió Velázquez.—Estoy solamente confundido por vuestra bondad.

—Ella es efecto de la alta estimacion en que os tengo, Velázquez. Otro cualquiera no hubiera entrado impunemente aquí, como vos lo habeis hecho; con sana intencion, sin duda, pero incurriendo, como vuestra prometida, en un grave yerro al efectuar esta cita.—Por este mismo incidente y por la amistad con que os distingo á vos, y mi esposa distingue á María de Cuéllar, tengo mayor interés en que la boda quede concertada, si bien diferida por algun tiempo; y esto es precisamente lo que os dice la novia en este billete que yo, el Almirante Gobernador, pongo en vuestras manos.

Velázquez tomó el papel sin saber si debia objetar algo ó dar las gracias; y Diego Colon le dijo sonriendo:

—Advertid que es cambio y no dádiva: devolvedme el otro de esta tarde.

—Señor, yo.... yo quisiera que lo dejárais en mi poder hasta mañana, —replicó Velázquez.

—De ningun modo, amigo mio: seamos buenos amigos, como yo lo deseo y os conviene; — dijo el Almirante en tono enérgico y resuelto.—Dadme ese papel, pues que ganais en el cambio: si persistís en negármelo, yo lo habré de tomar sobre vuestro cadáver.

—Señor,— dijo Velázquez con altivez;— la amenaza es el único medio que podríais emplear para ser desobedecido, por quién, como yo, se honra con ser vuestro.

—Oid, Velázquez: ofrecí á María de Cuéllar llevarle ese papel, en señal de haberos entregado el de ahora. No se trata de sorprender ningun secreto; pues que yo sé que el tal billete solo contiene sobre poco mas ó ménos estas palabras: ¡ea! memoria, ayúdame....

"*Conviene que oigais explicaciones mias sobre asunto que toca á vuestra dicha....*" ¿Es eso, Don Diego?— preguntó el Almirante interrumpiéndose.

—Sí, señor; adelante;— contestó Velázquez.

—Pues prosigo: "*por tratarse de vuestra comenzada empresa. Esta noche os aguardo en el jardin, por la puerta que dá al rio....*" ¿Es esto?— volvió á preguntar Diego Colon.

—Sí, señor,—dijo sonriendo Velázquez;—con muy poca diferencia. Tiene vueseñoría felicísima memoria; y en premio, aquí está el papel que deseais. ¿Qué puedo yo negaros?

Diego Colon se acercó á la luz del mas próximo farol, desdobló el papel, y á un somero exámen de la letra reconoció que era la prenda que deseaba rescatar. Tendió, pues, complacido la diestra á Velázquez, diciéndole:

—Podeis retiraros seguro de que no teneis mejor amigo que yo: os lo probaré muy pronto. Adios!

Y el Almirante se volvió con sus dos pajes por donde mismo habia hecho su entrada en el jardin. Los soldados de la puerta del rio desfilaron silenciosamente, dejando el paso franco, y Mojica abandonó la penumbra donde estaba medio oculto, y acudió á reunirse con Velázquez, diciendo:

—Vámonos, señor, cuanto ántes: buen susto he tenido! pero es una fortuna que el Almirante sea tan bonachon.

—¡Nos hemos lucido!—le contestó Velázquez apesarado.—¿Creeis que Grijalva habrá oido....?

—Supongo que sí,—replicó Mojica,—porque hablábais sin precaucion, y yo por mi parte lo oí todo: no sé si será privilegio de mis grandes orejas.

—Podrá ser;—dijo maquinalmente Velázquez, dirijiéndose á la puerta.

Pero ántes de salir del redondel en que se hallaban, se les presentó bruscamente Grijalva, á quien juzgaban interesado en no dejarse ver de ellos.

Velázquez llevó la mano á la empuñadura de su espada, sorprendido con la repentina aparicion de su rival.

—Escuchad, Don Diego,—le dijo Grijalva conteniéndole con el ademan; —no se trata de eso.—¿Sabíais que yo amaba á Doña María de Cuéllar?

—No por cierto, jóven,—respondió Velázquez.—Me puse en actitud de defenderme porque no os reconocí al presentaros de repente....

—Pues bien,—replicó Grijalva:—sabed que yo amaba á esa dama; y os lo digo con esta sinceridad para tener derecho á ser creido en lo que voy á añadir: si ese papel que os ha entregado el Almirante, y cuya sustancia os ha referido segun lo escuché desde aquel rincon, dice efectivamente lo que el Almirante os ha dicho, yo os ofrezco solemnemente, no solo dejar de ser vuestro rival, sino serviros con mi persona, con mi espada y con mi aliento, como vuestro mas obligado deudo. ¿Consentís en mostrármelo?

Irresoluto Velázquez volvió la vista á Mojica, que, comprendiendo que le pedia consejo, fué en su auxilio con estas palabras:

—Creo que vale la pena y está muy puesto en razon lo que pide el caballero Grijalva, señor Don Diego.

—Pues bien, leamos juntos, Don Juan;—dijo Velázquez.

Y los dos se aproximaron á un fanal, seguidos de Mojica, que todo lo queria palpar y oler por sí mismo.

Velázquez leyó en alta voz, miéntras Grijalva devoraba los caractéres del papel con la vista.

"Sabed, señor Don Diego,—decia el billete,—que no puedo ir en persona "al jardin, como os habia ofrecido. El objeto del llamamiento que os hice fué "para pediros encarecidamente que en las vistas que celebrarémos mañana, "en presencia de mi padre, aplaceis para de aquí á un año nuestra concertada "boda. Es un voto que tengo que cumplir en ese tiempo. Os agradeceré "que así lo hagais por amor mio. Soy muy respetuosamente vuestra prome- "tida,—*María de Cuéllar.*"

—¡Bendita sea!—exclamó entusiasmado Mojica, que habia leido el billete por entre los hombros de Grijalva y Velázquez.

—¿Estais satisfecho, señor Don Juan?—preguntó el último.

—Sí,—dijo con voz ahogada el infeliz Grijalva;—y os cumpliré lo que os tengo ofrecido. Vuestro soy.

Velázquez le tendió afectuosamente la mano, y salió del jardin seguido de Mojica.

Juan de Grijalva se dejó caer con profundo abandono sobre uno de los asientos, y se cubrió el rostro con ámbas manos.

Viéndole en aquella actitud, su amigo Don García de Aguilar, que efectivamente lo acompañaba, y se mantenia en observacion al amparo del tupido cortinage de verdura, acudió á él, y le dijo con afectuosa solicitud:

—Vamos, Grijalva, ánimo! Cruel ha sido el desengaño; pero fácil te será consolarte con otro amor.... Perdona, caro amigo; ni sé lo que estoy diciendo; pero mis lábios, exentos de artificio, traducen, quizá torpemente, las inspiraciones de mi fiel amistad.

Grijalva no contestó; se puso en pié, y á su vez salieron ambos jóvenes, triste y silenciosamente, del jardin de la Fortaleza.

XI.

ACLARACION.

Rayaba el sol en el horizonte, llenando de vida y de luz los espacios al anunciar el nuevo dia, cuando Las Casas, que habia pasado una noche de insomnio, se dirijió con la vivacidad que le era característica á casa del Teniente Gobernador Diego Velázquez. La amistad de ambos se habia hecho mas estrecha desde que Velázquez, carácter débil y siempre fluctuando entre el bien y el mal, reconoció la superioridad moral de Las Casas, y escuchaba con verdadera deferencia y respeto los consejos que el buen licenciado no le escaseaba.

En aquella mañana, Velázquez debia hacer la primera visita de ceremonia á María de Cuéllar, y ser autorizado por el contador á considerarla y tratarla oficial y públicamente como su prometida novia.

Las Casas habia sido invitado por Velázquez á honrarle con su compañía en aquel acto, y estaba dispuesto á prestar ese servicio al amigo; pero no era este el objeto que le conducia tan temprano á la presencia del afortunado pretendiente, sino el interés de poner en claro los puntos que le parecieron oscuros ó embrollados en el relato que le habia hecho Enriquillo al anochecer del dia anterior. Era en su concepto muy grave lo que se referia á la intervencion de la vireina en los asuntos matrimoniales de su dama de honor, y entreviendo un misterio cuya naturaleza parecia sospechosa, el licenciado, que era de suyo dado á la investigacion de la verdad, quiso saber á fondo lo que significaba aquel papel escrito por la esposa del Almirante, y enviado á Velázquez en nombre de su prometida.

Velázquez lo recibió con la deferencia acostumbrada, y satisfizo á las francas preguntas de su amigo con sencillez y sinceridad; narrándole los sucesos de la noche anterior.

—"Ese empeño del Almirante por recobrar el papel que contenia la cita— pensó Las Casas, — me prueba más aun que fué escrito por la vireina. Necesito ir á la Fortaleza, á ver si saco algo en limpio. Quiero ver si mi pobre Enrique tiene fundamento efectivo para mirar con repugnancia aquella mansion, y que se le dén encargos propios de carácteres serviles. ¡Oh témpora! ¡oh mores!"—añadió, siempre mentalmente, repitiendo el consabido desahogo ciceroniano.

Y se despidió de Velázquez ofreciéndole volver á hora de acompañarle á la mencionada visita.

Llegó á la presencia de Diego Colon en la Fortaleza, encontrándole de excelente humor. Sin rodeos de ninguna especie, despues de los cumplimientos de uso, entró en materia el fogoso licenciado, refiriendo la invitacion pendiente para acompañar á Velázquez aquel dia en la visita de presentacion formal á su novia; pero añadió que deseaba saber si los incidentes del jardin en la pasada noche podrían afectar en algo la seriedad de aquel paso, para no esponer su propia dignidad á inmerecido sonrojo. Diego Colon le contestó haciéndole fiel relacion de todo lo ocurrido, sin ocultarle lo del papel escrito por la vireina y rescatado por él; aunque al mismo tiempo recomendó mucho á Las Casas que guardara reserva sobre este punto. Es de presumir que esta escesiva franqueza de Diego Colon fuera dictada por el recelo de que Enriquillo dijera toda la verdad al licenciado, que era la persona á quien más afecto profesaba y bajo cuya inmediata proteccion vivia; y de hecho así habia sucedido, obrando por lo mismo cuerdamente el Almirante al aclarar todo el enigma, en la parte que pudiera perjudicar al concepto de su jóven esposa.

Oyó Las Casas todos esos pormenores con profunda atencion, y prometió guardar el secreto que se le imponia.

—Sin embargo,—añadió;—me atreveré á decir á vueseñoría que me exije en ello el mayor de los sacrificios: yo, que no tengo los altos respetos políticos de que vos no podeis prescindir, parece como que me hago cómplice voluntario de una gran crueldad, cual es sacrificar á la razon de estado el sosiego y la dicha de dos jóvenes que parecen formados por el cielo para pertenecerse mútuamente.

—Ayudadme pues,—contestó Diego Colon—á buscar el modo de estorbar ese enlace. En un año que tenemos por delante, ¿vos y yo serémos tan pobres de espedientes que no podamos realizar lo que mi compasiva María emprendió, la pobrecilla, con mas fé que experiencia?

—Ah, señor! ¡No sabeis lo que me pedís!—contestó en tono de reconvencion Las Casas: — lo que en vos se cohonesta al ménos, ya que no se justifique, con las exigencias de la alta posicion en que os hallais, en mí tendría toda la odiosa fealdad de la mentira y la perfidia; ni mas ni ménos. Yo, amigo de Velázquez y amigo de Grijalva, mal podría terciar en ese delicado asunto como no fuera para decir al primero toda la verdad, y hacerle desistir de su proyecto, devolviendo al desgraciado Grijalva el bien que se le quiere arrebatar.

—Guardaos bien de ello, Don Bartolomé!—dijo vivamente el Almirante: — retiro mi invitacion, y solo os pido que me cumplais vuestro ofrecimiento de no volver á hablar de este asunto con alma viviente.

—Os lo cumpliré, señor, á toda costa,—respondió el licenciado, despidiéndose del Almirante.

De regreso á su convento el buen Las Casas hacia el resúmen de sus impresiones de la mañana en el siguiente monólogo:

—Se me ha quitado un gran peso de encima con saber que la vireina, ángel de bondad y de virtud, no ha obedecido á móviles ruines ó indignos, y sí á los nobilísimos resortes de la compasion y la amistad. A esto lo califica el Almirante con el epíteto de *abnegacion indiscreta*, que así se denomina por estos mundos todo arranque espontáneo y candoroso de cristiana caridad....

Mas, por fortuna, Diego Colon es digno hijo de su padre; posee un alma bellísima, y sabe que con indiscreciones como esa se aquilata el tesoro de los sentimientos humanos. ¡Así le rebosa hoy el contento de verse dueño de tal mujer....! Y sin embargo, ella y él; él mas que ella; ella por ser su esposa, se ven constreñidos á mentir; á forjar intriguillas; á ahogar los movimientos compasivos de su corazon, por atemperarse á lo que llaman la voz de los deberes de Estado. ¡Vayan unos deberes!...¡ Y cómo padecen la virtud y la verdad en los palacios de los poderosos! Pero ¿de eso me asombro? ¿No hacen gala los soberanos del siglo de engañarse recíprocamente? Nuestro católico rey Don Fernando ¿no es el primero en ese funesto arte? Así está Europa, ardiendo en guerras y en discordias: los que de allá vienen á conquistar y poblar estas Indias ¿qué otra cosa han de ser con esos altos ejemplos á la vista, sino lobos carniceros y rapaces? ¡Pobres indios! ¡Pobres indios....! Mas, ya es tiempo de ver á Enriquillo.

Y el licenciado hizo llamar á Enrique, encerrándose con él á solas en su aposento.

XII.

AMONESTACION.

—Oye, hijo mio,— prosiguió el filántropo, despues de dar á besar su diestra á Enriquillo, segun lo tenia por costumbre.— Desde anoche has clavado en mi corazon una espina de pesar y de inquietud. He visto en tí, en primer lugar, una tibieza y una displicencia tales, al hablarme de los señores vireyes, que he llegado á recelar que tu alma fuera capaz de dar albergue á la ingratitud; pues que tanto el Almirante como su esposa te colmaron de agasajos y de bondades, y no puede estarte bien corresponderles con desvío.

"En segundo lugar, he creido ver tambien síntomas de orgullo escesivo, de diabólica soberbia, en el desagrado que manifestaste porque la señora vireina, deseosa de tu bien, te propusiera hacerte paje de su casa. ¿No fué paje el mismo Don Diego Colon, hoy gobernador y almirante, en el palacio de los Reyes Católicos?

"Debo correjir ¡oh Enriquillo! en tu propio interés, esas veleidades de altanería que no sientan bien ni á tu natural dócil, sencillo y benévolo, ni á tu especial condicion y estado. Porque es preciso que sepas, hijo mio, que hasta el dia ha sido para tí la Providencia sumamente benigna, deparándote desde la infancia desinteresados bienhechores, que velan sobre tí en el presente, y se esfuerzan en prepararte un dichoso porvenir; pero ninguno de tus protectores, ni el capitan Diego Velázquez, ni los señores vireyes, ni yo que te hablo, el mas humilde de todos, tenemos en nuestras manos ese porvenir, ni conocemos los arcanos que encierra, ó las pruebas á que en sus impenetrables designios quiera someterte esa misma Providencia que todo lo rije. Por eso tenemos el deber de prepararte á todo evento, armándote con el fuerte escudo de la virtud, de la paciencia y de la resignacion, contra las penas y los trabajos que son el cortejo habitual de la vida humana, y de los que, por mas que hiciéremos, es seguro que no podrás libertarte en absoluto, tú, que aunque príncipe ó cacique, eres vástago de una raza desdichada, y te conviene por tanto estar dispuesto á todas las pruebas del dolor y de la humillacion.

"Y por eso, hijo mio, he temblado; mi corazon se ha desgarrado al entrever esos signos de debilidad en tu carácter; que debilidad, y no otra cosa, es el orgullo vidrioso y la nécia soberbia; así como es de fortísimo temple la virtud, que sabe sacar su dignidad y su fuerza del mismo esceso de las humillaciones y de los dolores. Este es el secreto sublime de la Cruz; esto lo que debemos aprender del Cristo que adoramos."

Y Las Casas echó los brazos al cuello á Enriquillo, mirándole con intensa ternura. El cacique quiso responder, pero no pudo, porque la emocion embargaba su voz, al terminar el piadoso filántropo su discurso.

Aquella emocion lo decia todo: Enrique llegó á creerse efectivamente culpable, considerando como defectos los impulsos naturales de su alma franca y de su índole generosa y leal. Bien comprendia esto último Las Casas; pero su previsora solicitud por el bien de aquel huérfano, á quien amaba como á un hijo, recibió la voz de alerta con la confidencia que el jóven le habia hecho de los diversos afectos de su ánimo, sometido á dura prueba moral en casa de los vireyes. Comprendió el sagaz protector de Enrique el peligro que para éste habia en aquella susceptibilidad característica que le habia de proporcionar, en su condicion anómala, incalculables tropiezos y perdurable martirio; por lo que resolvió dirijirle la transcrita amonestacion, que debia dar por fruto una saludable templanza en el carácter viril de su protejido, aparejándolo contra todas las eventualidades de su incierto destino.

XIII

COMPROMISO.

Despues de almorzar juntos Las Casas y Enrique, el primero se vistió con algun esmero, y volvió á salir dirijiéndose á casa de Velázquez. Encontró á este de gran gala, vistiendo su mas rico traje hecho con arreglo á la airosa moda milanesa de aquel tiempo: le acompañaba su fiel confidente, el servil Mojica, reverso de la medalla con respecto á Velázquez en la parte física, como lo era respecto del licenciado en la parte moral. Las Casas lo miró con disgusto, y lo saludó friamente; emprendiendo los tres la marcha seguidos de dos escuderos.

Eran las doce del dia, cuando las puertas de la casa de Don Cristóbal de Cuéllar se abrian de par en par dando entrada al arrogante capitan y sus compañeros. Dos largas y nutridas filas de esclavos negros, naborias indios y criados europeos se estendian desde el vasto portal ó zaguan de la casa hasta el pié de la escalera, todos limpia y decentemente vestidos, ostentando en la librea los colores de la casa del opulento contador. El lujo de las habitaciones decoradas con muebles y paramentos de gran precio, como la numerosa servidumbre, daban elevada opinion de las riquezas del dueño, y así lo iba haciendo notar á Velázquez el codicioso Pedro de Mojica.

Recibió el contador á sus huéspedes en el salon principal, de pié al lado de su bella hija, cuyo rostro cubierto de mortal palidez competia con la mate blancura de su vestido de encaje francés y rico terciopelo de Flándes. Acompañaban al señor de Cuéllar sus amigos Francisco de Garay, Alguacil Mayor de la Isla, y Rodrigo de Bastídas, vecino principal de Santo Domingo, respetable personaje, el mismo que años ántes habia hecho una feliz expedicion á Castilla de oro (Nueva Granada), y obtuvo bastante tiempo despues el título de Adelantado por sus servicios á la corona en aquella ocasion.

Velázquez, despues de haber cumplido con todos los circunstantes los deberes de cortesía, formuló en un breve discurso su pretension matrimonial, á la que el padre de María espresó acto continuo su asentimiento. Entónces Velázquez, apartándose en este solo punto de las minuciosas instrucciones que previsivamente le habia inculcado el astuto Mojica, antes de dirijirse á la infeliz jóven que permanecia inmóvil con la mirada fija en el suelo y sin dar la menor señal de haber comprendido la demanda de que era objeto, dijo al contador real:

—Si vos lo tuviéreis á bien, señor, asignarémos á un año, á contar de hoy, el dia en que se lleve á cabo el matrimonio.

María salió de su enagenacion al oir estas palabras, que aguardaba con ansiedad; y clavó la mirada inquieta en el rostro de su padre, pendiente de su contestacion.

Don Cristóbal vaciló: fué para él una verdadera sorpresa la indicacion de un plazo tan largo, cuando Mojica le habia hablado de la impaciencia de Velázquez por llegar á ser yerno suyo. Hizo, no obstante, un esfuerzo, aguijoneado por la dignidad personal y el decoro paterno, y contestó:

—Como gusteis, capitan, nada urge....

Entónces Velázquez se volvió con esquisita urbanidad y risueño semblante á su prometida, diciéndole:

—Dignaos poner el colmo á mi dicha, señora, espresando vuestra plena y voluntaria conformidad con lo que acabo de pedir y obtener de vuestro padre.

—Os doy gracias,—señor,—contestó la jóven, reanimada por lo que le parecia un principio de éxito en el plan de los vireyes:—os doy gracias por lo que acabais de solicitar.

—¿Os place el aplazamiento?—insistió Velázquez, con el evidente propósito de jugar del vocablo.

—Me place, señor,—respondió María, volviendo á fijar sus hermosos ojos en el pavimento.

—Tomo por testigos á todos los caballeros presentes, de que la señora María de Cuéllar, hija del señor Contador real, me ha empeñado su fé y palabra, para ser mi esposa dentro de un año.

Con esta fórmula terminó Velázquez la parte ceremoniosa de *las vistas*, que así se llamaba antiguamente á esa especie de careo oficial de dos novios. María de Cuéllar pidió permiso para retirarse á su cámara, por sentirse indispuesta: recibió los homenajes que era práctica tributar á las ricas—hembras (1) entre la gente de pró de aquellos tiempos, y se fué, mas muerta que viva, á dejar correr sus comprimidas lágrimas. Velázquez y sus dos compañeros no tardaron en despedirse, y regresaron á casa del capitan; Mojica locuaz y contento; el afortunado novio con aire triunfal, y el licenciado Las Casas cabizbajo y silencioso.

XIV.

VAGA ESPERANZA.

María de Cuéllar, tan pronto como se vió en su aposento, rodeada únicamente de sus criadas, dió libre salida al llanto que la ahogaba. Era su deseo volver á la fortaleza, para enterar á la vireina de que habia seguido con dócil resignacion la pauta que trazara el Almirante, con el inmediato fin de desvirtuar y enmendar el yerro de la víspera. Lo deseaba tambien, contando hallar consuelo en los brazos de aquella tierna amiga, y recojer de sus lábios noticias sobre las ulteriores disposiciones de Diego Colon, cuyos recursos y poder exageraba en su exaltada fantasía, dando pábulo á la esperanza de que habia de hallar medio seguro para librarla del aborrecido matrimonio á que se acababa de comprometer, y entregándose á una ciega confianza en los consejos de tan poderoso protector.

No tardó el contador real en presentarse ante su hija, así que se vió libre de huéspedes. Habia observado con viva inquietud la palidez, la preocupacion y tristeza de la jóven en el acto de acceder al compromiso matrimonial. Estaba por otra parte satisfecho de la mansedumbre y docilidad de que María habia dado tan espléndida muestra, pues no dejaba de aquejarle el grave cuidado de que la jóven dejara entrever al pretendiente en cualquier forma la repugnancia que al mismo Cuéllar habia manifestado respecto de ese enlace.

—¿Ha pasado tu indisposicion, hija mia?—le preguntó con no finjida ternura.

—Sí, padre mio;—respondió la esforzada niña,—estoy completamente repuesta.

—Pero tú has llorado, María! Vamos, eso me disgusta y me aflije. ¿No has visto qué galan y magnífico es el galan á que te he destinado?

(1 Así se denominaba á las señoras de rango elevado.

—Me parece, padre mio;—dijo la jóven eludiendo el responder á la pregunta,—que no haríamos mal en ir á la Fortaleza á dar cuenta á los señores vireyes de este suceso....

—Esta vez sí, hija mia: ya he llenado las funciones de mi autoridad doméstica, como tu padre y principal gobernante y Señor; llenemos ahora los deberes de respeto y deferencia hácia los potentados públicos; y sobre todo, los que nos cumplen por la amistad que nos dispensan los señores vireyes y por tu empleo al lado de la vireina.

—Y ántes ¿por qué nó?—preguntó María.

—Porque nada estaba concluido, y no se sabia lo que pudiera suceder.

—¡Sabe Dios lo que sucederá!—dijo con acento profundamente melancólico la doncella.

Y el padre y la hija se encaminaron sin mas demora hácia la Fortaleza.

Hecha por Don Cristóbal la notificacion de los esponsales á los vireyes, se manifestaron estos sumamente complacidos, y felicitaron al viejo y á la doncella por el fausto suceso; "bien que,—añadió galantemente Diego Colon—por mucho que valga el capitan Velázquez, que sin duda vale mucho, vuestra hija merecería por su belleza y sus altas prendas compartir el trono de un emperador."

La vireina abrazó á su amiga, y le dijo al oido:

—Tengo que contarte algo bueno.

Estas palabras llevaron un rayo de alegría al abatido corazon de la doncella. Aquel *algo bueno* en los lábios de María de Toledo no podia ser sino el ansiado expediente para desbaratar el odioso proyecto de boda. Las esperanzas que habia concebido comenzaban á justificarse.

—Señor de Cuéllar, quedáos á comer con nosotros,—dijo la vireina.

—No me es posible, señora, y mucho me pesa;—contestó Don Cristóbal;—pero ántes de una hora tengo que recibir al señor Ponce de Leon, que me está recomendado por el tesorero Pasamonte, y á quien he ofrecido empeñar mi crédito con el señor Almirante....

—¿Para qué fin?—interrumpió Don Diego, plegando un tanto el entrecejo.

—Para llevar adelante la pretension de ser investido con el gobierno de San Juan de Puerto Rico, que dice corresponderle por sus anteriores trabajos de exploracion, y segun las cláusulas de sus últimas capitulaciones con la Corona....

—No sé por qué insiste el capitan Ponce, valiéndose de intermediarios,—repuso con enojo Diego Colon,—en un empeño cuya inutilidad le consta, porque se lo he manifestado directamente y sin rodeos. Ese Pasamonte no cesa de suscitarme disgustos y dificultades: instrumento eficaz del maldito obispo Fonseca, se desvive por todo lo que tienda á menoscabar mis prerogativas, y á reducir la jurisdiccion de mi almirantazgo á una vana sombra. No solamente se ha negado á ayudarme contra la expedicion de Ojeda y Nicuesa, emprendida con violacion escandalosa de todos mis derechos; sino que pretende convencerme, por una parte, de que debo ceder como un mándria la gobernacion de Jamáica al dicho Ojeda, miéntras que por otra parte sus intrigas han hecho que el Consejo real, sorprendido ó engañado, adjudique á Ponce de Leon la bella isla de San Juan.... ¿A qué quedaría reducida mi autoridad, si yo consintiera en esos despojos? Nó; el Rey tendrá que hacerme justicia, reformando todas esas capitulaciones ilegales, que le han sido arrancadas engañosamente por el pérfido Fonseca. Y miéntras tanto, Pasamonte no se burlará de mí: podeis decir á Juan Ponce que busque otros andadores y otro camino. En cuanto á Nicuesa y Ojeda, ya les daré en qué entender; y, si logran salir á su expedicion, que se olviden de que hay isla Española ni Almirante adonde volver los ojos en caso de apuro.

—Está bien, señor;—replicó el contador;—hallo muy puestas en razon vuestras quejas, y desahuciaré á Juan Ponce. Con vuestro permiso me retiro.

—Dejad con nosotros á mi querida María,— dijo la vireina al contador, —ya que vos no podeis favorecernos con vuestra persona.

—Con mucho gusto, señora, y creed que me voy pesaroso por no poder participar de la honra con que vueseñoría me brinda.

Y Don Cristóbal se retiró.

La vireina y María, una vez retraidas á las habitaciones de la primera, entraron á hacerse sus confidencias recíprocas. La mayor pesadumbre de la doncella consistia en no haber podido explicar su situacion escepcional á Grijalva, ni saber lo que este pensaría de ella. La vireina le encargó mucha prudencia en esta parte: la dura leccion de la víspera la habia hecho muy circunspecta, y hasta exajeradamente tímida. "Si Juan de Grijalva es digno de tí,—dijo á su amiga,—sus sentimientos no cambiarán porque toda correspondencia cese entre vosotros, miéntras dure el compromiso establecido con Velázquez. Otra cosa no sería propia de tu decoro.... Cuando consigamos romper ese compromiso, entónces será tiempo de que tu amante lo sepa todo, y reciba el galardon de su constancia. Y ese dia llegará ciertamente, María.

"Ya mi esposo ha discurrido el medio mas eficaz de preparar el advenimiento de tu dicha: Velázquez será encargado de una importantísima empresa, fuera de esta isla; y el tiempo y la ausencia proporcionarán sobradas coyunturas para lo demas; pues he oido decir siempre que el amor se ahoga fácilmente cuando hay mar por medio. Esto es lo que ya deseaba comunicarte."

María de Cuéllar se mostró satisfecha de las nuevas que le daba su amiga; pero su tristeza persistente, y los suspiros que involuntariamente se escapaban de su ajitado seno, indicaban muy á las claras cuán costoso le era resignarse á los prudentes consejos de la vireina en lo que á Grijalva concernia.

XV.

CONTRASTES.

—¿Sabeis, licenciado Casas, que teneis hoy tétrico aspecto para acompañar á un novio?—Así dijo Mojica á Las Casas con su voz bronca y chillona, al entrar en el salon del capitan Velázquez, de regreso de la visita de cumplido á la casa de Cuéllar.

—¿Y sabeis,—hidalgo Mojica,—respondió el licenciado,—que vos teneis hoy, como todos los dias, cara de intrigante, y de meteros en lo que no os importa?

—Pero convenid conmigo, licenciado,—repuso Mojica tratando de conservar su serenidad ante la ruda salida de su interlocutor;—convenid en que veis con desagrado el enlace de nuestro amigo el capitan Velázquez con María de Cuéllar.

—Lo que veo con disgusto y repugnancia es á vos, hidalgo Mojica;— volvió á decir Las Casas, cediendo á la invencible antipatía que le inspiraba aquel hombre.—Lo que no se esplica es que un personaje de mérito como el señor Diego Velázquez admita en su intimidad á entes de vuestra especie, y se decore con tan siniestra compañía al ir á hacer visita á su novia.

—¡Paz, señores!— exclamó Velázquez sin poder contener la risa, ante el sesgo singular de aquel altercado, y ante la facha mas singular aun de Mojica, aturdido al oirse tratar tan crudamente.

—A la verdad, señor;— prosiguió Las Casas,— que si este hidalgo sigue pegado á vos como la sombra al cuerpo, no deberéis estrañar que yo me aleje de vuestro trato. ¿No veis que su intento es autorizarse con vuestra proteccion, para que el Almirante Gobernador no le obligue á dar cuenta de la administracion que tiene á su cargo de los bienes pertenecientes á la huérfana de Guevara?

—Pronto he estado siempre á dar esa cuenta, — dijo con descaro Mojica, —pero no á vos, que solo tratáis de quitarme la administracion para quedaros con ella, é inventaréis mil calumnias para lograr vuestro objeto.

—¡Habrá impudente!— exclamó Las Casas indignado:— me atribuís vuestros propios sentimientos; pero todos me conocen, y os conocen. Lo que importa es que rindáis esas cuentas. Capitan Don Diego, lo habeis oido: el honrado hidalgo está pronto á rendir cuentas, como no sea á mí: mañana lo harémos saber al señor Almirante, para que me releve del encargo, y nombre á otra persona mas acepta al administrador.

—Está bien, señores;— dijo Velázquez,— y dejemos ya de tratar ese desagradable asunto por ahora.

—Lo dicho,— repuso Las Casas;— y con vuestra licencia, me retiro á San Francisco.

—Id con Dios, Licenciado, — dijo Velázquez.

No bien se hubo ausentado Las Casas, cuando Mojica se desató en una violenta diatriba contra él: era un insoportable soberbio,— decia; —espíritu rebelde, altanero y dominante: afectaba austeridad de costumbres para encubrir sus faltas; era envidioso y vertía el descrédito contra todo el que parecia más favorecido de la fortuna, et cætera. En suma, el rencoroso hidalgo se desahogaba á su gusto atribuyendo sus propios vicios al noble, al puro, al generoso Las Casas, con la esperanza de hallar accesible la credulidad de Diego Velázquez para acabar con la buena opinion del licenciado. Pero en esta parte las convicciones del capitan eran inquebrantables: sabia por experiencia cuánta era la grandeza de alma de su consejero en la guerra del Baoruco; sentia profunda veneracion hácia aquel eminente carácter, cuyo contraste moral con los Mojica,— tipo de todos los tiempos,— apreciaba con exactitud y justicia. Respondió, pues, cesando de reir y con acento imponente, al procaz difamador, estas palabras, que cayeron en su corazon á manera de plomo derretido.

—Por esta sola vez, Don Pedro, os tolero la broma; pero no volvais á usarla. El licenciado tiene el génio un poco vivo; pero es el hombre más franco, más leal y más digno de respeto que ha venido de España á estas Indias.

Mojica bajó la cabeza, con el mismo aire con que agacha las orejas un perro, al recibir el puntapié de su amo. Guardó por un rato silencio, hasta que Velázquez volvió á mirarle con lástima, y le dijo:

—Mojica, os reitero mi promesa de procurar que no se os quite esa administracion: haré cuanto de mí dependa; estad tranquilo.

—¡Ah señor....!—exclamó el hidalgo con alegría.

—Hablemos ahora de otra cosa;—prosiguió Velázquez:—¿creéis que no nos queda por hoy mas nada que hacer en el asunto de mi matrimonio?

—Creo que nó:—replicó Mojica;—lo esencial ya está hecho.... Sin embargo, me ocurre que una serenata esta noche ante el balcon de vuestra prometida, sería cosa de lucimiento y gusto.

—Pues al avío, buen Mojica;—dijo Don Diego:—disponed lo concerniente al efecto, y no reparéis en gastos.

—Nos vendría bien,—repuso el maligno confidente, por cuyo cerebro acababa de cruzar una de sus diabólicas ideas;—nos vendría muy bien que Enriquillo me acompañara tocando la vihuela. Los dos sabemos concertar en ese instrumento de un modo que no hay zambra morisca que cause mas placer.

—Pues vendrá Enriquillo, hombre de Dios!—dijo el impetuoso Velázquez. Y al punto mandó un servidor al convento á buscar á su ahijado.

En aquel mismo instante le entregaron una carta sellada con las armas del Almirante: la abrió y se la hizo leer por Mojica, para quien no tenia secretos desde que lo veia tan adicto á sus intereses.

La carta solo contenia estas líneas:

"Amigo y señor Diego Velázquez: esta noche á las ocho os aguardaré "en esta Fortaleza, para tratar asuntos de grande interés.
"Vuestro muy fiel amigo, *El Almirante.*"

—Ya lo veis, Mojica,—observó Velázquez;—no sé á qué hora saldré de la Fortaleza, y por tanto, esa serenata....

—A la hora que fuere, señor;—contestó Mojica,—todo estará dispuesto.

Momentos despues llegó Enriquillo; besó respetuosamente la mano á su padrino, y saludó con franca sonrisa á Mojica. Este le dijo con el tono de voz mas meloso que pudo lo que de él se queria, y que se trataba de complacer á su padrino y protector.

El asombro y la mas viva pesadumbre se dibujaron en el rostro del jóven,—que respondió con entereza al que le hablaba:

—Que mi padrino me pida toda mi sangre; que me mande á arrojar en el mar de cabeza; que me esponga á cualquier peligro; todo lo haré gustoso, por su servicio, ó por su simple deseo; pero ir á puntear una vihuela en medio de la calle; asistir á fiestas y músicas, cuando no hace dos meses que murió mi....

—Pues lo haréis ¡voto á tal!—gritó con voz de trueno Velázquez.—Con esas salimos ahora!—Me he desvelado, me he esmerado en darte educacion, en hacerte un muchacho de provecho, y la primera vez que te pido algo te resistes y te niegas á complacerme? ¿Qué otra ocasion podrias hallar para demostrarme afecto y gratitud? ¿De qué provecho me ha de servir mandar que te arrojes al mar como dices?

El jóven quedó confundido y anonadado ante aquella inesperada explosion de la cólera de Velázquez. Mojica no podia ocultar su contento, al ver que le habia salido tan bien su estratagema. De un solo golpe hacia perder á Enriquillo la proteccion y el cariño de Velázquez, y enfrentaba con este al licenciado, que no dejaría de salir á defender á su hijo adoptivo, como solia llamar al cacique.

—¡Haced bien,— prosiguió Velázquez siempre irritado,— para recojer ingratitudes....!
—¡Ah, señor, eso nó!— exclamó Enrique, prorrumpiendo en sollozos.
—La ingratitud es el peor de los defectos;—dijo sentenciosamente Mojica.
—Haré cuanto querais, señor; —pudo al fin responder el angustiado Enrique; —pero no me tengais por ingrato.
—¡Quitad allá, mozuelo!— replicó Velázquez con impetuosa acritud.— No vuelvas á mi presencia: he perdido contigo tiempo, cuidado y dinero.
Estas palabras llegaron á Enrique á lo mas vivo del alma. Se irguió con dignidad, miró serenamente á Velázquez, y dijo:
— Señor, procuraré satisfaceros algun dia; miéntras tanto, siempre seré vuestro, y dispondo de mí como mejor os cuadre.
Dicho esto hizo una profunda reverencia y salió del salon.
Velázquez se quedó pensativo; su cólera se habia disipado, y parecia pesaroso de haberse mostrado tan duro con su protejido. Mojica entre tanto repetia dos y tres veces con feroz insistencia:
—Criad cuervos, y sacaros han los ojos....
Hasta que el capitan, incomodado de oirle el estribillo, le dijo ágriamente:
—Eh! dejadme en paz; que no estoy para refranes nécios!
Mojica se fué al trote.

XVI.

RESOLUCION.

La sombría calma, el silencio absoluto en que permanecia Grijalva al retirarse del jardin de los vireyes, en la noche funesta que habia cerrado la era de sus dias felices, desvaneciendo al frio soplo de una realidad, tan dura como inesperada, todo un mundo de doradas ilusiones y de ensueños deliciosos; esa aparente impasibilidad infundia en el buen Don García de Aguilar mayor inquietud y alarma respecto del estado en que suponia el ánimo de su amigo, que las que habría esperimentado viéndolo entregarse á los extremos de desesperacion y prorrumpir en las mas destempladas imprecaciones. Hay algo de augusto y solemne en el mutismo de los grandes dolores, que conmueve hondamente; por lo mismo que, careciendo de manifestaciones ostensibles, la impenetrabilidad en que se ocultan ofrece á la imaginacion de los demas la idea de su desmedida magnitud, como las tinieblas de un abismo hacen estremecer al que las mira, con el sensible horror de su profundidad.
Don García, buen amigo hasta la indiscrecion, tomaba á empeño hacer hablar al desdichado amante, y lo abrumaba á fuerza de preguntas, observaciones y reflecciones que todas quedaban sin respuesta.
—"Debes olvidar á esa infiel:— no merece tu amor:— las mas bellas "damas de la colonia te miran estasiadas, y desearían ser tuyas:— ¡no cono-

"ces mas de una tan hermosa como esa ingrata? El mundo es tuyo, y pue-
"des elegir á tu antojo ";— y otras frases por el estilo.

Inútiles esfuerzos de elocuencia. Aquel en cuyo obsequio se hacian estaba cómo privado de inteligencia y de sentido. Caminaba, caminaba de un modo maquinal, y á grandes pasos. Una sola vez rompió el silencio, y fué ya en la puerta de su casa, al entrar, despidiéndose de su amigo.

—Adios; tengo frio: gracias!

Y su voz temblorosa y balbuciente comprobaba el glacial entorpecimiento de sus facultades físicas.

Aguilar se quedó solo en la calle, y apesar suyo se retiró lleno de ansiedad; porque suponia todo lo peor: veia el alma de su amigo como una frágil barquilla destrozada por iracunda borrasca.

Al dia siguiente fué muy temprano á requerir la compañía de Don Gonzalo de Guzman, á quien refirió las peripecias de la noche anterior.

Don Gonzalo era hombre de juicio mas sólido y maduro que Aguilar: reprendió á este por su ligereza en juzgar mal de la jóven dama de Doña María de Toledo, y le hizo observar que la intervencion del Almirante en el asunto era muy significativa y daba márgen á infinitas conjeturas, ántes de concluir decisivamente contra una doncella de tan alto mérito como era María de Cuéllar.

Fueron juntos á visitar á Grijalva, y le hallaron presa de una violenta calentura. El desgraciado jóven no tenia consigo sino un hermano, mayor que él, pero adusto y de corto entendimiento; y tres ó cuatro indios de servicio: Don García se constituyó desde luego á cuidar de su asistencia, y Don Gonzalo salió inmediatamente, enviando poco despues médico, criados inteligentes y todo lo necesario para el caso.

La fiebre calmó sin embargo, ántes de las veinte y cuatro horas, sin asumir carácter pernicioso. El médico declaró que solo habia una grande escitacion de los nervios, y prescribió un régimen sencillo que dió prontos y excelentes resultados. El siguiente dia, ya Grijalva, incorporado en su lecho, pálido y triste, pero libre de todo acceso febril, conversaba tranquilamente con los circunstantes, y espresaba su gratitud á Guzman y Aguilar.

De estos dos nobles y generosos amigos, el primero, Don Gonzalo de Guzman, era un hombre dotado de distinguidas prendas de inteligencia y de carácter. Su lenguaje, flexible, insinuante, rebosando de bondad é inspirado por un conocimiento profundo del corazon humano, tenia especial virtud para calmar las tempestades del alma. Habló de todo, ménos de los amores de Grijalva; pasó en revista los principales personajes de la colonia; sus empresas, sus proyectos, sus probabilidades de buen ó mal éxito; y desenvolvió ante los ojos del doliente mancebo, que parecia escucharle con gustosa atencion, un estenso panorama de aventuras gloriosas. Grijalva se reanimó visiblemente y llegó á espresar su intencion de embarcarse con Ojeda y Nicuesa, que, segun se ha dicho, estaban á la sazon en Santo Domingo activando los últimos preparativos de su expedicion al continente.

Don Gonzalo le objetó que tratándole el Almirante con la alta estimacion que todos sabian, no sería justo corresponderle yéndose á compartir la fortuna de los que aparecian como émulos de sus intereses; y que mejor le estaría á Grijalva aguardar á que el mismo Almirante organizara alguna expedicion por su propia cuenta; lo que no podría tardar mucho. Conformóse Grijalva con este parecer, y así quedó determinado en su propósito.

XVII.

DELIBERACIONES.

La noche precedente tuvo efecto la entrevista para que habia sido llamado Velázquez por Diego Colon á la Fortaleza.

—Ya os dije que era vuestro amigo, y que pronto os lo probaría;—fueron las primeras palabras que empleó el Almirante por via de exordio para entrar en materia.— Desde ahora quiero que vuestros intereses corran identificados con los mios. Ya sabeis que se me quiere despojar de mis derechos y prerogativas como Almirante de estas Indias. Ojeda y Nicuesa, con el acreditado piloto Juan de la Cosa, están acabando de aprestarse para ir á conquistar y poblar en las partes mas ricas é importantes de las tierras descubiertas por mi ilustre padre: él pasó sus grandes trabajos para que estos extraños los aprovecharan, validos de la perdurable injusticia del rey para con nuestra casa, y del apoyo que les prestan allá el malvado obispo Fonseca que tanto atormentó á mi padre; y acá el intrigante tesorero Miguel de Pasamonte. Aun la isla de Jamáica me la quieren arrebatar, incluyéndola en el asiento con Ojeda, ó con Nicuesa; que este particular aun entre ellos está oscuro y dudoso, por lo que es ocasion de disputas y desafíos, que yo dejo correr como simple espectador, siendo como soy el legítimo dueño de la cosa disputada.

"Pero entretanto el tiempo urge, y me conviene aprovecharlo: con vos cuento para el efecto. ¿Queréis ir á poblar la isla de Jamáica? ¿Queréis mas bien anticiparos á los dos usurpadores, y salir para el Darien con toda la gente y los recursos que aquí podamos allegar? Esto dificultaría mucho más la expedicion de aquellos, porque les quitaríamos la mayor parte de la gente que han traido enganchada desde España, sobre no permitirles enganchar ninguna aquí. Para consultaros sobre estos importantes puntos os he llamado.

Velázquez no carecia de prudencia: comprendia, en medio de las deslumbradoras proposiciones del jóven Almirante, que se trataba de hacer frente á las resoluciones soberanas, de contrarrestarlas y contrariarlas, oponiéndoles los justos y legítimos derechos del hijo del Descubridor. No podia preverse hasta donde pudiera llevar á la una parte y á la otra su respectivo empeño en la lucha. ¿Cedería la corona? Era dudoso; y en ese caso, sería temeridad obstinarse en sustentar derechos que podian ser desvirtuados por cualquier acusacion de rebeldía, cuyas consecuencias acaso se complicaran hasta producir un patíbulo. ¿Cedería Don Diego? Esto era lo mas proba-

Cuéllar, que aquí me tiene como encadenado, y no quisiera salir de la isla sin que de hecho fuera mio tan imponderable tesoro.

—De esas cosas no entiendo, capitan: yo tampoco pienso salir, sino despues de consagrado al Señor. Entónces, me tendréis á vuestra disposicion... Y ahora, decidme, que ya es tiempo: ¿por qué os enojásteis ayer con Enriquillo?

—A fé mia, Don Bartolomé,—dijo Velázquez recapacitando,—que apénas lo recuerdo; mas sí que me pesó al punto el haber sido con él demasiado severo; y si ahora lo tuviera aquí presente, daría gustoso un abrazo á mi pobre ahijado.

—¿No recordáis el motivo? Pues voy á decíroslo;—replicó Las Casas con amarga espresion.—Ese Mojica, deliberadamente, proporcionó el disgusto; ese Mojica ejerce una mala influencia á vuestro lado, abusa de vuestro carácter franco y sencillo; os induce á actos injustos, agenos de vuestra noble y generosa índole....

—Tal vez tengais razon, licenciado,—dijo Velázquez, deseando ver terminado el sermon.—Voy á desconfiar de él en adelante....

—¿Pediréis conmigo al Almirante,—añadió Las Casas,—que se nombre un sustituto para residenciar las cuentas de ese pícaro....?

—Convenido, licenciado;—volvió á decir el voluble Velázquez, sometido ahora en cuerpo y alma á su ángel bueno, que era Las Casas.

—Y si estáis cansado de proteger á Enriquillo, no cureis mas de él, que yo me basto para el efecto....

—¡Por Dios, licenciado, no digais tal cosa! ¿Qué se pensaría de mí? Ese cuidado no lo cedo á nadie.

—Así os quiero, capitan: ahora os reconozco....! Pues vamos compaginando las cosas. El sustituto mio no ha de ser un tunante á quien Mojica pueda comprar; ni un simple á quien pueda engañar. Ya he discurrido sobre este punto en mis adentros, y hallo que el sujeto mas adecuado á tal encargo es el íntegro y venerable Don Francisco de Valenzuela.

—Indudablemente,—repuso Velázquez;—no es posible mas digna y acertada eleccion.

—Pues bien,—prosiguió Las Casas,—como que se trata del patrimonio de la niña Mencía de Guevara, y esta criatura está destinada á ser la esposa de nuestro Enriquillo, parece lo mas conveniente que propongamos al Almirante el nombramiento de Valenzuela; que este conserve la administracion de los bienes, lo que le es fácil por estar radicados cerca de San Juan de la Maguana, donde el dicho Valenzuela tiene tambien sus vastas propiedades; y que tome á su cargo á Enrique, para que desde ahora lo vaya instruyendo en el conocimiento de los deberes que le han de corresponder mas tarde, como curador y administrador de los bienes de su esposa, cuando llegue á serlo Mencía....

—Admirable! Don Bartolomé;—exclamó Velázquez:—proponed todo eso al Almirante, y yo diré *Amen* á cuanto salga de vuestra sábia cabeza.

XVIII.

ACUERDOS.

A la una del dia eran recibidos por Diego Colon en la Fortaleza el licenciado Las Casas y el capitan Velázquez: el Almirante se holgó mucho de que este último estuviera tan diligente en llevarle con un cuarto de dia de adelanto la contestacion que habia quedado aplazada para aquella próxima noche. Todo pasó como la *sábia cabeza* de Las Casas, segun la espresion de su dócil compañero, lo habia concebido; y aunque el Almirante mostró algun pesar de que Velázquez no se quisiera encargar de ninguna de las espediciones de inmediata ejecucion con que le brindaba, acojió con entusiasmo el pensamiento de la colonizacion de Cuba; dispuesto á seguir desde aquel mismo dia todas las indicaciones del entendido licenciado, para mantenerse en la gracia del rey Fernando, estableciendo el contrapeso de tan brillante proyecto en el ánimo real, que sin duda recibiría con desagrado los actos de jurisdiccion personal que se proponia ejercer del modo mas enérgico el heredero del gran Colon, frente á frente de las invasiones que sus derechos sufrian de parte del mismo rey y de su Consejo de Indias.

Sea porque efectivamente lo reclamara su interés político, ó bien porque perseverara el Almirante como estaba comprometido á hacerlo, en su propósito de alejar á Velázquez so pretesto de público servicio, lo cierto es que al mismo tiempo que abrazaba á este en señal de estrecha alianza, y se entregaba de lleno á las mas lisonjeras ilusiones respecto de la proyectada conquista de Cuba, Diego Colon declaraba que era de todo punto indispensable que el comandante Diego Velázquez, ó sea el Teniente Gobernador de Jaragua (1) fuera á ocupar sin tardanza su puesto oficial; y la razon era que estando Nicuesa y Ojeda á punto de emprender su viaje á Costa-Firme, y siendo este último tan atrevido, y conocedor práctico de las costas occidentales de la Española, era preciso evitar que fueran de recalada, al partir de Santo Domingo, á tomar en Jáquimo, Jaragua ó cualquier otro lugar de la Tenencia, gente, bastimentos y otros recursos, que mas adelante habrían de hacer falta para los proyectos propios del Almirante. Pareció bien á Casas y Velázquez el pensamiento de Diego Colon, tal vez por corresponder con algu-

---

(1) En los antiguos historiadores de Indias hallamos que los tratamientos de *Teniente, Capitan* y *Comandante*, se dan indistintamente á Velázquez, hasta que logró el *Adelantamiento*.

na concesion á la deferencia con que habia este dado su pleno asentimiento á todas las indicaciones y proposiciones de los dos amigos. Quedó por consiguiente acordado que Velázquez haría los preparativos necesarios para marchar al Occidente, tan pronto como las naves de los expedicionarios zarparan del puerto de Santo Domingo.

Despues se trató de la residencia de Mojica y de lo concerniente al señor Valenzuela y á Enriquillo. Es penoso haber de observar que los intereses de Mojica quedaron sacrificados despiadadamente, y abandonados por Velázquez con la mayor indiferencia, como si jamás hubiera salido de sus lábios la solemne promesa de protejerlos. Pero ¿quién se fía de palabras de enamorados y de políticos? Todo lo ofrecen cuando lo exije el interés del momento; tan pronto como este pasa, el olvido lo sigue de cerca. Es regla general; lo que quiere decir que no deben faltar sus raras escepciones de hombres de bien, que repugnen las fullerías en todos los casos.

Saliendo de la Fortaleza, las Casas fué á enterar á Don Francisco de Valenzuela de la parte que le concernia en los acuerdos de la conferencia. Halló muy propicio al buen anciano respecto del pensamiento de encargarlo de la administracion de los bienes de Mencía y de la direccion del jóven Enriquillo. Valenzuela, como Las Casas y todos los hombres de principios íntegros que conocian al intrigante hidalgo y sus mañas, detestaba á éste de todo corazon.

Despues de esta diligencia, el licenciado se retiró á descansar á su alojamiento en San Francisco. Enriquillo salió á su encuentro segun solia; pero estaba sumamente abatido y triste: Las Casas le gritó con aire de alegría:

—¡Ea, muchacho; dáme albricias! Tu padrino Velázquez te aprecia como siempre: está descontento de sí mismo por haberte reñido sin razon, y desea darte un abrazo.

Enrique, por toda contestacion, movió la cabeza melancólicamente.

—Vamos á ver si esta otra noticia te causa mejor impresion,— prosiguió Las Casas. — Antes de un mes, te irás á vivir á San Juan de la Maguana con mi querido amigo Don Francisco de Valenzuela. Él cuidará de tí y te amará poco ménos que como yo te amo. Correrás á caballo en libertad por aquellos valles; aprenderás á conocer y manejar todo lo que es de Mencía por herencia de su madre, y nadie te mandará á mentir, ni querrá obligarte á que toques instrumento alguno, cuando no te dé la gana.

Enrique dejó ver una sonrisa de satisfaccion; luego miró enternecido á Las Casas, y le besó las manos diciéndole:

—¡Cuánto os debo, señor y padre mio! Por nada de este mundo quisiera dejaros; y sin embargo, me hace tanto daño vivir en esta ciudad....!

—Lo creo; — contestó Las Casas.— Pero es menester que hagas por cumplir de buen talante tus deberes con los señores vireyes, con tu padrino, con todos, miéntras estés por aquí. Irás á menudo á ver á Mencía; no le pongas á nadie mala cara; sé prudente y sufrido como te he recomendado.

Entre tanto, Diego Velázquez, desnudándose el traje de gala que se habia puesto para ir á la Fortaleza, decia á su ex-confidente Mojica, que lo escuchaba con avidez:

—No teneis buena suerte, amigo Don Pedro: todos mis esfuerzos por manteneros en esa administracion fueron inútiles, y el Almirante ha nombrado al señor de Valenzuela para que os releve y tome cuenta.

—¡Misericordia! — exclamó aturdido Mojica. — Soy hombre perdido! ¡En buenas manos he ido á caer! Otro Las Casas, y tal vez con no tan buen corazon como este, que al cabo es incapaz de hacer daño ni á una mosca.

¡ Por qué iría yo á promover este asunto? ¡Salvadme, capitan Velázquez! ¡Mal haya el Almirante, y Las Casas, y Valenzuela, y yo mismo, que me he fiado de quien pasaría de largo si me viese caer dentro de un pozo!

Y el atribulado Mojica se fué mesándose las pocas barbas que rastreaban por su sórdido semblante, miéntras que su falso protector contenia trabajosamente la risa, ante aquella caricatura de la desesperacion.

XIX.

HÉROES O LOCOS.

Los preparativos de la expedicion de Ojeda y Nicuesa al continente no acababan nunca: vencida una dificultad surjia otra, y despues otra, y cien mas.

El Almirante gobernador tenia amigos y aduladores que con solo estar en cuenta del desagrado con que él miraba aquel menoscabo de sus prerogativas, se afanaban en suscitar obstáculos sin cuento á los expedicionarios.

Diego de Nicuesa tenia muchos acreedores en la colonia, y todos á una, como trahilla de rabiosos canes, se echaron sobre él á promoverle demandas y pedir embargos. Ojeda por su parte no hallaba quien le prestara las sumas de dinero que necesitaba para completar su equipo y pagar las primas de enganche de su gente. Bramaban de ira uno y otro contra Diego Colon, á quien atribuian, no muy agenos de fundamento, el cúmulo de contrariedades y percances que los abrumaba. La cólera de ámbos subió de punto cuando supieron que se hacian á la mar dos naves, con rumbo á Jamáica, para tomar posesion de aquella isla, y poblarla y gobernarla por cuenta y en nombre del Almirante.

El impetuoso Ojeda exhaló su rabia en terribles amenazas; y juró cortar la cabeza á Juan de Esquivel, que iba como Teniente de Diego Colon á la empresa de Jamáica.

No habiendo aceptado el encargo Diego Velázquez, el Almirante se volvió naturalmente á Esquivel, que era quien seguia á aquel en consideracion y prestigio, como pacificador de Higüey y de Icayagua, y como fundador de las villas de Salvaleon y de Santa Cruz del Seybo, que aun subsisten como importantes centros de poblacion en las dos antedichas provincias (1) respectivamente.

Los historiadores de la conquista refieren como Ojeda, léjos de poder

(1) Se habla en el concepto de la division territorial primitiva, ó sea la indígena adoptada por los conquistadores. Ambas comarcas forman hoy la importante provincia del Seybo, una de las nueve circunscripciones que componen la República Dominicana en el dia.

cumplir su imprudente juramento, llegó un dia desvalido, rendido de trabajos y de miseria á Jamáica, donde Esquivel le dispensó la mas generosa hospitalidad. Como es probable que no vuelva este episodio á figurar en nuestra narracion, le damos cabida ahora, aunque no sea de este lugar.

Hicieron los adversarios del Almirante un supremo esfuerzo. Pasamonte facilitó fondos, y se logró arrollar los obstáculos que se oponian á la expedicion de Ojeda y Nicuesa; pero cuando este iba á embarcarse, hubo de pasar por una prueba mas triste y humillante que todas las anteriores. Los alguaciles le prendieron al poner los piés en el bote, á causa de una deuda de quinientos ducados que no habia satisfecho.

El infeliz, ya vencido por tantas contrariedades, miraba consternado á todas partes, cuando un escribano de la ciudad, cuyo nombre no registraron las crónicas, volvió caritativamente por el desesperado caballero, suscribiendo fianza para pagar por él. Nicuesa no podia creer en tan inesperado auxilio. Abrazó á su libertador y lo tuvo por un ángel venido expresamente del cielo á salvarlo. Mil promesas lisonjeras hizo al buen escribano, de que le atestiguaría su gratitud con brillantes recompensas si su empresa obtenia buen éxito. Pero no lo obtuvo, y despues de infinitos trabajos, vejámenes y disgustos, el infeliz Nicuesa, obligado á regresar á la Española en un barco podrido, pereció en el mar con varios de sus compañeros, sin que mas se volviera á saber de él. Lamentable aunque justo fin de una expedicion emprendida bajo los desfavorables auspicios de la ingratitud y el mas arbitrario atropello de parte del rey Fernando, contra los derechos patrimoniales de su fiel súbdito, el hijo del gran Colon.

Vasco Núñez de Balboa, el mismo que mas tarde supo inscribir su nombre en el libro de oro de la inmortalidad, salió en aquella ocasion de Santo Domingo, " oculto en una pipa, " (1) y de este modo logró sustraerse á la persecucion de sus muchos acreedores, y embarcarse en una de las naves de Nicuesa, permaneciendo en su escondite hasta que el barco estuvo en alta mar. Se presentó entónces al caudillo, y este se enojó mucho; pero consintió en seguir viaje con aquel no previsto compañero, cuyo espíritu audaz y fecunda inventiva se acreditaban con el mismo rasgo de su fuga. Nadie, sin embargo, pudo adivinar en aquel aventurero, oscuro vecino de Salvatierra de la Savana, al intrépido conquistador y colonizador del Darien, y al célebre descubridor del mar del Sur.

Sus brillantes hazañas, sus heróicos trabajos, como su trágico fin á manos del envidioso Pedrarias Dávila, han hecho de Vasco Núñez de Balboa el tipo mas acabado y simpático de aquellos hombres de voluntad férrea y corazon de diamante, que dieron á la conquista el carácter de una grandiosa epopeya. (2) Lástima que otros conquistadores, si capaces de igual esfuerzo, desprovistos de su magnanimidad, deshonraran con crueldades sanguinarias las proezas que inmortalizaron sus nombres. Así Francisco Pizarro, futuro conquistador del Perú, que tambien salió entónces de Santo Domingo con Alonso de Ojeda, como soldado de fortuna, y que por aquellos dias, limitando modestamente sus aspiraciones al cumplimiento de sus deberes subalternos,

---

(1) Histórico: "dentro de una vela del barco" dicen otros.
(2) Así han juzgado el inmortal Quintana y Washington Irwing al descubridor del mar Pacífico. El distinguido literato puerto-riqueño Don Alejandro Tapia y Rivera ha escrito una de sus mas bellas obras dramáticas sobre el brillante y trágico destino de *Vasco Nuñez de Balboa*. Como José Julian Acosta, Manuel Corchado, Manuel Fernández Juncos y otros eminentes hombres de letras que brillan en Puerto - Rico, Tapia rinde fervoroso culto á toda grandeza moral *verdadera*, con noble desinterés y laudable independencia.

parecia ignorar su propio valor, y la indómita energía de su corazon. Así Hernan Cortés, que mas tarde conquistó gloriosamente á Méjico, y que muy á su pesar no emprendió viaje en la flota de Nicuesa por impedírselo á la sazon una incómoda dolencia que le tenía en cama. (1)

Todo lo que, en resúmen, dá la medida del poder y de la prevision humana sin el auxilio de las circunstancias fortuitas; y enseña que la gloria y la alta fortuna de los varones mas renombrados en la historia, han dependido casi siempre de sucesos insignificantes, y de los caprichos de la ciega casualidad.

XX.

RESIGNACION.

Al saber Juan de Grijalva que Esquivel pasaba á poblar á Jamáica por órden y cuenta del Almirante, volvió á consultar á sus amigos la conveniencia de partir en aquella expedicion, que sobre ser la primera que se presentaba, era la única de las previstas en aquellos dias, que ofrecia las condiciones requeridas en la opinion de Don Gonzalo de Guzman. Este aprobó la resolucion del mancebo, y el viaje quedó decidido.

Velázquez lo supo con júbilo extraordinario, y lo supo de boca de Las Casas, que compadeciendo vivamente al infeliz Grijalva habia estado á visitarle en cuanto tuvo noticia de su enfermedad. La resolucion de ausentarse Grijalva de Santo Domingo era para Velázquez la mas segura prenda de la sinceridad con que el jóven le habia manifestado sus recónditos sentimientos en la memorable noche en que su amor habia sufrido el rudo desengaño del jardin de los vireyes. Determinó, pues, obedeciendo al primer impulso de su reconocimiento, ir á estrechar la mano á su temible rival, que con inusitada generosidad le abandonaba el campo; pues no dejaba de preocupar á Velázquez el recelo de dejar cerca de su prometida, al ausentarse para cumplir en Occidente la comision que le impusiera el Almirante, aquel bello é interesante jóven, que por primera vez se ofreció á su mirada observadora como adorador no desdeñado de María de Cuéllar.

Las Casas alentó aquellas disposiciones amistosas de Velázquez, previniendo que habian de ser muy provechosas á la carrera de Grijalva en el porvenir.

Este recibió sin estrañeza la visita del capitan, pero al darle la mano dejó traslucir cierto embarazo y cortedad en su actitud y en las palabras incoherentes con que correspondió al saludo espansivo y afectuoso de Don Diego, que le dirijió las siguientess frases:

---

(1) Histórico. "Una postema que le salió en una pierna."—HERRERA.

—Me han dicho que vais á partir con Esquivel, y he venido á saber si es cierta esa noticia, Don Juan.

—Sí, capitan Velázquez:—contestó lacónicamente Grijalva.

—No pretendo oponerme á vuestra voluntad,—repuso Diego Velázquez;—pero sí me reservo la facultad de reclamaros el cumplimiento de la oferta que expontáneamente me hicísteis, de vuestro brazo y vuestra espada: ¿la recordais?

—No acostumbro olvidar un empeño, y ménos de la naturaleza del que vos referís;—replicó Grijalva:—siempre que en cualquier trabajosa empresa que acometais, os viniere bien emplear mi persona, ya os lo dije, Don Diego, podeis poner á prueba mi leal adhesion.

—Permitidme, Grijalva, espresaros mi admiracion por vuestra manera de proceder conmigo;—dijo Velázquez conmovido.—Me habeis dicho con franqueza que amábais á la que vá á ser mi esposa; y léjos de mirarme con preocupacion y enojo, hallo en vos para conmigo una buena voluntad y disposicion favorable que igualarían á las de mis mejores amigos.

—¿Y por qué habría de ser de otro modo?—dijo sosegadamente Grijalva.

—¿Porque ameis á una persona... que yo... amaba? Pero eso no tiene nada de ofensivo para mí, Don Diego.... Yo hallo muy natural que todos amen á un ser dotado de tantas perfecciones como Doña María de Cuéllar; y respeto la voluntad de ella cuando veo sin celos que os dá una preferencia que yo no he tenido la dicha de merecer. Esto me convence, al contrario, de que en vos deben concurrir prendas superiores que os hacen acreedor á esa preferencia; y mi corazon, incapaz de mezquinos afectos, halla cierta complacencia en honrar, amar y venerar todo lo que una persona de tan alto mérito ama, venera y honra, al estremo de entregarle su fé y su mano de esposa.

—Cada vez os hallo mas singular, Don Juan!—exclamó Velázquez, sin acertar á comprender aquella estraña manera de sentir y de pensar.—No obstante; veo claro que teneis un alma noble y grande, y me obligo á corresponderos con la franca adhesion del verdadero amigo. Disponed de mí á vuestra guisa, Don Juan.

Y aquellos dos hombres que respectivamente uno de otro se hallaban en situacion tan anómala, se estrecharon silenciosamente las diestras, y se separaron despues, tratando de ocultar la emocion que los dominaba. Diego Velázquez se sentia enternecido y apesarado, como si algo semejante al remordimiento nublara su ánimo, al encontrarse frente á la resignada melancolía de su infortunado rival.

Dos dias despues, Grijalva, acompañado de sus numerosos amigos, se embarcaba en una de las naves de Esquivel.

En manos de García de Aguilar dejó recomendada la siguiente carta, dirijida á María de Cuéllar:

"María: mi desengaño me aleja de estas comarcas. Voy á buscar la "muerte, que es lo único que puede ser grato á mi triste corazon, en medio "de la pena inmensa que lo abruma. No me quejo, ni os acuso de nada; "olvidadme, y sed feliz: es el deseo que llevaré al sepulcro, y he sentido la "necesidad de decíroslo por última vez.—¡Adios!"

Aguilar tomó á empeño cumplir el encargo de su amigo, y consiguió que el billete de Grijalva fuera el mismo dia á su destino, por ministerio de una anciana que servia en la casa de Cuéllar.

XXI.

LA VICTIMA.

La pobre María estuvo á punto de perder la razon, cuando leyó la despedida de su amante.

No bien se repuso de la primera impresion, corrió á echarse á los piés de su padre, y le refirió toda la verdad, haciendo patentes las heridas de su corazon.

—Yo moriré, padre mio,—dijo la desdichada jóven al terminar su confesion:—moriré, y muy pronto, si me obligais á dar la mano de esposa á otro que á Juan de Grijalva.

El viejo, abriendo un balcon que daba vista al lejano horizonte marítimo, contestó á su hija señalándole dos bajeles que á toda vela se alejaban en direccion al Sudoeste.

—Ya ¿qué remedio tiene? Ese barbilindo se fué;....¡Dios le dé buen viaje! Procura olvidarlo, que es cuanto está bien á tu decoro, para no pensar sino en dejar bien puesto el honor de nuestra casa, y en cumplir el compromiso contraido solemnemente con el capitan Diego Velázquez.

La jóven parecia no prestar atencion al frio lenguaje de su padre. Inmóvil, con los ojos desmesuradamente abiertos, fija la mirada en las dos blancas velas que la distancia hacia aparecer como dos gaviotas surcando en rasante vuelo la superficie de las ondas, hubiera podido servir de modelo para una estátua de la ansiedad y el dolor. Por último, el llanto bañó sus pálidas mejillas, y solo entónces comprendió el endurecido anciano el sufrimiento desgarrador que experimentaba la doncella. Trató de consolarla como lo entienden los seres de naturaleza ordinaria y vulgar; esto es, aumentando la afliccion del doliente que tiene la desgracia de escucharlos, con sus sándios discursos y exhortaciones indiscretas.

Tal vez por librarse del tormento de oir unas y otros, María se esforzó en dominar su angustia, logrando componer el semblante, y pidió á Don Cristóbal permiso para retirarse á su aposento, donde era su deseo permanecer absolutamente sola.

Despues de algunas reflexiones del importuno viejo, que objetaba la conveniencia de distraerse con el paseo y la conversacion para combatir la hipocondría, insistiendo la doncella, obtuvo al fin que su voluntad fuera respetada, y fué á encerrarse con su dolor donde nadie cohibiera sus naturales espansiones.

Púsose á borronear una carta á su amante, contestando á la que él le dejara escrita en son de despedida. En los dedos de la jóven, la pluma volaba con febril agilidad, más rápida que cuando adherida al ala en que se formó, hendia los espacios etéreos. Deteniáse á veces la gentil escribiente, nó para meditar conceptos, sino para enjugar el llanto que nublaba su vista y humedecia el papel. Al cabo de algunos minutos, sin volver á leer los renglones que habia trazado, dió varios dobleces al escrito, y cerrándole cuidadosamente, selló su nema sirviéndose al efecto de la cincelada cifra de un precioso relicario de oro que pendia de su cuello. Abrió despues el espresado relicario, y sacando de él un delgado rizo de cabellos negros como el ébano, llevólo á sus labios y lo besó apasionadamente.

—Es todo lo que me queda de su amor! — dijo con acento de indefinible tristeza, y luego añadió:

—¡A quién confiaré esta carta?— No sé; pero estoy segura de que él la ha de leer algun dia. Es cuanto deseo.

XXII.

DESPEDIDA.

Tan pronto como las naves de Nicuesa y Ojeda, cuyos numerosos tripulantes agitaban los sombreros y atronaban los aires con alegres aclamaciones de despedida, hubieron traspuesto la barra que forma la embocadura del Ozama, y comenzaron á bogar á toda vela con rumbo al Sur, Diego Velázquez fué a recibir las últimas órdenes verbales del Almirante, y montando en seguida á caballo, se puso en marcha con buen séquito hácia los lugares que caian bajo su tenencia de gobierno. Comprendia esta todo el vasto territorio demarcado entre Azua de Compostela en direccion al sur y al oeste, rodeando toda la costa, y dando la vuelta al norte de la isla hasta la desembocadura del rio Yaque, cerca de Monte Cristo; y quedaban dentro de su dilatada jurisdiccion la citada villa de Azua, Salvatierra de la Savana, Villanueva de Jáquimo y San Juan de la Maguana, fundadas y pobladas por el mismo capitan Diego Velazquez; la villa de Yaguana, por otro nombre Santa María del puerto, Lares de Guahava, Santa María de la Vera Paz, villas tambien fundadas por el comendador Ovando. Ademas, un sin número de lugarejos, aldeas y caseríos de castellanos y de indios; que de los primeros llegó á haber hasta catorce mil colonos en la Española, guarismo que mermó rápidamente cuando las riquezas de Méjico y el Perú atrajeron á los pobladores europeos, por enjambres, en pos de las huellas de Cortés y de Pizarro.

En el séquito del capitan Velázquez se fué tambien para su casa, con la hiel del despecho en el corazon, el malaventurado Mojica, que desamparaba la capital de la colonia muy á su pesar, pues se hallaba perfectamente en aquella atmósfera de chismes é intrigas, que fermentaban al calor de las discordias y los antagonismos de los dos bandos en que se dividian los principales colonos, unos por el Almirante y otros por Miguel de Pasamonte, cuyo oficio de tesorero real le daba grande inportancia. Mojica sentia vivamente alejarse de un teatro tan apropiado á sus aptitudes morales, decidido á afiliarse en el bando de Pasamonte, que el malo á lo malo tira; pero iba á la Maguana á poner *en órden* los bienes de que era administrador, para poder dar cuenta cuando Don Francisco Valenzuela, que aun quedaba por unos dias mas en la capital, fuera á tomárselas; diligencia necesaria de parte de todo el que administra *sin órden* la hacienda agena.

Enriquillo vió partir á su patrono Diego Velázquez despues de haber recibido sus demostraciones de cariño, sin dar señales de gran pesadumbre. Tal vez le quedaba algo del pasado sentimiento; quizá un secreto instinto le advertia que la proteccion de Velázquez tenia mas de artificial y aparatosa que de verdaderamente caritativa. El jóven no se detendria sin duda á hacer este análisis, que al que recibe un beneficio solo le compete agradecerlo, en tanto que no tienda á su humillacion ó envilecimiento, límite donde toda honrada gratitud debe detenerse altivamente; mas, lo cierto es que, cuando interrogaba su puro corazon, Enriquillo encontraba radicalísima diferencia entre el afecto tibio y casi forzado que le inspiraba Velázquez, y la expontánea, sincera y tierna adhesion que sentia hácia el desinteresado y generoso Las Casas.

Aprovechando la libertad que se le permitia en el convento, desde que el padre prior supo su próxima partida con el señor de Valenzuela, el jóven cacique iba todos los dias á la Fortaleza á ver á Mencía: acojido constantemente con cariñosa bondad por el Almirante y su esposa, pronto se borraron totalmente las primeras desagradables impresiones que los usos palaciegos causaron en su alma vírgen y candorosa. Seguia al pié de la letra las prudentes advertencias de Las Casas, y comenzaba á aprender y practicar aquella antigua máxima filosófica, que aconsejando *no admirarse de nada*, (1) encierra toda la ciencia de la vida. Su natural ternura para Mencía se hizo más intensa, y estimulada por la espectativa de una separacion inmediata, ocupó desde entónces el espíritu soñador de Enrique como un sentimiento vago y melancólico, preludio de una de esas pasiones contemplativas que se nutren de ilusiones, que ven algo del objeto amado lo mismo en el azul purísimo de los cielos, que en el blando susurro de las fuentes; y bastando á su delicada aspiracion el inmenso campo de una idealidad inefable, apénas conciben, y casi desdeñan el auxilio real de los sentidos en las manifestaciones activas ó concretas del amor.

Llegó tras de pocos más el dia en que Don Francisco de Valenzuela emprendió su viaje de regreso á la Maguana, de donde estaba ausente hacia unos cinco meses. Tomó consigo á Enrique, cuya despedida tanto de Mencía como de los vireyes fué sentida y afectuosa, aunque templada con la esperanza de visitar de vez en cuando á Santo Domingo, segun se lo prometiera

---

[1] *Nihil mirari.*

su nuevo tutor el señor de Valenzuela; hizo de igual modo sus cumplidos, con faz enjuta y continente tranquilo, al prior y los frailes en el convento de San Francisco; pero al besar la mano á Las Casas y recibir de este un cordial abrazo, ya las cosas no pasaron con tanta serenidad, y algunas lágrimas de pesar asomaron á los ojos del sensible jóven: mayor disgusto experimentó aún, cuando hubo de despedirse de su fiel Tamayo, que los benditos frailes quisieron conservar á todo trance en el convento, fundados en la peregrina razon de que les era muy útil. En vano reclamó Enrique, gruñó Tamayo, y tomó partido Las Casas contra la injusta pretension de los santos religiosos. Estos, por de pronto, se salieron con la suya, y haciendo llevar el hato de Enriquillo por otro criado á la casa de Valenzuela, retuvieron en su poder al *cacique*, como llamaban á Tamayo por apodo familiar, porque pretendia ser de estirpe noble entre los indios; que la vanidad cabe en todos los estados y condiciones. Las Casas se indignó contra el egoismo de aquellos piadosos varones, y con su genial impetuosidad les dijo que no obraban con caridad ni justicia. Ellos contestaron destempladamente que la caridad como la justicia debian comenzar por casa: el fogoso licenciado les juró que no descansaría hasta quitarles el indio y restituirlo á la compañía de Enriquillo, y el venerable prior Fray Antonio de Espinal, volviendo entónces por el prestigio y las elásticas prerogativas de su convento se encaró de mala manera con su poco sufrido huésped, diciéndole, *Allá lo verémos.* Enrique se fué á reunir con Valenzuela, que ya lo aguardaba con el pié en el estribo, y se pusieron en marcha. Desde entónces se entibió la amistad del licenciado con Fray Antonio y sus regulares, que en él tenian un precioso consultor de teología y sagradas letras; el mismo dia se mudó á la casa de un deudo suyo, hombre muy de bien y de sólida virtud, llamado Pedro de Rentería, á quien acostumbraba Las Casas dar donosamente el nombre de *Pedro el Bueno ;* así como no mentaba á Mojica en sus conversaciones familiares sino apellidándole *Pedro el Malo.*

XXIII.

PARCIALIDADES.

La reaccion de los antiguos enemigos del gran Descubridor contra la autoridad de su hijo Don Diego, comenzaba á acentuarse en las cosas de la Española, y sus primeros tiros hicieron en el ánimo del jóven Almirante el mismo efecto que el acicate del domador en el soberbio potro aun no acostumbrado al duro freno. Ya le hemos visto quejarse amargamente, en su conferencia con el contador Cuéllar, de las intrigas de Miguel de Pasamon te, criatura (1) del obispo Fonseca; ya le hemos visto contrariar cuanto pudo la expedicion de Ojeda y Nicuesa, producto de la activa hostilidad de sus émulos, y mandar á Esquivel á Jamáica, al mismo tiempo que concertaba con Velázquez la conquista de Cuba. Pasamonte y su bando no desperdiciaban ningun recurso que pudiera minar el crédito del Almirante en la Corte. Primeramente sirvió de tema á sus denuncias la negativa de Diego Colon á entregar la Fortaleza al alcaide Francisco de Tapia, nombrado con título del rey para ese cargo, y el cual habia sido antes desconocido por Ovando y reducido arbitrariamente á prision. Despues hicieron mucho hincapié en la injusticia con que el Almirante Don Diego, prescindiendo de los señalados servicios de Juan Ponce de Leon, que habia explorado con gran trabajo y habilidad suma la isla de San Juan de Puerto Rico, proveyó su gobernacion en un caballero de Écija, llamado Juan Ceron, en calidad de Teniente del mismo Almirante, "mandando como alguacil mayor á Miguel Díaz, que habia sido *criado* (2) del Adelantado Don Bartolomé Colon."

El rey dió nueva órden al Almirante para que entregara la Fortaleza á Tapia; pero Diego Colon, confiado en la cédula de sus instrucciones, en la cual habia obtenido, como Ovando, autorizacion para usar la fórmula de *acato y no cumplo,* siempre que lo juzgara conveniente al buen órden de la colonia, hizo sus representaciones á la Corte, y persistió en negar á Tapia la posesion de su empleo.

Se puede suponer fácilmente el partido que sacarían los reaccionarios de este rasgo que ellos calificaban como desobediencia: escribieron nuevamente al obispo de Palencia (3) y "llegó luego por los aires otra provision, mandan-
"do al Almirante, so graves penas, que saliese luego de la Fortaleza y la en-
"tregase á Miguel de Pasamonte, para que la tuviese interinamente." (4)

Diego Colon, humillado en lo mas vivo de su amor propio, herido en el prestigio de su autoridad, tuvo que obedecer, y se fué á hospedar con toda su familia á casa de Francisco de Garay, que fué deudo de su padre. É inmediatamente dió principio con febril eficacia á la construccion del magestuoso edificio de estilo gótico que aun subsiste hoy reflejando sus imponentes y pardas ruinas en las aguas del Ozama, y conocido con el clásico nombre de *casa del Almirante.*

Acusáronle tambien de que en el repartimiento de indios que hizo en virtud de soberana autorizacion, habia despojado á muchos antiguos y buenos servidores del rey, favoreciendo á sus familiares y allegados. Como que se trataba de los desdichados indios, este cargo fué acojido con mas reserva y ménos calor que los demas, y solo surtió efecto cuatro años mas tarde, nó por cierto para rendir homenage á los fueros de la humanidad y la justicia.

En lo que respecta á Ponce de Leon y al gobierno de Puerto-Rico, donde este habia vuelto á residir con su muger y servidumbre, la presencia de Ovando en la corte fué un poderoso auxiliar para el dicho Juan Ponce y los enemigos del Almirante. El rey insistió resueltamente en quitar la gobernacion á Juan Ceron, y la dió á Ponce, retirando toda cualidad á Diego Colon para intervenir en el asunto. Y aunque Su Alteza encargó mucho en sus

---

(1) Entónces se decia *criado*. Así califican Las Casas, Herrera y otros historiadores à Diego Velázquez, *criado* de Don Bartolomé Colon, en el sentido de hechura suya; el primero que le dió posicion, cargos de confianza, etc., etc.

(2) Como en la precedente nota: equivale á *criatura* ó *hechura*.—Hemos copiado en esta parte á Herrera. Décd. I. L. VII.

(3) El tristemente célebre Fonseca, cuyo ódio á Cristóbal Colon entró en la herencia del hijo de este.

(4) Lo que está entre comillas es copiado del texto de Herrera. Loc. cit.

miento de lo incompatible que habia de ser su carácter enérgico é independiente con la disciplina eclesiástica, dando ocasion probablemente esa incompatibilidad á incesantes luchas y terribles disgustos, es lo cierto que habia ido difiriendo su ordenacion bajo razones mas especiosas que sólidas.

Pero al cabo llegó un dia, — mediaba la primavera del año mil quinientos diez; — en que Las Casas, sintiendo su generoso espíritu estremecido y exaltado al calor de la fé y de la caridad que lo alentaban, y sus afectos blandamente acordados con el himno universal que la naturaleza eleva á los cielos en esa época feliz del año, en que la atmósfera es mas diáfana, y el azul etéreo mas puro, y las flores tienen mas vivos colores y exhalan mas fragantes aromas, puso término á sus vacilaciones, y resolvió fijar para aquel acto decisivo de su existencia, — su consagracion á los altares, — un plazo de pocas semanas; el tiempo necesario para hacer sus preparativos y trasladarse á la ciudad de Concepcion de la Vega, prévio el aviso correspondiente á Diego Colon, que habia de servirle de padrino en su primera misa.

Quedó concertado entre ambos, Las Casas y el Almirante, que el primero se pusiera en marcha dentro de cuatro ó seis dias, para la dicha Concepcion de la Vega, donde tenia su sede episcopal el doctor Don Pedro Juárez Deza, uno de los tres primeros prelados que fueron proveidos para las tres diócesis de la isla Española, y el único que llegó á tomar posesion de su obispado, y pasó en él algunos años. Allí debia recibir su consagracion el licenciado Las Casas, y miéntras tanto el Almirante y su esposa harian todos los arreglos necesarios para emprender tambien viaje hácia la Vega á fin de asistir á la celebracion de la primera misa, que sobre ser de tan digno y estimado sujeto como era el ordenando, tendría de notable el ser tambien *la primera misa nueva* que se iba á cantar en la Española, ó por mejor decir, en el Nuevo Mundo. (1) Ninguna ocasion, por consiguiente, podia haber mas adecuada para que los vireyes arrostraran las molestias del viaje, en cumplimiento de un deber piadoso, y realizando al mismo tiempo su deseo de conocer y visitar las fundiciones de oro y demas objetos interesantes del interior de la Isla, y con especialidad aquella célebre poblacion, que el gran Descubridor primer Almirante de las Indias Occidentales fundó por sí mismo, al pié del Santo Cerro, en honor de la Inmaculada Vírgen María. (2)

El dia señalado, muy de mañana, partió de Santo Domingo el licenciado con un buen acompañamiento de amigos y servidores de á pié y á caballo. El tiempo era hermosísimo, y los campos desplegaban sus naturales galas con maravilloso esplendor. Las Casas, dotado de sensibilidad esquisita, ferviente admirador de lo bello, sentia trasportada su mente en alas del mas puro y religioso entusiasmo, contemplando la rica variedad de esmaltes y matices con que la próvida Naturaleza ha decorado el fértil y accidentado suelo de la Española.

Deteníase como un niño haciendo demostraciones de pasmo y alegría, ora al aspecto magestuoso de la lejana cordillera, ora á vista de la dilatada llanura, ó al pié del erguido monte que llevaba hasta las nubes su tupido penacho de pinos y baitóas. (3) El torrente, quebrando impetuosamente sus aguas de piedra en piedra, y salpicando de menudo aljófar las verdes orillas; el caudaloso rio deslizándose murmurador en ancho cauce de blancas arenas y negruzcas guijas; el añoso *mamey*, cuyo tronco robusto bifurcado

---

(1) Fué la primera misa nueva que se cantó en las Indias.—HERRERA. Dec. I. Lib. VII.
(2) Un terremoto redujo á ruinas esa primitiva ciudad.
(3) Arbol indígena.

en regular proporcion ofrecia la apariencia de gótico sagrario; el inmenso panorama que la vista señorea en todos sentidos desde la enhiesta cumbre de la montaña, todo era motivo de éstasis para el impresionable viajero, que espresaba elocuentemente su admiracion, deseoso de compartirla con sus compañeros; los cuales, no tan ricos de sentimiento artístico, ó mas pobres de imaginacion y de lirismo, permanecian con estóica frialdad ante los soberbios espectáculos que electrizaban al licenciado, ó se miraban unos á otros con burlona sonrisa; y á veces se reian sin embozo en las mismas barbas del entusiasta orador, que acababa sus discursos compadeciéndose altamente de tanta estupidez, y aplicándoles el famoso epígrama de la Sagrada Escritura: "tienen ojos y no ven; oidos y no oyen."

Una vez se vengó cruelmente de aquella desdeñosa indiferencia con que veia tratado su piadoso culto á los esplendores de la creacion.

La pequeña caravana se detuvo á sestear á orillas de un deleitoso riachuelo, y cada cual se puso á disponer el matalotaje, (1) como entónces se decia. Las Casas se acercó á beber en el hueco de su mano, y á poco, tomando un guijarro del fondo de las aguas, exclamó en alta voz:

—¡Oro! Amigos mios, un hallazgo!

A estas voces, fué cosa digna de verse la emocion, el ánsia y la premura con que todos acudieron á examinar el precioso guijarro, que fué reconocido al punto como pedernal comun; y Las Casas, arrojándolo al arroyo con desprecio, les dijo sarcásticamente:

—Teneis razon, amigos; de las cosas que el Señor ha creado, para satisfacer las necesidades del hombre ó para su deleite, ninguna es tan bella, tan útil y tan digna de admiracion como el oro.

Los compañeros se miraron unos á otros sin saber que decir, ni qué pensar de aquella inesperada leccion.

Al cabo de tres dias llegaron á la ciudad de Concepcion de la Vega. Era la época del año en que de todos los puntos de la isla donde laboraban minas concurrian los colonos á aquel centro de poblacion á fundir sus minerales y someterlos á la marca de ley, por cuya causa la Vega ofrecia tanta ó mayor animacion que la capital: celebrábase al mismo tiempo féria, á la que acudian presurosos desde los últimos rincones del territorio todos los que tenian algun objeto, animales y fruslerías de que hacer almoneda. Por las calles principales bullia la gente con festiva algazara; á una parte resonaban castañuelas y atabales; mas adelante se oia el golpear de martillos y azuelas; rugian las fráguas y voceaban los buhoneros, todo alternado con alegres cantares, con ladridos de perros y otros cien rumores indefinibles. El viajero que acabando de atravesar las vastas y silenciosas savanas ó llanuras y de cruzar las altas y despobladas sierras llegaba por primera vez á la Concepcion, quedaba por de pronto sorprendido á la vista de tanto bullicio y movimiento, y como confundido en aquel maremagnum de gente y de animales. Esto fué lo que sucedió á Las Casas y su comitiva, que permanecieron un buen rato distraidos con la diversidad de objetos, y dándose muy poca prisa por llegar á su posada: los demas transeuntes discurrian en todos sentidos, los unos con afan en demanda de sus negocios, y los otros con aire de fiesta y buen humor en busca de sus diversiones. Nadie hacia alto en el grupo de viajeros, porque en aquellos dias era tan contínuo el llegar de colonos y mineros, que se miraba con la indiferencia del mas vulgar incidente.

El licenciado, volviendo luego en su acuerdo, se encaminó con sus guias

---

(1) Lo mismo que vitualla ó bastimento.

y séquito por la calle principal, á la plaza de la iglesia mayor, y se desmontó á la puerta de una casa grande y de buena apariencia, en cuya fachada blanca y limpia campeaba vistosamente un escudo de piedra con las armas solariegas del obispo Don Pedro de Deza, condecoradas por las llaves simbólicas y la tiara de los pontífices.

No bien anunciaron al prelado la presencia de Las Casas, cuando acudió solícito á recibirle; dióle la bienvenida afablemente con el ósculo de paz, y le dejó aposentado en su propia casa. Sobre la buena amistad que profesaba al licenciado, ya se habia hecho cargo de las fervorosas recomendaciones del Almirante en favor del que iba á recibir en su cabeza el óleo santo que debia consagrarle á los altares del Señor.

Los demas amigos que acompañaban á Las Casas fueron hospedados los unos en el convento de franciscanos; los otros en alojamientos particulares, y desde el mismo dia se dedicaron los rejidores del concejo de la ciudad á preparar decoroso aposentamiento para el Almirante, su esposa, y la comitiva de damas y caballeros que debian llegar á poco en su compañía, segun las cartas y anuncios que habia llevado Las Casas.

XXV.

EL MENSAJERO.

Media hora no habia transcurrido desde la llegada del licenciado, cuando le dieron aviso de que un caballero deseaba verlo, con recados de un íntimo amigo suyo. Salió Las Casas á la vasta antesala del obispo, y allí encontró la anunciada visita.

Era un jóven de gentil presencia; parecia tener veinte años de edad; de mas que mediana estatura, esbelto, rubio y de ojos azules. La espresion de estos tenia no obstante algo de duro y siniestro; sobre todo, cuando atento á darse razon de algo nuevo, descuidaba dulcificar su mirada, que con gran arte sabia hacer blanda y afectuosa cuando le convenia. Está dicho que la cualidad dominante en el carácter del jóven era la perfidia.

Vestia con atildada bizarría un traje de montar, con botas altas de ante amarillo, calzas acuchilladas, justillo de paño ceniciento ceñido á la cintura con ancha faja de cuero negro, de la que pendia una lujosa espada de Toledo, con su puño y guarnicion de luciente plata, y la vaina con abrazadera y contera del mismo metal: habíase quitado y llevaba en la mano izquierda el airoso chambergo, ó sombrero de anchas alas con nevado y onduloso plumaje. En suma, el jóven denotaba en su traje y apostura la mas cumplida distincion; se adivinaba en él un rico de buena alcurnia; tenia todos los elementos para agradar, y sin embargo, á su aspecto se esperimentaba una sensacion desagradable, un movimiento de invencible malestar, como el que instintivamente suele advertirnos la aproximacion de un peligro desconocido ó no manifiesto.

Las Casas demostró, empero, mucha satisfaccion al percibir el jóven caballero, y le tendió con ademan cordial la diestra; diciéndole festivamente.

—¿Vos por acá, Andresillo? ¿A qué bueno? Nada me habia dicho mi amigo Don Francisco de este viaje vuestro; y eso, que con tiempo le escribí anunciándole mi venida á la Vega.

—Pues por lo mismo, señor Bartolomé,—respondió el Andresillo con acento un tanto desabrido,—improvisó mi señor padre este viaje mio, para daros en su nombre la enhorabuena por vuestra ordenacion, y espresaros su sentimiento de no poder venir él personalmente á causa de sus pendientes arreglos con el señor Mojica.

— Ya presumia yo sus impedimentos, jóven, y por eso no se me ocurrió siquiera manifestarle el gusto con que habia de verle en la fiesta de mi primera misa; pero aquí estais vos, Andrés, que lo haceis presente á mi corazon como si fuérais la misma persona de aquel respetable y querido amigo mio. Dadme ahora noticia de Enrique, el caciquillo que yo he recomendado á vuestro padre.

—¡Oh, señor!—contestó Andrés de Valenzuela, (pues el lector habrá comprendido que el apuesto jóven era el hijo del buen Don Francisco, el mas rico habitante de la Maguana);—Enriquillo es una alhaja de mucho precio. Desde que llegó á San Juan ha desplegado tanta actividad, tanto interés por complacer á mi padre y tanto empeño en ponerse al corriente de la manera de gobernar los hatos y sus dependencias, que muy á poco ya yo pude desentenderme de todos esos cuidados, que pesaban sobre mí hacia muchos meses, por la ausencia de mi padre. Este ama á Enriquillo casi tanto como á mí; no cesa de encargarme que lo mire y lo quiera como á hermano mio, ya que no le tengo por naturaleza; y á la verdad, el caciquillo merece que todos le amen.

Al oir este lenguaje á Andrés de Valenzuela, Las Casas dejó brillar una jubilosa sonrisa, y echó los brazos al cuello con esplosion de afecto al jóven.

—Veo que sois digno hijo de mi escelente Don Francisco,—díjole.— Continuad afirmándoos en tan buenos sentimientos, y seréis feliz. ¿Dónde estáis hospedado?

—Cerca de aquí, en casa de un pariente que tiene trabajos en las minas.

—Tendré gusto en que nos veamos á menudo, y ved en qué puedo serviros, Andrés.

—Gracias, licenciado: nada necesito. Ved lo que me mandais.

Y el jóven se retiró.

—Es mejor de lo que su padre y yo nos figurábamos,—dijo Las Casas cuando se quedó solo.—Ya me maravillaba de que saliera ruin fruto de tan buen árbol como es Don Francisco; y cuando él me comunicaba, en el seno de la intimidad, sus secretos pesares por los vicios y defectos que creia notar en el carácter de su hijo, me esforzaba por tranquilizarlo diciéndole que esos no eran sino accidentes de la edad; aunque por mis propias observaciones siempre me quedaba mi recelo de que fuera fundada su alarma, y justo su desconsuelo. Hoy he visto que realmente uno y otra eran exajeraciones del cuidado paterno, y que el mozo es de buen natural: procuraré estudiarlo despacio, ó inculcarle sana doctrina; que acaso con esa intencion en el fondo me lo haya enviado su buen padre.

XXVI.

MISA MEMORABLE.

Por espacio de diez ó doce dias mas, continuaron llegando incesantemente á la Concepcion viajeros de todas partes de la isla. Atraidos los unos por amistad ó adhesion á Las Casas, los otros por la novedad del sagrado espectáculo de una *misa nueva*, que ofrecia la particularidad de ser la primera que iba á celebrarse en el Nuevo Mundo, y otros muchos por la necesidad de aprovechar la época de la fundicion y marca del oro extraido de sus minas, jamás se habia visto en ningun punto de la isla Española desde su descubrimiento, tanta gente reunida como la que entónces concurrió á la Vega.

Diego Velázquez no fué de los últimos: pidió en nombre de su antigua ó íntima amistad con Las Casas licencia, que el Almirante le concedió, para pasar desde las comarcas de su mando á la Vega, y voló allá solícito, con la esperanza de encontrar á su prometida en el séquito de la vireina; pero tan grata ilusion se disipó, convirtiéndose en tristeza, el dia que, entre arcos de triunfo, colgaduras de seda y guirnaldas de flores, al ruido alegre de todas las campanas acentuado por estentórea artillería, coreado por bulliciosos y repetidos víctores, hicieron los vireyes su entrada solemne y casi régia en la ciudad predilecta de Colon.

Buscó ansiosamente Velázquez á su novia, y, no viéndola, inquirió noticias suyas con el primer amigo ó conocido que halló á su paso, y obtuvo el informe de que María de Cuéllar, presa de enfermedad desconocida, sin ánimo ni fuerzas, tornadas en azucenas las rosas del semblante, no habia estado en disposicion de emprender el penoso viaje de los vireyes. Estas tristes nuevas se las confirmó el Almirante, tan pronto como llegó á su alojamiento y entró en sosegada conversacion con Velázquez.

—¿Y Grijalva?—preguntó éste, que llegó á temer el regreso de su rival á Santo Domingo.

—Tuve noticias suyas,—contestó Diego Colon.—Me dicen que solo piensa en hacer la guerra á los indios en las montañas de Jamáica, y en ganarse la voluntad de aquellos salvajes cuando los tiene sometidos. Se ha aficionado á este oficio, y en nada menos piensa que en volver por acá.

—¿Me permitiréis acompañaros á vuestro regreso á Santo Domingo?—añadió Velázquez en tono suplicante.

—Pensad que no es aun transcurrido el término señalado para vuestra boda,—replicó el Almirante;—y que la indisposicion de vuestra prometida exije, en concepto de los médicos, muchas precauciones para evitar que cualquier emocion violenta agrave su mal: tened pues, paciencia, Don Diego.

Y con estas palabras dió fin el Almirante al espinoso incidente. Velázquez calló resignado, y sus ideas no tardaron en tomar distinto rumbo, engolfándose en la conversacion que diestramente reanudó aquel sobre la proyectada empresa de Cuba.

Segun el comandante de Jaragua, todos los preparativos necesarios estaban hechos, y con quince dias de aviso anticipado, las naves podrían ir á San Nicolas á embarcar la gente, los caballos, útiles y provisiones que habian de constituir la expedicion conquistadora y colonizadora de Cuba. Diego Colon multiplicó las preguntas y propuso infinitas cuestiones relativas á los pormenores de la empresa, logrando la satisfaccion de que Velázquez resolviera todos los reparos de tal modo, que acreditó más y más su previsora capacidad. Con todo, no quiso que el asunto saliera del estado de deliberacion, y nada determinó, aplazando los acuerdos hasta que la consagracion de Las Casas estuviera consumada, y pudiera este sábio consejero dedicar sus meditaciones á los negocios mundanos.

Tres dias despues de la llegada de los vireyes á la Concepcion recibió el licenciado las sagradas órdenes mayores en la capilla del obispo, sin ostentacion ni aparato de ninguna especie. No así la misa nueva, que fué cantada el domingo inmediato con gran solemnidad en el templo principal de la Concepcion, con asistencia del mismo prelado y de los vireyes; siendo padrino del nuevo sacerdote Don Diego Colon. El concurso fué inmenso, las ceremonias pomposas y las fiestas espléndidas, pues, como á porfía, celebraron el fausto suceso de la *primera misa nueva de Indias* todos los moradores de la ciudad y los que de léjos habian asistido á las anunciadas solemnidades. Multitud de valiosos regalos recibió el nuevo sacerdote aquel dia, consistentes los mas de ellos en ricas piezas de oro de diferentes formas y hechuras, del que se habia llevado á la fundicion real: todo lo dió generosamente Las Casas á su padrino, guardando solamente algunos objetos de esmerada ejecucion, por via de recuerdo ó curiosidad. (1) Notan los historiadores la rara circunstancia de que en esta misa faltó el vino para consagrar, pues no se halló en toda la isla, á causa de haberse demorado los arribos de Castilla. Así quiso la Providencia singularizar aquel acto augusto, con que selló su vocacion hácia la virtud y el sacrificio uno de los hombres mas dignos de la admiracion y de las bendiciones de todos los siglos.

¿Quién sabe? No iría tan fuera de camino la piedad sencilla atribuyendo misteriosa significacion á aquella imprevista carencia del vino, símbolo de la sangre del Cordero sin mancilla, al elevarse hácia el trono del Eterno los votos de aquella alma compasiva y pura, que se estremecia de horror ante las cruentas iniquidades de la conquista. En la primera misa nueva oficiada en el Nuevo-Mundo, no se hizo oblacion de aquella especie que es como una reminiscencia de la crueldad de los hombres; únicamente se alzó sobre la cabeza consagrada del filántropo ilustre la cándida hostia, testimonio perdu-

---

(1) Histórico. HERRERA. Década II. Véase la nota núm. 2 del Apéndice.

rable del amor de Dios á la mísera humanidad. Este interesante episodio, y el honor de haber sido fundada por el gran Cristóbal Colon en persona, son dos timbres de gloria que las mas opulentas ciudades de América pueden envidiar á las olvidadas ruinas de la un tiempo célebre Concepcion de la Vega.

XXVII.

COLABORACION.

Mas de tres meses permanecieron los vireyes en la Vega despues de la misa nueva de Las Casas.

Este tiempo lo dedicaron, tanto á las funciones de gobierno y á inspeccionar la fundicion, las minas de Rio-Verde y otras comarcanas; tanto á los cuidados enojosos que acompañan al ejercicio de una autoridad casi absoluta, como á la admiracion contemplativa de las innúmeras bellezas de aquel país encantador, de aquella region peregrina que el entusiasta Bartolomé de Las Casas, como el gran Colon, tenia por digno asiento de los Campos Elíseos, llamándola con los nombres mas poéticos que le sujeria su ardiente y rica imaginacion, (1) "la grande y bienaventurada y Real Vega, para encarecer cuyas condiciones y calidades no parece que puede haber vocablos, ni vehemencia para con encarecimiento los dar á entender.... Hacen esta vega, ó cércanla, desde que comienza hasta que se acaba, dos cordilleras de altísimas y fertilísimas y graciosísimas sierras, que la toman en medio; lo mas alto de ellas y todas ellas fértil, fresco, gracioso, lleno de toda alegría.... Por cualquiera parte destas dos sierras que se asomen los hombres, se parecen y descubren veinte, treinta y cuarenta leguas á los que tienen la vista larga, como quien estuviese en medio del océano, sobre una altura muy alta. Creo cierto que otra vista tan graciosa y deleitable, y que tanto refrigere y bañe de gozo y alegría las entrañas, en todo el orbe no parece que pueda ser oida ni imaginada, porque toda esta vega tan grande, tan luenga y larga, es mas llana que la palma de la mano; está toda pintada de yerba, la mas hermosa que puede decirse, y odorífera, muy diferente de la de España; píntanla de legua á legua, ó de dos á dos leguas, arroyos graciosísimos que la atraviesan, cada uno de los cuales lleva por las rengleras de sus ámbas á dos ri-

(1) Desde aquí va copiada al pié de la letra la interesante descripcion que hace Las Casas en su *Historia de Indias* de la Vega Real dominicana.

beras su lista ó ceja ó raya de árboles, siempre verdes, tan bien puestos y ordenados, como si fueran puestos á mano, y que no ocupan poco mas de 15 ó 20 pasos en cada parte. Y como siempre esté esta vega y toda esta isla como están los campos y árboles en España por el mes de Abril y Mayo, y la frescura de los continuos aires, el sonido de los rios y arroyos tan rápidos y corrientes, la claridad de las dulcísimas aguas, con la verdura de las yerbas y árboles, y llaneza ó llanura tan grande, visto todo junto y especulado de tan alto, ¿quién no concederá ser la alegría, el gozo, y consuelo y regocijo del que lo viere, inestimable y no comparable? Digo verdad, que han sido muchas, y más que muchas que no las podría contar, las veces que he mirado esta vega desde las sierras y otras alturas, de donde gran parte de ella se señoreaba, y considerándola con morosidad, cada vez me hallaba tan nuevo y de verla me admiraba y regocijaba, como si fuera la primera vez que la vide y la comencé á considerar. Tengo por averiguado, que ningun hombre y sabio que hubiese bien visto y considerado la hermosura y alegría y amenidad y postura desta vega, no ternía por vano el viaje desde Castilla hasta acá, del que siendo filósofo curioso ó cristiano devoto, solamente para verla; el filósofo para ver y deleitarse en una hazaña y obra tan señalada en hermosura de la naturaleza, y el cristiano para contemplar el poder y la bondad de Dios, que en este mundo visible cosa tan digna y hermosa y deleitable crió, para en que viviesen tan poco tiempo de la vida los hombres, y por ella subir en contemplacion qué tales serán los aposentos invisibles del cielo, que tiene aparejados á los que tuvieren su fé y cumplieren su voluntad, y coger dello motivo para resolverlo todo en loores y alabanzas del que lo ha todo criado. Pienso algunas veces, que si la ignorancia gentílica ponia los campos Elíseos comunmente en las islas de Canaria, y allí las moradas de los bienaventurados que en esta vida se habian ejercitado en la vida virtuosa, en especial secutado justicia, por lo cual eran llamadas Fortunadas, y teniendo nueva dellas acaso aquel gran capitan romano, Sertorio, aunque contra Roma, le tomó deseo de irse á vivir y descansar en ellas por una poquilla de templanza que tienen, ¿qué sintieran los antiguos y qué escribieran desta felicísima isla, en la cual hay diez mil rincones, cada uno de los cuales difiere tanto, en bondad, amenidad, fertilidad y templanza y felicidad, de la mejor de las islas de Canaria, como hay diferencia del oro al hierro y podria afirmarse que mucho mas? ¿Cuánto con mayor razon se pusieran en esta vega los Campos Elíseos, y Sertorio la vivienda della codiciara, la cual exede á estas Indias todas, y siento que á toda la tierra del mundo sin alguna proporcion cuanta pueda ser imaginada? (1)

Llegaron por aquellos dias á la ciudad de la Vega, en demanda de Diego Colon, los primeros frailes de la órden domínica que salieron de España para el Nuevo Mundo.

Los gobernaba y dirijia el virtuoso y pio fray Pedro de Córdova, en quien resplandecian todas las perfecciones físicas y morales que rara vez se presentan reunidas en un mismo sujeto, para honrar y enaltecer la especie humana. Varon de ilustre alcurnia, desde su mas temprana juventud se habia consagrado á los estudios y á la profesion monástica, acreditando en todos sus actos el espíritu fervoroso y caritativo que lo animaba. Abandonó todos los esplendores de la tierra para abrazar voluntariamente la pobreza y las privaciones del cláustro, y solo contaba veinte y ocho años de edad cuan-

---

(1 Véase la nota número 3 del apéndice.

do atravesó los mares con sus compañeros para fundar la primera casa de su órden en la Española.

No encontrando á Diego Colon en la capital resolvieron ir á verle á la Concepcion, y entretanto fueron alojados pobrísimamente en Santo Domingo, por un honrado vecino llamado Pedro de Lumbreras, rehusando todo regalo con que las autoridades les brindaran, en cumplimiento de las órdenes y recomendaciones del Soberano. Vivian de las limosnas que los particulares les ofrecian, y se trasladaron á la Vega á pié, sufriendo mil trabajos y privaciones en el camino, para concertar con el Almirante los medios de llenar su cometido y llevar á efecto la fundacion de su convento.

Acojidos por los vireyes con veneracion, no tardaron en ganarse el amor de todos con su celo piadoso y sus esquisitas virtudes. Las Casas concibió hácia fray Pedro la mas profunda simpatía, la amistad mas fervorosa, desde el dia que lo oyó convocar desde el púlpito de la iglesia mayor de la Concepcion á todos los vecinos que tuviesen á su cargo indios encomendados, para que los condujeran al templo despues de la comida. Fué aquel un dia de triunfo para el espíritu civilizador del cristianismo.

Llegada la hora prefijada para la conferencia, vióse al humilde misionero con su tosco sayal de jerga, que nada quitaba á su noble y bella figura; su aspecto bondadoso y austero á la vez, y llevando un crucifijo en la diestra, tomar asiento en un banco y dirijir á la multitud de indios, casi atónitos por la novedad de aquel acto, un elocuente sermon, instruyéndoles en la historia y en las excelencias de la religion cristiana, é inculcándoles la consoladora doctrina sellada con el sublime sacrificio del Gólgota.

La plática del fervoroso domínico fué de trascendencia suma: vibraron fuertemente las cuerdas, por mucho tiempo flojas y enmohecidas, de los sentimientos cristianos en toda la colonia, allí representada por el mayor número de los pobladores que, procedentes de los diversos ámbitos de la Isla, se hallaban en la Vega y concurrieron por curiosidad al templo: el lenguaje lleno de caridad y uncion que heria sus oidos les llamaba poderosamente á la compasion respecto de aquellos pobres séres á quienes por primera vez oian apellidar solemnemente "hermanos en Jesucristo" por lábios europeos.

Era evidente que el espíritu de Dios hablaba por la boca de aquel hombre, y todos vieron en él un emisario del cielo.

Fray Pedro correspondió con efusion á la naciente amistad de Las Casas; amistad que despues se consolidó por las pruebas de una carrera gloriosa y llena de azares, á que estuvieron siempre expuestos aquellos dos varones tan dignos de marchar unidos por la senda de la abnegacion en pró de la justicia y del bien.

Así inició su vida en el Nuevo Mundo la religion de los domínicos, que prestó eminentes servicios á la humanidad y á la civilizacion, conteniendo enérgicamente en muchas ocasiones los crueles excesos de la codicia y la brutal explotacion de los indios; y consiguió mas de una vez enfrenar la ambicion y los vicios de los conquistadores, oponiéndoles la autoridad de la ciencia y de las virtudes de una falange de hombres animosos, alentados por el desprendimiento de los intereses terrenos y por el celo ardiente y puro de corazones verdaderamente cristianos.

La posteridad, justa siempre, aunque á veces tardía en sus fallos, si tiene una voz enérgica para condenar el fanatismo religioso que encendió en Europa las hogueras de la Inquisicion, tiene tambien un perdurable aplauso para el celo evangelizador que los frailes de la órden domínica desplegaron en el Nuevo Mundo, predicando el amor y la blandura á los fuertes, consolando y protejiendo á los oprimidos, combatiendo abiertamente los devastadores abusos y las inhumanidades que afearon la conquista.

Concluyó la fundicion y marca de oro en aquella sazon, y los mineros y colonos fueron poco á poco despidiéndose de la Vega y regresando á sus casas y haciendas. Diego Velázquez, harto mohino por la negativa del Almirante á que siguiera en su compañía hasta Santo Domingo, se dirijió hácia los territorios de su mando, al oeste de la isla, y el jóven Valenzuela lo acompañó hasta la Maguana. Fray Pedro de Córdova y los demas religiosos que á este obedecian, obtenidos los favorables despachos de Diego Colon, emprendieron su viaje de retorno á la capital de la colonia, donde dieron comienzo con fervor y actividad á la fundacion de su casa ó monasterio. Las Casas, que volvió á Santo Domingo con los frailes domínicos, prestaba á la empresa el auxilio de sus conocimientos locales, y por su genial eficacia hacia tanto ó mas que el mejor dispuesto de la comunidad, aunque aplazando su deseo de ingresar en ella.

El Almirante y su esposa hubieran prolongado gustosos su permanencia en la Vega. Allí sentian su autoridad mas entera y ménos contrariada que en la capital, donde las arterías de Pasamonte y sus secuaces les multiplicaban dia por dia las incomodidades y los disgustos. Forzoso les fué al cabo de tres meses despedirse tambien de aquellos sitios encantadores, y dirijirse á la ciudad ribereña del Ozama, donde les llamaba imperiosamente el desempeño de sus altos deberes.

XXVIII.

LA CONFIDENCIA.

Poco ántes de regresar de la Vega los vireyes, en una hermosa y apacible mañana de Setiembre, el padre Las Casas entró en la iglesia mayor de Santo Domingo, y miéntras llegaba la hora de oficiar la misa tomó asiento en un confesonario, siguiendo la costumbre que habia adoptado desde su consagracion. No bien acababa de instalarse, cuando una mujer esbelta, de porte distinguido y airoso, aunque vestida de negro y con escaso aliño, se acercó lentamente al confesor, y se postró á sus piés. Llevaba pendiente de negra toquilla un largo y denso velo que le cubria la faz y todo el busto. En vez de comenzar con las fórmulas y oraciones usuales en el tribunal de la penitencia, la desconocida increpó al sacerdote en estos términos:

—Padre Casas, ¿ quereis consolar á una triste?

—¿ Podeis dudarlo, hija?—respondió el ministro del Señor:—consolar al afligido es para mí el mas grato de mis deberes sacerdotales.

—Pues hacedme la merced de escuchar, nó mi confesion, sino una confidencia que necesito haceros; y dadme consejo sobre el partido que debo tomar en el caso que voy á consultaros.

La desconocida hizo una pausa, como recojiendo y concertando sus ideas. A breve rato prosiguió con voz entrecortada y breve acento:

—Yo amaba á un hombre, con el inocente amor de los espíritus bienaventurados, que entonan sus cánticos al pié del trono del Altísimo.... Obligada por mi padre á casarme con otro, iré al sacrificio como hija obediente; pero sé que voy á morir....; digo mal: ya siento el frio de la muerte invadir todo mi ser.

"Esta certidumbre me sirve de consuelo, me dá valor para arrostrar mi triste destino; pero no sé si ofenderé á Dios en ello. Decidme vos, padre Casas, si hago mal en aborrecer la existencia, y si debo ó nó dejarme conducir á un tálamo nupcial que muy pronto se convertirá para mí en túmulo funerario....

—Haceis bien, hija mia, — replicó Las Casas, — en obedecer á vuestro padre; pero haréis muy mal en no resignaros á vuestra suerte, y en ir al término de vuestra existencia por el camino de la desesperacion.

—No es eso, padre mio: yo estoy resignada á todo; pero mis fuerzas son insuficientes para soportar la vida siendo la esposa de Diego Velázquez, y sabiendo que he desgarrado el corazon de Grijalva; ese corazon que era todo mio!

—Segun eso, vos sois Doña María de Cuéllar! —exclamó Las Casas sorprendido.

—Yo soy esa infeliz, padre mio! Si á lo ménos me asistiera la esperanza de que un dia, —no muy lejano sin duda;—cuando yo sucumba al peso de mis dolores, y mis ojos se cierren á la luz del mundo, Grijalva llegara á convencerse de que él ha sido, es y será mi único amor, yo estaría mas tranquila, porque sé que esa certidumbre confortaría su ánimo, y le serviría de consuelo en todos sus infortunios.... Pero yo sería muy culpable si en vida mia y prometida á otro, le anticipara ese consuelo....

—Sin duda alguna, María! —interrumpió vivamente Las Casas.— No debeis pensar en ello siquiera.

—¡Cielos! — exclamó la jóven consternada;—pero yo sé que él es muy desgraciado: cada vez que leo el billete en que se despidió de mí, (y lo he leido mas de cien veces), me devora el remordimiento de haber matado su felicidad y su esperanza en la tierra, y me asalta el temor de que llegue á dudar de la bondad de Dios, y caiga en la desesperacion. No lo dudeis, padre mio: si yo muero, y no le ordeno que viva resignado, su alma se perderá; y yo quiero que su alma se salve, y que en la presencia del Señor se una con la mia.

—¿Y qué discurrís hacer? — preguntó Las Casas profundamente conmovido.

—Tomad, padre, — respondió sin vacilar la jóven: — guardad ese papel, romped su sello si os place, leedle, y vos veréis si la religion se opone ó nó, á que llegue á poder de Grijalva, cuando esta infeliz haya cesado de existir.

Diciendo estas palabras, María de Cuéllar puso en manos del sacerdote un bolsillo de marroquin negro bordado de oro, que contenia la mencionada misiva. Era la que escribió en aquel triste dia de la partida de Grijalva.

—Bien está, — dijo Las Casas:—yo leeré con atencion este papel, y si su contenido corresponde á la angélica pureza de todo vuestro lenguaje, María, yo os ofrezco solemnemente, aquí en la presencia del Señor, que Juan de

Grijalva lo recibirá cuando sea conveniente; y de todos modos, si vuestro triste presentimiento llegara á realizarse, si el Señor se digna llamar á su seno vuestra alma candorosa, id tranquila, hija mia, que á mi cargo queda hacer saber á Grijalva vuestros votos por que persevere en la virtud, y se haga digno de subir un dia á la celeste altura, donde está reservado eterno galardon á los que acá abajo padecen los rigores y la injusticia de los hombres.

María de Cuéllar besó con gratitud la diestra del sacerdote, y se alejó del confesonario lentamente.

XXIX.

NUBLADOS.

Cuando los vireyes llegaron á la ciudad de Santo Domingo, encontraron mas encrespadas que nunca las intrigas del tesorero Pasamonte y los demas émulos de su gobierno. Apénas repuesto de la fatiga del camino, tuvo Diego Colon que entregarse en cuerpo y alma á contrarrestar los artificios con que se trataba de arruinar su crédito en España.

Las cartas del gran Comendador su suegro, y de Fernando su hermano, eran apremiantes, y advertian al Gobernador que solamente su grande eficacia é influjo podian balancear en el ánimo del rey, y en el Consejo Real, las malas impresiones de los continuos informes torcidos y chismes calumniosos que de la Española llovian contra su gobierno y su casa en distintas formas. Diego Colon resolvió enviar á la Corte á su tio Don Bartolomé, cargado de justificaciones y de regalos, para conjurar la nube siniestra que contra él se estaba condensando. (1)

Escribió á todos sus amigos de la Isla cartas urgentes, pidiéndoles el auxilio de su respectivo valimiento en España. "Ved, les decia — que mis enemigos son numerosos, activos, y ponen grandes resortes en juego para dañarme en la opinion del rey, pues todos aquellos que, como Fonseca y Conchillos, han visto mermado el lucro que de acá les iba, por haberles reducido yo los repartimientos que con harta injusticia disfrutaban, no desaprovechan aviso, chisme ó embuste con que perjudicarme y perderme."

A esta declaracion unia el Almirante hábiles exhortaciones para que sus amigos no lo dejaran solo en la brecha, diciéndoles que si el bando opuesto conseguia la victoria, vendrian tiempos muy duros para cuantos habian merecido el favor y la amistad de los Colones; y concluia participando la próxi-

(1) HERRERA dice que el Adelantado Don Bartolomé Colon fué llamado á la Corte por el rey.

ma partida de su tio el Adelantado para España, y recomendando que remitieran á tiempo sus cartas y aquellos objetos de curiosidad y valor que cada uno tuviera y juzgase dignos de ser enviados á la Corte en calidad de regalos.

Diego Velázquez y Don Francisco Valenzuela fueron de los mas eficaces y prontos en responder al llamamiento de su gefe y amigo. Ambos enviaron cuanto tuvieron á mano digno de aprecio por su valor ó su novedad, como pepitas de oro nativo, ídolos de piedra de los indígenas, y otros objetos raros de Bainoa y la Maguana. Valenzuela mandó además un regalo que causó mucho regocijo á Diego Colon, porque supuso con fundamento que sería recibido con singular estimacion por el soberano, á quien lo destinó desde luego. Consistia en doce halcones ó neblís cazados y adiestrados por Enriquillo. El jóven Valenzuela fué delegado para llevar el presente al Almirante, y nuestro cacique, con gran contento suyo, recibió encargo de acompañar al mensajero, para cuidar por sí mismo los preciosos pájaros y hacer muestra de su destreza en altanería (1) ante Diego Colon. Pusiéronse, pues, en marcha para Santo Domingo con los criados y todo el equipo necesario.

Enrique, recibido con afectuosa distincion por los vireyes, como su compañero Valenzuela, tuvo el placer de ver y abrazar á su prima Mencía, que sea dicho de paso, durante la ausencia de su protectora en la Vega estuvo confiada al cuidado afectuoso de la familia de Cuéllar. Tomó cuenta Diego Colon al jóven cacique del género de vida que llevaba en la Maguana, y de la traza con que conseguia cazar y domesticar las adustas aves de rapiña enviadas por Don Francisco de Valenzuela. Enriquillo, con modesta, al par que despejada actitud, satisfizo al Almirante en estos términos:

—Señor: yo procuro arreglar mi manera de vivir á lo que aprendí de los buenos padres en el convento de la Vera-Paz, y á los consejos de mi amado bienhechor el señor Las Casas. Ellos me decian siempre que la ociosidad engendra el vicio, y me acostumbraron á estar ejercitado á todas horas en algo útil. Ademas, los ejercicios á que me ha dedicado el señor Valenzuela en la Maguana están conformes con mis inclinaciones y mi voluntad, por lo que me sirven mas bien de recreo que de trabajo. Me levanto al rayar el dia, monto á caballo y atravieso á escape la vasta llanura, toda fresca y brillante con las gotas del rocío de la noche. Inspecciono el ganado, los corrales y apriscos, advirtiendo á los zagales todo lo que observo descuidado ó mal hecho. De vuelta á casa, alto ya el sol, almuerzo con los señores, que tienen la bondad de aguardarme siempre. A la hora de siesta, en que ellos duermen, yo me voy á bañar y á nadar un poco en las aguas del inmediato rio; vuelvo á casa, y escribo cuentas ó lo que me dicta y ordena el señor Don Francisco. Por la tarde vuelvo á recorrer la campiña; visito las labranzas, apunto las faltas y las sobras de los encomendados, y cuido de que se provean sus necesidades y sus dolencias se remedien, lo que dá mucho contento á mi buen patrono, que á todos los indios mira como á hijos. Cuando me sobra el tiempo leo por la tarde algun libro de religion ó de historia, y todas las noches rezo con los demas de casa el santísimo rosario. Esta es mi vida, señor, con muy raras alteraciones de vez en cuando, y á fé que no pido á Dios mejor estado, conforme con todo, y agradecido á sus beneficios.

—Y los neblíes, — insistió Diego Colon — ¿cómo los cazas?

—Ese es mi ejercicio de los domingos y dias de fiesta, señor Almirante. Ortíz, el escudero de mi padrino Don Diego, me enseñó todo lo concerniente á cetrería en la Maguana. De él aprendí á armar lazos sutiles; á sorprender

---

(1) Altanería ó cetrería; arte de educar y adiestrar los halcones y otras aves de rapiña.

en sus escarpados nidos á los polluelos, ó á aturdirlos cuando ya vuelan, disparándoles flechas embotadas. Despues los domestico fácilmente, dándoles de comer por mi mano mariposas y otros insectos: los baño en las horas de calor, los acaricio, y pronto consigo que no se asombren, cuando llego á cojerlos. Al salir de la muda, los macero reduciéndoles el alimento, con lo que los obligo á procurar por sí mismos la presa, hasta que se adiestran completamente; solo entónces los lanzo contra las otras aves, y ya sea la tórtola que se embosca en los árboles, ó el pitirre que pasa rozando el suelo, ó el vencejo que se remonta á las nubes, mi halcon vuela rápido, y trae la presa á mis piés.

Y el cacique decia esto con la vivacidad del entusiasmo.

—¿Podrías hacer alguna prueba de eso en mi presencia?—volvió á decir Diego Colon.

—Cuantas veces querais, señor;—contestó con sencillez Enriquillo.

—Pues al avío,—repuso el Almirante. Y llamando á su esposa, salieron todos, seguidos de Mencía y algunas damas, al terrado inmediato.

Al punto llevaron allí los criados las jaulas en que estaban los neblíes.

Numerosas gaviotas blancas y cenicientas revoloteaban á corta distancia rozando las murmuradoras aguas del Ozama, miéntras que á considerable altura sobre los tejados de los edificios las juguetonas golondrinas se cernian en el espacio diáfano, describiendo caprichosos y variados jiros.

Era una tarde bellísima: el cielo azul resplandecia con los fulgores de un sol radiante, que declinaba ya hácia el ocaso.

Enriquillo escojió uno de sus halcones: era un hermoso pájaro de hosco aspecto, ojos de fuego, cabeza abultada y corvo pico: récias plumas veteadas de negro y rojo claro decoraban sus alas, y tenia salpicado de manchas blancas el parduzco plumaje de la espalda. El pecho ceniciento y saliente, las aceradas garras que se adherian á las carnosas patas cubiertas de blanca pluma, completaban el fiero y altivo aspecto de aquella pequeña ave, que semejaba un águila de reducidas proporciones.

Tomóla el jóven cacique y la plantó sobre el puño izquierdo cerrado: en seguida preguntó al Almirante:

—¿Quereis una gaviota, ó una golondrina?

—Lanza el pájaro contra la gaviota primero: las sardinas nos lo agradecerán;—dijo Don Diego.

Enrique hizo un rápido movimiento de inclinacion con la diestra hácia el punto que ocupaba una bandada de gaviotas, y el inteligente neblí se disparó en línea recta sobre ellas, apoderándose de una y volviéndose al jóven cacique en ménos tiempo del que se emplea en referirlo. La gaviota piaba lastimosamente, y el cazador la libró de las garras de su enemigo, entregándola al Almirante.

Este prorrumpió en un regocijado aplauso, y puso la cautiva en manos de su esposa.—Vamos ahora con las golondrinas,—dijo al jóven cazador, que acariciaba con la diestra su halcon, posado otra vez tranquilamente en el índice de la mano izquierda.

Enrique alertó el pájaro con un leve movimiento, y luego lo lanzó en direccion de las golondrinas, á una de las cuales cupo la misma desgraciada suerte de la gaviota prisionera.

—¡Víctor, Enriquillo!—exclamó Diego Colon. Eres un gran cazador; y si no te guardo desde ahora conmigo, es por que necesito que sigas en tu tarea de cojer el mayor número posible de estos excelentes neblíes, y enseñándolos tan bien como el que acabas de probar ahora. Los quiero para mi recreo, y para enviar á España, pues sé que Su Alteza el rey va á estimar por ellos en mayor precio esta bella porcion de sus dominios. (1)

XXX.

CONSEJA.

Miéntras hablaba el Almirante, Enrique libertaba la cautiva golondrina de las garras del halcon, y la ofrecia como maquinalmente á su prima, que presenciaba toda la escena fijando sus grandes y sorprendidos ojos pardos en el jóven cacique. Alargó la mano y recibió la acongojada avecilla.

Al punto, una de las mas lindas doncellas de la vireina se adelantó vivamente; y arrancando de manos de la niña el ave prisionera, la dejó escapar lanzándola á los aires.

Doña María miró á la jóven con sorpresa. — ¿Por qué habeis hecho eso, Elvira? — le preguntó en tono de reproche.

—Por evitar una gran desgracia, señora, — contestó la doncella. — ¿No veis que Mencía está prometida á Enriquillo, y sería de muy mal agüero ese presente de una golondrina quitada de las garras de un gavilan?

—Siempre supersticiosa, Elvira! — replicó la vireina. — Bien dejais ver la crianza de vuestra nodriza la morisca.

—¡Ah, señora! — repuso la Elvira con aire de profunda conviccion; — ¡cuantas cosas he visto por mi propia esperiencia, en los veinte años que tengo, que se parecian exactamente á las historias de mi buena nodriza!

—¿Historias de aparecidos y de brujas? — insistió la vireina.

—Sí, señora; — dijo con entereza la jóven. — Y no sé cómo tomais á risa lo de aparecidos, sin tener en cuenta el suceso de la Isabela-vieja.

—¿Qué suceso es ese? Como te conocen, te van á tí con todas las consejas ridículas que á mí no se atreven, porque saben que solo creo lo que debo creer, y nó patrañas é invenciones de desocupados.

(1) Es histórico el hecho de haber enviado Diego Colon al soberano doce neblíes ó *halcones de la Española*, que fueron tenidos en grande aprecio por el rey Don Fernando. Otras remesas se hicieron á España de esa especie de aves en lo sucesivo, y HERRERA dice que el emperador Cárlos V. recibió mucho contento con doce *halcones muy buenos* que se le envíaron de Santo Domingo en 1526. Actualmente abundan dos clases de aves de rapiña en la isla: el cernícalo, que no alcanza al tamaño de una paloma torcaz, y el *guaraguau*, gavilan mucho mayor y de gran fuerza, que se lleva con facilidad una gallina. Este es el que tenemos por neblí ó halcon, tan estimado en aquellos tiempos.

—Patrañas! No llameis así á lo sucedido en Isabela: cuando lo sepais, se os va á erizar el cabello.

—Me lo contarás tú mañana á la hora de siesta, Elvira, ó esta noche.

—¿Quién cuenta esas cosas de noche, señora? Me moriría de espanto. Prefiero contároslo en seguida.

Y las mujeres formaron corro al derredor de Elvira, con gran curiosidad, miéntras que Diego Colon oia el coloquio con aire pensativo, y Enrique colocaba el pájaro cazador en su jaula, sentándose despues al lado de Mencía en un poyo del pretil de la azotea.

—Ya sabeis— dijo Elvira comenzando su narracion — que de la Isabela, aquella ciudad que fundó primero el señor Almirante Don Cristóbal, que Dios haya, no quedan sino ruinas solitarias, paredones cubiertos de yedra, y sobre los que ya aferran sus flexibles raíces como un gavilan agarra su presa, los verdes y corpulentos copeyes.

"Aquella escena de desolacion y abandono dicen que contrista el ánimo y le infunde ideas de muerte y desventura. El recuerdo de los infelices hidalgos que, creyendo hallar la gloria y la fortuna acompañaron al Almirante cuando por segunda vez cruzó la inmensidad del océano y fundó la Isabela, los cuales no encontraron sino trabajos durísimos, hambre, enfermedades y un fin desastroso y miserable, hace que el viajero evite con pavor aquellos lugares donde el tiempo se apresura á borrar la huella de las construcciones de los hombres, devolviendo á una naturaleza selvática y agreste lo que hoy es el descarnado esqueleto de una ciudad, la cual parecia destinada á eterna duracion, y en breve ha sido barrida de la faz de la tierra, como lo fueron Sodoma y Gomorra.

"Las nuevas que de aquellas tétricas soledades llevaban de vez en cuando los monteros extraviados á los colonos circunvecinos, aumentaban y fortalecian el sentimiento de terror y aversion que en torno suyo esparcen las ruinas de la Isabela. Escúchanse allí de contínuo, y mas particularmente á la hora del medio dia hasta las tres de la tarde y desde el anochecer hasta asomar la aurora, mil ruidos espantosos, rumores infernales, crujir de goznes y cadenas, todo confusamente mezclado con voces lamentables, ayes é imprecaciones que hielan de horror la sangre en las venas. Los mas valientes huyen de aquel contorno despavoridos: los pusilánimes desfallecen y quedan allí paralizados, privados de razon y sentimiento. Algunos han quedado trastornados é idiotas: cuando en Puerto Plata se vé á un hombre alelado y como fuera de sentido, acostumbran decir: "éste ha andado por la Isabela."

"Pero lo sucedido últimamente ha puesto el sello á la reputacion siniestra y lúgubre de aquellas ruinas. Me lo contaron anoche, en casa de Don Rodrigo de Bastidas, el señor Lúcas Vásquez de Ayllon, y otros caballeros que juran por la cruz de su espada la verdad del hecho. (1) Dicen que se platica y afirma públicamente entre la gente comun de aquella vecindad que yendo hace pocos dias un hombre ó dos por aquellos edificios de la Isabela, en una calle aparecieron dos hileras de caballeros, alineados á una mano y otra, que parecian todos gente noble y de palacio, bien vestidos, ceñidas sus espadas y rebozados con mantas de camino, de las que se usan en España; y sorprendidos los que tal vision contemplaban, sin acertar á explicarse cómo habia aportado allí gente tan nueva y tan bien ataviada, sin noticia al-

---

(1) Desde esto lugar hasta el fin del párrafo, copiamos al pié de la letra á Las Casas. Historia de Indias, cap. XCII.

guna de ellos en la isla; los saludaron y les preguntaron cuándo y de dónde venian; pero los desconocidos, guardando solemne silencio, hicieron como que devolvian el saludo á los dos viandantes, y al descubrirse con mesurada cortesía, todos á la vez, quitaron tambien las cabezas de los hombros, quedando descabezados, y al punto desaparecieron; de la cual terrífica vision y turbacion aun están los que los vieron cuasi muertos, sin poderse ocupar en nada de puro penados y asombrados."

El auditorio femenil prorrumpió en exclamaciones de admiracion al oir el cuento de Elvira: en el semblante de todas las jóvenes dejábase ver la credulidad tímida, profundamente impresionada por el estupendo caso; pero la vireina, muger de gran temple de alma y de un juicio superior á la flaqueza ó la ignorancia de sus doncellas, las tranquilizó diciendo con burlona sonrisa:

—¡Cómo se divertirían Ayllon y sus compañeros cuando te contaban esos desatinos, pobre Elvira!

—Mis enemigos, María,—dijo de repente el Almirante, que habia permanecido hasta entonces taciturno,—echan mano de todo para despertar ódios contra mi casa. Esa conseja, esa patraña la acreditan y ponen hoy en boga Pasamonte y sus amigos, para resucitar la memoria de uno de los cargos con que la calumnia y la injusticia llenaron de amargura la vida de mi ilustre padre. Se trata hoy de hacer gente contra el hijo.

—¿Lo oyes, Elvira?—exclamó la vireina.— A mí me enseñó mi tia la duquesa á no creer en duendes ni en brujas. Solia decir que en el fondo de todas las apariciones y hechicerías se hallaba siempre alguna trapisonda de pícaros ó de enamorados.

XXXI.

CRUZADA.

Enrique, despues de cumplir sus deberes y holgarse con Las Casas y sus demas protectores, se volvió para la Maguana muy en breve, llevando señaladas muestras de cariño de parte de los vireyes, y causando al buen Don Francisco Valenzuela mucho placer con la animada y exacta relacion de su viaje, y con las espresivas cartas del Almirante. El jóven Valenzuela permaneció algunos dias mas en Santo Domingo, retenido por su amor á los placeres, y alegando fútiles pretestos en la carta que dirijió á su padre, para no regresar con Enriquillo. Por aquel mismo tiempo emprendió su viaje á España el Adelantado Don Bartolomé Colon, atravesó con felicidad el Atlántico, llegó á la Corte, y el refuerzo de sus luces y experiencia con la autoridad que le daban sus respetables antecedentes sirvió de mucho para enderezar los asuntos de su sobrino Don Diego. El rey distinguia y consideraba muy mucho al hermano del Descubridor, que por sí mismo habia llevado á cabo hazañas de alta ilustracion en el Nuevo Mundo, y se mostraba en todo merecedor de cuantas honras se reflejaban en su persona, por razon de su apellido como por sus no comunes prendas de carácter.

Con su partida amainaron un tanto las hostilidades de los dos bandos, que comprendieron cuánto les interesaba respectivamente moderar los ímpetus de sus pasiones, y aguardar en actitud tranquila los resultados que en definitiva dieran las diligencias de sus parciales y emisarios en la Corte. De esta especie de tregua tácita sacaron la peor parte los pobres indios encomendados, pues cualesquiera que fuesen los abusos que con ellos se ejercian, uno á otro se los disimulaban los dos bandos opuestos, cuidadosos de no encender nuevamente las rencillas por una materia comunmente tenida por vil y despreciable como era la esclavitud de aquella desdichada raza.

Solamente en el monasterio de los padres domínicos, donde se aposentaba Las Casas, ardia el fuego de la caridad, despertando vivo interés por la suerte de los indios. Cierto colono de la Vega de nombre Juan Garcés, que años atrás habia matado á puñaladas á su mujer, principal señora india de cuya fidelidad llegó á sospechar, despues de andar vagando por diversas partes de la isla con nombre supuesto, huyendo de la persecucion de la justicia, se allegó un dia al convento de los domínicos, les pidió asilo, y manifestó su propósito de profesar tomando el hábito de la órden. Oido en confesion por el Padre Fray Pedro de Córdova, fué absuelto, y despues de obtenerle indulto del virey Almirante se accedió á su deseo, y fué admitido en la comunidad como fraile, estado cuyos deberes llenó cumplidamente, mereciendo por su vida ejemplar ser enviado años adelante á la mision evangélica de Cumaná, donde pereció como un mártir á manos de los indios bravos.

Este Juan Garcés encendió el celo piadoso de los frailes y del Padre Las Casas con sus relaciones conmovedoras sobre los malos tratamientos á que estaban sometidos los indios en toda la colonia, y las crueldades increibles con que eran explotados por sus encomenderos. Resolvieron los buenos religiosos clamar enérgicamente contra aquellas iniquidades, y designaron al Padre Fray Antonio Montesino para que sobre el asunto predicara un sermon, en la misa mayor del domingo inmediato.

Para que el fruto fuera mas copioso y la edificacion de más provecho moral, invitaron expresamente á todas las personas constituidas en autoridad y á los principales vecinos de Santo Domingo. Llegó el dia señalado, y el templo apenas podia contener el granado concurso. Los oficiales reales y los jueces de apelacion estaban en sus puestos: el Almirante presidia la funcion, y miraba á Pasamonte y sus otros émulos con cierta sonrisa extraña y maliciosa: se dejaba comprender que algun golpe de efecto estaba preparado: los enemigos del Almirante estaban recelosos é inquietos sin saber por qué.

Subió con planta firme el Padre Montesino al púlpito, y despues de tomar por tema y fundamento de su sermon, que ya llevaba escrito y firmado de los demás frailes: *Ego vox clamantis in deserto;* hecha su introduccion y habiendo disertado un poco sobre el evangelio del diá, prorrumpió en los siguientes apóstrofes que trascribimos aquí al pié de la letra:

"Decid, ¿con qué derecho y con qué justicia teneis en tan cruel y horrible servidumbre aquestos indios? ¿Con qué autoridad habeis hecho tan detestables guerras á estas gentes que estaban en sus tierras mansas y pacíficas, donde tan infinitas de ellas, con muertes y estragos nunca oidos, habeis consumido? ¿Cómo los teneis tan opresos y fatigados, sin darles de comer ni curarlos en sus enfermedades, que de los excesivos trabajos que les dais incurren y se os mueren, y por mejor decir los matais, por sacar y adquirir oro cada dia? ¿Y qué cuidado teneis de quien los doctrine, y conozcan á su Dios y criador, sean bautizados, oigan misa, guarden las fiestas y domingos? ¿Estos no son hombres? ¿No tienen ánimas racionales? ¿No sois obligados á amarlos como á vosotros mismos? ¿Esto no entendeis, esto no sentís? ¿Cómo estais en tanta profundidad, de sueño tan letárgico, dormidos? Tened por cierto, que en el estado que estais, no os podeis mas salvar, que los moros ó turcos que carecen y no quieren la fé de Jesucristo." (1)

Es indecible el efecto producido por la inesperada peroracion en el ánimo de los pecadores á quienes tales y tan enérgicos apóstrofes se dirigian. Confusion, estupor, ira, fueron los movimientos en que fluctuó la voluntad de los mas soberbios, miéntras duró el sermon del Padre Montesino, y cuando le vieron bajar del púlpito *con la cabeza no muy baja*, como dice Las Casas. Salieron del templo todos rebosando el pecho en indignacion, y protestándose recíprocamente los que se sentian aludidos por el orador sagrado, que las cosas no habian de quedar así. En cuanto al Almirante, á quien acompañaban los dignatarios y oficiales hasta su casa, permanecia impasible y sin participar de los extremos de furor en que estallaba el desagrado de los demas. Al cabo Pasamonte le increpó directamente. —¿No pensais volver por nuestro respeto y el vuestro, señor Almirante?—le dijo.—¿No creeis comprometida vuestra dignidad y la dignidad de Su Alteza, que no nos ha constituido en autoridad, para que nos dejemos vejar y ultrajar por un fraile atrevido?

—Obremos con calma, señor Pasamonte, —contestó imperturbable Diego Colon. —La cólera es mala consejera, y los estómagos ayunos deliberan mal las resoluciones de casos graves como este. Andad á comer á vuestras casas, y en seguida venid á la mia para que nos pongamos de acuerdo sobre lo que conviene hacer.

Estas razones fueron acatadas por todos.

---

(1) Las Casas, Historia de Indias. Libro III. Cap. IV.

XXXII.

HOMBRES DE ORDEN.

A la hora del medio dia, los oficiales reales, los jueces de apelacion y muchos de los principales vecinos estaban reunidos en la casa de Diego Colon: tratóse el asunto de la plática del Padre Montesino con la acritud y el calor que se puede suponer en una asamblea de agraviados. Los temperamentos correctivos que cada cual sugeria para corregir y castigar la audacia del fraile eran todos violentos, y hasta feroces algunos. El Almirante, siempre dueño de sí, fué templando hábilmente aquella tempestad de cóleras, y modificando por grados los sentimientos y las opiniones de aquellos energúmenos. Despues de apurar todos los medios de conciliacion se llegó a convenir en que los mas ofendidos, y en especial los oficiales del rey, irian aquella misma tarde al convento de los domínicos á reprender á los religiosos y á exigir de la comunidad que obligara al fogoso predicador á retractarse públicamente.

Pusiéronlo por obra; se dirijieron al monasterio, se hicieron anunciar, y salió á recibirlos al locutorio, con tranquilo continente, el superior Fray Pedro de Córdova.

—Padre vicario, — le dijo bruscamente Pasamonte, — tened á bien hacer llamar á aquel fraile que ha predicado hoy tan grandes desvaríos.

—No hay necesidad, — contestó tranquilamente fray Pedro : — si vuestras mercedes mandan algo, yo soy el prelado de este convento, y responderé á todo.

—Hacedle venir, — insistió con ímpetu el tesorero; venga aquí ese hombre escandaloso, sembrador de doctrina nueva, nunca oida; que á todos condena, y que habla contra el rey atentando á su señorío sobre estas Indias, y atacando los repartimientos de indios.... Y guardáos vos mismo, padre vicario, si no le castigais como se merece....

—¡Osais amenazarme? — exclamó fray Pedro.

—Á vos y á todos vuestros frailes atrevidos y sediciosos, — replicó Pasamonte.

—Sí; sediciosos y desvergonzados! — clamaron con destemplada voz varios de los circunstantes.

Fray Pedro fijó en aquellos hombres una mirada indefinible; habia en su espresion una mezcla de altivez, mansedumbre y lástima. Su fisonomía hermosa y ascética á la vez, imponia el respeto.

—Acertais sin duda,—dijo á los furiosos con dignidad,—en darnos todos esos odiosos nombres, á los que queremos curaros de vuestra ceguera, y despertar vuestras almas de su profundo letargo. Sí, atreveos á llamarnos sediciosos, á todos los que aquí estamos sublevados contra vuestras iniquidades; porque habeis de saber que el padre Antonio ha dicho en el púlpito lo que toda la comunidad acordó que dijera, y por esa razon vuestra ira no debe ser para él solo, sino para todos nosotros.

—Pues no hay mas remedio — dijo Pasamonte, — que obligar á este fray Antonio á que se desdiga el domingo próximo venidero de lo que hoy ha predicado.

—Eso no podrá ser ; — contestó fray Pedro.

—Pues si así no lo haceis, aparejad vuestras pajuelas para iros á embarcar, pues sereis enviados á España. (1)

—Por cierto, señores, — replicó sonriendo impasible el padre superior, en eso podremos tener harto de poco trabajo. (2)

Esta respuesta sencilla, por el tono casi desdeñoso en que fué dada, acabó de exasperar á aquellos hombres coléricos, que parecian dispuestos á dejarse ir hasta los últimos extremos de la violencia ; pero se hizo oir á tiempo la voz vibrante del portero del convento, que pronunció estas solas palabras: *El señor Almirante.*

A este anuncio, se contuvieron los mas exaltados, y el silencio reinó por algunos instantes.

Fray Pedro se adelantó hácia la puerta del salon para recibir al Almirante, que se presentó al concurso con semblante plácido y risueño, pronunciando estas palabras:

—¿ Qué ocurre aquí, señores ? He percibido al llegar como voces alteradas y descompuestas....

—Señor Almirante, — dijo el impetuoso Pasamonte;—el padre vicario se niega á darnos la justa satisfaccion que le pedimos, y redobla nuestro agravio diciendo que del abominable sermon de este dia responde la comunidad entera, pues fué predicado por acuerdo de todos estos frailes.

—Es la verdad, señor Almirante ; — dijo sencillamente el prior.

—¿ Lo ois, señor ? — repuso el tesorero real.—La comunidad de los dominicos viene á trastornar el órden de la colonia, negando al rey su señorío sobre los indios, y á los súbditos que de él los hemos recibido en encomienda el derecho de utilizar el trabajo de esos infieles, dándoles en cambio la salud espiritual con el conocimiento de las verdades eternas.

—Negamos el derecho de oprimir con crueldades á esa raza desdichada,— exclamó con energía fray Pedro;—os negamos el derecho de llamaros cristianos abrumando y exterminando á tantos infelices con vuestra cruel y desalmada codicia....

A esta fulminante invectiva, el tumulto volvió á encenderse mas destemplado que ántes, y á duras penas consiguió Diego Colon hacerse oir y hacer valer su autoridad.

—Escuchadme todos, señores. Soy aquí el que representa la magestad de Su Alteza el rey, y mando que todos se conformen con lo que yo disponga en este caso.

---

(1) Histórico.— Las Casas.
(2) Idem. idem.

Pasamonte y su bando gruñeron (1) sordamente, ganosos de sublevarse contra aquel exordio del Almirante; pero este frunció el entrecejo de un modo tan espresivo, habia tal dignidad y arrogancia en su actitud, que todos temblaron y tuvieron por bien callarse y someterse.

Por su parte Fray Pedro de Córdova, sereno é impasible, dijo á Diego Colon:

—Señor; permitidme recordaros que nosotros, enderezando nuestras palabras y nuestras acciones al servicio del Rey de los reyes, no podemos conformarnos sino á lo que sea justo de toda justicia, y acorde con las leyes divinas; contra las cuales, nadie ha de ser poderoso á doblegar nuestra energía, ni á torcer nuestra voluntad.

—Lo sé, padre Pedro, — contestó Diego Colon en tono respetuoso; — y os pido que fieis á mi decision el caso, seguro de que nada he de disponer que no ceda á la mayor gloria del Señor.

—Siendo así, — contad con mi conformidad; — concluyó fray Pedro.

—Pues lo que la paz y el buen órden de la colonia exijen, Padre, — dijo el Almirante — es que el predicador fray Antonio vuelva á subir al púlpito en la misa del próximo venidero domingo, y tranquilice las conciencias explicando de una manera satisfactoria todo lo que ha dicho hoy que parece contrario al servicio de Su Alteza y á los fueros y prerogativas de los oficiales reales y demas vecinos ofendidos y lesionados en su honra y sus intereses, por la dureza con que los increpó el padre en su sermon.

Fray Pedro recapacitó un instante, y luego dijo con acento firme:

—El predicador volverá á subir al púlpito el domingo que viene, y cumpliremos nuestro deber como humildes siervos de Dios y fieles súbditos de Su Alteza.

Oida esta declaracion, el Almirante, y á su ejemplo Pasamonte y todos los concurrentes, hicieron á fray Pedro de Córdova un reverente saludo, y se retiraron del convento, sumamente complacidos los quejosos, porque contaban con saborear el mas completo triunfo.

---

(1) Las Casas usa este espresivo verbo, al referir el episodio del sermon del Padre Montesino. Lo creemos oportunísimo, por mas que lastime algun tímpano delicado. La sinrazon poderosa gruñe siempre.

XXXIII.

HIEL SOBRE ACIBAR.

Llegó el·dia señalado para la solemne retractacion que todos tenian por convenida y ofrecida de parte de los austeros frailes domínicos. La iglesia mayor no podia contener en sus estensas naves el concurso de gente que, estimulada por los soberbios oficiales reales y sus amigos, acudian á solazarse en la humillacion de aquellos humildes religiosos: rebosaba el templo en sedas, bordados de oro, plumas y relucientes armas, porque se queria que aquel acto, que tenia por pretexto y apariencia el desagravio de la autoridad real y pública, se consumara con todo el auge y aparato de una solemnidad oficial.

Apareció, despues de cantado el evangelio, el ya célebre padre Montesino, y se dirijió al púlpito con paso mesurado y modesto semblante. Ya en la sagrada cátedra, examinó con su mirada penetrante el numeroso concurso, y comenzó con voz apacible su oracion; — exponiendo á grandes rasgos y como en resúmen lo que habia dicho en la plática del anterior domingo; y entrando en seguida á perorar sobre aquella exposicion, cuando los oficiales reales y los mas exaltados encomenderos se figuraban que iba á esplicar sus punzantes censuras dándoles un sentido diametralmente opuesto á su literal significacion, esperando que con auxilio de tropos y recursos de retórica intentaría la demostracion de que todos los vituperios del precedente sermon encerraban por virtud mística, hipotética, hiperbólica y metafísica, un elogio completo, una apología brillante de la bondad, caridad, generosidad y abnegacion de los colonos para con los indios sus siervos, el intrépido orador, parafraseando un versículo del libro de Job, (1) vertió al castellano la sentencia que encierra en los términos siguientes: "Tornaré á referir desde su principio mi ciencia y verdad, y aquellas mis palabras, que así os amargaron, mostraré verdaderas." Repitió y corroboró con más fuerza y terrible elocuencia todos los anatemas que habia fulminado ántes contra los tiranos opresores de indios, y acabó por declarar que la comunidad de los domínicos habia resuelto negarles los sacramentos lo mismo que si fuesen salteadores públicos y asesinos; y que podian escribirlo así á Castilla, á quien quisiesen, pues en obrar de tal manera tenian por cierto los padres domínicos que servian á Dios, y no pequeño servicio hacian al rey. (2)

---

(1) Cap. 36. Todo esto es histórico. V. Las Casas, Hist. de Indias. Lib. III. Cap. V.
(2) Histórico. Ibid.

Concluyó el sermon en medio de los gruñidos (1) y el alboroto de los oyentes, cuyo despecho llegó al último extremo, cuando se vieron de tal manera burlados y defraudada su esperanza de escuchar una retractacion. El padre Montesino bajó tranquilo y sereno de la cátedra, y se fué á su convento sin hacer mas caso de aquellos furiosos que si fueran una bandada .de loros, sin conciencia de sus discursos; y los encomenderos, persuadidos de que nada podian recabar de los pertinaces religiosos, ni siquiera intentaron abocarse otra vez con ellos, sino que despues de juntarse á deliberar, acordaron dirijir al rey un sañudo informe contra los frailes de la órden de los domínicos, acusándolos de sediciosos, perturbadores y rebeldes á la autoridad del rey y sus ministros en la colonia. (2)

XXXIV.

CELO PIADOSO.

Esta acusacion, y en particular las cartas de Pasamonte que gozaba gran crédito y favor con los validos del monarca, de quien el claro juicio ya estaba debilitado por la edad, causaron grande impresion en la corte; pero los domínicos hallaron medio de desvanecer las exageraciones é imposturas de sus antagonistas, y estos apelaron entónces á otro expediente mas eficaz en su concepto. Prevaliéndose de la sencillez y poca doctrina del venerable fray Antonio Espinal, prior de San Francisco, lo persuadieron á que fuera á Castilla con objeto de representar al rey y á su consejo los graves daños que para el servicio real y buen órden de la colonia resultaban de la actitud agresiva y desconsiderada de los rebeldes frailes domínicos.

No descuidaron estos parar el golpe, enviando á Castilla al mismo padre Montesino, quien ademas de ser predicador eximio era hombre de letras, eficaz y de grande ánimo, experimentado por ende en tratar materias árduas y guiar negocios difíciles. Ninguno mas interesado que él en defender su propia predicacion y el concepto de su comunidad. Fué preciso que los buenos religiosos salieran puerta por puerta á recolectar limosnas de los vecinos para los principales avíos del viaje, que muy escasas y al través de algunos vejámenes pudieron allegarlos; pues aunque en lo general eran amados y reve-

---

(1) Nos parece el término propio, y lo ha autorizado Las Casas.

(2) "El fraile Montesino era hombre de carácter, y reputó indigno de su ministerio y de la cátedra de la verdad contemporizar por ningun respeto humano con la iniquidad y el error." *Manuel José Quintana;* Vida de fray Bartolomé de Las Casas.

renciados del pueblo, por la santidad de su vida y sus ejemplares costumbres, el disfavor oficial que pesaba sobre ellos retraia á muchos de favorecerlos como tal vez desearan. El egoismo siempre fué servil y apocado.

A fray Antonio de Espinal, muy al revés, sobraba todo, y ni un príncipe pudiera viajar con mas regalo del que le proporcionaron sus comitentes. Fué asunto de comentarios no muy favorables la conducta de aquel religioso, de quien todos tenian alta opinion, viéndole aceptar encargo tan incompatible con su humildad y modestia. Atribuyéronlo algunos al interés de conservar los repartimientos de indios que disfrutaban los conventos franciscanos de Concepcion de la Vega y de Santo Domingo, (1) en lo que tal vez creyó de buena fé cumplir un deber de su cargo, viendo por el auge de la órden á que pertenecia.

Partieron uno y otro emisario para España, cada cual en distinta nave, el uno sobrado de favor, y el otro privado de todo, contando únicamente con la ayuda de Dios y la fé en su buena causa.

Llegaron sin novedad á su destino, y el rey dispensó á fray Antonio de Espinal la acojida mas afable y afectuosa; (2) miéntras que al aflijido y desamparado padre fray Antonio de Montesino se le negaba la puerta de la real cámara, apesar de todos sus esfuerzos por llegar á la presencia del monarca. Al cabo, un dia su audacia arrolló todos los obstáculos, y cansado de instar al portero para que le franquease el paso, á tiempo que este fámulo se descuidó abriendo á otro la puerta del régio estrado, el padre Montesino, seguido de su lego, se coló de rondon, dejando al endurecido portero estupefacto de tan grande atrevimiento. El rey acojió benignamente al religioso, que se arrojó á sus piés para hablarle, y las terribles revelaciones que por primera vez resonaron en la régia cámara hicieron en el ánimo del anciano monarca impresion profunda. Desde entónces tuvo el celoso domínico entradas francas en palacio, y en el Consejo de Indias; pero como sus trabajos se estrellasen en la autoridad y las alegaciones del padre Espinal, resolvió dar un paso decisivo.

Ocurria esto en Búrgos, donde se hallaba la Corte á la sazon, y el padre Espinal estaba alojado en el convento de su órden, en dicha ciudad. Situóse un dia fray Antonio Montesino en la portería del monasterio, en espera de su antagonista, y cuando este salió muy descuidado para ir al consejo real, (adonde concurrian otros célebres doctores y teólogos para discutir y acordar lo concerniente al régimen político y espiritual de los indios, por disposicion del rey); llegóse á él nuestro buen fraile, y le manifestó resueltamente que queria hablarle. Detúvose el padre Espinal accediendo á la demanda, y entónces su interlocutor le dijo con todo el fuego y la vehemencia que acostumbraba en sus discursos: " Vos, padre, ¿ habeis de llevar de esta vida más de este hábito andrajoso, lleno de piojos que á cuestas traeis ? ¿ Vos, buscais otros bienes más de servir á Dios ? ¿ Por qué os ofuscais con esos tiranos ? ¿ Vos no veis que os han tomado por cabeza de lobo para en sus tiranías se sustentar ? ¿ Por qué sois contra aquellos tristes indios desamparados ? " Y por el estilo prosiguió una série de apóstrofes que acabaron por conmover el corazon del sencillo prior franciscano, haciéndole estremecer de espanto, y sacudiendo el letargo de su conciencia. (3) Entregóse, pues, á discrecion á su irresistible despertador, diciéndole: " Padre, sea por amor de Dios la cari-

---

(1) Las Casas. *Historia de Indias*. Lib. III. Cap V.
(2) " Como si fuera el ángel Sant Miguel." *Las Casas*, lugar citado.
(3) Histórico: — el discurso del padre Montesino es copiado fielmente de la obra de Las Casas.

dad que me habeis hecho en alumbrarme: yo he andado engañado con estos seglares; ved vos lo que os parece que yo haga, y así lo cumpliré." (1)

Desde aquel punto y hora, animados uno y otro religioso del mismo espíritu de caridad evangélica, trabajaron de consuno: la fábrica artificiosa de Pasamonte, Fonseca, Conchillos y todos sus secuaces, estuvo á punto de caer derribada por la fuerza de la verdad; los parientes y amigos del Almirante Don Diego Colon cobraron nuevo crédito y nuevos bríos, y las célebres *ordenanzas de Búrgos* en favor de la raza india fueron una página de oro en la historia de aquellos tiempos de iniquidad y oscurantismo.

XXXV.

MORATORIA.

Por esta época fué cuando el Almirante gobernador de la Española obtuvo la tan esperada autorizacion real para mandar conquistar y poblar la isla de Cuba. Sin pérdida de tiempo lo participó á su teniente Diego Velázquez, llamándolo á Santo Domingo con el fin de dar la última mano á los planes é instrucciones para tan importante empresa. Voló Velázquez á la capital de la colonia, en alas de su amor y de sus ambiciosas esperanzas.

Habia trascurrido con esceso el plazo pedido por su prometida para la realizacion del matrimonio; pero tanto Diego Colon, como el mismo padre de la novia, habian contestado acordes á las reclamaciones del impaciente capitan, que el estado de salud de María era sumamente delicado, y hacia forzoso un nuevo aplazamiento. Mal de su grado se conformó Velázquez con la indefinida demora que se le imponia, y hasta comenzaba á pensar mal de las intenciones del Almirante y la formalidad de su futuro suegro, cuando recibió la órden de pasar á la capital de la colonia.

—Por fin—se dijo—veré por mí mismo lo que pasa, y procederé segun las circunstancias y el resultado de mis observaciones.

La sola vista de su prometida desvaneció todos sus recelos, y lo convenció de que le habian dicho y escrito la verdad. Sin exageracion de ninguna especie, María de Cuéllar estaba muy enferma: causaba pena y espanto comparar aquella faz abatida y pálida, aquellos ojos circuidos de sombras violáceas, con el recuerdo de la espléndida y lozana belleza que habia fascinado á Velázquez cuando por primera vez la contempló un dia en el alcázar de los vireyes. Su aspecto y la espresion de su semblante denotaban una tristeza

(1) Histórico. Loc. cit.

resignada, una especie de indiferencia muy parecida á la insensibilidad. Dejóse tomar y besar la mano por su futuro esposo, sin dar muestras ni de alegría cortés, ni de disgusto, ante aquel acto que debia despertar en ella el sentimiento de su situacion, y la conciencia de que se acercaba el dia en que se habia de consumar su sacrificio.

Velázquez le dijo, mirándola conmovido:

—¿ Podré contar con que ya han desaparecido todos los obstáculos que se vienen oponiendo á mi dicha, y que al fin os dejaréis conducir al altar?

La jóven, por toda contestacion, fijó en el que así la interpelaba una mirada atónita, indefinible; y su padre, viéndola guardar silencio, habló por ella en estos términos:

—Vos me pedísteis un año de espera, señor Don Diego, para efectuar el matrimonio: ni por culpa vuestra, ni por la mia, ha dejado de tener este acuerdo su estricto cumplimiento. Hoy, ya lo veis, sería grave imprudencia no aguardar algun tiempo mas, á que mi hija se restablezca de la estraña dolencia que la tiene tan abatida y débil.

—¡ Cómo, señor de Cuéllar!— exclamó Velázquez con calor.— ¡ Y habré de partir yo solo para la conquista de Cuba, cuando mi mas lisonjera esperanza era llevar conmigo á la elegida de mi corazon....

—No podreis desconocer, amigo Don Diego, que los cuidados que vuestra compañera en su estado actual de salud os impondría, os habrían de ser carga muy enojosa, en un país inexplorado, donde se carece de todo lo necesario, y vos mismo aun no sabeis cómo quedaréis instalado. Más cuerdo es que vayais sin ese embarazo, y una vez que hayais vencido las primeras dificultades, y hecho los preparativos convenientes para alojar y asistir á vuestra esposa, me aviséis para llevárosla yo mismo, y que las nupcias se celebren en el asiento de vuestro gobierno; donde vos seais cabeza de todos, y todos sean subordinados vuestros.

Pareció satisfecho Velázquez con este razonamiento, y volvió á continuar sus largas é interesantes conferencias con el Almirante en la residencia de éste, donde se hallaba hospedado. El tiempo urgía: era preciso renovar las provisiones y algunos objetos indispensables para la colonizacion proyectada, pues la dilacion á que se habia sometido la empresa ántes de expedir el monarca su real vénia, habia sido causa de que muchos preparativos hechos de antemano se malograran ó distrajeran del fin á que estaban destinados.

El activo capitan, dándose en cuerpo y alma á su árdua empresa, apénas tuvo espacio para conversar con su prometida, ni para observar que esta no contestaba á sus apasionados conceptos sino con monosílabos y frases incoherentes. Celebró una nueva convencion con el señor de Cuéllar, ajustada en un todo á la proposicion que este le hiciera de que se marchara célibe á la empresa de Cuba, y que una vez alcanzado el láuro de conquistador, allá iría la novia á llevarle su mano, y su corona de azahares, como galardon de los trabajos y proezas á que diera lugar la conquista. Medió un considerable préstamo de dinero del contador real á su futuro yerno, y no faltaron los acostumbrados chistes y equívocos con que en tales ocasiones sazona los proyectos matrimoniales la gente de ánimo vulgar, que trata esta clase de asuntos como un negocio, y para nada toma en cuenta el sentimiento.

Las Casas se dispuso á partir con direccion al Oeste en seguimiento de Velázquez: su cualidad de sacerdote le dió facilidad para tener una entrevista de despedida con la triste María de Cuéllar. Procuró infundirle valor, y hasta le aconsejó que recordara á la vireina su antiguo empeño de estorbar el matrimonio concertado.

—Ya ¿para qué?—respondió María con una sonrisa que nada tenia de humano.—La vireina parece que no se acuerda de eso, y el compromiso, cúmplase ó nó, pronto lo romperá la muerte. Yo estoy resignada, como vos quisísteis. Acordáos de vuestra promesa, y que el Señor os premie vuestra bondad.

El sacerdote se alejó llevándose vivamente la mano al corazon; movimiento que tanto pudo ser efecto de un vehemente impulso compasivo, como del recuerdo de que hácia aquel sitio reposaba oculto, cuidadosamente guardado, el misterioso papel que la interesante moribunda le confiara un dia para el infeliz ausente, objeto de su amor.

XXXVI.

INUTIL PORFIA.

No tenia razon María de Cuéllar cuando dejaba escapar de sus lábios, aunque sin el acento de la queja, aquel concepto desfavorable á la fina, afectuosa y consecuente amistad de Doña María de Toledo.

La noble señora no habia olvidado un solo instante la cuita de su amada amiga; veia con dolor la pesadumbre de esta, los aterradores progresos de la enfermedad que minaba su existencia, y la aproximacion del inevitable suceso que habia de hundir en el sepulcro aquella inocente víctima de la ambicion agena. Más de cien veces volvió á la carga con el difícil tema á su esposo el Almirante; pero fuerza es confesar que en este no obraba tan activamente la compasion, y desarrollado su egoismo por las diarias luchas y contrariedades del mando, no se preocupaba ya poco ni mucho de buscar el medio de desbaratar la proyectada boda de su teniente y aliado. Tambien es verdad que jamás se comprometió formalmente á hacerlo; y así, se evadia de los apremios de su esposa con buenas ó malas razones, acabando siempre por encarecerle la conveniencia de velar por la propia dicha, antes que entrar en cuidados por la de los demas.

Esta conclusion envolvia un recuerdo harto desagradable para la jóven señora, que se guardaba muy bien de exponerse, por causa de su generosidad, á otra borrasca conyugal, como la que sin duda recordará el lector.

Pero sus compasivos sentimientos no se acallaban á pesar de todo, ni cesaban de sugerirle ingeniosos medios de ganar tiempo, que era el único servicio que podia prestar á su desolada amiga. Aprovechaba y solicitaba las ocasiones de hablar con Don Cristóbal de Cuéllar, haciendo recaer diestramente la conversacion sobre las dolencias que aquejaban á la prometida de Velázquez, y representando con elocuencia los riesgos de un cambio de estado miéntras la jóven enferma no se repusiera de su visible postracion. El señor de Cuéllar era padre al fin, y no tenia entrañas de tigre, llegando á causar en él viva impresion las hábiles insinuaciones de la vireina; y sin duda á esta se debia la inesperada objecion que halló Velázquez de parte del Contador, al reclamar el cumplimiento de lo pactado. Por acaso, las consideraciones paternales se avenian con las circunstancias en que de momento se hallaba el capitan que iba á sojuzgar á Cuba, para quien realmente hubiera sido un embarazo casarse ántes de acometer su grave empresa, y mucho mas llevar consigo el cuidado de una esposa enferma.

Todo se arregló, pues, por de pronto, á satisfaccion relativa de las partes interesadas, y María de Cuéllar vió prolongarse por unos dias más aquella angustiosa situacion en que la conciencia del mal inminente iba minando y destruyendo mas y mas su existencia.

—¿No sería mejor acabar de una vez?—se preguntaba, cansada al fin de la ansiedad y las dudosas perspectivas que hacia tanto tiempo atormentaban su espíritu.

XXXVII.

EL VENCEDOR.

Velázquez concluyó rápidamente sus preparativos en el Oeste. Reunió la gente expedicionaria, como trescientos hombres, con los bastimentos necesarios en el puerto de Salvatierra, (1) y se embarcó para Cuba, en Noviembre de 1511, llevando á Hernan Cortés y Andrés de Duero, como secretarios. Aportaron cerca del cabo Maisí, en un puerto que llamaron de las Palmas ó Puerto Santo. Allí, apénas pusieron el pié en tierra, fueron enérgicamente hostilizados por el esforzado Hatuey, cacique haitiano de los que más porfiadamente resistieron á Velázquez en la Guahaba, y que una vez vencido pasó á Cuba, donde todos los comarcanos de Maisí lo aceptaron como gefe y señor, reconociendo su valor y superioridad en todos sentidos.

Hatuey habia conseguido infundir en los indios cubanos su propia intrepidez y el ódio inmenso en que ardia su corazon al recuerdo de sus pasados infortunios y de la implacable fiereza con que lo habian acosado los conquistadores de su patria. Precavido y alerta, supo anticipadamente la expedicion de los castellanos á Cuba, por los espías que á él llegaban de la Española (2); y así Velázquez lo encontró bien apercibido á la defensa.

[1] San Nicolas, en el cabo occidental de la isla. Velázquez llamó á la villa fundada allí por él *Salvatierra de la Zabana* [Sabana.]

[2] Histórico. *Las Casas, Herrera.* etc.

Dos meses dia por dia combatieron valerosamente los indios contra sus invasores, y al cabo, no pudiendo resistir las armas de estos, se refugiaron en las montañas, donde continuó la persecucion por bastante tiempo aun. En el intérvalo, Velázquez escribió á Esquivel dándole noticias de la empresa que traia entre manos, y solicitó de él alguna gente. Volaron allá, ganosos de riquezas y aventuras, muchos hombres de armas de los que habian acabado con Esquivel la pacificacion de Jamáica: mandábalos el acreditado capitan Pánfilo de Narváez, y con él fué tambien nuestro bien conocido y un tanto olvidado Juan de Grijalva, que se creyó en la obligacion de asistir con los primeros á su antiguo rival, segun se comprometiera á hacerlo en aquella noche funesta, que imprimió decisiva huella en su vida y su destino.

Llegaron algo tarde á Cuba para combatir al valiente y desgraciado Hatuey, que acosado de breña en breña fué capturado al fin, y por no encontrarse en la otra vida con sus verdugos, segun lo dijo al fraile que le prometia la celeste ventura, se negó á recibir el bautismo, y lo condenaron como impenitente á ser quemado vivo. Se vé que comenzaba temprano á declinar la bondad de Diego Velázquez, y que la corrupcion minaba ya los sentimientos que le habian captado la amistad de Las Casas, como este mismo hubo de notarlo con justa acritud en sus inmortales narraciones históricas.

Libre ya completamente Velázquez del escaso cuidado que le daban los indígenas de Cuba, espantados por la muerte del caudillo haitiano, convirtió su atencion al objeto que le era favorito de fundar ciudades, y planteó con grande eficacia y regularidad sus primeros establecimientos en *Baracoa*, nombre indígena del sitio á que abordara con su gente cuando llegó de la Española, y que denominó, como dejamos dicho, *Puerto santo ó de las Palmas*. Dirijióse despues á reconocer otros puntos de la isla, con el fin de elejir el mas adecuado para fundar la ciudad capital de la colonia, y este honor cupo al que, favorecido por la naturaleza con una prolongada y hermosa bahía, lleva el nombre de Santiago de Cuba, en honor del apóstol patron de España, que lo era tambien del fundador.

En medio de sus trabajos y ocupaciones como tal, juzgó Velázquez llegado el tiempo de efectuar su tan deseado como demorado matrimonio, y á este fin escribió al contador Cuéllar una apremiante y sentida carta, invocando todos sus títulos y derechos á que no se dilatara por mas tiempo el cumplimiento del solemne compromiso.

"Han trascurrido ya (decia en esa carta) todos los aplazamientos á que, con mas ó ménos causa, se ha querido someterme, y tendré á injuria que se trate de imponerme una nueva espera. Reclamo que se cumpla lo pactado, señor Don Cristóbal, y que vuestra honrada palabra quede en su lugar, dándome la compañera que tanta falta hace á mi dicha. Si aun sigue enferma, aquí la aguardan, con el rango de señora y esposa mia, á quien todos estarán obligados á tributar homenage, la salud y el contento."

Increpado el de Cuéllar de un modo tan enérgico y concluyente, seducido por la perspectiva brillante de la nueva posicion que ocupaba su futuro yerno, declaró á su hija la resolucion de conducirla á Cuba sin mas tardanza, y abrevió los preparativos del viaje. En vano hizo la vireina una postrera tentativa para conmover al anciano, cuando supo la proximidad de la partida. El contador mayor mostró la carta de Velázquez, é hizo juez al Almirante Don Diego del caso en que se hallaba, sometiendo á su arbitramento la decision.—Si vuestro señor esposo, — dijo á María de Toledo, — con esta carta del capitan Don Diego Velázquez á la vista, cree que puedo negarme decorosamente á lo que él reclama, y demorar todavía el concertado matrimonio, yo haré lo que el señor Almirante crea mas conveniente.

Esta era la via mas segura que podia escojer Cristóbal de Cuéllar para desahuciar por completo los deseos de la vireina en pró de la jóven prometida. Ya sabemos que Diego Colon habia llegado á ese período de los hombres de gobierno en que la razon política es la soberana razon. Habia eludido con el mas esquisito cuidado dejar ver á Velázquez su interés por demorar indefinidamente, cuando nó por impedir sus bodas, y ahora se le ponia en el compromiso de pronunciar por sí mismo el fallo de este delicado pleito. Dar parecer contrario á las reclamaciones de Velázquez era lo mismo que autorizar al contador á escudar su negativa con la autoridad del Almirante, y la alianza de éste con el conquistador de Cuba se quebrantaría en seguida, á la sazon que la conquista, marchando bajo los mejores auspicios, halagaba la ambicion del jóven gobernador con las mas brillantes perspectivas. No vaciló, pues, y puso fin al angustioso incidente diciendo al contador real:

—Velázquez tiene razon de sobra, señor de Cuéllar, en quejarse de su larga espera. Camino lleva de costarle la posesion de su amada novia tanto tiempo y paciencia como hubo de emplear el patriarca Jacob en alcanzar á Raquel; por fortuna no hay una Lía de por medio....

—Vuestra esposa y mi señora la vireina,—respondió con cierta entonacion de mal humor el de Cuéllar,—ha sido siempre de parecer opuesto al vuestro en este asunto, señor Almirante; y sus reflecciones han contribuido nó poco á que este matrimonio de mis pecados no esté hace tiempo concluido, y yo libre de la confusion en que me hallo.

Diego Colon miró á su esposa de un modo que la hizo palidecer, y repuso:

—Lo dicho, señor contador: yo no puedo aprobar que demoreis por mas tiempo el cumplimiento de vuestra palabra, y así, pues que la empeñásteis, á toda costa y prisa os conviene redimirla.

Júzguese con qué tósigo en el corazon se retiraría el buen Don Cristóbal de la presencia de los vireyes. Febrilmente aceleró los preparativos del viaje, y ántes de ocho dias volvió con su hija á despedirse de Diego Colon y su esposa. María de Cuéllar ostentó en esa última visita á sus ineficaces protectores una tranquilidad sorprendente. Parecia perfectamente conforme con su destino. La vireina lloró abrazándola, y la jóven enferma, sin verter una lágrima, con voz firme y segura trató de consolar y serenar el ánimo de su acongojada amiga. Ésta, sorprendida al ver tanta entereza, llegó un instante á persuadirse de que tenia á la vista un milagro de la resignacion; aunque la intensa palidez y el melancólico semblante de la pobre víctima desmentian toda su aparente fuerza de alma.

Tres dias despues las dos amigas, en medio de lucido séquito, se dirijian con las diestras enlazadas, en compañía de Diego Colon y el contador Cuéllar, á bordo de la hermosa galera que por disposicion del Almirante debia conducir á la novia y su padre á Cuba.

Todo habia sido preparado para este viaje con la solicitud mas obsequiosa de parte de Diego Colon, que queria significar á Velázquez de un modo inequívoco y suntuoso la alta estimacion en que tenia su amistad, honrando á su prometida en aquella ocasion. María de Cuéllar recibió silenciosamente, como una estátua, los besos de sus amigas y compañeras, que con la mayor ternura le protestaban que jamás la olvidarían, y la colmaban de bendiciones. La vireina la estrechó en sus brazos y le dijo al oido:

—No me engañas, querida María; veo tu corazon, y tiemblo. ¡Me ahoga la pena! Que Dios me confunda y me haga la mas miserable de todas las mujeres, si no he hecho por tu dicha cuanto he podido.

María de Cuéllar miró entónces á su amiga, y apoderándose de ella una viva emocion prorrumpió en llanto. Hizo no obstante un poderoso esfuerzo para hablar, y respondió á la vireina:

—Bendita seais mil veces, señora, por el bien que me hace vuestra declaracion. ¡Y llegué á dudar de vos! Perdonadme, y cualquiera que sea mi suerte, estad segura de que mi mayor consuelo será el recuerdo de vuestra cariñosa amistad.

Por última vez las dos tiernas amigas se abrazaron: despues los vireyes y su séquito salieron de á bordo y fueron á situarse en el rebellin mas avanzado de la ribera, hácia la embocadura del rio, miéntras que la nave, izadas las velas, se deslizaba suavemente por la superficie de las aguas, teñidos los topes de sus mástiles con los reflejos del ocaso; y los blancos pañuelos, agitados desde su puente, contestaban á las señales de adios que hacian los de tierra en tanto que estuvieron á la vista.

XXXVIII.

DECLINACIONES.

Ya estaba tambien en Cuba el padre Las Casas, despues de haber pasado de propósito por la Maguana, donde permaneció una semana en compañía de sus amigos, al dirijirse á Salvatierra, que era el punto de embarque para todos los rezagados de la expedicion de Velázquez, y en el que se acopiaban los repuestos de animales, vitualla, y otros elementos necesarios para la colonizacion de la grande antilla occidental.

En ese tránsito y visita del sacerdote, Enriquillo tuvo doble causa de satisfaccion: una fué la presencia de su amado protector, y otra ver á Tamayo en su séquito, y saber que el padre Las Casas llevaba la intencion de dejarselo viviendo en la Maguana, confiado al señor de Valenzuela.

Cordialmente reconciliado con el padre Espinal, que se habia vuelto á su convento desde España, á poco de haberle convertido fray Anton de Montesino á la buena causa, Las Casas pidió y obtuvo del contrito superior de los franciscanos que le entregara á Tamayo como prenda de paz, ya que habia sido el motivo de la pasada desavenencia.

Quiso el filántropo templar con este consuelo á Enriquillo el pesar de la despedida, que muy grande lo manifestó el sensible jóven.

—Os vais,—dijo á Las Casas tristemente,—y quizá no volveré á veros nunca, padre y señor mio! Voy á quedar sin saber cómo... Cuando mi prima acabe de crecer ¿quién vá á hacer por ella y por mí lo que vos haríais? ¿Quién cuidará de que se cumpla la voluntad de mi tia Higuemota?

—No veo causa para esa afliccion, hijo mio;—contestó el sacerdote.—¿Qué dudas, quedando aquí mi amigo Don Francisco, y allá en Santo Domingo los señores vireyes? Cuba tampoco está léjos, y presiento que mas de una vez has de volver á verme por acá, ántes de que llegue la época de tu matrimonio.

—Bien quisiera yo ir con vos miéntras tanto,—dijo Enrique.

—¿Piensas lo que dices?—replicó Las Casas.—¿No me ha dicho en tu presencia Don Francisco que ya tú entiendes mas que él mismo de sus notas y sus cuentas, como de los indios que le están encomendados, y que sin tí no sabría cómo valerse, porque su hijo no lo ayuda?

—He aquí, señor,—repuso Enriquillo,—que me sucede una cosa estraña con el señor Andrés. Él no me dá motivo de queja; me muestra amor, y siento que su padre le vitupere su negligencia, y siempre le ponga por ejemplo mi conducta, dándole en ojos conmigo.

—¿Temes acaso que Andrés se resienta y tenga celos de tí?—preguntó Las Casas.

—Os diré, señor. Hace pocos dias que elogiando mi actividad, como acostumbra, acabó por mirarme riéndose de un modo singular, y me dijo: —"Creo que mi padre te quiere mas que á mí, y que si puede, te dejará al morir todo lo suyo, y aun á mí de criado para servirte." Esta chanza me apesadumbró, y desde entónces tengo la idea de que Don Andrés no me mira bien.

—Tal vez;—respondió pensativo Las Casas;—pero tú sigue siendo bueno, cumple tus deberes; sé humilde y manso de corazon, y deja lo demas á Dios.

El mismo dia siguió viaje Las Casas, y embarcándose poco despues en Salvatierra pasó sin novedad á Santiago de Cuba, donde á la sazon se hallaba Diego Velázquez. Pronto echó de ver con dolor profundo el engaño que habia padecido contando hallar en el conquistador de Cuba al antiguo pacificador del Baoruco, dócil á sus buenos consejos y accesible á los impulsos humanitarios. En vano trató de templar la crueldad con que procedian los conquistadores en Cuba, representándose á cada instante en aquel nuevo teatro de horrores las escenas mas reprobables y odiosas. Aquellos hombres endurecidos y engreidos no le hacian caso, y se complacian en burlar su intervencion caritativa, siempre que se trataba de arrollar y reducir á los que llamaban perros infieles. Velázquez se inclinaba todavía alguna vez á obedecer las piadosas inspiraciones de su buen consejero, y las trasmitia en las órdenes é instrucciones que daba á sus subalternos; pero obrando estos á distancia de su gefe, se extralimitaban constantemente bajo fútiles pretextos en el cumplimiento de lo que les era mandado, y aunque Las Casas acudia exasperado á reclamar contra los desafueros, sus quejas se estrellaban en la escasa rectitud del gobernante, que por debilidad verdadera y só color de razon política disimulaba cuidadosamente su disgusto á los infractores, y se abstenia de castigarlos: con ésto crecian las crueldades y los desórdenes, referidos por el severo cuanto verídico Las Casas en páginas que pueden ser consideradas como el mayor castigo de aquellos malvados, y el mejor escarmiento para los tiranos de todas las edades.

XXXIX.

ALBRICIAS.

Cuando la nave que conducia á Cristóbal de Cuéllar y su hija aportó á las Palmas (1) encontrábase Diego Velázquez todavía en Santiago de Cuba. Llevóle allá un correo los pliegos que le anunciaban tan fausta nueva, y enterado de ella el afortunado caudillo reunió á los capitanes y principales caballeros que de ordinario le acompañaban, diciéndoles jovialmente:

—¡Ea, amigos mios! Llegó mi dia. Enjaezad inmediatamente vuestros caballos, y preparaos á acompañarme esta misma tarde á Puerto Santo, (2) donde es llegada mi prometida novia. Todos estais invitados á mis bodas.

Estas razones fueron recibidas con alborozo y víctores de todos los circunstantes, escepto un jóven caballero, que á tiempo que Velázquez recibia los plácemes de los demas, se inmutó visiblemente, y fué á sentarse en un sitio apartado.

Velázquez observó aquella turbacion, y supo desde luego á qué atribuirla. Adelantóse hácia el jóven, y tendiéndole con franco ademan la diestra, le dijo:

—Vos, señor Juan de Grijalva, ¿no me felicitais? Ved que os tengo por buen amigo mio.

—Perdonad, señor;—contestó Grijalva reponiéndose:—os deseo todo género de felicidades, y pido ocasiones de probaros mi amistad.

—Ya se os ofrece una,—replicó vivamente Velázquez.—Miéntras que todos estos caballeros van á holgar conmigo en mis bodas, vos, Grijalva, quedaréis aquí con todos los afanes y cuidados del mando, que os confiero y delego en mi ausencia. Ved que no es corto el sacrificio que os impongo.

—Yo lo acepto con reconocimiento, Don Diego: dejadme vuestras instrucciones.

—Se reducen á esta consigna, amigo Don Juan: órden y actividad. Órden, en que toda la gente que quedais gobernando cumpla cada cual con su deber. Actividad en que las obras públicas continúen sin interrupcion, espe-

---

(1) Baracoa.
(2) Así llamaban tambien á Baracoa.

cialmente la casa de gobierno, el almacen para víveres, la fortaleza del puerto y la construccion de las pequeñas embarcaciones para explorar los rios.

—Espero que quedaréis complacido, señor Don Diego,—dijo Grijalva con acento humilde y melancólico.

Velázquez lo miró fijamente, y le estrechó otra vez la mano. Despues, como herido de una idea repentina, se dirijió á Las Casas:

—Mucho gusto tendría, padre Casas, en que vos fuérais quien me diera la bendicion nupcial, pero nadie como vos sabe atraer y sacar partido de estos indios. Renuncio, pues, á mi deseo, y os ruego que permanezcais aquí ayudando con vuestros consejos al señor Juan de Grijalva. (1)

—Con toda el alma, señor,—contestó Las Casas:—me place infinito el arreglo, y no quedaréis por ello ménos bien casado. Rogaré al cielo por vuestra dicha.

Y dos horas mas tarde Velázquez corria á caballo, seguido de Cortés, Narváez, y casi todos los hidalgos de la colonia, en direccion á Baracoa.

XL.

DESENLACE.

No mas de cinco dias necesitó Diego Velázquez para hacer todos los aprestos de su boda. De antemano se habia provisto de sedas, joyas y paramentos preciosos de toda clase; y el ingenio de sus amigos suplió con esquisito buen gusto la falta de elementos para que las fiestas fueran celebradas con el decoro y lucimiento que la ocasion requeria. Baracoa, poblacion incipiente, cuyas pocas y modestas casas parecian como intimidadas con la vecindad de los gigantescos palmares, no podia aspirar todavía á la pompa de las decoraciones urbanas, y por lo mismo se prefirió que el teatro de las fiestas semejara un campamento que por el lujo pudiera competir con el de los príncipes cruzados frente á Jerusalen; ó, segun los recuerdos coetáneos, con el de los reyes católicos en los primeros tiempos del célebre sitio de Granada.

Aquellas pocas casas de Baracoa, como su única iglesia, desaparecieron bajo las brillantes colgaduras de damasco y terciopelo, y en torno suyo, mas de un centenar de ricas tiendas de campaña desplegaban al sol sus variados colores y daban al viento infinidad de lujosos estandartes, gallardetes y banderolas.

---

(1) Es histórico que Velázquez dejó como Teniente suyo á Grijalva, con Las Casas, cuando partió de Santiago de Cuba á celebrar sus bodas en Baracoa.

María de Cuéllar, fatigada de la navegacion, sintió grande alivio al desembarcar en Baracoa, y de aquí dedujeron su padre y el novio que los aires de Cuba le eran muy favorables, y que la virtud del matrimonio haría lo demas, restituyéndole totalmente la salud. La sonrisa con que la jóven acojia estos lisonjeros pronósticos tanto podia significar un rayo amortiguado de esperanza como la incredulidad mas desdeñosa. Nadie hubiera podido definirla.

Llegó el dia tan deseado de Velázquez. Era un domingo. La naturaleza resplandecia con todas sus galas; el cielo estaba puro, el sol brillante, los campos cubiertos de flores; todo convidaba á la alegría, y todo respiraba animacion y contento. Hasta la novia, dirijiéndose al templo asida del brazo de su padre, se mostraba tan serena y complacida ¡reaccion estraña! que cuantos la veian juzgaban que era completamente dichosa. De sus mejillas habia desaparecido la mate palidez, que como ahuyentada por los arreboles de la aurora parecia haberse refugiado en la ebúrnea y contorneada frente; sus ojos despedian vivo fulgor, y toda ella estaba radiante de hermosura. Su padre creyó buenamente en un milagro; Velázquez llegó á suponer que era amado, y bendijo su feliz estrella.

Las fórmulas matrimoniales se llenaron todas sin incidente notable. El *sí* fué pronunciado por la doncella con voz clara y segura, y los dos novios, ya unidos en indisoluble lazo, asistieron sentados en magníficos sitiales y bajo un dosel de púrpura, á la solemne misa que siguió inmediatamente á la ceremonia matrimonial. Terminada la funcion religiosa se dirijieron con gran acompañamiento á la casa de gobierno, donde á las doce principió el suntuoso festin, que duró hasta las tres de la tarde.

Para las cinco estaba dispuesta una justa de caballeros, en la cual, deseoso de lucir su valor y gallardía honrando dignamente á su esposa, Velázquez se habia comprometido á romper ocho lanzas con otros tantos jinetes.

A la hora prefijada, lleno de espectadores el estenso circuito que, rodeado de las principales y mas vistosas tiendas de campaña, servia de palestra; llevando el mantenedor y los demas contendientes, todos en soberbios corceles, por armas defensivas únicamente la bruñida coraza, para ostentar en toda su riqueza las cortesanas ropillas de brocado y las airosas sobrevestas; en el mismo punto en que Velázquez y el primer caballero que debia justar con él tomaban sus respectivos puestos, y solo aguardaban la señal de las trompetas para lanzarse al encuentro; en aquel momento en que la suspension de los ánimos era general, y el silencio absoluto y solemne, se oyó resonar un grito agudo y angustioso, que partió de la tribuna principal, desde donde asistian á la fiesta la familia y los deudos del gobernador. Siguióse una revuelta confusion en la tribuna, y cuando Velázquez, no repuesto aun de la primera sorpresa, inquiria con inquieta mirada el motivo de aquella alteracion, vió á Don Cristóbal de Cuéllar que adelantándose á la balaustrada, con voz y gesto despavoridos, le dirijió estas fatídicas palabras.

— "¡Vuestra esposa se muere!"

Velázquez voló allá, y así terminó la fiesta. Encontró á su novia en los brazos de la jóven Catalina Juárez, la que despues llegó á casarse con Hernan Cortés, y que habia ido á Cuba como camarera de María de Cuéllar.

Privada esta de sentido, la trasportaron á su lecho, y allí se le prodigaron todos los socorros de la medicina. Permaneció dos horas sin conocimiento, y le volvieron los sentidos por breves instantes, solamente para delirar en frases incoherentes, oyéndosela mencionar á su padre, la vireina, y el nombre de Las Casas. Recayó muy pronto en la inercia, y volvió á delirar al cabo de otras tres horas, alternando así el delirio y el letargo nervioso, bien que este fué haciéndose cada vez mas largo é intenso. En tal estado duró la infeliz jóven cinco dias, y al sexto, volviéndo un momento en su acuerdo, fijó en su padre una mirada profunda, diciéndole con voz triste al par que tierna:

—Padre mio, os obedecí, y no me pesa. Bendecidme, y tened á bien recordar mi encargo al padre Las Casas. Adios!

Un destello de júbilo brilló en el rostro de Velázquez, al oir hablar á su esposa. Acudió solícito al lecho desde el sillon en que espiaba ansioso las peripecias de aquella misteriosa crísis, y no llegó sino á tiempo de ver la pálida frente de María inclinarse como un lirio tronchado, y sus bellos ojos cerrarse para siempre á la luz de la vida. (1)

XLI.

UNA CARTA.

La noticia del trágico desenlace de las bodas del gobernador se esparció por toda la colonia, cubriendo de luto el corazon de cuantos habian conocido á la hermosa y virtuosísima señora. Al ser comunicada á Santiago de Cuba oficialmente, por pliegos que los secretarios Andrés Duero y Hernan Cortés dirijieron el mismo dia á Grijalva y al padre Las Casas, este observó atentamento el efecto que tan inesperada nueva hiciera en su jóven amigo y compañero. Contra lo que suponia el buen sacerdote, Grijalva leyó la fatal comunicacion hasta el fin, sin hacer ningun estremo de dolor ó de sorpresa. Únicamente la palidez que cubrió su semblante denunciaba la emocion que aun en el mas indiferente debia causar suceso tan lastimero é imprevisto. Terminada la lectura, Grijalva, con gran serenidad y compostura dijo en alta voz á los que le acompañaban:

—Ha pasado á mejor vida la esposa del gobernador. ¡Hágase la voluntad de Dios, y veneremos sus designios aunque no alcancemos á comprenderlos! Padre Las Casas, á vos toca hacer preparar todo lo que á la Santa

---

(1) Es histórico que Velázquez quedó viudo á los seis dias de casado con María, la hija del contador Cuéllar, que fué de la Española á Cuba como se ha referido, y cuyas bodas se celebraron con gran magnificencia. *Las Casas, Herrera,* etc. Apénd. nota número 4.

Iglesia concierne para las honras fúnebres de la señora.... En cuanto á lo que es de nuestra incumbencia como autoridades y como caballeros, oidme: — dijo volviéndose á los demas circunstantes. — Que ninguna bandera flote á los vientos sino anudada y á media asta; que de hora en hora resuene el cañon en señal de duelo hasta que terminen los funerales; que nadie ose hacer ruido ni demostracion alguna que no sea de luto y de tristeza. Acópiense todas las flores de los campos vecinos para cubrir el túmulo y las paredes del templo.... Vos, Padre Casas, no vacilaréis en despojar para tan piadoso homenage vuestros hermosos rosales de la Española, de esas lindas flores que ayer admirábamos juntos. Tal vez, cuando crecian esos arbustos, recojieron *su* mirada y oyeron *su* voz, allá en las márgenes deleitosas del Ozama, donde un dia la vimos todos risueña y feliz.... Id, señores; necesito estar solo para llenar otras atenciones.

Todos, escepto Las Casas, se retiraron á cumplir lo que se les ordenaba.

El sacerdote permaneció inmóvil contemplando fijamente al jóven capitan.

—Deseo quedarme solo, padre Casas, — repitió este, — y os ruego que vayais á ordenar las exequias.

— ¿ No necesitais vos mi asistencia para lo que pensais hacer solo, señor Juan de Grijalva? — respondió Las Casas con acento profundamente conmovido. — Si se trata de llorar, yo tambien lo necesito: ved; mis ojos están preñados de lágrimas.

Grijalva miró sorprendido al sacerdote.

— ¿ Sabeis.... ? — comenzó á decir dudoso.

— ¡ Todo ! — le interrumpió Las Casas. — Arde en mi pecho la indignacion, cuando considero que ese cruel padre ha conducido la pobre niña al sepulcro, á sabiendas, y solo por empeños de mal entendida honra.

— ¿ Lo creéis así ? — replicó Grijalva con aire de incredulidad.

—Lo sé; — repuso Las Casas con firme acento.

— ¿ Sabeis que yo la amaba ?

—Sí; y que érais correspondido.

—Que ella me pospuso á otro, — insistió el jóven articulando con amargura las palabras; — y, antes de informarme de la pretension del capitan Velázquez, le escribió comprometiéndose á ser su esposa, y dándole cita....

—Ella ha muerto, y ha llegado la hora de descorrer los velos;— dijo con solemnidad el sacerdote. — Señor Juan de Grijalva, vos érais el único objeto del casto amor de María de Cuéllar. Cumplo una antigua recomendacion suya poniendo en vuestras manos esta carta, que os enseñará á sufrir cristianamente, y á bendecir la memoria de la que ya no existe.

Y diciendo estas palabras, el padre Las Casas entregaba al sorprendido mancebo el depósito que le confiara en Santo Domingo María de Cuéllar. Grijalva leyó ávidamente y con trémula voz, que la emocion interrumpió muchas veces, la carta de su amada, concebida en estos términos:

" Muy presto y de súbito se ha desmoronado el quimérico edificio de mi ventura. Vos me culpais, y huís de mí sin oirme..... ¡ Dios os perdone como yo os perdono vuestra dura injusticia ! Vuestro es mi amor, y solo vuestro. Quise deshacer el compromiso de mi padre, sin faltar á la obediencia de buena hija, y lo único que he conseguido es que mi fé padezca en vuestra opinion, habiéndome visto obligada á prestar el refuerzo de engañosas apariencias á mi propio sacrificio, por salvar á una amiga generosa del mal paso en que su mucho amor á mí la habia puesto. No de otro modo hubiera yo consentido en escribir bajo dictado ajeno, comprometiéndome á lo que jamás quisiera, llevada de la promesa que se me hizo de que el empeño no tendría efecto, demorándolo cuanto fuera posible. Esto es lo cierto, y os lo juro por nuestro divino Redentor, el que todo lo vé, y á quien no se puede engañar.

"Estoy resignada á morir, Grijalva, y mi alma os amará aun mas allá de esta vida. Moriré sin duda, muy pronto: ¡ojalá el cielo, propicio á mis votos, me dispense esa gracia, ántes que el aborrecido vínculo llegue á ligar mi fé á otro hombre! Pero nada quiero hacer, decir ni pensar que no sea conforme á lo que demanda mi deber, como verdadera cristiana que espera alcanzar en un mundo mejor el bien que en este se le niega. Haced, Don Juan, otro tanto, si es cierto que me amásteis; si es que aun no habeis dejado de amarme. Entónces nada podrá impedir que nuestras almas obtengan en el cielo por la bondad infinita del Creador, la dicha de contemplarse y de vivir la una en la otra eternamente. Con esta aspiracion os envía paz, y os dedica todos sus pensamientos la infeliz, *María de Cuéllar.*"

Acabando la triste lectura, Grijalva estrechó convulsivamente el papel contra su pecho, y por buen espacio guardó silencio, con la mirada fija y en una especie de arrobamiento doloroso. Por último, como respondiendo á la voz secreta de su propia conciencia, exclamó en un vehemente arrebato de ternura:

—¡Sí, María; alma sublime, ángel de luz! Yo no era digno de tí; yo no alcancé nunca á comprender tu generoso corazon....! Yo te acusé groseramente, como á un ser voltario y desleal.... ¡Ciego y miserable Grijalva! ¡Dónde están tus fuerzas para soportar la carga de la existencia? ¿Qué harás en el mundo; qué expiacion será suficiente para merecer el alto bien con que al morir soñaba aquella alma candorosa? ¿Podrá resucitar mi muerta fé?... Imposible!

—Grijalva, — dijo Las Casas con severidad:—no cedais cobardemente al desaliento. Nada teneis que expiar: oid la voz de esa noble y santa criatura que os indica desde el cielo el camino que debeis seguir. Cumplid como bueno vuestro destino en este mundo; haced bien, y vivid esta vida mortal sin ambicion, sin ódio, rectamente; como quien sabe que ella es solo un tránsito para llegar á la eterna felicidad reservada á los justos.

XLII.

AZARES.

Años despues, Diego Velázquez, noticioso de que al occidente de Cuba yacia una tierra poblada de mucha gente y rica de oro, haciendo agravio á Francisco Hernández, que fué el primer explorador de la costa de Yucatan; posponiendo á muchos varones de guerrera fama y experimentados en la conquista, quiso absolutamente que el capitan Juan de Grijalva fuera como general y gefe supremo de la armada que mandó á proseguir aquel descubrimiento.

Hernan Cortés, entónces secretario de Velázquez; ageno, como todo hombre de corazon bien puesto, á los impulsos de la vil envidia, fué á felicitar al jóven caudillo por su eleccion para tan alta empresa, y le dirijió este cumplido, abrazándolo cordialmente:

—La fortuna y la gloria os tienden los brazos, señor Don Juan. Bien lo mereceis.

—Buscan á quien no las quiere, Don Hernando;—respondió Grijalva:—recordad lo que os dije una tarde, cabalgando juntos en Santo Domingo.

—Bien lo recuerdo,—repuso Cortés;—y me congratulaba con la creencia de que el tiempo hubiera cambiado vuestras ideas.

Grijalva fué mandando la expedicion, en la que iban á sus órdenes Pedro de Alvarado, Francisco de Montejo, y otros capitanes que despues se hicieron cèlebres é ilustres. Exploró las costas de Yucatan y de Campeche: en este último punto expuso generosamente su persona por salvar á unos soldados imprudentes de manos de los naturales, y salió herido: no permitió á pesar de esto que los suyos castigaran á aquellos salvajes, por juzgar que la razon estuvo de parte de ellos, y dejándolos en paz, llegó al rio de Tabasco, donde ya tenian noticia de sus humanitarios procedimientos. El generoso cacique del lugar fué á su nave y obsequió al jóven general, vistiéndole por sus propias manos una armadura completa, labrada con sorprendente primor, (1) y compuesta de ricas piezas de oro bruñido. Con este magnífico ata-

---

[1] "Como si lo armara de un arnés cumplido de ácero hecho en Milan," dice Las Casas.

vío la natural hermosura de Grijalva se realzó extraordinariamente, causando admiracion á todos sus compañeros, (1) á quienes pareció en aquel momento ver la imágen del fabuloso Aquíles, ó del célebre Alejandro Magno.

Pero por suerte no padecia el bizarro caudillo castellano la epilepsia belicosa del hijo de Peleo, ni la fiebre de ambicion y de conquistas, la insania dominadora del héroe macedon. En vano, para despertar en el ánimo enfermo de su general el apagado amor de la gloria, y estimularlo á tomar posesion de aquella tierra tan maravillosamente rica, los españoles bautizan con el nombre de *Grijalva*, que hoy lleva, al rio de Tabasco; en vano el piloto Alaminos se niega á señalar los rumbos para que la escuadra se aleje de la encantada ribera. El virtuoso capitan resiste inflexible á todas las tentaciones; cíñese estrictamente á las instrucciones de Velázquez, que le vedan poblar de asiento en parte alguna, y arrojando una mirada fria sobre la riquísima presa que sus subordinados contemplan con envidioso pesar, hace prevalecer su autoridad, y vuelve desdeñosamente la espalda á la risueña fortuna.

Este rasgo de inconcebible desprendimiento, de fidelidad y abnegacion delicada, es correspondido por Velázquez, á quien deslumbran y embriagan las narraciones entusiastas de los compañeros de Grijalva, con la mas torpe ingratitud, y el noble y desinteresado jóven escucha amargos reproches, y recoje grosero desvío, por un procedimiento que debió poner el colmo á la estimacion y la gratitud del obcecado Velázquez, respecto de su antiguo y generoso rival.

Hernan Cortés, el mismo que, alzándose mas tarde con los recursos de Velázquez y con la conquista de Méjico, debia vengar aquella ingratitud, y vengar al mismo tiempo á Diego Colon de la ulterior deslealtad de su teniente, volvió á visitar al desfavorecido Grijalva, y le preguntó admirado:

—¿Con que era cierto aquel voto vuestro....? ¿Despreciais la gloria y la fortuna, segun lo escuché de vos en Santo Domingo?

—¡No he nacido con buen sino, Don Hernando!—contestó sombríamente Grijalva, como en aquella misma tarde cuyo recuerdo evocaba Cortés, y en la cual palideció para siempre la ventura del triste mancebo.

Poco tiempo despues, resentido del mal tratamiento que recibiera de Velázquez, soportando impaciente la carga de su vida, salió de Cuba; fué á Santo Domingo á dar un postrer abrazo á su fiel amigo Las Casas, y á ver por última vez los sitios que habian sido teatro de su efímera dicha. (2) De aquí pasó á Nicaragua, donde al cabo concluyó trágicamente su cansada existencia, á manos de los fieros indios del valle de Ulanche.

Fué bueno y magnánimo: su desinterés y humanidad hacen singular contraste con la codicia y la dureza que caracterizaron á los hombres de su tiempo, y su nombre ha merecido la estimacion de la posteridad. (3)

---

(1) "Cosa digna de ver la hermosura que entónces Grijalva tenia, y mucho mas digna y encarecible considerar la liberalidad y humanidad de aquel infiel cacique." — Las Casas, Historia de Indias Cap. CXI.

(2) "Todo esto me refirió á mí el mismo Grijalva en la ciudad de Santo Domingo el año de 1523." *Las Casas. Historia de Iudias.* Cap. CXIV.

(3) "Siempre le cognoscí para con los indios piadoso y moderado." *Ibidem.* V. Apéndice n.º 5.

ENRIQUILLO.

TERCERA PARTE.

I.

LOS LEALES.

Ya en el año de gracia mil quinientos catorce, los oficiales reales en la isla Española, con el poderoso auxilio del obispo de Búrgos Juan Rodríguez de Fonseca (1), el secretario real Lope de Conchillos y otros personajes de omnímoda influencia en la corte de Castilla, habian conseguido acabar de una vez con el crédito del jóven Almirante Don Diego Colon, y causar mortal quebranto á los intereses de su casa. Arrogándose hipócritamente el título de *servidores* del rey, los del bando que en Santo Domingo acaudillaba el tesorero Miguel de Pasamonte, á fuerza de llamar *deservidores* al Almirante y sus amigos, (2) lograron que en la madre patria fueran tenidos por malvados y enemigos públicos, á quienes se debia imputar la rápida despoblacion de la Isla, que en realidad solo era efecto de la despiadada política de Ovando. (3)
Apoyaban este grave cargo en el hecho de que el Almirante, poco despues de su llegada á la Española, quitó los indios á los que por el Comendador los teniau, para encomendarlos á los parciales de su casa. Los desposeidos, con esa impudencia que acompaña siempre á los paroxismos de la codicia, alzaban ahora el grito contra el último repartimiento; acusaban á su vez la tiranía de los beneficiados, y desentendiéndose de que ellos habian sido los mas eficaces agentes de la espantosa destruccion de la raza indígena, como único remedio posible instaban con ahinco por que los miserables restos de ella volvieran á ser puestos bajo su dura potestad.

---

(1) El mismo que ántes fué obispo de Palencia.

(2) *Servidores y deservidores* Histórico. Así consta en los documentos y narraciones de la época. La humanidad es la misma en todos tiempos, viéndose que los antagonismos, las envidias y las ruines pasiones de todo género se coloran con apariencias y vislumbres de móviles respetables, y decoran sus inicuas manifestaciones con los santos nombres de *justicia, libertad, patriotismo, servicio público, integridad, pulcritud*, etc. Todo falacia y cinismo para llegar á un mal fin.

(3) Las Casas asegura que en el año de 1509 cuando llegó Diego Colon, apénas quedaban 60,000 indios en la Española, de tres *cuentos* [millones] que eran al tiempo del descubrimiento. Historia de las Indias. Lib. III. Cap. II y XXXVI.

Rodrigo de Alburquerque, vecino principal de la Vega, era el hombre mas adecuado para servir aquellos desordenados apetitos. Ayudado por Pasamonte y con el favor de su tio el licenciado Luis Zapata, del Consejo real, compró el codiciado oficio de repartidor de indios, (que era una de las prerogativas del Almirante,) y de tal manera lo ejerció, tanto cinismo y avilantez ostentó en los actos de su repartimiento, que la Historia, dejando oportunamente á un lado la magestad y elevacion que le son propias, ha dado con justicia al célebre repartidor el dictado de *sin vergüenza*. (1)

Bajo semejantes auspicios, el repartimiento que hizo Rodrigo de Alburquerque no podia ser ni fué otra cosa que una subasta de siervos. "El que mas dió mas tuvo," (2) y por consiguiente, "fueron terribles los clamores que los que sin indios quedaron daban contra él, como contra capital enemigo, diciendo que habia destruido la isla." (3)

Así, pues, en la porfiada contienda de los dos bandos de la isla Española, siempre tocaba á los pobres indios el peor lote de las desventuras del vencido. Inútilmente habian desplegado los poderosos recursos de una actividad infatigable y de una piedad digna de eterno elogio el elocuente y fogoso fray Anton de Montesino, el venerable fray Pedro de Córdova, que hizo un viaje á España para sostener personalmente las reclamaciones de su comunidad, y otros filántropos que querian salvar los restos de aquella raza infortunada.

Las ordenanzas de Búrgos, las de Valladolid y otras providencias soberanas justas y benévolas, arrancadas á la Corona por el ardiente celo de aquellos varones insignes, de nada sirvieron, pues nunca faltaron pretestos para disfrazar de necesidad pública y servicio real la crudelísima servidumbre de los indios.

En Cuba todo pasaba de igual modo: la raza indígena decrecia incesantemente, bajo el yugo de los ímprobos trabajos y de los malos tratamientos. El virtuoso Las Casas, viendo que su activa predicacion y el ejemplo de su propio desinterés de poco servian para el alivio de los desventurados siervos, notificó solemnemente á su amigo el gobernador Diego Velázquez la renuncia que hacia de todas las mercedes que disfrutaba en la Isla, que no eran escasas; y concertó con su digno asociado, el caritativo Pedro de Rentería, consagrar todas sus facultades y sus recursos á la santa causa de la libertad y el buen tratamiento de los indios. Al efecto se decidió que Las Casas emprendiera viaje á España pasando por Santo Domingo, donde habia de ponerse de acuerdo con fray Pedro de Córdova, que habiendo regresado de su viaje á la metrópoli, acababa de enviar á Cuba algunos de sus religiosos, los cuales, animados del generoso espíritu de su órden, habian alentado mas y mas á Las Casas en sus trascendentales propósitos.

Comenzaba, pues, el solemne apostolado del padre Bartolomé de Las Casas en favor de los indios. Se dirigió á la Española, y su nave tomó puerto en la Yaguana. Allí supo que el Almirante habia partido para España, y que fray Pedro estaba á punto de embarcarse con rumbo á Tierra–firme, con objeto de instalar en las costas de Cumaná otra mision de su órden.

Don Diego Colon habia reclamado, con su acostumbrada entereza y energía, contra el cargo conferido á Alburquerque en detrimento de sus legítimos fueros hereditarios; pero sus émulos consiguieron que el ya viejo y cansado rey, cediendo á las sujestiones de Fonseca y Conchillos, desoyera las quejas

---

(1) Manuel José Quintana. — Vida de Fray Bartolomé de Las Casas.
(2) Quintana. Lugar citado.
[3] Las Casas. Historia de Indias. Lib. III. Cap. XXXVII.

del agraviado súbdito, que, bajo un pretexto ú otro, fué llamado á la presencia del monarca. El Almirante se apresuró á obedecer, dejando en Santo Domingo "á su mujer Doña María de Toledo, matrona de gran merecimiento, y las dos hijas que ya tenia" (1) al cuidado de su tio el Adelantado Don Bartolomé. Fué, no obstante, recibido con mucho agasajo por el Rey.

"Entretanto quedaron á su placer los jueces y oficiales, mandando y gozando de la isla, y no dejaron de hacer algunas molestias y desvergüenzas á la casa del Almirante, no teniendo miramiento en muchas cosas á la dignidad, persona y linaje de la dicha señora Doña María de Toledo." (2)

II.

EL HATO.

Por todas partes, en el feraz y accidentado suelo de la isla de Haití ó Santo Domingo, se encuentran vestigios de la importancia que tuvo para los conquistadores europeos, y del grado de riqueza y opulencia que alcanzaron sus primitivos colonizadores. Ruinas grandiosas y solemnes sorprenden con frecuencia al viajero, en mitad de los bosques nuevamente seculares, denunciando en sus vastas y sólidas arcadas el antiguo y olvidado acueducto, ó en sus destrozados perístilos y altas paredes la suntuosa residencia del noble caballero que queria hacer reflejar en las soledades del Nuevo Mundo el esplendor de su linaje; ó bien el regalado albergue del famoso capitan conquistador que, ya cansado de correr peligrosas aventuras y de pasar trabajos hercúleos en Tierra-firme, se retiraba á la clásica isla Española en busca de reposo, y á gozar pacíficamente de las riquezas á tan dura costa, y á veces á costa de grandes crímenes, acumuladas.

El gusto de los edificios y moradas suntuosas estuvo, pues, muy generalizado en la Española, y el historiador Oviedo pudo decir con verdad á Cárlos V. "que Su Majestad imperial solia alojarse muchas veces en palacios no tan holgados y decentes como algunas casas de Santo Domingo." Los grandes propietarios de los campos no se conformaban con vivir ménos decorosamente que sus iguales de las poblaciones mas calificadas, y se hacian construir mansiones hermosas y sólidas á la vez; de lo cual dá testimonio elocuente, á despecho de los ultrajes del tiempo, y como muestra de otras muchas ruinas, lo que aun está en pié de las que fueron ricas *haciendas* de Engombe, San Miguel de Puerto Rico y la Isabela; esta última fundada por la

---

(1) Las Casas, textual. Loc. cit., Cap. LXXVIII.
(2) Las Casas, id., Ibid. Herrera dice [Década II. Lib. I.] "Y con todos estos favores [del rey al Almirante] no se dejaron de hacer muchas befas á Doña María de Toledo su mujer".

vireina Doña María de Toledo.

La casa que habitaba Don Francisco de Valenzuela era de las mejores en comodidad y buen gusto, entre las de la indicada categoría, que los acaudalados colonos de la Maguana se habian hecho edificar en las cercanías de San Juan. Erguíase magestuosamente sobre una pequeña colina, dominando todo el hermoso y risueño paisaje que la rodeaba. Su aspecto exterior ofrecia la apariencia de casa fuerte y mansion pacífica á la vez, con su ancho pórtico y fachada compuesta de dos hileras de á cuatro arcos superpuestas, y sus dos alas de torreones cuadrados, estos con pequeñas ventanas ojivales y chapitel de estilo gótico, y aquella ornada de un sencillo friso de órden dórico. El conjunto era agradable, y apesar de la notoria falta de unidad, el edificio, construido de piedra calcárea de color amarillo claro, se destacaba armónicamente sobre el verde césped de la colina, cuya suave pendiente espiraba en la vasta planicie, sembrada á trechos de matas ó grupos de árboles á manera de gigantescos ramilletes, que daban abrigo y sombra á las numerosas manadas de reses, y á los rebaños menores por el valle esparcidos, ya cuando las nubes se deshacian en abundante lluvia, ó cuando los rayos del sol estival en el meridiano caldeaban rigorosamente la atmósfera.

De pié en el arco central que formaba el perístilo de la casa, estaban por una hermosa tarde, ya entrado el otoño, Don Francisco Valenzuela y el jóven cacique Enriquillo, mirando atentamente las evoluciones que un hábil ginete hacia recorriendo la llanura en varios sentidos, montado en una ágil yegua, blanca como la espuma del mar, y cuyas crines ondulaban sobre el gracioso y móvil cuello como las flexibles y altas yerbas de la sabana á impulsos de la brisa.

El gallardo caballero acabó sus atrevidos ejercicios arrancando á escape tendido hasta hallarse ante el pórtico donde estaban los dos espectadores, y echando pié á tierra oyó con aire satisfecho los cumplidos de Enriquillo y del anciano, á quien dijo:

—Esta yegua es efectivamente una gran pieza, y yo daría por ella gustoso mi caballo tordo y dos pares de bueyes á Enriquillo.

—Siendo mia, podeis desde luego llamarla vuestra, Don Andrés;— respondió el cacique con afable cordialidad. — No hableis de cambio, ni otro género de interés.

El jóven Andrés de Valenzuela, al escuchar el franco lenguaje de Enrique, pasó cariñosamente la mano por el enarcado cuello de la bestia, como quien toma posesion de ella; pero el buen anciano, observando su ademan, dijo con alguna acritud:

—Uno y otro estais muy olvidados de vuestro deber, muchachos ! ¿Puedes tú disponer de esa yegua, Enriquillo, siendo regalo que te ha hecho mi noble amigo el padre Las Casas....? ¿Puedes tú, Andrés de mis pecados, despojar de su alhaja á Enrique, abusando de su liberalidad....?

—Padre mio, — repuso el jóven Valenzuela en tono brusco; — yo le propuse que me la vendiera; nunca entendí quitársela.

—Todo es uno, muchacho; y no debes pensar mas en eso, — concluyó Don Francisco. — Quiero que Enrique conserve esa yegua para sí y su esposa, cuando se case; exclusivamente, como debe ser.

—Yo pensaba, señor, — dijo modestamente Enriquillo, — que no hacia mal en ofrecer esa bestia á Don Andrés. ¿No me habeis dicho que lo trate como á un hermano?

—Sí, muchacho; — dijo el viejo suavizando la voz; — pero este caso pide escepcion. Esta yegua es el regalo de boda que te hace tu protector,

¿cómo vas á ponerla á disposicion de nadie? Toma; lée por tí mismo la carta del padre Bartolomé.

Y sacando del bolsillo de su tabardo un pliego, lo puso en manos de Enrique, el cual leyó en alta voz lo siguiente:

"Muy querido amigo y mi señor Don Francisco: el portador Camacho os entregará con esta carta una yegua que he comprado ayer, despues de haberla visto probar por el regidor Reynoso, que vino conmigo desde Azua, y la cual destino á mi hijo en Cristo Enrique, cacique del Baoruco, en calidad de regalo de boda. No he querido confiar su conduccion á otro que á mi viejo Camacho, quien podrá de este modo ver su pueblo y sus parientes, como lo desea. Si él quiere y vos quereis, podeis quedaros tambien con él, miéntras yo hago mi viaje á España, adonde me lleva el servicio de Dios, de la humanidad y del rey."

En este punto Enrique suspendió la lectura, besó respetuosamente la carta, y la alargó á Valenzuela; pero este rehusándola, le dijo:

—Continúa, hijo, continúa. Todavía hay cosas que te atañen más de lo que piensas.

El cacique prosiguió leyendo la carta, que decia así:

"Como supe en la Yaguana que el pio fray Pedro de Córdova debia irse de aquí á predicar y convertir la gente de Tierra-firme, hube por fuerza de dejar allá los compañeros, por haber adolecido uno de ellos y faltar las cabalgaduras, y me puse en marcha con toda celeridad por el camino de Careybana, como mas directo, acompañado únicamente de mi fiel Camacho, y en cuatro dias y medio, sin detenernos en Azua ni en ninguna parte, llegamos á esta ciudad de Santo Domingo, donde todo lo he hallado en trastorno y confusion á causa del último repartimiento de Alburquerque.

"Con toda esta diligencia que puse, ya fray Pedro se habia embarcado, y solo he debido la dicha de verle á que un fuerte huracan hizo volver su nave al puerto, donde logró entrar de milagro, cuando ya lo juzgábamos perdido con todos sus compañeros, y su comunidad expuso el Santísimo sacramento con rogativas públicas porque se salvasen. (1) Gracias sean dadas al Señor.

"El egregio fray Pedro, aunque por durarle todavía las impresiones de su reciente viaje á España desconfía que yo obtenga en la corte nada de provecho para los tristes indios, elogia mucho mi celo y ardimiento, por los fuertes sermones que aquí he predicado, y su mucho amor á mí ha crecido tanto que no se cree haber amado mas á ninguno de sus frailes. (2) Ha designado para que me acompañe en mi viaje á España al buen fray Anton de Montesino, el que primero predicó aquí contra estas diabólicas tiranías, como bien sabeis.

"No os puedo encarecer cuánta ha sido mi pena por no haber podido pasar por la Maguana, dejando de veros y estrecharos en mis brazos como era mi deseo. Espero en el Señor que otro dia será. Miéntras tanto creo que ya urge llevar á cabo el matrimonio de nuestro Enriquillo. Si viérais á la prometida cuán linda está, y cuan modesta y bien educada, os pasmaríais. Yo bien quisiera con toda mi alma asistir á sus bodas, pero me he consagrado á una causa que, como todo lo grande y santo, pide larga copia de sacrificios, y no me pesa de este pesar.

"Ya supe desde la Vera-Paz, y luego aquí, que os habíais dado buena

---

(1) Histórico—LAS CASAS.
(2) Id.   Id.

maña para que Alburquerque, influido por las sujestiones del perverso Mojica, no os arrebatara á Enriquillo en su repartimiento, ni la suerte de este nuestro querido cacique sufriera alteracion. ¿Creeréis que se atrevieron á pretender que el nombre de Mencía figurara en la relacion del repartimiento, como encomendada á la vireina? Pero esta dignísima señora puso al infame Alburquerque en el lugar que le correspondia; él quiso disculparse, y echó al agua á su vil instigador Mojica, á quien faltó poco para que el Adelantado lo hiciera rodar por las escaleras de la casa, cuando aquel bribon tuvo la desvergüenza de ir á despedirse de él.

"La señora vireina me contó esto: piensa como yo que es cosa urgente concluir el matrimonio, no sea que surjan nuevos inconvenientes. Vos veréis lo que mejor os parezca, y obraréis por mí en el asunto, durante mi ausencia; que en último caso, á mi regreso de España lo arreglarémos todo, si ántes no pudiere ser. En cinco ó seis dias me embarcaré.

"Con esto me despido, y os deseo salud. De Santo Domingo á 15 de Setiembre de 1515.

"Vuestro fiel amigo y capellan, *Bartolomé de las Casas,* clérigo."

Enrique acabó de leer, y se quedó profundamente pensativo.

—¿Y qué dices ahora, hijo?—le interpeló Don Francisco.—¿Pensarás otra vez en deshacerte de tu hermosa yegua?

—Dejaré de ser quien soy, señor, ántes que ese animal salga de mi poder; —contestó Enrique.

Andrés de Valenzuela dejó vagar una sonrisa equívoca al escuchar el voto de Enriquillo.

III.

CARÁCTERES.

Pocas horas mas tarde el señor de Valenzuela se encerró en su aposento á solas con el cacique Enrique, y lo sometió al siguiente interrogatorio:

—¿Has comprendido toda la gravedad que encierra la carta del señor licenciado? Deseo conocer tu dictámen, sobre lo que te concierne.

—Señor;—contestó con voz reposada Enriquillo,—lo mas grave en mi concepto es la urgencia que se encarece para mi matrimonio. He reflecsionado mucho, tambien, sobre la maldad de esos que querian hacer figurar á Mencía como encomendada; pero desde que en esa tentativa suena el nombre del malvado señor Mojica, ya no me causa estrañeza.

—A bien que se le ha tratado á él y á su digno aliado Alburquerque como merecian; por eso no debes preocuparte, — replicó Valenzuela; — ni mostrar rencor á Mojica cuando lo veas por acá. Lo que quiero que me digas es si juzgas, como mi buen amigo Las Casas y la vireina, que conviene acelerar el matrimonio.

Enrique trató de responder á la pregunta; balbuceó algunas palabras, se cortó visiblemente, y permaneció en silencio.

—Vamos, — dijo sonriendo con bondad Valenzuela: — veo que te cuesta algun trabajo decirme que para tí, tratándose de tus bodas, miéntras mas pronto, mejor. ¿No es así?

—Seguramente, señor; — dijo Enrique con naturalidad, ya repuesto de su timidez.

—¿Crees, pues, hallarte listo por tu parte? ¿Tienes corrientes tus cuentas y anotaciones en lo que respecta á la hacienda de tu novia, que desde hace dos años he dejado exclusivamente confiada á tu administracion?

—Por lo que á eso respecta, señor, — contestó Enrique, — podeis juzgar por vos mismo. Todo lo tengo en el mejor órden.

—Pues bien, hijo; yo soy de la misma opinion que el padre Casas; que la vireina; que tú mismo: creo que debes casarte cuanto ántes; y si, como aseguras, todas tus cuentas están en buen órden, esto facilitará mucho el arreglo de mis asuntos, y ántes de un mes nos pondrémos en camino para Santo Domingo. Seré el padrino de tus bodas, lo que sin duda agradará mucho á mi amigo el padre Casas; y de regreso irás á instalarte con tu esposa en la mejor de mis casas de la villa; la que está junto á la iglesia. ¿Es de tu agrado?

Enrique besó sin contestar la mano de su generoso patrono; pero no dió muestra alguna de regocijo. Su fisonomía, naturalmente grave y reflexiva, denotaba una preocupacion profunda, que bien podia ser efecto, —y así la tradujo el señor Valenzuela, – del sentimiento íntimo de los árduos deberes que iba á contraer.

Sin embargo, por la noche, paseándose Enrique por la esplanada á la luz de la luna con su fiel Tamayo y el viejo Camacho, y dándoles noticias del acontecimiento próximo que tanto conmovia su ánimo, les manifestaba la verdadera naturaleza y la causa de aquella preocupacion.

—Jamas he aborrecido á nadie, — decia. — Cuando me notificaron que yo quedaba *encomendado* con cuarenta y seis personas (1) de servicio al buen Don Francisco, aunque para mí era nueva esa condicion comun á nuestra raza, no sentí sino una ligera mortificacion de mi amor propio, un poco de tristeza viéndome clasificado como todos los demas caciques, cuyo triste destino les obliga á ser el instrumento de la dura servidumbre de nuestros hermanos; pero así lo ordenaba el rey: alcé los ojos al cielo, y léjos de maldecir á nadie, bendije y alabé la bondad divina, que me habia concedido protectores celosos de mi dignidad y bienestar. Mas, esta tarde, al saber que ha habido malvados capaces de pretender que mi Mencía, el fuego de mi alma y la luz de mi entendimiento, descendiera á la categoría de una encomendada; ah! entónces he sentido hervir mi sangre, y sublevarse todo el orgullo de mi raza: he recordado que yo he nacido y soy cacique; esto es, de casta de señores y caudillos; y hubiera querido tener á mi alcance á Mojica y á Alburquerque, para haberles arrancado el corazon con mis manos...... ¡Dios me perdone!

---

(1) Así consta textualmente en el acto de repartimiento. — Documentos inéditos del Arch. de Indias.

—Al fin, Enrique, — dijo Tamayo con alegría, — te oigo hablar como un hombre.

—Como un mal cristiano; — repuso con solemnidad el viejo Camacho. — ¡Qué diría mi amo el padre si oyera á su hijo en Cristo, como siempre te llama, hablar con tanta soberbia! ¡Qué dirían los buenos frailes de Vera-Paz, que tanto se afanaron por hacerte bueno....!

—Razon tienes, buen Camacho;—dijo con mansedumbre Enriquillo.—No hablemos mas de esto.

Camacho era un viejo indio, natural tambien de la Española. Su inteligencia, como la gran bondad de su corazon, que se reflejaba en toda su persona y en sus razonamientos y acciones, le habian captado el mayor cariño de Las Casas, que entre la multitud de indios que le eran adictos y querian vivir á su lado, acordaba su preferencia á Camacho, lo hizo su camarero ó criado de confianza, y lo llevó á Cuba, donde los servicios y la buena voluntad del fiel quisqueyano le fueron de grande ayuda para atraer y catequizar infinidad de aquellos naturales. (1)

Al regresar á la Española con él, era el propósito del sacerdote llevarlo á España, como una muestra convincente de la sagacidad, discrecion y excelencia de la raza india; pero el viejo servidor se puso tan enfermo con el mareo, en la travesía de Cuba á Yaguana, que su señor mudó de intento, y resolvió, aunque con gran pena, dejarlo en la isla, segun se ha visto en su carta á Don Francisco de Valenzuela.

Camacho, ademas, era generalmente conocido en la Española como en Cuba, guardándosele mucho respeto y estimacion, así por ser criado del padre Las Casas, como por sus cualidades personales y sobresaliente criterio, al que en casos difíciles no se desdeñaban de acudir en consulta, siempre con buen éxito, los mas ricos y encopetados señores de ámbas islas.

Tamayo ofrecia un contraste absoluto con el individuo que acabamos de describir. Su corazon era leal, y capaz de tiernos afectos, como lo acreditaba su adhesion á Enriquillo y su gratitud á Las Casas; pero tenia el genio violento; sus modales eran bruscos, y padecia accesos de mal humor. Se habia agriado mucho su carácter desde que se quedó sin Enriquillo en el convento de franciscanos de Santo Domingo; contrariedad que lo afligió sobremanera. Desde entónces hizo el propósito de llenar sus obligaciones á medias, de mala gana, y procurar que los frailes, que lo habian retenido en el convento contra su voluntad, por lo útil que les era, le perdieran la aficion, en fuerza de su desidia y abandono, que cuanto pasaba por sus manos ó era confiado á su vigilancia lo reducian á fragmentos y ruines despojos. No le salió mal su cálculo, y cuando vió que ya habia conseguido agotar la paciencia de los frailes, se fué adonde Las Casas, no bien supo que este iba á partir para Cuba, y le dijo sencillamente:

— "Pídame vuestra merced á los benditos padres, para irme al lado de Enrique, á la Maguana; estoy seguro de que ahora me sueltan sin dificultad.

Y efectivamente, Las Casas renovó entónces su demanda, y como ántes hemos dicho, obtuvo fácilmente de fray Antonio Espinal lo que deseaba. Desde esa época vivia Tamayo en la Maguana, primero como encargado por Las Casas á Valenzuela, y despues, por tener éste un número de indios que no podia escederse nunca segun las ordenanzas, (2) su influencia hizo que fuera registrado en cabeza de un pariente suyo de nombre Aldaña, quien jamás opu-

---

(1) Histórico.—Las Casas. Hist. de Indias.

(2) Hay documentos de aquella época que se contradicen; unos señalan 80, otros 150 y otros 300.

so el menor inconveniente á que su encomendado viviera de hecho en la casa de Valenzuela, al lado de Enrique. Mas no por este arreglo satisfactorio para Tamayo se templaba la hiel de su misantropía, ni dejaba de manifestar un ódio implacable á los dominadores, cada vez que se le presentaba la ocasion. Enriquillo y sus protectores eran los únicos que podian domeñar y moderar sus accesos iracundos. El buen Camacho se esforzaba inútilmente en infundir la humildad cristiana en aquel ánimo indomable: cuando le hablaba de Dios, de Cristo, de las verdades religiosas segun las habia aprendido de la boca y de los ejemplos de Las Casas, el rudo jaragüeño contestaba invariablemente:

—Si todos los cristianos fueran como tu amo, yo creyera como tú crees; pero fuera de los frailes, pocos enseñan esas cosas tan buenas; y he visto que hasta los frailes que las enseñan, hacen luego cosas muy malas.

—Esa no es cuenta tuya, Tamayo, sino de ellos,—replicaba el viejo indio:—tengamos bien nuestra conciencia con Dios, y que cada cual dé cuenta de la suya.

IV.

RETRATOS.

Por mas prisa que quiso darse Valenzuela para dejar completamente liquidados los asuntos que requerian formal arreglo al mudar de estado Enriquillo, siendo indispensable en muchos actos la intervencion de escribanos y otros oficiales públicos, no pudo estar expedito hasta principios de Diciembre. Entónces, despidiéndose de su hijo y de su casa por breves dias, el buen anciano emprendió viaje para Santo Domingo, acompañado del que debia ser su ahijado de bodas, y con un séquito compuesto de Tamayo, dos escuderos á caballo y seis indios de servicio.

Llegaron sin novedad á su destino, y se alojaron en casa del bondadoso amigo de Valenzuela, Don Álvaro Caballero; mas la vireina Doña María de Toledo, al recibir aviso de que se hallaban en la ciudad, quiso aposentarlos por su cuenta, en una casa que al efecto les hizo inmediatamente preparar y abastecer de todo lo necesario: forzoso les fué por tanto abandonar la generosa hospitalidad de Don Álvaro, con harto sentimiento de este.

En la noche del mismo dia hicieron su visita á la noble dama y á la novia: esta y Enrique tuvieron espacio para conversar libremente y á solas. Habia mas de cuatro años que no se veian, y el jóven quedó sorprendido de la transformacion que durante ese tiempo se habia operado en la persona de su prometida. Allá en las soledades de la Maguana, al blando rumor de los vientos murmuradores de la llanura, ó al susurro misterioso de las aguas quebrándose entre las guijas del manso arroyo, la imaginacion del cacique se complacia de contínuo en finjirse á la jóven Mencía con el mismo aspecto y las mismas formas en que la habia contemplado la última vez, cuando apénas tenia doce años, y sus facciones, aunque lindas y agraciadas, llevando todavía el sello indefinido de la infancia, no habian alcanzado aún la pureza de lineamientos, ni su talle la morbidez de contornos, que parecian copiar los modelos de la estatuaria griega; ni sus cabellos habian pasado de un rubio claro al castaño oscuro; ni su frente habia adquirido la tersura y la serenidad augusta del mármol, ni sus grandes ojos pardos y su pequeña boca de carmin la espresion inteligente, magnética, irresistible, que es como una irradiacion de la hermosura, ufana de sí misma, cuando en pugna con la no fingida modestia, se ostenta y brilla mas entre los arreboles del candor y la timidez propia de los quince años. Tal era Mencía de Guevara; tal cambio notaba en ella Enriquillo, poseido de admiracion, y sin acabar de persuadirse de que aquella criatura, tan maravillosamente bella, le estaba destinada por esposa.

Ella, á su vez, miraba á Enrique con curiosidad, pero sin estrañeza ni encojimiento: mostraba esa familiaridad risueña y afable con que se recibe á un pariente, ó á un amigo. Efecto sin duda de que el espíritu de la mujer, si mas delicado, mas flexible tambien que el del hombre, se acaba de formar más temprano, dándose cuenta instintivamente de sus verdaderas relaciones con el mundo exterior; favorecida acaso en Mencía esta disposicion natural con el hábito de las costumbres cortesanas, en medio de las que la suerte caprichosa la habia hecho crecer y formarse, es lo cierto que la hermosa jóven permanecia tan despejada y tan dueña de sí misma al entrar en conversacion con su primo y designado novio, cuanto este se mostraba desconcertado y encojido en presencia de su prometida.

Enrique rayaba en los veinte años: de estatura alta y bien proporcionada, su actitud y sus movimientos habituales, nunca exentos de compostura, denotaban á un tiempo modestia y dignidad: su rostro presentaba esa armonía del conjunto que, más aun que la misma hermosura, agrada y predispone favorablemente á primera vista. Alta la frente, correcto el óvalo de su rostro, la blanda y pacífica espresion de sus ojos negros solo dejaba traslucir la bondad y la franqueza de su carácter, como una luz al través de transparente cristal. Viéndosele en su estado ordinario de serena mansedumbre, la inspeccion superficial ó somera acaso le juzgara incapaz de valor y de energía; error de concepto que acaso entró por mucho en las peripecias de su vida. Vestia con gracia y sencillez el traje castellano de la época, en el que ya comenzaba á introducir algunas novedades la moda italiana, sin quitarle su severidad original, que á expensas del gusto artístico volvió á dominar exclusivamente algunos años mas tarde. En suma, la manera de vestir, el despejo de su porte y sus modales como la regularidad de las facciones del jóven cacique, le daban el aspecto de uno de tantos hijos de colonos españoles ricos y poderosos en la isla; aunque la ausencia de vello en el rostro, la tez ligeramente bronceada, y lo sedoso y lácio de sus cortos cabellos acusaban los mas señalados atributos de la raza antillana. De aquí nacia cierto contraste que tenia el privilegio de atraer la atencion general, y que hacia distinguir á Enriquillo entre todos los caciques cristianos de la Española.

El atento exámen que Mencía hizo de su prometido la impresionó, al parecer, favorablemente, pues con plácida sonrisa, que dejó ver las perlas de su agraciada boca, dijo al cacique.

—¿No me dices nada, Enrique, ni me das la mano siquiera? Pareces un estraño.

—Señora.... Mencía... yo.. En verdad, me ha costado algun trabajo reconoceros; — respondió balbuciente Enriquillo.

—¿Tan mudada estoy? — repuso riendo abiertamente Mencía: — como pariente mio debes decirme si es que me hallas mas fea que ántes.

—¡Oh, nó, Mencía! — dijo con viveza el jóven, ya repuesto de su primera turbacion. — Os hallo, al contrario, muy hermosa; extraordinariamente hermosa....; no pareceis una mortal.

—Pues ya verás que cómo y bebo lo mismo que cuando era una chiquilla; que me gustan como entónces las flores y los pájaros.... ¿Hay muchas flores en la Maguana?

—Las sabanas, los montes y las riberas de los rios, — contestó con satisfaccion Enrique, — están siempre cubiertos de flores, y como preparados para una gran fiesta.

—¡Cuanto me alegro! — exclamó la candorosa jóven. — Ya deseo conocer todo eso.

La vireina oyó esta última parte de la conversacion, y dijo con voz cariñosa á Mencía:

—¡Tan pronto te olvidas de que anoche nada ménos me hablabas de tu pena por haber de separarte de mí? Ingrata!

—Ah! señora, — replicó vivamente la jóven, — vos misma me habeis convencido de que debia resignarme á esa separacion, y que mi deber era seguir contenta á....

En este punto vaciló Mencía, visiblemente cortada, y calló dejando sin terminar su frase.

—A tu esposo; — concluyó la vireina. — Yo dejé mi patria y mi familia por seguir al mio; y hoy me hallo separada de él, no por mi gusto ciertamente, sino porque Dios así lo quiere. — Y la noble señora suspiró apesadumbrada al decir estas palabras.

—¡Maldito sea el que es causa de que se desuna lo que Dios unió! — dijo el buen Don Francisco Valenzuela con acento iracundo.

—¡Ese Alburquerque! ¡Ese Pasamonte! ¡Ese....! — exclamó con despecho Doña María; — pero dejemos de recordar cosas desagradables, y tratemos de lo que concierne al enlace de nuestros ahijados.

—Creo, — replicó Valenzuela, — que miéntras mas pronto, mejor; siguiendo el parecer del padre Casas; y á esto solo hemos venido, segun tuve el honor de anunciároslo por escrito.

—Por escrito! — repitió como un eco, y con aire de sorpresa, la vireina.

—Sí, señora, ¡qué! ¿No llegaría mi carta á vuestras manos?

—Absolutamente, Don Francisco: sin embargo, yo opiné desde luego como el señor Las Casas, y veo que ni él ni yo nos equivocamos al contar con que vos seríais de nuestro mismo parecer, y vendríais sin tardanza con Enriquillo á realizar el matrimonio.... Pero esa carta vuestra ¿adonde iría á parar?

—Creí la ocasion completamente segura; — dijo Valenzuela. — Era un correo del alcalde mayor Badillo, que enviaba unos procesos á los señores jueces de apelaciones, hará como veinte dias.

—Se perdería en el camino, ó se confundiría con todos aquellos papelotes. En fin, — añadió la vireina, — sea como fuere, ya veis que os esperábamos; poco importa aquel anuncio extraviado.

—Yo os beso los piés, señora, por vuestra indulgencia, — repuso Valenzuela; — pero no dejo de sentir la pérdida de esa carta, con la que llenaba yo un deber sagrado de respeto y cortesía para con vos.

—Será bien que mañana, al medio dia, — volvió á decir la vireina, — vengais á esta casa con objeto de que nos pongamos de acuerdo con el Adelantado, sobre el señalamiento de dia, y demas pormenores de esta boda. Él, con sus achaques, no se deja ver fácilmente de noche; y como para mí representa la autoridad de mi marido, nada quiero hacer sin su beneplácito.

—Haré cuanto vos dispusiéreis, señora, — respondió Valenzuela inclinándose.

Y á poco se despidieron él y Enriquillo, regresando á su alojamiento.

V.

EN CAMPAÑA.

Tamayo los aguardaba á la puerta, con aire de impaciencia. No bien los divisó, fué á recibirlos á unos veinte pasos en la calle, y les dijo sin preámbulos:

—¿Sabeis á quien he visto? A ese pájaro de mal agüero, como le llaman usarcés, á Don Pedro de Mojica.

Don Francisco y Enriquillo hicieron un movimiento de sorpresa, y el primero contestó á Tamayo.

—Te equivocas sin duda, muchacho: el señor Mojica está en la Vera Paz.... A lo ménos, la última vez que lo ví, pasando por San Juan, hace veinte dias, se despidió de mí diciéndome que se volvia para sus tierras de la Yaguana.

—Pues yo le juro á vuesa merced por esta santísima cruz, — insistió con calor Tamayo, — que ha pasado por esta calle hace dos horas en compañía de otro caballero. No me vió segun creo; ó si me vió no me reconoció; porque él nunca deja de ponerme algun apodo y decirme gracias que me saben á rejalgar.... Y me alegré de que no me hubiera visto, porque queria que usarcés estuvieran avisados. No sé por qué me parece que ese hombre tiene malas intenciones, cuando se ha venido para acá sin que nadie lo supiera en la Maguana.

—Quizá no te falte razon, muchacho; — dijo Valenzuela. — ¿Qué piensas de eso, Enriquillo?

—Ya sabeis, señor, — contestó el jóven, — que yo jamás espero nada bueno de ese hombre. — Hace tiempo que me atormenta la idea de que por él me han de sobrevenir desgracias, y en mi ánimo ha echado tan hondas raíces ese pensamiento, que cada vez que lo veo me estremezco, y siento la impresion del que de súbito vé una culebra...

El señor Valenzuela se rió, y por un buen rato prosiguieron él y Enrique preocupados en un sinnúmero de conjeturas, y buscando una explicacion cualquiera á la presencia de Mojica en la capital de la colonia.

Acabaron, sin embargo, por convencerse recíprocamente de que el viaje del fatídico hidalgo en nada podia afectar los intereses que á ellos concernian, y se fueron á dormir cada cual á su aposento.

Á dormir, en rigor de verdad, el buen anciano Valenzuela; como duermen aquellos que, llegados á la madurez de la vida con limpia conciencia, y complaciéndose en dedicar el resto de su actividad y de sus fuerzas á la práctica eficaz del bien, llevan en el corazon la serenidad y la alegría, y hallan en un sueño reparador y profundo el primer galardon de sus buenas obras, y en las imágenes gratas y risueñas que en tal estado les ofrece su jubilosa fantasía, como una anticipacion de la beatitud celeste reservada á los justos. Mas, con respecto al jóven cacique, el acto de acostarse no podia excluir la vigilia. El sueño huia de sus párpados: mil ideas se aglomeraban y bullian sin cesar en su ardoroso cerebro; y en su alma impresionable batallaban en desordenada lucha diversidad de afectos y de pensamientos incompatibles con el reposo. Comprendiendo que se hallaba en uno de esos momentos críticos que deciden de toda una existencia, Enriquillo examinaba á fondo una por una las fases de su situacion: se veia á punto de llamar suya á aquella doncella de incomparable hermosura, ante la cual permaneció arrobado y estático, teniéndose por indigno de tocar á la orla de sus vestidos; él, que aunque estimado y protejido desde la infancia, no dejaba de ser un pobre cacique, perteneciente á la raza infortunada que entre los conquistadores era tratada de un modo peor que los mas viles animales: se veia en vísperas de entrar en la posesion y la administracion directa de los bienes de su novia, él, que aunque de nada carecia, era al fin y al cabo un miserable huérfano sin patrimonio; porque faltándole en su niñez un tutor codicioso como lo fué Mojica para Mencía, los ricos dominios de sus mayores en el Bahoruco solo habian servido para darle el dictado imaginario de señor ó cacique; mas, en cuanto á la efectividad de sus derechos, ni tenia terrenos asignados en propiedad, ni ejercia mas jurisdiccion sobre los indios de aquellas montañas que la derivada de las ordenanzas de repartimientos; estando él mismo en condicion y categoría de cacique encomendado.... Y Mencía, digna por su belleza y por sus gracias del amor y del tálamo conyugal de un rey, iba á descender hasta venir como esposa á sus brazos, y saldría del palacio de los vireyes, donde era mimada y tratada como hija de la casa, donde alternaba con las mas distinguidas señoras, para caer en la Maguana, cónyuge y consorte del huérfano, del que nada tenia suyo y vivia bajo la dependencia de otro... Sí, pero ese otro era el digno amigo de Las Casas, el bondadoso y benéfico Valenzuela, que lo amaba tambien como á un hijo; que le habia dicho cien veces que su fortuna y su posicion quedarían aseguradas; que manifestaba altamente su afecto y gratitud hácia él, diciendo de continuo que sin los cuidados y la inteligencia de Enrique en la direccion y vigilancia de sus haciendas y ganados, sus riquezas estarian mermadas de una mitad. Y, además, ¿ era él, por ventura, Enriquillo, capaz de oponer la menor resistencia á lo que para su bien y felicidad habian dispuesto sus protectores? ¿ Renunciaría á la dicha de tener por esposa á Mencía, cediendo á una exageracion de la delicadeza, cuando estaba comprometido ante Dios y los hombres, por el encargo final de su moribunda tia, y por la voluntad de sus mejores amigos, á ser el esposo de su bella prima....?

Acosado por estas reflecciones contradictorias, de las que surgia una larga série de ideas análogas, Enrique saltó de su lecho, y pasó gran parte de la noche midiendo la estancia á grandes pasos; hasta que rendido por las emociones se dejó caer en un sillon, y allí permaneció el resto de la noche, viendo llegar el nuevo dia sin haber conseguido ni conciliar el sueño, ni resolver ninguna de las grandes cuestiones que su calenturienta imaginacion le iba presentando una tras otra.

Cuando Tamayo entró á avisarle que el señor Valenzuela estaba despierto y le aguardaba, ya Enriquillo se hallaba completamente vestido, con uno de sus mejores trajes.

Presentóse al buen anciano, que festivamente hizo alusion á su priesa de novio, en haberse aderezado tan temprano. Enrique le dijo la verdad; le refirió los pormenores de su mala noche, y no pasó en silencio las cavilaciones que habian sido causa de su insomnio. Pero Valenzuela, riéndose de las aprensiones del cacique, calificó sus escrúpulos de delirios y fantasías de enamorado, con lo que, y como en sustancia el jóven no lo estaba efectivamente, se rindió sin gran trabajo á las breves reflecciones que su patrono le hizo.

Despues de tomar un nutritivo desayuno salieron á visitar sus relacionados y conocidos. Valenzuela era íntimo amigo de Francisco Garay, de Rodrigo de Bastidas, de Gonzalo de Guzman y los mas antiguos y connotados personajes de la colonia. Todos lo recibieron cordialísima y afectuosamente. Los frailes domínicos y franciscanos demostraron igual expansion cariñosa á los dos bienvenidos Valenzuela y Enrique: eran casi las doce cuando bajaron estos de San Francisco en direccion á la marina, á cuya inmediacion estaba situado el palacio de los vireyes. En el tránsito, al cruzar una esquina, casi tropezaron de manos á boca con su eterna pesadilla, el hidalgo Don Pedro de Mojica, el cual se turbó de pronto á la inesperada vista de los recien-llegados: repúsose en seguida, mostró agradable sorpresa, y los felicitó en los términos más melifluos que pueden hallarse en el vocabulario de la perfidia. Enriquillo apénas contestó con un saludo equívoco y hosco á los exagerados extremos del hidalgo, el cual comenzó al punto á hacer indiscretas preguntas; pero D. Francisco, que pasaba de franco, dió un corte brusco al incidente diciendo sin rodeos á Mojica:

—Señor Don Pedro, yo ni me sorprendo ni os felicito de veros aquí. Os dije con tiempo que venia para acá; vos guardásteis vuestra reserva. Buen provecho, y cada cual á sus negocios.—Adios!

Este lenguaje dejó suspenso á Mojica, que no halló respuesta adecuada, y todavía se rascaba una oreja en busca de cualquier salida, cuando ya sus interlocutores habian traspuesto sin volver el rostro la verja de doradas puntas que demarcaba el recinto solariego del palacio de Diego Colon.—Viendo el rumbo que llevaban, el maligno hidalgo movió la cabeza con feroz sonrisa, y dijo entre dientes:

—Con que cada cual á sus negocios, ¿eh? ¡Allá lo verédes! En los vuestros me hallaréis más metido de lo que os conviniera, belitres!

Y se alejó á pasos precipitados de aquel sitio.

VI.

PRELIMINARES.

No dejaron de asaltar al Señor Valenzuela nuevas aprensiones al despedirse tan bruscamente de Mojica, á quien conocia de muy antiguo, como un malvado intrigante, fecundo en ardides y expedientes para enredar y hacer daño. Callóse, no obstante, el buen anciano sus cuidados y recelos, por ahorrar á su pupilo la consiguiente inquietud, y él mismo se tranquilizó al cabo, persuadido de que le sobraban influencia y recursos para hacer frente al pérfido hidalgo en cualquier terreno: bajo la impresion de estas ideas entró con Enriquillo en el palacio de los Colones, y se hizo anunciar á la vireina.

La noble Señora no tardó en recibir á sus huéspedes, á quienes enteró de que el Adelantado Don Bartolomé, retenido en su cámara por un fuerte ataque de gota, les rogaba que fuesen á verlo, pues en cualquier estado le era grato ocuparse de los intereses de sus amigos, y especialmente de lo que concernia á la jóven nieta de Anacaona, á la que amaba como á una hija.

Pasaron inmediatamente á la presencia del ilustre enfermo, conducidos por la bondadosa vireina: Valenzuela abrazó con efusion á Don Bartolomé, de quien era grande amigo, y Enrique le besó la diestra, que entorpecida por la enfermedad recorrió con cariñosa lentitud el rostro y la cabeza del jóven cacique. Cambiados los cumplimientos de uso, entró Doña María en materia, diciendo al Adelantado con la dulce sonrisa que le era habitual:

—Querido tio, tened á bien arreglar con nuestro buen amigo el Señor de Valenzuela los pormenores necesarios á la celebracion del matrimonio del cacique Enrique y nuestra Mencía. Lo que vosotros dispusiéreis se ejecutará punto por punto.

—Este arreglo,—contestó Don Bartolomé,—no puede ser largo ni presentar dificultades de ninguna especie, una vez que todo está en tan buenas manos como son las de mi amigo Don Francisco. De intereses no hay que hablar: ¿quién se atrevería á tomar cuentas al hombre más honrado ds la Maguana, por no decir de la Española entera?

—Lo que concierne á intereses,—se apresuró á decir Valenzuela,—

podeis verlo debidamente anotado y espresado en este resúmen, cuyos comprobantes, como los detalles y cuentas de la administracion, los hallaréis en el legajo.

Y sacó de un bolsillo de su tabardo de paño oscuro un voluminoso cartapacio que presentó á Don Bartolomé.

—¡Al diablo con vuestros papelotes!—exclamó el Adelantado rechazando los documentos con aire festivo.—¿Quereis matarme, Señor Valenzuela? Ya os he dicho que nadie ha de ser osado á tomaros cuentas. ¿Qué decís á eso, mi querida sobrina?

—Digo lo que vos, Señor, respondió la vireina.—Nos ofende Don Francisco suponiendo que nosotros, ni nadie en nuestro nombre, hayamos de intervenir en ajustes de cuentas, por los intereses confiados á su proverbial honradez. Eso lo ha de arreglar él solo, como mejor lo entienda, cuando Enrique sea el esposo de Mencía.

—En ese caso, ya puedo darme por absuelto de responsabilidad,—replicó Valenzuela;—porque Enriquillo sabe tan bien como yo lo que hay, y cómo se administra. ¿Es así, Enriquillo?

—Sí, señor;—dijo con gravedad el cacique.—Cuanto se desee saber sobre los bienes de mi prima, yo puedo aclararlo y explicarlo, hasta de memoria.

—No es necesario, Enriquillo;—repuso riendo la vireina.—Vamos á lo mas importante: ¿cuándo y dónde y cómo quiere mi señor y amado tio que se celebre el matrimonio?

—Con vuestro permiso, Don Francisco,—dijo el Adelantado,—me parece bien que, si todo está listo, se realice el matrimonio el sábado, de hoy en cinco dias, en el oratorio de esta casa; administrando el santo sacramento nuestro capellan, y con el menor número posible de asistentes al acto, que yo he de presenciar por poco que mis dolencias me lo permitan. Despues de la ceremonia, vos, sobrina, haréis la fiesta que os plazca, y convidaréis cuanta gente os parezca; pero entónces mi compromiso habrá terminado, pues ni puedo ya bailar en un sarao, ni hacer buen papel en un banquete.

—Si se me permite, haré un ruego;—dijo Enrique tímidamente.

—Dí cuanto quieras, hijo,—contestó Don Bartolomé;—nadie tiene mas derecho que tú de tratar este asunto.

—Yo suplico á vueseñorías,—repuso el cacique sin levantar la vista del suelo,—que no haya mas fiestas ni ceremonias en la boda, que las que acaba de enunciar mi señor el Adelantado.

—Será como lo deseas, Enriquillo;—respondió María de Toledo.—Yo no podría tampoco celebrar el suceso con todas las manifestaciones de alborozo que me hubiera complacido en hacer, si mi pobre Don Diego estuviera al lado mio.

—Sin embargo,—volvió á decir el Adelantado,—es preciso que haya un contrato matrimonial en toda regla: no olvidemos que se trata de una rica heredera castellana por su padre, india por su madre, de la gerarquía de los principales caciques de la isla; y que los numerosos enemigos de nuestra casa son muy capaces de tejer algun chisme sobre esa boda, y denunciarla á España como un nuevo atentado contra las reales prerogativas.—¿No os parece bien, por lo mismo, que convidemos como testigos del acto, y del contrato matrimonial, á los señores jueces de apelacion y á los oficiales reales?

—Todo lo que vos disponeis, tio, está bien dispuesto;—respondió la vireina.

—Yo alabo vuestra prudente prevision, — dijo á su vez Valenzuela. Y despidiéndose del Adelantado salieron todos de la estancia. Pocos instantes despues se reunian en el salon principal con las doncellas y damas de honor de la vireina: entre ellas estaba Mencía.

Todas, ó casi todas aquellas jóvenes eran amigas y conocidas de Valenzuela, y muy pocas eran del todo extrañas para Enrique, el cual saludó al concurso con naturalidad y despejo, y soportó con bastante serenidad el atento exámen de que fué objeto por espacio de dos ó tres minutos. Doña María, siempre solícita y afable, dijo á las dos que le quedaban inmediatas:

—Id á saludar al cacique Enriquillo, que pronto será el esposo de Mencía, y tratadlo por lo mismo como de esta casa y familia.

Las damas, en general, se aproximaron á Enrique y lo rodearon con muestras de alborozo, queriendo todas á la vez entrar en conversacion con él. Unas le dirigian felicitaciones, otras lo interrogaban sobre el dia de la boda; esta se le ofrecia como amiga de Mencía; la otra le recordaba que lo habia conocido hacia mas de cuatro años, y que lo hallaba cambiado favorablemente.

—Os acordais de la gaviota cautiva? — le dijo con amistosa familiaridad Elvira Pimentel, aquella Elvira, nacida y criada en Granada; la misma que una tarde, en el terrado de la casa de Garay, morada entónces de los vireyes, puso en libertad la gaviota que, cazada por el neblí de Enriquillo, habia pasado de las manos de este á las de Mencía.

—Siempre he recordado con gusto aquella accion vuestra, señora, — contestó Enrique.—Cuantas veces he cazado despues, he sentido impulsos de dar libertad á las pobres prisioneras, por verlas tan gozosas como aquella que vos soltásteis.

—Creedme, cacique. Si yo no hubiera hecho aquello, no llegaríais á ser el esposo de Mencía, — dijo con aire de conviccion Elvira.

—Basta, bachilleras! — exclamó en este punto la vireina, en su tono de siempre, afable y bondadoso.—No parece sino que os habeis propuesto no dejar que Enriquillo cambie dos palabras con su prometida. ¡ Ea! Pidamos noticias de la Maguana al señor Valenzuela, y que entre tanto los dos primos se digan lo que quieran.

Esta órden fué cumplida presurosamente por todas, y Mencía quedó sola con Enriquillo en un ángulo del vasto salon: las demas, con la vireina, continuaron en animado coloquio, haciendo preguntas á Valenzuela.

—Está muy léjos la Maguana? —No es muy cerca, hija; — respondia el buen anciano. — ¿ Hay que atravesar muchos rios?—¿ El camino es malo? —¿ Es montañoso? —¿ Hay allá bonitas casas? — Y por el estilo cada cual se informaba de lo que mejor le parecia, respondiendo á todo el señor Valenzuela con una complacencia y un buen humor inagotables.

— ¿ No hay por allá hidalgos ricos y galanes? — preguntó Elvira, riéndose.

—No faltan algunos, — contestó el viejo; — pero los mas de ellos han estado por acá en demanda de esposa, y se han vuelto á sus casas mohinos y cariacontecidos, diciendo que todas vosotras, las damas venidas de España, sois muy esquivas y melindrosas.

—Pretestos que ponen para irse á casar con las cacicas, que parece les tiene mas cuenta,—dijo la vireina.—Así sé que lo han hecho casi todos los vecinos de la Vera--Paz, cuyas mugeres me dicen que son hermosas como soles.

—Es la verdad, señora;—repuso Valenzuela.—Es una raza privilegiada, y que se distingue de la generalidad de los indígenas de esta Isla. Jaragua todo lo produce hermoso; y la gente, hermosa, buena y discreta sobre toda ponderacion.

—Es decir, que Jaragua puede competir con nuestra Andalucía?—observó Elvira con irónico acento.

—No lo dude Vd., hija,—repuso el viejo.—Y como muestra, ved á Mencía, ved á Enriquillo........

—Mencía es medio española; y Enriquillo es del Baoruco;—insistió la disputadora Elvira.—¿Está el Baoruco en Jaragua?

—Cerca le anda; y fuera de eso, siendo de familia de caciques, y parientes de los soberanos de Jaragua, bien podemos presumir que fueran rama originaria de esa provincia los ascendientes de Enriquillo que reinaban en aquellas montañas.

—Además,—replicó la jóven,—la cara de Enriquillo no puede decirse que sea hermosa........

—Ni fea; (1)—contestó la vireina terciando en la discusion. Es un sujeto muy gentil y bien formado el cacique del Baoruco, y su alma es positivamente muy hermosa.

Este elogio puso fin á la contestacion, y fuera porque lo dictára la justicia, ó porque lo pronunciaran los labios de la bella señora á quien todas amaban y respetaban sumisas, las jóvenes se volvieron á mirar con vivo interés á Enriquillo, que hablaba entónces animadamente con su prometida, y en el semblante de todas ellas se pudo leer la confirmacion del benévolo juicio enunciado por la vireina.

VII.

ASPIRACION.

—Decidme, prima mia,—preguntaba entretanto el cacique con grave compostura, á su linda interlocutora;—¿deseais ser mi esposa, mi compañera inseparable? Abandonaréis gustosa esta casa, sus grandezas, vuestras alegres amigas, para iros á vivir sola conmigo en un pueblo donde no hay músicas, ni lujo, ni fiestas; donde no hay mas que casas tristes, árboles, yerbas y ganados?

—Ya he pensado bastante en eso,—respondió tranquilamente Mencía, — y no te ocultaré que temo mucho hallar aquello muy triste, y que he de sentir mucho separarme de la señora vireina y de mis amigas. Pero ¿no

---

(1) *La cara no tenia hermosa ni fea.*—Las Casas, Herrera, &.—El primero dice así:—"Era **Enrique** alto y gentil hombre de cuerpo, bien proporcionado y dispuesto, la cara no tenia hermosa **ni fea, pero teníala** de hombre grave y severo."—Historia de Indias, Libro III, Cap. CXXV.

está dispuesto por Dios mismo que tú seas mi esposo ? No fué esa la última voluntad de mi madre, y su última recomendacion ? Pues debo cumplirla y no tengo para qué consultar mi gusto.

Esta franca respuesta causó penosa impresion en el cacique. Su rostro se contrajo con manifiesto pesar; miró tristemente á su prometida, y con voz mal segura repuso:

—Me atormentaba hace tiempo el presentimiento de vuestra declaracion, Mencía. Seréis, pues, mi esposa, por resignacion; porque el deber os obliga....

—Primo Enrique, —interrumpió la jóven:—no he querido aflijirte, sino decirte la verdad. Te trato como al pariente que mas quiero, que siempre me recuerda mi niñez; y tú me hablas como se habla á los estraños.... No me gusta verte tan sério tratándome de *vos;* por eso no puedo ir contenta á la Maguana.... Yo no sé mentir!

Enriquillo vió un rayo de esperanza en estas palabras, y, mas sereno, volvió á decir:

—Parece que no me has comprendido bien, Mencía: yo deseo saber de tí si me aceptas con agrado como esposo tuyo; si no sentirás pesadumbre en que yo te llame mia....

La jóven bajó entónces los ojos ruborizada, y despues de breve pausa contestó:

—Yo no entiendo bien lo que quieres decirme, Enrique. Siempre te he querido como debo á quien compartió conmigo el cariño de mi madre: siempre tu recuerdo ha estado unido al suyo en mi corazon, y cuando he pensado en tí, he pensado en ella y en Dios. Me han enseñado á considerarte desde muy niña como mi prometido esposo; te amo como te amaba cuando era niña pequeñuela, y te respeto como al que para mí representa la voluntad de mi madre......—Es eso lo que deseas?

—Eso no me basta;—dijo Enrique vacilante y apesadumbrado. — Pero, pues que tu corazon inocente no acierta á comprender el mio, tendré paciencia, y conservaré la esperanza de que, cuando nuestra suerte esté irrevocablemente ligada, acaso me comprendas, Mencía, y me ames como yo te amo á tí; con todo mi pensamiento, con toda mi alma; como no se puede amar más, en la tierra ni en el cielo.

Dijo Enrique estas últimas palabras con voz baja y conmovida: la jóven lo miró fijamente y con estrañeza, é iba á replicar todavía, cuando Valenzuela se hizo oir increpando al cacique:

—Enriquillo, muchacho; advierte que ya es hora de salir de este encantamiento. Despues tendrás espacio de sobra para embelesarte con tu linda novia. Motivo hay, por Cristo! y yo en tu lugar no estaría ménos olvidado de todo el mundo.

Con esto patrono y pupilo besaron las manos á la vireina y se despidieron cortésmente de aquel círculo de beldades.

Elvira tomó entónces del brazo á Mencía, y se dirijió con ella á un balcon retirado, desde el cual dominaba la vista el curso del Ozama.

—Vas á contarme lo que hablásteis tú y tu novio; — le dijo con misterio.— ¿Estuvo muy enamorado, muy discreto? ¿Te dijo cosas tiernas y agradables?

—Sí y nó, Elvira,—respondió Mencía.—Yo no sé qué motivo de disgusto tenia Enrique, pues me preguntó si yo lo amaba, le dije que sí, y no se dió por satisfecho. Dice que debo amarlo con toda mi alma, y todo mi pensamiento; porque él me ama así: ¿es preciso, para casarse dos, que se digan esas mentiras que solo te he oido á tí, cuando nos cuentas historias inventadas, (1) ó cantas los amores de Zaida? Nunca la señora vireina dice cosas parecidas cuando habla del señor Almirante.

—Calla, tonta,—repuso Elvira.—Enriquillo tiene razon; todavía no entiendes de estas cosas, y tu pecho está como leña verde, que resiste al fuego. Pero tu hora llegará, como llegó hace tiempo la mia.... ¡Oh! No se quejaría de tí el cacique si tú sintieras como yo.... Tengo un corazon ardiente, que necesita amar á todo trance, y me pasa lo que dice el cantar:

"En la guerra del deseo,
Siendo mi ser contra sí,
Pues yo misma me guerreo,
Defiéndame Dios de mí."

—A la verdad, no comprendo lo que dices, Elvira,—dijo Mencía.—Mi corazon ama tranquilamente á quien debe, y por eso amo á Enrique.

—¡Dios quiera que ese amor te baste siempre, criatura!—replicó Elvira con aire patético;—y que nunca padezcas lo que yo padezco. Voy á conversar con las otras, que me entienden mejor que tú.

Y la jóven se alejó cantando alegremente:

"Salen las siete cabrillas,
La media noche es pasada."

Porque Elvira era una de esas infinitas hijas de Eva, que alternativamente son graves ó lijeras, capaces de grandes inspiraciones y de grandes caídas, y que con facilidad pasmosa, como giratoria veleta, pasan de la risa al llanto, y del pesar á la alegría.

VIII.

UN REVES.

Las visitas que en los dias subsiguientes hicieron Valenzuela y Enriquillo al palacio de Colon, no modificaron en nada las respectivas situaciones de nuestros personajes. El cacique, cada vez mas enamorado de su prima, habia sentido calmarse gradualmente las inquietudes y los escrúpulos que le inspiraba su singular posicion, y, si se quiere, la desigualdad efectiva que existia entre él, indio de pura raza, y la bella mestiza á que habian dado el ser Guevara é Higuemota; español de noble alcurnia el primero, hija ésta de la célebre cuanto malhadada reina de Jaragua. El candor y la franqueza con que siempre era recibido por su prometida novia, acabaron por

---

[1] En boca de una niña poco instruida, y en aquella época, no estaba mal dicho *historia inventada* en vez de novela.

convencer á Enrique de que ella no sabia amar de otro modo, afirmándose aun mas en su esperanza de que al iniciarse en los misterios del matrimonio, el amor de la jóven, entónces inocente y cándido, adquiriría el matiz de ternura y de pasion que habia echado de ménos el enamorado mancebo en su primera conferencia íntima con la que habia de ser su esposa. Mecido por las dulces ilusiones de aquella próxima perspectiva, Enriquillo se abandonaba á su dicha del momento con el deleite propio de una imaginacion de veinte años; y como que tendian á cicatrizarse las heridas que su ingénita sensibilidad recibia diariamente con la observacion de cuanto lo rodeaba, con las anomalías de su estado personal, sometido á la piedra de toque de encontradas condiciones; 'señor por nacimiento; primado por prerogativas reglamentarias entre los indios; privilegiado por la proteccion especial y eficaz que lo asistia desde la infancia, y al mismo tiempo, inscrito en las listas de encomiendas, que suponian un grado de servidumbre siempre humillante, y punzándose á cada paso en las agudas espinas del desden brutal que ostentaban respecto de toda la raza india los mas de aquellos hidalgos y colonos, educados en los campamentos de Andalucía y de Italia, acostumbrados á aplicar el mote de *perros* á los soldados enemigos, y que, con mayor conviccion que á los moros y á los franceses, consideraban y trataban como animales á los salvajes indios en general, y peor que á tales á los que les servian en calidad de encomendados.

Las circunstancias escepcionales que concurrian en la persona de Enrique; su apostura, su exterior simpático y el sello de rara inteligencia que realzaba su fisonomía, unido todo á la calidad é influencia de sus protectores, le habian preservado siempre de esas rozaduras del amor propio, peores mil veces que la muerte para los carácteres bien templados y pundonorosos; pero el espectáculo constante de otros indios de su clase, ménos afortunados, que apuraban la copa de las humillaciones, laceraba su compasivo corazon, y sublevaba su conciencia ante la idea de hallarse expuesto él mismo á iguales tratamientos. Esta refleccion oscurecia de continuo el fondo de su alma, y proyectaba sobre sus mas generosas impresiones un tinte sombrío y melancólico. La esperanza de poseer á Mencía, de llegar á infundirle todo el inmenso amor que él sentia por ella, disipaba ahora esas nieblas de su espíritu, y en aquellos breves dias el sol de la felicidad lució con insólito esplendor para el noble huérfano del Bahoruco.

Dias brevísimos fueron aquellos, ciertamente. Llegó el que estaba señalado para la boda, aquel sábado que, segun lo determinado en la cámara de Bartolomé Colon, no debia trascurrir sin que Mencía y Enrique se unieran en indisoluble lazo. El novio, vestido con un traje de terciopelo color castaño y ferreruelo de raso negro forrado de seda carmesí, á la moda de Castilla, ceñida la cintura con un precioso tahalí de piel cordobesa con pasamanos y bordados de oro, del que pendia una daga con puño de marfil, regalo de su padrino en la ocasion, Don Francisco Valenzuela, en compañía de este habia llegado á palacio y hecho su acatamiento á la vireina y sus damas, entre las que se notaba la ausencia de Mencía, que en su aposento aguardaba con natural timidez la hora precisa de la ceremonia que iba á fijar su destino. Ya algunos caballeros de los mas allegados á la casa y familia de los Colones discurrian por todo el salon en divertido coloquio; las antorchas del oratorio contiguo despedian un fulgor que parecia pálido ante la reverberacion de los rayos solares de la espléndida mañana; el capellan, revestido de sus principales ornamentos, solo dejaba en reserva la morada estola para el último instante de la espera; el Adelantado acababa de vestirse penosamente con el auxilio de su ayuda de cámara, y preguntaba por segunda vez si los oficiales reales no habian llegado todavía á la casa, cuando un criado puso en sus manos un gran pliego cerrado y sellado con las armas reales que acostumbraban usar los jueces de Apelacion: Don Bartolomé, hombre experimentado en las lides políticas, no ménos que en las militares, reconoció el pliego por un lado y otro, é hizo un espresivo gesto de disgusto antes de abrirlo. — Mal agüero! — murmuró tres veces entre dientes, en tanto que rompia la nema y desdoblaba el documento. Leyó su contenido para sí, y al cabo de dos minutos, estrujando violentamente el papel entre sus manos, intentó herir el suelo con la entorpecida planta, revelándose en todo su aspecto la mas vehemente cólera.

Por último, hizo un esfuerzo para dominarse, y dijo con sofocado acento á su ayuda de cámara:

—Id á llamar á la vireina y al señor Valenzuela. Decidles que vengan á verme al punto.

El servidor salió aceleradamente, y pocos minutos despues se presentaron en el aposento Doña María y Don Francisco.

Encerróse el Adelantado á solas con ellos, y rogó al último que leyera en alta voz la misiva que acababa de recibir.

Valenzuela, no sin inquietud, leyó el dicho pliego, cuyo tenor era el siguiente:

"Nos los jueces de apelacion de la isla Española, etc.

"A vos el Adelantado Don Bartolomé Colon, hacemos saber:

"Que por relacion que nos han hecho los oficiales reales Miguel de Pasa-
"monte, Juan de Ampiés y Alonso Dávila estamos informados de que se tra-
"ta con presura el casamiento del cacique Enrique del Bahoruco y Doña
"Mencía de Guevara; los que siendo próximos parientes carecen de las
"dispensaciones de la Santa Madre Iglesia, y que á mas, por la calidad de los
"contrayentes y muy en especial por ser la Doña Mencía de familia castella-
"na y no estar en uso el que las tales de su clase se casen con indios, nece-
"sitan las reales licencias de la cámara de Su Alteza. Y por lo tanto Nos
"los jueces de apelacion, os prevenimos y notificamos á vos, Don Bartolomé
"Colon, para que lo hagais notificar y prevenir á la señora vireina Doña
"María de Toledo y demas encargados ó causa habientes de los dichos Men-
"cía y Enrique, que el matrimonio de suso – dicho no puede llevarse á efecto
"sin las licencias y dispensaciones referidas, só pena de nulidad y sin perjui-
"cio del oportuno proceso, dado caso que no acateis esta nuestra órden.
"Tendréislo entendido.

"En Santo Domingo á 18 de diciembre de 1515.

"Licenciado *Villalobos*. — Licenciado *Matienzo*. — Licenciado *Ayllon*."

—¡A mí esta injuria! — exclamó la vireina, pálida de ira, acabando de oir la lectura. — Estos miserables enemigos de nuestra casa no pierden ocasion de cebar su malicia en todo lo que nos concierne....! Pero no es posible que se salgan con su gusto. Vos, ¿qué pensais hacer en esto, señor tio?

—Si de mí solamente se tratase, — respondió el Adelantado con sardónica sonrisa, — ya sé yo lo que habia de hacer: viejo y achacoso como estoy, al cabo de mi paciencia con tanto escarnio, iría ahora mismo á arreglar cuentas con ese bribon de Pasamonte, que es el autor de estas infernales tramas, y á dar su merecido á cuantos lo ayudan en sus bellaquerías; pero estais vos de por medio, sobrina, y están los grandes intereses de Diego y de vuestros hijos, que es á lo que siempre asestan sus tiros estos incurables en-

vidiosos. Debemos por lo mismo ser prudentes, muy prudentes; aunque reventemos!
Estas últimas palabras las profirió el Adelantado con tal esplosion de rábia, que se pudo temer que reventara efectivamente.
El señor Valenzuela habló entónces:
—El caso es grave,—dijo:—es sin duda un paso adelante en la senda de los agravios y de la invasion de derechos de la casa de Colon, á la que se trata de reducir á la nulidad en estas partes. Pero la interrupcion del matrimonio no es un daño irreparable, y conviene mucha calma y prudencia para no dar ventaja á los enemigos. Aun falta un registro que tocar entre las autoridades de la Colonia, y voy ahora mismo á ponerlo á prueba, con vuestro permiso....
—¿De quién se trata?—interrumpió la vireina.
—Del juez de residencia, licenciado Lebrón, — contestó Valenzuela.
—Un pícaro como los demas,—dijo el irritado Don Bartolomé.—Desde que ha llegado aquí, cuanto hace es en perjuicio de nuestros intereses.
—Nada se pierde en hacer la diligencia;—repuso con tranquila espresion Valenzuela.—En último caso, poco les durará el gozo del triunfo, pues con el Almirante en España, y el padre Las Casas á su lado, es imposible que el bando contrario prepondere; y ya veréis que en esto del matrimonio, si no se hace hoy, se hará otro dia; no necesitamos mas que paciencia.
—No me pareceis bastante viejo para tener la sangre tan fria, Don Francisco;—dijo con vacilante despecho la vireina.— Id á ver á vuestro Lebron, de quien nada espero. Por mi parte, voy á dar órden para que se apreste la nave que llegó ayer de Costa-firme, á fin de que siga viaje á España sin demora: allá está mi esperanza de obtener justicia contra tantas vejaciones como se nos hacen.
—No digo que nó, señora;—concluyó Valenzuela.—Iré cuanto ántes á ver al juez Lebron, y si resulta infructuoso mi empeño, esta misma tarde escribiré mis cartas al padre Casas, para que todo lo arregle en Castilla.
—Yo voy á escribir ahora mismo á mi sobrino Don Diego,—dijo el Adelantado;—con lo cual me distraeré un tanto: si nó, creo que la cólera me ahogará.
—Yo voy á participar mi desaire á la concurrencia,—añadió la vireina, —y compondré el semblante para que nadie se burle de mi disgusto.
Y asiéndose del brazo de Valenzuela, ámbos salieron del cuarto de Don Bartolomé.
Cuando llegaron al salon, las damas y algunos caballeros familiares de la casa conversaban animadamente. Elvira, que por encargo especial de Doña María procuraba entretener á Enriquillo, obtenia fácilmente la confianza de este, y el franco mancebo le revelaba en términos sencillos su plan de vida, sus sentimientos respecto de la que iba á ser su esposa, y la observacion que habia hecho de que Mencía no le amaba sino con el tibio amor del parentesco. El cacique se daba á conocer en la discreta expansion de su lenguaje bajo un aspecto que jamás habia entrevisto ni sospechado la ligera Elvira: escuchábale, pues, con agradable sorpresa, tratando de provocar más y más las candorosas confidencias de aquel corazon leal y generoso. Valenzuela puso fin á la conversacion, tomando de la diestra á Enrique y diciéndole:
—Saluda á esta dama, y vamos pronto de aquí. Tenemos algo que hacer en otra parte, y volverémos en seguida á terminar los negocios del dia.
Enrique, aunque no dejando de ver con extrañeza aquella novedad, si-

guió sin replicar á Valenzuela, y hechos los cumplidos de estricta cortesía, protector y protegido se alejaron de la casa de Colon, miéntras que la vireina decia en alta voz, con la mas afable y risueña espresion de su semblante:

—Por hoy, señoras y señores, no tendrémos boda: se aplaza á otro dia. Son asuntos de Estado, y nada mas puedo deciros.

Hizo un gracioso saludo, y roja como la grana se retiró la pobre vireina del salon, dirijiéndose á sus aposentos en demanda de Mencía; en tanto que los escasos concurrentes extraños se iban para sus casas haciendo reflecciones y comentarios sobre tan inesperado fin de fiesta.

IX.

UNO DE TANTOS.

Francisco de Valenzuela se dirijió con Enrique á su alojamiento, y una vez en él refirió al jóven punto por punto lo ocurrido. Enrique lo escuchó con grande atencion é interés, pero sin dar muestras de sorpresa, y cuando hubo terminado la relacion de Valenzuela, preguntó á este:

—Escribirá ciertamente la señora vireina sobre ese asunto al señor Almirante?

—No lo dudes, hijo;—respondió el anciano:—y además, escribirá el Adelantado, y escribiré yo á mis amigos, y sobre todo á nuestro buen padre Las Casas....

—Todo lo espero de este mi querido protector,—dijo Enrique;—yo le escribiré tambien.

—Así será, hijo,—repuso con dulzura Valenzuela;—pero ántes es preciso ver al juez de residencia, que trayendo entre sus comisiones la de tener la mano en que no se impidan los matrimonios entre castellanos é indias, (1)puede arreglarlo todo, si quiere.

—No querrá, señor;—dijo Enrique tranquilamente.—Yo sospechaba que algun contratiempo habia de sobrevenirme en mi boda; y más lo temí desde que tuve noticia de la presencia del señor Pedro de Mojica en esta ciudad. Él, que siempre ha procurado hacerme mal por gusto, ¿cómo iba á dejar de ofenderme cuando voy á casarme con la que él llama su sobrina?

—¡Vive Dios, muchacho, que tienes razon!—exclamó Valenzuela.—No habia caido en ello: el pillastre ha debido resentirse del desden con que lo tratamos en el encuentro de los últimos dias pasados, y en su calidad de pariente de Mencía habrá armado esta tramoya. Voy á ver al licenciado

---

[1] Consta así en las instrucciones de Lebron.

Lebron, y cualquiera que sea el resultado, sabré antes de regresar á casa la verdad de lo ocurrido.

Enrique pidió permiso al anciano para permanecer en casa, dando por seguro que sería infructuosa la diligencia que se intentaba con el juez de residencia. Efectivamente, Valenzuela volvió dos horas mas tarde echando chispas: su pàciencia habia sufrido una ruda prueba, y á poco mas sucumbe en ella del todo. El insolente magistrado á cuyo poder ocurria y en cuya justicia confiaba, despues de haberle impuesto una espera de mas de una hora en la antesala, recibió al antiguo y respetable colono con aire desdeñoso, lo midió con la mirada groseramente de piés á cabeza, y acabó por dispararle un *¿qué se ofrece?* de los mas duros y altaneros. Despues oyó su relacion con semblante distraido, sin dignarse mirarle siquiera, y encojiendo á cada instante los hombros como si dijera — "¿y qué se me dá á mí? ¿qué tengo que ver con eso?" — No proferia su labio estas frases, pero todo su exterior, su actitud, su gesto altivo y desvergonzado las decian en todos los tonos. Cuando Valenzuela hubo terminado su exposicion, el juez se le encaró bruscamente, y le dirijió esta pregunta:

—¿Y por qué el Adelantado y *la mujer* del Almirante no me han escrito sobre ese asunto, ya que decís que se han ofendido con la justa ordenanza de los jueces de apelacion?

Valenzuela, algo destemplado ya con tanta impertinencia, contestó:

—Yo soy el designado para apadrinar esa boda, y tengo á mi cargo el cacique Enrique; y como se trata únicamente de pediros amparo, por ser vos el juez á quien Su Alteza ha recomendado que no permita se pongan impedimentos á los matrimonios de los naturales de esta isla....

—Estais equivocado, viejo; — repuso con risa burlona Lebron. — Lo que la cédula real de mis instrucciones dice es "que no se impidan los matrimonios de los castellanos con mujeres indias"; (1) de ningun modo que se protejan enlaces escandalosos como el que los Colones y vos proponeis, por el cual una jóven de noble familia castellana, muy rica por añadidura, pasaría á ser la mujer de un desarrapado cacique indio, contra la espresa voluntad de su honrado tio Mojica.

Al oir estas palabras, Valenzuela, depuesta la mesura que hasta eutónces habia guardado á costa de grandes esfuerzos, se encaró á su vez con el soberbio magistrado, y trémulo de ira le dijo:

—¡Vos sois el desarrapado, el escandaloso y el indigno de llevar la vara de justicia que el rey en mal-hora ha puesto en vuestras manos! ¡Vos, el que os creeis facultado á tratar sin miramientos á las mas ilustres personas de esta isla, á la familia del Almirante Don Diego Colon, cuyo apellido deberíais siempre oir puestos de hinojos, los que venís á cebar vuestra codicia y vuestra maldad en estas Indias! Vos, el que osais llamarme *viejo* á mí, como si trataseis con alguno que os fuese inferior ni en calidad ni en fortuna. Quedáos al diablo, hombre descortés y grosero; y él me lleve si yo vuelvo á veros en los dias de mi vida!

El licenciado Lebron se quedó atónito al escuchar el inesperado desahogo de aquel anciano, cuya faz benévola y maneras afables no permitian suponer semejante explosion de energía. Como sucede á los hombres de carácter ruin y de sentimientos menguados, á quienes la suerte caprichosa lleva á ocupar elevados puestos, el juez de residencia era altivo y desvergonzado con los pequeños y humildes; cobarde y apocado con los fuertes. Y por fuerte

---

[1] Histórico.

tuvo á Valenzuela desde que oyó su voz vibrante y su lenguaje severo; vió en sus ojos el fuego de la indignacion, y en todo su porte la magestad del honor ofendido y de la virtud sublevada.... Valenzuela acabó su apóstrofe sin que el golilla volviera en sí de su estupor; y cubriéndole por toda despedida con una mirada de desprecio, el generoso anciano se caló el sombrero hasta las cejas; y salió con lento y firme paso de la estancia del magistrado; quien al perderle de vista pareció serenarse un tanto, y al dejar de oir el acompasado ruido de sus pisadas, reponiéndose completamente exclamó:

—Ese hombre es un rebelde, y pagará caro su desacato!

X.

RECURSOS.

Aquella misma tarde, el licenciado Lebron puso en movimiento á las autoridades de Justicia, y les ordenó la prision de Valenzuela; pero no bien llegó esta nueva á oidos del tesorero Pasamonte, que metia la mano en todas las intrigas contra la casa de Colon, cuando acudió presuroso á verse con el juez Lebron, y le dijo:

—¿Estais en vos, licenciado? ¡Ordenar la prision de un hombre como Valenzuela! Es lo mismo que hacer sublevar toda la colonia contra nosotros. Más nos valiera mandar prender al Adelantado Don Bartolomé Colon, que tal vez sería ménos sonado el hecho en la Española. Ademas, Valenzuela tiene parientes poderosos en la corte, entre ellos Don Hernando de Vega, del Consejo real....

—No hablemos mas en ello, señor Pasamonte,—dijo vivamente Lebron. — Olvídese el caso: perdonar las injurias es deber de todo buen cristiano.

—Y propio de los varones magnánimos;—agregó con sarcástica sonrisa el astuto aragonés, burlándose de la forzada generosidad del licenciado Lebron.

Por consiguiente, la venganza de este no pasó de proyecto: recojiéronse las órdenes dadas para prender al rebelde y formar la causa de desacato, y nadie habló mas del asunto.

Don Francisco Valenzuela llegó, como hemos dicho, á su posada, y alterado todavía por la indignacion refirió á Enriquillo el mal despacho de su demanda.

El jóven le escuchó sin manifestar el menor abatimiento ó disgusto, y solamente espresó su pesar de que, por su causa y contra sus previsiones, el buen anciano hubiera ido á molestarse en una diligencia vana, que le habia expuesto á tan penosa vejacion. — Pero no os impacienteis, mi amado padrino; — concluyó el juicioso mancebo: — yo presiento que esta pesadumbre no ha de durarnos mucho tiempo, y que vencerémos al cabo todas las dificultades que el señor Mojica nos viene suscitando.

— ¡Mojica! Tienes razon, hijo mio: — replicó Valenzuela. — Habia olvidado decirte que no me queda duda de que ese malvado es el autor de la intriga. El mismo licenciado Lebron lo dijo al terminar su impertinente discurso.

—Yo lo habría jurado, aun ántes de saberlo con certeza, si el jurar no fuera vicio, — agregó Enrique.

— ¿Sabes lo que mas suspenso y admirado me tiene, Enriquillo? — volvió á decir Valenzuela. — Es verte á tí tan sereno, tan en calma como si fueras simple espectador de este contratiempo. Se diría que no amas á tu prometida, ni deseas verla convertida en esposa tuya.

—A decir verdad, señor, — contestó el jóven,—yo no estoy contento con lo sucedido; pero tampoco siento afliccion ni despecho. Estoy tan acostumbrado á reprimir mis deseos, y á mirar frente á frente mi estado y mi condicion, que cuantos enojos y contratiempos puedan sobrevenirme por consecuencia de ellos ya los tengo previstos, y no me pueden causar la impresion de lo inesperado.

— ¡El cielo te bendiga, noble y discreta criatura! — dijo enternecido Valenzuela; — y sean confundidos cuantos te quieran mal y te hagan padecer!

— ¡Bendito seais vos, mi bondadoso Don Francisco! — respondió el cacique conmovido á su vez.—Jamás olvidaré vuestros beneficios, y los de aquellos que se os parecen en la bondad del corazon. Decidme ahora, señor, si os place, ¿qué pensais hacer en este caso?

—Escribir hoy mismo á España; ir esta noche á despedirnos de la señora vireina, del Adelantado y su casa, y que nos volvamos á la Maguana á aguardar tranquilamente el resultado de nuestras cartas y de las diligencias de nuestros amigos en la corte. ¿Tienes algo que observar?

—Nada, señor, absolutamente. Lo que vos disponeis siempre está bien dispuesto, y á mí solo me toca cumplirlo con buena voluntad; — respondió el cacique humildemente.

A poco rato les sirvieron la comida, que uno y otro gustaron con tristeza de corazon y escaso apetito. Valenzuela estaba despechado con haber de volverse sin alcanzar el objeto de su largo y penoso viaje. A Enrique le mortificaba ver que sus protectores sufrian aquel vejámen por consecuencia del interés que tomaban en su destino y bienestar: se consideraba como culpable, aunque involuntariamente, del disgusto y la pena de tan buenos y para él tan solícitos amigos. Esta mortificacion se aumentaba con la sorda impaciencia de su amor propio de veinte años, que se sentia desairado y deprimido por haber venido de San Juan á casarse, y volver para San Juan soltero; y sobre todas esas mortificaciones se cernia, como un águila de vastas alas negras sobre un vergel de flores marchitas, su amor, tan ardiente como casto, á la bella criatura que le estaba destinada para esposa; amor que vestia de luto ante la frustrada esperanza de una posesion inmediata.

Bajo estas impresiones se levantó Enrique de la mesa, y se puso á escribir una sentida y breve carta á su principal protector, el padre Las Casas: una vez terminada la leyó al anciano, que aprobó su tenor como inmejorable. Despues el mismo Enrique escribió dos cartas mas, bajo el dictado y la firma de Valenzuela: una muy lacónica al Almirante Diego Colon, de cumplido, y refiriéndose á las de la vireina y del Adelantado Don Bartolomé; otra á Las Casas, explicándole sucintamente lo ocurrido, y terminando con esta exhortacion: "Muchas veces he querido templar vuestro ardimiento, y moderar vuestro virtuoso celo; hoy os digo que hagais todo esfuerzo por confundir cuanto ántes á estos perversos envidiosos, que tanto mal hacen y tan arruinada tienen esta isla. Venga pronto el remedio, y allanado lo del matrimonio de nuestro Enrique."

Por último, Valenzuela escribió de su propio puño una tercera carta para Don Hernando de Vega, del consejo real. Hízolo como á íntimo deudo y pariente, recomendándole con fervor los asuntos de que iría á hablarle en nombre suyo Las Casas, é instándole por que se resolviera todo con brevedad.

Cerradas y listas estas cartas á tiempo que los últimos rayos del sol se hundian en el ocaso, Don Francisco y el cacique se encaminaron al palacio de Colon, en el que ya eran esperados, pues la vireina los recibió inmediatamente, y se dirijió con ellos á la cámara de Don Bartolomé. Este se habia calmado un tanto despues de haber escrito por su parte dos larguísimas cartas llenas de amargas quejas contra los jueces y oficiales reales, refiriendo uno por uno al rey Fernando y á su sobrino el Almirante todos los agravios y desafueros de aquellos funcionarios contra la casa y familia de Colon. El irascible Adelantado estaba seguro de que sus despachos soliviarían el ánimo del rey, y que los atentados que él denunciaba recibirían el correspondiente castigo. Esta conviccion habia tranquilizado su espíritu, y hasta disipó durante algunas horas su mal humor habitual. Sin embargo, las emociones del dia le habian agravado sus padecimientos físicos, y sentado en su lecho fué como Don Bartolomé pudo recibir á la vireina y sus amigos.

Valenzuela dió cuenta brevemente de su desagradable conferencia con el juez Lebron, y fué muy celebrado por la crudeza con que habia dicho al grosero personaje lo que merecia. El Adelantado rió de todo corazon, y dijo que así era como debian ser tratados todos aquellos bribones, que usaban de la autoridad de sus oficios para vejar y oprimir; nunca para amparar y hacer justicia.— "Un salteador de caminos — agregó — procede mas honradamente que ellos; porque los salteadores roban y ofenden con riesgo de sus personas, y en su propio nombre, y estos pillos autorizados cometen todas sus maldades sin riesgo alguno, y en nombre del rey y de las leyes."

La conversacion duró mas de una hora, y quedó convenido que la vireina daría sus órdenes aquella misma noche para que la carabela que estaba disponible fuera avituallada y se hiciera á la mar al siguiente dia, con rumbo á España, llevando las cartas referidas y las demas que la misma vireina y sus deudos tuviesen á bien escribir á la corte. Al salir del aposento de Don Bartolomé, Valenzuela y Enrique fueron á despedirse de Mencía y las damas de la casa, por haber fijado á la mañana del siguiente dia su partida de regreso á la Maguana. Valenzuela queria ahorrarse la mortificacion de otras visitas de despedida en tan desfavorables circunstancias: Enrique habló pocas palabras con su prometida, sin deponer su gravedad y compostura características.

—Dios no ha permitido todavía que tú seas mi compañera,—le dijo.—Me resigno á su voluntad, y espero en él. Te amo, Mencía, y pensaré siempre en tí: algunas veces te escribiré. Escríbeme tú, piensa en mí, y no olvides que mi única dicha en la tierra es tu amor.

—Así lo haré, Enrique,— respondió la jóven conmovida:— yo te amo; á nadie amo como á tí; te escribiré, y rogaré á Dios por tu felicidad.

A imitacion de Valenzuela, el cacique besó la mano que le tendia la vireina, y fué estrechando una por una las que le ofrecian cordialmente las doncellas en señal de despedida: tomó la diestra á Mencía con igual tímido acatamiento, cuando intervino la entusiasta Elvira diciéndole:

—Si yo fuera prima vuestra, Enrique, me ofendería de vuestro desvío. La señora vireina no os llevará á mal que os despidais de vuestra prometida con un beso. ¿Es cierto, señora?

—Muy cierto,—contestó sonriéndose la bondadosa vireina.

Enrique posó entónces sus labios en la frente angelical de la doncella, y haciendo mesurada cortesía al femenil concurso, salió con Valenzuela del salon.

XI.

UNA POR OTRA.

La nave que debia conducir al Viejo-Mundo las cartas, y, cifradas en ellas, las aspiraciones y esperanzas de todos aquellos personajes, se hizo efectivamente á la mar en la noche del dia siguiente. Los oficiales reales no se atrevieron á estorbar su salida, y cuanto hicieron fué retardar durante el dia las formalidades del despacho marítimo, para tener tiempo de escribir por aquella misma ocasion á sus amigos y valedores en España.

El señor Valenzuela y Enrique se habian puesto en camino por la mañana al rayar el sol en el horizonte. Hicieron rápidamente sus preparativos de marcha durante la noche, y el mayor trabajo que tuvieron fué aplacar la terrible cólera que arrebató á Tamayo, al saber que el matrimonio se habia frustrado y que se volvian á la Maguana sin Mencía. Pocas palabras de sus amos bastaron para enterarle de todo lo ocurrido, y dejarle penetrar que el señor Mojica era el verdadero motor de tal fracaso; con lo cual el bravo indio, fiel hasta la exageracion, hizo juramento de no salir de Santo Domingo sin tomar señalada venganza de aquel malvado, aunque él mismo se perdiera para siempre. Consiguieron al fin que aparentemente entrara en razon, amenazándolo Enrique con no tenerlo junto á sí mas nunca si no enfrenaba sus furibundos ímpetus. Convínose, pues, en que Tamayo, al frente de toda la recua de criados y animales, se pondría en marcha en seguimiento de sus superiores, tan pronto como se acabara de arreglar el equipage.

Pero cuando una idea se habia introducido en aquel cerebro de hierro, era muy difícil hacerla abandonar el sitio sin llevar á cabo el propósito, por descabellado que fuese. No bien desaparecieron por la primera esquina los dos ginetes, Valenzuela y Enrique, saliendo á escape de la ciudad, cuando Tamayo se volvió á los otros criados y les dijo con voz ágria:

—Ahora mando yo aquí, y al que no haga lo que yo le diga, le rompo la cabeza como si fuera un higüero.

—Sí, cacique; — contestaron los indios de la recua.

—Tú eres aquí el mayoral, — agregó otro criado, bruto como el que mas de los gallegos, aunque era andaluz.

—Bueno; — repuso Tamayo: — haced lo que os digo; arreglad esas cargas y estad listos: por una muger hemos venido, y una muger nos llevarémos.

Y sin mas explicacion echó á andar hácia la Iglesia mayor, donde las campanas tocaban á misa. Los primeros rayos del sol doraban los techos de las casas y los sencillos chapiteles del templo, situado á corta distancia de la comenzada fábrica de la catedral, cuyos cimientos adelantaban rápidamente desde el dia en que Diego Colon, poco ántes de emprender su viaje á España, puso la primera piedra de aquel augusto edificio, que durante mucho tiempo despues dió sombra digna á su sepulcro, y donde todavía reposan, á despecho de sofísticas negaciones, los restos mortales de su egregio progenitor. (1) Los obreros y peones indios comenzaban á llegar en cuadrillas de á cinco y de á diez hombres al sitio de la fábrica, y recibian las órdenes de los sobrestantes, alguno de los cuales, despues de dar breves instrucciones á sus subalternos, se dirijia á oir misa confundiéndose con los demas devotos que afluian de todas partes á la iglesia.

Tamayo, con mirada febril, examinaba los semblantes de todas las mugeres que iban apareciendo en la estensa plaza. Al efecto se habia situado á corta distancia del pórtico del templo, y disimulaba su espera como contemplando el movimiento de los trabajadores. Hubo un momento en que se distrajo de su objeto efectivamente: un pobre indio, flaco y descolorido, cumplió mal ó torpemente la órden de apartar hácia un lado una enorme piedra, y el bárbaro capataz descargó un varazo en la desnuda espalda del infeliz enfermo, que rodó por tierra. Tamayo, sin poderse contener, saltó como un tigre sobre el flagelador, arrebató la flexible vara de sus manos, y rápido como el rayo le golpeó la cara con ella. — ¡Bien hecho! — exclamó un sobrestante viejo que miraba el lance con faz severa á pocos pasos de distancia.

Promovióse el consiguiente alboroto; acudió la gente al sitio, y un alguacil puso sus manos en Tamayo diciéndole: "Dáte preso."

---

[1] Por mas que la pasion se obstine en negar que los restos mortales de Cristóbal Colon, que fueron extraidos de Santa María de las Cuevas en Sevilla, en 1536, y conducidos á Santo Domingo donde se les dió sepultura en la *Capilla Mayor* de la catedral dominicana, son los mismos que en el lugar indicado se hallaron el dia 10 de setiembre de 1877, el hecho es verdadero de toda verdad; cierto de toda certidumbre. La fé y la inspiracion del benéfico sacerdote dominicano Don Francisco Javier Billini, acometiendo la reforma del referido templo y el ensanche de su presbiterio, hicieron que se encontraran casualmente los restos de Don Luis, nieto del Descubridor. Este suceso sirvió de estímulo para la investigacion del mismo sacerdote, con la vénia y acuerdo del sábio prelado de la Arquidiócesi, hijo de Italia, Monseñor Don Fray Roque Cocchia, Delegado apostólico, prosiguió hácia el sitio de la capilla mayor de donde en 1795 habian sido extraidos, como de Cristóbal Colon, unos restos humanos completamente anónimos, segun consta en la solemne acta notariada de aquel hecho histórico. Las conjeturas fundadas sobre esa falta de inscripciones, tocante á una equivocacion posible y sustitucion involuntaria de unos restos por otros en la exhumacion del siglo precedente, quedaron del todo comprobadas con el hallazgo de la vetusta caja de plomo, llena de indicaciones positivas sobre su precioso contenido. Los verdaderos restos del gran Cristóbal Colon eran devueltos á la veneracion del mundo, y los nombres del ilustrado Fray Roque Cocchia y del virtuoso padre Billini quedaron eternamente vinculados en este servicio á la verdad histórica, y á las glorias clásicas del suelo dominicano. Despues el mismo Reverendo Prelado ha sostenido en brillantes y doctos escritos la verdad del hallazgo, combatida unas veces por el error, otras por la mala fé, y en esta noble tarea de defender la verdad han concurrido tambien, con no escasa gloria, los autorizados escritores Don Emiliano Tejera, Don José Gabriel García, las inspiradas poetisas Doña Salomé Ureña de Henriquez, Doña Josefa A. Perdomo, y otros literatos dominicanos.

Tamayo no opuso resistencia, y ya salia de la plaza conducido por el oficial de justicia, cuando el referido sobrestante se aproximó á este, y le dijo:

—Mal cumples con tu deber, Anton Róbles: ¿por qué no te informas de lo sucedido? Quizá este buen hombre no tenga culpa, y te salga caro prender á un servidor de Don Francisco de Valenzuela.

El alguacil miró espantado á su interlocutor: ya hemos dicho que Valenzuela era conocido y respetado en toda la Española.

—Estoy tan aturdido, maese Martínez, — respondió el esbirro, — que no pensé en aclarar el hecho. ¿Me podréis vos decir lo que ha pasado?

El sobrestante era un hombre justo y honrado: explicó al corchete lo ocurrido desde el principio, y añadió que si Tamayo no se hubiera interpuesto, él se disponia á hacer castigar al capataz agresor, á causa de la dureza con que habia golpeado al pobre indio, sin haber dado motivo justificado para ello, pues la falta de fuerzas no es un delito.

El alguacil, recibida esta explicacion, y zumbándole todavía en los oidos el imponente nombre de Valenzuela, dió libertad á Tamayo, encareciéndole que se reportara en lo sucesivo, é hizo una breve amonestacion al cuadrillero, para que no fuese otra vez tan duro con los encomendados de la Iglesia. (1)

Retirábase Tamayo del grupo de curiosos que lo rodeaba, y todo mohino iba á tomar la direccion de su posada, desistiendo ya del proyecto que lo habia conducido á la plaza, cuando la casualidad pareció ponerse de su parte; pues una muger, una jóven muy morena, pero de notable hermosura, pronunció su nombre en alta voz, llamándole con acento familiar.

El valeroso indio depuso el ceño, dió un grito de alegría al divisar á la jóven que lo llamaba, y se acercó de un salto á ella.

—Anica, — le dijo; — por tí he venido á este lugar, y he hecho el mal encuentro que á poco mas dá conmigo en la cárcel.

—Ya te ví, Tamayo, vengar á nuestro pobre hermano, tan flaco que mas bien debiera estar curándose en el hospital, y no en tanto trabajo. Miéntras tú disputabas, yo me llegué á él, y le regalé todo el dinero que Don Pedro me dió anoche.

—Bueno, Anica; — repuso Tamayo; — pero ahora es preciso que vengas conmigo: Enriquillo lo quiere así, y te espera puesto ya en camino.

—¡No te entiendo! — dijo sorprendida la jóven; — y ademas, yo voy á oir misa ahora, y Doña Alfonsa me espera para que prepare el desayuno: bien sabes que está en cama....

—Lo sé, Anica; — replicó Tamayo con precipitacion;—pero no se trata de eso ahora. La doña Alfonsa con su fluccion y su reuma, Don Pedro que no sale á sus enredos sino despues de almorzar y acicalarse; todo lo he observado. Es preciso que me sigas, porque Enriquillo me ha dado ese encargo: lo he convencido de que debe corresponderte; ya no se casa con su prima, y el señor Valenzuela ha consentido en que te vayas á vivir conmigo á la Maguana, pues le he dicho que soy tu tio.

—¿Y no me castigarán por dejar á doña Alfonsa? — preguntó vacilante la jóven.

—¡Quién vá á atreverse con el señor Valenzuela, muchacha! — contestó el astuto indio.—Ya has visto como á mí me han dejado en libertad ahora poco, por respeto de mi señor Don Francisco. Sígueme: nada te hará falta; y no perdamos el tiempo.

[1] Los encomendados para la fábrica de la catedral figuran en el repartimiento à cargo de Don Rodrigo de Bastidas, que los administraba, y de quien es sabido que trataba con mucha humanidad á los indios.

—Así como así,—dijo la Anica,—no me pesa de dejar burlado á ese Don Pedro: solo por ser Doña Alfonsa tan dura conmigo....

—No te escuses, muchacha; lo sé todo: vamos pronto de aquí.

Y Tamayo echó á andar seguido de la jóven india; llegó á su posada, donde ya sus compañeros tenian listas las cargas, y se pusieron todos en marcha á pié, llevando del cabestro los animales y á Anica en el medio conversando con naturalidad, para no llamar la atencion.

Salieron en este órden de la ciudad, y á corta distancia de ella acomodaron á la muchacha en el mejor caballo, y siguieron viaje á buen paso. La venganza de Tamayo estaba consumada, pues la graciosa Anica era, mas bien por fuerza que por su gusto, el regalo y el embeleso de Don Pedro de Mojica, que la queria como á las torvas niñas de sus ingratos ojos.

XII.

ANICA.

Aquella jóven india habia vivido desde su infancia encomendada en la casa del contador real, Don Cristóbal de Cuéllar, y por su gracia y discrecion era entre todas las criadas de su raza la predilecta de la pobre María, aquella infortunada hija de Don Cristóbal, la cual no sobrevivió seis dias á su forzado matrimonio con Diego Velázquez. Al embarcarse la inocente víctima para Cuba, donde habia de morir vírgen y con el vano título de esposa del gobernador, fué para ella otra causa de pena no poder llevar consigo á su *Anica*, que así la llamó ella la primera; porque las pragmáticas vigentes prohibian sacar ningun indio de la Española para las otras islas, á causa de la despoblacion ya muy sensible de aquella, segun atrás queda dicho, al tratarse del repartimiento de Alburquerque.

Anica quedó, pues, en la casa de Cuéllar, hasta que el contador real, atormentado por los remordimientos de haber inmolado su hija á cálculos egoistas, consiguió que el rey utilizase sus servicios en otra parte, saliendo de aquellos sitios llenos todos de las para él torcedoras reminiscencias de su mártir hija. Entónces, agradecido á las oficiosidades y adulaciones de su amigo Don Pedro Mojica, trabajó de acuerdo con él para que aquellos indios de su encomienda que mejor viniesen en cuenta al codicioso hidalgo, quedaran á su servicio ó destinados á gusto suyo. Las ordenanzas de repartimientos no permitian que las mugeres indias jóvenes fuesen encomendadas á solteros, y como Don Pedro lo era, fué preciso interponer otra persona para encomendarle segun su indicacion á la bella y agraciada Anica, que contaba ya en aquella época diez y seis años, y sobre la cual habia puesto los ojos desde el principio, con no buenos ni honestos propósitos, el corrompido Mojica.

Una Doña Alfonsa, su amiga vieja, viuda de mala reputacion, fué el agente escojido para burlar las previsiones legales, y poner la infeliz muchacha á merced de la lascivia del repugnante hidalgo: tales son comunmente las bellezas morales de la esclavitud, institucion que ha llenado de crímenes y escándalos el mundo de Colon, hasta nuestros dias. Lo que debia suceder sucedió, sin que se necesite mucho esfuerzo de ingenio de parte del lector para adivinarlo.

Pero Anica tenia en el fondo de su alma una pasion pura, digna de su corazon vírgen, y el grosero amor de Mojica no podia apagar ni entibiar ese afecto generoso, que se mantenia robusto y agravaba la invencible repugnancia con que la desamparada jóven cedia á su triste destino, entregándose á aquel mónstruo. Habitualmente acompañaba á su señora María de Cuéllar, cuando esta era dama de honor de la vireina y su predilecta amiga: Enriquillo se habia ofrecido varias veces á sus ojos, siempre en condiciones favorables para causar en el alma ardiente de Anica una profunda impresion. Enamoróse de él perdidamente, y buscando el medio de ser correspondida, pronto se grangeó la amistad de Tamayo, que residia con el jóven cacique en San Francisco; y con verdad ó sin ella, las relaciones de ámbos, Anica y Tamayo, só color de próximo parentesco, se establecieron é intimaron con mútuo y desinteresado cariño, toleradas por todos como las de tio y sobrina. Tamayo tenia una especie de prurito de emparentar con los seres que amaba, y ya se ha visto que su principal empeño consistia en ser tambien pariente, no sabemos en qué grado, de los caciques de Jaragua y del Bahoruco.

Pero Enriquillo no fué accesible á la pasion expontánea de la jóven india, y aunque la trataba con amistosa afabilidad, siempre eludió con inflexible entereza cuanto pudiera alimentar en ella la esperanza de ver correspondido su inocente amor: la pobre muchacha tuvo al fin que guardarse este en lo mas recóndito de su pecho, y exhalar sus quejas y confidencias en la intimidad de sus conversaciones con Tamayo, que por lo mismo adquirió un ascendiente irresistible sobre el ánimo de Anica, dócil y obediente á todos sus consejos é indicaciones.

Esto esplica la evolucion ideada por Tamayo para vengar á Enriquillo y al señor Valenzuela del desaire de que habia sido fautor Mojica; y la facilidad con que ese plan de venganza se habia llevado á efecto.

—Muger por muger, — se decia el enérgico y fiel servidor, caminando alegremente con rumbo á la Maguana; — tanto dá que nos llevemos á Anica como á Mencía. Se le quita la presa de entre las garras á ese maldito Don Pedro, y no le quedará gusto para reirse á costa de mis amos, por la burla hecha á Enriquillo.

A orillas del rio Nigua encontró á los dos viajeros que le aguardaban con impaciencia y no pocas ganas de comer: quedáronse pasmados de asombro al ver á la muchacha que llevaba consigo Tamayo. Éste explicó en breves razones y con aire denodado todo lo acontecido; y, como es de presumirse, fueron grandes el escándalo y la cólera de Valenzuela y Enrique por el mal paso en que los colocaba el celo excesivo de su mal aconsejado escudero. No obstante, el viejo concluyó su regaño con estas palabras que todo lo componian:

—A lo hecho, pecho. —Ni hemos de regresar á Santo Domingo á remendar este desperfecto, ni vamos á dejar esta muchacha en el camino real, como cosa perdida. Sigue con nosotros, hija, que vivirás al cuidado de tu tio Tamayo y del viejo Camacho, y nada te faltará.

Despues, miéntras comian con buen apetito, sentados sobre la fresca yerba, habló aparte Valenzuela con Enrique diciéndole:

—¡Vive Dios, Enriquillo! que no me pesa esta calaverada de Tamayo, antes estoy muy contento, y la creo inspiracion del cielo. Que ráble Mojica, y no se ria impunemente de nosotros. ¡Ojalá hubiera algun desaforado que hiciera otro tanto al bribon de Pasamonte, que con mengua de sus cabellos blancos, tiene convertido en serrallo el depósito de los dineros del rey. (1)

Prosiguieron su camino, y desde la villa de Azua escribió Valenzuela una carta á su amigo Don García de Aguilar, narrándole todo lo ocurrido con Anica, y recomendándole que arreglara cualquier dificultad que pudiera sobrevenir de ese rapto, hecho en bien de la moral, y contra la corrupcion de la colonia. Aguilar, que aborrecia cordialmente al perverso hidalgo, desde que supo que por su intervencion habia surgido la desgracia de su amigo Juan de Grijalva y María de Cuéllar, y en memoria de esta, ofreció no levantar mano hasta dejar frustrada ante la justicia cualquier pretension de Mojica. Efectivamente, no bien promovió este las diligencias de reivindicacion de su amada prenda, cuando el leal Don García acudió á confundirle, poniendo de manifiesto el amaño usado en la encomienda de Anica.

El odioso personaje tuvo que sufrir con paciencia su percance, y Aguilar pudo escribir dos semanas despues á Valenzuela estas líneas: "Podeis guardar tranquilamente á Anica como confiada al celo de su tio, en clase de encomendada con este á Doña Leonor de Castilla y bajo vuestra respetable proteccion. Figuraba equivocadamente encomendada al licenciado Sancho Velázquez, con la nota de *fuera de registro*. (2) La picardía quedó patente, y los pícaros confundidos."

XIII.

EL APÓSTOL.

Corria el tiempo, y subian de punto la malignidad y desvergüenza de los enemigos de Diego Colon en Santo Domingo, no pasando un dia sin una nueva vejacion ó injuria á la vireina ó á sus mas allegados amigos. El Adelantado Don Bartolomé, clavado por la enfermedad en su lecho, se agravaba rápidamente, no pudiendo sus gastadas fuerzas resistir las terribles emociones que en su ánimo enérgico y esforzado producia cada insolencia de los oficiales reales en perjuicio de la casa y los intereses de sus sobrinos, á quienes

---

[1] Histórico. A lo ménos, entre los documentos del archivo de Indias, (Tomo I) hay un *Memorial dado al cardenal Cisneros*, sobre necesidades y abusos que pedian remedio en la Española, y en ese escrito consta el edificante dato que consignamos en este lugar, atenuando sus términos, contra el tesorero Pasamonte.

[2] Consta en el repartimiento de Alburquerque.

amaba con entrañable cariño. Al cabo sucumbió, rindiendo al peso de los disgustos aquel espíritu batallador é indómito, que le habia hecho en altas y duras ocasiones mostrarse digno hermano del heróico descubridor. La vireina cumplió como buena matrona hasta el último instante sus deberes para con el ilustre difunto; lloró sobre su cadáver tiernamente, é hizo celebrar en su honor pomposos funerales.

Llegó á Don Gonzalo de Guzman el turno de padecer por causa de su adhesion á la casa del Almirante. Su altivez y arrogancia generosas; el desprecio con que públicamente trataba á Pasamonte y los demas émulos de Diego Colon, al defender á Doña María de Toledo contra sus indignas agresiones, tales fueron los motivos que atrajeron sobre Guzman las iras de aquellos tiranos, dictando su órden de destierro á Cuba, para privar de tan leal apoyo á la noble señora. García de Aguilar, ó por temor de que con él se obrara igual arbitrariedad, ó por sugestion de su celo en el servicio de la vireina, resolvió embarcarse por el mismo tiempo para España, llevando al Almirante y sus amigos nuevos datos y relaciones sobre los desmanes que sin cesar cometian los malos *servidores* del rey en la Española, donde el poder y la influencia de la casa de Colon quedaban reducidos á huecos títulos y vana sombra. Las quejas del Almirante y su virtuosa consorte eran siempre atendidas con deferencia por el soberano, que ordenó repetidas veces que se les guardasen todos los respetos y miramientos á que eran acreedores, siendo la vireina próxima pariente suya, aparte de cualquier otra consideracion; pero la malicia de los soberbios funcionarios desvirtuaba todas esas y otras buenas providencias, que eran siempre mal interpretadas en el despacho y peor cumplidas en Santo Domingo. Gastadas ya las fuerzas y cansado el antes vigoroso espíritu del rey Fernando, los intrigantes válidos suyos que gobernaban los asuntos de las Indias hacian de la régia autoridad un mero símbolo entre sus corrompidas manos.

Tal era el estado de las cosas en España cuando el padre Bartolomé de Las Casas se presentó por primera vez en la corte, provisto de una fervorosa recomendacion que para el rey le dió el digno arzobispo de Sevilla, fray Diego de Deza, á quien fué presentado por el valeroso y eficaz fray Anton de Montesino.

En Plasencia vió y habló al rey Católico. Este escuchó al celoso sacerdote con gran bondad y mucho interés, sobre todos los puntos y árduas materias que Las Casas expuso elocuentemente á su real consideracion, y le ofreció nueva audiencia; pero la carta de fray Diego de Deza pasó de las manos del rey á las del secretario Conchillos, y allí quedó estancado el efecto de las primeras diligencias del filántropo, que comenzó á ver cumplido el pronóstico del pio fray Pedro de Córdoba al despedirse de él Las Casas en Santo Domingo: "Padre, vos no perderéis vuestros trabajos, porque Dios terná buena cuenta dellos; pero sed cierto que miéntras el rey viviere, no habeis de hacer cerca de él lo que deseais y deseamos, nada."

Con el auxilio que le prestó el confesor del rey, fray Tomás de Matienzo, obtuvo por último de aquel la promesa de volver á ser oido en Sevilla, para donde iba á partir la corte en aquellos dias, los últimos del año 1515; y entretanto, por consejo del mismo fray Tomás, conferenció con Lope de Conchillos y el obispo Fonseca. El primero, como astuto cortesano, trató de ganarse y poner en sus intereses á Las Casas, á cuyo fin le hizo brillantes proposiciones que, como era de suponer, fueron desdeñosamente desechadas por el esforzado defensor de los indios. Fonseca oyó en silencio la lúgubre exposicion de atrocidades que Las Casas le relató con todos sus pormenores, hasta que al cabo, como incomodado de que tan rudamente se tocara á las puertas de su ensordecida conciencia, respondió con desprecio al narrador: ¡*Mirad qué donoso necio!* ¿*qué se me dá á mí, y qué se le dá al rey?* Indignado Las Casas al oir tan extraño como vergonzoso concepto, alzó la voz con energía, y dijo al empedernido ministro: "Que ni á vuestra señoría ni al rey de que mueran aquellas ánimas no se dá nada? ¡Oh gran Dios eterno! ¿y á quién se le ha de dar algo?" Y salió de allí en seguida, mas firme que nunca en la generosa resolucion de luchar contra todos los obstáculos para redimir de su dura servidumbre á los indios.

De Plasencia partió para Sevilla, á esperar allí la llegada del rey; pero faltó el efecto, pues en el camino se agravaron los achaques y dolencias de Fernando el Católico, y en un pobre meson de Madrigalejos rindió el espíritu aquel soberano que señoreaba dos mundos, el mas afortunado político y mas poderoso monarca de su tiempo.

Este suceso no desalentó á Las Casas, que haciendo inmediatamente sus preparativos para ir á Flandes, si fuese necesario, á continuar sus representaciones ante el sucesor de la corona, Don Cárlos de Austria, pasó á Madrid, asiento entónces de la Regencia encomendada al cardenal Jiménez de Cisnéros, asistido del embajador del príncipe heredero, el manso y benigno Adriano, dean de Lovaina, (despues cardenal y sumo pontífice). Las Casas, en prosecucion de su obra redentora, escribió una larga exposicion en castellano para Cisnéros, y otra en latin para el embajador, que no entendia el romance.

El resultado fué sumamente favorable á los fines del filántropo. Adriano se horrorizó con el relato de las inhumanidades que asolaban á las Indias, al leer el memorial de Las Casas, y avistándose al punto con el cardenal, pues ambos moraban en el mismo palácio, le comunicó las impresiones que acababa de recibir. El eminente ministro, que ya sabia demasiado de aquellos escándalos, por informes de los frailes de su órden, corroboró la exposicion de Las Casas, diciendo á su compañero que aun habia muchos mas daños que reparar; y por último acordaron hacer comparecer al piadoso viajero que tan esforzadamente acometia la árdua empresa de hacer reformar el desgobierno y la desventura del Nuevo-Mundo. Francisco Jiménez de Cisnéros y Bartolomé de Las Casas eran dos almas gigantes capaces de comprenderse y compenetrarse mútuamente. El humilde sacerdote halló gracia en la presencia del poderoso purpurado, y desde el punto en que este conoció á aquel extraordinario modelo de caridad é inteligencia, le notificó que no debia pensar en seguir viaje á Flándes, porque en Madrid mismo hallaría el remedio que con tanto ahinco procuraba en bien de la humanidad.

Alcanzó, pues, en esa época grande autoridad y crédito Las Casas en el Consejo real de Indias, consiguiendo hacer partícipes de sus opiniones y elevadas miras á los consejeros mas renombrados por su ciencia y por la probidad de su carácter. Sobre todos ellos se captó sus mayores simpatías el doctor Palácios Rúbios, que por su gran talento é instruccion, como por sus bellas prendas morales era muy adecuado para identificarse con Las Casas. Entre estos dos generosos consultores y el no ménos digno é ilustrado fray Anton de Montesino, que muy pronto fué á reunirse en Madrid con su compañero de viaje y de combates contra la tiranía colonial, guiaron segura y certeramente las decisiones del gran cardenal y del consejo de Indias, á despecho de los codiciosos intrigantes y especialmente del obispo Fonseca, á quien Cisneros se cuidó de hacer excluir de las deliberaciones sobre la suerte de los naturales del Nuevo

Mundo; señalado triunfo del generoso defensor de la oprimida raza contra el soberbio que lo habia menospreciado.

Por efecto, pues, de aquel humanitario concierto de voluntades enérgicas, se dictaron providencias nuevas para el régimen de los indios y para castigar los abusos cometidos y consentidos por las autoridades de la isla Española. A este fin fueron nombrados, con activa intervencion de Las Casas, tres venerables frailes de la órden de San Gerónimo para ejercer de mancomun la real y pública autoridad en la mencionada isla y demas indias de Occidente; Las Casas fué á sacarlos de sus conventos, y los exhortó á aceptar el meritorio encargo, llevándoselos consigo á Madrid donde los alojó en una buena posada y los sustentó á su costa. Pero con toda esta diligencia, los artificiosos agentes de la tiranía, que con no ménos afan y eficacia trabajaban por contrariar la obra de justicia y reparacion, á fuerza de sobornos, mentiras y calumnias, lograron sorprender el ánimo sencillo de los padres gerónimos, é imfundirles desconfianza contra su recto inspirador, por lo que acordaron mudarse á otro alojamiento, evitando la compañía del licenciado y entregándose con ciega fé á sus adversarios.

Tan inesperado revés no desanimó al intrépido atleta. Avisó de la novedad á su amigo Palacios Rubios, y ámbos, recelando con justicia lo peor de parte de los inexpertos y mal aconsejados frailes, recabaron del cardenal la reforma de sus poderes, limitándolos á la ejecucion de órdenes precisas respecto de las encomiendas de indios. Para todo lo demas que concernia al buen órden y gobierno de la Española, reforma de abusos, desagravio del Almirante, y castigo de delitos, fué nombrado juez de residencia el íntegro y prudente licenciado Alonso Zuazo, natural de Segovia, buen amigo del padre Las Casas, con lo que creemos haber escrito su mejor elogio.

En lo relativo al regreso del Almirante á la Española, Las Casas, que desde el principio instó vivamente en favor de los intereses de la casa de Colon, se convenció muy pronto de que el cardenal no cedería en ese punto, persuadido como estaba de que era preciso estirpar préviamente el espíritu de bandería y parcialidades que imperaba en la Española, para que el Almirante pudiera ejercer con quietud y buen fruto su gobierno. Por lo demas, y miéntras las nuevas autoridades llenaban ese importante cometido, Diego Colon fué siempre objeto de la mayor consideracion y de las mas cumplidas distinciones por parte de Cisneros y Adriano, asistiendo constantemente con voz y voto preponderante al consejo real de Indias.

Y receloso todavía el cardenal ministro de que sus deseos acerca del bien de los indios fueran desvirtuados por la impericia de los gerónimos, ordenó al padre Las Casas que fuese con ellos al Nuevo-Mundo, y los instruyera é informara respecto de todo lo que debian hacer en favor de aquella raza hasta entónces desvalida. Al efecto le dió ámplio poder y credencial, por cédula que firmaron el mismo cardenal, y Adriano, embajador, mandando á los gobernadores y justicias de Indias que prestaran fé y acatamiento á todos los actos del Protector, *tocante á la libertad y buen tratamiento y salud de las ánimas y cuerpos de los dichos indios.* (1)

Igual buena voluntad halló, por conclusion, Las Casas cuando se propuso allanar todos los reparos que artificiosamente habian suscitado los oficiales reales de la Española para impedir el matrimonio de Mencía de Guevara y el cacique Enrique. Las providencias mas terminantes fueron dictadas contra esa maligna oposicion.

[1] Cédula expedida en Madrid el 17 de setiembre de 1516.

Pero aun despues de conquistados todos esos importantes acuerdos tuvo el filántropo que poner en ejercicio su incansable teson para remover la estudiada inercia con que los pertinaces enemigos de la reforma diferian los despachos. Todo dormia ó afectaba dormir en cuanto el cardenal volvia su atencion á otros grandes negocios de Estado que de su prudencia y acierto dependian. Fué preciso que el gran ministro, instado por Las Casas y Palacios Rubios, llegara á fruncir sus olímpicas cejas para que la intriga, acobardada al fin, abandonara la arena. Esta primera campaña política del protector de los indios duró un año.

Los padres gerónimos y Las Casas se embarcaron en Sevilla, en dos distintas naves, pues aquellos pretestaron que era muy pequeña la suya, para no hacer el viaje junto con el peligroso licenciado. Alonso Zuazo tuvo que diferir su partida por motivos privados. Despues de una próspera navegacion, los distinguidos viajeros descansaron unos dias en la bellísima isla de Puerto Rico, tierra de bendicion, que parece una sonrisa de la naturaleza.

Allí comenzaron los gerónimos á ver y palpar los efectos de la iniquidad que habia de convertir en fúnebres osarios las islas encantadoras en que se recreó con deleite la imaginacion soñadora y poética del gran Descubridor. Un tal Juan Bono, á quien Las Casas apellida Juan Malo, (1) habia hecho lo que entónces llamaban *un salto* contra la isla Trinidad, y se volvió para Puerto Rico y la Española á vender sus infelices prisioneros. Los padres comisarios, siguiendo las inspiraciones con que salieron de España, ni en Puerto Rico ni en Santo Domingo quisieron atender á las reclamaciones de Las Casas en favor de los indios salteados, de los que muchos se hallaban en poder de los jueces y oficiales reales; lo que fué desde luego causa para que entre los condescendientes comisarios y el inflexible protector de los indios la desavenencia se hiciera radical y profunda.

XIV.

LLAMAMIENTO.

En la Maguana se esperaba con impaciencia el regreso del padre Las Casas á Santo Domingo, anunciado por él mismo con no poca anticipacion. Don Francisco Valenzuela contaba los dias, y aun las horas, extrañando la mucha tardanza de su amigo, á quien conocia tan activo y puntual en todos sus asuntos. El buen anciano se sentia decaido y enfermo: deseaba sobre todo concluir las bodas y el establecimiento de Enriquillo, de cuya suerte se tenia por responsable ante el hombre benéfico que le habia hecho la honra de elegirlo como protector de aquel huérfano. Obraba tambien con eficacia en su ánimo el aguijon del resentimiento contra aquellos perversos oficiales del rey, como contra los inícuos jueces de la Española, especialmente el de residencia Lebron, que lo habian desairado y ofendido gravemente, y á los cuales queria tener el gusto de ver, como á los arcángeles rebeldes, precipitados del alto asiento de que tan indignos se mostraran. En el corazon del bueno, las manifestaciones del rencor se limitan al noble deseo de que la justicia triunfe y la iniquidad sea confundida.

[1] Historia de Indias.

Enriquillo mostraba su impasibilidad característica; pero esta no era sino el velo que encubria su mortal inquietud por el creciente cuidado de perder la mano de Mencía. Miéntras mas dias pasaban, mayor cuerpo tomaban en su imaginacion los obstáculos que desde su viaje del año anterior tenia por cierto que habian de oponerse á su felicidad, ora como prometido, ora como esposo de la peregrina criatura. Por mas que Las Casas le asegurase desde Madrid, en una espresiva y afectuosa carta, que todos los inconvenientes y reparos suscitados contra el matrimonio estaban vencidos y resueltos, el cacique temia siempre algun accidente, alguna celada nueva de su mala suerte, para frustrar otra vez su esperanza de ser el esposo de su prima; pero si en sus meditaciones llegaba á admitir el dudoso suceso como un milagro, entónces la inquieta fantasía daba espacio á otra série de pensamientos alarmantes y tristes, que, como la primera vez, le hacian desechar la posibilidad de que aquella suspirada union fuera dichosa, dada su anómala condicion personal, y el mérito extraordinario de la que debia ser su compañera.

En este combate penoso de sus propias reflecciones, el cacique, estrechado en los límites de un fatal dilema, no lograba serenar su espíritu, ni acosar la turba de ideas lúgubres que lo atormentaban, sino mediante el consuelo de ver pronto á su mas ardoroso bienhechor, al benéfico padre Las Casas, que era para él como la estrella favorita que le indicaba el norte de la esperanza en el sombrío cielo de su existencia. Pensaba ciertamente con embeleso en la hermosa doncella que le estaba prometida; pero, sin saber por qué, una especie de vago presentimiento agravaba su tristeza al considerarse ya dueño de aquel tesoro de gracias. No así cuando el recuerdo querido de Las Casas se ofrecia á su mente: entónces su alma se abria sin reserva á la plácida emocion de un afecto blando y puro, libre de sombras, exento de inquietud. Era un fenómeno de que el mismo Enrique no acertaba á darse cuenta, y que pretendemos explicar por la conciencia íntima, instintiva, de que la dignidad de esposo significaría en él la responsabilidad de la fuerza para con la débil consorte, miéntras que él mismo necesitaba sentirse amparado y protejido por un ser verdaderamente fuerte, en quien la bondad hiciera veces de responsabilidad.

Por fin, una mañana volvió el jóven cacique mas temprano que de costumbre á la casa de campo de Valenzuela, que hemos descrito ántes. Habia ido á la inmediata villa de San Juan, á indagar, como solía, si Alonso de Sotomayor, vecino principal, tenia cartas para su patrono; porque desde el percance de aquella carta escrita á la vireina y perdida sin saberse cómo, Francisco de Valenzuela, comprendiendo por los sucesos posteriores que habia gente interesada en interceptar su correspondencia, habia tomado la precaucion de hacérsela dirijir por conducto de aquel amigo de toda su confianza. Enrique se presentó á Valenzuela lleno de júbilo, con una carta en la mano, la cual le entregó diciendo:

—Ved aquí, mi señor Don Francisco, una carta del padre Las Casas: la conozco en la letra del sobrescrito.

—Veamos, muchacho, — dijo con vivacidad Valenzuela: ábre esa ventana, y léeme tú lo que dice ese buen amigo.

Enrique obedeció presuroso, y leyó estos cortos renglones:

"Muy amigo y mi señor Francisco de Valenzuela: hoy hace tres dias "que por fin llegué á esta ciudad de Santo Domingo sin novedad, loado sea "Dios! Venid pronto con nuestro Enriquillo, que ya os espero impaciente, "y la señora vireina tambien. Sin tiempo para mas os besa las manos, vues- "tro fiel amigo y capellan, — *Bartolomé de Las Casas*, (presbítero)."

"De Santo Domingo, dia de los santos reyes, 1517."

¡Imposible, hijo! — exclamó Valenzuela cuando Enrique hubo acabado de leer. — Irá contigo Andrés en lugar mio: ya sabes que el asma me fatiga hasta el punto de querer ahogarme, y no me falta la calentura una sola noche.

—Muy cierto, señor; — contestó Enrique; — pero si Don Andrés y yo nos vamos ¿quién vá á cuidar de vos en nuestra ausencia?

—Andrés poca falta me hará, — repuso con tristeza el anciano;— aun no lo he visto hoy. Tú, Enriquillo, ya es diferente. Pero ahí está Tamayo, y está Anica, que no me dejarán carecer de asistencia; y en caso de que mi mal se agravara, Doña Leonor Castilla vendría á gobernar esta casa y atenderme como ella sabe. Anda, hijo; llámame á Andrés.

Enriquillo salió, y volvió á entrar al cabo de pocos minutos con Andrés de Valenzuela en el aposento del anciano. Allí se concertaron todos los preliminares del viaje á Santo Domingo, que debia emprenderse pasado el dia siguiente. Don Francisco dió sus instrucciones á su hijo y á Enrique, hizo que este escribiera su carta contestacion para Las Casas que firmó él debidamente, y los dos jóvenes, el castellano y el indio, salieron á ocuparse en los aprestos de la marcha, que debia efectuarse como la vez pasada, con todo el equipo de caballos y criados necesarios para conducir en litera ó silla de manos á la novia.

Al despedirse Enrique del señor Valenzuela este le dijo:

—Mi casa de San Juan estará dispuesta para que tú y tu esposa os alojeis en ella. Yo haré que Tamayo y Anica se cuiden de prepararlo todo, ayudados de tus naborias. (1)

Andrés de Valenzuela y Enrique emprendieron su viaje acompañados del viejo Camacho, que habia querido ir á ver á su amo desde que supo que estaba en Santo Domingo. Iba, pues, como mayoral ó gefe de bagajes, en lugar de Tamayo, al que en pena de la mala pasada hecha en el viaje anterior, y para evitar alguna otra calaverada suya, no le permitió Don Francisco que fuera en la espedicion, como lo deseaba.

Quedóse, por consiguiente, el mal acondicionado indio muy á pesar suyo, gruñendo á duo con la pobre Anica, que le reprochaba amargamente haberla conducido con engaño á la Maguana, para verse desairada de Enriquillo, que á todas sus insinuaciones amorosas habia respondido invariablemente con severo lenguaje, exhortándola á la honestidad y buenas costumbres, como pudiera hacerlo el mas austero predicador.

—Pues, ¿qué más quieres? Pensabas que se casaría contigo mi cacique, mi pariente Enriquillo? — le contestaba con grande enojo Tamayo:— ¿quién eres tú, desastrada?

—Ya sé que no valgo nada, — replicaba la infeliz muchacha; — pero bien podias tú no haberme engañado, diciéndome que el cacique me miraba con mejores ojos....!

—Sí; eso es! Tú quisieras que Enrique fuera un perdido, un marrano como ese bellaconazo de Don Pedro, ¡mala peste! — concluia duramente Tamayo; miéntras que Anica dejaba salir el llanto de sus ojos, y entónces el fiero indio, que en el fondo tenia excelente corazon, pasado el mal momento en que era capaz de hacer mil barrabasadas, se movia á lástima, y acudia solícito á consolar á la jóven.

---

[1] Los caciques tenian hasta seis de sus indios adscritos á su servicio personal, segun las reglas por que se rejian los repartimientos.

XV.

BIENVENIDA

Los viajeros llegaron sin incidente digno de mencion á Santo Domingo, unos doce dias despues de haber despachado Las Casas su carta para Valenzuela. Sintió mucho el buen sacerdote la enfermedad de su excelente amigo, y el haber de pasarse sin verle apadrinar las bodas de Enrique. Este vertió todas sus penas y cavilaciones en el seno de su querido protector, que procuró tranquilizarle y desvanecer sus recelos.

—Los nuevas ordenanzas que han de plantear los padres comisarios, — le dijo,—acaban de una vez con la maldita plaga de las encomiendas, y restituyendo los indios á la libertad, señalan á los caciques autoridad y preeminencias considerables. Yo te daré copia de esas providencias en que tuve no pequeña parte, pero que se deben á la bondad y justicia del cardenal Cisneros y del embajador Adriano; y siendo tú quien eres, con instruccion y doctrina como tienen pocos de los vecinos principales de esta isla ¿quién te ha de ir á la mano, ni en vida de mi buen amigo Valenzuela, ni cuando á Dios nuestro señor le plazca llamarlo á sí? Cortado entónces por la muerte el vínculo de amor y gratitud que hoy te liga á tu actual patrono, serás tan libre y señor absoluto de tu albedrío y tus acciones como yo: ¿qué tienes, pues, que temer?

Enrique pareció quedar convencido con los razonables argumentos de Las Casas, y desde entónces afrontó con mas tranquilidad su porvenir.

Vió y habló á Mencía en presencia de la vireina y sus damas: deliberó en familiar coloquio con su novia todos los pormenores del casamiento, y la vida que habian de hacer en la Maguana, y se mostró en todas sus maneras y palabras mas desembarazado y seguro de sí mismo que la vez pasada. Esto podia ser efecto, en primer lugar, de la presencia del bondadoso Las Casas, que, como nadie, sabia inspirar á Enriquillo confianza y serenidad de ánimo; y en segundo lugar, de que, recibido por todos en el palacio de la vireina como un antiguo conocido, y no siendo ya una novedad aquel matrimonio para ninguno de los moradores ó allegados de la casa, la femenil curiosidad se desviaba del modesto cacique para cebarse en la gallardía y arrogancia del jóven Valenzuela, que con la riqueza de sus vestidos y la distincion de su persona atrajo toda la frívola atencion y deslumbró completamente á aquella turba de desocupadas doncellas, que acojian con avidez cualquier objeto nuevo que de algun modo alterara el cuotidiano y acompasado movimiento vital en que la noble María de Toledo habia encerrado su melancolía de esposa solitaria.

Andrés de Valenzuela causó, pues, la mas favorable impresion entre las damas de la vireina, y la sensible Elvira, ya bastante conocida del lector, fué la que con mas vivacidad y desenvoltura aprovechó su reminiscencia del presente llevado al Almirante años atrás por el jóven Valenzuela de parte de su padre, para entrar en conversacion con el apuesto hidalgo y hacerle comprender el lisonjero triunfo que habia alcanzado en todos aquellos blandos y combustibles corazones. Elvira era hermosa; tenia esos ojos de fuego y esas mejillas color de cereza que son tan comunes en la siempre morisca Andalucía, y el galante mancebo manifestó mucha complacencia al verse tan graciosamente acojido por la bella compatriota de los abencerrajes. Todos los circunstantes creyeron advertir por consiguiente, como el principio de unos amoríos en aquellas demostraciones recíprocas de simpatía entre el gallardo Andrés de Valenzuela y la amable, la demasiado amable Elvira Pimentel. Despedidos los huéspedes, esta recibió con todo el deleite de su vanidad halagada las felicitaciones que, no sin secreta envidia, le tributaron sus compañeras: despues tomó á Mencía del brazo, segun lo habia hecho un año ántes, y se fué á conversar con ella á un balcon retirado.

—¿Estás contenta de tu Enrique? — preguntó á Mencía.

—Sí: ha estado muy razonable en todo; — respondió esta: — no se ha mostrado quejoso como la vez pasada; y mas bien yo fuí la que le dí quejas.

—¿De qué?

—De no haberme escrito sino cuatro veces en un año: él porfió y juró que me habia escrito mas de quince cartas, y lo creo; porque él no es capaz de mentir; pero esas cartas ¿adónde habrán ido á parar, Elvira?

—Se habrán perdido en el camino, Mencía; como la Maguana está tan léjos.... — contestó con distraccion Elvira; y luego, con repentina viveza volvió á preguntar:

—¿Qué te dijo el señor Andrés Valenzuela cuando te saludó?

—Fué muy amable y cortés, — respondió Mencía, — y me dijo que se alegraba de mi matrimonio con Enrique, á quien ama como á un hermano.

—Bien, Mencía: ¿sabes que me agrada mucho ese jóven? — repuso Elvira.

—Sí; ya he visto que conversaste con él mucho, — dijo Mencía con sencillez.

—¡Ah!—exclamó la ligera granadina;— si Dios me lo diera por esposo..!

— ¡Qué cosas tienes, Elvira! — replicó Mencía en tono de reproche. — Ya suspiras por Don García, que está con su muger en España; ya deseas casarte con otro á quien apénas conoces....

—No entiendes de estas cosas Mencía, — replicó llevándose la mano al corazon Elvira. — Esta vez vá de veras: amo con pasion á Valenzuela.

—Pues yo no sé lo que es amar con pasion, — dijo Mencía.

—Comienzo á creer que tú no sabes amar de ninguna manera, pobre Mencía, — repuso Elvira.—Todas mis amigas, ménos tú, me han felicitado hoy por mi fortuna en haber agradado á Valenzuela; y hasta la señora vireina me dijo indirectamente que era un buen partido.

— ¡Ojalá Dios te lo depare, Elvira! — concluyó con afectuosa naturalidad Mencía, que recibió un sonoro beso de la apasionada andaluza en pago de su buen deseo.

XVI.

DISIMULO.

Enrique observó, como los demás, que Andrés de Valenzuela se habia enamorado de Elvira; y su corazon se alivió de un gran peso con este descubrimiento. Conocia algunas calaveradas del turbulento jóven, cuyos desarreglos en la Maguana eran causa de gran pena y disgusto para su honrado padre, que por lo mismo le ataba cuan corto podia en todas ocasiones; pero esa ligereza y voltariedad con que el mozo tomaba y abandonaba una tras otra las muchachas del contorno, que en realidad no poseian las dotes y calidades necesarias para fijar á un mancebo de las condiciones de Andrés, entraban por no escasa parte en las nebulosidades que aquejaban el espíritu de Enrique, entreviendo en la liviandad del jóven hidalgo un formidable peligro para la paz de su matrimonio. Los ejemplos que á su alrededor veia de casos análogos eran innumerables, siendo muy equívoco el miramiento que los corrompidos señores profesaban á las uniones legítimas de los caciques sus encomendados. Y aunque él, Enrique, escepcion en todo de la regla general, esperaba alcanzar mayor respeto, siempre sentia en su conciencia un aguijon de inquietud cuando pasaba en revista una á una todas las circunstancias de su situacion.

No fué, por consiguiente, pequeña la alegría que experimentó al ver el ceremonioso cumplimiento con que el hidalgo llegó á saludar á Mencía, y la indiferencia con que pareció mirar su esplendorosa hermosura; ni fué menor la satisfaccion del cacique cuando muy en breve se persuadió de que Andrés de Valenzuela estaba enamorado de Elvira Pimentel.

Esa persuasion quedó del todo ratificada en un expansivo diálogo que trabaron los dos compañeros de viaje, al volver á encontrarse solos en la posada donde los habia instalado Las Casas.

—Hermosa es tu novia, Enrique; — dijo con aire distraido y frio, como por decir algo, Valenzuela.

—Hay entre aquellas damas muchas tan hermosas como ella, — contestó Enrique.

—Sí, á fé mia, — insistió con calor el hidalgo: — aquella Doña Elvira me ha parecido un querubin bajado del cielo.

—Es muy graciosa efectivamente, Don Andrés; — dijo el cacique.

—Me casaré con ella, si mi padre me dá licencia,—agregó el hidalgo.

Pero la alegría y satisfaccion de Enriquillo se habrian trocado en espanto, si dos horas mas tarde hubiera podido asistir á este coloquio que el mismo Valenzuela, saliendo bajo pretexto de ir á tomar el fresco, entabló con un individuo que, embozado hasta las cejas, lo aguardaba en la esquina próxima á la posada.

—¿La habeis visto?—preguntó el embozado.

—Sí, y es bella como el sol. Si lograis desbaratar la boda de Enrique, tomaré al punto el lugar de este;—contestó Andrés.

—Estoy trabajando y tengo buenas esperanzas;—repuso el embozado.—Vos teneis la culpa de que el tiempo me haya faltado: yo contaba con que interceptaríais la carta del endiablado clérigo como las otras, y la dejásteis pasar!

—Fué muy de mañana, y yo dormia;—dijo con humildad Valenzuela.

—Cuando se quiere conseguir la doncella mas linda y acaudalada de la Española, no se duerme, señor Andrés;—volvió á decir con ironía el embozado.

—Yo la conseguiré, ¡voto al diablo!—replicó Valenzuela con ímpetu;—aunque tenga que matar á disgustos á Enriquillo.

—A tarde lo aplazais, Don Andrés.

—No quiero dar motivo á mi padre para desheredarme,—contestó el mozo,—como me ha dicho que lo hará, legando sus bienes á los frailes, si vuelvo á incurrir en su desagrado; y sobre todo, me amenaza con su enojo si ofendo en algo al cacique.

—¿Tanto ama á Enriquillo?—preguntó con interés el recatado interlocutor.

—Más que á mí, que soy su hijo;—respondió Andrés.—Pero cuando él muera, que será pronto, lo arreglarémos todo vos y yo, si no podemos arreglarlo ahora.

—No olvideis vuestro papel de enamorado de otra; conviene para todo evento este disimulo;—agregó el desconocido.

Y el hijo infame se despidió del infame Pedro de Mojica, que no era otro el misterioso consejero de Andrés de Valenzuela.

XVII.

IMPROVISACION.

La vireina y Las Casas habian convenido en que el matrimonio de Enrique y Mencía se efectuara tres dias despues de la referida visita que los dos viajeros de la Maguana hicieron con el sacerdote á la casa de Colon. Este concierto no habia recibido la menor objecion de parte del principal interesado, Enriquillo, ni de Valenzuela: el primero no tenia voluntad propia cuando su protector, á quien veneraba como á un ser sobrenatural, tomaba por su cuenta lo que al cacique concernia; y el jóven hidalgo tenia demasiado interés, como se ha podido ver, en no desagradar á su padre, que le habia recomendado absoluta sumision en todo á las disposiciones de Las Casas.

Este se hallaba, pues, al dia siguiente de su mencionada visita á la vireina, muy ageno á todo propósito de alterar el acuerdo dicho sobre la boda. Sentado ante una mesa de luciente caoba, se ocupaba en hojear y revisar las ordenanzas sobre encomiendas de indios que aun estaban vigentes en la Española, y de las cuales iba anotando en una hoja de papel aquellas disposiciones mas vejatorias, y que por lo mismo reclamaban, á su juicio, con mayor urgencia el planteamiento de las reformas que los frailes gerónimos traian á su cargo, sin darse prisa de llevarlas á ejecucion. La lucha estaba por consiguiente empeñada entre el fogoso filántropo y los morosos depositarios de la autoridad; y cada anotacion de Las Casas iba acompañada de un monólogo espresivo, que reflejaba al exterior los movimientos de aquel espíritu generoso, cuanto inflexible para con la injusticia y la maldad.

—¡ Eso es ! siempre en el tema....! Que los indios de esta Española no son aplicados al trabajo..... *Item*, que han acostumbrado siempre á holgar.... Que se van huyendo á los montes por no trabajar.... Veis aquí la fama que los matadores dán á sus víctimas. ¡Oh! y qué terrible juicio padecerán ante Dios estos verdugos, por forjar tan grandes falsedades y mentiras, para consumir aquestos inocentes, tan afligidos, tan corridos, tan abatidos y menospreciados, tan desamparados y olvidados de todos para su remedio, tan sin consuelo y sin abrigo! No huyen de los trabajos, sino de los tormentos infernales que en las minas y en las otras obras de los nuestros padecen: huyen del hambre, de los palos, de los azotes contínuos, de las injurias y denuestos, oyéndose llamar perros á cada hora; del rigoroso y aspérrimo tratamiento á que están sujetos de noche y de dia!! (1)

Por este estilo eran los comentarios del pio sacerdote á todos los yerros é injusticias que iba notando en los trabajos oficiales sobre que versaba su exámen; cuando se le presentó Camacho, su indio viejo de confianza, que, como acostumbraba, le tomó gravemente la diestra y se la llevó á los lábios:

—Beso la mano á vuesamerced, padre,—dijo sumiso.

—El Señor te guarde, buen Camacho;—contestó Las Casas desechando el mal humor que se habia apoderado de su ánimo al revisar las inícuas ordenanzas.—¿ Y Enriquillo ? ¿ y el jóven Valenzuela ?

—Bien están, señor: Enriquillo aguarda en la posada á que Don Andrés regrese de la calle, para venir juntos á veros....

—¿Y por qué has dejado solo, aburriéndose, al pobre muchacho ? — repuso Las Casas.

—Le diré á vuesa merced ;—contestó Camacho.—Como el señor Don Francisco me recomendó que tuviera cuenta con los pasos de su hijo, y lo observara, y diera cuenta á vuesa merced de cualquier cosa que advirtiera en él que no estuviera en el órden, yo, que ví á Don Andrés salir anoche ya dado el toque de ánimas, le seguí á lo léjos, y le ví hablar con un sujeto que no pude conocer, y que parece que le aguardaba en la primera esquina: luego que lo ví apartarse del tal sujeto y dirijirse á casa, me volví de prisa é hice como que lo esperaba para abrirle la puerta, que él habia dejado entornada: hoy, cuando observé que quiso salir solo, me fuí detrás, y lo ví entrar en una casa de las Cuatro-calles, donde permaneció un buen rato. Así que salió, me esquivé de su vista, pregunté á un transeunte quién vivia

[1] Conceptos del mismo Las Casas. Historia de Indias, Lib. III. Cap. LVI.

en la tal casa, y me dijeron que una señora viuda, de Castilla, que se llama Doña Alfonsa: entónces concebí una sospecha, por cierta historia que me contaron Tamayo y Anica en la Maguana. No perdí de vista la casa por buen espacio de tiempo, y al cabo ví salir de ella, caminando muy de prisa, al señor Don Pedro de Mojica.

—¡Mojica está aquí!—exclamó Las Casas con un movimiento de sorpresa.

—Sin ninguna duda, — respondió Camacho: — ha debido venir pisándonos las huellas; pues quedaba en San Juan cuando nosotros salimos para acá. Por cierto que la última vez que se incomodó el señor Don Francisco con su hijo fué porque supo que Don Andrés andaba á caballo por los campos, en compañía de aquel mal hombre, á quien de muerte aborrece....

Pero ya Las Casas no prestaba atencion á su criado, y poniéndose el manteo precipitadamente, decia, como hablando consigo mismo:

—¡Aquí ese malvado! Claro está; ha venido á ver si puede estorbar la boda. Pero á fé mia que todos sus ardides no han de valerle conmigo. Aunque fuera el diablo en persona, juro que esta vez no será como la pasada.

Y seguido de Camacho, que con trabajo guardaba la distancia, el activo sacerdote se dirijió velozmente á la posada de Enrique y Valenzuela, á quienes halló en amistosa conversacion, esperando la hora de almorzar.

—A ver, muchachos, — les dijo Las Casas sin preámbulos: — vestíos vuestros mejores sayos, y vamos en seguida á almorzar con la señora vireina.

—¿Es posible....?— comenzó á preguntar Valenzuela.

—Todo es posible,— interrumpió con fuerza Las Casas: — ¡vivos, á vestirse, y en marcha!

Nadie osó replicar, y los jóvenes entraron en su aposento á mudarse de traje: Camacho ayudó en esta operacion á Valenzuela, que por usar vestidos mas ricos y complicados necesitaba ese auxilio. En cuanto á Enrique, apesar de las exhortaciones de Don Francisco á que se proveyera nuevamente de vestidos de lujo, persistió en el propósito que habia formado cuando se frustró su boda el año anterior, de no alterar en ningun caso su traje sencillo de costumbre, que se componia de calzas atacadas y jubon de paño oscuro de Navarra, con cuello vuelto de tela blanca fina llamada cendal, y un capellar de terciopelo, con gorra del mismo género. Medias de seda negra y calzado á la moda italiana completaban el equipo del cacique, cuyo aspecto gentil y distinguido no perdia nada con la modestia y la severidad de aquellos arreos.

Pronto estuvo terminado el atavío de los dos mancebos, y Las Casas pareció satisfecho al examinar el de Enrique. Salieron sin demora y á buen paso todos tres, y en pos de ellos Camacho, que habia recibido de su amo la órden de seguirle.

Ya en casa de la vireina, Las Casas hizo pasar recado anunciando su presencia: la señora estaba en el comedor, á punto de sentarse con su familia á almorzar. A este acto la acompañaba regularmente el otro tio de su marido, llamado como él Don Diego, hombre de carácter simple y apocado, muy devoto, y que vivia sumamente retraido en Santo Domingo, mas metido en la iglesia que en su casa. Acompañaba tambien á la vireina el capellan de la casa, clérigo anciano que, fuera de sus funciones sagradas, reducidas á decir la misa todas las mañanas y el rosario todas las noches, era una especie de mueble de adorno, que todo lo veia como si no tuviera alma, indiferente y taciturno.

Las Casas pasó al comedor por invitacion de María de Toledo, dejando en el salon principal á sus compañeros.

—¿Nos haréis merced de almorzar con nosotros?—le dijo la vireina con su genial naturalidad.
—Admiraos de mi atrevimiento, señora,—respondió riendo el interpelado.—He venido expontáneamente á almorzar con vueseñoría; y no es esto lo peor, sino que he traido conmigo, por mi cuenta y riesgo, dos convidados mas.
—Mucho me place la feliz ocurrencia, padre Casas,—repuso Doña María;—pues gracias á ella, sin faltar á mi duelo por la larga ausencia de mi esposo, voy á tener á mi mesa tan grata compañía.
—Permitidme, señora;—agregó Las Casas: os pido que deis órden de que no sea admitido mensaje, ni persona extraña á vuestra presencia, miéntras no terminemos el importante asunto que nos conduce hoy á esta casa.
—Me asustais, padre; mas lo haré como pedís.
—Sé que vais á alegraros, señora;—volvió á decir Las Casas.
Y miéntras la vireina ordenaba á un mayordomo que fuera á establecer la consigna de no admision, Las Casas decia al buen capellan:
—De quien mas necesitamos ahora es de vos, padre capellan.
—Estoy pronto á serviros,—respondió este.
Entónces Las Casas refirió á la vireina su descubrimiento de que Mojicá se hallaba en Santo Domingo, intrigando sin duda para volver á enredar la boda de Enrique y Mencía.
—¿Y qué pensais hacer?—preguntó la vireina cuando estuvo enterada de todo.
—Lo mas sencillo del mundo, señora,—contestó con la mayor frescura Las Casas.—Ahora mismo se casa nuestro protejido, y *laus Deo.*
No dejó de sorprenderse la vireina con esta súbita resolucion; pero reconoció su conveniencia en seguida, y se alegró de poder burlar alguna vez la malignidad de sus enemigos: el capellan se mostró mas rehacio y moroso, y mirando con ojos turbados á los dos interlocutores, comenzó á rumiar escusas:
—Pero.... yo no puedo,—decia—así de repente.... ¿Y si hay oposicion.... como la pasada?
—¡Hum! padre capellan!—exclamó con vehemencia Las Casas.—Mal me huelen esos reparos de vuesamerced. ¿Estais ó no estais al servicio de esta casa?
—Sí estoy, padre,—contestó con humildad el capellan;—pero los oficiales del rey....
—Esos no mandan aquí ¿lo entendeis?—replicó Las Casas con voz tonante.—Yo me encargo de todo: ¿haréis ó no haréis el matrimonio?
—Yo haré lo que me mande mi señora la vireina;—volvió á decir el pobre hombre;—pero el señor Pasamonte....
—¡Dale!—dijo el impaciente Las Casas.—¡Ea! venid conmigo; voy á arreglar esto á gusto de todos.
Y tomando del brazo al capellan, casi lo arrastró por fuerza hasta el oratorio de la casa.
—Mandad á este infeliz,—dijo á la vireina que les habia seguido sin saber qué decir ni qué pensar; entre risueña y cuidadosa;—mandadle que permanezca aquí tranquilo viendo todo lo que pasa.
En seguida abrió un grande armario que servia para guardar los sagrados ornamentos, sacó de él sobrepelliz, estola y bonete, y volviéndose á la noble dama, le dijo:
—Ordenad que venga la novia, como quiera que esté; y venga el señor Don Diego, y el mayordomo, y toda vuestra casa.... Capellan, ¿qué teneis qué decir?

—Que yo no respondo de nada;— balbuceó el atontado viejo.

—Pues venga el breviario, que yo respondo de todo;—repuso Las Casas.

La vireina salió del salon, y á poco volvió á entrar con Mencía de la mano, y seguida de Don Diego el anciano, Elvira, sus damas y toda la servidumbre.

Enrique y Valenzuela, sorprendidos, siguieron al mayordomo que fué á requerirles de parte de Las Casas que pasaran al oratorio: cuando vieron aquel aparato y al sacerdote revestido con sus ornamentos, ambos jóvenes palidecieron.

—No os asusteis, muchachos, — les dijo riendo el ministro del altar, — no se trata de excomulgaros.

Y advirtiendo á cada cual lo que convenia para el mejor órden de la ceremonia, indicándoles la colocacion correspondiente, manejándolos, en fin, como un instructor de táctica á sus reclutas, el denodado Las Casas comenzó y acabó las fórmulas del sacramento matrimonial, haciendo de acólito el viejo Camacho; dió la bendicion nupcial á los contrayentes, arrodillados, y concluyó con una sentida exhortacion á las virtudes conyugales, usando de términos tan afectuosos y elocuentes, que todos los circunstantes se enternecieron, y las damas llevaron mas de una vez el bordado pañuelo á los ojos.

Despues, volviéndose á la vireina y á Valenzuela, que hacian de padrinos, y fijando su penetrante mirada en el sombrío y meditabundo semblante del jóven hidalgo, pronunció Las Casas estas palabras con acento solemne y voz vibrante:

—Nada tengo que encarecer á la madrina, que ha sido una verdadera madre para la contrayente. Vos, señor padrino, no descuideis jamás la obligacion, que mas que nadie teneis, de velar por el honor y la felicidad de vuestros ahijados. Si así lo cumpliéreis, el Señor de los cielos derrame sobre vos sus bendiciones; mas si faltais á esta obligacion, que os falte la gracia divina y seais castigado con todo el rigor que en el mundo, y en la otra vida, merecen los perjuros.

Luego, como para borrar la impresion de sus últimas palabras, agregó, haciendo el signo de la cruz sobre toda la concurrencia: *El Señor os bendiga á todos;* — y quitándose la estola y los demás ornamentos sacerdotales dijo con franca risa á la vireina:

—Dignáos, noble dama, proseguir ahora vuestro interrumpido almuerzo, y os acompañarémos. Será el banquete de bodas.

Así se hizo en efecto; y el improvisado matrimonio fué celebrado por todos, — escepto uno — con la mas expansiva alegría. Valenzuela, que era la escepcion, hizo cuanto pudo por disimular el despecho de su derrota, exagerando sus finezas y galanterías para con la bella Elvira.

Cuando el capellan pronunciaba la oracion de gracias, se presentó un criado, y dijo á la vireina que el padre Manzanedo, uno de los comisarios de gobierno, habia estado á visitarla, y que habiéndosele dicho que la vireina no podia recibirle en aquel momento, se retiró ofreciendo volver por la tarde.

No sin emocion comunicó la señora este incidente á Las Casas, que al punto dió por sentado que el fraile gerónimo iba con intencion de poner algun impedimento á la boda.

—Ved si hemos obrado con acierto dando un corte decisivo al asunto, — dijo Las Casas. — Por lo demas, no teneis que inquietaros; de aquí me iré á ver á los padres gerónimos, y les mostraré las provisiones en cuya virtud he procedido en este caso. Todo quedará terminado satisfactoriamente.

—※—※—

XVIII.

EXPLICACIONES.

Una hora mas tarde, el cacique, Valenzuela y Camacho estaban en su posada, recapacitando sobre los inesperados sucesos de aquella mañana, á tiempo que el infatigable Las Casas celebraba su importante conferencia con el padre Manzanedo, en las casas de contratacion, donde estaban hospedados los padres gerónimos.

Estos habian llegado ya en sus relaciones con el filántropo á ese período embarazoso y difícil en que apénas puede disimularse el desabrimiento y malestar que produce la presencia de un antagonista. Las Casas no contaba ciertamente entre sus virtudes una escesiva humildad; porque pensaba, y creemos que tenia razon, que ser humilde con los soberbios solo sirve para engreir y empedernir á este género de pecadores, á quienes conviene, al contrario, abrirles la via del arrepentimiento haciéndoles sentir lo que ellos hacen padecer á otros. Es un caso moral que el gran filántropo (y nosotros con él), no definia acaso con perfecto arreglo á la doctrina cristiana; lo cierto es que tenia especial complacencia en mortificar la vanidad de los presuntuosos, y dar *tártagos*, como él los llamaba, á sus poderosos y altaneros adversarios.

Toda su humildad, toda su caridad, toda su ternura las tenia reservadas para los pobres y los pequeñuelos; para los míseros, los aflijidos y oprimidos. Eran los que en verdad necesitaban el bálsamo consolador de aquellas virtudes.

Llegó, pues, el padre Las Casas á la, segun él mismo nos lo ha hecho saber, fea presencia del padre Manzanedo, (1) y despues de un "Dios os guarde" dado y recibido recíprocamente con la entonacion y el cariño de un "el diablo os lleve," entró en materia el sacerdote, diciendo:

—Aquí me ha traido, padre Manzanedo, el deber de daros cuenta de un acto consumado hoy por mí, á fin de que no haya lugar á ningun *quid pro quó*, ni falso informe.

—Hablad, padre Casas;—dijo lacónicamente el padre feo.

—Hoy he celebrado el santo sacramento del matrimonio y dado la bendicion nupcial, en el oratorio de la señora vireina, á los nombrados Enrique, cacique del Bahoruco, y Doña Mencía de Guevara.

---

(1) "......... se contentó y alegró, nó de la cara, porque la tenia de las feas que hombre tuvo,...... Las Casas, H. de I. Lib. III, Cap. LXXXVII.

—¡Qué decís!—saltó muy alborotado el fraile gerónimo: ese matrimonio no debia celebrarse. Habia un impedimento dirimente.

Las Casas se sonrió de un modo significativo, al oir esa declaracion; y replicó moviendo la cabeza de arriba abajo, con gran sorna:

—Ya sabia yo que algo se fraguaba; bien conozco á Mojica.

—¿Mojica? Eso es; repuso el fraile:—ved aquí su escrito haciendo oposicion al matrimonio, en su calidad de tio de la doncella. Esta misma mañana me lo han entregado, y se me encargó por mis compañeros entender en este negocio.

Las Casas tomó el papel y lo leyó rápidamente para sí.

—Esto no es sino un tejido de infames calumnias,—dijo devolviendo el documento al padre Manzanedo.

—Sí,—contestó este,—será lo que querais; pero habeis de convenir en que una informacion minuciosa sobre esos hechos era necesaria, ántes de proceder al matrimonio, y vos habeis incurrido en grave responsabilidad con vuestra precipitacion.

—No lo creais, padre;—replicó friamente Las Casas;—ántes bien, por presumir que no faltaría algun enredo de esa especie me apresuré á terminar el tal matrimonio.

—Sois un hombre terrible, padre Bartolomé!—exclamó colérico el fraile.—¿Con qué facultad habeis procedido de ese modo?

—Vedla aquí;—dijo Las Casas sacando del bolsillo un pliego sellado con las armas del cardenal Cisneros.—Aquí se me confiere facultad privativa y exclusiva para entender en ese matrimonio y arreglar todas las dificultades que á él pudieran suscitarse; efecto de una precaucion acertada de mi parte; porque habeis de saber, padre, que ya pasa de rancia la oposicion de Mojica, cuyas intrigas han retardado antes de ahora el suceso, con fines nada santos.

—Parece que destinaba otro esposo á su sobrina,—dijo el fray Bernardino dulcificando la voz, á vista del formidable diploma, que ya tenia en las manos; y leyendo su contenido.

—Estais en regla, padre Casas,—agregó devolviéndole la credencial;—pero ¿qué os costaba habernos informado de esto desde el principio? Hubiéramos investigado con tiempo la conducta del cacique, vuestro protejido.

—Por eso mismo, padre, lo dispuse de otro modo: haced enhorabuena la investigacion, y ya veréis cuánto y cuán gravemente ha mentido el protervo Mojica, al suponer que Enriquillo haya faltado en lo mas mínimo á la honestidad. Harto sabe el malvado que quedará mal; pero queria ganar tiempo para seguir enredando: ya todas sus bellaquerías son inútiles, y la última voluntad de la madre de Mencía queda cumplida.

En resúmen, fray Bernardino acabó por convenir en que la boda estaba bien hecha; concibió vehementes sospechas de que Mojica era un bribon, y solamente pidió á Las Casas que le hiciera venir de la Maguana, bajo la firma del señor Valenzuela y de los regidores de aquel Ayuntamiento, una declaracion jurada de que la conducta de Enriquillo era irreprensible, y de todo punto falso que él se hubiera llevado en calidad de manceba á Anica en su viaje anterior á Santo Domingo; que tal fué el cargo denunciado por Mojica para evitar la boda de *su amada sobrina.* Entre tanto no llegara á poder de los padres gerónimos ese informe justificativo, el cacique debia permanecer en Santo Domingo, sin usar de ninguno de sus derechos como esposo de Mencía.

XIX.

JUSTIFICACION.

El correo para la Maguana partió aquella misma tarde, y el jóven Valenzuela fué á dar cuenta de todo lo ocurrido á su abominable consejero. Mojica montó en grandísima cólera al ver burlada su habilidad y diligencia por la eficacia de Las Casas.

—Sois un mándria, un para poco! — dijo á Valenzuela: — todo se ha echado á perder por vuestra torpeza y ruindad de ánimo.

—¿Qué queríais que hiciera? — respondió el mozo: — las cosas sucedieron tan de improviso.... Pero ahora depende todo de ese correo que ha salido para San Juan, pues en tanto que no venga la informacion de allá, Enriquillo no poseerá á Mencía.

—¿ Y qué diablos vale eso? — replicó Mojica con creciente enojo. — ¿Voy á tomarme el trabajo de interceptar papeles, voy á mandar á mi gente que mate al correo, por mero gusto? Eso hubiera sido bueno si ya el matrimonio no estuviera hecho, que era lo que importaba evitar.

—Sí, — repuso Valenzuela; — mas ya sabeis que la informacion ha de versar sobre el rapto de Anica, y me habeis dicho que vos no habríais de salir bien librado si se revuelve ese asunto.

—Claro está, — dijo furioso Mojica; — yo he de pagar siempre los tiestos; pero sea como fuere, ya no interceptaré esos cartapacios: por seducir á una indiezuela nadie me va á quitar un solo cabello; porque entónces el viejo Pasamonte debería estar calvo; miéntras que por el pasatiempo, que ya no sería otra cosa, de hacer birlar los despachos oficiales, sabe el diablo lo que me puede suceder. ¡Nada! por ahora dejo la partida, y me vuelvo á mis tierras.

Y los dos malvados se separaron descontentos el uno del otro. Antes de veinticuatro horas volvieron á hacer las paces, y afirmaban su pacto de iniquidad, en espera de tiempos mas propicios á sus nefandos proyectos.

Entretanto, Don Francisco Valenzuela recibia las cartas de su amigo Las Casas, y lleno de indignacion por la nueva intriga de Mojica, no pudiendo él mismo hacer las diligencias ante el regimiento (1) de San Juan, á cau-

---

[1] Lo mismo que Ayuntamiento.

sa de su enfermedad, llamó á su deudo Sotomayor, y le hizo el encargo de pedir con urgencia á los regidores la probanza que se exigia sobre la conducta del cacique Enrique. A porfía dieron aquellos dignos concejales testimonio favorable y honroso de las bellas prendas y excelente comportamiento del jóven indio. Su patrono Don Francisco cerró los informes con una declaracion jurada, verdadero panegírico de las cualidades de Enriquillo, y agregando la carta de Don García de Aguilar, que atrás hemos mencionado, lo remitió todo á Santo Domingo con el mismo diligente mensajero de Las Casas, á cuyas manos llegó el proceso sin pérdida de tiempo.

Por consiguiente, en el término de la distancia, el padre Manzanedo tuvo en su poder las pruebas evidentes de la bellaquería é impostura de Mojica; pero en vano ordenó que buscaran á este en Santo Domingo: el pillastre se habia despedido sin ceremonia, y corria á ocultar su despecho y á meditar nuevas maldades en sus posesiones de Jaragua.

Los recien-casados se pusieron, por fin, en marcha para la Maguana, acompañados de Valenzuela y su servidumbre: Las Casas hizo ir con ellos tambien á su viejo servidor Camacho, á quien dió especiales y reservadas instrucciones; y la vireina quiso imprimir al cortejo toda la dignidad y el decoro de su casa, aumentando la comitiva con un mayordomo y dos lacayos, que ostentaban bordadas en el pecho las dos columnas de Hércules, y el *plus ultra* de las armas de Colon.

XX.

RESIDENCIA.

Una nueva prueba como la que habia producido Las Casas ante Manzanedo, del alto aprecio en que el gran cardenal tenia su celo generoso en favor de los indios, era poco apropósito para restablecer la confianza y la cordialidad entre los padres gerónimos y el ilustre filántropo. El teson y la entereza con que este reclamaba la perentoria ejecucion de las provisiones que tenian en su poder los tres frailes, para la reforma de los repartimientos, chocaban de lleno con la predisposicion que los interesados en la servidumbre de los indios habian hecho concebir á los inexpertos religiosos respecto del carácter y las nobles intenciones de Las Casas. Veian en él un hombre altanero y dominante, y prestaban oidos complacientes á cuanto la codicia maligna y feroz inventaba para herir la fama y dignidad de aquel varon eminente, en quien rivalizaba la alteza de pensamientos, con los móviles de la mas sublime abnegacion.

Los padres comisarios no pudieron sustraerse á la preocupacion que hasta nuestros dias parece haber sido ley comun á la mayor parte de los gobernadores coloniales, de exagerar el respeto á los intereses creados, por injustos, ilegítimos y escandalosos que fueran. La facilidad con que el espíritu de lucro, puesto como base fundamental á la creacion de colonias, degenera en desenfrenada codicia, y se engríe convencido de que todos los sentimientos del hombre deben estar subordinados á la sórdida utilidad, es causa de que se difunda en la atmósfera moral de las sociedades así constituidas una especie de niebla mefítica que ofusca la razon, y la convierte en cámara oscura, donde los objetos se reflejan falazmente, en sentido inverso del que realmente tienen: de esta especie de fascinacion solo pueden librarse las conciencias privilegiadas por un temple esquisito, cuya rectitud resiste sin torcerse á todas las aberraciones, á todas las sugestiones del interés ó del temor. *Rara avis.*

Sometido el juicio á esa fascinacion, las leyes morales subvertidas no sublevan el espíritu de justicia; la iniquidad parece cosa aceptable y hasta necesaria, y se llega á temblar ante la idea de los desastres imaginarios que ha de traer consigo el reponer los elementos sociales sobre las bases eternas, sacrosantas, inviolables, aunque frecuentemente violadas, de la naturaleza y el derecho.

Fué, por lo mismo, fácil y hacedero quitar á los ausentes y residentes en Castilla los indios que tenian encomendados y en usufruto en la Española; porque el factor Juan de Ampiés, hechura de Pasamonte, iba á ser beneficiado con el depósito en su poder de aquellos infelices, teniendo á su cargo comprar las haciendas en que trabajaban, con el dinero de sus Altezas, para que de ellas fuesen mantenidos los depositados. (1) Contra estas providencias no habia en la isla ningun interesado que pudiera alzar el grito. Mas no así con respecto á los indios mal habidos por personas residentes en Santo Domingo y constituidas en autoridad. En poder de Pasamonte y sus satélites, incluso el mismo factor Juan de Ampiés, como en poder de otras personas influyentes, se hallaban los indios robados ó salteados años atrás en las islas Lucayas, y recientemente en Trinidad. Los últimos, para mayor escándalo, se los habian repartido los mismos jueces de apelaciones y el de residencia Lebron, dejando completamente impunes y hasta favorecidos á los infames piratas que, al apresarlos y reducirlos á esclavitud, se habian hecho culpables de los mas feos delitos.

Ese escándalo, no obstante, subsistia á ciencia y paciencia de los padres gerónimos, que traian comision especial de castigar con toda la severidad de las leyes aquellos hechos criminales, y devolver su libertad á las tristes víctimas de tales atentados. Los jueces y oficiales reales estaban, pues, á la cabeza de todos los encomenderos, para obstruir el juicio y entorpecer la razon de los comisarios, alzando hasta las nubes el alarido de los intereses que iban á ser lastimados con el cumplimiento de los capítulos de las provisiones relativas á la libertad de los indios. Y así, intimidados sus ánimos, y alarmadas sus conciencias con el delicado escrúpulo de causar la ruina é indigencia de aquellos pobrecitos y honrados funcionarios y colonos, si cometian la injusticia de quitarles los despreciables siervos que en santa y bendita esclavitud tenian, los buenos religiosos desistieron absolutamente de cumplir sus instrucciones, y solicitaron del cardenal su reforma en muchos puntos, por el bien de sus Altezas los reyes y del Estado; que en cuanto al servicio de Dios y de la humanidad nada tenia que ver en el negocio; "porque, — decian explícitamente — segun lo que hasta ahora hemos al-

---

[1] Carta de los padres gerónimos al cardenal Cisneros, 20 de enero de 1517.

canzado, *mucha diferencia hay de ver esta tierra, ó de oir hablar de ella.* (1) Tema usual y favorito de los conservadores de esclavos en todos los tiempos.

La insistencia con que Las Casas reclamaba que se llevaran á efecto las próvidas disposiciones de que él habia sido el principal inspirador y colaborador en Castilla, solo le dió por fruto la enemistad de los comisarios y la saña mas violenta de parte de los encomenderos. Sus buenos amigos los frailes domínicos, llegando á temer por la vida y seguridad del fogoso protector de los indios, lo instaron vivamente á que tomara precauciones contra la exasperacion de sus adversarios, y consiguieron que fuera á residir con ellos á su convento. Allí estaba, sin cejar un punto en sus reclamaciones y pedimentos á los gerónimos, cuando llegó al cabo á Santo Domingo Alonso Zuazo, á quien con tanta impaciencia aguardaba Las Casas. Entónces, apurada ya la via de las instancias y exhortaciones, el valeroso filántropo fué mucho mas léjos, y puso demanda á los jueces y oficiales reales ante el nuevo juez de residencia, formulando contra ellos los mas terribles cargos por sus prevaricaciones y concusiones contra los infelices indios.

Zuazo, varon íntegro y recto, acojió la demanda y comenzó á instruir los procesos; pero los malvados, con el apoyo de los obcecados gerónimos, enviaron un procurador á España con numerosos artificios y embustes contra los actos de Las Casas, á quien los padres comisarios acusaron ante el cardenal como hombre violento, indiscreto y perturbador de la tierra. Las cartas de Casas y de los pocos buenos fueron interceptadas, y su justificacion no pudo llegar á la noticia de Cisneros, que no obstante su gran talento por de pronto fué sorprendido y dió crédito á los falsos y maliciosos informes. El licenciado Zuazo recibió órden de sobreseer en las causas, cualquiera que fuese el estado de los procesos, á tiempo que ya estaban plenamente convictos de prevaricadores y concusionarios todos los oficiales del rey y los jueces de la Española.

Las Casas entónces, en el colmo de su generosa indignacion, acordó con Alonso Zuazo y el padre fray Pedro de Córdova, volver á España para restablecer en su punto la verdad y la justicia. Zuazo lo participó á los frailes gerónimos, en la forma que habia convenido con el mismo Las Casas y fray Pedro; lo cual oido por aquellos, el prior de la Mejorada, fray Luis de Figueroa, exclamó muy alterado: "No vaya, porque es una candela que todo lo encenderá." A esto respondió el juez: "Mi fé, padres, ¿quién le osará impedir su ida siendo clérigo, mayormente teniendo cédula del rey en que le dá facultad para cada y cuando que bien visto le fuere pueda tornar á informar al rey, y hacer en el cargo que trajo lo que quisiere?" (2)

Provisto, pues, Las Casas de cartas de crédito y recomendacion, del pio y santo fray Pedro de Córdoba y los principales frailes domínicos y franciscanos, para el cardenal y el rey, fué á despedirse de los padres gerónimos, que disimulando sus zozobras lo trataron con mucha cortesía, y se embarcó para España, adonde llegó con próspero viaje y en breves dias. Los gerónimos resolvieron que fuera en pos de él, para defenderse y combatirlo en la corte, uno de ellos, el ya conocido fray Bernardino de Manzanedo: era lo mismo que echar en el circo un pesado camello á luchar con un ágil y poderoso leon; era como pretender que el torpe avestruz pudiera combatir con el águila, reina de las aves y de las cúmbres.

---

[1] Carta de los gerónimos, a 20 de enero de 1517. Es justo consignar aquí que en lo que à otras materias agenas à régimen de los indios se referia, y especialmente franquicias de comercio y contratacion, los padres comisarios mostraron mejor criterio, sirviéndoles de guia el utilitarismo de los mismos encomenderos, que querian emanciparse del monopolio de Sevilla.

[2] Todo esto es literalmente histórico.

XXI.

COMPENDIO.

No cederémos á la tentacion vehementísima de narrar los interesantes episodios de esa lucha célebre, emprendida con asombrosa fé y heróica perseverancia por uno de los varones mas insignes que ha producido España, para reivindicar los fueros de la libertad y la justicia, en favor de una gran porcion del linaje humano, condenada á cruel tiranía y horrenda matanza por la impiedad y torpeza de inexorable codicia.

Al surcar de nuevo las ondas del Atlántico, Bartolomé de Las Casas llevaba á Europa la conviccion íntima, inquebrantable, profundamente arraigada en su conciencia, de que para salvar la raza india de la opresion que diariamente la diezmaba no habia otro medio que acabar de una vez con el sistema fatal de las encomiendas. En vez de los repartimientos que entregaban á la merced de explotadores sin entrañas y en calidad de siervos los naturales de las Indias, "para que los doctrinasen en la fé cristiana é hiciesen trabajar," fórmula que en concepto de Las Casas equivalia á entregar manadas de carneros bajo la guarda de carniceros lobos, él queria combinar la verdadera utilidad del Estado con las mas humanitarias nociones de derecho natural y político, tratando de hacer prácticas sus teorías sobre la mejor manera de fundar establecimientos europeos para regir y civilizar los indios; teorías que hoy merecen el aplauso de los hombres buenos y de los sábios, por la grande analogía que guardan con los principios más acreditados de la ciencia económica; pero que en aquel siglo y entre la gente que manejaba y aprovechaba las riquezas del Nuevo-Mundo parecian utopias ridículas y monstruosas.

Las Casas se encontraba armado de su fé, su perseverancia y su talento, enfrente de poderosos adversarios que contaban con autoridad, influencia, riquezas, y sobre todo, con la fuerza del hábito y de los intereses creados. Muerta la egregia y magnánima reina Isabel, las Indias quedaron abandonadas muy temprano por la fria política de Fernando el Católico á la explotacion y el lucro. Para aquel monarca egoista los descubrimientos no tenian mas valor que el de las ventajas materiales que pudieran producir á la corona; y de aquí provino que echaran hondas raíces en el régimen del Nuevo-Mundo las ideas de Conchillos, Fonseca, Pasamonte y compañía. Con tales hombres y contra tales ventajas, la lucha de Las Casas y los pobres frailes sus amigos fué desigual, ruda, violenta; y mas de una vez cayó el apóstol abrumado por el número y los poderosos recursos de sus adversarios; pero sin desalentarse jamás, pudo glorificarse de no haber sucumbido en la descomunal contienda, y de haber conseguido al cabo hacer triunfar la verdad y la justicia, con tanta mayor gloria, cuanto mas trabajoso fué el triunfo.

Pasemos por alto las peripecias del combate; su habilidad y teson para encontrar nuevos auxiliares, una vez muerto el gran cardenal Cisneros, en la corte flamenca de Cárlos de Austria; cómo consiguió ganarse la mas alta estimacion del canciller Juan Selvaggio, del ayo que fué del rey, Mr. de Xevres, del canciller Laxao, del obispo de Badajoz y otros prelados y grandes de Castilla: dejemos aparte sus diarias disputas con letrados insignes de la época, que siempre acababan por reconocer con admiracion su gran carácter y vastos talentos, poniéndose de su parte; como lo hicieron los ocho predicadores del rey, connotados teólogos, y entre ellos el sapientísimo fray Miguel de Salamanca; y limitadamente, con el fin de dar una idea de la colosal empresa de Las Casas, y de los grandes medios intelectuales y morales que hubo de emplear para combatir á sus prepotentes enemigos, reciban valor estas humildes páginas con la narracion breve de algunos rasgos salientes de aquella campaña laboriosísima, en que el filántropo desplegó las extraordinarias dotes que habia recibido del Creador, como predestinado para servir y defender una de las mas nobles causas que se han inscrito en el libro de oro de la Historia.

Por lo que respecta al pobrecito padre Manzanedo, apénas hizo figura ni sonó su nombre en la corte; parece que pronto se persuadió modestamente de su insuficiencia para contrarrestar al instruido y elocuente Las Casas, y fué á encerrarse en su convento de Lupiana. Mas no así el irascible y engreido Fonseca, obispo de Búrgos, su protegido el cronista González de Oviedo, y fray Juan de Quevedo, obispo del Darien, que fueron rudos justadores contra Las Casas, y le dieron bastante que hacer. Él, con sus réplicas vivaces y agudas, de palabra ó por escrito los confundia y derrotaba en todas ocasiones. La primera vez que se encontró con fray Juan de Quevedo fué en el palacio del rey, ya emperador de Alemania, que tenia entónces su corte en Barcelona, no precisamente en la ciudad, donde reinaba una mortífera epidemia, sino en Molins del Rey, poblacion inmediata muy salubre. Llegóse Las Casas á saludar al obispo, el cual, informado de que aquel sacerdote era el protector de los indios, contra quien venia desde Panamá á defender las tiranías de Pedrarias y demas gobernadores de Indias, dijo á Las Casas con arrogancia: "Oh! señor Casas, qué sermon os traigo para predicaros!" Picóse un tanto el filántropo, y respondió: "Por cierto, señor, tambien á vuestra señoría certifico que le tengo aparejados un par de sermones, que si los quisiere oir y bien considerar, valen mas que los dineros que trae de las Indias." El obispo replicó ágriamente, y la disputa hubiera ido muy léjos si no la cortara el secretario del rey, Juan de Sámano, favorecedor de Las Casas, diciendo al prelado que todos los del consejo real, allí presentes, opinaban como el protector de los indios.

El mismo dia tuvieron otro encuentro el obispo del Darien y el filántropo, en casa del doctor Mota, obispo de Badajoz, muy estimado del monarca, y en presencia del Almirante Don Diego Colon y Don Juan de Zúñiga, noble principal. La disputa se trabó sobre haber afirmado Las Casas y negado el obispo que en la Española se podia aclimatar el cultivo del trigo; y para probarlo mostró allí mismo el primero algunos granos de excelente calidad, cojidos por él debajo de un naranjo de la huerta del convento de domínicos en Santo Domingo. (1) El obispo, á quien duraba el pasado enojo, dijo con gran menosprecio á Las Casas:

[1 Así lo refiere Las Casas en su Historia.

—¿Qué sabeis vos? Esto será como los negocios que traeis: vos ¿qué sabeis de ellos?

—¿Son malos ó injustos, señor, los negocios que yo traigo?—contestó modestamente Las Casas.

—¿Qué sabeis vos?—repitió el obispo.—¿Qué letras y ciencia es la vuestra para que os atrevais á tratar esos negocios?

Entónces Las Casas, mudando de tono é irguiéndose en toda su altura, dijo con dignidad al soberbio prelado:

—Sabeis, señor obispo, que con esas pocas letras que pensais que tengo, y quizá son ménos de las que estimais, os pondré mis negocios por conclusiones? Y la primera será: que habeis pecado mil veces, y mil y muchas mas, por no haber dado vuestra ánima por vuestras ovejas, para librarlas de los tiranos que os las destruyen. Y la segunda conclusion será, que comeis carne y bebeis sangre de vuestras propias ovejas. La tercera será, que si no restituís cuanto traeis de allá, hasta el último cuadrante, no os podeis mas que Júdas salvar.

El obispo, abrumado por esta andanada, quiso echarlo á burla, riéndose y haciendo escarnio de lo que acababa de oir, por lo que Las Casas volvió á decirle:

—¿Os reís? Debíais llorar vuestra infelicidad y la de vuestras ovejas.

—Sí, ahí tengo las lágrimas en la bolsa;—respondió con descaro el obispo.

—Bien sé—repuso Las Casas,—que tener lágrimas verdaderas de lo que conviene llorar, es dón de Dios; pero debiais rogarle con suspiros que os las diese, no solo de aquel humor á que damos ese nombre, sino de sangre, que saliesen de lo mas vivo del corazon, para mejor manifestar vuestra desventura y miseria, y la de vuestras ovejas. (1)

—No más, no más!—exclamó entónces el obispo de Badajoz, doctor Mota, que jugaba á las tablas con el Almirante, y parece que gozaba en la disputa, dejándola correr como desentendido de ella. Don Diego Colon y Don Juan de Zúñiga elogiaron fervorosamente á Las Casas, y el obispo de Badajoz no lo hizo sin duda por guardar cortesía y miramiento á su colega y huésped; pero el mismo dia, asistiendo al consejo real, que en aquella época se celebraba diariamente, refirió á Cárlos V el altercado de Las Casas con fray Juan de Quevedo, en estos términos:

—Holgárase Vuestra Magestad de oir lo que dijo micer Bartolomé al obispo de Tierra-firme, sobre las cosas de Indias, acusándole que no habia hecho con los indios, sus ovejas, como debia, segun buen pastor y prelado. (2)

El jóven monarca, que por la seriedad de su carácter y la aplicacion á los grandes negocios de Estado se mostró digno de sus altos destinos desde que fué exaltado al imperio, prestó atento oido á las palabras del prelado, y despues de meditar unos instantes, se volvió á Monsieur de Xevres, y le dijo:

—Quiero conocer y oir por mí mismo á ese valeroso clérigo de quien tantas veces me habeis hablado. Disponed lo conveniente para que, ántes de tres dias, comparezcan él y el obispo de Tierra—firme á debatir su gran litigio en mi presencia.

[1] Palabras textuales de Las Casas. — Es digno de admiracion eterna este hombre en quien el espíritu de justicia y caridad resplandecia con tan pura luz, que á cada paso se hallan en él conceptos que parecen nuevos aun en este democrático siglo XIX. El que motiva esta nota ofrece singular analogía con el argumento fundamental de *La Pitié Suprême* del gran Víctor Hugo.

[2] Toda esta narracion es literalmente histórica. Nada alteramos en los precedentes discursos y réplicas del texto de Las Casas.

XXII.

SESION CÉLEBRE.

A la misma sazon que Las Casas, alterado todavía por la contestacion que acababa de tener con el altanero Obispo del Darien, salia de la casa del Doctor Mota, se llegó á él en el portal un fraile que vestia el pardo hábito de San Francisco, y despues de saludarle modesta y humildemente, preguntó:

—Decidme, padre, así Dios os guarde, ¿conoceis al clérigo señor Bartolomé de las Casas?

—Él mismo es quien os besa las manos;—respondió el interpelado.

—Os buscaba con ahinco,—dijo el fraile,—para deciros que acabo de llegar de la Española, adonde fuí cuando ya vos érais venido para acá; y de donde vengo espantado con las iniquidades que he visto en el poco tiempo que allá he permanecido. Sabiendo los trabajos que traeis entre manos, he venido á ayudaros con el beneplácito de mi superior, de quien os traigo esta recomendacion.

El padre Las Casas consideró como un favor del cielo aquel inesperado auxiliar que se le presentaba en tan preciosa coyuntura, y despues de hablar largamente con el franciscano (cuyo nombre, contra su laudable costumbre, omite en su narracion), fué á pedir al gran canciller y obtuvo fácilmente, que aquel autorizado testigo fuera tambien á la régia audiencia, y á expresar su sentir sobre las cosas de Indias, en presencia del Emperador.

Llegó el dia memorable en que la elocuencia varonil, severa, irresistible del celoso sacerdote de Cristo, iba á penetrar en el oido y en el corazon del César prepotente, del augusto Cárlos Quinto, abogando por el bien de la infortunada raza india. Jamás se vieron frente á frente la Libertad y el Imperio mas dignamente representados. Cuando Las Casas y el religioso franciscano que lo acompañaba entraron en la espaciosa cuadra (1) que, decorada con magnífico é imponente aparato, debia servir para la solemne sesion, ya se hallaba allí, en medio de multitud de magnates y funcionarios de palacio, el Obispo del Darien. Reconoció este en el compañero de Las Casas un predicador que en los dias anteriores habia conmovido los ánimos de todos los señores de la Corte, con los sermones vehementes y libres que predicaba en la iglesia vecina á la resi-

---

[1] Así llamaban en aquel tiempo á un gran salon ó á la cámara principal de un palacio, castillo, &.

dencia imperial; y nada contento con la novedad, se dirijió al pobre fraile tratando de intimidarlo como superior suyo, y echarlo de allí.

—¿Qué haceis ahora aquí?—le dijo.—A los frailes no les está bien dejar sus celdas para andar revolviendo por los palacios.

A lo que el increpado, sin inmutarse, replicó al desabrido obispo, franciscano como él:

—Así me parece, Señor Obispo, que nos sería mejor estar en nuestras celdas á todos los que somos frailes.

—Idos de aquí, padre;—repuso con acritud el prelado;—que va á salir el Rey.

—Dejad que salga el Rey,—insistió el impávido fraile,—y ya veréis lo que pasa.

Apareció en este momento Cárlos de Austria, con todos los atributos de su real poderío como soberano Señor de dos mundos. Acababa de ser electo Emperador de Alemania, y aunque todavía no habia recibido la investidura de esta suprema potestad, ya toda su persona resplandecia con la magestad augusta de quien llevaba en la conciencia el sentimiento íntimo de su desmedida grandeza y poderío. Tomó asiento en el dorado trono que bajo dosel de púrpura ocupaba un testero del salon; á su derecha é izquierda sentáronse en bancos Monsieur de Xevres y el gran Canciller respectivamente, y siguiendo en igual órden se colocaron el Almirante Don Diego Colon, el Obispo de Badajoz, el del Darien y todos los prelados y Señores del Consejo Real y de Indias. En el testero opuesto y frente á frente del Monarca, el Padre Bartolomé de las Casas y su compañero se mantenian de pié, en actitud humilde, aunque serena y desembarazada.

Despues de breve pausa, Monsieur de Xevres y el gran Canciller se levantaron á una, y llegándose al trono cada cual por su lado, hincaron en sus gradas las rodillas, consultaron en voz baja con el Monarca, y tomada su vénia, hiciéronle reverencia y volviéronse á sus asientos. Tras otra breve pausa, el gran Canciller pronunció estas palabras dirijiéndose á Fray Juan de Quevedo:—Reverendo Obispo, Su Magestad (1) manda que hableis, si algunas cosas teneis de las Indias que hablar.

"El Obispo de Tierra firme, (dejemos hablar al mismo Las Casas (2) que lo dice todo incomparablemente mejor que nosotros), se levantó, é hizo un preámbulo muy gracioso y elegante, como quien sabia graciosa y elocuentemente predicar, diciendo "que muchos dias habia que deseaba ver aquella presencia real, por las razones que á ello le obligaban, y que agora que Dios le habia cumplido su deseo, conocia que *facies Priami digna erat imperio;* lo que el poeta Homero dijo de la hermosura de Príamo, aquel excelente rey troyano." Cierto, pareció muy bien á todos, y de creer es que al Rey no ménos agradó el preámbulo." (3)

Ganada de este modo, conforme á las reglas de la oratoria, la benevolencia del ilustre auditorio, el Obispo del Darien, perseverando en su propósito de humillar á los dos osados contendientes que desde las ínfimas gradas del estado religioso se atrevian á entrar en liza con él, que ya figuraba en las altas gerarquías eclesiásticas, pretendió con insistencia que se hiciera despejar el sitio á los que no fueran del consejo, por ser de gran

---

(1) Por ser ya electo emperador se le daba el título de *Magestad*.—Hasta entónces los reyes de España eran tratados de *Alteza*.

[2] Capítulo CXLVIII.—Hist. de Ind.

[3] Idem idem Ibid.

secreto é importancia los asuntos que habia de exponer ante el Rey y sus consejeros, y para no poner en disputa (decía) sus años y sus canas; pero desechada dos y tres veces seguidas semejante peticion, hubo de entrar al fin en materia, y no sin notoria contradiccion en su discurso acusó á los gobernadores y colonos de Tierra firme de robadores, homicidas y tiranos, afirmando al mismo tiempo que los indios eran seres incapaces de civilizacion y policía, y de los que Aristóteles califica como siervos *à natura*.

Llegó su turno al padre Las Casas, á quien el gran Canciller ordenó en nombre del Monarca que hablara lo que tuviera que decir, mediante los mismos términos y ceremonias que se emplearon con el Obispo. Allí, en presencia del augusto Cárlos Quinto, radiante de magestad y juventud, rodeado de ministros y sábios cuyas deliberaciones y decisiones pesaban sobre los destinos de infinidad de súbditos en ámbos hemisferios, el pio sacerdote sintió sin duda, mas presurosos que nunca, los latidos de su gran corazon, á impulsos del fuego divino que inspiró á Pablo ante el rey Agrippa y el procónsul Festo, á Ambrosio ante la intimidada magestad del culpable Teodosio, y á todos los grandes apóstoles que para la redencion y el bien de la humanidad, iluminados por el espíritu de Dios, transfigurados gloriosamente por la caridad y la fé, han eclipsado el prestigio deslumbrador de las coronas, enseñando á los príncipes y potentados de la tierra cuan vano y efímero es su poder; cuán falsa é instable su grandeza.

Bartolomé de Las Casas habló á Cárlos Quinto en un lenguaje nuevo, desconocido sin duda hasta entónces para el jóven monarca, á quien desde la cuna preparó la suerte una existencia brillante y gloriosa, embellecida por todos los triunfos y por todas las lisonjas. Tal vez, cuando hastiado de su fortuna se retiró hácia el fin de sus dias al monasterio de Yuste, cuando postrado ante los altares solia escuchar los salmos lúgubres del oficio de difuntos, en la imperial memoria se alzaba la varonil y noble figura de aquel digno sacerdote de Cristo que habia atravesado los mares para venir á decirle frente á frente: "Allá en aquellos dominios inmensos y lejanos, sometidos al cetro de Vuestra Magestad, la tiranía y la codicia destruyen y devoran una raza inocente, capaz de libertad y de cultura; á Vuestra Magestad toca remediarlo; suya es la responsabilidad ante Dios; y en avisarle de ello, sé yo de cierto que hago á Vuestra Magestad uno de los mayores servicios que hombre vasallo hizo á príncipe ó Señor del mundo........ No lo hago por servir á Vuestra Magestad, sino por el servicio de Dios; y para vindicar la humanidad ultrajada he venido á decíroslo: ni me vá en ello interés de merced ó galardon mundano, *porque os aseguro que, salva la fidelidad de súbdito, por el servicio de Vuestra Magestad no me movería desde aquí á ese rincon, si no pensase y creyese hacer á Dios en ello gran sacrificio........*" (1)

Tal fué en sustancia el discurso del padre Bartolomé de Las Casas, que á todos, y más al Rey que á todos, impresionó profundamente. Despues de él habló el fraile franciscano, con gran fervor y elocuencia, amenazando con la divina justicia á toda la Nacion Española si las iniquidades de Indias no se remediaban, y por último, invitado el Almirante Don Diego Colon por las referidas fórmulas y ceremonias á decir lo que le pareciera, tambien lo hizo en términos dignos de su nombre y estado, corroborando todo lo dicho por Las Casas.

[1] Es la sustancia del discurso de Las Casas, fielmente extractado. Véase el apéndice número 6.

El Obispo del Darien pidió permiso para hablar nuevamente, y consultado el Rey por sus dos grandes asistentes, el Canciller contestó:— "Reverendo Obispo, Su Magestad manda que si algo teneis que añadir á lo dicho, lo hagais por escrito."

Con esto el Rey se retiró del salon, y terminó el solemne acto. El triunfo de Las Casas fué completo y brillante. Fray Juan de Quevedo, ó porque la gracia divina le tocó el corazon, ó por la vergüenza de haber sostenido la mala causa con peor éxito, presentó al Consejo de Indias varios memoriales, confesando que Las Casas tenia razon en todo, y diciendo que se adheria á su parecer y á sus indicaciones. Enfermó en seguida; Las Casas fué á verle; hiciéronse amigos, y á pocos dias el vencido prelado se murió, pudiéndose creer en caridad que de puro arrepentimiento: de Dios es el juicio.

El mismo Obispo Fonseca, con toda su soberbia, abatió pendones y capituló, aceptando los proyectos de Las Casas para establecer en el Nuevo Mundo colonias pacíficas de labradores españoles honrados, que irían convirtiendo los indios á la civilizacion y el trabajo libre por medio de la Religion y de los buenos ejemplos. Llevados aquellos proyectos á la práctica, toda la prevision, los trabajos y las santas intenciones del filántropo se estrellaron en la malicia y los feroces hábitos de rapacidad de aquellos endurecidos conquistadores, que contrariaban, hacian estériles y ponian en ridículo los esfuerzos del insigne varon, cuya alma colmaron de dolor y de amargura; no concibiendo otros medios de medrar y prosperar que el asesinato y la esclavitud de los indios.

XXIII.

VIDA NUEVA.

Las disposiciones de Don Francisco Valenzuela, relativas á la buena y cómoda instalacion del cacique Enrique y su esposa en el lindo pueblo de San Juan, sufrieron inmediato trastorno por la alarmante agravacion de las dolencias del anciano.—Acostumbrado al movimiento, á la equitacion y los demas ejercicios saludables de la vida campestre, la forzosa inmovilidad á que lo redujo la calentura que su médico denominaba *pleuropneumónica*, postró rápidamente sus fuerzas: la enfermedad se complicó haciéndose refractaria á todos los medicamentos, y cuando los recien-casados con Andrés de Valenzuela y su séquito regresaban de Santo Domingo, ya un correo les llevaba la noticia de que el enfermo habia recibido los últimos sacramentos. Enrique y Mencía, sin detenerse siquiera á descansar en San Juan, resolvieron seguir inmediatamente al Hato, donde se hallaba el moribundo, á fin de asistirlo y demostrarle su afectuosa gratitud.

El jóven Valenzuela dió muestras de gran pesar ante el próximo é inevitable fin de su excelente padre, y este tuvo en ello el más grato consuelo, pues siempre le habia lastimado la idea de que su hijo no le amaba: lo bendijo, pues, con gozosa efusion. Dos dias despues le habló largamente, exhortándolo á ser bueno y á seguir los santos ejemplos que él le habia dado en toda su vida, y concluyó por decirle, en presencia de Enrique y de Mencía, que mústios y abatidos asistian á aquellas recomendaciones supremas:

—Ya sabes, hijo mio, cuánto he amado á este virtuoso Enriquillo: confio en que, acabada esta mi vida mortal, para entrar en la eterna por la misericordia del Señor, tú has de considerar y tratar al cacique, en memoria mia, como á un buen hermano tuyo, protejiéndole á él y á su esposa en todas las ocasiones, puesto que él es de hecho y de derecho libre; y nadie puede pretender de él servicio como encomendado ni en ningun otro concepto. Mi voluntad es que habite como propiedad suya mi casa de San Juan, si es que no se hace otra mas á su gusto...... Enrique, ama siempre á Andrés, como me has amado á mí.

El anciano acabó de hablar, y comprimidos sollozos respondieron á su discurso de despedida. Ademas de las tres personajes mencionados, rodeaban el lecho del moribundo su amigo Sotomayor, la india Anica, y una señora viuda, algo entrada en años, que con gran decoro y opulencia vivia en San Juan, llamada Doña Leonor de Castilla. Era íntima amiga y aun pariente de Valenzuela. Otros criados, con Camacho y Tamayo, aguardaban órdenes en la sala contigua.

El esfuerzo que Valenzuela hizo para expresar su voluntad postrera le causó, al parecer, gran fatiga: su respiracion no tardó en hacerse estertorosa y anhelante: perdió poco despues el uso de la palabra, y asistido del párroco de la inmediata Villa, entregó su espíritu al Creador.

Aquella misma noche fué trasladado su cadáver á la poblacion, donde se le hicieron exéquias tan suntuosas como lo permitieron los recursos de la Villa. Pero el mejor lucimiento de ellas consistió en el duelo general, y el llanto con que regaron aquellos restos los pobres y humildes séres, á quienes el benéfico y poderoso colono habia tratado con caridad durante su vida.

Andrés de Valenzuela hizo su papel de hijo aflijido por espacio de tres dias, pasados los cuales se entregó en cuerpo y alma á las diligencias necesarias para entrar en posesion de los cuantiosos bienes heredados de su padre. Le fueron de grande auxilio en este caso, para obviar dificultades y trámites innecesarios, la experiencia y habilidad de su amigo Pedro de Mojica, que voló á su lado desde Yaguana, tan pronto como supo la muerte de Don Francisco; solicitud oportuna que le agradeció mucho el jóven heredero, ansioso de constituirse cuanto ántes bajo la direccion, mejor dicho, bajo la tutela del corrompido hidalgo.

La línea de conducta que habia de seguirse con respecto á Enriquillo, fué cuidadosamente estudiada parte por parte, en todos sus pormenores. Andrés de Valenzuela debia continuar empleando el mayor disimulo en todas sus relaciones con el jóven cacique, inspirarle confianza y procurar imponerle sus voluntades por medio del agasajo y el cariño, haciendo valer las recomendaciones finales del viejo Valenzuela. En cuanto á Mencía, quedó convenido entre los dos malvados que el jóven hidalgo haría todos sus esfuerzos por inspirarle amor, á la sombra de la candorosa confianza de su esposo, y cuidando sobre todo de no declararse abiertamente, sino emplear la mayor cautela en los procedimientos, para que por precipitacion ó imprudencia no fueran á despertarse las sospechas, ó á causar la menor alarma ántes de tiempo en el ánimo de la víctima, con lo que todo se echaría á perder.

Acordaron tambien, que para frustrar á Enrique del legado que le hiciera Valenzuela de su casa de San Juan, el heredero, sin alegar derechos y solamente como quien propone un arreglo de circunstancias, instára al cacique por que se quedara á vivir en la casa del hato, por dos ó tres meses, á causa de convenir á los arreglos de la sucesion que él, Andrés de Valenzuela, fijara durante ese tiempo su residencia en la Villa. Todos estos ardides y disimulos deberían subsistir miéntras el temible padre Las Casas permaneciera en la Isla: despues, cuando faltara aquella sombra protectora á los jóvenes esposos, si la ficcion no habia alcanzado sus principales fines, se desecharía como innecesaria, y se emplearían los recursos supremos para llegar abiertamente al objeto que se proponian conseguir ambos cómplices.

La ejecucion puntual de aquellos infernales proyectos comenzó inmediatamente despues del nefando acuerdo. Enriquillo, del todo engañado por las afables maneras de Valenzuela, convino fácilmente en cuanto este le propuso tocante al cambio de la residencia que le estaba destinada en la poblacion, por la del campo. A Mencía le habia agradado mucho la belleza del sitio: aquellas perspectivas risueñas que en todas direcciones se extendian hasta el lejano horizonte, con una variedad de aspectos graciosa y encantadora por tedo estremo, la habian cautivado completamente, distrayéndola de la pena con que se habia separado de su madrina la vireina y sus amigas de Santo Domingo. Volvia á encontrar, discurriendo sobre la verde yerba de los prados y á la fresca sombra de las *matas* ó sotos que decoraban á trechos la llanura, esas primeras impresiones de la infancia, que tanto ascendiente conservan toda la vida en los corazones candorosos.

Por consiguiente, la jóven esposa manifestó su regocijo sin reserva, cuando Valenzuela propuso y Enrique aceptó en su presencia el cambio de morada. Diez ó doce dias hacia solamente que habitaban los reciencasados en el pueblo de San Juan, que aunque bonito y bien situado, tenia en la mayor parte del año un aire de tristeza y monotonía, efecto de que casi todos sus habitantes residian en los campos, atendiendo á la direccion de sus *ingenios* y demás trabajos agrícolas. La vida de los hatos, en las haciendas y estancias, rebosando en actividad y movimiento, en íntima comunion con aquella naturaleza exhuberante y primorosa, tenia mucho mas atractivo para los colonos ricos, que se rodeaban de todas las comodidades y el regalo imaginables en sus campestres viviendas.

A Enrique le complació además el arreglo propuesto por Valenzuela, á causa de que, permaneciendo cerca de los indios que estaban á su cargo, y de los rebaños y labranzas que tenia en administracion, podia con mas comodidad que residiendo en la villa, atender á todo sin estar muchas horas ausente de su Mencía. Cariñosa amistad ligó muy pronto á esta con Doña Leonor de Castilla, que aceptó con júbilo la invitacion de irse á pasar al hato la temporada en compañía de su nueva amiga.

Un punto sumamente delicado quedaba por arreglar, y era el relativo á la condicion personal del cacique Enrique y sus indios. Valenzuela, bien instruido por Mojica, se guardó cuidadosamente de tocar esa materia. Enrique, maniatado por la conducta afectuosa y casi fraternal del jóven hidalgo, dejó pasar muchos dias sin alterar en lo mas mínimo el régimen y la ordenanza que tenia establecida en su can (1) de indios. Como el viejo Valenzuela habia sido de los pocos encomenderos que, tan pronto como tuvieron noticia de las reformas traidas de España por los padres gerónimos en favor de los encomendados, se habian apresurado á darles cumplimiento, los indios de Enrique formaban una especie de poblacion ó caserío aislado, en una graciosa llanura, llamada la *Higuera*, detrás de espeso bosque, y á orillas de un lindo arroyuelo. Tenian su policía especial, con cabos ó mayordomos que mantenian un órden perfecto, sin violencia ni malos tratamientos de ninguna especie: habia un gran campo de labor, donde trabajaban en comun durante algunas horas del dia, en provecho del amo y del cacique, y cada padre de familia, reputándose como tal el adulto que era solo ó no dependia de otro, tenia su área de terreno que cultivaba para su exclusivo y particular provecho.

En una especie de plazuela hermosa y limpia, situada al promedio de las graciosas cabañas cobijadas de amarillento esparto, descollaban la ermita y la casa del cacique, ambas de madera y paja como las demas habitaciones, pero mucho mas espaciosas y con todas las comodidades requeridas para sus respectivos usos.

Todas las noches se reunian los vecinos en la ermita á rezar el rosario, ante una imágen de la Vírgen, dirijidos por el más anciano de ellos, y algunas veces por el mismo Enriquillo.

Todo aquello lo gobernaba el jóven cacique con la doble autoridad de su título y del amor extremado que le tenian sus indios. Era como un patriarcado que traducia á la práctica alguna de las mas bellas páginas de la Biblia. La condicion de los indios, la cuestion de los repartimientos eran entónces asunto de ardiente discusion en Santo Domingo: las ordenanzas de Cisneros y Adriano, las pragmáticas soberanas, mediante argucias, sutilezas, retruécanos y artificios de todo género, estaban sometidas á la controversia y al beneplácito de los interesados en que no se diera libertad á los indios. Las Casas y el licenciado Zuazo disputaban con los padres gerónimos, ya catequizados por los arteros colonos, y que no veian ni querian ver la manera de ejecutar las reformas contenidas en sus instrucciones; pero los encomendados de Valenzuela eran ya una feliz escepcion de aquel estado de cosas, y Enrique no veia en la conducta del hijo nada que desdijera de las buenas intenciones y el espíritu de justicia que habian animado al padre. Ademas, conocia las pragmáticas, y no queria suponer siquiera que sus derechos y los de sus indios pudieran ser discutidos por el jóven Valenzuela, despues de las terminantes declaraciones de su padre en el lecho de muerte.

El impetuoso Tamayo preguntó un dia al cacique, con la ruda entonacion que le era habitual:

—¿Somos encomendados todavía, Enriquillo?

—Eso debe arreglarse pronto,—respondió evasivamente el cacique.

—Pues trata de arreglarlo cuanto ántes,—prosiguió Tamayo.—Veo que estás muy tranquilo y confiado, con las zalamerías del señor Andrés; y yo tengo para mí que vas á tener un desengaño.

—Siempre te inclinas á pensar mal, Tamayo,—replicó Enrique.—¡Á que no es esa la opinion del buen Camacho?

—Nó por cierto!—exclamó el viejo indio, que escuchaba atentamente la conversacion.—Hasta aquí no hay motivo para desconfiar del señor An-

---

(1) Lo mismo que campo. Es voz que denota punto de vivienda en el campo, segun el uso que aun conserva en algunos parajes de la isla de Santo Domingo.

drés de Valenzuela; y cuando las cuadrillas estén para mudarse, por San Juan de Junio, entónces podrá quedar todo bien claro y puesto en su lugar. Antes, sería necedad promover ese asunto.

—Lo creo como tú, Camacho,—repuso Enrique.—Además, ni nosotros ni nuestra gente estamos en el caso de reclamar nada por ahora. Muchos otros hay ménos afortunados............

Detúvose el cacique, y por su frente pasó como una ráfaga de disgusto. Permaneció callado durante un buen espacio, al parecer entregado á séria meditacion. Por último volvió á decir:

—Escribiré *al padre* consultándole lo que debemos hacer. Siento no haberle dicho nada de esto cuando le participé la muerte de mi señor Don Francisco, que Dios haya.

—Bien pensado!—dijo el prudente Cámacho; miéntras que Tamayo significaba su impaciencia con un desdeñoso encojimiento de hombros, y dejando escapar un sordo gruñido.

Enriquillo miró un instante fijamente al iracundo indio, y puso fin á la conversacion diciéndole con benévola sonrisa:

—¡Mi pobre Tamayo; tu locura no tiene remedio!

XXIV.

TRAMAS.

Escribió sin tardanza el jóven cacique una extensa carta al Padre Las Casas. En ella le daba cuenta circunstanciada de su estado; le ratificaba sus anteriores informes sobre la buena conducta que con él seguia observando Andrés de Valenzuela, despues de la muerte de su padre, y concluia por pedirle consejo en cuanto al modo mejor de formalizar auténticamente la nueva condicion en que los encomendados del difunto debian ser tenidos. La razon que exponia Enrique para dudar en este punto era que los indios de *La Higuera*, por ser los únicos de aquellos contornos en quienes hasta la fecha habian tenido cumplimiento las ordenanzas favorables á la libertad de los encomendados, más parecia que lo debieran al beneplácito del mismo Don Francisco de Valenzuela, que á la eficacia de dichas ordenanzas; y en prueba de ello ningun otro colono de San Juan habia constituido sus repartimientos en pueblos ; ni siquiera habia podido conseguir el mismo Enrique que los indios de su tribu encomendados al señor Francisco Hernández, participaran de la policía, el régimen y los beneficios de los encomendados á Valenzuela.

Esta carta llegó á poder de Las Casas, habiéndosela dirijido el cacique con las necesarias precauciones, para que no fuera interceptada por Mojica, á quien veia en San Juan con legítimo recelo. Mas el protector de los indios, empeñado en sus acaloradas disputas con los padres gerónimos y con los empedernidos colonos, precisamente por la misma causa que deseaba Enrique ver definida, no tuvo igual cautela con su contestacion, la cual, en vez de llegar al cacique á quien iba destinada, cayó en manos de Andrés de Valenzuela.

Miéntras que Enrique aguardaba con impaciencia aquella carta, el pérfido y astuto Mojica la hacia servir como arma venenosa contra el jóven cacique. Era este generalmente querido en toda la Maguana por cuantos le conocian y habian tenido ocasion de apreciar sus bellas prendas; pero los colonos encomenderos amaban infinitamente más sus intereses, y estaban por lo mismo aferrados á la servidumbre de los indios. Mojica, con la carta de que le habia provisto Andrés de Valenzuela, se fué diligentemente á ver á aquellos vecinos de San Juan y de sus campos, haciéndoles leer lo que el padre Las Casas, que era ya para los encomenderos lo que la cruz para el diablo, decia á Enrique en contestacion á la consulta de este. El protector de los indios exhortaba al cacique á mantenerse con el jóven Valenzuela en los términos de afectuosa deferencia en que se hallaban, pues que no podia aspirarse á mas, segun el mismo Enrique lo manifestaba, "y en cuanto á los indios que tiene el señor Francisco Hernández, — agregaba el protector, — aunque son de los repartidos en cabeza tuya, deja las cosas como se están por ahora; que su remedio, como el de todos los que como ellos son tenidos fuera del órden que está mandado, eso es lo que yo con mas ahinco estoy procurando."

El tenor de esta carta de Las Casas, sazonado con los malignos comentarios de Mojica, mató instantáneamente las simpatías que inspiraba Enriquillo á casi todos los habitantes ricos de la Maguana. Desde que vieron aquella prueba de que no descuidaba los intereses de sus hermanos de raza, y trataba de su libertad con el hombre que habia consagrado los poderosos recursos de su talento y de su actividad á la proteccion de los indios, concibieron contra el jóven cacique mortal aborrecimiento, considerándolo como un criminal que conspiraba con objeto de arrebatarles su hacienda y de reducirlos á la indigencia. Juzgaban en él como imperdonable ingratitud aquella ingerencia en la cuestion de los repartimientos; porque mirando con los ojos de su egoismo, los colonos se figuraban que Enriquillo, bien tratado y atendido en su persona, debia gozar de su propio bienestar, sin cuidarse poco ni mucho de la suerte de los otros encomendados.

Esta nube de animadversiones era para Enriquillo tanto mas peligrosa cuanto que la causa que la producia no se manifestaba claramente, ni él podia en manera alguna adivinarla. Mojica y Andrés de Valenzuela consiguieron plenamente su objeto. El cacique estaba malquisto en la opinion de sus antiguos estimadores, y cuando llegara el dia de proceder contra él abiertamente podrían hacerlo sin temor de que ningun vecino principal de la Maguana saliera á su defensa. Los malvados no descuidaban la mas minuciosa precaucion para asegurar el buen éxito de sus planes.

Al mismo tiempo Valenzuela redoblaba sus solícitas atenciones respecto de Enrique y su esposa, con refinada perfidia. Bajo un pretexto ú otro iba con harta frecuencia á la casa de El hato; revolvia los muebles y papeles que su difunto padre habia dejado en la estancia mortuoria, y espiaba las ocasiones de encontrarse con Mencía cuando esta bajaba del piso principal, que era donde los esposos tenian sus aposentos, miéntras que Doña Leonor de Castilla, acompañada de Anica y sus criadas de confianza, ocupaba todo el resto de la casa en el piso bajo. La presencia de esta señora, á quien Andrés de Valenzuela aparentaba tratar con el respeto y la afectuosa familiaridad que un hijo á su madre, alejaba todo asomo de recelo ó desconfianza respecto de las intenciones del jóven hidalgo al multiplicar y prolongar sus visitas á la casa de que era, ademas, propietario y señor.

Los asuntos que servian de tema á las conversaciones de este, siempre que Mencía formaba parte de su auditorio, no podian ser ni ménos ofensivos ni mas agradables á los oidos del cacique y su inocente consorte. Versaban casi siempre sobre la necesidad y conveniencia del matrimonio, de esa union santa que hace de dos uno, y que es el estado único en que puede hallarse la felicidad en esta vida. Así, á lo ménos, le decia el hipócrita mancebo con aire de profunda conviccion, y si ocurria que la buena Doña Leonor le preguntara maliciosamente que desde cuándo se habia convertido á tan sanas ideas, contestaba que era un milagro del amor, porque en su último viaje á Santo Domingo habia aprendido á amar verdaderamente, de un modo muy distinto de las distracciones y pasatiempos que hasta entónces habian ocupado sus ócios, para no sucumbir al fastidio de aquellos campos.

—¿De modo que pronto os casaréis, segun eso?—decia Doña Leonor en tono incrédulo.

—No lo dudeis,—replicaba el jóven.—En cuanto termine los arreglos de la sucesion, vuelvo á Santo Domingo á pedir la mano de mi amada.

Poco á poco fué, por estos términos, ganándose la confianza de la inexperta Mencía, que no podia dudar de que Valenzuela amaba sinceramente á su amiga Elvira Pimentel. La complacencia con que oia todo lo que le recordaba su género de vida y sus compañeras en el palacio de Diego Colon, era causa de que la candorosa jóven se acostumbrara muy pronto á aquellas conversaciones que iban adquiriendo gradualmente el encanto de la intimidad y el abandono de las confidencias. Valenzuela pudo observar los progresos de su táctica, y lisonjearse en sus conciliábulos con Mojica de que estaba próxima su victoria sobre aquel sencillo corazon, al que pensaba tener ya envuelto en sus traidoras redes.

Pero por fortuna se equivocaba. Un dia creyó llegada la oportunidad de descorrer los velos á sus vergonzosas intenciones, y léjos de alcanzar el éxito que creia seguro, pasó por la humillacion de reconocer que habia perdido su tiempo. Mencía, sentada á la sombra de dos gigantescos robles que decoraban el patio de la casa, se ocupaba en una primorosa labor de mano, con la cual se proponia obsequiar á su amiga y huéspeda, Doña Leonor de Castilla: esta, blandamente acariciada por la brisa del medio dia, trató en vano de resistir al sueño que iba pesando sobre sus párpados, y al cabo cedió á su influjo, quedándose profundamente dormida en una butaca de la galería, á doce ó quince pasos de la jóven bordadora. Los criados estaban léjos, ocupados en sus varias faenas; Enrique no habia regresado todavía del campo: el silencio era absoluto, y la jóven se hallaba entregada á sí misma, completamente sola. Al extremo de la galería se abrió sigilosamente una puerta, y en su dintel apareció Valenzuela, que tras breve observacion se dió cuenta de todas las circunstancias del lugar y del momento. Adelantóse sin hacer ruido, y á dos pasos de Mencía, que atenta á su trabajo no habia advertido la presencia del hidalgo, la saludó con trémula voz, en estos términos:

—Bendita sea esa labor, y bendita la mano que tan lindas cosas hace!

—¡Ah, señor Valenzuela!—exclamó con sorpresa la jóven.—¡Estábais ahí?
—Aquí estaba, absorto ante tanta hermosura;—respondió Valenzuela.
—De poco os admirais, señor;—replicó sencillamente Mencía;—tengo para mis bordados dibujos aun mas bonitos que este.
—Pero ninguno será tan precioso como vos, Mencía;—dijo audazmente el mancebo.
—Hablamos de dibujos,—repuso riéndose la jóven.—Si de hermosura de personas fuera, vos sabeis que Elvira Pimentel es mucho mas........
—Dejemos á Elvira,—interrumpió vivamente Valenzuela.—Ni ella, ni mujer alguna, puede comparar su belleza con la vuestra.... Es preciso que lo sepais de una vez, Mencía: quien vió una vez el resplandor de vuestra hermosura, quien sintió arder su alma al fuego de vuestros ojos divinos, queda ofuscado, ciego, é incapaz de amar ó admirar otro objeto.

La jóven miró sorprendida á su interlocutor, al oir en sus lábios tan inusitado lenguaje. Viendo aquel rostro enardecido, aquellas facciones animadas por el incendio de una vehemente y desordenada pasion, Mencía tembló espantada, y por un movimiento maquinal se puso instantáneamente en pié.

—¡Qué decís!....—exclamó balbuciente.—No entiendo lo que quereis decir,—señor Valenzuela!
—Lo que digo,—insistió este con mal comprimida vehemencia, y percibiéndose en su voz los silbos de la serpiente;—lo que quiero decir es que os amo; que mi corazon está consagrado á vuestra adoracion, y que sin la esperanza de poseer vuestro amor, ya hubiera muerto de pena. Lo que digo es que un despreciable cacique no merece tanta dicha, un tesoro de tan inmenso valor como es Mencía de Guevara...........
—¡Basta, hombre vil!—dijo con severa dignidad la jóven, repuesta ya de su primera turbacion.—El despreciable, el infame sois vos, engañoso traidor! Salid al punto de aquí, si no queréis que publique á voces este oprobio.

Y alzó efectivamente la voz al pronunciar su enérgica increpacion, con la magestad imperiosa de una reina ofendida.

Valenzuela hizo un ademan de inquietud volviéndose á mirar hácia donde yacia entregada al sueño Doña Leonor. La irritada jóven dió dos ó tres pasos en la misma direccion.

—Escuchadme una palabra, Mencía;—le dijo con voz sorda Valenzuela: —olvidad lo que acaba de pasar; cuidad de no referirlo á nadie, y ménos que á nadie, á Enriquillo: así os conviene.

—Una mujer honrada no tiene secretos para su marido;—respondió con acento aun más enérgico y resuelto Mencía, alejándose siempre de Valenzuela, y ya á pocos pasos de la galería. Doña Leonor despertó sobresaltada, al herir su oido las últimas palabras de la jóven, y pudo percibir esta réplica del audaz mancebo:

—Si lo decís, sois perdida!
—¡Qué escucho!—exclamó la buena señora interviniendo.—¡Andrés! ¡vos aquí? Ese lenguaje; ese aspecto amenazador...... ¿Qué significa esto?

Valenzuela comenzaba á improvisar una explicacion; pero Mencía se le anticipó vivamente diciendo:

—Este hombre ha tenido la osadía de requerirme de amores.
—Cielos!—dijo consternada Doña Leonor.—¡Es posible, Andrés....? Ah, sí! Demasiado sé que es posible; y harto desconfiaba de vuestra enmienda..........!

—Señora,—replicó bruscamente el jóven;—¿con qué derecho os atreveis á reprenderme, como si fuera hijo vuestro?

—Os amo desde niño como si lo fuéseis, y me pesa que os hagais odioso con vuestras maldades,—le dijo severamente la digna matrona.

—¿Y quién os dice que yo he intentado nada contra Mencía?—respondió con descaro Valenzuela.—Ella se equivoca; ha interpretado mal mis palabras, engañada por su vanidad, que la hace ver en cada hombre un enamorado..........

—Callad, señor Andrés,—dijo indignada Doña Leonor;—yo misma he oido vuestra amenaza á Mencía....... ¿Por qué le imponíais silencio?

—Por evitar las consecuencias de su error. No quiero que me desacredite injustamente......— contestó el hipócrita.

—¡Desacreditaros!—repuso con irónica sonrisa la viuda:—¡buen crédito es el vuestro!

—Pensad lo que os parezca, señora;—dijo altivamente Valenzuela;— pero si quereis evitar grandes disgustos á vuestra protejida, que tambien lo es mia, como á su esposo, haced por persuadirla á que sea discreta, y que no haga ruido con esas visiones suyas.

—Ella callará este suceso, pues que á su propia fama no le conviene otra cosa, — contestó la prudente señora. — ¿ Lo ofreceis así, Mencía?....

La jóven se habia retirado aparte, y estaba sentada con aire distraido y desdeñoso en el mismo asiento que poco ántes ocupaba Doña Leonor.

A la interpelacion de ésta respondió secamente, sin moverse, ni mirar á Valenzuela:

—Que ese hombre se quite de mi presencia; que no vuelva aquí durante el poco tiempo que aun estemos en esta casa, y nada diré á Enrique.

Se levantó en seguida, y tomando del brazo á Doña Leonor se alejó con ella de aquel sitio, dirijiéndose al interior de la casa.

Valenzuela, inmóvil, fija la torva mirada en las dos damas miéntras las tuvo á la vista, permaneció buen espacio pesaroso y meditabundo, hasta que al fin pareció haber adoptado un partido; sus ojos brillaron con siniestra espresion, y exclamó entre dientes, en son de amenaza, con la mano extendida hácia la puerta por donde habian desaparecido la jóven esposa y su compañera.

— ¡ No importa! Pese al cielo y al infierno, será mia!

XXV.

SUSPICACIA.

Acababa el protervo mozo de proferir estas fatídicas palabras, cuando un galope de caballos en la inmediata llanura hirió su oido. Apresuróse á entrar en el aposento que ocupaba habitualmente, y se fué á mirar por una celosía quiénes eran los ginetes que llegaban. Reconociendo á Enrique y á Tamayo, que se apeaban de sus cabalgaduras en la puerta campestre, salió inmediatamente al encuentro del primero, y le dijo en tono afable:

—Te aguardaba con impaciencia, Enriquillo.

—¿En qué puedo serviros, señor Andrés? — preguntó el cacique.

—He estado revolviendo papeles toda esta mañana, — repuso el hidalgo.—Debia regresar con algunos documentos á la villa al medio dia, y no he podido hacerlo porque mi caballo se me puso cojo cuando venia para acá, y no puede dar pisada.

Es de advertir que para prolongar aquel dia su estancia en El hato, Valenzuela habia recurrido al ardid de clavar una espina disimulada á su caballo en un menudillo, de manera que efectivamente el pobre animal estaba cojo.

—¡Válgame Dios, señor Andrés! — exclamó el cacique. — Y esa pequeña dificultad os pudo embarazar? ¿No estaba en la cuadra mi yegua rucia? ¿No lo sabíais?....

—Sí, Enriquillo; — contestó con blandura Valenzuela; — y tratándose de servirme de cualquier otro animal tuyo no hubiera vacilado en hacerlo; pero la rucia, ya es distinto. Siempre recuerdo aquella reprension de mi padre..., cuando quisiste cederme esa bestia; ¿te acuerdas?

—Sí me acuerdo, señor Andrés; — contestó Enrique; — pero eso no quita que podais usar de ella como cosa vuestra, cada vez que la necesiteis.

—Tú pensarás, como yo, — repuso con estudio Valenzuela, — que aquello no fué sino un escrúpulo de monja; cosas de viejo....

—Perdonad, señor Andrés; — interrumpió Enrique: — para mí, cualquier amonestacion de mi señor Don Francisco, que esté en el cielo, es punto ménos que un evangelio.

—Bien, Enriquillo, no disputemos mas; — dijo con visible disgusto el voluntarioso hidalgo. — Haz que me alisten la bestia, y que me lleven el caballo á la villa, del diestro y con cuidado, para que el herrador lo cure.

—Seréis servido, señor, — respondió Enrique retirándose; y cinco minutos despues Valenzuela, montando en la linda yegua rucia del cacique, atravesaba la llanura con la velocidad del huracan, miéntras que el dueño de la fogosa bestia, siguiéndola con la mirada, decia á Tamayo:

—Vés esa yegua tan hermosa, de tantas condiciones excelentes? Pues créeme, Tamayo, siento que no pueda dejar de ser mia. Quisiera regalársela al señor Andrés.

—No tengas cuidado, — respondió sarcásticamente el astuto indio:— ya encontrará el señor Andrés medio de quedarse con ella.

—Ese mal pensamiento tuyo, Tamayo, — repuso Enrique — no se realizará. Bien sabes que el señor Valenzuela está obligado á respetar la voluntad espresa de su buen padre.

—Bien sé, Enriquillo,—replicó Tamayo,—que tú no quieres ver nada malo en ese mozo, que es capaz de meterte un puñal acariciándote: yo te lo digo.

—Tamayo, te complaces en atormentarme, y tus palabras son mortal veneno para mi alma, — dijo con tristeza Enrique. — Hace dias que no veo adonde quiera que miro sino semblantes airados y sañudos, gente que me mira de reojo: los mismos que antes me solicitaban y me hacian demostraciones de cariño, ahora esquivan mi presencia y mi trato. El señor Sotomayor, tan bondadoso conmigo siempre que he ido á su casa, ya viste hace poco rato con cuanta frialdad me devolvió el saludo, cuando le encontramos en el camino, como si yo fuera un estraño para él. Solo me muestra faz amiga el hijo de mi bien-hechor, que ha heredado el afecto que me tenia su padre, ¿ y quieres tú que yo le corresponda con aborrecimiento?....

—Nó, Enrique, — dijo gravemente el inflexible Tamayo; — esa no es mi intencion. ¿ Quién consigue de tí que aborrezcas á nadie?.... Quiero que no te dejes engañar; que no te fíes de las apariencias; porque si el señor Valenzuela es tu amigo, tambien lo será el señor Mojica, que es como la sombra de su cuerpo.

—Eso consiste, como me lo ha dicho el señor Andrés, — replicó Enrique, — en que el tal Mojica es entendido en materia de leyes, y lo ayuda mucho en el arreglo de la herencia. No podemos dudarlo, pues todos los dias pasan los dos largas horas en casa del alcalde mayor, señor Badillo, y comen á su mesa muchas veces.

—Y eso mismo me dá que pensar, — Enrique, — insistió Tamayo: ellos arreglan sus asuntos, y tú dejas que los nuestros sigan desarreglados...

—Me cansa, Tamayo, tu continuo murmurar; — dijo Enrique con impaciencia. — ¿ Qué más he de hacer ? ¿ Quién se ha metido hasta ahora con la Higuera? Y por lo que hace á los indios del repartimiento del señor Hernández, ¿ no te he dicho que de ellos, y de todos los demas infelices que están como ellos, he tratado ya en mi carta al padre protector ?

—No te enojes, mi Enriquillo, — respondió Tamayo dulcificando la voz. —La tardanza del padre en contestarte es lo que me tiene de mal humor.

—Cuidado con resbalarte á pensar tambien mal del padre, desdichado ! — dijo con ademan imponente Enrique; — porque entónces sí me enojaré de veras. Yo tambien hallo que tarda mucho su respuesta; estoy ya inquieto.... ¿ quién sabe ? Hay tanto pícaro....

—Eso, eso es, Enriquillo, — exclamó Tamayo con alegría; — eso es lo que yo quiero decir; lo que hay es que no sé explicarme tan bien como tú.

—Pero vamos con tiento, hombre ; — y no supongamos lo peor contra el prójimo, — repuso Enrique. — Es preciso que aclaremos el motivo de esa inexplicable tardanza. ¿ Dónde está Galindo ?

—En la Higuera: esta mañana lo ví con su cuadrilla, — contestó Tamayo.

—Pues, en cuanto comas, montarás otra vez á caballo, vas á buscarlo, y haces que se aliste sin que nadie lo advierta para ir á Santo Domingo: tan luego como cierre la noche ha de estar en camino.

—Bien, cacique! Así me gusta. Actividad, y no quedarnos con los brazos cruzados para que los pícaros nos acaben.

Con estas palabras de Tamayo concluyó la conversacion.

XXVI.

PRETEXTO.

Galindo era un *naboria* que tenia diez y ocho años de edad, ágil, robusto y bien dispuesto de cuerpo: la naturaleza lo habia favorecido ademas con un ingenio vivo y despejado, y una voluntad enérgica, que se complacia en vencer obstáculos. Era el muchacho de confianza de Enriquillo, para todos los encargos y comisiones cuyo cumplimiento requeria celeridad ó inteligencia.

Tamayo fué á buscarlo á la Higuera, y le trasmitió las órdenes del cacique. Antes que se extinguiera el postrer crepúsculo de la tarde, ya el mozo indio, montado en un excelente caballo de la primera raza criolla, se detenia ante la puerta llamada del corral, en la casa del Hato. Echando pié á tierra, Galindo ató el bruto á un árbol contiguo, y penetró en el patio, donde á pocos pasos encontró á Tamayo que lo aguardaba.

—Espera un poco,—dijo este;—el cacique no dilata.

El muchacho, taciturno por carácter, se sentó sin hablar una palabra en el sitio que ocupaba Mencía, á la sombra de los robles, cuando aquel mismo dia se arrojó Valenzuela á hacerle su atrevida declaracion. Enriquillo, como lo habia dicho Tamayo, no tardó en bajar de la casa, con dos cartas en la mano.

—Estás del todo listo, Galindo?—preguntó al mozo.

—Sí, cacique;—respondió este lacónicamente.

—Llevas de comer?

—Sí, cacique.

—Toma estos dineros,—dijo entónces Enrique,—para que ni tú ni la bestia paseis hambre en el camino. De estas dos cartas, una es para el padre Bartolomé de Las Casas, en el convento de los padres dominicos: la otra es para la señora Vireina...... Nadie en la Maguana ha de

saber tu viaje, ni al ir ni al regresar. Hoy es lúnes; te espero el domingo á esta hora, con las respuestas, aquí mismo. ¿Has entendido bien?
—Sí, cacique.
—Anda con Dios, muchacho.
—Adios, cacique. Adios maese Tamayo.

Con esta simple despedida salió Galindo por donde habia entrado; montó á caballo, y partió á paso vivo en medio de las tinieblas que ya envolvian la llanura.

Media hora mas tarde Anica servia la cena, como de costumbre, á Mencía, Doña Leonor y Enrique. Los tres estaban preocupados y tristes: las damas habian guardado una penosa impresion del incidente de la siesta, y tenian como un presentimiento de que Valenzuela no se daría por vencido, ni dejaría de emprender alguna nueva maldad contra Mencía: esta deseaba encontrar un medio discreto de hacer entender á Enrique la conveniencia de mudar prontamente de casa, sin despertar en su ánimo el menor recelo sobre lo acontecido. Doña Leonor habia aconsejado á la jóven que dejara pasar aquella noche, y forjara la fábula de un sueño pavoroso, en el cual la aparicion de algun horrible espectro viniera á advertirle que debian abandonar cuanto ántes aquella morada. Mencía detestaba la mentira, y por lo mismo desechó aquel expediente, sin acertar á fijarse en ningun otro. Así se explica la silenciosa distraccion en que permanecieron las dos amigas miéntras estuvieron á la mesa. Las declaraciones precedentes de Enriquillo en su diálogo con Tamayo no permiten dudar de la causa que obraba en su ánimo para el mismo efecto.

—No parece sino que estamos en misa,—dijo al fin Doña Leonor.—Cuéntanos algo agradable, Enrique, segun acostumbras.

—Ciertamente, señora, que no he cumplido con vosotras esta noche como debo,—respondió Enrique;—pero no me culpeis por este descuido; más bien tenedme lástima.

—No veo la causa, Enrique, y Dios te libre de mal,—replicó la buena señora.

—Si estuviésemos en la villa, acaso la echaríais de ver,—volvió á decir Enrique.—De pocos dias á esta parte no sé qué hechizo obra en contra mia; pero hoy he acabado de convencerme de que he perdido la estimacion de aquellos que mas me favorecian con su amistad.

Y continuó el cacique refiriendo el desvío y la mala voluntad que habia observado en los principales colonos de la Maguana, y especialmente en Alonso de Sotomayor, que era de quien más lo sentia.

—Eso no es natural, Enrique;—dijo la discreta dama al acabar el cacique su confidencia.—Algo extraño ocurre, y te aconsejo que procures aclarar ese enigma. Vamos mañana á la villa.

Al formular esta proposicion, tocó á Mencía con el pié disimuladamente. La jóven comprendió la señal en seguida.

—Sí, Enrique;—dijo á su vez;—vamos á la villa mañana: tal vez esas personas que ántes eran amigas tuyas te miren mal por no haber yo correspondido todavía á las visitas que recibí de las principales señoras.

—Puede ser así;— añadió Doña Leonor;— pero sea como fuere, Enrique, convendrá que sin demora volvamos para San Juan. Me comprometo á poner en claro la causa de ese cambio inexplicable que te tiene con razon apesadumbrado.

—Me place, Doña Leonor, — contestó Enriquillo; — pero recordad que nuestra casa está en la actualidad ocupada por el señor Andrés.

—Veníos á la mia, que es bastante grande; —repuso la excelente dama con seductora franqueza:—Valenzuela desocupará pronto la vuestra.
—No quisiera causarle ese enojo, — objetó Enrique.
—No lleveis muy léjos las consideraciones; — replicó Doña Leonor con desabrimiento; — el mozuelo no merece tanto.
—¡Ah, señora! — exclamó Enrique; — se conduce muy bien conmigo.
—Hasta ahora no digo que nó, Enriquillo; pero ¿quién sabe en lo sucesivo?....
—No es bueno anticipar malos juicios, Doña Leonor.
—Ni fiarse demasiado, cacique: quien malas mañas tiene, tarde ó nunca las pierde.

Prosiguieron los tres la conversacion en el mismo tono, y despues de discutir un buen rato las objeciones de Enriquillo, fundadas en la necesidad de que él permaneciera en El Hato para atender á las labranzas de la Higuera, y á otros trabajos perentorios en aquella época del año, quedó convenido que al dia siguiente la viuda regresaría á San Juan á preparar en su casa alojamiento provisional para los esposos; y de esta manera, Enrique podría ir y venir al hato y á sus contornos, ó donde mejor le pareciese, dejando su muger bien acompañada. Así se efectuó, instalándose la pequeña familia tres dias despues en la cómoda y espaciosa casa de Doña Leonor Castilla. Andrés de Valenzuela aparentó ver con grande estrañeza aquella súbita resolucion, cuando se la participó el cacique, y concluyó por recomendar á este que tuviera mucho cuidado en que no se desarreglara el servicio del hato, ni el de las cuadrillas de la Higuera, miéntras llegaran á su término los inventarios y liquidaciones de la sucesion paterna. Mas se guardó bien de hacer ni remota alusion á la casa que él debia desalojar y poner á disposicion del cacique, segun la voluntad del difunto Valenzuela; omision que dió harto que pensar á Enriquillo.

XXVII.

NOVEDADES.

Por la noche, durante la cena, el cacique refirió á su muger y á Doña Leonor su conversacion con Andrés de Valenzuela.
—¿Nada te dijo de la casa? — preguntó Mencía á su esposo.
—Ni una palabra, — respondió este: — dejaré pasar dos ó tres dias para explorar su intencion.
—Eso no corre prisa, amigos mios; — dijo Doña Leonor. — Yo no pienso dejaros ir de aquí tan pronto.
Enriquillo no insistió en el punto. Meditaba subordinar su conducta á los consejos que habia pedido, y debia recibir de Las Casas. El domingo fué

á oir misa con Mencía. Al salir de la iglesia repararon en Valenzuela que con Mojica, el teniente gobernador Badillo y algun otro curioso, formaban el acostumbrado corro á la puerta del templo. La faz de Valenzuela dejaba traslucir una siniestra alegría, y la de su infame confidente se mostró más sarcástica y desvergonzada que nunca, á vista de la devota pareja.

El cacique saludó quitándose con respeto el sombrero, al pasar junto al grupo, sin obtener mas contestacion á su saludo que un irónico y desdeñoso *Adios, cacique,* lanzado por Mojica, cuya voz heló la sangre en las venas á Enriquillo.

—Alguna desdicha me amenaza, Mencía; — dijo á su esposa cuando hubo dado algunos pasos léjos del grupo.

—¿ Has visto algun cuervo ? — respondió la jóven, sonriendo.

—He visto á un verdadero demonio, esposa mia; — replicó Enriquillo; y comunicó á Mencía su aprension supersticiosa, que tenia la presencia de Mojica por signo de mal agüero.

Despues de almorzar, Enrique montó á caballo y se dirijió al Hato. Esperaba con impaciencia la noche, seguro de que su mensajero Galindo llegaría en sus primeras horas, con las nuevas que ansiosamente aguardaba de Santo Domingo.

A las cinco de la tarde se le presentó el viejo Camacho.—¿ Qué hay en la Higuera ? — le preguntó el cacique, sorprendido. — ¡Tú por aquí, á estas horas !....

Camacho estaba habitualmente en el pueblecillo indio, donde vivia á sus anchas, como un filósofo ; metido en su hamaca, fumando su cachimbo, (1) enseñando á rezar á los niños, y fabricando toscas imágenes de arcilla, que él llamaba *santos,* y por la intencion realmente lo eran.

A la interpelacion de Enriquillo respondió el anciano con misterio :

—Gran novedad, Enriquillo. Hace poco mas de una hora que los visitadores, con el escribano señor Luis Rámos, estuvieron en la Higuera mirándolo todo de abajo arriba, haciendo apuntes, y preguntando á diestro y siniestro cómo vivia la gente, y los oficios en que se ejercitaba.

—Y eso ¿ tiene algo de particular, Camacho ? — preguntó Enrique.

—Mucho, á mi ver,—contestó el viejo:—al partir of distintamente al señor Hernando de Joval decir á sus compañeros : "Esto es un verdadero desórden. Nadie tiene indios de esta manera." (2)

—Es porque no saben que son los indios del finado Don Francisco, libres de hecho y de derecho ; — dijo Enrique.

—Sí lo saben,—insistió Camacho :— bien claro trataron de esto, y hasta se propasaron á murmurar del difunto, que dijeron era un botarate, un santochado, (3) que debió tener curador de oficio para sus bienes.

—Deslenguados ! — exclamó Enriquillo, al oir calificar tan indignamente la liberalidad de su bienhechor.

—Si mis sospechas se confirman, — volvió á decir Camacho, — convendrá que yo vaya á dar cuenta al padre : al enviarme acá con vosotros, fué recomendándome que vigilara mucho y le hiciera saber cualquier novedad que fuera en perjuicio de tus intereses....

— ¡ Bondadoso protector ; sacerdote santo ! — exclamó enternecido Enriquillo. — Tu virtud por sí sola paraliza en mi corazon los impulsos del ódio,

---

(1) La pipa de los indios.

(2) Los *visitadores* de indios tenian à su cargo velar por el exacto cumplimiento de las ordenanzas. En la Maguana lo eran Fernando de Joval y Luis Cabeza de Vaca.

[3] En aquel tiempo, lo mismo que idiota ó mentecato: hállase el vocablo usado por Las Casas.

cuando quiere sublevarse ante las injusticias que los de tu raza....

—Silencio, cacique! — interrumpió el viejo. — Nunca olvides que á esa raza debemos tú y yo la fé de Cristo, que nos enseña á amar á los que nos aborrecen: tú y yo estamos tambien obligados á recordar que no solamente su merced el padre Las Casas, sino algunos otros, nos han tratado siempre con cristiana caridad.

—Bien sabe Dios, Camacho, — dijo Enrique con grave acento, — que mi pecho no es avaro de gratitud, y que por esa misma razon, es ancha y honda la medida de mi paciencia.

— ¿ Cabrán holgadamente en ella las humillaciones, Enriquillo ? — preguntó el anciano indio, como un padre que explora el corazon de su hijo.

—Hasta cierto punto, Camacho;— respondió con voz agitada Enrique.— Es preferible la muerte, á la humillacion del alma: pase la del cuerpo.

—¿Aun la muerte eterna, cacique ? — insistió Camacho.

—Todas las muertes ! — concluyó Enriquillo.

El viejo calló, bajando la cabeza entristecido. A poco rato requirió su sombrero y el rústico palo que le servia de apoyo, como para despedirse. Enrique lo advirtió y le dijo:

—Vale mas que te quedes aquí hasta mañana, Camacho. Cenarás conmigo, y verémos las nuevas que me trae Galindo esta noche.

—Me parece bien, cacique, — dijo el viejo volviendo á colocar en un rincon su palo y su sombrero de palma - cana.

El esperado mensajero llegó efectivamente á las nueve de la noche. Por toda contestacion traia á Enriquillo un billete de cuatro líneas, abierto y sin firma: acompañaba á otra carta cerrada que el cacique reconoció por ser la misma que él habia escrito á Las Casas. El billete estaba así concebido:

El padre es ido, cansado de porfiar en vano. Vá á seguir sus pleitos en España. Los adversarios son hoy más poderosos que nunca: nada podemos por ahora. Valor y esperanza en Dios.

— ¿ Quién te dió este billete, Galindo ? — preguntó Enrique al muchacho, cuando hubo leido el papel.

—Una muger, moza, bonita. Me dijo que no se podia ver á la señora vireina; le dí las dos cartas, me devolvió la del padre. Ya yo habia ido al convento y supe que el padre no estaba allí. La dama vino luego, me dió el papel, y me preguntó mucho por señora Mencía y por ucé. (1) Me ofreció si queria comer y descansar. Le dí muchas gracias, mandó memorias y me vine sin parar.

—Es imposible que mi amo el padre no escribiera antes de irse, — dijo Camacho.

—Sin duda.... y ¿ quién sabe ? — contestó Enrique. — Pudo hacerlo; pudo no hacerlo.... Acaso estén sus cartas en poder de Don Pedro Mojica.

—Así lo creo. De este no es pecado pensar mal; — observó el devoto viejo.

—Camacho, — dijo con abatimiento Enriquillo, — las grandes pruebas van á comenzar para mí! ¡Dios me dé fuerzas para resistirlas !

---

[1] *Ucé*, como usarcé, y por fin usted, contracciones de *vuestra merced*.

XXVIII.

CONFERENCIA.

El cacique permaneció en El Hato inspeccionándolo todo hasta la tarde del dia siguiente. Visitó la Higuera, y ántes de anochecer regresó á la villa.

—No hace mucho rato, — le dijo Mencía, — que vino para tí un recado del señor Valenzuela: no hallándote el mensajero, declaró á Doña Leonor que si no regresabas hoy del campo, era preciso mandarte decir que Don Andrés necesitaba hablar contigo mañana, y te aguardará hasta medio dia.

—Bien está, — contestó Enrique:—preferiría verle esta misma noche, para que la incertidumbre no me perturbara el sueño.

— ¿ Qué puedes temer ? — preguntó la jóven esposa, acariciando el negro cabello del cacique.

—El *no sé qué*, Mencía, — respondió este : — ¿ hay nada mas temible ?

—Doña Leonor dice que ya sabe algo de lo que te preocupa, — agregó Mencía ; — y ha salido esta tarde expresamente á completar sus noticias.

— ¡ Cuánto me alegro ! — dijo Enriquillo. — Así podré aguardar tranquilo la conferencia con el señor Valenzuela.

Era ya noche cerrada cuando volvió á su casa la buena Doña Leonor,— única amiga de valimiento con quien contaban en la Maguana los jóvenes esposos, aunque el cacique no desconfiaba todavía de Valenzuela. Tan pronto como vió á Enriquillo, la leal matrona le dijo con aire apesadumbrado :

—Lo he sabido todo : no son gratas las nuevas que os traigo.

Y en seguida refirió á la atenta y silenciosa pareja como la esposa de Don Francisco Hernández, á quien habia estado á visitar en la tarde del domingo, la habia informado de que, alertados los principales encomenderos por una carta del padre Las Casas á Enriquillo, la cual se hubo sin explicarse cómo, habian comisionado secretamente al regidor Alfonso Daizla, para que fuera á Santo Domingo á contrarrestar los trabajos del padre en daño de los colonos de la Maguana, y á desvanecer las quejas que suponian haber escrito el jóven cacique, á quien todos habian cobrado por lo mismo grande aversion. El regidor Daizla regresó de su comision el sábado por la tarde, muy complacido, pues los jueces y oficiales reales lo despacharon con todo favor, y le dieron cartas para las autoridades de San Juan, mandándoles que no consintieran novedad alguna en la policía y administracion de las encomiendas, y que si alguna reforma de las antiguas ordenanzas se habia introducido por cualquier persona, la revocaran del todo y se atuvieran á guardar el órden establecido. Las Casas se habia ido derrotado para España, segun agregó Daizla.

El cacique oyó con gran suspension de ánimo el relato de Doña Leonor: bien supo comprender á primera vista la intensidad de la borrasca que se le venia encima; pero no dejó traslucir ninguna muestra de debilidad, y replicó sosegadamente:

—Una cosa me agrada y me conforta, en medio de la pena que me causa el injusto enojo que existe contra mí. El padre Las Casas, mi buen protector, no me olvida, como llegué á temerlo: ¡cuánto daría por leer su carta!

—Salí esta tarde con esperanzas de conseguirla, — repuso Doña Leonor; — pues Beatriz, la esposa de Hernández, me aseguró que estaba en manos de Sotomayor; pero este me dijo que la habia devuelto, sin espresar á quién. Me reprochó ademas que yo te tratara con amistad, y, como volví por tu defensa diciéndole que quisiera ver esa carta, segura de que ha sido mal interpretada, tuvimos un altercado sobre el asunto, y nos separamos nó muy satisfechos el uno del otro.

— ¡Cuánta bondad, señora! — exclamó el cacique; — pero á fé que me haceis justicia. No merezco que se me trate como á enemigo, por haber querido obrar con prudencia y rectitud, cumpliendo mi deber.

Y Enrique narró punto por punto la materia de su carta á Las Casas, explicando su móvil y objeto.

—No creo que esto vaya muy léjos, hijo, — concluyó Doña Leonor; — pero de todos modos, y suceda lo que sucediere, nunca llegará á faltaros mi amistad, por estos asuntos de vil interés.

—Que el cielo derrame sobre vos todos sus favores, señora! — dijo Enriquillo á la bondadosa dama. — Sin vos aquí, mi pobre Mencía no tuviera en San Juan una sola amiga que disipara el hastío de su soledad.

—Soy yo la que agradecida, — replicó la viuda,—debo bendecir á la Providencia, que me ha deparado esta criatura angelical como amiga y compañera.

Es de suponer que el cacique dormiría mal aquella noche: presentia la proximidad de una gran crísis en su existencia. Como era su costumbre, abandonó el lecho á la primera luz del alba, y aunque el aire estaba frio y la tierra humedecida por la lluvia, salió á caballo á recorrer los campos inmediatos, cediendo á la necesidad de buscar en el movimiento y el ejercicio del cuerpo un paliativo á la violenta agitacion de su ánimo. Regresó al lado de su esposa cuando ya el astro rey llenaba con su luz todo el espacio; y despues de tomar un ligero desayuno, mudó de traje y se fué á ver á Valenzuela.

Este no habia salido todavía de su aposento; — ya tuvimos otra vez ocasion de saber que no era madrugador; — pero el criado que lo asistia estaba advertido del llamamiento hecho á Enriquillo, y habiendo anunciado á su amo la visita del cacique, dijo á este que podia penetrar en el dormitorio del jóven hidalgo. Valenzuela, á medio vestir, afectando amistosa familiaridad, recibió á Enriquillo con estas palabras:

—Muy temprano has venido, cacique, y no era del caso tanta prisa. El objeto que he tenido en hacerte llamar, es participarte que estamos emplazados nosotros dos, para comparecer el juéves, — pasado mañana — á las diez del dia, ante el teniente gobernador.

— Y podréis decirme cuál es la causa de ese emplazamiento? — preguntó el cacique.

—Segun parece, — dijo con aire indiferente Valenzuela,—los visitadores nos acusan de haber infrinjido las ordenanzas vigentes sobre el repartimiento.

—¿Y qué tienen que ver los visitadores con vos, conmigo, ni con los indios de mi cargo? — repuso sin inmutarse Enriquillo.

—Eso es lo que sabrémos el juéves en la audiencia del teniente gobernador, — respondió Valenzuela: — lo que ha llegado hasta ahora á mi noticia es que la Higuera dá mucho que decir, porque suponen que aquella manera de vivir los indios es un mal ejemplo para los demás, y que está fuera del órden regular.

—No lo creeréis vos así, — dijo el cacique; — pues sabeis que vuestro buen padre, que Dios haya, fundó la Higuera por cumplir con las últimas ordenanzas; y ademas, por su muerte, todos aquellos encomendados suyos son y deben permanecer libres.

—Yo no tengo que discutir esa materia contigo, cacique, — replicó secamente el hidalgo; — no he estudiado el punto lo suficiente para tener una opinion ya formada sobre él; y por lo mismo he de atenerme á obedecer estrictamente lo que la autoridad ordenare en definitiva.

—Pero ¿y la voluntad espresa de vuestro padre? — objetó Enriquillo con asombro.

—Sobre la voluntad de mi padre están las leyes, cacique, — arguyó con énfasis el hipócrita mancebo; — y seguramente no pretenderás que yo me subleve contra ellas.

Enrique no volvió á decir una palabra. Conoció que Valenzuela no hacia sino recitarle una leccion aprendida y ensayada, y que aquel era el principio de las hostilidades activas contra su reposo y contra su libertad. Meditó un momento con tristeza sobre las desventajas y los compromisos de su situacion. Ausentes Las Casas y el Almirante; la vireina sin poder ni crédito, segun se lo habia declarado en su lacónico billete, y él rodeado de enemigos influyentes, que tenian á su disposicion numerosos medios de hacerle daño, la lucha se le presentaba imponente, amenazadora, y con las mas siniestras probabilidades en contra suya. Tenia, no obstante, fé robusta en la providencia de Dios y en su justicia, y se consolaba con el pensamiento de que Las Casas vivia, y que se acordaba de él. Ostentó, pues, en el semblante valerosa resignacion, y puso término al prolongado silencio que habia sucedido á la última declaracion de Valenzuela, diciendo con entereza:

—Muy bien, señor; el juéves al medio-dia concurriré á la audiencia del señor teniente gobernador.

Dichas estas palabras en son de despedida, salió con aire tranquilo y paso firme de la estancia. El maligno mozo, que acaso sentia el malestar de la vergüenza desde que hizo saber al cacique su intencion de posponer la voluntad paterna á lo que fementidamente llamaba autoridad de las leyes, no bien se vió libre de la presencia de Enriquillo, respiró con fuerza, y recobrando su natural desparpajo é impudencia, hizo un gesto de feroz alegría, y dijo á media voz:

—¡Anda, perro indio! Ya domarémos ese orgullo.

XXIX.

DERECHO Y FUERZA.

A las preguntas que Mencía y Doña Leonor hicieron á Enriquillo sobre la conferencia con Valenzuela, el cacique respondió sóbriamente, diciendo que debia concurrir á la citacion oficial del juéves, y que hasta entónces no sabría el objeto de esa demanda, — "aunque, — agregó, — no creo que sea para nada bueno."

La jóven esposa, despues de escucharle con interés, miró fijamente en sus ojos, y le dijo estas palabras, en tono de reproche:

—Cuando Dios tè dé alegrías, Enrique, guárdalas, si así fuere tu voluntad, para tí solo; pero de tus penas y cuidados nunca me niegues la parte que me corresponde.

—Nó, Mencía, — replicó Enriquillo con voz conmovida; — aunque quisiera, no podría ocultarte nada mio. Engañarte sería más cruel para mí, que verte compartir mis sufrimientos.

—Prométeme, pues, — insistió Mencía, — que me contarás todo lo que suceda en la audiencia del teniente gobernador.

—Prometido, y no hablemos mas de eso hasta entónces, — concluyó Enrique.

La autoridad que ejercia Pedro de Badillo, teniente gobernador de la Maguana, le habia sido conferida por el Almirante Don Diego Colon; pero como suele verse con harta frecuencia, en los dias de prueba, el desgraciado favorecedor halló ingratos en muchos favorecidos suyos, y Badillo fué de los primeros que acudieron solícitos á consolidar su posicion formando en las filas de los que combatian al que se la proporcionó, tan pronto como la fortuna, que nunca se mostró muy amiga de la casa de Colon, volvió de una vez las espaldas al pobre Don Diego. Las demas condiciones morales de Pedro de Badillo armonizaban con esta feísima nota de ingratitud, que solo se halla en los carácteres bajos y protervos. Como no podia ménos de suceder, dadas estas premisas, Badillo parecia forjado á propósito para ser íntimo amigo de Mojica y del jóven Valenzuela. Los tres no tardaron por consiguiente en concertarse y aunar sus miras, sino lo que tardaron en conocerse y apreciarse recíprocamente.

Enriquillo se encaminó solo á la casa del teniente gobernador, el dia de la cita y á la hora señalada. Halláronle aguardar breves instantes, y luego lo introdujeron en la sala donde tenia aquel magistrado su tribunal, que así podia llamarse en razon de la diversidad de funciones que el tal empleo asumia, una de las cuales era tener á su cargo la vara ó autoridad de justicia. El cacique se presentó con su aire habitual, sin altivez ni embarazo: halló con Badillo á los regidores y el escribano del Ayuntamiento; á los visitadores Cabeza de Vaca y Joval, y sentados á par de estos á Valenzuela asistido de su *ad - látere* Mojica. Nadie se tomó el trabajo de ofrecer asiento á Enriquillo, que por lo mismo permaneció de pié, — como el reo que vá á sufrir un interrogatorio, — en mitad del recinto.

Badillo ordenó al escribano que leyera las piezas que encabezaban aquel proceso; hízolo así el oficial de injusticia, leyendo primeramente el edicto de los jueces de apelacion, con firma ejecutiva de los oficiales reales, mandando que las ordenanzas del repartimiento del año XV se mantuvieran en toda fuerza y vigor, anulándose toda innovacion ó reforma indebidamente introducida en el régimen de las encomiendas, y restituyendo estas á su prístino y antiguo estado, donde quiera que hubiesen recibido cambio ó alteracion, por convenir así al real y público servicio. Siguió despues la lectura de un auto ó mandamiento del teniente gobernador, requiriendo á los visitadores de indios de su jurisdiccion que, segun era su deber, informaran sumariamente cuál era el estado de las encomiendas, y si habia alguna en la Maguana que se hallara fuera de las condiciones exigidas por el edicto superior de referencia. Leyóse en seguida el informe de los visitadores, en que certificaban que todas las encomiendas de su cargo estaban en perfecto órden y segun las ordenanzas del año 14, con la única escepcion de la que entónces fué hecha en favor de Don Francisco de Valenzuela, cuyos indios estaban fuera de los términos de toda policía legal, habiendo observado por sí mismos el desórden y abandono en que vivian, holgando por su cuenta como moros sin señor, (agregaban); haciendo lo que bien les placia; juntos en un caserío donde los habian visto jugando á la pelota en cuadrillas de hombres y muchachos, corriendo y haciendo algazara, sin que nadie se ocupara en cosas de utilidad ni provecho material ó espiritual, etc., etc.

Por último, el escribano leyó el auto de convocatoria á los referidos funcionarios, y el de emplazamiento á Andrés de Valenzuela, hidalgo, en calidad de heredero de los indios de su difunto padre, y á Enrique, cacique del Bahoruco, que gobernaba y administraba los dichos indios, encomendados en cabeza suya.

Terminada la prolija lectura, el teniente gobernador dirijió la palabra á Valenzuela, interrogándole en estos términos:

—Señor Andrés de Valenzuela: habeis oido los cargos que os resultan por el descuido y mal gobierno de los indios que heredásteis, de la encomienda de vuestro difunto padre. ¿Teneis algo que decir para justificaros? Porque os advierto, (agregó Badillo afectando gran severidad en su tono y aspecto) que en cumplimiento de las órdenes rigorosas que habeis oido leer de sus señorías los jueces y oficiales reales, ese escándalo debe cesar en la Maguana, y si vos no acreditais capacidad para tener vuestros indios bajo buena y concertada disciplina, os serán quitados, y repartidos á quien mejor los administre.

—Señor, — respondió Valenzuela en tono humilde; — yo he conservado los indios en el mismo órden y estado que los dejó mi difunto padre, que Dios haya; y así continuáran si ahora no me fuera notificado que es contra fuero y derecho. Mas, en cuanto á quitármelos, no lo creo justo, estando como estoy dispuesto á acatar lo que ordenan las superiores autoridades.

—Ya lo oís, cacique, — dijo Badillo inmediatamente: — serviréis con vuestros indios á este señor Valenzuela en igual forma y manera que sirven en la Maguana todas las cuadrillas de indios. Sois responsable del órden y la buena conducta de los indios que administrais, y se os ha citado para amonestaros por primera vez: si se repite la menor queja sobre las *zambras* que suelen armarse en vuestro *aduar* de la Higuera, se os impondrá severo castigo.

Enriquillo, que desde el principio y durante la lectura de documentos habia opuesto la mas impasible serenidad á la predisposicion hostil y al propósito de humillarle, que eran manifiestos en los individuos de aquella asamblea, lo escuchaba todo con tranquila atencion. De pié, algo adelantada la rodilla derecha, y reposando el bien formado busto sobre el cuadril izquierdo; en la diestra el sombrero de anchas alas, generalmente usado en San Juan, y los brazos caidos con perfecta naturalidad, su actitud así podia denotar la humilde resignacion como un magestuoso desden. Al oir los cargos que en su informe hacian los visitadores á la pequeña colonia de la Higuera, vagó una ligera sonrisa por sus lábios, dejando entender que habia previsto la extraña acusacion. Cuando Badillo interpeló á Valenzuela, miró á este fijamente, y no apartó mas de él los ojos hasta que hubo acabado su breve descargo: pareció hasta entónces inalterable y dueño de sí mismo; y como quien espera que le llegue su turno para hablar. Pero la declaracion dura, precisa y concluyente del teniente gobernador dió al traste con su admirable paciencia y compostura. Se irguió bruscamente desde que oyó las primeras palabras que con voz áspera le dirijia Badillo, y aguardó hasta el fin, con el oido atento, inclinada la cabeza hácia el hombro derecho, fruncidas las cejas, la vista inmóvil, y mostrando en todo su ademan la vehemente ansiedad y la gran concentracion de su espíritu en aquel momento.

Acabó de hablar el tiranuelo, y la sorpresa, la indignacion de Enriquillo estallaron en estas palabras, dichas con toda la energía y la solemnidad de una protesta:

—No teneis razon ni derecho para amenazarme así, señor teniente gobernador. No tienen razon ni derecho los señores visitadores, en hablar mal de la Higuera; no le tiene nadie en considerarnos como sujetos á ley de encomienda á mí y á los indios que fueron de mi buen protector Don Francisco de Valenzuela....

Y como si este nombre hubiera evocado repentinamente sus sentimientos afectuosos, se volvió al que indignamente lo heredara, y suavizando el irritado acento le dijo:

—A vos que sois su hijo os tocaba haber explicado á estos señores el error en que se hallan. Él os encargó al morir que me considerárais como vuestro hermano, y nunca esperé ver que permitiérais á nadie tratarme como siervo, cuando sabeis que soy libre, y que lo son como yo los indios de la Higuera.

Valenzuela tartamudeaba algunos monosílabos, sin acertar á formar un concepto cualquiera, cuando una voz ágria y chillona intervino diciendo irónicamente:

—Libres! Ya 'veis las pretensiones que tiene el mozo.... Hermano de su señor, nada ménos. ¡ Buen ejemplo para los demas caciques ! — El que así hablaba era Mojica.

—Mas, vos, ¿ con qué derecho os entrometeis aquí, señor hidalgo ?— le dijo Enrique exasperado.

—Ya lo sabrás á su tiempo, rey de la Higuera!— contestó malignamente Mojica.
—Este señor hidalgo — dijo Badillo con severidad al cacique, — está aquí con sobrado título y derecho. Habladle, pues, con respeto.
—Yo guardo mi respeto para los hombres de bien, señor Teniente Gobernador,—replicó Enriquillo recobrando su aire tranquilo é impasible.
—¿Queréis ir de aquí á la cárcel?—le preguntó mal enojado Badillo.
—Os pido que seais justo,—respondió con sosiego Enrique.—Yo soy libre: mis indios se repartieron por una sola vida. La Higuera se hizo por obra y gracia de mi patrono el difunto D. Francisco, y despues trajeron los padres gobernadores una ordenanza nueva para que todos los indios vivan como allí se vive....
—¿Holgando y vagando?.... —interrumpió el odioso Mojica.
—Nó; trabajando con buen órden y bien tratados, — contestó sin mirarle el cacique:—nó como esclavos. Los señores visitadores fueron á la Higuera el domingo por la tarde, y hallaron divertida la gente, como de costumbre, despues de santificar el dia en la ermita, hasta las diez de la mañana. Hubieran ido allá un dia de trabajo, hoy por ejemplo, y hallarían á todos ocupados en sus faenas.
—Qué faenas son esas? — preguntó Badillo.
—Labores de campo, y algunos oficios, — contestó Enriquillo. — ¿Véis esas jarras de barro que están en aquella ventana para refrescar el agua que bebeis? Son fabricadas en la Higuera. Allí se hacen hamacas de cabuya que no desdeñais para vuestro descanso. No hay casa en San Juan que no tenga ademas alguna silla de madera y esparto, ó alguna butaca de cuero con espaldar de madera cincelada, de las que se fabrican en la Higuera. ¿No visteis sobre la puerta grande de la ermita un san Francisco de bulto? —agregó volviéndose á Hernando de Joval; — pues lo hizo con sus manos uno de aquellos pobres indios.
—Algun mamarracho.... —dijo burlándose Mojica.
—Como vos; — respondió friamente Enriquillo; y esta agudeza espontánea hizo reir á toda la grave concurrencia á costa del chocarrero hidalgo.
—Todo eso estará muy bueno, — cacique, — dijo Badillo con ménos aspereza; —pero ya lo veis, no puede continuar así. Ves estais equivocado: el repartimiento no se hizo por una sola vida, y despues se ha aclarado que fué por dos. Sabeis escribir; lo que teneis que decir podeis decirlo por escrito para proveer despacio; pero entretanto, ha de cumplirse lo que está mandado. Servid con vuestros indios al señor Valenzuela, y no seais soberbio.
—Y este documento ¿nada vale? — volvió á decir Enriquillo, sacando de su jubon la copia que le habia dado Las Casas de las instrucciones llevadas á Santo Domingo por los padres gerónimos, y adelantándose á entregar el papel á Badillo.
El mandarin lo recorrió con la vista rápidamente, y luego lo hizo circular de mano en mano, haciendo cada cual una breve inspeccion de su contenido, y devolviéndolo como asunto cancelado. El teniente gobernador, á quien fué devuelto al fin el documento, preguntó entónces con frialdad á Enriquillo.
—Y esto ¿qué tiene que hacer aquí?
—Ahí se declara que los indios sean libres,—respondió Enrique, —y formen pueblos hasta de trescientos vecinos, y trabajen para sí, pagando solo tributo al rey: se manda ademas que el cacique principal tenga cargo de todo el pueblo, y que con parecer del padre religioso, y un administrador del

lugar, nombre el dicho cacique mayor los oficiales para la gobernacion del pueblo, así como regidores, ó alguacil, ú otros semejantes. (1)

—¿De dónde sacásteis este documento?— volvió á preguntar Badillo.

—A su final está espreso; —satisfizo el cacique.

Badillo miró al pié del escrito, y leyó estas palabras inteligiblemente: "Y para los fines que puedan convenir á Enrique, cacique del Bahoru- "co, y á los indios que de él dependan, libro esta copia yo, el protector de "los indios por sus Altezas, en Santo Domingo á 28 de enero de 1517."

"*Bartolomé de Las Casas*, clérigo."

—Pues este escrito,— agregó Badillo alzando la voz, — y el que lo firma, y los que lo escribieron, no valen aquí nada.

Y diciendo estas palabras, rasgó el papel, y lo redujo á menudos fragmentos.

—¡Bien!—¡Muy bien!—exclamaron todos los circunstantes, escepto Enriquillo, que viendo á Alfonso de Sotomayor aplaudir como los demas, se volvió á él increpándole:

—¿Es posible, señor Don Alonso, que vos tambien halléis justo lo que conmigo se hace? No oísteis á vuestro buen amigo el señor Don Francisco decir que yo era de hecho y de derecho libre, en el punto y sazon que él iba á pasar de esta vida?

—Mi amigo no pudo querer desheredar á su hijo; — contestó con dureza Sotomayor, en quien las pasiones del colono interesado anulaban la honradez y bondad natural del hombre; —y aun cuando encargó que fueses bien tratado, no pudo querer autorizarte á perjudicar á los demás.

—¿En qué perjudico yo á nadie, señor?—preguntó Enriquillo con tristeza.

—Con pretender novedades, y valerte de papeles como ese que se acaba de destruir, para perturbarnos á todos, — respondió el injusto viejo.

Bien comprendió Enriquillo que Sotomayor se referia á su correspondencia con Las Casas; pero no queriendo causar disgusto á Doña Leonor, revelando que sabia el incidente de la carta interceptada, no se dió por entendido, y guardó silencio.

—Es por lo visto inútil, cacique, — dijo tras breve pausa el teniente gobernador, — que me presentéis escrito, ni hagais diligencia alguna. Vuestros fundamentos ya están condenados como nulos. Aveníos á servir con vuestros indios al señor Valenzuela, é id con Dios.

Enrique bajó la cabeza, meditabundo, y salió lentamente de la sala.

—Este cacique es muy ladino; y necesita de que se le sofrene con mano dura: ya lo veis, señores, —dijo Mojica sentenciosamente, cuando se hubo ausentado Enriquillo.

—No le dejeis pasar una, Valenzuela; — agregó Badillo, y aquellos irritados encomenderos repitieron uno por uno, al despedirse del jóven hidalgo, la innecesaria cuánto malévola recomendacion.

---

[1] Histórico. Sacado de la instruccion dada á los p. p. gerónimos por Cisneros y Adriano.

XXX.

ABATIMIENTO.

Mencía y Doña Leonor aguardaban con impaciente inquietud á Enriquillo. Con el instinto de su amor la una, y la otra guiada por las inducciones de su experiencia, hallaban suficientes datos para presentir que el llamamiento del cacique ante la autoridad, en aquellas circunstancias, era un suceso extraordinario, acaso una crísis suprema en la existencia de Enriquillo; y así, cuando le vieron llegar triste y preocupado, las dos acudieron á él con anheloso interés, informándose de lo acontecido.

El cacique las miró un momento con cierta vaguedad, como quien despierta de un sueño y trata de coordinar sus confusas ideas; y al cabo les habló en voz baja, dando á su acento la inflexion del mas sombrío pesar, en estos términos:

—Lo que sucede, Doña Leonor, es que hoy por primera vez en mi vida, he creido que la Providencia, la casualidad y la fortuna son una misma cosa..... Lo que sucede, Mencía, es que hoy, en el quinto mes de nuestro casamiento, ya tengo por maldita la hora en que pude llamarte mia, encadenándote á mi triste destino.....

—Me asombra ese lenguaje, Enrique, — dijo Mencía con espanto. — Díme de una vez lo que ha pasado.

—Ha pasado, Mencía, el sueño, la ilusion, la mentira; y queda la tremenda realidad. Soñé que yo era un hombre libre, y no soy sino un mísero siervo!

—¿Quién puede reducirte á esa condicion, Enrique? Tú deliras!—dijo Doña Leonor.

—¡Ah, señora! — exclamó Enrique; — yo creia estar delirando, sometido á una horrible pesadilla, cuando ví á todos aquellos señores, á quienes estaba acostumbrado á mirar siempre con amor y respeto, conjurados contra mí, retratados en su semblante el ódio y la resolucion implacable de ofenderme, de ultrajarme, de reducirme á la desesperacion. He creido delirar cuando he visto á Andrés de Valenzuela, al hijo de aquel santo hombre, por quien gustoso hubiera dado toda la sangre de mis venas, renegar de la memoria y de la voluntad de su padre, y convertirse en dócil instrumento del malvado Pedro de Mojica!.... Cuando he oido á Don Alonso de Sotomayor haciendo contra mí, que le veneraba, el odioso papel de falso acusador; y por último, cuando me he convencido de que yo no puedo prometerme el amparo de la justicia y de las leyes; porque leyes y justicia nada valen en la Maguana; y estoy enteramente á discrecion de los tiranos, mis fieros y encarnizados enemigos....

—Tú exageras sin duda, Enrique; — replicó la bondadosa viuda, conmovida, y sin querer persuadirse de lo que oia.

—No exagero, señora; — repuso el cacique con voz melancólica y acentuada. — Contra todo derecho, contra toda consideracion y contra toda reclamacion de mi parte, han declarado que soy y permanezco encomendado con mis indios á Andrés de Valenzuela, como heredero de su padre.

—Eso no podrá ser de ningun modo! — exclamó con terror Mencía: — yo escribiré á la señora vireina; iré á verla á Santo Domingo si es necesario.....

—La vireina — le interrumpió el cacique, — nada puede en este caso: hoy he visto confirmada la declaracion que de su desamparo me hizo la noble señora. Sin eso no se hubieran atrevido á tanto.

Diciendo estas palabras, Enriquillo dió á leer á su esposa el papel que le habia llevado Galindo.

—Cierto; es de Elvira la letra, — dijo con desaliento Mencía. — No hay remedio!

—Yo veré hoy mismo á Sotomayor, Enriquillo, — repuso la digna viuda. —Os digo que exageráis, y espero que pronto os lo haré ver.

—Solo veré, señora, que vos, mi generosa amiga, vais á ganaros enemistades y disgustos por mi causa; y eso no debo de ningun modo consentirlo. Todos los poderosos de la Maguana están conjurados en contra mia, y nadie hay en la Española hoy que pueda torcer el rumbo á su malicia. Mi esperanza debe quedar aplazada á cuando regresen á la isla el señor Almirante y el padre protector.

—Tal vez!....— dijo pensativa Doña Leonor.

Y los tres guardaron por buen espacio penoso silencio.

—¿Qué obligaciones habrás de cumplir en esa condicion de encomendado?— preguntó al fin Mencía á su esposo.

—Las mas agenas de mis sentimientos; — contestó el cacique. — En vez de tener á mis pobres indios como hermanos, velar por su salud y bienestar, deberé oprimirlos, hostigarlos para que sean asíduos en los trabajos que los mayorales y calpisques les señalen; perseguirlos sin descanso cuando huyan; castigarlos severamente por la menor falta, y ser, en suma, el mas duro instrumento de su terrible esclavitud.

—Pero tú personalmente ¿cómo has de ser considerado y tratado?— preguntó otra vez la jóven, buscando un atrincheramiento al egoismo del amor.

—¡Ah, esposa mia! — respondió Enriquillo: — si Valenzuela es, como ya lo temo, un corrompido malvado, esperemos lo peor! Medios le han de sobrar para convertir mi título de cacique en padron de ignominia, y tratarme con ménos consideracion que al último de sus perros de presa.

—¡Dios mio! — exclamó consternada Mencía. — Y he de verte despreciado, ultrajado?....

—Me verás sufrir, Mencía, — dijo en tono solemne Enriquillo, —y sufrirás conmigo todas las pruebas que un ánimo valeroso y cristiano puede soportar.... Hasta que Dios quiera. ¿Estás dispuesta?

—A todo! — dijo con vehemencia la animosa jóven; — ¡á todo; por mi deber y por tu amor!

XXXI.

ARREGLOS.

Bien hubiera querido Enriquillo evitarse el mal rato de notificar al irascible Tamayo el cambio que acababa de sobrevenir en la condicion de los indios residentes en el caserío de la Higuera; pero comprendiendo que no podia sustraerse á la necesidad de esa confidencia, optó por hacerla cuanto ántes; convocó para aquella misma noche al fiel asistente y al honrado viejo Camacho, y les refirió punto por punto la novedad ocurrida.

Tamayo, escuchándole, tuvo estremecimientos de energúmeno; y cuando Enrique concluyó por atribuir su desgracia á la enemistad de Mojica, el iracundo jaragüeño se irguió con fiereza, extendió la diestra convulsivamente, y preguntó con voz breve al cacique:

—¿Quieres que lo mate?

—Ya te aguardaba en ese terreno, loco!—le respondió Enriquillo.—¿Tengo yo el corazon lleno de ódio y furor como parece que lo tienes tú? Pregunta al buen Camacho si cabe aquí mejor la ira que la templanza.

—¿Cuándo hallará el cacique Enriquillo que la ira cabe en alguna parte!—dijo con acento irónico Tamayo.

—Dios no permita que llegue el caso; pero quizá te equivoques figurándote que mi paciencia no tiene límites;—contestó con calma sombría el cacique.

—Si no los tuviera, Enriquillo,—terció Camacho,—no serías un triste pecador, sino un santo: ojalá fuera tan grande tu paciencia, que en ningun caso llegara á faltarte!

—A tanto no aspiro, Camacho: trato de *ser hombre*, segun la ley de Cristo; y por amor de los que me la enseñaron, sabré soportar muchas injusticias y humillaciones.

—Bien, cacique!—exclamó el anciano indio con efusion.—Así no serás ingrato con *el padre;* todos los males podrán remediarse, y Dios te bendecirá.

—Pero entretanto,—dijo Tamayo con voz sorda,—serás el humilde servidor de Valenzuela, y Mojica se reirá de tí.

—¡Déjame en paz, demonio!—replicó en súbito arrebato de cólera Enriquillo; y serenándose inmediatamente añadió:—¿Qué puedo hacer?

¿He de olvidarme de lo que debo al padre protector, al señor Almirante y su familia, al mismo Don Diego Velázquez, mi padrino? ¿He de empeorar mi suerte, hoy que me está confiada la suerte de Mencía? ¿Qué quieres que haga, estúpido?— dijo volviendo á exaltarse con creciente vehemencia.— Toma mi cuchillo, y dáme por tu mano la muerte: será el favor mas grande que puedas hacerme....!

—¿Y es esa tu paciencia, cacique? — le increpó Camacho tristemente. —Oye tú, Tamayo: ¿no comprendes que haces mal en atormentar así á Enriquillo?

—Perdon, cacique, — dijo Tamayo con pesar: — yo no quiero incomodarte: soy tu esclavo, tu perro, lo que tu quieras; pero no estés enojado conmigo.

Enriquillo acojió con melancólica sonrisa este acto de arrepentimiento, y así terminó aquella dolorosa conferencia.

Al siguiente dia Valenzuela llamó á su presencia al cacique, y sin preámbulo de ninguna especie le hizo saber su voluntad.

—Debo hacer como los demas, Enriquillo, — le dijo. —Arregla tus cuadrillas de modo que estén siempre listas para cuando te las pidan mis estancieros.

—Segun eso, ¿ya no se trabajará más en la Higuera? — preguntó Enrique.

—Por mi cuenta, nó: la gente se necesita en las estancias.

—Bien, señor; pero la Higuera podrá entretenerse con mis seis naborias, y los que quieran trabajar para sí de las cuadrillas en descanso.

—Eso será cuenta tuya, Enriquillo, — repuso Valenzuela. —Que no me falte uno solo de los indios, ni una sola hora de las que es su obligacion trabajar donde yo lo dispusiere, y nada tengo que ver con la Higuera. Allí pueden vivir los remanentes.

—Me alegro, Don Andrés: así se conservará aquella fundacion de vuestro buen padre, — dijo el cacique.

—Si puede ser, sea, — replicó Valenzuela con sequedad;—pero es bien que adviertas, Enriquillo, que tú eres responsable del menor desórden en ese lugar, y quizá te convendría residir de contínuo en él.

Esta insinuacion resonó en el oido del cacique como el chasquido de un látigo. Se dominó, sin embargo, y creyó oportuna la ocasion para tocar otro punto delicado.

—No tendré reparo en ello, — dijo — despues que haya instalado á mi esposa en casa propia.

— ¿Por qué no os váis ambos á vivir en la del Hato? —preguntó Valenzuela con finjida sencillez.

—No hay que tratar de eso: Mencía no quiere; —contestó el cacique.

—Pues con la mia de San Juan no podeis contar, — dijo con tono áspero el hidalgo: — la necesito para mí.

—Deseaba oiros esa declaracion, señor; — replicó el cacique tranquilamente; — y á fé que no me sorprende: comprarémos en San Juan otra casa, con dineros de Mencía.

—No veo esa necesidad, Enriquillo, — volvió á decir con afable sonrisa Valenzuela. — Es un capricho de tu esposa no querer habitar en mi hermosa casa del Hato.

—Será capricho, señor; —concluyó Enrique; — pero jamás violentaré su voluntad en lo mas mínimo.

Valenzuela calló pensativo, y Enrique se despidió diciéndole que iba á ocuparse en reformar el plan de las cuadrillas de la Higuera, para someterlo á la aprobacion del jóven hidalgo, y poder ocurrir con regularidad á los pedimentos de indios que le hicieran los sobrestantes de trabajos ó estancieros. Al inaugurar así su vida de sujecion y vasallaje, el magnánimo cacique ahogaba en lo profundo del esforzado pecho la angustia y el dolor que lo desgarraban, y en su rostro grave y varonil solamente se traslucia la serena bondad de aquel noble carácter, incapaz de flaqueza, que sabia medir el tamaño de su infortunio, y entraba en lucha con él, armado de intrépida resignacion.

XXXII.

CAMBIO DE FRENTE.

Fué para Doña Leonor causa de grande alteracion y maravilla la nueva que le dió el cacique de que Andrés de Valenzuela habia revocado definitivamente las disposiciones de su padre, relativas á la casa que en San Juan estuvo destinada para habitacion de los jóvenes esposos. Protestaba la buena señora contra aquel nuevo rasgo de perversidad del indigno hijo, y se ofrecia á deponer en justicia sobre el derecho que Enriquillo tenia á vivir como propia la referida casa, pues que ella habia sido testigo, con Don Alonso de Sotomayor, de cuál fuera la espresa voluntad del difunto propietario á ese respecto. Desechó Enriquillo el expediente por inútil, recordando la rectificacion que hizo el Don Alonso en la audiencia del teniente gobernador, á las declaraciones benévolas de su moribundo amigo, y porque repugnaba á la delicadeza del cacique formular reclamacion alguna contra el mal hijo, para hacer valer los favores del buen padre.

Era resolucion irrevocable de Enrique no volver á hacer mencion de ese asunto, y así lo significó á la viuda; consultando con ella y con Mencía el proyecto de comprar otra casa en San Juan para establecer en ella su hogar. Doña Leonor quiso rebatir este propósito, diciendo al cacique que ninguna casa podia ser mas suya que la de ella, para quien era una verdadera dicha el trato y la cariñosa compañía de los dos esposos, y por lo mismo les rogaba que no pensaran en abandonar aquel techo amigo. El afectuoso litigio acabó en transaccion, y las dos partes convinieron en que Enriquillo no se daría mucha prisa en comprar casa, sino que iría procurándola con todo espacio, á fin de conseguirla á medida de sus deseos, ó en otro caso hacerse fabricar una; y entre tanto, el matrimonio continuaría disfrutando la ámplia y generosa hospitalidad de Doña Leonor; con lo que el cacique podría atender á sus faenas diarias del campo, sin el pesar de que Mencía no quedara bien acompañada.

Esta última parte del arreglo fué, como se puede concebir, muy del agrado de Enriquillo, que por lo demas no queria contrariar á su bondadosa amiga. Viendo al mismo tiempo la dificultad de conseguir una casa de medianas comodidades en aquella poblacion, en que todas las existentes eran viviendas de sus dueños, resolvió á pocos dias hacerse construir desde luego una de madera, segun el gusto ó el capricho de su esposa. Habia dado ya con este objeto los primeros pasos, y tenia convenido con el mejor maestro carpintero de la Maguana la forma, condiciones y costo de la fábrica, para lo cual llegó á adquirir el sitio á propósito y algunos materiales, cuando le detuvo en el principio de la ejecucion una ordenanza ó mandamiento del teniente gobernador, en el cual se le notificaba que, á requerimiento de Don Pedro de Mojica, hidalgo, de cincuenta y cinco años de edad, soltero, y en su calidad de tio en el segundo grado de Doña Mencía de Guevara y curador nato de sus bienes, la autoridad judicial decretaba que, por muerte del administrador de dichos bienes, Don Francisco de Valenzuela, el heredero de este, su hijo Don Andrés, quedaba obligado á presentar cuenta liquidada y justificada de dicha administracion, al teniente gobernador, para que esta autoridad, oyendo los reparos del referido Mójica, aprobara, reformara ó reprobara las tales cuentas, segun hubiese lugar. Y entretanto, quedaran los bienes depositados en manos de Don Andrés de Valenzuela, hasta nueva disposicion, y prohibiéndose absolutamente que el cacique Enrique interviniera en ninguna operacion como administrador de hecho, segun venia practicándolo indebidamente despues de la muerte del verdadero administrador; á causa de no haber llegado á edad de mayoría, y hallarse por tanto en las mismas condiciones de su esposa Doña Mencía, en cuanto á la incapacidad legal de administrar esos bienes, etc., etc.

—¿Quereis decir, que un extraño tiene mejor derecho que yo á administrar la hacienda de mi mujer?—preguntó Enrique al oficial de justicia.

—Yo no quiero decir nada, cacique,—respondió el alguacil.—Yo no hago mas que notificaros, y reclamar vuestra firma aquí al pié de este escrito, para constancia de que quedais enterado.

—¿Y si no me conformo, maese Dominguez?—volvió á decir Enrique.

—Escribid entónces aquí: "No me conformo," y firmad despues; pero curad que es desacato,—replicó el alguacil.

Enrique tomó el papel silenciosamente, escribió la fórmula, y consumó el desacato, firmando con su nombre al pié de aquellas tres palabras.

—Aunque me desollaran vivo,—dijo volviendo el escrito al alguacil,— no cometería el mas leve desacato contra los preceptos de la autoridad; pero tratándose de defender los derechos é intereses de mi esposa, venga lo que viniere.

—Así lo explicaré al señor teniente gobernador, — contestó Dominguez.—Quedad con Dios, cacique.

Desde aquel dia comenzó para el pobre Enriquillo una série de pruebas y de mortificaciones que sería cansado y enojoso reseñar en sus infinitos y minuciosos pormenores. Bajo pretexto de que la justicia le habia ordenado dar cuenta de la administracion de su padre, en lo concerniente á los bienes de Mencía, Valenzuela, siempre instigado por Mojica, no daba punto de reposo al cacique, á quien trataban como á un deudor fraudulento cada vez que se figuraban haber descubierto la menor irregularidad en sus registros. Pero el jóven esposo llevaba estos en tan perfecto órden, que siempre salia victorioso de todos los reparos, y confundia con su sencilla franqueza á sus maliciosos enemigos. No parece sino que tenia previsto el caso, y que se complacia en poner de manifiesto los actos mas insignificantes de su inteligente administracion.

Si se le pedian copias ó extractos de algun documento, certificados por él, no oponia la menor dificultad; pero siempre que intentó Valenzuela arrancarle una firma que supusiera asentimiento á la intervencion extraña que se le habia impuesto;— y la tentativa se repitió muchas veces bajo diferentes formas y pretextos,—el cacique, ántes de su firma, estampaba la severa fórmula la "No me conformo," invariablemente. De aquí provenian á cada instante borrascas de mal humor en el voluntarioso Valenzuela, que se vengaba acrecentando de dia en dia sus exigencias con respecto á los servicios que debian prestarle los indios de Enrique, y por grados subia el tono, apartándose cada vez mas de todo miramiento personal hácia aquel jóven, " á quien tenia en mayor menosprecio que si fuera estiércol de la plaza," y que en realidad " pudiera con mas justa razon ser señor que servidor suyo." (1)

Muchas veces pareció que Valenzuela se inclinaba á la benevolencia y la concordia con el cacique; pero esta buena disposicion pasajera solo tenia un tema para sus manifestaciones. Enriquillo y Mencía debian reconciliarse con el señor Mojica, que habia sido el verdadero salvador de aquel patrimonio, cuando su sobrina estaba en la primera infancia, y habia visto recompensados con ingratitud sus desvelos, merced á las intrigas de Las Casas. Tal era el lenguaje de Valenzuela; pero Enriquillo, fundándose en mejores y mas verídicos argumentos, se negaba absolutamente al deseo del jóven hidalgo, y las tentativas de este en favor de su cómplice resultaban siempre infructuosas.

Hallábase Enriquillo un dia en la Higuera, y Mojica, aprovechando su ausencia, se arrojó á hacer por sí mismo una prueba atrevida, entablando comunicacion directa con su sobrina. Se presentó en casa de Doña Leonor, é invocando su título de pariente para ver y hablar á Mencía. La jóven se negaba á recibirle; pero su repugnancia fué al cabo vencida por las instancias de Doña Leonor, que la exhortaba á no rechazar la visita de su tio, de quien acaso podría servirse la Providencia divina para que ella y su esposo reivindicaran sus fueros y derechos personales. Segun la viuda, no era imposible que Dios hubiera tocado aquel corazon empedernido, y hecho entrar en él un saludable remordimiento, por verse á menudo que un malo suele ser resorte eficaz apesar suyo para realizar el bien. Estas y otras razones de igual peso, unidas al ascendiente que alcanzaba Doña Leonor en el ánimo de sus agradecidos huéspedes, fueron parte á que Mencía consintiera en admitir á su presencia el odioso hidalgo.

Cerca de tres años hacia que los dos dejaran de verse y tratarse; desde que Mojica fué echado de la casa del Almirante, incidente de que hizo mencion Las Casas en su carta á Don Francisco Valenzuela, ántes del matrimonio de Enriquillo con la inocente jóven. Esta participaba, como era natural, de la invencible antipatía con que su esposo miraba al pérfido pariente, y al salir acompañada de Doña Leonor á recibir su inesperada visita, apénas lo saludó con una leve inclinacion de cabeza, tomó asiento, y aguardó evitando mirar á la cara á Mojica, que este se explicara sobre el objeto de su solicitud.

—Veo, sobrina mia, — dijo con voz meliflua y aflautada el hipócrita,—

[1] Conceptos del P. Las Casas, Historia de Indias. Lib. III, Cap. CXXV.

que mis enemigos han conseguido armaros de desconfianza y mala voluntad en contra mia; y á fé á fé, que obrais locamente en alejaros de mí, y en mostraros tan ingrata conmigo.

Hizo una corta pausa en su discurso, y viendo que la jóven nada respondia, prosiguió:

—Mis culpas en contra vuestra, ¿sabeis cuáles han sido? Amaros como á hija mia desde la cuna; soñar para vos un empleo digno de la noble sangre de Guevara, que corre por vuestras venas, y deplorar la maldad y la locura que os han arrojado en los brazos de un mísero y oscuro cacique.

Mencía hizo un movimiento involuntario, pero se repuso y no contestó.

—Hoy mismo, — continuó el hidalgo, — se empeñan en alimentar vuestra aversion hácia mí; pero yo, movido á misericordia ante vuestro infortunio y abatimiento, acudo á ofreceros una mano protectora, y á deciros con el alma llena de ternura: "Mencía; no estais desamparada ni sola. De vos depende el vivir opulenta y feliz: os basta con firmar este papel, en el cual pedís á la autoridad separaros de Enriquillo, y constituiros con vuestros bienes bajo mi proteccion paternal."

Diciendo estas palabras, el hidalgo frotó con las manos sus dóciles ojos, de los cuales manó copioso llanto.

Mencía le preguntó secamente:

—¿Es eso cuanto teníais que decirme, señor?

—Es todo.

—Pues nada tengo que contestaros. Soy la esposa del cacique Enrique, y nadie podrá separarme de él.

—Pues prepárate á ver redoblar sus sufrimientos y los tuyos, menguada! — dijo fuera de sí y trémulo de rábia Mojica.

—A todo estoy dispuesta: — contestó con entereza la jóven; — á todo con él. Nada tengo ni quiero de comun con vos.

Y sin mas ceremonia salió de la sala, dejando á Doña Leonor sola con el corrido hidalgo.

—Os tomo por testigo, señora, — dijo éste á la viuda, — de que mi buena voluntad de pariente ha sido despreciada y escarnecida por esa loca, cuando he venido á procurar su bien y su remedio.

—De lo que he sido testigo, señor Don Pedro, — dijo con sequedad Doña Leonor, — es de vuestro empeño en ultrajar un sacramento de la santa madre Iglesia. ¿Qué habíais de prometeros de Mencía, que es buena esposa y modelo de virtudes, al pretender que abandone á su marido?

—Acaso tengais razon en parte, señora, — contestó Mojica refleccionando, y con su estudiada afabilidad. — Puede ser que yo haya ido muy léjos, llevado de mi cariño á esa tontuela; pero vos no desconoceréis la bondad de mi intencion en su favor, y si quereis ayudarme, haciendo que Mencía y su esposo dejen de oir las instigaciones de mis enemigos, y me confien sus poderes, estad segura de que la suerte de ambos mejorará infinito, y vos habréis contribuido á ello en gran manera.

—Mi mucho amor á esa virtuosa pareja, señor hidalgo, me obliga á oiros con vivo interés;—dijo Doña Leonor cayendo sencillamente en el lazo.— Procuraré reducir á Enriquillo y Mencía á lo que indicais como necesario para su provecho; mas os advierto que sea cual fuere el resultado, yo ampararé siempre, hasta donde alcancen mis fuerzas de muger, á esos dos jóvenes que sin razon ni motivo se ven aborrecidos y mal mirados de todos.

—Yo haré que cambie esa situacion, señora, si vos me ayudais eficazmente; — repuso Mojica.

—Contad con ello, Don Pedro.

El hidalgo se retiró satisfecho, pues siendo Doña Leonor el único apoyo inmediato que tenian los jóvenes esposos entre los colonos españoles de San Juan, no era poca cosa la adquisicion de su inocente auxilio para conducir aquellas infelices víctimas á la capitulacion completa que él pretendia. Por la noche, en casa de Badillo, se jactaba en presencia de este y de Valenzuela del buen éxito que habia alcanzado su diligencia, prometiéndose que muy pronto se les entregaría á discrecion la rebelde pareja, y los bienes de Mencía, nueva túnica del Crucificado, serían repartidos sin obstáculo ni responsabilidad entre los tres cómplices de aquella odiosa intriga.

XXXIII.

CRISOL.

Pero á todas las reflecciones é insinuaciones de Doña Leonor, opusieron Enrique y Mencía la negacion mas absoluta é inflexible. Preferian la última pobreza y la ruina total, á ningun pacto ó avenimiento con Mojica. ¡Qué dirían sus buenos protectores, Las Casas y el Almirante, cuando supieran que Enriquillo habia abdicado en Mojica sus derechos y los de su esposa, poniendo el sello de su consentimiento al despojo de Mencía?

La perseverancia con que el protervo hidalgo repitió sus visitas á Doña Leonor, desplegando en ellas todos los recursos de su aptitud para el engaño y la intriga, y el candor con que la buena señora reiteró tres ó cuatro veces á Enriquillo sus argumentos para que aflojara un tanto los nudos de su repugnancia á todo concierto con aquel, en pró de los intereses de Mencía, fueron despertando poco á poco en el ánimo del cacique, ya predispuesto por los desengaños recibidos de los mejores colonos, el injusto recelo de que tambien Doña Leonor, hasta entónces su único amparo y leal aliada, se inclinaba á la causa de sus enemigos, y se cansaba de dispensarle una amistad que á ella le atraia la malevolencia y el desvío de los principales habitantes de la villa. Sabido es cuán susceptibles hace la adversidad á los carácteres nobles y generosos. Enriquillo comunicó tan amargas cavilaciones á su esposa, y ámbos, careciendo de casa propia, embargados en manos de Valenzuela todos los recursos patrimoniales de Mencía, resolvieron no eludir por mas tiempo las consecuencias naturales del estado á que se hallaban reducidos, y aceptando de lleno la crudeza de su infortunio, declararon un dia formalmente á Doña Leonor su propósito de irse á vivir al caserío de la Higuera.

Inútiles fueron las objeciones, los empeños y las súplicas de la excelente viuda para hacer desistir á sus huéspedes de semejante resolucion. La humilde *casa del cacique*, en mitad del *aduar* de la Higuera, como lo habia denominado con desprecio Badillo, fué preparada en poco tiempo tan convenientemente como se pudo, y Enriquillo, con gran satisfaccion del viejo Camacho, se instaló en aquella pobre morada con su esposa y Anica, que siempre figuraba como encomendada á Doña Leonor, de quien se despidieron prévias las mas afectuosas demostraciones de gratitud, y no sin mediar muchas lágrimas sinceramente derramadas por las dos amigas.

—Vosotros me abandonais, — dijo la buena matrona en aquella ocasion; —pero yo os perseguiré con mi cariño adonde quiera que fuéreis. Esperad muy pronto mi visita.

Y para comenzar su anunciada persecucion, envió aquel mismo dia muebles, provisiones y numerosos regalos de valor á la Higuera, donde gracias á esta solicitud generosa, y al regocijo y esmero con que Camacho, Tamayo y Anica lo arreglaban todo, el cacique y su esposa hallaron su cambio de residencia mucho mas agradable y cómodo de lo que pudieran haberse prometido, y en medio de su pobreza y abatimiento experimentaron durante algun tiempo aquella serenidad de espíritu que siempre acompaña al que sabe conformarse con cualquier estado á que lo reduzca la suerte, cuando tiene limpia la conciencia, manantial único de la felicidad posible en este mundo.

XXXIV.

RAPACIDAD.

Mojica y Valenzuela vieron con mucho desagrado la instalacion de Enriquillo y su familia en la Higuera; el primero porque comprendió que la novedad era simple efecto del interés que Doña Leonor Castilla mostrara en favor de sus pretensiones, y el segundo porque con aquella radical determinacion del cacique perdia la esperanza de que aceptara el ofrecimiento de la casa del Hato, donde le hubiera sido más fácil que en ninguna otra parte, segun su manera de ver, llegar al logro de sus nefandos propósitos.

Al convencerse de que Mencía se negaba definitivamente á toda relacion directa con él, y preferia una pobre cabaña con la dignidad de su marido, á la morada suntuosa que él les ofrecia, su irritacion llegó al colmo, y ya no se tomó el trabajo de velar sus viles sentimientos y la grosería de su carácter con el sufrido Enriquillo. Este habia conseguido salvar su decoro personal á fuerza de cuidado y habilidad: estudiando y conociendo á fondo las ordenanzas de repartimiento por las cuales debia regir sus obligaciones, jamás pudo Valenzuela hallar nada que reprochar en los actos del cacique; y cuando intentaba extralimitarse en sus exigencias, Enrique sabia advertírselo y refrenarlo con impasible mesura. Pero los dias de las grandes pruebas llegaban; el jóven señor no guardaba ya miramiento alguno, y su tiranía se iba haciendo de todo punto insoportable: bajo cualquier pretexto y sin el menor asomo de razon trataba duramente al cacique, le prodigaba dicterios, y no perdia ocasion alguna de humillarle y escarnecerle.

Sufria Enriquillo con pasmosa paciencia, y con la impasibilidad del mármol, aquellos denuestos y y malos tratamientos. La peste de viruelas comenzaba á hacer sérios estragos en los infelices indios, y los primeros que por esa enfermedad dejaron incompletas las cuadrillas que estaba obligado á proveer el infortunado cacique, fueron inocente causa de que Valenzuela lo mandara tres veces consecutivas á la cárcel.

Aun así, la estóica resignacion de Enriquillo resistia victoriosamente á tan penosas pruebas; pero los indios de la Higuera, que sentian agravarse dia por dia el pesado yugo á que estaban sometidos, no tenian igual sufrimiento; y los unos al sentirse enfermos, los otros en convalecencia, y los sanos por sustraerse al recargo de faenas y de penalidades que por la reduccion de los brazos gravitaba sobre ellos, comenzaron á huir á los montes, y comenzó para el desesperado cacique, obligado á perseguir incesantemente á los fugitivos, un trabajo corporal y de espíritu que llegó á rendir sus fuerzas y lo postró en cama por algunos dias. Su temperamento privilegiado y la fuerza de su voluntad le impulsaron á dejar muy pronto el lecho, para continuar, segun decia, la persecucion de los prófugos; habiéndose adquirido la noticia de que andaban ocultos en las montañas del Bahoruco, de donde eran naturales.

A la apremiante intimacion de Valenzuela, el cacique, manifestando gran celo por cumplir el mas penoso de los deberes que se le habian impuesto, declaró su propósito de ir á las montañas, donde él tambien habia visto la primera luz; y al efecto, reclamó con bien medidas razones su excelente yegua rúcia, que habia guardado en su poder Valenzuela desde el dia de la cojera ficticia de su caballo, muy desentendido de que debia restituir la bestia á su dueño. La justa demanda de este fué recibida con extrañeza y burla, como una proposicion extravagante; y el procaz usurpador acabó por preguntar riéndose al asombrado cacique:

—¿Para qué quieres á *Azucena*? (Tal era el nombre que él mismo impuso á la preciosa yegua de Enriquillo.)

—La quiero, señor, — respondió este, — para ir al Bahoruco: doliente como estoy todavía, necesito hacer con comodidad ese viaje.

—¿Pero no hay otros caballos en El Hato?— volvió á preguntar Valenzuela con desfachatez. — Estás muy exigente, Enriquillo, y parece que te figuras que todo ha de pasar como en vida de mi padre.

—Nó, señor:—replicó Enrique; — harto veo la diferencia; pero su voluntad debe ser sagrada para vos como para mí; por eso reclamo á *Azucena*, que segun lo ordenó Don Francisco, no puede dejar de ser mia.

—¿Estás loco, Enriquillo? Esa yegua no sale ya de mi poder: ¿qué vas á hacer con ella? Coje cualquiera de mis caballos en cambio, y déjate de disparates.

—Yo no aceptaré en cambio de ese animal nada, señor. Harto sabeis que no debe ser.

—Harto sé que será, Enriquillo,—dijo con descaro Valenzuela.

—Será por la fuerza, señor; por vuestra exclusiva voluntad, mas no por la mia. Cumplo con lo que debo al padre Casas, que me regaló esa bestia, y á vuestro padre que me mandó conservarla, y no cedérosla: — dijo con firmeza el cacique.

—Haz lo que quieras, Enriquillo, — replicó desdeñosamente el hidalgo: — me quedo con la yegua.

Enriquillo, sin ocultar esta vez su indignacion, se retiró á su casa y refirió á su esposa en presencia de Camacho la nueva injusticia que acababa de sufrir de parte de Valenzuela. La mansedumbre del anciano indio tuvo un eclipse pasajero al escuchar aquel irritante relato, y sin dar tiempo á que Mencía expresara su sentir, dijo con despecho á Enriquillo: — Reclama en justicia tu yegua, cacique.

—No haré tal, Camacho; — contestó Enrique: — por una bestia, así sea mi hermosa *Azucena*, no voy á olvidar lo que debo al nombre de Don Francisco Valenzuela, pidiendo justicia contra su hijo. Ni me la haría tampoco el señor Badillo.

—Es verdad, Enriquillo, — repuso Camacho, ya depuesto el efímero enojo: — paciencia, hijo, paciencia! Volverá el padre á la Isla, y todo se remediará.

—Esa es mi esperanza, — dijo por conclusion Enrique; y recobrando del todo su magnánima serenidad se volvió placenteramente á Mencía, que en silencio y reclinando la bellísima faz en el dorso de su diminuta mano, escuchaba con melancólica atencion el precedente diálogo. Enriquillo estampó un beso en aquella ebúrnea y pensativa frente, y llamando en seguida á Tamayo, le ordenó que para el siguiente dia, bien temprano, hiciera los aprestos del viaje que los dos — Enrique y Tamayo — debian hacer á la sierra del Bahoruco.

XXXV.

EL BAHORUCO.

Era en los primeros dias del Otoño; pero el otoño, en los valles afortunados de la Maguana, ni amortigua el verde brillante de las yerbas que esmaltan las llanuras, ni en los sotos despoja á los árboles de su pomposo follaje. Más bien parece que toda aquella vegetacion, sintiendo atenuarse el calor canicular de los rayos solares, viste los arreos que en otros climas están reservados á la florida primavera, para tributar en festivo alarde su homenaje de gratitud al fecundo Principio Creador.

Dotado Enriquillo de sensibilidad esquisita, y capaz por su delicado instinto como por la superioridad de su inteligencia, de ese entusiasmo sencillo, cuanto sublime, que genera el sentimiento de lo bello, olvidaba sus penas al recorrer, seguido del fiel Tamayo, y del no ménos fiel mastin que solia acompañarle, por una mañana sin nubes, aquellas dilatadas y hermosas praderas, donde la vista se esparce con embeleso en todas direcciones, y se respira un ambiente embalsamado; y las auras, rozando con sus alas invisibles las leves y ondulantes gramíneas, murmuran al oido misteriosas é inefables melodías.

En el seno de aquellos esplendores de la naturaleza, el cacique experimentaba la necesidad de espandir en la comunicacion con otro ser inteligente y sensible sus gratas impresiones; y creyendo que Tamayo era capaz de reflejarlas, que experimentaría como él la sensacion halagüeña de respirar con libertad en medio de aquel vasto espacio, embellecido con todos los primores de la fauna y la flora tropicales, trataba de poner su espíritu en íntima comunion con el de su adusto compañero, evocando su admiracion cada vez que se ofrecia á sus extasiados sentidos un objeto mas peregrino ó seductor que los demas del vistoso y variado panorama. Pero sus tentativas en este sentido siempre salian frustradas, y Tamayo, parodiando sin saberlo á un célebre varon ateniense, era *el hacha* de los discursos entusiastas de Enriquillo. Llamaba este la atencion del rudo mayoral hácia los fantásticos cambiantes del lejano horizonte, y obtenia esta helada respuesta:

—Si llegamos allá, no hallarémos nada: eso parece, y' no es. ¡Así son las esperanzas del triste indio!

Volvia Enriquillo á la carga al cabo de un cuarto de hora:

—Esta linda *sabana*, Tamayo, es de las que hacen creer al padre Casas que en nuestra hermosa tierra estaba el paraíso de Adan.

—Pero nosotros los indios somos como el padre Adan despues del pecado, — respondia el inexorable Tamayo.

—Mira allá á lo léjos, — insistia Enriquillo — aquellas alturas: repara cómo con la luz del sol que les dá de lleno, parecen una ciudad con grandes edificios, como los de Santo Domingo.

—Que buenos trabajos y buenas vidas han costado á los pobres indios; —replicaba el emperdernido misántropo.

Cansado Enrique de tan persistente manía, dejó de tocar las indóciles fibras de la inerte admiracion de Tamayo, y guardó para sí solo en adelante sus originales y poéticas observaciones.

El siguiente dia al declinar el sol llegaron á la gran sierra del Bahoruco. Cuando iban á penetrar por uno de sus tortuosos y estrechos desfiladeros, el cacique hizo alto, su mirada brilló con insólito fulgor, y estas palabras salieron grave y acompasadamente de sus lábios:

—Oye, Tamayo: desde aquí es preciso que te desprendas de tu mal humor. Se acabó la contemplacion desinteresada de la risueña naturaleza: quiero estudiar palmo á palmo, de un lado á otro, á lo largo y á lo ancho, esta serranía del Bahoruco, dominio y señorío de mis mayores: quiero ver si reconozco alguno de los sitios en que, niño, vagué contigo siguiendo á mi cariñoso tio Guaroa por estas recónditas soledades. A esto es á lo que en realidad he venido, y no á dar caza á los infelices hermanos nuestros que huyen de la servidumbre.

—¡Enriquillo!— exclamó Tamayo con júbilo, al escuchar esta declaracion. —¿Al fin te acuerdas de tu raza, y te resuelves á salir del poder de Valenzuela? ¿Nos quedarémos en estas inaccesibles montañas?

—Poco á poco, Tamayo; — respondió Enrique: — vás muy de carrera. Todo es posible; pero hasta ahora no estamos en el caso de pensar en alzarnos; nó. ¡Plazca al cielo que ese extremo no llegue! — agregó con angustiado acento.

—Bien sé que no llegará nunca para tí, Enriquillo, — dijo Tamayo sarcásticamente.

—Yo mismo no lo sé, loco, ¿ y pretendes tú saberlo?—replicó Enrique.— Sí te declaro que jamás daré motivo de arrepentimiento á mis bienhechores, dejándome ir á la violencia, en tanto que haya una esperanza de obtener justicia.

—Pues yo te digo, Enriquillo, que abusarán de tí hasta mas no poder; buscarás esa justicia que dices, y no la encontrarás.

—Quedan todavía cuatro ó cinco horas de dia, — contestó Enrique mudando bruscamente de tono: — visitemos toda esta parte de la sierra hasta que venga la noche, y continuarémos mañana nuestra exploracion.

Desde que se internaron en la cordillera comenzaron á ver indicios de que en ella se albergaban muchos indios alzados, de lo cual pronto obtuvieron completa certidumbre por informes de algunos viejos, parientes ó amigos de Tamayo, que vivian ostensiblemente en los sitios ménos agrestes, cuidando cerdos y cabras por encargo de algun colono que los dedicaba á esta atencion. Fácilmente consiguieron, por medio de estos mismos vividores de la montaña, ponerse en comunicacion con algunos de los fugitivos de la Higuera, á quienes Enriquillo reprendió con bondad por haberle abandonado y expuesto á la cárcel y á otros sufrimientos. Lloraron amargamente los pobres indios al reconocerse culpables para con su cacique, y se ofrecieron á seguirle todos á la Maguana, ó á hacer lo que él quisiera.

— ¿ Volver allá ? nó; — les dijo Enriquillo; — récios castigos os aguardan, y yo prefiero consideraros rescatados de la servidumbre á costa de mi prision y de los demas digustos que he sufrido á causa de vuestra fuga. Permaneced por aquí bien ocultos; cultivad vuestros conucos en lo mas intrincado y secreto de estos montes, y cuidad de que yo os encuentre fácilmente, cada vez que tenga necesidad de vosotros.

Los prófugos besaron humildemente las manos al cacique, prometiéndole cumplir sus instrucciones punto por punto; y los dos exploradores pudieron proseguir con mayor holgura, y conducidos por guias perfectamente prácticos, la minuciosa investigacion de muchos picos, laderas, barrancos y precipicios de aquel confuso laberinto de montañas; en cuyo trabajo emplearon cinco ó seis dias, sin que les faltara el necesario sustento, que en abundancia les proporcionaba la rústica hospitalidad de los moradores del Bahoruco. Enriquillo parecia encantado con la variedad de objetos y accidentes de aquella original excursion, cuyo fin verdadero no se atrevia á confesarse á sí mismo: los puros aires de la sierra devolvian la salud y el vigor á sus miembros, y el mismo Tamayo, libre de su mal humor habitual, se hacia locuaz y expansivo, hasta el punto de reir abiertamente de vez en cuando.

XXXVI.

MALAS NUEVAS.

Era imposible que en el corto espacio de tiempo que Enriquillo habia destinado á la exploracion de sus montañas nativas, adquiriera un conocimiento cabal de aquella vasta sierra, cuyo desarrollo se dilata por mas de veinte y cinco leguas corriendo de levante á poniente, y sus estribaciones alcanzan en muchas partes cinco y seis leguas de norte á sur. Pero la seccion que habia logrado visitar era de por sí muy extensa, y quizá la mas accidentada de la cordillera, bastando al cacique aquel estudio práctico para quedar bien orientado de todo el contorno, y con la seguridad de que con Tamayo y los demas guias que tenia á su disposicion, le sería sumamente fácil el acceso á cualquier otra localidad de la agreste serranía.

Ordenó, pues, el regreso á la Maguana, apesar de las reclamaciones de Tamayo, á quien parecia demasiado pronto para poner término á tan agradable excursion. Enriquillo dió punto á todos sus reparos con esta sencilla pregunta:

— ¿Te parece que puedo estar tranquilo y gozoso léjos de mi Mencía?

Y con toda la celeridad de que eran capaces los excelentes caballos que montaban (1) salieron por la tarde de las montañas, volvieron á las llanuras, y durmiendo pocas horas en el camino, al siguiente dia llegaron á la Higuera.

Enriquillo se desmontó rápidamente á la puerta de su casa, y corrió anheloso al interior llamando á Mencía; pero á sus voces solo respondió tristemente el anciano Camacho, que salió al encuentro del cacique, y le hizo saber que la jóven esposa habia ido con Anica á San Juan, á aguardar su vuelta del Bahoruco en casa de Doña Leonor Castilla; que la cuadrilla vacante estaba toda en El Hato, y Galindo preso en la cárcel de la poblacion, por lo que él, Camacho, habiendo quedado solo en la Higuera, no habia podido enviar recado á Enriquillo, para enterarle de la gran novedad que habia ocurrido en su ausencia.

Apénas hubo acabado el viejo su rápido relato, Enriquillo, que le habia escuchado con atencion y febril impaciencia, volvió á montar en su generoso

[1] Era ya en aquel tiempo (1518 -- 19) muy abundante y de buena raza el ganado caballar en la Española.

caballo, é hincándole réciamente las espuelas, partió á escape, siempre seguido de Tamayo, en direccion de la villa, adonde llegó ántes que el sol al ocaso. Abrazó á su tierna esposa, en cuyo semblante se veian patentes las huellas de un profundo pesar, y oyó de sus lábios la narracion extensa del suceso, que Camacho no habia hecho sino indicarle sin precision.

Dos dias despues de haberse ausentado Enriquillo, Valenzuela y Mojica, acompañados de dos estancieros, se presentaron en la Higuera. Uno de los estancieros ó *calpisques*, (1) reunió todos los indios, sin distincion de edad ni sexo, y por órden de Valenzuela se encaminó con ellos á El Hato. Solamente quedaron Camacho y Anica en la casa del cacique, acompañando á Mencía; pero á poco espacio los dos caballeros, con su doble autoridad de señor del lugar el uno, y de tio de la jóven dama el otro, intimaron al viejo y á la muchacha que les dejaran á solas con Mencía, para tratar asuntos de que nadie mas que los dos hidalgos y la esposa del cacique debian tener conocimiento. Camacho salió de la casa y Anica se retiró á un cuarto inmediato, adonde poco despues la siguió Mojica; porque habiendo hecho vanos esfuerzos para conseguir que su sobrina entrara en conversacion con él, y obstinándose Mencía en guardar absoluto silencio, se levantó despechado, y salió de la sala diciendo á la taciturna jóven estas palabras: — "Ya tendréis que entenderos con Valenzuela."

Lo que pasó despues, segun la narracion de Mencía á su esposo, fué que Valenzuela. presentándole un escrito, le rogó que lo firmara por su bien; que ella leyó el papel y vió que contenia una declaracion bajo juramento, de que el cacique su marido la trataba muy mal, obligándola á vivir en una pajiza cabaña en la Higuera, cuando podian vivir en El Hato, ó en la villa, é imponiéndole otras muchas penitencias y privaciones; por lo que pedia á la justicia que la separasen de él, y le nombrasen curador especial. La jóven señora se habia negado rotundamente á firmar semejante infamia, y entónces Valenzuela, amenazándola y tomándola por un brazo sin miramiento alguno, quiso arrancarle por fuerza la firma; pero ella, resuelta á no ceder, pidió á gritos socorro, y á sus voces acudió Anica, forcejando con Mojica que pugnaba por contenerla; miéntras que por la puerta principal aparecieron Camacho y Galindo, armado este último de un nudoso garrote, con el cual cayó furiosamente sobre los dos viles hidalgos, dislocando el hombro derecho á Valenzuela, y descalabrando malamente á su cómplice.

Anica y Camacho no dejaban de tener parte en la hazaña del intrépido Galindo, por cuanto el viejo, con una agilidad increible en sus años, corrió á prestar ayuda á la muchacha, y ámbos se aferraron fuertemente del contrahecho Mojica, que por lo mismo no tuvo libertad para sacar la inútil espada, cuando cargó sobre él Galindo, despues de dejar mal parado á Valenzuela. En cuanto á este, el vivo dolor que le produjo su inesperada contusion tampoco le permitió otra cosa, cuando se repuso de su primera sorpresa, que increpar con voz terrible al atrevido naboria, prometiéndole que lo haria ahorcar. El esforzado muchacho le contestó con gran frescura: "Eso será mañana." Sobrevino entónces tardíamente el otro mayoral, que por acaso se habia apartado un tanto de la casa, y viendo aquel espectáculo y el aire de rebelion de Galindo, á la voz de Valenzuela cerró con él, y le hirió con su espadon en la izquierda mano; pero el intrépido indio revolvió sobre su agresor, y de un récio garrotazo en la cabeza lo postró en tierra. Anica, con admirable serenidad, asió entónces del brazo á Mencía, y escoltadas por

---

[1] *Calpisque, la peor especie de verdugos conocida;* — dice Las Casas.

el fiero Galindo emprendieron ambas el camino de la villa, sin que el molido y medio atónito Valenzuela intentara oponérseles.

Camacho entónces, tranquilo, si no del todo satisfecho, se puso á curar á los heridos, comenzando por el asendereado y yacente caballero Mojica, de quien el viejo curandero dijo con mucha sorna á Valenzuela:

—Este señor hidalgo vá á quedar señalado para toda su vida : hay aquí una oreja que nunca recobrará su forma natural..... Si el palo de ese loco sube una pulgada más, tendríamos que llorar muerto á este bendito señor Don Pedro de Mojica.

XXXVII.

RECTIFICACION.

El precedente relato es un resúmen fiel de lo que el cacique oyó parcial, pero acordemente, de los lábios de Camacho, Mencía y Anica, quienes siguiendo el parecer de Doña Leonor, que abrió sus brazos con regocijo á la amiga que volvia á buscar su refugio entre ellos, se pusieron de acuerdo para omitir en su narracion á Enriquillo, cuando este regresara del Bahoruco, aquellas circunstancias que pudieran llevar la exasperacion al ánimo del jóven cacique. Reintegrarémos en todo su punto la verdad, rectificando ó más bien completando sucintamente aquella relacion convencional de los sucesos.

Desde que Camacho vió al estanciero de Valenzuela ordenar que la cuadrilla de indios saliera para El Hato, presumió que se trataba de algun mal propósito contra Doña Mencía, y tuvo industria para dar á Galindo la consigna de evadirse del cumplimiento de aquella órden, y estar sobre aviso. Luego que Mojica hizo salir al mismo Camacho de la casa, este se ocultó en una choza vecina, de donde pudo oir la voz de Mencía; y reuniéndose al punto con Galindo, que tambien estaba oculto cerca de allí, obraron en perfecta combinacion segun se ha escrito.

Por lo que respecta á la escena entre Valenzuela y Mencía, hubo una circunstancia gravísima. El jóven hidalgo, tan pronto como se vió á solas con la peregrina beldad, y autorizado á todo por Mojica, creyó haber llegado al logro del objeto que más le preocupaba; y que la codiciada muger de quien sabia que era aborrecido, estaba en sus manos, enteramente á discrecion de sus torpes deseos.

Hízole efectivamente leer el papel en que se contenia la deshonra de Enriquillo y de la misma Mencía; y miéntras esta tenia fijos los hechiceros ojos en aquellas líneas; trazadas con tinta ménos negra que el alma del que las dictara, el liviano mancebo, devorando con la vista los encantos de la hermosísima jóven, aguardaba ansioso, jadeante, á que concluyera su lectura.

Cuando Mencía devolvió secamente el escrito, diciendo que no lo firmaría aunque le arrancaran la vida, el inflamado libertino le respondió con vehemencia:

—¿Qué me importa ese papel? Mencía, tened compasion de mí, y no me hagais con vuestro ódio el mas infeliz de los hombres..... ¡Vos, reducida á vivir en esta miserable cabaña, por desdeñar mi pasion; por negaros á usar de los bienes que pongo á vuestros piés!.... Vos, llenando de hiel este corazon que os adora, y siendo la causa de los sufrimientos que pesan sobre vos misma y sobre el que llamais vuestro esposo!.... Sí, Mencía: de vos depende la suerte de Enriquillo y vuestro propio bienestar. Soy capaz de todo lo malo por haceros mia: vuestro amor, la dicha de poseeros, haría de mí el mejor entre los buenos.... ¡Sed piadosa, como sois bella....!

Mencía escuchaba tal lenguaje inmóvil, espantada. Comprendia que lo que pasaba en aquel terrible momento era un acto premeditado, y entraba en su ánimo el terror, creyéndose á la merced de aquel hombre, que con cínica espresion le declaraba que era capaz de todo. Vaciló sobre el partido que debia tomar, y al cabo hizo un movimiento para huir; pero Valenzuela se abalanzó á ella como el tigre á su presa; la tomó por un brazo, y atrayéndola violentamente á sí, estrechó la bellísima cabeza contra su aleve pecho, é imprimió un ósculo de fuego en los inertes lábios de Mencía.

Entónces fué cuando la jóven prorrumpió en un grito agudo, penetrante, lleno de angustia; y haciendo un esfuerzo desesperado, logró desasirse de los brazos del vil corruptor.

Lo demas fué como queda anteriormente referido. Mencía repitió con todas sus fuerzas, dos y tres veces seguidas, la voz de ¡socorro! con acento desgarrador; al mismo tiempo que esquivaba el contacto del audaz Valenzuela, que insistia en su persecucion, hasta que le contuvo la inesperada presencia de Galindo y Camacho, recibiendo el violento golpe que le asestó el robusto naboria, ántes de que se diera cuenta de aquella súbita agresion.

Nuestras investigaciones no han alcanzado á saber de un modo cierto lo que pasara entre Mojica y Anica antes de llegar al ruidoso desenlace de la tentativa de Valenzuela. Ella contaba que el repugnante hidalgo habia pretendido reanudar la pasada amistad, haciéndole mil reflecciones y deslumbradoras promesas, á las que ella estuvo aparentando que prestaba atento oido, hasta que Mencía alzó el clamor pidiendo auxilio. Es un hecho averiguado que la jóven india detestaba al grotesco galan; en lo que no hacia cosa de mérito, porque el hombre era mas feo que el padre Manzanedo; y por lo mismo debemos creer á Anica todo lo que le plugo referir, sobre su honrada palabra.

Enterado Badillo del percance de sus amigos, aquella misma tarde hizo buscar á Galindo, y ponerlo en la cárcel aherrojado con el mayor rígor.

XXXVIII.

DESAGRAVIO.

Cuando Enriquillo escuchó de boca de su consorte la relacion, discretamente modificada, del atentado cometido contra su persona, sintió agolparse toda su sangre al corazon, un temblor nervioso se apoderó de sus miembros; y quedó por buen espacio como atónito y fuera de sí. Poco á poco dominó su emocion, recobró la aparente serenidad, y al cabo interrogó á Anica; apuntó varias notas en una hoja de papel, y negándose á tomar alimento alguno, se encaminó á la calle al toque de oraciones.

—Mira lo que vas á hacer, Enrique, — le dijo cuidadosa Mencía.

—Queda tranquila, cielo mio, — contestó él; — voy á ver si hay justicia en la Maguana.

Al salir de casa de Doña Leonor halló en la puerta á Tamayo, que habiendo oido atentamente la narracion que del suceso hizo Camacho, estaba envidioso de la suerte de Galindo, y tenia esperanzas de que se presentara alguna otra oportunidad de repartir palos.

Tan pronto como vió al cacique le dirijió la palabra con voz bronca, preguntándole:

—¿ Dónde vas, Enriquillo ?

—A ver si hay justicia en San Juan, — respondió el cacique, repitiendo lo que dijera á su esposa.

—¿ Y si no la hallas ? — insistió Tamayo.

—La iré á buscar á Santo Domingo, — volvió á responder Enriquillo con gran tranquilidad.

El impaciente mayoral dió una violenta patada en el suelo; mas reponiéndose en seguida preguntó de nuevo:

—Y si no la hallas ?

—Entónces, Tamayo, será lo que Dios quiera, — concluyó Enrique, siguiendo su camino.

Se dirijió á la casa del teniente gobernador, que estaba á la mesa con varios amigos. Uno de estos era Mojica, que con la cabeza llena de vendajes hacia gala de valor, negándose á guardar cama. Enriquillo tuvo que esperar mas de media hora á que acabara la cena, y miéntras tanto pasó por el suplicio de escuchar confusamente la voz ágria y chillona de aquel mónstruo, refiriendo á su manera la rebelion de la Higuera; y las frecuentes carcajadas con que los comensales acojian los chistes y agudezas del hidalgo-histrion. Levantóse al fin Badillo, y fué á la sala donde estaba el cacique, preguntándole con muestras de afabilidad qué se le ofrecia. Enriquillo le denunció lo ocurrido entre Valenzuela y su esposa, segun obraba en su noticia, y acabó por formular tres peticiones; la una, que Galindo fuera puesto inmediatamente en libertad; las otras, que se quitara á Valenzuela todo cargo ó intervencion en los bienes de Mencía, y se diera por terminada la dependencia ó sujecion del mismo Enrique y sus indios á un señor que se conducia tan indignamente.

Badillo acojió con sarcástica sonrisa la exposicion de Enriquillo, y le preguntó si tenia pruebas de lo que se atrevia á decir contra su patrono.

Al oir la helada cuestion, el cacique respondió con sosegado, pero firme acento, estas palabras:

—Vos sabeis tanto como el que mas, señor Teniente gobernador, que he renunciado á mis derechos personales no una, sino muchas veces; que en parte por gratitud á la memoria veneranda de Don Francisco de Valenzuela, y en parte por sentir que pesaba sobre mí una mala voluntad general, he soportado cuantas injusticias se ha querido hacerme; prision, malos tratamientos ó injurias de quien ni por ley ni por fuero tenia facultad para exigir mis servicios. Sabeis que soy incapaz de urdir mentiras, y acabais de oir á ese infame señor Mojica hacer motivo de risa en vuestra mesa, lo que es causa de dolor y desesperacion para mí. Lo que no sabeis, señor Teniente gobernador, es que yo habia puesto por límite á mi paciencia el respeto á mi esposa, y que estoy resuelto á que se nos haga reparacion cumplida en justicia, para lo cual está constituida vuestra autoridad en San Juan de la Maguana.

El tono reposado, digno, solemne, con que Enriquillo enunció su corto y espresivo discurso, hizo impresion en el ánimo de Badillo, que escuchaba sorprendido aquel lenguaje lleno de elevacion, en un sujeto á quien se habia acostumbrado á mirar como á un ente vulgar y falto de carácter. Pero como Badillo era un malvado, en la mas lata acepcion de la palabra, en vez de sentirse inclinado á retroceder en el sendero de la iniquidad, su orgullo satánico se sublevó á la sola idea de que un vil cacique, segun calificaba á Enriquillo, tuviera razon contra él, y pretendiera sustentarla con la entereza que denotaban las palabras del ofendido esposo. Contestóle, pues, con afectado desprecio y grosería, que son el recurso habitual de las almas cobardes y corrompidas, cuando se sienten humilladas ante la agena virtud:

— ¿De dónde os viene esa arrogancia y desvergüenza, cacique? ¿Pretendéis que saque de la cárcel á ese criminal muchacho, que ha tenido la osadía de poner las manos sobre su mismo amo, y apalear al respetable Don Pedro? Antes cuidad vos de no ir á hacerle compañía, como bien lo mereceis.

—Esa es en verdad, señor Badillo, — dijo con voz vibrante el cacique, — la justicia que siempre esperé de vos. Pronto estoy á sufrirla, si os place cumplir vuestra amenaza; miéntras los verdaderos criminales son vuestros íntimos amigos, y comen á vuestra mesa.

—Hola! — exclamó irritado Badillo: — alguaciles de servicio, llevad á este deslenguado á la cárcel!

Aparecieron instantáneamente dos esbirros, y cada cual asió de un brazo á Enriquillo, que se dejó conducir por ellos sin oponerles la menor resistencia.

Tamayo, que le habia seguido y aguardaba en la calle con inquietud el resultado de la visita al Teniente gobernador, cuando vió que el cacique iba preso se acercó á pedirle sus órdenes.

—Avisa á Mencía, y que no se intranquilice; — fué el único encargo que Enriquillo hizo al fiel mayoral.

Pero este, una vez cumplida la recomendacion, volvió á llevar al desgraciado cacique cena y cama. Enriquillo dejó una y otra intactas, y ademas rehusó obstinadamente el ofrecimiento que el leal Tamayo le hizo, de quedarse con él en la cárcel.

XXXIX.

RECURSO LEGAL.

Duró tres dias la prision de Enriquillo, al cabo de los cuales, sin ceremonia ni cumplimientos, le fué restituida su libertad; si libertad podia llamarse aquella tristísima condicion á que el infeliz cacique estaba sometido. Al volver á abrazar á su desconsoláda esposa, tanto esta como Doña Leonor vieron con secreta inquietud que ni en su rostro, ni en sus maneras, habia la mas leve señal de ira ó resentimiento. Una impasibilidad severa, una concentracion de espíritu imponente era lo que caracterizaba las facciones y el porte del agraviado cacique. Tranquilamente reunió en torno suyo á los séres que por deber ó por cariño compartian sus penas y podian comprenderlas. Mencía, Doña Leonor, Camacho, en primer término, y con voz deliberativa; Tamayo y Anica en actitud pasiva y subalterna, compusieron aquella especie de consejo de familia.

Enriquillo anunció su propósito de ir á la ciudad de Santo Domingo á pedir justicia ante los jueces de apelacion contra Badillo y Valenzuela; y como la discreta Doña Leonor contestara reprobando el propósito, que en su concepto solo habría de dar por resultado una agravacion de las persecuciones que sufria el cacique, este replicó diciendo que de no intentar aquel recurso de reparacion legal, estaba en el caso de quitar la vida á uno de los susodichos tiranos, ó mas bien á su instigador y cómplice Mojica; y esto lo dijo Enriquillo con tan terrible acento de inquebrantable resolucion, que á nadie pudo quedar duda de que lo habia de poner por obra. Tamayo dejó asomar una sonrisa de feroz satisfaccion en su angulosa faz, al oir la formidable amenaza del cacique; y el viaje de este quedó decidido con unánime aprobacion; aunque el suceso acreditó mas adelante el prudente reparo de Doña Leonor.

Dió Enriquillo órden á Tamayo para que le aprestara cualquier cabalgadura, á fin de salir de San Juan al despuntar la aurora el dia siguiente; y el leal servidor le hizo saber que esto era algo difícil, porque Valenzuela habia hecho que sus estancieros recojieran todos los caballos útiles que habia en la Higuera, sin escepcion de propiedad ni destino, pasándolos á

El Hato, con prohibicion de que nadie se sirviera de ellos sin su prévio permiso. Precaucion aconsejada por Mojica, para quitar á Enriquillo todo medio de acudir á quejarse á la capital, como no dudaba que lo intentaría, al saber en qué términos habia hecho su demanda ante Badillo.

Entónces resolvió Enrique hacer su viaje á pié; y como Doña Leonor le dijera con mucho calor que eso no habia de suceder, teniendo ella á su disposicion varias bestias de excelentes condiciones, Enriquillo la tranquilizó explicándole que el irse á pié era de todo punto necesario, para frustrar cualquier plan que sus enemigos tuvieran trazado con el fin de impedirle su viaje, como permitia suponerlo aquel estudio en privarle de cabalgadura.

La observacion no admitia réplica, y el infeliz cacique Enrique, solo, cubierto de andrajosos vestidos y llevando una alforja al hombro, se despidió con entereza de la llorosa y acongojada Mencía y de aquel limitado círculo de amigos, y salió de San Juan furtivamente, como un criminal que huye del merecido castigo; él, que no abrigando en el generoso pecho sino bondad y virtudes, maltratado y escarnecido por los que sobre él ejercian la autoridad en nombre de las leyes y de la justicia, se obstinaba en conservar su fé sencilla en la eficacia de la justicia y de las leyes, y arrostrando trabajos y privaciones iba á buscar su amparo á muchas leguas de distancia.

Llegó á la capital en ménos de cuatro dias de marcha, y fué bien recibido y hospedado en el convento de los domínicos, por los píos y virtuosos padres fray Pedro de Córdova y Anton de Montesinos, que conocian al jóven cacique y le apreciaban por amor de Las Casas. Ellos acojieron sus quejas, se hicieron partícipes de su justa indignacion, y lo consolaron con paternal solicitud. Despues fué á visitar á su madrina y protectora Doña María de Toledo, que le dió larga audiencia con su acostumbrada cariñosa benignidad, informándose minuciosamente de cuanto podia afectar la suerte del cacique y de Mencía, á quienes de todo corazon amaba la noble vireina. Al saber de boca de Enriquillo la situacion á que los tiranos de la Maguana lo tenian reducido, y viéndole en tan infeliz estado, la sensible esposa de Diego Colon vertió amargo lloro, y sintió mas que nunca la impotencia en que ella misma yacia, experimentando los efectos de la iniquidad que se habia entronizado en la Española.

Sus recomendaciones, no obstante, y las de los dos eminentes frailes domínicos, proporcionaron á Enriquillo un punto de apoyo en el juez de residencia Alonso Zuazo, contra el desprecio y la indolencia de los jueces superiores ordinarios, que, ó no se dignaban escucharle, ó cuando alguna vez conseguia hacerse oir de ellos lo despedian desdeñosamente, objetándole falta de pruebas, ó que no iba en forma; frase forense que equivalia á decirle que pusiera su asunto en manos de procuradores y abogados, y se volviera á su lugar á dormir hasta el dia del juicio. Zuazo, único hombre recto y justiciero entre aquella turba de prevaricadores, pronto hubo de reconocer que sus fuerzas no eran suficientes para luchar contra el desbordado torrente de vicios y pasiones que afligia á la colonia; y mermado su crédito en la corte por las intrigas de los oficiales reales, se limitaba á hacer el bien que buenamente podia. Compadecióse de las desgracias de Enriquillo, y no le ocultó la dificultad de que encontrara el remedio que buscaba; por lo cual le aconsejó mucho que perseverara en su templanza, al entregarle una carta oficial, llamada *de favor*, para el teniente gobernador Badillo, la cual consiguió del nuevo juez de gobernacion, (1) licenciado Figueroa; remitiendo otra vez á aquella au-

---

(1) Así lo llaman los oficiales reales en carta al Emperador, fecha 28 de Enero de 1520.

toridad el asunto del quejoso cacique, con encargo de que le administrara cumplida justicia.

Pobres eran por consiguiente las esperanzas del infortunado Enriquillo al emprender su regreso á San Juan, con solo aquella provision irrisoria por todo despacho. En su despedida de la vireina obtuvo nuevas demostraciones de amistad de la ilustre señora, que le entregó un pequeño crucifijo de oro como recuerdo de su parte para Mencía. Elvira no le escaseó tampoco las muestras de buen afecto; aunque no las dió de juicio, recomendando al jóven que se reconciliara con Valenzuela, de quien no creia que tuviera mal corazon.

Fué despues el cacique á besar las manos á los frailes sus amigos, en ambos monasterios, domínico y franciscano; y cuando estos santos varones, movidos á honda lástima por la injusticia de que le veian siendo víctima, le encarecian contra todo evento la paciencia y esperanza en Dios, Enriquillo les contestaba invariablemente, alzando los ojos al cielo.

—Tomo á Dios por testigo de mi paciencia. Sedlo vosotros, padres, de que me sobra razon para dejar de tenerla.

Y se volvió tristemente para la Maguana.

XL.

ÚLTIMA PRUEBA.

Un mes duró en todo la ausencia de Enriquillo de San Juan. Más triste fué, si cabe, el regreso que la partida: se arrojó en los brazos de su amante esposa, que lo aguardaba contando las horas; y las primeras palabras que profirió revelaron su profundo desaliento:

—No hay esperanza para nosotros, Mencía de mi alma! ¡Oh! ¡cuánto hé sufrido en este viaje! ¡Qué amargas reflecciones hé venido haciendo por ese camino, que jamás me ha parecido tan largo!

—¿Nada pudiste conseguir?—le preguntó tímidamente Mencía.

—Esto es todo,—respondió el triste sacando de su alforja el pliego del Justicia mayor Figueroa (1).—Una carta de favor para el mismo Badillo, remitiendo otra vez á este tirano mi queja. Nuestros protectores nada pueden; ellos mismos padecen injurias..... Si no fuera por tí, Mencía, amor mio, —continuó con exaltacion el cacique;—ya todas las tiranías y las infamias

[1] Justicia Mayor se llama á sí mismo Figueroa en una informacion y sentencia dada por él en 1520. Pag. 379. Doc. Inéd.

hubieran acabado para mí: yo alzaría la frente del libre con justa altivez, y nadie pudiera jactarse, como se jactan ahora, de que tu esposo el cacique Enriquillo no es sino un miserable siervo!

A estas palabras, Mencía se estremeció como la gentil palmera al primer soplo de la tempestad.

—¿Qué dices? — ¿Soy yo la causa de tus humillaciones? — preguntó á su marido con vehemencia.

—Sin tí, Mencía, una vez que esta carta de favor fuera despreciada por Badillo, yo no sufriría mas baldones. Me iría á las montañas.

—Y por qué no lo haces, y me llevas contigo? — repuso la jóven con exaltado acento. — Jamás hubiera sido yo quien te lanzara en esa vía; pero siendo ese tu sentir, yo te declaro con toda la sinceridad de mi corazon, que prefiero vagar contigo de monte en monte, prefiero los trabajos mas duros y hasta la muerte, á que vivamos aquí escarnecidos y ultrajados por el villano Valenzuela y los que se le parecen.

Enrique oyó sorprendido esta enérgica declaracion, que nunca osó esperar de su tímida consorte; y luego, tomándola en sus robustos brazos como toma la nodriza afectuosa al tierno infante, la besó con efusion. Pasado este movimiento de entusiasmo y recobrando la calma reflexiva que presidia á todas sus resoluciones, notificó al reducido conciliábulo, compuesto de Doña Leonor, Mencía y Camacho, su propósito de hacer la última prueba de paciencia, entregando la carta de favor á Badillo, y ateniéndose al resultado.

—¿ La última prueba? — replicó la generosa Doña Leonor. — Dices bien, Enriquillo; y dice bien este ángel. Por no ver tanta iniquidad, yo misma sería capaz de irme con vosotros á las montañas.

Apesar de la exaltacion que denotaban estas explícitas declaraciones, se acordó no decir nada á Tamayo, que estaba á la sazon en la Higuera, por temor de que se alborotara mas de lo conveniente.

Ansiosos los ánimos quedaron en espectativa del éxito que tuviera la carta de favor; y al dia siguiente Enriquillo, con el traje modesto y severo que usaba en las grandes ocasiones, fué á casa del Teniente gobernador, que tan pronto como alcanzó á verlo, le dijo en alta voz y en son de reproche:

—¡ Hola, buena pieza! Ya estais por aquí? Pensábamos que os habíais alzado.

—Ya veréis por este documento que os equivocábais, señor; — contestó Enrique; y le entregó la provision que le diera Zuazo.

Badillo la leyó con atencion, y volvió á mirar detenidamente á Enriquillo, midiéndole con vista airada de piés á cabeza. Meditó breve rato, y por último dijo al cacique:

—Cada vez estraño más vuestro atrevimiento, Enriquillo. ¿Habeis visto á *vuestro señor?*

—No conozco la ley que dé ese título para conmigo á nadie. ¿ Hablais acaso del señor Andrés de Valenzuela? — contestó Enrique.

—Altanerillo me andais, cacique. De Valenzuela hablo, repuso Badillo, — que os ha reclamado ante mi autoridad como prófugo.

—Ya veis que se engañaba, — volvió á decir Enriquillo.

—Sea; mas no por eso dejaréis de ir desde aquí á su presencia. ¡ Con Dios! — acabó desabridamente Badillo.

Y al punto ordenó á dos de sus alguaciles que fueran custodiando á Enriquillo, hasta ponerlo á la disposicion de *su amo* el señor Valenzuela.

Así lo hicieron los esbirros, ó hablando con mas propiedad, el mismo cacique fué muy de su grado á cumplir el mandato de la autoridad. Valenzuela lo recibió con sañudo talante, y dando á su voz todo el volúmen y el énfasis de que era susceptible, dijo á Enriquillo:

—Deseo saber, señor bergante, dónde habeis estado en todo este tiempo.

—Fuí á Santo Domingo á quejarme de vos y del señor Badillo; — contestó Enrique sin vacilacion ni jactancia, como quien presenta la escusa mas natural del mundo.

— ¿Y qué obtuvísteis, señor letrado? — preguntó Valenzuela burlándose.

—Una simple carta de favor, — dijo el cacique,—de la cual no ha hecho caso el señor Badillo, quien manda ponerme á vuestra disposicion.

—¿Es por soberbia, ó por humildad, que así me respondeis? — volvió á preguntar Valenzuela, no acertando á definir la naturaleza de las contestaciones de Enriquillo.

—Haced de mí lo que os plazca, señor. Solo sé decir la verdad.

—Iréis á la cárcel, Enriquillo, para corregir vuestro atrevimiento.

—Si no es mas que eso, vamos de aquí; — dijo el cacique á sus guardianes.

—Es algo más que eso, — agregó Valenzuela despidiéndole : — ponedle en el cepo, y que pase en él la noche.

Con esto, alguaciles y prisionero se retiraron á cumplir la órden del insolente hidalgo. Enriquillo manifestó, no ya mera tranquilidad, sino una satisfaccion extraordinaria, y en tanto que caminaba con paso igual y seguro en medio de los ministriles, repetia, como hablando consigo mismo :

— ¡Ya lo veis, Don Francisco; basta! He cumplido con vos mas allá de lo que hubiérais exijido, y basta ! Don Francisco, basta !

Los esbirros escuchaban con estrañeza este monólogo, y el uno dijo á su colega, llevándose un dedo á la sien con aire de lástima :

—Está loco !

XLI.

ALZAMIENTO.

Acaso logra el águila prisionera romper las ligaduras con que una mano artificiosa la prendiera en traidora red; y entónces, nada mas grato y grandioso que ver la que fué ave cautiva, ya en libertad, extender las pujantes alas, enseñorearse del espacio etéreo, describir magestuosamente ámplios círculos, y elevar mas y más el ráudo vuelo, como si aspirara á confundirse entre los refulgentes rayos del sol.

Aun no hace ocho dias que Enriquillo, el abatido, el humillado, el vilipendiado cacique, ha salido de la inmunda cárcel, donde lo sumieran el capricho y la arbitrariedad de sus fieros cuanto gratuitos enemigos. Cada minuto de los de esa tregua de libertad ficticia ha sido activa y acertadamente aprovechado para los grandes fines que revuelve en su mente el infortunado siervo de Valenzuela.

Tamayo se multiplica, vá, viene, vuelve, corre de un lado á otro con el fervor de la pasion exaltada, que vé llegar la hora de alcanzar su objeto. Enriquillo ordena, manda, dirije, prevé: Tamayo ejecuta sin réplica, sin exámen, con ciega obediencia, todas las disposiciones del cacique. Este es el pensamiento y la voluntad; aquel es el instrumento y la accion. Lo que en una semana prepararon é hicieron aquellos dos hombres, se hubiera juzgado tarea imposible para veinte en un mes.

La fuga á las montañas está decidida; pero se trata de un alzamiento en forma, una redencion, mejor dicho. Enriquillo no quiere matanza, ni crímenes; quiere tan solo, pero quiere firme y ardorosamente, su libertad y la de todos los de su raza. Quiere llevar consigo el mayor número de indios armados, dispuestos á combatir en defensa de sus derechos; de derechos ¡ay! que los mas de ellos no han conocido jamás, de los cuales no tienen la mas remota idea, y que es preciso ante todo hacerles concebir, y enseñárselos á definir, para que entre en su ánimo la resolucion de reivindicarlos á costa de su vida si fuere necesario. Y ese trabajo docente, y ese trabajo reflexivo y activo lo hacen en tan breve tiempo la prudencia y la energía de Enriquillo y de Tamayo combinadas.

Un dia mas, y la hora de la libertad habrá sonado; y miéntras Enrique, seguido de dos docenas de indios de á pié y de á caballo trasportará á Mencía á las montañas del Bahoruco, otros muchos siervos de la Maguana, en grupos mas ó menos numerosos, se dirijirán por diversos caminos al punto señalado; y el valeroso Tamayo, con diez compañeros escojidos por él, aguardará á que la noche tienda su negro manto en el espacio, para caer por sorpresa sobre la cárcel y arrebatar á Galindo del oscuro calabozo en que el desdichado purga su fidelidad y abnegacion, hasta tanto que el juzgado superior confirme el fallo de Badillo condenándole á pena de horca.

La Higuera es el sitio donde se reunen los principales iniciados en la conjuracion, para dar los últimos toques al plan trazado por Enriquillo. Allá han vuelto pocos de los indios que Valenzuela hizo conducir á El Hato, lo que atenuando la vigilancia de los feroces calpisques, facilita la adopcion de medidas preparatorias que en otro caso no hubieran dejado de llamar su atencion. Allí están congregados los caciques subalternos Maybona, Vasa, Gascon, Villagran, Incaqueca, Matayco y Antrabagures (1); todos resueltos á seguir á Enriquillo con sus tribus respectivas. Allí tambien los caciques de igual clase, Baltazar de Higuamuco, Velázquez, Anton, y Hernando del Bahoruco, que con algunos otros deben quedarse tranquilos por algun tiempo, con el fin de proveer de armas, avisos y socorros de todo género á los alzados, á reserva de seguirlos abiertamente en sazon oportuna. Otros tres caciques, cuyos nombres son Pedro Tórres, Luis de la Laguna, y Navarro, (2) toman á su cargo llevarse consigo al Bahoruco los magníficos perros de presa de Luis Cabeza de Vaca y de los hermanos Antonio y Gerónimo de Herrera, ricos vecinos y ganaderos de la Maguana, á quienes estaban encomendados los referidos caciques.

Estas disposiciones comienzan á recibir puntual ejecucion desde la noche siguiente.

---

[1] Todos estos nombres son de caciques que figuran en el repartimiento de San Juan de la Maguana, por Alburquerque.

[2] Id. Id.

Enriquillo vá por la tarde á la Villa á tomar consigo á Mencía, que se despide amorosamente de su buena amiga Doña Leonor. Esta hace que el cacique le prometa enviarle muy pronto con las necesarias precauciones un emisario discreto, para enterarla del éxito de su alzamiento; y ofrece á su vez hacer en toda la Maguana y escribir á Santo Domingo la defensa de aquella resolucion extrema, para que todos sepan con cuanta razon la' habia adoptado su infeliz amigo. Enrique, penetrado de honda gratitud, besa la mano á aquella generosa muger, y parte con su esposa para la Higuera.

Hacen sin pérdida de tiempo sus preparativos para la fuga: las santas imágenes domésticas, las ropas y los efectos de mayor aprecio y utilidad de ámbos esposos, en bultos de diversos tamaños, son confiados á unos cuantos mozos indios, ágiles y fuertes. Mencía tambien es conducida en una cómoda litera, llevada por un par de robustos naborias que no sienten incomodidad ni fatiga con aquel leve y precioso fardo; otros llevan del diestro dos ó tres caballos destinados á relevos, y entre los cuales luce el dócil y gallardo potro, regalo de Doña Leonor á Mencía, cubierto de ricos jaeces, para el uso de la jóven señora. Anica monta con desembarazo una excelente cabalgadura, y Enriquillo cierra la marcha con cuatro ginetes más y el resto de la escolta á pié, todos perfectamente armados.

En el órden referido salieron de la Higuera, donde quedaba casi solo el buen Camacho, que incapaz de abandonar el sitio en que le dejara su amo, despues de hacer cristianas advertencias á Enriquillo, permanecia orando fervorosamente en la ermita, por el éxito feliz de su formidable empresa. Era noche cerrada cuando los peregrinos se pusieron en marcha, sin que los confiados opresores llegaran á sospechar siquiera el propósito de las víctimas, conjuradas para recuperar su libertad.

La parte del proyecto encomendada á Tamayo fué la que presentó mayores dificultades. Cierto que la cárcel estaba flojamente custodiada por media docena de guardas que tenian casi olvidado el uso de sus enmohecidos lanzones; pero aquella noche quiso la casualidad, ó el diablo, que nunca duerme, que el teniente gobernador y los regidores de la villa dieran un sarao en la casa del Ayuntamiento, situada á corta distancia de la cárcel, festejando oficialmente la investidura imperial del rey Don Cárlos de Austria. (1)

Tamayo no encontró, pues, á la media noche, cuando fué con sus hombres á libertar á Galindo, la soledad y las tinieblas que debian ser sus mejores auxiliares; y comenzaba á desesperarse por el contratiempo, cuando le ocurrió un ardid que llevó á cabo inmediatamente.

Dispuso que dos de sus compañeros fueran á poner fuego á la casa de uno de los pobladores que él mas aborrecia por sus crueldades, y en tanto que se ejecutaba la despiadada órden, él, con su gavilla, se quedó oculto detrás de la iglesia, esperando el momento de obrar por sí.

No pasó media hora sin percibirse el rojo reflejo de las llamas coloreando con siniestro fulgor las tinieblas de la noche. Entónces Tamayo corrió al campanario de la iglesia, que no era de mucha elevacion, y tocó á rebato las campanas dando la señal de incendio.

Los encargados de la autoridad salieron todos precipitadamente á llenar, ó hacer que llenaban, el deber de acudir al lugar del incendio. Siguiéronles en tropel todos los caballeros y músicos de la fiesta, y en pos de estos los guardianes de la cárcel abandonaron su puesto para ir tambien á hacer méritos

[1] La investidura oficial y solemne fué el 28 de junio de 1519. Desde la muerte de su predecesor Maximiliano, en 1517, se consideró electo a Cárlos, y se le dió el título de Magestad Imperial, segun atrás se dijo.

á los ojos de sus superiores. Esto era precisamente lo que previó y esperaba Tamayo. Corrió como una exhalacion adonde estaban los suyos, y cargando todos á un tiempo con las férreas barras de que estaban provistos, hicieron saltar á vuelta de pocos esfuerzos las puertas de la cárcel, penetraron en su interior, y Tamayo voló á la mazmorra en que yacia el pobre Galindo, aherrojados los piés con pesados grillos. Sin detenerse ni vacilar, el fuerte indio toma en brazos á su compañero, sube en dos saltos las gradas de la mazmorra, y sale con su cárga de la cárcel, seguido de toda la partida expedicionaria, ántes de que nadie pudiera darse cuenta del audaz golpe, y cuando el incendio estaba aun en su apogéo. Los demas presos se quedaron por un instante suspensos, y pasado un buen rato fué cuando los mas listos y deseosos de salir de aquel triste lugar siguieron las huellas de sus inopinados libertadores.

Otros presos mas tímidos permanecieron allí temblando, y dieron cuenta de lo ocurrido, despues que sofocado el incendio volvieron á sus puestos con aire de triunfo el alcaide y los guardas, quienes se llenaron de estupor al darse con las prisiones forzadas y todo el establecimiento en desórden. El teniente gobernador y los regidores recibieron aviso inmediatamente; y una estruendosa alarma, cundiendo al punto de casa en casa, mantuvo en vela por todo el resto de la noche á los asombrados habitantes de San Juan de la Maguana.

XLII.

LIBERTAD.

Las magestuosas montañas del Bahoruco se presentaron á las ávidas miradas de los infelices que iban á buscar en ellas su refugio, al caer la tarde que siguió á su nocturna emigracion de la Maguana. Viendo en lontananza aquella ondulante aglomeracion de líneas curvas que en diversas gradaciones limitaban el horizonte al oeste, destacándose sobre el puro azul del éter, Vasa, uno de los caciques indios de la escolta, detuvo su caballo, señaló con la diestra extendida la alta sierra, y pronunció con recojimiento estas solemnes palabras: *Allí está la libertad!* Los demas indios oyeron esta espresiva exclamacion conmovidos, y algunos la repitieron maquinalmente, contemplando las alturas con lágrimas de alegría. Entónces Enriquillo les habló en estos términos:

—Sí, amigos mios; allí está la libertad, allí la existencia del hombre, tan distinta de la del siervo! Allí el deber de defender esforzadamente esa existencia y esa libertad; dones que hemos de agradecer siempre al Señor Dios Omnipotente, como buenos cristianos.

Esta corta alocucion del cacique fué escuchada con religioso respeto por todos. El instinto natural y social obraba en los ánimos, haciéndoles comprender que su mas perentoria necesidad era obedecer á un caudillo; que ese caudillo debia ser Enrique Guarocuya, por derecho de nacimiento y por los títulos de una superioridad moral é intelectual que no podian desconocerse. Vasa y los demas caciques de la escolta eran precisamente los mas idóneos por su valor é inteligencia para apropiarse la gefatura y la representacion de los demas indios. Enriquillo fué aclamado allí mismo por ellos como caudillo soberano, sin otra formalidad ó ceremonia prévia que el juramento de obedecerle en todo, segun lo propuso el viejo Antrabagures.

Casi al anochecer comenzaron á subir por un escabroso desfiladero, que se abria paso por entre derriscos perpendiculares y oscuros abismos. En aquella hora el sitio era lúgubre y horroroso. Mencía sintió crisparse sus cabellos por efecto del pánico que helaba su sangre, al sentir resbalar por la pendiente sombría las piedras que se desprendian al paso de los conductores de su litera; pero Enriquillo, que se habia desmontado del caballo confiándolo á un jóven servidor, seguia á pié á corta distancia de su esposa, que al verle llegarse á ella ágil y con planta segura en los pasos mas difíciles, recobraba la serenidad, y acabó por familiarizarse con el peligro.

Pararon al fin en una angosta sabaneta, donde habia dos ó tres chozas de monteros; y allí se dispuso lo necesario para pasar la noche. Hízose lumbre, se aderezaron camas para Mencía y Anica, con las mantas de lana y algodon de que llevaban buena copia, y los demas se instalaron como mejor pudieron, despues de cenar de lo que llevaban á prevencion. Hicieron todos devotamente sus oraciones, y se entregaron al descanso.

Al amanecer, la caravana siguió viaje al interior de las montañas. Antes del medio dia llegó á las orillas de un riachuelo, que serpenteaba entre enormes piedras: lo vadearon, subieron todavía una empinada cuesta, y se hallaron en un lindo y feraz vallecito, circundado de palmeras y otros grandes árboles. Desde allí se descubria un vasto y gracioso panorama de montes y laderas, matizadas á espacios con verdes y lozanos cultivos. Aquel fué el sitio de la eleccion de Enriquillo para hacer su primer caserío ó campamento estable, y así lo declaró á sus subordinados, comunicándoles al mismo tiempo que su plan consistia en multiplicar sus sementeras y habitaciones en todos los sitios inaccesibles y de favorables circunstancias, que fueran encontrando en la extensa sierra; á fin de tener asegurado el sustento, y cuando no pudieran sostenerse en un punto, pasar á otro donde nada les hiciese falta.

Todos aplaudieron la prudente disposicion, y se pusieron á trabajar con ardor para cumplirla. Una cabaña espaciosa y bastante cómoda quedó construida aquel mismo dia, para el cacique soberano y su esposa; otras varias de muy buen parecer la rodearon en seguida, y las cuadrillas de labradores bien repartidas, comenzaron desde luego á trabajar en los conucos, desmontando y cercando terrenos los unos; limpiándolos y sembrando diversos cereales los otros. El tiempo era magnífico, y favorecia admirablemente á estas faenas.

Por la noche, el cacique congregó ante la puerta de su habitacion á todos los circunstantes, y rezó el rosario de la Vírgen, costumbre que desde entónces quedó rigorosamente establecida, y á que jamás permitió Enriquillo que nadie faltara nunca. (1) Los dos dias siguientes se emplearon de igual

---

[1] Histórico. No queremos alterar el tipo de nuestro héroe, suprimiendo este detalle, que acaso no armonice con la estética moderna; pero que nos parece de gran valor característico.

modo en organizar el género de vida, las ocupaciones y policía de aquella colonia dócil y activa. Despues comenzaron á afluir indios fugitivos de diferentes procedencias: primero los que de antemano estaban errantes por las montañas; mas tarde los que seguian desde la Maguana á sus caciques, segun la consigna que oportunamente recibieran. Por último, iban acudiendo los que en distintas localidades del Sur y el Oeste de la isla recibian de Enriquillo mismo ó de sus compañeros aviso ó requerimiento especial de irse al Bahoruco á vivir en libertad.

Al tercer dia ya pudo contar Enrique hasta un centenar de indios de todas edades y de ambos sexos en su colonia; de ellos once que llevaban título de caciques, y veinte y siete hombres aptos para los trabajos de la guerra, armados de lanzas y espadas los primeros; de puñales, hachas y otras armas menos ofensivas los demas. Algunos tenian ballestas que aun no sabian manejar; otros un simple chuzo, y no faltaban gruesas espinas de pescado en la punta de un palo, á guisa de lanza.

Este era el número y equipo bélico de la primera gente de armas de Enriquillo, cuando llegó Tamayo al campamento seguido de Galindo y los demas expedicionarios que habian forzado la cárcel de San Juan recojiendo y trayéndose de paso media docena de mosquetes y otras armas. Enrique reprobó mucho el incendio que sirvió para preparar la fechoría, medio que no habia entrado en sus miras. Tamayo se disculpó como pudo, y, abonado por el éxito incruento y por la presencia de Galindo, á quien Enrique abrazó con efusion, quedó por bueno, válido y digno de aplauso todo lo que el bravo teniente habia hecho.

Pero era de presumirse que el escándalo producido por aquellos actos precipitara la persecucion de parte de las autoridades de la Maguana, facilitando el pronto descubrimiento de las huellas de los fugitivos. Así lo pensó Enriquillo, y se preparó al efecto.

Sus esploradores recibieron órden de estar muy apercibidos, y dar oportuno aviso de cuanto observaran en las poblaciones inmediatas á la sierra; precaucion que resultó supérflua, pues en la tarde del cuarto dia llegaron Luis de la Laguna y los dos caciques sus compañeros, con la trahilla de perros de presa, dando la noticia de que Andrés de Valenzuela y Mojica habian debido salir de San Juan aquel mismo dia, al frente de una banda de caballeros y peones, con ánimo de perseguir á Enriquillo y á los demas indios alzados que lo acompañaban.

No perdió tiempo Enriquillo en saber que se movian contra él sus enemigos, y fué al punto á establecer una línea de observacion al pié de los montes, con los exploradores y centinelas convenientemente distribuidos, y una guardia para estar á cubierto de cualquier sorpresa. Vasa fué el gefe escojido por Enrique para mandar esa fuerza avanzada.

Tomada esta precaucion, Enriquillo vuelve al campamento, y todo lo dispone con gran sosiego y serenidad de ánimo para hacer frente al peligro. Distribuye su gente en dos grupos, conservando á sus inmediatas órdenes quince hombres, los mas de ellos caciques, á los cuales exhorta uno por uno á cumplir bien su deber.

Los viejos caciques Incaqueca y Antrabagures, prácticos en el arte de curar, provistos de bálsamos y yerbas, han de permanecer en determinado sitio, guardando las mujeres y los individuos inermes; y allí han de ser llevados los heridos á fin de que sean auxiliados debidamente. Los demas indios aptos para combatir, forman una hueste bajo el mando de Tamayo y Matayco, á quienes Enriquillo dá instrucciones claras y sencillas para obrar juntos ó separados, segun lo exijan las circunstancias. Galindo, no sano aun de su herida, es obligado á quedarse con los caciques curanderos.

Ya terminados los preparativos de todo género, y atendidas las exigencias mas minuciosas de aquella situacion, Enriquillo, despues de probar en una breve esgrima con Tamayo si sus manos conservaban la antigua destreza, y satisfecho de la prueba, hizo que los caciques primero, y por turno los demas guerreros improvisados, se ejercitaran igualmente ensayando su fuerza y agilidad en el uso de sus respectivas armas. La noche puso fin á estos ejercicios, y el inteligente y previsor caudillo no quedó descontento de la marcial disposicion que habia manifestado su gente.

XLIII.

EL DEDO DE DIOS.

Otras disposiciones complementarias dictó Enrique durante la noche, que todas hubieran bastado á justificar la ciega confianza con que le obedecian sus compañeros, acreditándole como prudente y experto capitan, si esa confianza instintiva necesitara de justificacion. Los perros de presa, conducidos por los caciques conocidos de ellos, fueron á reforzar la guardia de Vasa, y entre esta y el campamento cruzaban de contínuo mensajeros y vigilantes, que tenian al corriente á Enriquillo de cuanto llegaba á noticia de los exploradores. De este modo se supo con certeza hácia la madrugada que la tropa de San Juan habia pernoctado en Careybana, de donde emprendería la marcha á la Sierra desde el amanecer. De Careybana al campamento de los alzados la distancia era casi igual, por tres distintos caminos; ¿cuál de ellos sería el preferido por los agresores? Contra las emergencias de esta duda, el prudente caudillo no podia hacer mas que mantener el mismo campamento á cubierto de la acometida del enemigo, aunque siempre tuvo por mas probable que este penetrara en la sierra por el sendero que guarnecia Vasa, por ser el mas accesible; prevision que se justificó muy pronto.

Era cerca del medio dia cuando los correos llegaron al campamento avisando que la tropa entraba resueltamente en el desfiladero principal. Enriquillo dirije entónces la palabra á sus compañeros, los exhorta á pelear con denuedo por su libertad, y tomando consigo la corta hueste de caciques y hombres escojidos para combatir bajo su direccion personal, acude presuroso al socorro de Vasa.

A tiempo que bajaba la cuesta del riachuelo este refuerzo, se oyen lejanos ladridos: son los perros de Luis de la Laguna que dan aviso de que el enemigo asoma. Resuenan poco despues varias detonaciones de arcabuz, y no bien llega Enriquillo á la opuesta ladera, cuando tiene el dolor de percibir la mayor parte de los indios de la avanzada que en desórden y llenos de terror huyen como tímido rebaño. Detiénelos con la voz y con el gesto, les afea su cobardía, y se informa del paradero de Vasa, sin conseguir saberlo. Prosigue entónces á carrera abierta, y á poco encuentra al valiente cacique postrado en tierra y herido en una pierna: le acompaña Luis de la Laguna, que seguido de sus tres enormes dogos, le ayudó á llegar hasta allí, y le exhorta á continuar la retirada.

Forma el desfiladero en aquel punto un brusco recodo, mas allá del cual se oyen las voces de los enemigos animándose á subir por la rápida pendiente, en persecucion de los indios, que con tanta facilidad desalojaban la fuerte posicion.

De una ojeada vió Enriquillo el partido que podia sacar de aquella estrechura: rápidamente distribuyó su escasa fuerza á derecha é izquierda, dominando el paso, y él se colocó á la salida del recodo, con cinco hombres, armados de lanza y espada.

Un instante despues se presentaron Valenzuela y Mojica, á la cabeza de su tropa, toda á pié, pues hubiera sido imposible maniobrar á caballo en aquella escabrosa altura. Los dos hidalgos subian envalentonados con el fácil éxito de su primera acometida, y creyendo que no osarían los indios volver á resistirles.—¿Dónde está ese perro? ¿Dónde está Enriquillo?—vociferaban sin cesar.

En aquel momento apareció ante su vista, nó el perro, nó el triste siervo que ellos acostumbraban despreciar como á vil escoria; sino Enriquillo, transfigurado, imponente, altivo, terrible. El valor indómito, la resolucion inflexible, la fiereza implacable fulguraban en sus ojos, en su aspecto, en toda su actitud; y al ver aquella intrépida y formidable figura, que con temerario arrojo se adelantaba hácia ellos sin precaucion alguna, como si se creyera invulnerable, los dos hidalgos sienten desfallecer súbitamente sus bríos, enmudecen espantados, y dán dos pasos atrás.

—¡Aquí está el que buscais!—exclama Enriquillo con voz de trueno.—Aquí está el señor de estas montañas, que vivirá y morirá libre de odiosos tiranos!

Y viendo que la tropa enemiga se agrupaba en torno de los dos suspensos hidalgos, se volvió á los suyos, y con vibrante acento les gritó:

—A ellos, amigos mios!

Entónces aquellos hombres, imitando el ejemplo de Enriquillo, se precipitaron como despeñado torrente sobre el desordenado grupo, con tanto ímpetu, que algunos rodaron por la ladera asidos del enemigo á quien habian atravesado el cuerpo con su lanza. Enriquillo se arrojó como un leon en demanda del aborrecido Pedro de Mojica, que en vano procura esquivar el encuentro: el cacique, con irresistible coraje, rompe, deshace cual si fueran frágiles cañas, los hombres de armas que se interponen, y logra inferir al cobarde tirano una profunda herida en el rostro con la punta de su espada; no habiendo podido alcanzarle de lleno por la dificultad del sitio y la celeridad con que huyó el despavorido Mojica, revuelto con otros soldados, que iban dando tumbos y caidas por el tortuoso desfiladero abajo.

Al seguirles Valenzuela, Tamayo le descargó un récio golpe con el cuento de su rota lanza, que le abrió la cabeza, haciéndole caer en tierra. Iba á rematarlo allí mismo; pero el generoso Enriquillo sintió despertarse sus sentimientos benignos al ver en tal extremidad al hijo del que fué su bienhechor, y adelantándose vivamente, contuvo el brazo del terrible Tamayo.

—No lo mates,—le dijo.—Acuérdate de Don Francisco Valenzuela.

—Eres un mándria, Enriquillo,—contestó el iracundo indio.—A cada cual lo que merece; Don Francisco en el cielo, y este pícaro que se vaya al infierno.

—Nó, Tamayo: hoy pago mi deuda á aquella buena alma.

Y alzando Enrique del suelo al estropeado y confuso Valenzuela, examinó su herida, vió que no era de cuidado, y le dijo estas sencillas palabras:

—Agradeced, Valenzuela, que no os mato: idos, y no volvais más acá. (1).

Tamayo golpeó con la planta en tierra enfurecido: luego, como si le hubiera ocurrido una idea repentina, se dió una palmada en la frente, y viendo á Enriquillo ocupado en dirijir la traslacion de Vasa al campamento, el voluntarioso teniente se quedó rezagado: hasta que perdió de vista al magnánimo caudillo: entónces tomó consigo seis ó siete compañeros, y emprendió á escape la bajada del desfiladero, llegando al pié de la montaña á tiempo que Mojica, desarmado, sin sombrero y con la faz ensangrentada, sostenido por dos hombres montaba en su caballo, y partia á todo correr. Tamayo articuló una imprecacion semejante á un rugido, al pensar que se le escapaba aquel hombre justamente execrado; mas como acertara á ver cerca de allí cinco ó seis corceles que con las sillas puestas y el freno pendiente del arzon, aun no habian sido recobrados por sus dueños, extraviados ó muertos en la montaña, se lanzó rápidamente sobre una de dichas bestias, la mas próxima que halló al acaso, y partió á carrera tendida en persecucion de Mojica. El animal, estimulado por su ginete, devoraba la distancia con tal velocidad, que Tamayo, saliendo de su loca preocupacion, adquirió la certeza de dar alcance al fugitivo; y prendado de la excelencia de su cabalgadura, miró á su ondulante crin más fijamente, y reconoció con júbilo que era Azucena, la yegua tan indignamente usurpada por Valenzuela á Enriquillo.

Por su parte Mojica, que habia podido reconocer á su perseguidor, pretendió ganar distancia hundiendo las espuelas hasta los botones en los hijares de su caballo; pero este no podia competir con la veloz Azucena, y el hidalgo, que medio muerto de terror veia reducirse á cada instante el espacio que lo separaba de Tamayo, vencido por su miedo ántes que por la fortuna, acordó parar súbitamente su carrera, y entregarse á discrecion, esperando hallar piedad en su contrario.

—Tamayo,—le dijo con voz suplicante,—¡qué quieres de mí? Aquí me tienes: ayúdame á salir de este paso, y te daré lo que me pidas.

Tamayo detenia en aquel momento su yegua, cubierta de espuma y azorada, al lado de Mojica, á quien asió de un brazo diciéndole con feroz sonrisa:

—Ya eres mio, hombre maldito, hijo del diablo! ¡Qué hablas de darme nada? Tu vida es lo que quiero, y no te la dejaría por todo el oro que has robado en este mundo.

Y amenazándolo con su puñal le ordenó que desmontara del caballo.

---

(1) Palabras textuales de Enriquillo á su inicuo opresor, cuando lo tuvo vencido y á su disposicion, segun lo refieren Las Casas y los demás historiadores.

Obedeció Mojica temblando, y repitiendo con balbuciente lábio sus súplicas, mezcladas con ofertas y deprecaciones á la Vírgen y á todos los santos. El inflexible Tamayo, quitándole el cinto de la espada (la cual habia perdido en su fuga á pié), le ató con él muy bien las manos, y aguardó á sus compañeros que veia venir á lo léjos, unos á pié y otros á caballo.

A medida que estos iban llegando, el despavorido Mojica volvia á sus lamentaciones y ruegos, pidiéndoles compasion.—Muchachos, no me mateis, queriditos mios!—les decia.—Yo seré vuestro mejor amigo; yo haré que os perdonen y os dejen en libertad! Yo os daré todo lo que tengo; perdonadme la vida, por Jesucristo, por la Vírgen Santísima, por San Francisco!

—¡El mamarracho de la Higuera, eh?—le respondió Tamayo, á quien Enrique habia informado de este chiste impio del hidalgo, en la audiencia del cabildo de San Juan.—No tengas cuidado; ya vas á pagar tu heregía: el Santo te ha puesto en mis manos. (1)

Y ahorrando más razones, cortó la jáquima al mas prócsimo caballo; hizo brevemente un lazo corredizo, y rodeó con él la garganta de Mojica.

—Reza!—le dijo.

—¿Qué rezo?—preguntó el sin ventura, fuera de juicio.

—Lo que te dé la gana. Sujetadle bien,—agregó Tamayo dirijiéndose á los suyos.

—No sé rezar!—exclamó el hidalgo, pensando tal vez que esta ignorancia le salvaría.

—¡Pues peor para tí!—contestó fieramente Tamayo.—¡Anda á los infiernos!

Al decir estas palabras, apretó la cuerda sin piedad, ayudándose con piés y manos. Mojica cerró los ojos; luego los abrió desmesuradamente; todo su rostro se puso cárdeno; la sangre que manaba de su herida se contuvo al cabo, y una convulsion postrimera recorrió todo su cuerpo. Entónces lo colgaron del árbol más inmediato.

Despues de estarle observando por buen espacio de tiempo, al ver su lívida faz, sus miembros inmóviles y rígidos, Tamayo dijo con fria indiferencia:

—Está muerto, y bien muerto. Es el mayor malvado que habia en la Maguana. Dios me perdone! Ahora vuelvo á creer en Él y en su justicia.

Luego, acariciando el gracioso cuello de Azucena, montó en ella, y seguido de su gente partió para su campamento.

—Esta es otra prueba,—decia reanudando su monólogo.—¡Qué contento vá á ponerse Enriquillo con recobrar su linda yegua!

Al terminar este concepto, divisó á un hombre que cabizbajo, y con paso vacilante venia de la sierra. Trató de ocultarse en el bosque cuando vió el grupo de ginetes; pero ya era tarde. Fué detenido, y Tamayo reconoció en aquel triste derrotado, que traia los vestidos llenos de sangre y la cabeza envuelta en tosco vendaje, al soberbio tirano Andrés de Valenzuela.

Este lo miró con abatimiento, y en actitud resignada le dijo:

—¿Qué quieres de mí?

—Eso mismo me preguntó hace un rato tu compadre Mojica,—le respondió con dureza Tamayo,—y acabo de decírselo, muy bien dicho. De tí, en verdad, no sé lo que quiero. Me figuro que San Francisco te ha

---

(1) Perdónenos la moderna despreocupacion: narramos con arreglo á las ideas de aquel tiempo.

puesto tambien en mis manos........; pero Enriquillo te ha concedido su perdon........

Tamayo hablaba como un hombre indeciso, y en verdad, tenia terribles ganas de acabar con Valenzuela como lo habia hecho con Mojica; pero no se atrevia á ir tan léjos contra la voluntad de su caudillo.

De súbito volvió riendas á su cabalgadura, y dijo á Valenzuela:
—Sígueme: no quiero de tí gran cosa.

Caminaron hasta el lugar en que estaba colgado Mojica, á quien Valenzuela no pudo reconocer al pronto en aquel oscilante cadáver.

—Mira á tu amigo, el compañero de todas tus maldades,—le dijo Tamayo con voz parecida al vibrante silbo del huracan, y señalando al muerto.

—Enriquillo valia mil veces más que tú y que él, y lo tratábais como á vil esclavo. Ya ves si valia más que tú, pues te perdona; y yo que no valgo tanto, te perdono tambien por él; pero óyeme bien, Valenzuela. No sigas siendo malo; no aflijas á los infelices, no deshonres á las pobres mujeres: procura ser buen cristiano, como lo era tu padre; ó te juro acabar contigo donde quiera que te halle; y véte, véte!—agregó con vehemencia:—no vuelvas nunca por aquí!

Valenzuela, confundido, aterrado, mas muerto que vivo, oyó la increpacion de Tamayo como un fúnebre aviso del cielo, y prosiguió su camino pudiendo mover apénas la atónita planta.

XLIV.

GUERRA.

Careybana era el primer caserío de importancia que se hallaba en el camino del Bahoruco á la Maguana. Allí acudieron á guarecerse y descansar brevemente los restos de la desbandada tropa. Valenzuela llega al anochecer, y despues de apaciguar su hambre con lo poco que encuentra, y curada más formalmente su rota cabeza, rendido de fatiga, duerme hasta la siguiente mañana, bien entrado el dia.

Procura á cualquier precio una cabalgadura para seguir su viaje, y no la encuentra. Doliente y débil, no sabe qué partido tomar, sintiéndose incapaz de andar una legua siquiera. Su perplejidad dura aun, cuando un estanciero de la Maguana, que es tambien de los derrotados de la víspera, se le presenta montado en Azucena, y le entrega un papel en nombre de Enriquillo.

—Fuí hecho prisionero: me encontraron extraviado ayer tarde, y esta mañana me devolvió el cacique la libertad con este encargo.—Tal fué la explicacion verbal que dió el inesperado mensajero.

Valenzuela leyó el papel, que contenia estas líneas: ·

"Pesóme mucho, señor Andrés, del desafuero cometido por Tamayo; pero los consejos que me dice os dió, téngolos por buenos; y ojalá Dios os tocara el corazon y los siguiérais. Guardad la yegua en memoria mia, y de vuestro buen padre: ya puedo ofrecérosla, pues que dejé de ser quien era, y recobré mi natural libertad. (1) Si cumplís vuestra palabra á Doña Elvira, sea ese mi presente de boda, y os traiga dicha. Entregad los negros bienes de Mencía á Don Diego Velázquez en nombre nuestro. Es el pago de mi deuda por sus cuidados. Os envía salud, *Enrique*."

Permaneció silencioso y triste Valenzuela despues de la lectura de esa singular misiva. La guardó despues cuidadosamente en su seno, hizo descansar media hora la yegua, y partió en ella para la Maguana.

La noticia del descalabro sufrido en el Bahoruco por la tropa de San Juan cundió rápidamente por todas partes, y fué el pasmo de cuantos la oyeron. — "Enriquillo es alzado." — "Los indios han derrotado á los castellanos en el Bahoruco"; — estas fueron las nuevas que circularon de boca en boca, comentadas, aumentadas y desfiguradas por cada cual; que las imaginaciones ociosas aprovechaban aquel pasto con avidez. Badillo se figuró que le llegaba una magnífica ocasion de cubrirse de gloria á poca costa: apellidó á las armas toda la gente capaz de llevarlas en la Maguana; pidió auxilio á Azua, y reunió en poco mas de una semana doscientos cincuenta hombres bien armados y equipados. ¿Cómo suponer que los rebeldes del Bahoruco pudieran resistir á aquella formidable cohorte? El Teniente gobernador, lleno de bélicas ilusiones, marchó con sus fuerzas en buena ordenanza militar, sin embarazarle otra cosa que la eleccion del castigo que habia de aplicar á Enriquillo y sus alzados indios de la sierra.

Pero estos veian engrosar sus filas prodigiosamente. Al ruido de la primera victoria, los tímidos cobraron valor, y dia por dia llegaban al Bahoruco bandadas de indios que iban, en busca de su libertad, á compartir los trabajos y peligros de Enriquillo y sus súbditos. Uno de los primeros que acudieron fué un pariente del cacique, conocido con el nombre de Romero. Era mas jóven aun que Enriquillo; pero no le cedia ni en valor, ni en prudencia para el mando. Pronto dió pruebas de ello, como de su modestia y subordinacion á las órdenes del superior caudillo.

Como si este no hubiera hecho en toda su vida sino ejercitarse en aquella guerra, á medida que le llegaban refuerzos los iba organizando con acierto y prevision admirables. A primera vista parecia adivinar la aptitud especial de cada uno, y le daba el adecuado destino. Creó desde entónces un cuerpo de espías y vigilantes de los que jamás funcionaba uno solo, sino por lo regular iban á sus comisiones de dos en dos y á veces mas, cuidándose el sueño y la fidelidad respectivamente. Con los mas ágiles y fuertes formó una tropa ligera, que diariamente y por muchas horas seguidas se ejercitaba en trepar á los picos y alturas que se juzgaban inaccesibles á plantas humanas; en saltar de breña en breña con la agilidad del gamo; (2) en subir y bajar como serpientes por los delgados bejucos que pendian de las eminencias verticales, y en todas aquellas operaciones que podian asegurar á los rebeldes del Bahoruco el dominio de aquella fragosa comarca.

El manejo de la lanza, la espada, la honda y la ballesta ocupaba tam-

---

[1] Alude à la promesa que hizo una vez, de no enagenar la yegua. *Antes dejaré de ser quien soy* — dijo.

[2] *Como picazas;* se lee en los documentos oficiales de la época, que tratan de la rebelion del Bahoruco.

bien gran parte del tiempo á los libres del Bahoruco. Algunos arcabuces quedaron en poder de Enriquillo cuando venció por primera vez á sus enemigos; pero por suma escasez de pólvora solo se usaba en alguna rara ocasion, como señal, su estampido en las montañas. En cambio, mas formidable que la artillería de aquel tiempo era la habilidad de destrozar y poner en equilibrio las puntiagudas cimas de los montes, y mantenerlas por medio de cordeles á punto de despeñarlas sobre el agresor en los pasos estrechos y los barrancos que por donde quiera cruzaban aquel titánico laberinto.

Parra completar la organizacion de su pequeña república, Enriquillo creó un concejo de capitanes y caciques, que hacia de senado y ayuntamiento á la vez, atendiendo á las minuciosas necesidades de la errante tribu. Pero el cauteloso caudillo se reservó siempre el dominio y la autoridad suprema para todos los casos. Comprendia que la unidad en el mando era la condicion primera y mas precisa, de la seguridad, del buen órden y la defensa comun, en aquella vida llena de peligrosos azares.

Por último, adoptó para cierto número de hombres escojidos un equipo marcial que le sirvió de grande auxilio en los combates, é hizo mas temible su milicia. Entre las armas y arreos militares que algunos de los alzados caciques habian conseguido sustraer á sus amos, habia dos magníficas cotas de malla, de las que el feliz raptor regaló una á Enriquillo. De aquí vino á este la idea de hacer fabricar ciertos petos ó corazas con cuerdas bien torcidas, de pita, cabuya y majagua, exteriormente barnizadas con bálsamo resinoso; á favor de cuya industria logró hacer impenetrables al golpe de las espadas los cuerpos de los indios, que así protegidos cobraban mas arrojo; y algun tiempo despues perfeccionó la invencion, revistiendo tambien los brazos y piernas de igual cordage; con lo cual, despues de adquirir la práctica y desenvoltura necesarias, los indios cubiertos de aquel tosco arnés tenian toda la apostura de verdaderos soldados de profesion. (1)

Ya estaban terminados casi todos los reseñados aprestos, cuando Enriquillo tuvo aviso de que Badillo al frente de su hueste iba contra él. Dirijió entónces una breve y espresiva arenga á sus soldados; ofreció honrar y recompensar á los valientes, y juró que los cobardes recibirían ejemplar castigo.

Distribuyó despues la gente cubriendo las principales entradas de la sierra con tres fuertes guardias avanzadas, cuyos gefes eran el valeroso Tamayo y otros dos cabos de la confianza del cacique, cada cual provisto de un gran caracol nacarado que se conoce con el nombre indio de *lambío*, y que resuena como una enorme bocina. De este instrumento debian servirse mediante ciertos toques de llamamiento y aviso préviamente concertados. Romero con setenta hombres debia acudir adonde cargara la mayor fuerza del enemigo, y Enriquillo con el resto de la gente se mantendría en observacion, para caer en el momento oportuno sobre la retaguardia de Badillo.

Tal era la disposicion de los combatientes del Bahoruco, cuando llegó la tropa invasora á los primeros estribos de la sierra, y penetró en su desfiladero principal, que era el confiado al advertido y brioso Tamayo. Éste, que ocupaba con su tropa una eminencia que parecia cortada á pico, y cuyos aguzados cornijales no podia presumirse sino viéndolo que sirvieran de atalaya, arsenal y fortaleza á aquellos séres humanos, aguardó tranquilamente á que la milicia de San Juan llegara á pasar por la hondonada que servia de camino al pié de su escondido adarve, para descargar sobre ella una lluvia

---

[1] Son históricos estos rasgos del ingenio militar de Enriquillo.

de enormes piedras, que no solamente maltrataron á muchos de los soldados de Badillo, si que tambien, obstruyeron la salida del barranco, y pusieron en grande aprieto y confusion los sorprendidos espedicionarios: resonó al mismo tiempo el caracol de Tamayo, y respondieron á distancia varios otros, que se trasmitian el aviso de que la funcion estaba empeñada, y del punto adonde era preciso acudir. Badillo, viendo que en aquel angosto sitio su tropa era diezmada rápidamente por la espesa pedrisca que le caia de las nubes, dió primero la órden de forzar el paso para salir del apuro; mas comprendió al punto que el conflicto se agravaba, porque la obstruccion causada en el desfiladero por las primeras rocas desprendidas de lo alto, solo permitia pasar de frente á dos hombres, y la lluvia de piedras continuaba entretanto con igual intensidad, aplastando y descalabrando gente. El novel capitan pierde entónces el tino, y atortolado, sin saber lo que hace ni lo que dice, ordena la contramarcha, y corre como un loco á dirigir la retirada.

Aquí llegaron á su colmo la confusion y el desórden: los que se hallan más expuestos á la pedrea de Tamayo, impacientes por salir del aprieto, atropellan violentamente á muchos de sus compañeros. Romero aparece en aquella crítica coyuntura por un cerro que flanquea el estrecho paso, y cae denodadamente, lanza y espada en mano, sobre el confuso remolino que forman los aturdidos milicianos de San Juan. Algunos de estos se defienden valerosamente; el combate se empeña cuerpo á cuerpo, y Badillo se reanima al observar que han cesado de caer piedras, y el corto número de los montañeses que se han atrevido á acometerle al arma blanca; pero esta satisfaccion le dura poco: Tamayo y los suyos se han descolgado de la altura en pos de sus últimos proyectiles, y con atronadores gritos cargan tambien espada en mano á la gente de Badillo, secundando oportunamente al intrépido Romero. A esta sazon los ecos del monte resuenan con los metálicos acentos del cuerno de caza, que acaba de llenar de asombro á Badillo, invadiendo el pánico á sus mas esforzados hombres de armas. Es Enriquillo que anuncia su llegada con una tocata marcial, de ritmo grave y solemne. Sus indios lo aclaman con entusiasmo, y el nombre del caudillo es cual grito de guerra que infunde nuevo aliento á los ya enardecidos montañeses, y determina la completa derrota de los invasores.

Tamayo, el ardiente é infatigable Tamayo, acosa y persigue á los desbandados fugitivos. El imprudente Badillo, culpable por su jactanciosa negligencia de aquel desastre, huye desolado por una vereda, en pos del montero que le sirve de guia. Cada cual se salva como puede, y muchos hallan su fin en los precipicios que circundan el desfiladero.

Los caracoles dan su ronco aviso nuevamente; intimando á los vencedores la órden de retraerse y suspender la persecucion. Ha corrido ya mucha sangre, y el magnánimo caudillo quiere ahorrar la que resta; pero Tamayo vá léjos, y no ha oido, ó no ha querido oir la piadosa señal. Trascurre más de un cuarto de hora en ociosa espera. Entónces Enriquillo, seguido de buen número de combatientes, resuelve bajar la empinada ladera por donde vió partir como desatada fiera á su teniente, en pos del grueso de los derrotados. Llega á la falda del monte, y á pocos pasos del sendero, entre unos árboles, percibe al fin á Tamayo con su gente, ocupados todos en una extraña faena.

Formando semicírculo en torno de un gran monton de leña, que obstruye la boca de una cueva en casi toda su altura, Tamayo acababa de aplicar una tea resinosa á las hojas secas acumuladas debajo de los maderos, y la llama comenzaba á levantarse con voracidad, extendiéndose en todos sentidos. Una espesa nube de humo asciende en vagaroso torbellino y se esparce por encima de la hoguera, penetrando la mayor parte en el antro sombrío. Tamayo contempla su obra con feroz satisfaccion.

—¿Qué haces?—le pregunta con vivacidad Enriquillo.

—Ya lo vés, cacique—responde el teniente,—sahumar á los que están ahí metidos.

No bien oye Enrique esta brutal contestacion, cuando salta ágilmente sobre Tamayo, lo arroja con fuerza hácia un lado, y desbarata en un instante la hoguera, lanzando á gran distancia los maderos que arden en ella. Sus soldados se apresuran á ayudarlo.

—¡Bárbaro!—exclama el héroe con indignacion.—¿Es así como cumples mis recomendaciones?

Y volviéndose hácia la humeante boca de la gruta, dice en alta voz:

—Salid de ahí vosotros, los que estais dentro de esa caverna! No temais; Enriquillo os asegura la vida.

A estas palabras, los infelices que ya creian ver su sepultura en el lugar que habian escojido como refugio, salieron uno á uno, á tientas, medio ciegos y casi asfixiados por el humo.

Enriquillo los contó : eran setenta y dos (1) de los guerreros de Badillo.

—Idos en paz á la Maguana; — les dijo, — ó adonde mejor os pareciere; y decid á los tiranos que yo y mis indios sabemos defender nuestra libertad ; mas no somos verdugos ni malvados. Y tú, Martin Alfaro, — dijo volviéndose á un indio de gentil aspecto que estaba á su lado; — toma esa escolta y acompaña estos hombres al llano, hasta dejarlos en seguridad. Me respondes de ellos con tu vida.

Los vencidos, y tan á punto salvados de la muerte, juntaron las manos en accion de gracias, y bendijeron á porfía el nombre de su salvador. Uno de ellos se llegó al magnánimo caudillo, le tomó la diestra, y se la besó con muestras de viva emocion : despues le dijo estas palabras :

—Escuchadme, señor Enriquillo : en mi tribulacion ofrecí á Dios consagrarle el resto de mi vida, si me salvaba de este trance. Cumpliré mi promesa, y me obligo á orar todos los dias por vuestro bien. (2)

---

[1] Histórico.
[2] Lo refiere así Las Casas, que conoció y trató al individuo, ya fraile dominico en el convento de la ciudad de Santo Domingo.

XLV.

CONVERSION.

Luego que emprendieron la marcha los prisioneros, ya libres y contentos, bajo la proteccion de Martin Alfaro y su escolta, Enriquillo se volvió á Tamayo, que hosco y de mal talante permanecia mirándolo todo sin moverse del sitio adonde habia ido á parar, á impulso del vigoroso brazo de su gefe. Acercósele este, y le afeó severamente la crueldad que habia manifestado en aquella tarde.

—Ya te dije el otro dia, Tamayo, que era preciso no ofender á Dios con inhumanidades como la que cometiste con Mojica. Matar á los vencidos no es propio de los que pelean por la justicia.

—Veo, Enriquillo,—contestó Tamayo con flereza,—que si continuamos así vamos á acabar mal tú y yo. Para nuestros enemigos solo conviene el hierro y el fuego ; y tú quisieras darles dulces y flores cuando vienen á matarnos.

—Te equivocas, Tamayo ; quiero hacer la guerra útilmente; nó por el placer de hacer daño. En prueba, subamos al campamento, comerémos y descansarás un rato, hasta que salga la luna, para que bajes al llano con tu gente, y te traigas á la montaña todo el ganado que encuentres de aquí á Careybana.

Tamayo respiró con fuerza al recibir este encargo, tan conforme con su génio y su gusto. Se despejó como por encanto el mal humor que lo atormentaba, y prometió ajustar su conducta estrictamente á las intrucciones de Enriquillo.

Pero cuando volvió de su escursion en la tarde del siguiente dia, con mas de cien cabezas de ganado, el cacique vió con horror que traia al cuello un sartal de seis orejas humanas. Pertenecian á tres estancieros de Careybana, que habian perecido resistiendo valerosamente al raptor de sus rebaños.

Aquel salvaje trofeo, como la cínica ostentacion de crueldad que hacia Tamayo, causaron gran pesadumbre é indignacion en el ánimo de Enriquillo, que en vez de los plácemes que tal vez aguardaba el fiero teniente, le enderezó una severa plática moral, escuchada con visible impaciencia por su interlocutor.

—Me iré de tu lado, y haré la guerra por mi cuenta,— dijo con altivez Tamayo, cuando acabó su sentida amonestacion Enriquillo.

—Véte cuando quieras, — contestó este exasperado: — llévate á todos los que, como tú, tienen sed de sangre. Yo soy cristiano, y no tengo ese furor en mi pecho.

—Bien está, Enriquillo, — replicó Tamayo : — vale mas que yo me vaya. Desde mañana mismo saldré del Bahoruco con los compañeros que quieran seguirme, y haré la guerra como la aprendí de los cristianos de España.

—Libre eres, Tamayo, — dijo Enriquillo. — Véte, y cuando no puedas más, vuelve al Bahoruco, á guerrear junto conmigo, á mi manera; para resistir á los tiranos, y no por gusto de verter sangre.

Con la rota de Badillo los alzados indios quedaron provistos de muchas armas y buen número de caballos, que Enrique puso á buen recaudo : los ginetes del Bahoruco discurrieron durante muchos dias como señores por las llanuras inmediatas. Entretanto el nombre de Enriquillo resonaba de boca en boca, enaltecido por esta segunda é importante victoria. Las autoridades de la capital recibieron con gran sorpresa tan estupenda noticia. Ya los padres gerónimos habian regresado á España, y la Audiencia gobernaba con los oficiales reales. Ordenaron una leva general en todos los pueblos de la isla, señalando á cada uno su contingente para embestir á los rebeldes del Bahoruco por varios puntos á la vez, y apagar en sangre su rebelion.

Haciánse estos aprestos cuando llegó de España el Almirante Don Diego Colon, y pocos dias despues Las Casas, que iba para Tierra-firme, á hacer su ensayo de colonizacion pacífica en la costa de Cumaná. Opusiéronle las autoridades de la Española, como solian, cuantos obstáculos pudieron para estorbar sus piadosos proyectos ; y para desenredarse de los ardides y malévolos reparos que se le suscitaban, el buen sacerdote se resolvió á pactar con los jueces y oficiales prevaricadores, ofreciéndoles cuotas y ventajas en su empresa; con lo que consiguió salir al fin bien despachado de Santo Domingo; y á esto llama donosamente el ilustre filántropo *comprar el Evangelio, ya que no se lo querian dar de balde.* (1)

A su llegada á la Española supo con gran pesadumbre el alzamiento de Enriquillo y sus causas, segun se lo narró todo Camacho, que despues de la derrota de Badillo se habia ido á la capital, por hallarse mal visto en San Juan. Poco despues llegó tambien á Santo Domingo Andrés de Valenzuela, á quien el Almirante hizo reducir á prision y formarle proceso á causa de su conducta tiránica, que habia sido la causa de aquel gran trastorno en la isla. El pío Las Casas consiguió superar el enojo y la aversion que le inspiraba la maldad de aquel miserable, en gracia de los méritos de su honrado progenitor, y fué á verle á la cárcel, con el fin de hacerle aprovechar la leccion que le daba la fortuna, y tratar de convertirlo á mejores sentimientos. No halló, con sorpresa suya, á aquel Valenzuela, cuya arrogante apostura daba á entender desde luego la soberbia de su alma ; sino á un hombre enfermo, abatido, que humildemente se postró á los piés del digno sacerdote, y con lágrimas de dolor y arrepentimiento bendijo la caridad que le impulsara á llegarse hasta él, en su merecida desgracia y en aquel sitio. El generoso varon sintió conmoverse sus entrañas al aspecto de aquella contricion inesperada, y consoló á Valenzuela cuanto pudo, confortando su ánimo, convidándole con la misericordia divina en el tribunal de la penitencia, y ofreciéndole todo su valimiento para con el Almirante y las demas autoridades.

El jóven le refirió una por una todas las circunstancias de su derrota en el Bahoruco; su vergüenza y humillacion al verse vencido y perdo-

[1] Concepto de Las Casas ; textual.

nado por Enriquillo, á quien se habia acostumbrado malamente á mirar con mas desprecio *que al estiércol de los campos ;* (1) la impresion de horror que despues le causara el espectáculo de Mojica pendiente de la horca, y la crueldad de Tamayo, contrastando con la clemencia y generosidad de Enrique ; su convencimiento de que todo aquello, y mas que nada los severos consejos y amonestaciones de Tamayo en tan tremenda ocasion, eran una advertencia y llamamiento que le hacia el cielo, para apartarlo de la via de maldad y eterna perdicion en que vivia empeñado ; y por último, el efecto que le hizo en Careybana el obsequioso papel de Enriquillo remitiéndole á Azucena como presente, é insinuándole que cumpliera la promesa matrimonial á Doña Elvira; todos esos movimientos de su alma en tan pocas horas la habian devuelto á la divina gracia, arrepintiéndose muy sinceramente de sus pecados y mala vida, resuelto á reformarla, á hacer cuanto bien pudiera en lo sucesivo, y ofreciéndose á casarse con Elvira si ella le conservaba su aficion.

Muy complacido escuchó Las Casas estas manifestaciones del contrito Valenzuela, y no solamente le exhortó á perseverar en sus laudables propósitos, sino que se ofreció á ayudarle en la ejecucion de ellos; y empleando su genial actividad, desde el mismo dia trabajó tanto, que al cabo de tres, con la cooperacion eficaz de Alonso Zuazo y otros personajes, hizo salir de la cárcel á Valenzuela; el cual, apadrinado por los vireyes, antes de dos semanas era ya esposo de Elvira Pimentel, y fijaba definitivamente su residencia en Santo Domingo, por no tener á la vista las memorias de sus pasadas liviandades en la Maguana. Hizo despues eficaces diligencias para dar la posesion de los bienes de Mehcía á Diego Velázquez, segun el encargo de Enriquillo ; pero el Adelantado de Cuba era ya muy rico, y rehusó el ofrecimiento, fundándose en las famosas leyes de Toro ; por lo que siguió Valenzuela administrando dichos bienes hasta su muerte.

Si el Supremo juez de cielos y tierra castigó mas tarde en la otra vida al antiguo pecador, ó si fué penitencia bastante y providencial castigo en esta su matrimonio con la casquivana Elvira, es materia teológica que no nos atrevemos á dilucidar, porque nos faltan suficientes datos para el efecto. Lo único que sabemos es que Valenzuela vivió despues de casado cristianamente, humilde de corazon y favoreciendo á los desgraciados; como en sus dias lo hizo el buen Don Francisco, que desde la bienaventuranza eterna se congratularía en que la semilla de sus generosos ejemplos germinara, aunque algo tardíamente, en el corazon de su hijo.

---

[1] Concepto de Las Casas, narrando estos sucesos.

XLVI.

RAZON CONTRA FUERZA.

Más hizo aun Las Casas, ántes de despedirse de Santo Domingo para el continente del sur. Logró que el Almirante y las demas autoridades, reconociendo en el alzamiento de Enriquillo circunstancias que lo hacian muy excusable, y en su generosa conducta como vencedor rasgos dignos de elogio, se avinieran á no tratarlo como á un rebelde vulgar, ni fiaran exclusivamente á la fuerza de las armas la pacificacion del Bahoruco. El raciocinio de Las Casas en favor del caudillo indio era en sustancia el siguiente, extractado en propios términos de su discurso en la asamblea de autoridades, bajo la presidencia del Almirante.

"Cuan justa sea la guerra que á los españoles hace Enriquillo — decia Las Casas, — y cuán justamente puedan los indios alzarse, sometérsele y elegirlo por señor y rey, claro lo muestra la Historia de los Macabéos en la Escritura divina, y las de España que narran los hechos del infante Don Pelayo, que no solo tuvieron justa guerra de natural defensa, pero pudieron proceder á hacer venganza y castigo de las injurias, y daños, y muertes recibidas, y disminucion de sus gentes, y usurpacion de sus tierras, de la misma manera y con el mismo derecho, lo cual hacian y podian hacer con autoridad del derecho natural y de las gentes, y la tal guerra propiamente se suele decir nó guerra, sino defension natural. Cuanto mas que aun Enrique tiene más cumplido derecho; como es el del príncipe, porque otro señor ni príncipe no ha quedado en esta isla, despues de la destruccion de todas sus tan grandes repúblicas como en ella habia. Item, nunca hubo en esta isla jamás justicia, ni jamás se hizo en desagraviar los indios vecinos y moradores de ella; y, donde quiera que falta justicia, se la puede hacer á sí mismo el opreso y agraviado. Por lo dicho no se deroga el principado supremo y universal de los reyes de Castilla sobre todo este orbe, *si en él entraren y de él usaren como entrar deben y de él usar*, porque todo ha de tener órden y se ha de guiar, nó por lo que á cada uno se le antojare, sino por reglas de razon ; así como todas las obras de Dios son por razon guiadas y ordenadas." (1)

Los jueces y oficiales reales, que hubieran querido contradecir este dis-

---

[1] Extracto fiel y textual, sin poner nosotros una palabra ni un concepto nuestro, del cap. CXXV de la Historia de Indias, de Las Casas. ¡Admirables principios de derecho y equidad en aquel tiempo!

curso, no se atrevieron á hacerlo; tan abrumados los tenia la responsabilidad que sentian pesar sobre ellos por sus prevaricaciones y abandono total de la justicia, que asignaba el recto sacerdote como causa de aquella gran perturbacion que sufria la isla. Por lo mismo fué hacedero y obtuvo unanimidad el acuerdo de que al mismo tiempo que la hueste militar iría á combatir á Enriquillo, al mando del valeroso y experimentado capitan Íñigo Ortíz, fuera en persona el licenciado Alonso Zuazo á residir en San Juan, para proveer á las atenciones de la guerra y tratar de reducir á las buenas á Enriquillo, atrayéndole con latas ofertas, si fuese posible.

Partió Las Casas á fundar su colonia modelo en Cumaná, con la que se proponia imprimir á la conquista del Nuevo Mundo un carácter mas conforme con los principios de humanidad y civilizacion, que el que reinaba entre los conquistadores. Allá no le aguardaban sino nuevas pugnas y contrariedades sin número, estrellándose sus generosas aspiraciones en el espíritu pertinaz y maligno de la brutal codicia, que no queria soltar su presa. De Costa-firme regresó á la Española ántes de un año; y al tener noticia de que los indios, exasperados por las violencias de aventureros desalmados, habian dado trágica muerte á sus compañeros los religiosos que permanecieron en Cumaná, lacerada su alma y llena de amargura, tomó el hábito de fraile en el convento de domínicos de la ciudad de Santo Domingo. Allí, en la quietud de aquel sagrado recinto, escribió la mayor parte de su inmortal Historia de Indias.

Mas no ha entrado en nuestro propósito otra cosa respecto del insigne protector de los indios, que hacer mencion de sus nobilísimos trabajos, en lo que de ellos concierne al asunto capital de este libro, ó sea á la libertad de los miserandos restos de la raza indígena de Haití. Otra pluma inimitable, honra de las hispanas letras en nuestro siglo, intérprete fiel de un alma de fuego, (2) capaz de comprender y dar relieve á la grandeza moral del PADRE LAS CASAS, ha señalado dignamente á la admiracion de los buenos las virtudes y los gloriosos trabajos de aquel ilustre varon, la gloria mas pura de España; grande entre los mas grandes de todos los tiempos.

XLVII.

¡YA ES TARDE!

El alzamiento de Enriquillo en el Bahoruco reclama perentoriamente nuestra atencion, como reclamaba en aquellos dias la diligencia política de Alonso Zuazo, y la pericia militar de Íñigo Ortíz. Situándose el buen licenciado en San Juan, envió uno tras otro hasta cinco emisarios á Enriquillo, en el espacio de un mes. Propúsole en primer lugar perdon y salvo conducto para él y sus indios si se le sometian, asegurando que el cacique y sus principales compañe-

---

[1] MANUEL JOSE QUINTANA, que escribió la *Vida de Fray Bartolomé de Las Casas.*

ros no volverían á ser encomendados á nadie; que se les darían medios de vivir holgadamente, y los demas no serían obligados á trabajar sino con quien ellos quisiesen y en las faenas que fueran mas de su agrado. A esta misiva contestó Enriquillo verbalmente, diciendo al enviado para que lo repitiera á Zuazo, que él no depondría las armas miéntras quedara un solo indio sujeto á servidumbre en la Española. Volvió el segundo emisario de Zuazo con otro mensage de este, ofreciendo al cacique hacer considerar por el Almirante y la Audiencia su demanda, é instándole por una entrevista, sobre seguro que le ofrecia. Este mensagero regresó con una negativa absoluta, fundada en la irrisoria autoridad de las cartas de seguro y de favor, segun la pasada experiencia con el mandamiento del juez Figueroa, menospreciado impunemente por Pedro de Badillo. Un nuevo emisario de Zuazo jamás volvió á parecer, y se creyó generalmente que Tamayo lo toparía en el camino y le daría muerte. De aquí provino que ningun otro español quisiera encargarse de comisiones semejantes, y Zuazo hubo de valerse sucesivamente de dos indios, que tampoco regresaron, ni se supo mas de ellos.

Comprendió por consiguiente el negociador lo infructuoso de su empeño, y entónces desplegó sus banderas el capitan Íñigo Ortiz, marchando sobre el Bahoruco al frente de muy lucida y bien armada gente. En número, equipo y ordenanza militar esta fuerza aventajaba mucho á la que sufrió el descalabro precedente, y Ortiz contaba ademas con dotes de mando muy superiores á las del presuntuoso é imprevisor Badillo.

No entraron los expedicionarios en la formidable sierra en masa ni por un solo punto, sino que fraccionándose en tres cuerpos penetraron por otros tantos desfiladeros distintos. Llevaban perros de presa, de los cuales se prometian grande ayuda; pero salió fallida esta esperanza, y entónces pudo verse cuan acertado estuvo Enriquillo proveyéndose de cuantos animales de esa especie pudo hacer que fueran al Bahoruco. Lanzados como guias los perros de Íñigo Ortiz, muy pocos de ellos, desconociendo á los de Enriquillo, ladraron á tiempo en uno de los desfiladeros, avisando la presencia de los rebeldes. Los demás, amistosamente recibidos por los de su especie, ó se pasaron voluntariamente á los indios, ó fueron capturados fácilmente por Luis de la Laguna y los otros caciques entendidos y prácticos en los usos y costumbres de la raza canina.

Era Matayco el cacique que estaba situado en el lugar donde ladraron los perros de Ortiz; y la tropa de este acometió briosamente en aquella direccion: los indios resistieron con denuedo, por mas de tres horas contínuas; (1) pero eran inferiores en número, y hubieron de ceder al fin la posicion replegando á otra mas defendida, y haciendo resonar sus caracoles con el aviso de aquella novedad.

En los otros dos pasos de la montaña se combatia con éxito vário. Los españoles peleaban con resolucion, y arrollaron otro puesto de indios: la posicion que ocupaba el valeroso Romero estaba tambien á punto de caer en poder de Ortiz, despues de un encarnizado combate de media hora, cuando llegó Enriquillo que al frente de sus guerreros escojidos cargó furiosamente al arma blanca, hizo retroceder á los agresores, y conservó el punto disputado. El eco lúgubre de los caracoles confundiéndose con el de las trompetas anunciaba sin embargo que los indios pedian auxilio en los otros desfiladeros; y Enriquillo, aprovechando su ventaja del momento sobre la hueste

---

[1] Las Casas afirma que los indios de Enriquillo resistian á pié firme y cuerpo á cuerpo, durante jornadas enteras, á los españoles.

que Ortiz mandaba personalmente, dió á Romero instrucciones para que replegara de puesto en pu... ...endo al belicoso caudillo español al primer campamento por medio de una retirada gradual; miéntras que el mismo Enrique daba auxilio á Matayco.

Análogas instrucciones de retraerse al real indio trasmitió el cacique al destacamento del tercer paso; operacion que se efectuó con mucho acierto, á la sazon que Enriquillo, cayendo sobre los que hostigaban á Matayco, lograba unirse con este, despues de causar gran destrozo en las filas enemigas, y ambos revolvian tambien, como en retirada, hácia el centro de la montaña.

Con toda su pericia, ó tal vez á causa de ella, Íñigo Ortiz, que veia debilitarse otra vez la resistencia de los indios, quiso acabar su victoria lanzándose con nuevo ímpetu á ocupar lo que por noticias imperfectas consideraba como su núcleo ó cuartel general. Ya Enriquillo y todos los demas indios no empeñados con Romero en contener á Ortiz, se ocupaban activamente en retirar del campamento las armas, provisiones y otros objetos útiles y de algun valor. Las mugeres, los heridos y demas seres indefensos habian mudado de sitio anticipadamente.

Apénas terminado el desalojo, Enriquillo hace la señal convenida para que Romero replegara de una vez, dejando el paso franco á Ortiz y sus valientes; disposicion que fué ejecutada con tanta habilidad, que el gefe español creyó positivamente que el enemigo iba en completa derrota y que su victoria quedaba coronada con la ocupacion del campamento.

Eran sobre las tres de la tarde cuando esto sucedia. Íñigo Ortiz instaló su tropa en las abrigadas chozas del real indio, y viendo fatigados y hambrientos á los guerreros, dejó la persecucion de los que él juzgaba fugitivos para el dia siguiente. Comieron, pues; descansaron toda aquella tarde, y pasaron la noche sin ninguna otra novedad que la fantástica iluminacion de las montañas vecinas con numerosas hogueras encendidas por los indios como señales.

Al amanecer del nuevo dia Ortiz destacó tres ó cuatro rondas á reconocer diversos puntos de las inmediaciones; pero ántes de media hora regresaron una en pos de otra diciendo que los pasos estaban todos ocupados por fuerzas rebeldes considerables, y que habiendo intentado arrollar la resistencia de los indios, habia sido imposible, por lo bien escojido de sus posiciones. Ortiz comenzó á entrever entónces que habia caido en un lazo; mas supo disimular su recelo á fuer de prudente, y mandó reconocer los desfiladeros ganados el dia anterior. Muy pronto adquirió la certidumbre de que estaba cercado por todas partes.

Penetrar más al centro de la sierra hubiera sido un desatino, y el gefe español no pensó siquiera en ello. Trató solamente de romper aquella red, y formando toda su gente en masa emprendió su retirada por el desfiladero que él personalmente habia forzado la víspera. Romero estaba allí otra vez, con bien armada hueste, que trabó el combate oponiéndose enérgicamente á la tropa de Ortiz, y abrumándola desde los altos riscos con toda clase de armas arrojadizas. El intrépido Ortiz asalta con éxito una eminencia colocada entre dos despeñaderos, y allí se traba un combate encarnizado cuerpo á cuerpo, entre indios y españoles. Estos comenzaban á dominar la resistencia por todas partes; ya algunos de los puestos de Romero estaban abandonados: sus defensores huyen desbandados al ver morir á los caciques Velázquez y Maybona, que sucumben peleando heróicamente, cuando Enriquillo sobreviene con sus cincuenta guerreros escogidos, armados de lanzas y cubiertos con cotas de cuerdas. La valentía y el empuje de este oportuno socorro bastan á cambiar la faz del combate: la fuerte y pesada lanza de Enriquillo se tiñe con la sangre de mas de diez enemigos; hácese al fin astillas en el férreo peto de un castellano, y el héroe continúa combatiendo con la cortante espada. Sus soldados hacen como él prodigios de audacia, y el mismo Ortiz recibe una ancha herida en el hombro izquierdo.

Una parte de sus fuerzas, la que hacia de vanguardia, aprovechando la primera acometida que contrastó á Romero, sigue á paso de carga, más bien á carrera abierta, el desfiladero abajo, sin cuidarse de los toques de clarin que piden á retaguardia su auxilio: Ortiz y los que con él están empeñados se creen perdidos; y miéntras que algunos se salvan trabajosamente rodando por las laderas y derriscos mas practicables de aquel monte, otros ménos afortunados van á parar destrozados y exánimes al fondo de los barrancos y despeñaderos.

Ortiz tuvo la dicha de librarse á costa de dos roturas de cabeza y media docena de contusiones, que sumadas con su herida de lanza hacian un total bien mísero y digno de lástima por cierto. Guiándose por las señales que hacian las trompetas de su vanguardia pudo dar con ella, que habia hecho alto en una colina, ya fuera de aquella sombría garganta, que de cada árbol y de cada roca vomitaba indios armados. Ortiz, despues de recojer algunos fugitivos y extraviados como él, hizo el recuento de su tropa, y halló solamente doscientos treinta hombres. El resto, hasta trescientos cincuenta que entre soldados y milicianos formaban al principio los expedicionarios, habia mordido el polvo, ó estaba en poder de Enriquillo.

Mandó pronto aviso á la Maguana, y Zuazo le envió tres dias despues refuerzos, ordenándole volver sobre los rebeldes y castigarlos ejemplarmente; pero Ortiz fué de distinta opinion, y se abstuvo de penetrar otra vez en la formidable sierra, yéndose á Careybana á curar su herida. Allí adoleció largo tiempo.

Entónces se adoptó un sistema de guerra llamado *de observacion*, que consistia en vigilar por medio de gruesos destacamentos los pasos de las montañas, y esperar á que los indios saliesen de sus inespugnables guaridas, para hacerles sentir el peso de las armas de la autoridad. No podian desear nada mas cómodo Enriquillo y sus súbditos. El Bahoruco quedó por algun tiempo libre de invasiones; y aunque guardando estrictamente su actitud marcial y defensiva, reinaban en el interior de aquellos agrestes y feraces montes la paz y la abundancia. Solamente el indómito Tamayo se hacia sentir muy á menudo, en saltos atrevidos que, conmenzando por asolar las comarcas occidentales de la isla, fueron sucesivamente extendiéndose á la Maguana, á Compostela de Azua y á otros puntos muy distantes del Bahoruco. La seguridad y la confianza desaparecieron de todos aquellos contornos; y á favor de tan irregular estado de cosas los demas indios escapaban á la servidumbre y se iban á buscar su libertad á los bosques. Los que permanecian sujetos á sus amos ó encomenderos no valian gran cosa para el trabajo, ó se veian mimados por sus señores para que no los abandonasen. El desórden y la decadencia alcanzaban á todos los ámbitos de la isla y afectaban todos los intereses; y al clamor general contra las depredaciones de Tamayo, que todas se ponian á cuenta y cargo del alzamiento de Enriquillo, las autoridades contestaban que Íñigo Ortiz hacia la guerra en el Bahoruco, y que guardadas cuidadosamente todas las entradas y salidas de la sierra, Enriquillo y sus rebeldes no podian moverse, (en mas de setenta leguas de territorio!) y habian de ser mas ó menos pronto completamente exterminados.

Entretanto, Alonso Zuazo se cansó de la Maguana y se volvió para Santo Domingo, llevándose consigo, por via de precaucion y con las mayores muestras de respeto, á Doña Leonor de Castilla, que no hacia misterio de su amistad con el cacique Enriquillo, y solia escribirle por medio de emisarios seguros. Iñigo Ortiz despues de sano permaneció en Careybana, solicitando del Almirante su relevo; sus tenientes se aburrian estacionados al pié de los plutónicos estribos de la sierra, y ni los castellanos se cuidaban de hostilizar á los habitantes del Bahoruco, ni Enriquillo permitia que sus soldados inquietaran á los castellanos en sus pacíficos acantonamientos.

XLVIII.

TRANSICION.

Esta tregua tácita permitió á Enriquilllo perfeccionar la organizacion de su vasto señorío del Bahoruco. Amado con fanatismo por los suyos, obedecido ciegamente por todos aquellos seres que se veian libres y dignificados, gracias al tino, valor y fortuna de su hábil caudillo, este no necesitó jamás apelar á medidas de rigor para mantener su absoluto imperio y predominio sobre los que le consideraban dotado de sobrenatural virtud, y constituido sobre ellos como salvador y custodio por voluntad divina.

La prevision del caudillo, servida eficazmente por la docilidad y el trabajo de los indios, hizo convertir muy pronto el interior de la estensa y variada sierra en una sucesion casi contínua de labranzas, huertas, caseríos y fortificaciones que la mano del hombre, completando la obra de la naturaleza, habia hecho punto ménos que inexpugnables. (1) Allí no habia ni brazos ociosos, ni recargo de faenas; todo se hacia ordenada y mesuradamente: habia tiempo para el trabajo, para el recreo, para los ejercicios bélicos, para la oracion y el descanso. El canto acordado del ruiseñor saludando la radiante aurora; el graznido sonoro del cáo, (2) repercutido por los ecos de la montaña; el quejumbroso reclamo de la tórtola en los dias nublados; la aparicion del cocuyo luminoso, el concierto monótono del grillo nocturno y los demas insectos herbícolas, eran otras tantas señales convenidas para determinar el cambio de ocupaciones entre los moradores de aquellas agrestes alturas. La civilizacion europea, que habia arrebatado aquellos infelices á su nativa inocencia, los devolvia á las selvas con nociones que los hacian aptos para la libertad, por el trabajo y la industria.

El ganado mayor y menor, como las aves de corral mas estimadas se

---

[1] Aun se encuentran en las montañas del Bahoruco notables vestigios de estas obras militares de Enriquillo.

[2] Especie de cuervo de gran tamaño, abundante en la isla de Santo Domingo.

multiplicaban en diversas partes de la libre serranía, y ademas, la proximidad á ella del Lago Dulce (hoy laguna de Cristóbal ó del Rincon), facilitaba el abastecimiento de abundante pesca á los súbditos de Enrique. Este solia pasar algunos meses del año, cuando.los cuidados de la guerra se lo permitian, en el gran lago de Caguaní, ó de Jaragua, que hoy lleva el nombre de *Enriquillo*, en mitad del cual está situada una graciosa islita cuyo verde y encantador recinto sirvió muchas veces de albergue al valeroso cacique y á su bella y discreta consorte. Para estas excursiones se servian de grandes canoas ó piraguas. En la islita se improvisaban las rústicas viviendas necesarias para los dos esposos y sus allegados : sobrábales todo lo necesario para estar con comodidad, si no con regalo; y un fuerte destacamento, fraccionado por distintos puntos, vigilaba y guardaba las riberas inmediatas, contra las eventualidades de una sorpresa.

Ademas, el espionaje al servicio de Enriquillo estaba perfectamente organizado. Era de todo punto imposible que los castellanos intentaran un movimiento en cualquier sentido, sin que lo supiera con antelacion el cauteloso cacique del Bahoruco; frustrándolo por astucia ó fuerza de armas.

En esta época de tranquilidad relativa fué cuando Enriquillo determinó satisfacer una de las mas persistentes aspiraciones de su alma, honrando ostensiblemente la querida memoria de su ilustre tio Guaroa. Fué con este fin al sud-oeste de la sierra, seguido de una escolta de ginetes, y acompañado de casi todos los caciques, entre los cuales habia algunos que conocian el sitio donde sucumbió el gefe indio. Enriquillo erigió sobre aquella innominada sepultura un túmulo de enormes piedras, grande en su modestia ó imponente en su severa sencillez, como el carácter del héroe á quien se tributaba aquel piadoso homenaje.

Acaso se complacia el jóven caudillo en llevar ante aquella tumba los laureles de sus gloriosos triunfos, alcanzados sobre los antiguos vencedores de Guaroa. El alzamiento del Bahoruco aparece como una reaccion; como el preludio de todas las reacciones que en ménos de cuatro siglos han de aniquilar en el Nuevo-Mundo el derecho de conquista. No sabemos si los hombres de estado españoles de aquel tiempo, que dieron harta importancia á la rebelion de Enriquillo, entrevieron el cumplimiento de aquella ley constante de la naturaleza, y guardaron discretamente la observacion en su conciencia. (1) Escritores y poetas explicaron entónces la fortuna y las victorias del cacique Enrique por la molicie de costumbres y el apocamiento de ánimo en que habian caido los ántes rudos y sufridos pobladores de la Española. (2) Explicacion inadmisible, porque en Méjico, en el Perú, en Castilla de Oro, en todo el continente iban á realizar épicas proezas muchos de los mismos que salian descalabrados de la sierra del Bahoruco. Lo cierto era que Enrique, y por reflexion sus indios, habian alcanzado ya la plenitud de civilizacion indispensable para apreciar las fuerzas de los dominadores europeos, y medir con ellas las suyas, sin la temerosa supersticion del salvaje, tan favorable al desenvolvimiento de esa prodigiosa conquista de América, en que entraron de por mitad el valor fabuloso de los vencedores, y la fabulosa timidez de los vencidos.

Entretanto ¿cómo sobrellevaba Mencía, la noble y valerósa Mencía, los

---

(1) Las Casas lo prevíó, elevando en sus inmortales escritos el tono hasta la inspiracion profética: "Tenemos (dice) que aquel gravísimo pecado (la esclavitud) ha de ser causa de la total destruccion de la república de España, si Dios no lo repara ó nosotros no lo enmendamos."
Hist. de Ind. Cap. CXXXV.

(2) Véase el apéndice, número 7.

azares y privaciones de la vida en el Bahoruco? Casi habiamos olvidado la interesante criatura, desde que su duro destino y la generosa altivez de su carácter la condujeron á morar en el seno de aquella ruda y agreste serranía. Algun tiempo se mostró preocupada y triste: su soledad le parecia espantosa, miéntras que Enrique, su amado compañero, estaba enteramente consagrado á la organizacion y defensa de su montañoso estado. Mas, cuando por primera vez el valiente cacique se presentó á sus ojos victorioso; cuando arrojó á los piés de ella la espada inútil del arrogante Valenzuela; cuando cubierto aun con el polvo del combate se le mostró grande, verdaderamente libre, con la aureola augusta del valor heróico y de la dignidad recobrada, entónces el corazon de Mencía palpitó á impulsos de imponderable satisfaccion y de legítimo orgullo, y arrojándose en los brazos del conmovido guerrero, besó con santo entusiasmo su rostro varonil; corrieron sus cristalinas lágrimas por el robusto y polvoroso cuello del caudillo, y sus lábios, trémulos de grata emocion, murmuraron apénas esta frase espresiva:—Grande, libre, vengado......;—así te quiero!

Desde entónces Mencía se sintió conforme, si no feliz, entre los sobresaltos y la aspereza de aquella vida. Familiarizándose cada vez mas con los peligros, solamente la apesaraba al fin el empeño de Enriquillo en alejarla de ellos, cuando su mas vehemente deseo era acompañarle en todos sus trabajos; verle combatir en la lid; alentarle con su presencia, al mismo tiempo que protejerle con sus piadosas oraciones al cielo.....

Ella se indemniza practicando la caridad y el bien: los heridos y enfermos la bendicen como á su providencia visible; miéntras que las tiernas vírgenes del Bahoruco aprenden de ella religion, virtud, labores de mano y rudimentos literarios.

Anica por su parte es casi dichosa. Curada de su pasion por Enriquillo, la rectitud y entereza de este, las virtudes de su esposa habian servido á la jóven india de modelo para templar su alma al calor de los buenos y generosos sentimientos. Aquella pasion se ha trocado en cariño puro, sin límites, á ambos esposos; pero en su corazon halló cabida otro afecto mas vehemente, que ha completado la curacion de aquella antigua enfermedad de amor imposible, que la atormentaba como oculto aguijon. Ahora es otro el objeto de un sentimiento mas tranquilo y razonable. Durante un mes ha asistido en el lecho del dolor á Vasa, al simpático é intrépido Vasa, cuando fué herido defendiendo solo el puesto que abandonaron sus indios, en la primera acometida de los castellanos al Bahoruco. Anica aprendió entónces á estimar las nobles y bellas cualidades del jóven cacique subalterno: aficionáronse el uno al otro con recíproca ternura, y se juraron fé y perseverancia hasta que les fuera posible unirse en santo y religioso vínculo. Enrique y Mencía dispensaban su aquiescencia á estos castos amores.

Cuando los graves cuidados que pesaban sobre el vigilante caudillo no le obligaban á alejarse del oculto cuanto lindo valle donde tenia su principal estancia; asilo risueño que parecia creado espresamente para contrastar con el tumultuoso y terrífico aspecto de la soberbia cordillera; cuando los dos esposos estaban unidos, y su ánimo reposaba libre de las aprensiones que suelen engendrar el peligro y la ausencia, la meseta del Burén, como otras veces la isla de Cabras en el gran lago, no tenia que envidiar, por la pura dicha que en ambos sitios se disfrutaba, á las suntuosas residencias de los mas fastuosos príncipes.

XLIX.

DECLINACIONES.

La guerra mansa se prolongó en el Bahoruco, no solo miéntras Iñigo Ortiz, escarmentado y pesaroso, pedia y obtenia su relevo; sino mucho tiempo despues, durante el mando sucesivo de los capitanes Pedro Ortiz de Matienzo y Pedro de Soria, que fueron á guerrear con igual sistema de observacion en las avenidas de la sierra. El primero pretendió sorprender á Enriquillo despues de enviarle un mensajero indio que se decia pariente del cacique, con promesas y proposiciones pacíficas; pero habiendo sospechado Enrique la verdadera intencion con que se le convidaba á una conferencia, prometió asistir al llamamiento; y asistió en efecto, pero al frente de sus mas intrépidos guerreros, que dieron sobre los soldados de Pedro Ortiz emboscados, los desbarataron y pusieron en vergonzosa fuga. Enriquillo hizo ahorcar al traidor, su pretendido pariente, y desde entónces quedó seguro de nuevas tentativas insidiosas.

Pero las irrupciones que Tamayo, al frente de su cuadrilla de gente determinada, solia hacer en las cercanías de la Maguana, desde la Sierra de Martin - García, situada al este de la del Bahoruco, difundian de vez en cuando la alarma entre los colonos, por el carácter de fiereza y salvajismo que distinguia estos *saltos* atrevidos de la moderacion y humanidad que ya eran notorias en las prácticas de Enriquillo. Durante la última permanencia de Diego Colon en Santo Domingo, que fué hasta 1523, las dificultades que le suscitaron sus émulos no le permitieron hacer otra cosa memorable que la represion de un levantamiento de esclavos africanos que dieron muerte al mayoral en una hacienda del mismo Almirante, cerca del rio Nisao. Trasladóse en persona Diego Colon al lugar de la ocurrencia; los alzados fueron fácilmente vencidos, y de ellos los que pudieron escapar con vida se incorporaron en la horda de Tamayo, que con este contingente extendió sus correrías devastadoras hasta los términos de Azua.

Las autoridades, apesar del clamor continuo de los pueblos mas directamente perjudicados con aquel azote, escusaban cuanto podian la movilizacion de tropas, por resentirse ya demasiado el tesoro real con los crecidos gastos de las armadas precedentes. Un golpe de fortuna de los alzados indios, aunque exento de crueldad y ostentando el sello de la moderacion que caracterizaba todos los actos de Enriquillo, tuvo al fin mas eficacia para hacer que los encargados de la pública seguridad despertaran de su letargo, que todas las violencias de Tamayo y su horda sanguinaria. Arribó á Santo Domingo cierto dia un barco, que navegando desde Costa – firme habia recalado por causa del mal tiempo en un puerto de los mas cercanos á la sierra del Bahoruco, donde los vigilantes indios de la costa consiguieron capturar la nave, con toda la gente que iba á su bordo. (1) Informado el cacique del suceso bajó á la ribera del mar, y por sus órdenes recobraron la libertad los navegantes con su barco; pero el valioso cargamento de oro, aljófar y perlas que aquel llevaba, quedó en poder de Enriquillo.

Al tener noticia de este fracaso los oficiales reales y jueces de la Audiencia, sintieron tanto dolor y angustia como si les arrancaran las entretelas del corazon. Que Tamayo y su gavilla incendiaran caseríos enteros; que mataran sin piedad hombres y mugeres, y cometieran otros hechos atroces, podia pasar como cosa natural y corriente, en el estado de rebelion en que se mantenia una gran parte de la isla; pero ¡atreverse á despojar un barco de las riquezas que conducia! Ya eso pasaba todos los límites de lo honesto y tolerable, y el dios – oro exigia que las celosas autoridades hicieran los mayores esfuerzos para recobrar aquella presa, en primer lugar; y despues por pacificar la isla, si era posible. Procedimiento característico de todo un sistema.

Resolvieron por tanto hacer leva de gente, y reforzar las guarniciones de la sierra; pero al mismo tiempo no desdeñaron los medios de persuasion y acomodamiento amigable; en lo que bien se deja ver que ya habia pasado de esta vida Miguel de Pasamonte, el inflexible tesorero, que tardó poco en seguir á la tumba á Diego Colon, de quien habia sido el mas implacable antagonista.

Los oficiales reales, sabiendo que estaba en Santo Domingo el buen fray Remigio, aquel preceptor del cacique Enrique cuando este se educaba en el convento de Vera – Paz, echaron mano de él, y só color de servir á Dios y á la paz pública lo persuadieron á ir al Bahoruco en el mismo barco desbalijado, cuyos tripulantes iban consolándose con la esperanza de que el religioso conseguiría reducir su antiguo discípulo á que soltara la rica presa. Llegados allá, los alzados vigilaban como ántes; el pobre fray Remigio saltó á tierra confiado, y fué al punto hecho prisionero, escarnecido y despojado de sus vestidos por los indios, que apesar de sus protestas se obstinaron en creer que era un espía. Consiguió al fin á fuerza de súplicas ser conducido á la presencia de Enriquillo, que no estaba léjos.

Tan pronto como el cacique reconoció á su antiguo preceptor, y le vió en tan triste extremidad, corrió á él y lo abrazó tiernamente con las muestras del mas vivo pesar; le pidió perdon por la conducta de su gente, y la excusó con las noticias que ya tenian de la nueva armada que contra él se hacia en Santo Domingo y otros lugares. Despues hizo vestir al padre Remigio y sus compañeros del mejor modo que le fué posible, les dió alimentos y refrescos, y entró á tratar con el emisario acerca del objeto de su viaje al Bahoruco.

El digno religioso empleó todos los recursos de su ciencia y erudicion, que eran grandes, y los de su ascendiente sobre el corazon de su antiguo pupilo, que no era escaso, para convencerle de que debia abandonar la mala vida que estaba haciendo, y someterse á los castellanos, que le ofrecian ámplio perdon y grandes provechos. Toda la elocuencia de fray Remigio fué infructuosa: Enriquillo espuso con noble sencillez sus agravios, la justa desconfianza que le inspiraban las promesas de los tiranos, y su resolucion de con-

(1) Histórico.

tinuar la lucha miéntras no viera que la corona decretaba la libertad de los indios, y que esta se llevaba á efecto en toda la colonia. El cacique recordó á su preceptor con gran oportunidad sus lecciones de historia en la Vera-Paz, y aquel Viriato, cuyo alzamiento contra los romanos era aplaudido por el sabio religioso como acto de heróica virtud.

A este argumento bajó fray Remigio la cabeza, y apeló á la generosidad del cacique para que devolviera el tesoro de Costa - firme.

—Por vos, padre mio, — le contestó Enriquillo, — lo haría gustosísimo; como por el padre Las Casas, á quien amo de todo corazon; pero ese tesoro lo quieren mis enemigos para armar nueva gente contra mí: ¿podeis darme la seguridad de que tal no ha de ser su destino?

— A tanto no me atrevo, hijo mio; — respondió á su vez el padre Remigio. — No traje mas encargo que el de exhortarte á la paz, y me alegraría de que dieras una prueba mas de tu moderacion y desinterés, restituyendo esas riquezas.

—Que me dén la seguridad de no hostilizarme en mis montañas, — repuso Enrique;—y devolveré al punto esas riquezas que para nada me sirven.

— ¿ Esa es tu resolucion definitiva ? — volvió á preguntar el fraile.

—Sí, padre mio: os ruego que la hagais valer, y sobre todo, que expliqueis mis razones al padre Las Casas, al señor Almirante, á mi padrino Don Diego Velázquez. Aseguradles que no soy ingrato.....

—El padre Las Casas lo sabe muy bien, hijo; — repuso fray Remigio.— En cuanto á Don Diego Colon y Don Diego Velázquez, ya salieron de este mundo, y pasaron á mejor vida.

—¡ Dios los tenga en el cielo! — dijo Enrique, con su acento grave y reposado.

Pocas horas despues, fray Remigio se despidió afectuosamente de su antiguo discípulo, embarcándose con los compañeros que habian tenido el valor de compartir sus riesgos. La nave desplegó al viento su blanco lino, y en breve llegó á Santo Domingo sin novedad.

L.

CELAJES.

Efectivamente, como lo dijo á Enrique fray Remigio, habia muerto desde 1525 el gobernador Diego Velázquez, Adelantado de Cuba. No fué feliz durante los últimos años de su vida: su estrella se eclipsó desde que pagando con ingratitud á Diego Colon y á Juan de Grijalva ; — los personajes que mas habian hecho por su fortuna y por su fama, — se prestó á secundar las intrigas de Fonseca contra el primero, y despojó al segundo de su legítima gloria y sus derechos sobre el descubrimiento y la conquista de Méjico. Hernan

Cortés fué el instrumento escojido por la divina justicia para vengar aquellas dos almas generosas, hiriendo por los mismos filos de la ingratitud la soberbia ambicion del conquistador de Cuba.

El Almirante Diego Colon, víctima de las intrigas de sus émulos de la Española, murió un año despues que Velázquez, siguiendo sus perpétuos litigios en España y léjos de su amada familia.

Gonzalo de Guzman, que bajo la proteccion de éste habia logrado acreditar sus talentos y sobresaliente mérito en árduos negocios que repetidas veces le condujeron á la corte de España, fué el designado por Doña María de Toledo, ya viuda, á su augusto sobrino el emperador, para suceder al difunto Adelantado Velázquez. De este modo la noble matrona pagó á fuer de agradecida la adhesion y los servicios de Guzman á su casa.

El segundo gobernador de Cuba era bueno, y por consiguiente no le faltaron pesadumbres en su mando: la humanidad con que procuraba el bien de los indios cubanos le suscitó ruidosas luchas y grandes disgustos con los engreidos colonos de aquella isla, no menos aferrados á la opresion y á sus inícuos medros que los *leales servidores* del rey en la Española.

No nos alejemos de ésta en pos de muertos y ausentes; y dejando al gobernador ó semidios de Cuba Gonzalo de Guzman entre las flores y espinas de su encumbrado puesto ; como á su amigo García de Aguilar siguiendo fielmente la vária fortuna de la casa de Colon, volvamos á la tierra predilecta del gran Descubridor, donde reclaman nuestra atencion otros sucesos que tuvieron decisiva influencia en la rebelion del Bahoruco, acaudillada por el humano, valeroso y hábil Enriquillo.

Miéntras que fray Remigio desempeñaba su poco afortunada comision con el rebelde cacique, Hernando de San Miguel, capitan experimentado en el arte de la guerra, y que habia servido en todas las campañas de la isla desde el tiempo de la conquista, aceptaba de la Audiencia el difícil encargo de pacificar por fuerza de armas el Bahoruco. A punto de partir de Santo Domingo á tomar el mando de las milicias ya reunidas en la proximidad de la sierra, llegó de España el ilustre obispo Don Sebastian Ramírez, que á su alta dignidad eclesiástica unia los elevados cargos de gobernador de la Española y presidente de su Audiencia. Era varon de gran virtud y sabiduría. Como sacerdote de un Dios benéfico y de paz, supo imprimir á su potestad de mandatario público el carácter pacífico y piadoso de su ministerio sagrado.

Al informarse de las últimas ocurrencias de la isla, no permitió que el capitan San Miguel saliera á su empresa antes de que fray Remigio regresara del Bahoruco ; y cuando el buen religioso llegó y dió cuenta de las disposiciones, actos y palabras de Enriquillo, el prelado sujetó á prudentes y acertadas instrucciones la árdua comision del veterano. (1) Escribió al mismo tiempo al emperador Cárlos V, haciéndole ámplia relacion del estado en que habia encontrado la isla, sin paz ni seguridad, despoblándose contínuamente, paralizado su comercio, nulas sus industrias, y casi al borde de una completa ruina ; todo por efecto de la rebelion de Enriquillo, y del tiránico gobierno que habia dado ocasion á este triste suceso, como al aniquilamiento rápido de la raza indígena.

Extendíase ademas el prelado presidente sobre los hechos, valor y humanidad del dicho caudillo, á quien creia conveniente y justo atraer á términos pacíficos, por medio de grandes concesiones que repararan en lo posible

---

[I] Histórico.

los agravios que él y los suyos habian recibido en sus personas, libertad y bienes.

Partió San Miguel para el Bahoruco, despues de comprometerse á secundar fervorosamente estas nobles y cristianas miras del prelado; y son dignas de admiracion la energía y eficacia con que el viejo militar penetró en las temibles gargantas de la ya célebre sierra, desplegando en su empeño pacífico mayor decision y esfuerzo que los demas capitanes sus predecesores en forzar con las armas los pasos y las defensas del Bahoruco.

Hízose conducir por mar con la mayor parte de su gente hasta el puerto de Jáquimo, y desde allí entró rápidamente en las montañas, logrando sorprender descuidada aquella seccion del territorio sublevado, que era familiar á sus recuerdos, por haber acompañado á Diego Velázquez, hacia veinte y cinco años, en la campaña contra Guaroa. Fácil le fué por lo mismo penetrar hasta el punto mas céntrico de la vasta serranía, causando grande alarma en los descuidados súbditos de Enrique; sin embargo de que pronto se tranquilizaron, al cerciorarse de que San Miguel hacia respetar esmeradamente cuantos indios caian en su poder, devolviéndoles inmediatamente la libertad, despues de informarse con ellos del paradero del cacique soberano; y sin permitir que se tocara tampoco á ninguno de los abundantes y lozanos cultivos que hallaba á su paso, á ménos que sus dueños consintieran de grado en venderle sus frutos; con lo cual durante dos ó tres dias prosiguió su marcha sin contratiempo, hasta acercarse bastante á la residencia habitual de Enriquillo y Mencía en El Burén.

Encontró al cabo una tropa de guerreros indios en actitud de disputarle el paso resueltamente. Mandábala Alfaro, uno de los mejores capitanes de Enriquillo, el cual se negó á admitir el parlamento á que le convidaba San Miguel, y empezó á hostilizarlo con sus ballestas y hondas, provocándole á combate.

Entónces el viejo adalid castellano cargó con brío irresistible sobre la gente de Alfaro, y la desalojó de la altura que ocupaba. Por un momento llegaron á creer los defensores del paso que estaba comprometida la seguridad de Enriquillo, y situándose en otro cerro inmediato, mandaron aviso al cacique de aquella gran novedad. Jamás habia sucedido caso igual desde el principio de la rebelion del Bahoruco. Enriquillo, al recibir la noticia, no pierde su extraordinaria presencia de ánimo: envía á Vasa á requerir las tropas que custodiaban los desfiladeros principales; y poniéndose él mismo á la cabeza de los pocos hombres de armas que tenia consigo, ceñida la espada y seguido de dos jóvenes pages que le llevan las lanzas con que acostumbra entrar en combate, (1) vá el intrépido caudillo al encuentro de San Miguel, que ya distribuia su gente para dar otro asalto á la nueva posicion de Alfaro.

Era de ver aquel anciano y esforzado capitan, con su barba venerable y sus bélicos arréos; el cual, dando ejemplos de agilidad y arrojo á sus soldados, franqueaba los obstáculos como si se hallara en los mejores dias de su juventud. Enrique lo divisó de léjos, y justo admirador como era de todo lo que salia de la esfera comun, resolvió no empeñar combate con aquel valeroso anciano, sino cuando el caso se hiciera del todo inevitable.

Ocupó, pues, con su gente una cresta culminante, á corta distancia de otra escarpadura frontera, por la cual comenzaba á subir el veterano español: entre ambas eminencias habia un profundo barranco, (2) y por su oscura sima se oia correr despeñado un caudaloso torrente.

---

[1] Histórico.
[2] Segun dice Las Casas *parecia tener* 500 *estados de profundidad.*

Hernando de San Miguel reparó en el cacique, desde la cumbre á que trabajosamente acababa de ascender, y permaneció un rato suspenso ante la marcial apostura de aquella inmóvil estátua, que tal parecia Enriquillo, medio envuelto en su lacerna, (1) empuñando en la diestra una lanza de refulgente acero, cuyo cuento reposaba en tierra; la izquierda mano impuesta sin afectacion sobre el pomo de su espada. Tranquilo y sereno comtemplaba los esfuerzos que hacia la tropa castellana por llegar al escarpado risco donde estaba su infatigable gefe. El sol, un sol esplendoroso del medio dia, bañaba en ardiente luz aquella escena, y prestaba un brillo deslumbrador á los hierros de las lanzas de los guerreros indios y á las bruñidas armas de los soldados españoles.

San Miguel habló con voz sonora, dirijiéndose á la inmóvil figura humana que descollaba á su frente.

—¿Es Enriquillo?

—Enrique soy; — contestó con sencillez el cacique.

—Buscándoos he venido hasta aquí, ¡vive Dios! — dijo el viejo capitan con brusco acento.

—¡Vive Dios, que el que me busca me encuentra! — respondió Enriquillo sin alterarse.—¿Quién sois vos?— agregó.

—Soy Hernando de San Miguel, capitan del rey, que vengo mandado por su gobernador el señor obispo Ramírez, á convidaros con la paz; ó á haceros cruda guerra si os obstinais en vuestra rebelion.

—Señor capitan San Miguel, — replicó Enriquillo: — si venís de paz ¿por qué hablais de guerra?

—De paz vengo, señor Enriquillo, — dijo San Miguel suavizando el tono, — y Dios no permita que vos me obligueis á haceros guerra.

—¿Bajo qué condiciones pretendeis que me someta? — preguntó el cacique.

—¡Hombre, hombre! — contestó con militar rudeza el castellano; — eso es para dicho despacio, y ya el sol nos está derritiendo los sesos.

—¿Quereis que nos veamos mas de cerca? — volvió á preguntar Enrique.

—¡Toma si quiero! A eso he venido; — contestó San Miguel.

—Pues haced que se aleje vuestra gente; quede tan solo uno de atalaya por cada parte, y á la sombra de aquella mata podrémos hablar con descanso.

—Convenido, cacique,—dijo San Miguel;—y pocos minutos despues Enrique, al pié del alto risco, apoyándose en su lanza, saltaba audazmente á través del profundo barranco, yendo á parar á corta distancia del caudillo español.

—Buen salto, cacique, ¡vive Dios! — exclamó San Miguel sorprendido.

—Á mi edad vos lo haríais mejor que yo sin duda, capitan; — respondió cortésmente Enriquillo; — pues os he visto subir y bajar laderas como si fuérais un muchacho.

—No recuerdo, sin embargo, haber dado nunca un salto como ese; —insistió el veterano. — Tratemos de nuestro asunto.

Y entrando en materia expuso á Enriquillo en franco lenguaje la comision que habia recibido del obispo gobernador; el cual exhortaba al cacique á deponer las armas, seguro de hallar en el mismo prelado favor y proteccion ilimitada, en gracia de las bellas cualidades que habia dado á conocer en todo el decurso de su rebelion, y prometiéndole bienestar, conside-

---

[1] Manto de viaje, ó de campaña, de aquel tiempo.

raciones y absoluta libertad á él y á todos los indios que militaban y vivian bajo sus órdenes.

Era entendido que el cacique debia devolver el oro que habia apresado en el barco procedente de Costa - firme, y poner término á las depredaciones de Tamayo.

Enriquillo habló poco y bien, como acostumbraba. Dijo que él no aborrecia á los españoles; que amaba á muchos de ellos á quienes debia beneficios; pero que como los malos eran en mayor número y los mas fuertes, él habia debido fiar su libertad y su justicia á la suerte de las armas y á la fragosidad de aquella hospitalaria sierra, donde no habia hecho cosa de que tuviera que arrepentirse. Agregó que él no estaba distante de avenirse á las proposiciones del señor obispo, que le parecian dictadas por un espíritu de concordia y rectitud, y solo pedia tiempo para allanar las dificultades que se oponian á la sumision, que nunca haría sin contar con la seguridad de que las ventajas con que á él se le convidaba habian de alcanzar igualmente á todos sus compatriotas.

En cuanto á la reduccion de Tamayo, ofreció el cacique intentarla en cuanto de él dependiera; y respecto del oro y el aljófar de Costa - firme, espresó que estaba pronto á devolverlos, si se le ofrecia no inquietar el Bahoruco con nuevas invasiones armadas. San Miguel lo prometió, salvando la autoridad de sus superiores; y quedó convenido que al dia siguiente, en tal punto de la costa que se designó, Enriquillo haría la entrega de aquel tesoro que tanto echaban de ménos las autoridades de la Española, y que para nada habia de servir á los alzados del Bahoruco.

Terminado este convenio verbal, Enriquillo y San' Miguel se despidieron con muestras de cordial amistad, y se volvieron cada cual á los suyos, á tiempo que el caracol hacia oir sus lejanos ecos avisando la llegada de Vasa al frente de la aguerrida tropa que habia ido á buscar, y que el caudillo dejó á sus inmediatas órdenes por precaucion.

El dia siguiente, en el punto y hora convenidos, se hallaban el oro y el aljófar mencionados, espuestos en grosera *barbacoa* y bajo una enramada ó dosel de verdura, todo confiado á la custodia de Martin Alfaro con una compañía de indios bien armados. Ofrecian maravilloso contraste las barras de oro amontonadas y los rimeros de blanco y luciente aljófar, sobre aquellos toscos y rústicos maderos que les servian de sustentáculos. Habia otras barbacoas ó cadalechos, á guisa de mesas cubiertas de abundantes víveres y manjares destinados á obsequiar los huéspedes castellanos.

Contento San Miguel con el feliz éxito de su expedicion, llegó á la cabeza de su lucida milicia, con banderas desplegadas, marchando al compás de la marcial música de sus trompetas y atambores. Se dió por cierto generalmente que Enriquillo lo aguardaba en la referida enramada, y que despertando sus recelos la vista de aquel aparato militar y de la nave que á toda vela se acercaba á la costa para embarcar los expedicionarios y el valioso rescate, el desconfiado cacique se habia retraido al monte, pretextando súbita indisposicion; pero es mas conforme con el carácter de Enriquillo y con las circunstancias del caso, pensar que para librarse de concluir ningun compromiso respecto de la propuesta sumision, el prudente caudillo prefirió no comparecer, y excusarse con el referido pretexto. El resultado fué que Hernando de San Miguel, aunque sintiendo muy de veras la ausencia del cacique, hizo honor al festin con sus compañeros de armas, y se volvió para Santo Domingo, mas satisfecho que Paulo Emilio cuando llevaba entre sus trofeos para Roma todas las riquezas del vencido reino macedónico. El anciano capitan no halló sin embargo el recibimiento que merecia. La liberalidad de Enriquillo fué altamente elogiada en toda la isla; su nombre resonó por el orbe español acompañado de aplausos y bendiciones, — ¡tanto puede el oro! — miéntras que el desgraciado San Miguel no recojió sino ágrias censuras, teniéndose generalmente por indiscreto y torpe el regocijado alarde con que quiso el sencillo veterano celebrar la naciente concordia; y nadie puso en duda que aquel acto inocente impidió por entónces la completa sumision del cacique. ¡Tanto puede la ingratitud! (1)

LI.

PAZ.

Poco esfuerzo costó á Enriquillo hacer que el rudo é indómito capitan Tamayo volviera al gremio de su obediencia. Le envió un mensaje con su sobrino Romero, y como que ya el rencoroso indio estaba harto de sangre y de venganzas; como que Badillo (2) y todos los antiguos tiranos habian desaparecido de la Maguana, temerosos de aquellos terribles *saltos* de tigre, que devastaban sus ricas haciendas, y amenazaban de continuo sus vidas, Tamayo, que de todo corazon amaba á Enriquillo y no podia conformarse con vivir léjos de él, vió el cielo abierto al recibir el mensage que lo llamaba al Bahoruco, y en el acto se fué para allá con toda su gente, bien provista de ropa, armas y otros preciados productos de sus correrías. — En lo sucesivo no volvió á dar motivo de queja á Enriquillo, y vivió sujeto á disciplina, como un modelo de docilidad y mansedumbre.

Y era natural que se adormecieran en Tamayo, como en todos los indios alzados, las ideas y los sentimientos belicosos: la mision del padre Remigio, como la breve y conciliadora campaña de San-Miguel, habian dejado muy favorable impresion en todos los ánimos; los rebeldes bajaban con frecuencia al llano, y traficaban casi libremente con los habitantes de los pueblos circunvecinos. En vista de todo, llegó Enriquillo á admitir la posibilidad de una transaccion final, que asegurara la completa libertad de su raza en la Española; objeto que su generoso instinto habia entrevisto mas de una vez, cual vago ensueño de una imaginacion enfermiza. Él podia caer un dia ú otro; la muerte le habia de cobrar tarde ó temprano el natural tributo; y entónces ¿qué suerte sería la de su adorada consorte; qué fin provechoso podría tener la rebelion del Bahoruco para los pobres indios? Si en vez de su pre-

---

[1] Tal fué el juicio unánime que se encuentra en los historiadores y los documentos de aquel tiempo sobre el alarde de San Miguel.

(2) Sobre el fin del malvado Badillo, véase el apéndice número 8.

caria existencia, él, Enrique, lograba que, gracias á sus heróicos y cristianos hechos, la metrópoli castellana reconociera solemnemente los derechos de hombres libres á todos los naturales de la Española, ¡ qué galardon mas digno pudiera él desear, que ver coronada su gigantesca obra con la libertad de todos los restos de su infeliz raza?....

Y este fué el desenlace venturoso de la perdurable rebelion del Bahoruco (1). Un dia llegó á la capital de la Española el esforzado capitan Francisco de Barrio-Nuevo, á quien el egregio emperador y rey enviaba con doscientos veteranos de sus tercios de Italia, á bordo de la misma nave *La Imperial*, en que el soberano acababa de regresar á España desde sus estados de Alemania.

Barrio-Nuevo habia recibido el encargo, hecho con el mayor encarecimiento por el monarca, de pacificar la isla Española, reduciendo á buenos términos al cacique Don Enrique, (2) á quien el magnánimo Cárlos Quinto se dignó dirijir una bondadosa carta, mostrándose enterado de sus altas cualidades personales, y de la razon con que se habia alzado en las montañas; ofreciéndole absoluta gracia y libertad perfecta á él y á todos los que le estaban subordinados, si deponian las armas; brindándole tierras y ganados del patrimonio real, en cualquier punto de la isla que quisiera elegir como residencia para sí, y para todos los suyos, sobre los cuales ejercería el mismo Don Enrique el inmediato señorío y mixto imperio, por todos los dias de su vida.

Esta lisonjera y, para Enriquillo, honrosísima carta, habia sido inspirada á Su Magestad Imperial por los informes del obispo presidente, de Alonso Zuazo, y todas las autoridades de la Española.

Barrio-Nuevo manifestó sus poderes á los magistrados y oficiales reales de Santo Domingo, en asamblea presidida por el jóven almirante Don Luis Colon, hijo del finado Don Diego y de Doña María de Toledo. Ya el ilustre obispo Ramírez habia sido promovido al gobierno de Méjico, donde confirmó la alta opinion que se tenia de sus virtudes y dotes políticas.

Despues de largas y maduras deliberaciones se determinaron en la dicha asamblea los medios de dar eficaz cumplimiento á las órdenes soberanas, no queriendo Barrio-Nuevo ceder á nadie el arriscado honor de ir en persona á las montañas, á requerir de paz á Enriquillo. Así lo efectuó el digno capitan, arrostrando numerosos trabajos y nó escasos peligros, porque el caudillo del Bahoruco, siempre desconfiado, esquivó largo tiempo el recibirle, y solamente consintió en ello vencido al fin por la paciente intrepidez de Barrio Nuevo, que llegó á su presencia casi solo, con desprecio de su vida; prefiriendo *morir en la demanda*, segun dijo á sus acobardados compañeros, *á dejar de cumplir la palabra empeñada al soberano, de intentar la pacificacion de aquella tierra.* (3)

La entrevista fué en extremo cordial, como no podia ménos de serlo, dados todos esos antecedentes. Enriquillo puso sobre su cabeza en señal de acatamiento la carta del emperador, y abrazó al noble y valeroso emisario, á quien todos los capitanes subalternos del cacique hicieron igual demostracion de franca amistad. (4)

---

[1] Duró la rebelion de Enriquillo trece años.
[2] Así lo denominaba en su carta el emperador, y todos los habitantes de la Española le continuaron el tratamiento hasta su muerte.
[3] Histórico: sustancia textual del discurso de Barrio Nuevo.
[4] Histórico: lo es todo el capítulo.

Tres dias disfrutó Francisco de Barrio-Nuevo la hospitalidad de Enriquillo y su esposa, separándose de ellos despues de concluido un convenio solemne con el primero, basado en las concesiones y ofertas de su magestad imperial y real. Regresó el afortunado pacificador á Santo Domingo por mar, y las nuevas que llevaba de la sumision de Enriquillo se recibieron con extraordinario júbilo en toda la colonia. Numerosos y ricos presentes de joyas, sedas ó imágenes fueron enviados á Enriquillo y á Mencía, por el mismo Barrio-Nuevo, y por los demas encargados de la autoridad, desde la capital de la colonia.

El padre fray Bartolomé de Las Casas no se limitó á compartir la general satisfaccion por el próspero acontecimiento, sino que saliendo del cláustro con licencia de sus superiores, emprendió viaje al Bahoruco, (1) donde fué recibido por Enrique, su esposa y todos los habitantes de la sierra con palmas y cánticos, como el ángel tutelar de los indios. Pasó entre ellos quince dias, celebrando los oficios del divino culto, predicándoles y administrando los santos sacramentos, de que, por la misma religiosidad y moralidad de costumbres que les inculcara el cacique, les pesaba mucho carecer. Exhortó ademas Las Casas á Enriquillo á que completara la obra comenzada, bajando de las montañas, y poniéndose en contacto definitivo y regular con las autoridades del bondadoso monarca que se le mostrara tan clemente y munífico. La ciega confianza que el cacique tenia en el santo varon acabó de disipar sus últimos recelos. Determinóse á ir en compañía de su ilustre protector hasta Azua, donde fué celebrada su presencia con grandes obsequios por los regidores y todo el pueblo, no escaseando nadie los elogios al valor y á las virtudes del héroe del Bahoruco.

En la iglesia de Azua recibió Tamayo el bautismo de manos del padre Las Casas. (2) El esforzado teniente de Enriquillo se habia convertido de una vez, cuando vió por los actos de Hernando de San Miguel y Francisco de Barrrio Nuevo, que los mejores soldados españoles eran humanos y benévolos; y, por la carta de gracias de Cárlos V. á Enriquillo, que los potentados cristianos verdaderamente grandes, eran verdaderamente buenos.

Hechas sus pruebas y satisfecho de ellas, el cacique Don Enrique volvió al Bahoruco, y no retardó mas la ejecucion de lo pactado con el capitan Barrio Nuevo. Fué un dia á orar ante la tumba del inmortal Guaroa. ¡Dios solo sabe lo que la grande alma del vivo comunicó entónces á la grande alma del muerto! Despues reunió su gente; emprendió con ella la salida del seno de aquellas hospitalarias y queridas montañas, y á punto de perderlas de vista se volvió á mirarlas por última vez; se le oyó murmurar la palabra *adios*, y algo como una lágrima rodó sigilosamente por su faz varonil.

Este fué el fin de la célebre rebelion de Enriquillo, que resistió victoriosa por mas de trece años á la fuerza de las armas, á los ardides, á las tentadoras promesas. (3) La magnanimidad justiciera de un gran monarca, la abnegacion paciente de un honrado militar fueron los únicos agentes eficaces para resolver aquella viril protesta del sufrido quisqueyano contra la arbitrariedad y la violencia; enseñanza mal aprovechada, ejemplo que de poco sirvió en lo sucesivo; pero cuya moral saludable ha sido sancionada con el sello de la experiencia, y se cumple rigorosamente á nuestra vista, al cabo de tres siglos y medio.

---

[1] Item. Apéndice N° 9.
[2] Histórico.
[3] QUINTANA. Vida de Las Casas.

El tránsito del cacique Don Enrique y su esposa hasta Santo Domingo fué una série no interrumpida de obsequios, que como á porfía les tributaban todas las poblaciones. En la capital les hicieron fastuoso recibimiento y entusiasta ovacion las autoridades, el clero y los vecinos, todos manifestando el anhelo de conocer y felicitar al venturoso caudillo.

Reanudaron Enrique y Mencía sus relaciones afectuosas con muchos de sus favorecedores de otro tiempo, y entre ellos encontraron el inalterable cariño de Doña Leonor Castilla y Elvira Pimentel, ya viuda del, por mas de un concepto, arrepentido Andrés de Valenzuela.

Las capitulaciones suscritas en el Bahoruco fueron fielmente guardadas por las autoridades españolas, y Don Enrique pudo elegir, cuando le plugo, asiento y residencia en un punto ameno y feraz, situado al pié de las montañas del Cibao, á una corta jornada de Santo Domingo. Allí fundó el pueblo que aun subsiste con el nombre de Santa María de Boyá, asilo sagrado en que al fin disfrutaron paz y libertad los restos de la infortunada raza indígena de Haití. Prevaleció entónces verdaderamente en la colonia la sana política del gobierno de España, y las voluntades del gran Cárlos V. tuvieron cumplido efecto.

Hasta el término de sus dias ejerció Don Enrique señorío y mixto imperio sobre aquella poblacion de cuatro mil habitantes (que á ese guarismo quedaron reducidos los indios de toda la Española). Sobrevivió poco tiempo á su bello triunfo, y fué arrebatado muy temprano por la muerte al amor y la veneracion de los suyos; á la sincera estimacion y el respeto de los españoles.

Hiciéronle magníficas exéquias en Santo Domingo. Su bella y buena consorte llegó á la ancianidad, siempre digna y decorosa, dejando cifrada su fidelidad conyugal de un modo duradero en la linda iglesia de Boyá, construida á costa de Mencía para servir de honroso sepulcro á las cenizas de Enriquillo. (1)

Este nombre vive y vivirá eternamente: un gran lago lo perpetúa con su denominacion geográfica; las erguidas montañas del Bahoruco parece como que lo levantan hasta la region de las nubes, y á cualquier distancia que se alcance á divisarlas en su vasto desarrollo, la sinuosa cordillera, destacando sus altas cimas sobre el azul de los cielos, contorneando los lejanos horizontes, evoca con muda elocuencia el recuerdo glorioso de ENRIQUILLO.

[1] Véase el apéndice. Nota número 10.

APÉNDICE.

NOTA 1ª—PARTE 1ª—CAPITULO XXXII.— *Sobre la residencia de Ovando.*

En volviendo Nicolas de Ovando las espaldas como suele acontecer con los ausentes se le pusieron muchos capítulos por el fiscal, y por otros; y fueron los principales, que Cristóbal de Tapia le pedia un solar, que le mandó tomar para la Casa de la Contratacion, otro para la Plaça de la Villa, el salario de vn Año, que tuvo á cargo la Fundicion, i dos Caciques, que havia quitado de las Obras públicas de Santo Domingo, y les dió á particulares, que todo importaba unos quarenta mil pesos, etc., etc.; y Alonso de Ojeda le pedia treinta mil Castellanos, en vna qartida, y en otra quatro mil, y en otra quinientos mil, que dixo, que dexó de ganar, y gastó, por no le haver dexado hacer cierto viage: y pidiéndosele otras muchas cosas de esta manera, acudió al Rey, diciendo que estas demandas no fueron puestas dentro de los treinta dias de la Residencia: en lo qual recibia agravio, pues lo hacian para molestarle. El rey mandó al Almirante que embiase relacion de todo, y que entre tanto repusiese lo hecho, suspendiese el conocimiento: pues siendo pasados los treinta dias de la Residencia, conforme á las leyes, no era obligado á responder á las demandas. — HERRERA. — Décadas.

NOTA 2ª—PARTE 2ª — CAP. XXXVI. — *Sobre la ordenacion de Las Casas.*

" Acabados sus estudios y recibido el grado de licenciado en ellos, Casas determinó pasar á América, y lo verificó al tiempo en que el comendador Ovando fué enviado de gobernador á la isla Española (1502) para arreglar aquellas cosas, ya muy estragadas con las pasiones de los nuevos pobladores. Las memorias del tiempo no vuelven á mentarle hasta ocho años despues, cuando se ordenó de sacerdote, por la circunstancia de haber sido la suya la primera misa nueva que se celebró en Indias. Fué inmenso el concurso que asistió á ella, riquísima la ofrenda que se le presentó, compuesta casi toda de piezas de oro de diferentes formas, porque todavía no se fabricaba allí moneda. El misa-cantano reservó para sí tal cual alhaja curiosa por

su hechura, y el resto lo dió generosamente á su padrino.... *Nota al pié*.
La misa se celebró en la ciudad de la Vega. Fué asistida del Almirante mozo y su muger la vireina; los banquetes y festines duraron muchos dias, y hubo la particularidad de no beberse en ellos vino, porque no lo habia en la isla."—QUINTANA.—*Vidas*.

HERRERA dice: " Tuvo una calidad notable esta primera misa nueva, que los clérigos que á ella se hallaron, no bendecian; conviene á saber, que no se bebió en toda ella una gota de vino, porque no se halló en toda la isla, por haber dias que no habian llegado navíos de Castilla.—*Década* 1ª—Libro VII.

+—+—+—+

NOTA 3ª—PARTE 2ª—CAP. XXVII.—*Las Casas y la Isla Española*.

La predileccion y el entusiasmo que Las Casas sentia por la isla Española se manifiestan en multiplicadas pájinas de sus obras. Ademas de la descripcion de la Vega Real que de él copiamos en el texto, trae otra en su *Historia de Indias*, Cap. LXXXIX, encareciendo la misma vega en estos términos : " cosa que creo yo, y que creo no engañarme, ser una cosa de las mas admirables cosas del mundo, y mas digna, de las cosas mundanas y temporales, de ser encarecida con todas alabanzas, y por ella ir á prorrumpir en bendiciones é infinitas gracias de aquel criador della y de todas las cosas que tantas perfecciones, gracias y hermosura en ella puso.... La vista della es tal, tan fresca, tan verde, tan descombrada, tan pintada, toda tan llena de hermosura, que ansí como la vieron les pareció que habian llegado á alguna region del paraiso, bañados y regalados todos en entrañable y no comparable alegría, y el Almirante (Colon) que todas las cosas mas profundamente consideraba, dió muchas gracias á Dios, y púsole nombre de Vega Real, etc." El entusiasmo que la belleza de la isla entera despertaba en Las Casas no tenia límites : todo el capítulo XX de su *Apologética Historia* está dedicado á hacer una larga y discretísima comparacion entre Santo Domingo, la tierra predilecta de Colon, y " las mas cognocidas y celebradas islas que antiguamente fueron en el mundo ; estas fueron principalmente tres : Inglaterra, Sicilia y Creta que agora se llama Candía." Concluyendo de este modo : " Y esto baste para manifestar la grandeza y capacidad, amenidad, templanza, suavidad, riqueza, felicidad y exelencia de esta Española sobre las otras islas."

" En esta isla Española — dice en otra parte, Cap. XXIV de su *Apologética Historia*, — digo verdad, que hubo hombres y mugeres muchas de tan buena disposicion y compostura en los gestos, que aunque los tenian algo morenos, señaladamente mugeres, podian ser miradas y loadas en España por de buena y egregia hermosura por todos los que las vieran. En la Vega conocí á mugeres casadas con españoles y algunos caballeros, señoras de pueblos, y otras en la Villa de Santiago, tambien casadas con ellos, que era mirable su hermosura y cuasi blancas como mugeres de Castilla, y puesto que en toda esta isla, mugeres y hombres fuesen de muy buenos y proporcionados cuerpos y gestos universalmente, porque aquí no se rompian ni estragaban los rostros mas de sola y delicadamente las orejas para poner algunas joyas de oro las mugeres, pero donde fué señalada la hermosura y muy comun á todo género, fué en la provincia de Xaragua, que arriba dijimos estar hácia el Poniente desta isla. Y yo ví un lugar ó villa que se llamó de la Vera-Paz, de sesenta vecinos españoles, los mas dellos hidalgos, casados con mugeres indias naturales de aquella tierra, que no se podia desear persona que mas hermosa fuese; y este don de Dios, como dije, muy comun y general fué en las gentes de aquella provincia mas que en todas las desta isla."

NOTA 4ª — SEGUNDA PARTE. — CAP. XLI. — *Sobre las bodas y muerte de María de Cuéllar.*

Desde á poco tiempo se tuvo aviso, que habia llegado á Puerto de Baracoa el contador Cristóval de Cuéllar, que iba por tesorero de aquella isla, con su hija Doña María de Cuéllar, que habia ido por dama de Doña María de Toledo, muger del Almirante, para casar con Don Diego Velázquez........ Despachóse Diego Velázquez de donde estaba, dexando cinquenta hombres á Juan de Grijalva, mancebo sin barbas, y de bien; hidalgo, natural de Cuéllar, á quien Diego Velázquez trataba como deudo (aunque no lo era) y quedó por capitan, hasta que Narváez volviese del alcance de la gente de la provincia de Bayámo hasta la de Camagüey: y dexó con Grijalva á Bartolomé de Las Casas, clérigo, natural de Sevilla, para que le aconsejase, y siempre Grijalva le obedecia. Llegado Diego Velázquez á casarse en Baracóa, celebró un domingo sus bodas, con gran regocijo, y aparato; y el sábado siguiente se halló viudo, por que se le murió la muger, que era muy virtuosa, de que quedó con mucho sentimiento.
HERRERA. — Décadas.

NOTA 5ª. — PARTE 2ª — CAP. XLII. — *Sobre Juan de Grijalva. — Su fin.*

Grijalva ofrece uno de los mas raros ejemplos de la ceguedad y el capricho de la suerte. Tenia todas las dotes físicas y morales para justificar la eleccion que por un momento pareció hacer de él la fortuna para prodigarle sus mas preciados favores; pero muy pronto se desvanecieron como un sueño sus aspiraciones y esperanzas, y su misma moderacion fué causa de que otro lo sustituyera gloriosamente en ellas. Oviedo hace muy acertadas reflecciones sobre las desdichas de Juan de Grijalva, y refiere el suceso de su muerte en Nicaragua de este modo:
"La desventura destos fué 21 de enero de 1527 años; é sobre seguro é viniendo los indios á servir á los cripstianos que estaban en Villahermosa con el capitan Benito Hurtado, el qual mataron é diez é nueve cripstianos é veynte é cinco caballos, é allí murió el capitan Johan de Grijalva, de quien se hizo mencion en el libro XVII, que descubrió parte de Yucatan é de la Nueva España: é los indios que lo hicieron eran del valle de Olancho. Así que, el nombre de Villahermosa fué allí muy impropio.
Historia General y Natural de Indias. — Lib. XLII. — Cap. XII.

NOTA 6ª — PARTE 3ª — CAP. XXII. — *Extracto del discurso de Las Casas ante Cárlos V.*

"Y en avisar dello á vuestra magestad sé que le hago uno de los mayores servicios que hombre vasallo hizo á príncipe ni señor del mundo. Y no porque quiera por ello merced ni galardon alguno; porque no lo hago precisamente por servir á vuestra magestad. Porque es cierto, hablando con todo el acatamiento y reverencia que se debe á tan alto rey y señor, que de aquí á aquel rincon no me moviera por servir á vuestra magestad, salva la fidelidad y obediencia que como súbdito le debo, si no pensase y creyese de hacer á Dios gran servicio. Pero Dios es tan celoso y tan granjero de su honor, como quiera que á él solo se deba el honor y gloria de toda criatura, que no puedo dar un paso en estos negocios que por solo él tomé sobre mis hombros, que de allí no se causen y procedan inestimables bienes y servicios á vuestra magestad. Y para ratificacion de lo que he referido, digo y afirmo que renuncio cualquier merced y galardon temporal que me quiera y pueda hacer, y si en algun tiempo yo ú otro por mí merced alguna quisiere, sea tenido por falso y engañador de mi rey y señor."

El mismo LAS CASAS; REMESAL; HERRERA, Décadas; — QUINTANA, Vidas.

NOTA 7ª — PARTE 3ª — CAP. XLIX. — *Como esplicaban los historiadores y poetas las victorias de Enriquillo.*

Oviedo dice y Herrera lo siguió en esto, que el primitivo esfuerzo y las virtudes de los castellanos habian decaido entre los nuevos pobladores, que corrompidos por la molicie no tenian ya el valor y la perseverancia necesarios para vencer en el Bahoruco.

He aquí cómo ha rimado Juan de Castellanos este falso concepto en sus *Elegías de Varones ilustres de Indias.*

Admíranse, lector, entendimientos,
De que cuando se hallaron estos mares,
Varones poco mas de cuatrocientos
Venciesen á millares de millares,
Y temblasen agora de doscientos
Tantas ciudades, villas y lugares;
Mas, entónces el hombre vaquiano
No soltaba las armas de la mano.
No comia guisado con canela,
No confites, ni dulces canelones,
Su mas cierto dormir era la vela,
Las duras armas eran los colchones;
El almohada blanda la rodela,
Cojines los peñascos y terrones,
Y los manjares dulces, regalados,
Dos puños de maíces mal tostados.
Abrir á prima noche las pestañas
Con ojo vigilante, etc., etc.
Mas ya no hallaréis tales mozuelos
En escuela de Marte ni Minerva,
Pues todos huyen destos desconsuelos
Y dicen que las flechas tienen yerba:
Hay hojaldres, pasteles y buñuelos,
Hay botes y barriles de conserva,
Hay cedazo, y harnero, y hay zaranda,

Y sábeles muy bien la cama blanda.
Por faltar, pues, entónces fuerte gente,
Y usarse ya sonetos y canciones,
El Enrique se hizo tan valiente,
Saliendo siempre con sus intenciones;
Etc., etc.
Elegía V. — Canto II.

NOTA 8ª — PARTE 3ª — CAP. XLI. — *Muerte de Badillo.*

"Desde Santo Domingo, adonde llegó García de Lerma, gobernador de Santa Marta, envió al factor Grageda, el cual con ocasion que el gobernador Pedro de Badillo no habia acudido al rey con sus quintos, y que los habia defraudado, y que habia fundido oro fuera de la casa de fundicion, le prendió, y desnudó, y dió tormento, usando con él de muchas crueldades: llegó García de Lerma que se hubo con él con menos rigor; porque sacándole del poder del factor, entendió en su residencia, y al cabo le envió preso á Castilla, y junto á Arenas Gordas se perdió el navío y todos los que venian con él. Y este es el teniente Pedro de Badillo, que por no hacer justicia al cacique Enrique, el año de 19, fué causa que se alzase en la isla Española."

HERRERA. — Déc. IV. — Lib. V. — 1529.

NOTA 9ª — PARTE 3ª — CAP. XLI. — *Visita de Las Casas al Bahoruco.*

Casi todos los historiadores están contestes en que la visita del padre Las Casas á Enriquillo en el Bahoruco, despues de celebrada la paz, fué por impulso propio y espontáneo. Herrera afirma que por esta causa intentaron las autoridades reprender al virtuoso filántropo, aunque este justificó su acto con tales y tan buenas razones, que forzosamente hubieron de aprobarlo y aplaudirlo los mismos censores. El padre Remesal, contemporáneo y biógrafo de Las Casas, afirma por el contrario que las autoridades mismas, á causa de la inquietud con que veian que Enriquillo demoraba el cumplimiento de lo pactado, fueron á sacar del cláustro á fray Bartolomé, para que hiciera el viaje á las montañas, y persuadiera á Enrique á que saliera de ellas sin mas tardanza. Este dato se halla tambien citado por Quintana, de donde lo tomamos.

NOTA 10ª — PARTE 3ª — CAP. XLI. — *Sepultura de Enriquillo.*

Es tradicion constante y universalmente válida la que consignamos en el texto. Una señora respetable, amiga nuestra, Doña Eneria Tavarez, tuvo la bondad de recojer en el mismo pueblo de Boyá, adonde fué con este fin, datos interesantes sobre el sepulcro de Enriquillo y los últimos vástagos de sus indios. Queda de estos una anciana llamada Josefa Gonzalez, de 91 años (estamos en 1882), que como los demas vecinos del pueblo afirma con toda seguridad que el cacique Don Enrique y su esposa están enterrados en la sepultura que ocupa todo el centro de la iglesia de Boyá; pero la inscripcion, copiada por la referida señora de la misma losa del sepulcro, tiene una fecha que parece ser 1651, y dice pertenecer á un capitan cuyo nombre no se lee con claridad, por estar en abreviaturas disparatadas; y ademas dice que en aquel sitio yace *Catalina Marin, bienhechora desta santa casa.*

El general Don Pedro Santana, desde que ejerció por primera vez la Presidencia de la República, asignó una pension á otra señora india anciana, que se aseguraba era descendiente de uno de los caciques compañeros de Enriquillo, y vivia tambien en Boyá.

FIN.

ÍNDICE.

DEDICATORIA.—PRÓLOGO..

PRIMERA PARTE.

Capítulos.		Páginas.
I	Incertidumbre.	1
II	Separacion.	5
III	Lobo y oveja.	8
IV	Averiguacion.	10
V	Sinceridad.	12
VI	El viage.	13
VII	La denuncia.	15
VIII	Exploracion.	18
IX	La persecucion.	20
X	Contraste.	25
XI	El consejo.	28
XII	Persuasion.	30
XIII	Desencanto.	33
XIV	Un héroe.	36
XV	Consuelo.	38
XVI	El socorro.	40
XVII	La promesa.	44
XVIII	Salvamento.	45
XIX	El pronóstico.	46
XX	Astros en ocaso.	49
XXI	El convento.	50
XXII	Causa de ódio.	54
XXIII	Reclamacion.	57
XXIV	El encuentro.	59
XXV	La demanda.	62
XXVI	Apogéo.	65

XXVII.... Derechos hereditarios. 68
XXVIII... Mutacion. 70
XXIX.... Informes personales. 73
XXX..... Efecto inesperado. 76
XXXI.... Impresiones diversas. 78
XXXII.... Lucha suprema. 81

SEGUNDA PARTE.

Capítulos.		Páginas.
I..........	Alianza ofensiva.	83
II.........	Ansiedad.	86
III........	Presentacion.	89
IV........	El billete.	92
V.........	El consejero.	94
VI........	Alarma.	97
VII.......	La sospecha.	99
VIII......	El aviso.	102
IX........	Nube de verano.	105
X.........	Golpe mortal.	107
XI........	Aclaracion.	111
XII.......	Amonestacion.	113
XIII......	Compromiso.	114
XIV......	Vaga esperanza.	116
XV.......	Contrastes.	118
XVI......	Resolucion.	121
XVII.....	Deliberaciones.	123
XVIII....	Acuerdos	127
XIX......	Héroes ó locos.	129
XX.......	Resignacion.	131
XXI......	La víctima.	133
XXII.....	Despedida.	134
XXIII....	Parcialidades.	136
XXIV....	El ordenando.	139
XXV.....	El mensajero.	142
XXVI....	Misa memorable.	144
XXVII...	Colaboracion (La Vega Real). . . .	146
XXVIII...	La confidencia.	149
XXIX....	Nublados.	151
XXX.....	Conseja.	154
XXXI....	Cruzada.	156
XXXII...	Hombres de órden.	159
XXXIII...	Hiel sobre acíbar.	162
XXXIV...	Celo piadoso.	163
XXXV....	Moratoria.	165

XXXVI...	Inútil porfía.	167
XXXVII..	El vencedor.	168
XXXVIII..	Declinaciones.	171
XXXIX...	Albricias.	173
XL......	Desenlace.	147
XLI......	Una carta.	176
XLII.....	Azares.	179

TERCERA PARTE.

CAPÍTULOS.		PÁGINAS.
I.........	Los leales.	181
II........	El Hato.	183
III.......	Carácteres.	186
IV.......	Retratos.	189
V........	En campaña.	182
VI.......	Preliminares.	195
VII......	Aspiracion.	198
VIII.....	Un revés.	200
IX.......	Uno de tantos.	204
X........	Recursos.	206
XI.......	Una por otra.	209
XII......	Anica.	212
XIII.....	El apóstol.	214
XIV.....	Llamamiento.	218
XV......	Bienvenida.	221
XVI.....	Disimulo.	223
XVII....	Improvisacion.	224
XVIII....	Explicaciones.	229
XIX.....	Justificacion.	231
XX......	Residencia.	232
XXI.....	Compendio.	235
XXII....	Sesion célebre.	238
XXIII....	Vida nueva.	241
XXIV....	Tramas.	245
XXV.....	Suspicacia.	250
XXVI....	Pretexto.	252
XXVII...	Novedades.	254
XXVIII...	Conferencia.	257
XXIX....	Derecho y fuerza.	260
XXX.....	Abatimiento.	264
XXXI....	Arreglos.	267
XXXII...	Cambio de frente.	269
XXXIII...	Crisol.	273
XXXIV...	Rapacidad.	274

XXXV....	El Bahoruco.	. 276
XXXVI...	Malas nuevas.	. 279
XXXVII..	Rectificacion.	. 281
XXXVIII.	Desagravio.	..283
XXXIX...	Recurso legal.	. 285
XL.......	Última prueba	. 287
XLI......	Alzamiento.	. 289
XLII.....	Libertad.	. 292
XLIII.....	El dedo de Dios.	. 295
XLIV.....	Guerra.	. 299
XLV......	Conversion.	. 304
XI.VI.....	Razon contra fuerza.	. 307
XLVII....	¡Ya es tarde!	. 308
XLVIII...	Transicion.	. 312
XLIX.....	Declinaciones.	. 315
L.........	Celajes.	. 317
LI........	Paz.	. 322

ERRATAS ADVERTIDAS.

Página 70, se lee el número ordinal XIX : léase XXVIII.
" 97, se lee VII : léase VI.
" 99, se lee VIII : léase VII.
" 181, en la nota 2ª dice: *se coloran cen* ; léase *se coloran con.*
" 190, línea 35, dice: *rostro* ; léase *semblante.*
" 205, línea 41 dice : *vos el que* (dos veces) ; léase *Vos, que os, &.*
" 227, línea 24 dice: *se casa nuestro protejido* ; léase *se casan nuestros protejidos.*
" 301, línea 3ª, dice : *solo se usaba* ; léase *solo se escuchaba.*
" 302, línea 36, dice : *huye desolado* ; léase *huye desalado.*
" 303, línea 25, dice : *Me respondes de ellos;* léase *Me respondes de ello.*
" 328, línea 19, dice : *graeias* ; léase *gracias.*
" " , línea 21, dice : *verdc* ; léase *verde.*

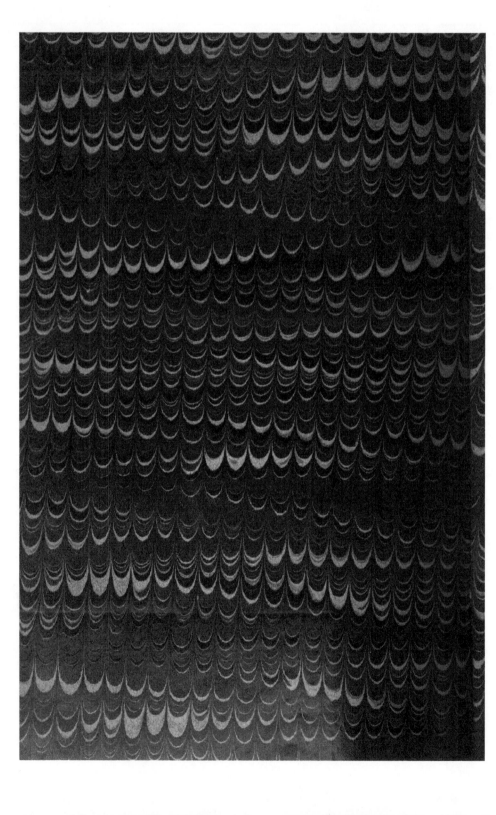

Printed in the USA
CPSIA information can be obtained
at www.ICGtesting.com
LVHW021025080923
757626LV00007B/160